马融
论治小儿癫痫

主　编　马　融

副主编　张喜莲　戎　萍　杨常泉　刘　璇

编　委　陈汉江　闫海虹　刘向亮　刘全慧

　　　　魏　娟　甘　璐　陈海鹏　李　瑞

　　　　朴　香

全国百佳图书出版单位

中国中医药出版社

·北　京·

图书在版编目（CIP）数据

马融论治小儿癫痫/马融主编．—北京：中国中

医药出版社，2021.9

ISBN 978-7-5132-7049-6

Ⅰ.①马…　Ⅱ.①马…　Ⅲ.①小儿疾病-癫痫-中医

疗法　Ⅳ.①R277.721

中国版本图书馆 CIP 数据核字（2021）第 128028 号

中国中医药出版社出版

北京经济技术开发区科创十三街 31 号院二区 8 号楼

邮政编码　100176

传真　010-64405721

廊坊市祥丰印刷有限公司印刷

各地新华书店经销

开本 787×1092　1/16　印张 29.75　彩插 1.5　字数 500 千字

2021 年 9 月第 1 版　2021 年 9 月第 1 次印刷

书号　ISBN 978-7-5132-7049-6

定价　130.00 元

网址　www.cptcm.com

服 务 热 线　010-64405720

购 书 热 线　010-89535836

维 权 打 假　010-64405753

微信服务号　zgzyycbs

微商城网址　https://kdt.im/LIdUGr

官 方 微 博　http://e.weibo.com/cptcm

天猫旗舰店网址　https://zgzyycbs.tmall.com

如有印装质量问题请与本社出版部联系（010-64405510）

马融简介

马融（1956—），男，汉族，山东章丘人。出身于中医世家，四代业医，父母均在中医药大学及附属医院长期从事中医临床工作，其父马新云教授曾任首届中国中医学会儿科学会副会长。这种浓厚的中医学理论与实践氛围的浸润，不仅使马融教授潜移默化地接受、热爱和传承了中医药思维和文化，也为他后来从事中医药临床及研究工作奠定了坚实的基础。

马融教授1974年高中毕业后，响应国家号召上山下乡，曾到河北省赵县北中马公社东王庄大队插队落户，并担任赤脚医生。1975年12月返城进入工厂担任厂医。1977年高考恢复后，考入河北新医大学（现河北医科大学）本科学习；1984年考入天津中医学院（现天津中医药大学）攻读硕士学位，师从李少川教授，踏入小儿癫痫临床研究领域；1987年考入南京中医学院（现南京中医药大学）攻读博士学位，师从江育仁教授，逐步进入了全国中医儿科学会平台。马融教授博士毕业后被分配到天津中医药大学第一附属医院工作，先后担任儿科副主任、主任，以及医院副院长、院长职务。

马融教授先后担任了国家卫生健康委儿童用药专家委员会副主任委员，国务院学位委员会学科评议组成员，全国博士后管委会评审专家，国家药典委员会第九届、第十届、第十一届委员，国家食品药品监督管理局新药审评委员会委员，中华中医药学会常务理事及儿科分会第六届、第七届主任委员，第八届名誉主任委员，中华中医药学会儿童肺炎协作创新共同体主席，中国中药协会儿童健康与药物研究专业委员会主任委员，世界中医药学会联合会儿科专业委员会副会长等职。马融教授为享受国务院政府特殊津贴专家、卫生部有突出贡献中青年专家、国家中医药领军人才—岐黄学者、全国老中医药专家学术经验继承工作指导老师、天津市政府授衔"中医小儿神经内科"专家、天津市名中医，并获全国卫生系统先进工作者、天津市十佳医务工作者、天津市优秀科技工作者、天津市教学名师等多项荣誉称号。

马融教授以中医药治疗小儿脑系、肺系疾病为主要方向，主持国家级课题12项，省部级12项；获省部级奖励26项，其中主持项目获省部级一等奖2项，二等奖6项。牵头制定全国行业指南5项。获国家发明专利1项。发表学术论文200余篇，主编全国高等中医药院校规划教材6部、学术专著18部。培养研究生105人，其中博士43人，培养博士后5人。

守正创新 衷中参西

喜贺《马融教授说治小儿瘿瘤》一书付梓发行

张奇文教授题

山东省卫生厅原副厅长、中华中医药学会儿科分会名誉会长张奇文教授题词

祝马融教授新著问世

慈幼映辉
守正创新

王烈九一庚子

天津中医药大学第一附属医院儿童癫痫专病门诊创始人李少川教授

马融教授与博士导师江育仁教授 （前排左）、

硕士导师李少川教授 （前排右）、 师妹邱静宇教授合影

"爱" 的交流

马融教授与美国斯坦福大学医学院同仁交流

马融教授参加第十九届中国科协年会

马融教授主持首届岐黄论坛之儿童中医药发展热点问题与临床评价学术研讨会

马融教授在全国中医儿科学术年会上作大会报告

马融教授组织天津市抗癫痫协会第六届癫痫学术论坛并致辞

马融教授与原卫生部部长张文康教授合影

马融教授陪同时任国家卫生健康委副主任、 国家中医药管理局局长王国强先生

视察天津中医药大学第一附属医院儿科病房

马融教授陪同国家卫生健康委副主任王贺胜教授 （时任天津市卫生计生委主任）

视察天津中医药大学第一附属医院南院区

马融教授代表天津中医药大学第一附属医院为石学敏院士、 阮士怡教授颁发 "国医大师" 金牌

马融教授与中国工程院院士、 天津中医药大学校长张伯礼教授合影

马融教授与中国工程院院士、中华医学会肿瘤学分会原主任委员郝希山教授合影

马融教授参加卫生部有突出贡献中青年专家的颁奖会议

（左一为陈士林研究员，左二为仝小林院士）

马融教授参加王烈教授八十诞辰暨全国儿科学术年会

（左一为世界中联儿科专业委员会会长汪受传教授， 左二为国医大师王烈教授，

左三为山东省卫生厅原副厅长张奇文教授）

马融教授与国医大师王世民教授 （右二）、 贾六金教授 （右一）、

虞坚尔教授 （左一）、 薛征教授 （后排） 合影

马融教授与中华中医药学会李俊德副会长（右三）、刘平副秘书长（左二），

汪受传教授（右二）、丁樱教授（左一）、王奕主任（右一）合影

马融教授参加第七届"量身定制儿童药物暨儿童用药安全"高峰论坛

马融教授与清华大学陈晔光院士 （前左四）、 清华大学药学院院长丁胜教授 （前左三） 等
合作开展中医药干预 **EED** 的研究

中国中药协会第一届儿童健康与药物研究专业委员会第三次工作会议合影

首届中医儿科鹏程论坛——中医儿科外治成果转化与创新发展会议合影

马融教授牵头修订 《中医儿科临床诊疗指南 · 癫痫》

马融教授与北京抗癫痫协会张国君会长 （右二）、

天津市抗癫痫协会杨卫东会长 （右一） 参加学术会议

天津市抗癫痫协会第二届第一次全体理事会议合影

马融教授与石学敏院士等专家在陕西中医药大学附属西安中医脑病医院参加拜师仪式

天津中医药大学第一附属医院儿科硕导、博导与 2018 届研究生合影

天津中医药大学第一附属医院马融儿童脑病工作室人员合影

天津中医药大学第一附属医院儿科大家庭

汪 序

马融教授，幼承家学，克绍箕裘，又经中医本科系统学习，从师天津李少川教授，再到南京随江育仁教授深造，执仲阳业已36载。术业专攻小儿脑病，于小儿癫痫造旨尤深，获天津市政府授"中医小儿神经内科专家"衔，为全国中医儿科脑病领军人物。今总结数十年小儿癫痫读书心得体会、临床诊疗经验、科学研究成果，著成《马融论治小儿癫痫》一书，对古今小儿癫痫诊治记载做了全面的回顾与总结，更以个人成就倾囊奉献，成此小儿癫痫划时代学术专著。我与马融教授同出江育仁先生师门，得以先睹为快。捧读之下，获益良多。

《马融论治小儿癫痫》对于该病有诸多创新性学术贡献。首次提出了小儿癫痫脑电图的虚证波、实证波和虚实夹杂波的概念，建立了宏观辨证与微观辨证相结合的小儿癫痫辨证体系；开展了中药治疗小儿癫痫及改善认知功能的系列临床评价与机制研究；在中医儿科临床研究中针对心理行为发育障碍开展了较为完善的系统化智力、心理、行为评估研究；实录了本人治疗各种不同证型癫痫的医案，提出了中医药治疗的得失与策略；中西药联合治疗的思路与方法；对难治性癫痫包括婴儿痉挛症，以及月经性癫痫等的诊治有独到见解；从不同途径研究了癫痫治疗中药的物质基础、作用途径及毒性成分；研制了小儿抗痫胶囊、熄风胶囊、茸菖胶囊等中药制剂。研究成果作为《中医儿科常见病诊疗指南·癫痫》已经在全国发布并在中医药行业实施。

马融教授对于小儿癫痫理论、临床、实验、开发、标准化研究的成果在本书中得到了全面展现。相信本书的出版，将能增进中医儿科同道对于小儿癫痫中医前沿领域学术研究的全面了解，对于小儿癫痫中医临床疗效的提高和科研发展将起到积极的推动作用。在本书付梓之际，乐为之序，推荐给中医儿科同道。

庚子孟夏于金陵审思斋

丁 序

《马融论治小儿癫痫》一书即将出版，邀我作序，因与马教授共事多年，追溯往昔，深知其在国内中医儿科领域的卓越成就，拜读书稿后感慨其在小儿癫痫的论治及研究水平方面所达到的高度，令我钦佩之至，故欣然同意。

马融教授出身于中医世家，又是我国中医儿科界的第一位博士。他曾是天津中医药大学一附院这一国内知名大医院业绩斐然的院长，先后担任了中华中医药学会常务理事及儿科分会两届会长、国家卫生健康委儿童用药专家委员会副主任委员、国务院学位委员会学科评议组成员、国家药典委员会委员、中国中药协会儿童健康与药物研究专业委员会主任委员等国内诸多高级别的学术职务，同时他又是享受国务院政府特殊津贴专家、国家中医药领军人才—岐黄学者……他更是一位勤奋治学、有独特临床与科研视角、临证经验丰富、德艺双馨的中医儿科大家。

我与马融教授相识在20世纪90年代共同参加教材编写的过程中，当时他刚过不惑之年，我虽年长于他，但其术业之专精、才华不凡却又庄静自持的风格给我留下了极深刻的印象并使我受益良多。在以后共事的近30年中，目睹他在承担繁忙的行政工作并做出业绩的同时，对临床及学术的追求丝毫未曾懈怠。他率天津中医药大学一附院儿科学科成为国家临床重点专科，国家中医药管理局重点学科、重点专科，建立了儿童药物评价专业团队，进而又引领全国中医儿科行业开展了广泛而持久的高水平的循证医学及药物评价研究，他铁肩担道，使中医儿科药物评价研究水平上了一个台阶，并成为中医儿科历史上新的里程碑。

马融教授在中医及中医儿科行业中有很高的声誉和影响力，他作为主编完成了全国中医药行业高等教育"十三五"规划教材《中医儿科学》、研究生教材《中医儿科学临床研究》的撰写，另主编撰写了18部专业学术著作，率先成立中华中医药学会儿童肺炎协同创新共同体等，开展了广泛的学术交流，促进了中医儿科学术的发展。他主持完成了数十项国家及省级课题，荣获30余项科研奖励。他培养的100多位硕士、博士、博士后，很多成为国内高校附属医院的优秀骨干或青年领军人才。

马融教授从事医学临床已近46年，不仅精通中医学，并能应用现代科学技术理念融汇中西医学，他以中医药治疗小儿脑病、肺病为主要方向，尤其在小儿脑病方面，取得了令人瞩目的业绩，处于全国的领先水平。在拜读《马融论治小儿癫痫》书稿后更有触动，该书共三章十九节，第一章对小儿癫痫从古至今的源流传承与发展，传统及现代辨证与治疗经验、诊断与鉴别，临床常用的方剂与中成药，临床疗效评定标准等进行了全面深入细致的梳理与凝练，之后的两章记载了马教授对小儿癫痫的诊治经验、医案、临床和基础研究成果。马教授不仅诊治经验丰富，屡起沉疴，又创造性开拓了中医对小儿癫痫病的新适应证、研制了新药，尤其是在抗痫增智、控制月经性癫痫和难治性癫痫，以及开展抗癫痫有毒中药的"量-效-毒""时-效-毒"研究中，可谓是对中医药治疗小儿癫痫病做出了重大贡献。马教授不愧为小儿癫痫研究领域的中医领军科学家。

相信，《马融论治小儿癫痫》一书的出版，将是中医儿科历史上针对小儿癫痫病最具有影响力的一部专著，谨以此序祝贺他的成功！

2020 年 6 月 26 日于郑州

前　言

　　癫痫，因其特殊的发作表现，在公元前即引起国内外医家的注意。在中国，对癫痫病的描述可追溯到公元前的《五十二病方》，其记载有"婴儿病间""雷丸药浴"等病名和治法。后世历代医家对其进行了研究、实践，形成了一些对临床有指导价值的理论和行之有效的治疗方药。在国外，约3000年前，在美索不达米亚（现伊拉克）用 Akkadian 文字描写了癫痫全身发作；2000 年前，在希腊的希波克拉底学校，一批医师所著的《神圣的疾病》一书中有描述癫痫病的内容；公元 2 世纪盖伦（Galen）认为癫痫是脑室内聚集了 4 种液体中的痰与胆汁。巧合的是，两千年来中西医较为一致的观点为：癫痫是因为痰阻心（脑）窍而发病。然而，西医在近两百年来，注重运用实验的方法积极探索人体疾病发生、变化的物质基础，取得了显著的进步。如 1929 年观察到癫痫病人脑电图异常波形；1918 年用电刺激动物模型筛选抗癫痫药物；1886 年开创了用手术切除的方法治疗难治性癫痫等。特别是近 100 年来，西医跟随现代科学技术发展，借助 CT、MRI、PET、SPECT 等手段使癫痫的诊断更加清晰、明确。中医学在近 100 年来，秉承天人合一、辨证论治、补偏救弊、调和阴阳等理念和方法，在癫痫诊治中也有不小的进步，但总体来讲尚不如人意。中医要创新、发展，首先要有开放的意识、开放的精神，要打破中医闭环圈子，与现代医学、现代科学相结合，更好地发展自己。但是，这种开放是学习、是引进、是借鉴、是包容，但绝不是转化、失去自我，既要开放，又要不失本质，要把握好这个度，即传承精华，守正创新。

当前，在全国范围内从事中医药治疗本病的专科医师并不是很多，究其可能原因主要有两方面。一方面，对癫痫病认识不足，如同样是癫痫病发作，其有原发性和继发性之分，原发性癫痫又有良性癫痫和非良性癫痫之别。因此，有些医生看到中医药治疗原发性癫痫，甚至是良性癫痫效果较好的报道，而信心十足；但在临床中遇到的癫痫又多为继发性癫痫，甚至是难治性癫痫，疗效欠佳，故而产生怀疑，丧失信心。另一方面，癫痫病的病因复杂，诱因对其复发影响较大，症状多样，或有的癫痫病人常常无证可辨，加之此病病程较长，病人依从性较差，对古方中含有有毒中药的畏惧心理，不敢冒然、长期使用等因素，都可影响治疗效果。笔者经过多年临床实践，认为中医药治疗癫痫病是有优势的。首先，中医药因其处方多变，可防止难治性癫痫病患者的多药耐药；其次，抗癫痫中药具有多组分、多途径、多靶点等整体调节的优势，对于病因多样、病机复杂的癫痫病来讲，比单靶点药物更有优势，特别是对癫痫共患病也有较好的疗效；最后，中西药有协同作用，中药可增强西药抗惊厥作用及改善癫痫患儿偏颇体质、提高惊厥阈、增加机体对抗癫痫西药的敏感性。

天津中医药大学第一附属医院儿童癫痫专科是由李少川教授于1979年创立的，迄今已有40余年历史。40余年来癫痫专科在几代人的努力下经历了五个发展阶段：一是注重抗惊厥和脑电图的改善，目标是减少癫痫的发作次数和脑电图异常放电；二是抗痫增智，重点研究在减少癫痫发作的基础上如何提高患儿的认知功能；三是开展难治性癫痫的研究，特别是对多药耐药的病人加用中药后如何提高抗癫痫西药的疗效；四是关注月经性癫痫，部分女性癫痫患者癫痫发作与月经周期密切相关，其在月经周期中雌激素升高、孕激素降低时容易引起癫痫发作，因此，运用中医药提高孕激素、降低雌激素水平，可以达到减少或控制青春期女性患儿癫痫发作的目的；五是开展抗癫痫有毒中药的研究，力争明确中药的毒性成分、作用途径、损害靶点，以及临床中有毒中药"量－效－毒""时－效－毒"之间的关系，既保证疗效，又尽量减少对患儿的损害。

40余年来我们承担了癫痫课题20项，其中国家自然基金课题10项，省部级课题8项，局级课题2项；获省部级科技进步奖11项，其中一等奖2项，二等奖 3 项，三等奖 6 项。2009 年主持国家中医药管理局中医药标准化项目《小儿癫痫中医诊疗指南》，2017 年主持修订工作；主编了卫生部"十二五"规划教材、全国中医药行业高等教育"十三五"规划教材《中医儿科学》（本科教材），《中医儿科学临床研究》（研究生教材），并主笔教材中的癫痫章节。研发中药新药小儿抗痫胶囊（已上市），研制了院内制剂熄风胶囊、茸菖胶囊。培养了硕士生、博士生、博士后百余人。

此书中所列方剂、中成药均为处方药，应在中医师辨证准确的基础上使用，家长不得私自摘录、引用，以免发生不良反应。

本书在编写过程中，天津中医药大学第一附属医院儿童脑病研究团队的医生参与了部分章节的撰写，儿科硕、博士生为本书的资料收集、病案整理给予了大量的协助，在此表示深深的谢意！

马　融

2020 年 3 月 15 日于天津

目 录

第一章

基础研究与创新

第一节

癫痫发展简史

癫痫因其特殊的发作形式很早就成为人们重点关注的疾病之一。国内外医家几千年来在对该病的认识及治疗中积累了丰富的经验，这些经验对我们了解癫痫发展过程及研究、治疗癫痫病大有裨益。

一、西医发展简史

癫痫（epilepsy）一词，意为发作。约 3000 年前，在美索不达米亚（现伊拉克）用 Akkadian 文字描写了癫痫全身发作，埃及（公元前 1600 年）、印度（公元前 1000 年）、巴比伦（公元前 500 年）均记载了癫痫发作时的症状；2000 年前在希腊的希波克拉底学校中一批医师所著的《在神圣的疾病（*On the sacred disease*）》一书中有描述癫痫病的内容；公元 2 世纪盖伦（Galen）认为癫痫是脑室内聚集了 4 种液体中的痰与胆汁。

1667 年 Willis 提出癫痫的发作来源于大脑。1791 年 Galvanis 首先发现了动物的脑电现象。1929 年德国精神病学家 Hans Berger 做出了人的脑电图，并于 1931 年报告了棘波是癫痫发作间期脑电图现象。1931 年 Jackson 根据癫痫发作时的脑电图特征，提出癫痫是"高度不稳定的细胞群突然、暂时过度的发放"，这种观点至今仍对癫痫的诊断具有重要的参考价值。

在治疗方面，1875 年 Locock 用溴化物治疗 15 例癫痫，取得显著疗效，因此，溴化物成为当时在世界范围内广泛使用的抗癫痫药物。1912 年法国 Hauptmann 开始用苯巴比妥治疗癫痫，1918 年成为首选抗癫痫药。此后，哈佛大学的 Putnam 发明了一种用适度的电击使试验猫产生痉挛的癫痫药物筛选方法，Putnam 和 Merritt 用这种方法发现了苯妥英钠、苯乙酮和苯甲酮三种新药，这三种新药在控制动物因电击所诱发痉挛作用，明显优于溴化物和苯巴比妥。经对 118 例服用苯妥英钠 2～11 个月癫痫患者临床观察，在治疗期间 58% 的患者没有大发作，27% 的患者发作明显减少；在治疗中还发现该药对癫痫大发作和精神运动性发作疗效显著，对小发作作用较差；不良反应只有轻微的催眠作用。故此，可以说苯妥英钠的发现是世界癫痫治疗史中的一个重要里程碑。

在 20 世纪 20 年代，纽约一位律师的儿子患有严重的癫痫病，当时他向一位骨科医生咨询治疗方法时，医生推荐了一种饥饿疗法，即在 3～4 周内不吃饭，只喝水。结果这名癫痫患儿的发作得到缓解。在此之后，纽约教会医院的 H. Rawle Geyelin 医生对 26 例患者进行了饥饿疗法后发现，20 例患者的发作得到了改善。1921 年，Mayo 医疗中心的 Wilder 提出当饮食中的脂肪与葡萄糖的比例大于 2：1 时，可引发酮症，取名为生酮饮食。生酮饮食可以达到与禁食相同的结果，并且还能延长这种效果。如果要消除酮症，只需将脂肪与葡萄糖的比例调节到 1：3 即可。Peterman 报道了 500 例儿童患者治疗结果，通过生酮饮食加脱水治疗，必要时给予苯巴比妥，有一半患者的发作得到了控制，另有 20% 的患者症状得到了改善，表明这种方法对儿童的疗效优于成人。

癫痫的外科治疗起始于 1886 年 5 月 26 日。Horsley 在伦敦国立女王医院实施第一例癫痫病灶切除术，该患者是一位苏格兰人，其颅骨凹陷性骨折，继发癫痫，在入院 13 天内发作 2870 次。Horsley 判定患者左侧额上回后部有外伤性瘢痕，结果经手术证实，并将瘢痕切除。癫痫外科学的另一个里程碑是在 1893 年，Krause 首次在人体上利用术中电刺激术，并在 Horsley 工作的基础上，原创性地发表了人类运动区定位图谱，主要是新皮质病变的手术切除术。此后，随着 CT、MRI、SPECT、PET、MEC 等的出现，手术的术前定位更加清晰，提高了手术的效果。

在 20 世纪 90 年代以后，抗癫痫的新药研发进入了快速发展阶段，如托吡酯、拉莫三嗪、氨己烯酸等，为临床治疗提供了更多的选择。

二、中医发展简史

癫痫之病，中医称之为痫病，其名称最早见于公元前《五十二病方·婴儿病痫方》中，有"间（痫）者，身热而数惊，颈脊强而复（腹）大"的记载。《黄帝内经》称其为"胎病""癫病"，如《素问·奇病论》曰："帝曰：人生而有病颠疾者，病名曰何？安所得之？岐伯曰：病名为胎病。此得之在母腹中时，其母有所大惊，气上而不下，精气并居，故令子发为颠疾也。"《素问·长刺节论》曰："病初发，岁一发，不治，月一发，不治，月四五发，名曰癫病。"癫痫之名见于《医学纲目·肝胆部·癫痫》，其云："痰溢膈上，则眩甚仆倒于地，而不知人，名之曰癫痫。"此外，后世医家根据其症因脉治的不同，赋予其他的名称。如《诸病源候论·小儿杂病诸候·风痫候》根据其病机属性分为"阴痫""阳痫"；《诸病源候论·小儿杂病诸候·痫候》依据病因和症状的不同分为"惊痫""风痫""食痫"；《婴童百问·惊痫》按照五脏主病区分为"心痫""肝痫""脾痫""肺痫""肾痫"；《名医别录·五痫》以发作时的声音特点分为"马痫""羊痫""猪痫""犬痫""鸡痫""牛痫"等。

在癫痫的病因学中，有先天之因与后天之因之分。先天之因首见于《黄帝内经》，有胎中受惊之说。隋代巢元方认为孕期调护失宜也可引发本病，《诸病源候论·小儿杂病诸候·养小儿候》云："小儿所以少病痫者，其母怀娠，时时劳役，运动骨血，则气强，胎养盛故也。若侍御多，血气微，胎养弱，则儿软脆易伤，故多病痫。"后天之因又可分为风、惊、食等，因于风者多见于小儿急慢惊风，反复发作，未得根除。常因风邪与痰浊内扰，进而阻塞心窍，横窜经络可以续发癫痫，正如《活幼心书·痫证》云："阴痫者，因慢惊后，去痰不尽，痰入心包而得……阳痫者，因感惊风三次发搐，不与去风下痰……所谓惊风三发便为痫。"所谓三发，是指惊风多次发作不愈而言，迁延可成癫痫。因于惊者诚如《证治汇补·痫病》所云："或因卒然闻惊而得，惊则神出空舍，痰涎乘间归之。"惊则气乱，恐则气下，惊气归心，恐则伤肾，惊则神出舍空，痰涎乘间而为之。此即《诸病源候论》所称："惊怖之后，气脉不足，因惊而作痫者。"小儿脾胃虚弱，易为乳食所伤而成食滞，且水湿不得运化而生痰浊，痰食壅塞中脘，气机失于升降也是诱发癫痫的一个原因。故此，《诸病源候论·小儿杂病诸候·痫候》对其进行总结归纳，其云："诸方说痫，名证不同，大体其发之源，皆因三种，三种者，风痫、惊痫、食痫是也。风痫者，因衣厚汗出，而风入为之；惊痫者，因惊怖大啼乃发；食痫者，因乳哺不节所成。然小儿气血微弱，易为伤动，因此三种，变作诸痫。"

癫痫的病变机理有痰瘀交阻，气机逆乱之说。因于痰者如《万氏秘传片玉心书·惊风门》所述："凡小儿因闻非常之声，见异类之物，或为争斗推跌，或大小禽兽之类致惊，其神气结于心而痰生焉。痰壅气逆，遂成搐搦，口眼歪斜，口吐涎沫，一时即醒，如常无事。或一日一发，或间日再发，或三五日一发，或半年一发，一年一发。若不急治，变成痫疾，而为终身之痼病也。"因于瘀者如《普济方·婴孩一切痫门·候痫法》所论："血滞心窍，邪气在心，积惊成痫。"气机逆乱致痫者如《幼幼集成·痫证》所言："夫痫者，痼疾也。非暴病之谓，亦由于初病时误作惊治，轻于镇坠，以致蔽固其邪，不能外散，所以留连于膈膜之间。一遇风寒冷饮，引动其痰，倏然而起，堵塞脾之大络，绝其升降之隧，致阴阳不相顺接，故卒然而倒。"

历代医家对于癫痫的治法积累了丰富的经验，如《五十二病方》专列"婴儿病痫方"，采用"雷丸药浴"治疗小儿癫痫；张仲景《金匮要略·中风历节病脉证并治第五》提出风引汤"除热瘫痫"；《医学纲目·肝胆部·癫痫》指出"镇惊丸治小儿一切惊痫"；《医学心悟·癫狂痫》亦有"定痫丸。男、妇、小儿痫证，并皆治之"。特别是清代医家陈复正的《幼幼集成·痫证》记载了两首治疗小儿虚痫的名方，即"集成定痫丸。治小儿痫证。从前攻伐太过，致中气虚衰，脾不运化，津液为痰，偶然有触，则昏晕卒倒，良久方苏。此不可见证治证，盖病源深固，但可徐图。惟以健脾补中为主，久服痰自不生，痫自不作矣"，"河车八味丸。治小儿痫证。年深日远，肝肾已亏，脾肺不足，心血耗散，证候不时举发。此证总归于虚，不可以为有余而攻逐之，致成不救。但以此丸早服，以救肝肾"。上述医家所论治法及方剂对当今中医药治疗小儿癫痫病仍有指导意义。

近几十年来，随着中西医学的交流及融会贯通，中医对癫痫病的认识也在逐步深化、细化，尤其是对于难治性癫痫，中西药联合使用确实可提高临床疗效。联合治疗中，中医在抗惊厥、改善偏颇体质、增强患者对抗癫痫西药的敏感性、减少耐药等方面起到了很好的作用。因此，在医学发展经历了经验医学、实验医学，到目前的整合医学时代，中医药学要在继承传统的基础上，保持自身特色，借鉴现代科学、现代医学技术和方法，不断进取、创新，争取做到取一切可取之法，用一切可用之术，综合治疗小儿癫痫，提高疗效，使之尽快回归社会，解除患儿及家长的心理及经济负担。

第二节

癫痫病名演变

中医药对癫痫的认识经历了漫长的过程，由于认识水平的时代局限性，古代痫病一般特指癫痫的强直－阵挛性发作或阵挛发作。追溯儿童癫痫病名的演变和源流，它体现了古代医家对儿童癫痫认识的过程，是一个由博返约、逐渐深入的过程。其大致可以分为以下几个阶段。

一、萌芽阶段（先秦时期）

先秦时期距今年代久远，目前存世医学著作较少，主要以《五十二病方》和《黄帝内经》为主，大部分病名多源于此。病名多样化实质是对癫痫认识的局限性所致，该阶段最显著的特点是惊、痫、痉、癫、狂等病不分或者相混淆，它们均属于神经精神系统疾病，互相交叉。

癫痫的最早记载见于《五十二病方》，书中记载"婴儿病间""人病马不间""间者，身热而数惊，颈脊强而复大"，其中"间"后逐渐衍化为"痫"，根据其症状描述更像现代热性惊厥。《素问·奇病论》中"人生而有病颠疾者，病名曰何？安所得之？岐伯曰病名为胎病。此得之于母腹中，其母有所大惊，气上而不下，精气并居，故令子发为颠疾"，这是对痫病病因和病机的经典描述，至今仍有指导意义。《素问·大奇论》曰："心脉满大，痫瘛筋挛。肝脉小急，痫瘛筋挛。二阴急为痫厥。"《灵枢·寒热病》曰："暴挛痫眩，足不任身。取天柱。"故《黄帝内经》

建立了痫病的理论框架，是痫病的开山之作。但惊与痫不分，甚至认为是一个疾病，《素问·通评虚实论》曰："刺痫惊脉五，针手太阴各五。"《颅囟经·惊痫癫证治》曰："牛黄丸，治小儿胎惊及痫，或心热。又牛黄丸，治孩子惊热入心，疑成痫疾，面色不定，啼哭不出，潮热无度，不吃乳食，大眼翻露白，手足逆冷，呼唤不应。"痫与惊混为一谈。

关于癫和狂的经典描述，《素问·宣明五气》曰"邪入于阳则狂，邪入于阴则痹，搏阳则为颠疾"，《灵枢·癫狂》曰"癫疾始生，先不乐，头重痛，视举，目赤，甚作极，已而烦心，候之于颜……癫疾始作，而引口啼呼喘悸者，候之手阳明太阳，左强者攻其右，右强者攻其左，血变而止……癫疾始作，先反僵，因而脊痛，候之足太阳阳明、太阴、手太阳，血变而止"，同时有分为"骨癫""筋癫"和"脉癫"的不同。"狂始生，先自悲也，喜忘、苦怒、善恐者，得之忧饥，治之，取手太阴、阳明及取足太阴、阳明，血变而止……狂始发，少卧不饥，自高贤也，自辩智也，自尊贵也，善骂詈，日夜不休……狂言，惊，善笑，好歌乐，妄行不休者，得之大恐……狂，目妄见，耳妄闻，善呼者，少气之所生也……狂者多食，善见鬼神，善笑而不发于外者，得之有所大喜。"从文中描述的症状可以看出与痫病的区别。

关于痉病的最早描述是《五十二病方》，"痉者，伤，风入伤"，"诸伤，风入伤，身信而不能屈"。《素问·至真要大论》曰"诸痉项强，皆属于湿"，"诸暴强直，皆属于风"，都强调了痉病皆由外感而来，尤其"伤后受邪"的病因学说对后世痉病病因认识的影响很大。

因此，该阶段惊、痫、痉及癫狂几种疾病互相混杂，尤其对于惊、痫和痉的区分更为模糊，对其病因与病机的认识也处于萌芽状态，但是已经建立了古代抽搐类疾病的理论框架，对后世影响甚大。

二、由博返约阶段（隋唐宋元时期）

隋唐时期，痫病与痉病开始分开。《诸病源候论·风病诸候下·风癫候》首次指出了"痫者，小儿病也。十岁以上者为癫，十岁以下者为痫"，"病发时，身软，时醒者，谓之痫；身强直反张如尸，不时醒者，谓之痉"，不仅指出了痫与痉的区别，还首次提出了"癫痫"的病名，《备急千金要方·惊痫第三》在继承《诸病源候论》的基础上将痉、痫归纳为"病发身软时醒者，谓之痫也。身强直反张如弓，不时醒者，谓之痉也"。二书从症状和病机上将痫与痉区别开来，但并没有将惊、痫区别开来。

首次将痫证和惊风区别开来的是钱乙。《小儿药证直诀·脉证治法》曰"凡治五痫，皆随脏而治之"，描述了"惊痫发搐""伤风发搐""伤食后发搐""百日内发搐"的不同证治，首次提出了惊与痫的治疗区别。在同时期代表的学术著作《太平惠民和剂局方》《小儿卫生总微论方》《幼幼新书》《活幼心书》《仁斋小儿方论》中都认识到了惊风和痫病的区别，开始了分章论述，并且认识到惊可以向痫病转化。宋代刘昉《幼幼新书·痫论候法·痫论》引《婴童宝鉴》言："论病有变痫证。凡小儿如有小疾，早为寻医，勿致稽迟，皆能害命。凡小儿有数疾，久而不医，尽变为痫。壮热久不治为痫；夹惊伤寒不瘥为痫；痰饮不瘥为痫；发惊不已为痫；洞泄不止为痫……以上病状，皆能变为痫疾也。"并且该阶段已经将痫病进行了有效分类，如巢氏风惊食三分法、五脏六畜类痫法、阴阳二分法。因此可以认为该阶段已经建立了古代儿童癫痫的分类方法体系，进一步促进了癫痫的分化成熟。

虽然惊、痫、痉虽各有其说，但惊与痫的区别仍没有完全达成共识。如《阎氏小儿方论》指出"小儿急慢惊，古书无之，惟曰阴阳痫"，尤其对于阴痫和阳痫常与急慢惊混为一谈，直至明清时期仍有认为其是一体的记载，如明代孙志宏指出"小儿急、慢惊风，古谓之阴阳痫。急慢者，后世名之也"，明代王大纶指出"小儿急慢惊风症候，《素问》所谓阴阳痫者是也"。

三、分化成熟阶段（明清时期）

明清时期，癫痫或痫病开始作为独立病名或章节见于各类医著里。惊与痫基本分别开来，最早见于楼英《医学纲目》，其曰"身热力大者，为急惊；身冷力小者，为慢惊；仆地作声，醒时吐沫者，为痫"，明确区分了痫、急惊、慢惊三者的区别。《东医宝鉴·癫痫》"痰在膈间，则眩微不仆，痰溢膈上，则眩甚仆倒于地而不知人，名之曰癫痫。大人曰癫，小儿曰痫，其实则一"，明确提出了"癫痫"的病名，并且指出了痰与癫痫的关系。曾世荣指出了惊风转痫，"阳痫者，因感惊风三次发搐，不与去风下痰则再发，然三次者，非一日三次也，或一月，或一季，一发惊搐，必经三度，故曰三次，所谓惊风三发便为痫，即此义也"，《婴童类萃》指出"痫之举发，症类争惊，眼白上窜，痰涎壅盛，痰吼如锯，身体僵仆，目不知人，发有轻重，症归于一。其病总归风、热、痰、火四证"。

自此以后，《幼科铁镜》《幼科折衷》《幼幼集成》《医宗金鉴·幼科心法》等儿科名著都将癫痫作为单独篇章进行论述，惊风与癫痫明确分开。他们的研究重点不在病名的区分上，而更侧重于病因病机分析，癫痫的病机模式与现代更接近。《医宗金鉴·幼科心法要诀》总论论述："小儿痫证类惊痓，发时昏倒搐涎声，食顷即苏如无病，阴阳惊热痰食风。"即较全面地分析了痫病的病因特点。在该时期对惊风与癫痫研究的集大成者是陈复正的《幼幼集成》，陈复正在"惊风辟妄"以及痉病的治疗方面，独具卓见，有补偏救弊之功。他提出了"误搐、类搐、非搐"三个方面，确立了扶正抗痫的治疗思路，创立了集成定痫丸、断痫丸、河车八味丸等有效成方，别具一格。该阶段痫病理论体系已经定型，惊与痫已经完全分离开来，对痫病病机理论的认识也日臻成熟，尤其对于扶正抗痫思路逐步达成了共识，这是癫痫治疗史上的飞跃。

四、中西融合阶段（清末至今）

随着西方医学的兴起和汇通，人类对癫痫的认识更加清晰。西方医学认为癫痫系脑部异常放电。王清任在《医林改错·脑髓说》中云："痫证，俗名羊羔风，即是元气一时不能上转入脑髓。"将病位定于脑与西医学更接近，并且首倡活血化瘀法治疗癫痫，为现代医家所推崇。民国时期津门著名医家张锡纯已经开始认识抗癫痫西药的不良反应，并且强调中药能协助西药撤药，减少复发，"西药治痫风者，皆系麻醉脑筋之品，强制脑筋使之不发，鲜能被除病根。然遇痫风之剧而且勤，身体羸弱，不能支持者，亦可日服其药两次，以图目前病不反复，而徐以健脾、利痰、通络、清火之药治之。迨至身形强壮，即可停止西药，而但治以健脾、利痰、通络、清火之品。或更佐以镇惊（若朱砂、磁石类）、祛风（若蜈蚣、全蝎类）、透达脏腑（若麝香、牛黄类）之品，因证制宜，病根自能被除无余也"，至今仍有积极的临床意义。他所创立的加味磁朱丸、定风丹、镇风汤、加味理中丸仍为现代习用。同时随着脑电图技术、影像学技术和抗癫痫西药不断地更新换代，中医药在癫痫的治疗领域也在不断改变，其治疗也更多地吸纳西医学元素，人类对于癫痫的认识无论在宏观还是微观领域的视野都更加广阔和深远。

总之，基于中医学的现代认识癫痫应称之为痫病，其内涵不仅有中医痫证的神昏、抽搐等强直－阵挛性发作，还有西医癫痫的感觉、运动、情感、反射等发作及癫痫综合征。如此，才能使中西医更好地结合，互相借鉴，取长补短，共同推进对癫痫患者的诊疗效果。

第三节

癫痫病因病机源与流

古代对儿童癫痫病因病机的认识经历了一个逐步丰富和深入了解的过程，在众多的学术流派中，基本上可以分为以下几个影响深远的病因病机学说，并且得到了逐步丰富和完善。

一、胎中病论

胎中病是古代对癫痫最早的认识，认为癫痫的发病与胎儿母婴期及生长发育密切相关。胎中病可以分为两个层次：一是胎中受惊。《素问·奇病论》曰："人生而有病颠疾者，病名曰何？安所得之？岐伯曰病名为胎病。此得之于母腹中，其母有所大惊，气上而不下，精气并居，故令子发为颠疾。"这是对胎中受惊的最著名的论述，至今有指导意义，其核心的要义在于气机逆乱，精气离散而发为癫痫，被后世医家奉为臬圭而广为引用。并且"惊"作为致病因素被最早认识，利惊、镇惊、定惊等法是常用之法，如后世利惊丸、温惊丸、五色丸等，该理论直接导致了后世镇惊安神药物在临床大量应用，如牛黄、朱砂、琥珀、金箔、龙齿等。二是肾怯不全论。《小儿卫生总微论方·卷四·惊痫·发搐真假》中谈到对胎痫的认识："儿在母胎中时，血气未全，精神未备则动静喘息莫不随母，母调适乖宜，喜怒失常，或闻大声，或有击触，母惊动于外，儿胎感于内。""至生下百日以来，因有所犯，引动其疾则身热吐，心神不宁，睡卧昏腾，躁啼无时，面青腰直，手足搐搦，口撮腮缩，目瞪气冷，或眼闭胶生，或泻青黄水，是胎痫也。"并且指出了"真搐"和"假搐"的病机不同。认为血气未全，精神未备归结于肾，肾怯不全，慎养失宜则发为抽搐。曹世荣在《活幼心书·卷中·明本论·痫病》中指出："胎痫者因未产前，腹中被惊，或母食酸咸过多，或为七情所泪，致伤胎气，儿生百日内有者是也。发时心不宁，面微黄，气逆痰作，目上视，身反张，啼声不出。"王肯堂旗帜鲜明地指出"此皆元气不足也"，为后世补虚扶元法奠定了理论基础。肾怯不全论与西医学的病机相吻合，尤其与围产期医学密切相关。

二、脏气不平论

脏气不平论由孙思邈首次提出，即于《备急千金要方》中明确指出："少小所以有痫病及痉病者，皆由脏气不平故也。"并同时指出："新生即痫者，是其五脏不收敛，血气不聚，五脉不流，骨怯不成也，多不全育。其一月四十日以上至期岁而痫者，亦由乳养失理，血气不和，风邪所中也，病先身热，掣惊啼叫唤而后发痫。"指出了脏器功能失衡是癫痫发病的内因，乳食、外邪为外因，也为后世脏腑辨证奠定了理论基础。宋代陈无择在《三因极一病证方论·癫痫叙论》中明确指出："夫癫痫病，皆由惊动，使脏气不平，郁而生涎，闭塞诸经，厥而乃成……三因不同，忤气则一，传变五脏，散及六腑，溢诸络脉。但一脏不平，诸经皆闭，随其脏气，证候殊分，所谓象六畜，分五声，气色脉证，各随本脏所感所成而生诸证。古方有三痫、五脏痫、六畜痫，乃至一百二十种痫，以其禀赋不同，脏腑强弱，性理躁静，故诸证蜂起。"其中也明确指出了脏气不平，郁而生痰是导致各种痫病的根本原因，从不同角度也反映了脏器与气机运行之间的重要地位。脏气不平论的内涵丰富，既指脏腑功能之间平衡，也指气血阴阳之间虚实相关。

三、由惊转痫论

"痫其症与惊风相似，血滞心窍，积惊成痫。"随着认识的深入，惊与痫逐渐分开、明朗化，同时也认识到了惊与痫的内在联系，所谓"惊风三发便为痫"，由惊转痫的客观存在。《小儿卫生总微论方·已发搐》曰："又有言惊发三次为痫者。"《幼幼新书·痫论候法》中引《婴童宝鉴》所言："凡小儿有数疾，久而不医，尽变为痫。壮热久不治为痫；夹惊伤寒不差为痫；痰饮不差为痫；发惊不已为痫；洞泄不止为痫；咳嗽不差为痫……"《幼科发挥·急惊风变证》中明确指出"惊久成痫"这种趋向，其曰："急惊风变成痫者，此心病也。心主惊，惊久成痫。盖由惊风既平之后，父母玩忽不以，使急痰停聚，迷其心窍，或一月一发，或半年一发，或一年一发，发过如常，近年可治"，并拟方如神断痫丸。清代陈飞霞在《幼幼集成·痫证》中进一步发挥了古代医家的理论，认为："夫痫者，痫疾也。非暴病之谓，亦由于初病时误作惊治，轻于镇坠，以致蔽固其邪，不能外散，所以留连于膈膜之间。一遇风寒冷饮，引动其痰，倏然而起，堵塞脾之大络，绝其升降之隧，致阴阳不相顺接，故猝然而倒。"并创制了消风丸，"此非治痫之药，用以疏散外感，开通经络，庶后药得以流通故耳"。对于由惊转痫的预防，刘完素提出"大抵血滞心窍，邪气在心，积惊成痫，通行心经，调平血脉，顺气豁痰，乃其要也"，被后世医家所广为引用。

四、丹溪痰痫论

自《丹溪心法》首次指出了"痰与痫"的关系后，从痰论痫的病机学说在癫痫流派中的影响力越来越大。"惊与痰宜吐，大率行痰为主，用黄连、南星、瓜蒌、半夏，寻火寻痰，分多分少，治之无不愈者。分痰与热，有热者，以凉药清其心；有痰者，必用吐药，吐后用东垣安神丸。"虞抟于《医学正传》中曰"痫病独主乎痰，因火动之所作也。治法，痫宜乎吐"，提出以吐法治痫，并且论述了痫病的治疗方法。楼英于《医学纲目》中指出："癫痫，即头眩也。痰在膈间，则眩微不仆。痰溢膈上，则眩甚仆倒于地，而不知人，名之曰癫痫。"认为癫痫之痰源于膈间。并且指出了"酒痰"的特点，即脾胃湿热内蕴导致癫痫，"肺胃之间，旧有酒痰，为肝气所抑郁而为痫。然酒喜动，可以出入升降，入内则痫，出外则痫。"龚信于《古今医鉴》中提出："原其所由，或因七情之气郁结，或为六淫之邪所干，或因受大惊恐，神气不守，或自幼受惊感触而成。皆是痰迷心窍，如痴如愚。治之不须分五，俱宜豁痰顺气，清火平肝。"直接提出了"豁痰顺气"的治疗大法，提出了"清心温胆汤"，至今仍有指导意义。

五、二阴急为痫厥论

《黄帝内经》云"二阴急为痫厥"。后世对于二阴有一定的争议，有医家认为二阴一般指手足少阴经，即心肾二经，也有指足厥阴肝经和足少阴肾经，但二者都指向了发病的根本——肾经。王肯堂于《证治准绳》中指出："大抵癫痫之发，厥乃成。厥由肾中阴火上逆，而肝从之，故作搐搦，搐搦则遍身之脂液促迫而上，随逆气吐出于口也。盖诸方不察其病源，故论如此。"并且还指出："《内经》既有二阴之癫，《灵枢》又有足少阴筋病之痫。二阴，非肾之经乎。肾间动气，非肾之气乎。更以胎痫言之，便可推之，肾间动气，本受父母精气，既为立命之门，安得各经引邪深入者，不止于此乎。"罗美于《古今名医汇粹》也有论述："亦有水涸相火独旺而致者，忽然僵仆作兽声，手足劲强，厥不知人，曰痫，俗名羊头风是也。"张璐在《张氏医通》中谈道："殊不知癫痫之发，皆由肝肾龙雷上冲所致也。痫证之发，由肾中龙火上升，而肝家雷火相从挟助也。惟有肝风，故作搐搦。搐搦则通身之脂液逼迫而上，随逆气而吐出于口也。阴气虚，不能宁谧于内，则附阳而上升，故上热而下寒，阳气虚，不能周卫于身，则随阴而下陷，故下热而上寒。"《顾松园医镜》指出："痫病乃间时而发，发久气虚，则日近日密。经言：二阴（心肾）急为痫厥。故《难经》谓其脉阴阳俱盛也。此属龙雷之火上乘于心。盖龙兴则水附，雷发则雨随，故痰涎上涌，堵塞心窍，忽然神昏仆倒，摇头窜目，嚼舌吐沫，手足搐搦，身体伛偻，或背反张，或作畜声，直至龙雷之火归原，人事方苏。"

在治疗上，各医家均强调了培补元气的重要性。张璐指出："然须防其再发，宜十全大补加枣仁、远志、麦冬。禀气素虚者，鹿角胶经年常服，六味丸加远志、沉香。"痫证往往生于郁闷之人，多缘病后本虚，或复感六淫，气虚痰积之故，盖以肾水本虚不能制火，火气上乘，痰壅脏腑，经脉闭遏，故卒然倒仆，手足搐捻，口目牵掣。乃是热盛生风之候，斯时阴阳相薄，气不得越，故进作诸声，证状非一，古人虽分五痫，治法要以补肾为本，豁痰为标，随经见证用药，但其脉急实，及虚散者不治，细缓者虽久剧可治。"王肯堂指出："此皆元气不足之证，须以紫河车丸为主，而以补药佐之，设若泛行克伐，复伤元气，则必不时举发，久而变危，多至不救。"《顾松园医镜》指出："故斯症当清心、安神、豁痰以治病之标，滋肾、壮水、导火归原，以治病之本（六味加牛膝、车前子）庶可得愈。"冯兆张指出："五痫，皆先天元气不足而成，须以河车丸、八味丸、十全汤，久服方愈。设泛行克伐，清热化痰，复伤元气，则必不时举发，久而变危，多至不救。故其所发，必在劳役恼怒之后，火升猝然仆倒，心虽为君王虚灵，至此有邪停滞，而灵气不能为之用矣。可见火起本于肾邪，滞在于心邪者，即火升水泛，非外入也。治者可不以固肾为本，而调心为佐乎？"《伤寒百问》指出："痫证日久，宜以归脾汤扶其气血，六味丸治其龙雷之火。治痫之源，无出于此。"

六、奇经八脉论

癫痫与经脉之间的关系早有定论。《灵枢·寒热病》曰："暴挛痫眩，足不任身。取天柱。"天柱穴乃足太阳之脉所发，阳跷附而行也。又云："癫痫瘈疭，不知所苦，两跷主之，男阳女阴。洁古云：昼发灸阳跷，夜发灸阴跷，各二壮。阳跷起于跟中，循内踝上行至咽喉，交贯冲脉，照海穴也。"《脾胃论·胃虚脏腑经络皆无所受气而俱病论》称："病痫者，涎沫出于口，冷汗出于身，清涕出于鼻，皆阳跷、阴跷、督、冲四脉之邪上行为病也。此奇邪为病，不系五行、阴阳、十二经所拘，当从督、冲、二跷四穴奇邪之法治之"。《冯氏锦囊秘录》指出："夫痫，痰火所致……皆阳跷、阴跷、督、冲四脉之邪上行，盖肾不任煎熬，沸腾上行为之也。昼发属阳跷，夜发属阴跷，此奇邪为病，不系五行阴阳十二经所拘，当从督冲二跷四穴奇邪之法治之"。林珮琴于《类证治裁》中指出："痫症，肝胆心肾病，而旁及阴阳维跷督诸经俱动也。《脉经》曰："前部左右弹者阳跷也。动则苦癫痫羊鸣，从少阴斜至太阳者，阳维也。动苦癫痫羊鸣，从少阳斜至厥阴者，阴维也。动苦癫痫，三部俱浮，直上直下为督脉，动则大人癫，小儿病痫。"《张氏医通》曰："《脉经》云，前部左右弹者，阳跷也。动则苦腰痛癫痫，恶风偏枯，僵仆羊鸣，身强皮痹，从少阳斜至太阳者，阳维也。动则苦癫痫，僵仆羊鸣，手足相引，甚者失音不能言，从少阴斜至厥阴者，阴维也。动则苦癫痫，尺寸俱浮，直上直下，此为督脉。"因此可以明确的是古人认为癫痫与任、督、阳跷、阴跷、阳维、阴维密切相关。

对于癫痫与奇经八脉之间的内在机理，王肯堂论述最为精辟，王肯堂指出："独用五脉病癫痫者，言督脉者。注云：其脉之流行，起自下极，循脊中，上行至大椎，与手足三阳脉交会，上至喑门穴与阳维会，上至百会与太阳交会，下至于鼻柱，下水沟穴与手阳明交会。据此推之，实为诸阳之海，阳脉之都纲也。病则脊强而厥。阳维、阴维者，维络一身，阳维维于阳，阴维维于阴，为病心苦痛。阳跷脉者，起于跟中，循外踝上行入风池；阴跷脉者，亦起跟中，循内踝上行至咽喉。注云：跷，疾也，言此脉是人行走之机要，动足之所由，故曰跷脉焉。阴跷为病，阳缓而阴急。阳跷为病，阴缓而阳急。然而言二跷之所行，尚未及二脉皆上交会于目内，阳脉交于阴则目闭，阴脉交于阳则目开。若《灵枢》癫狂篇首叙目之外、内、上、下者，正为癫则目闭、狂则目开之不同也。故大惑诸篇亦曰，卫气留于阴，不得行于阳，留于阴则阴气盛，阴气盛则阴跷满，不得入于阳则阳气虚，故目闭也。卫气不得入于阴，常留于阳，留于阳则阳气满，阳气满则阳跷盛，不得入于阴则阴气虚，故目不瞑矣。由是而推，昼夜荣卫行五十度，而寤寐之机，岂不在二脉乎。二脉者，足少阴肾之别脉也。督与肾之大络，同起于会阴，《脉经》谓阳维从少阳斜至太阳，阴维从少阴斜至厥阴，自其肾肝同在下焦，主地道资生言之。可见五脉皆是辅相天机，动用于形体之要者也，故不随十二经之环周。小儿癫痫惊风目眩。灸神庭一穴，七壮，在鼻柱直上入发际五分。小儿诸痫如哕吐清沫。灸巨阙穴三壮，在鸠尾下一寸陷中是穴。"从源头上解释了任督、阴阳跷、阴阳维经脉与癫痫的紧密关系，是古代阐发该理论的最完整版。

七、痰伏脑络，气逆风动论

师法古人，继承创新。笔者亦认为痰是癫痫的主因，以痰立论，融合新知，结合个人多年的临床体会，提出"痰伏脑络，气逆风动"为癫痫病机之核心，"豁痰开窍，顺气息风"为其基本治法。

（一）癫痫的核心病机：痰伏脑络，气逆风动

该病机有三个层次：①痰伏脑络是其病理基础。痰的来源与肺、脾、肾三脏有关，如肺失宣降、脾失运化、肾失温煦均可产生痰浊，尤其与脾肾密切相关。从肺治痰为治标之法，从脾治痰是正治之法，从肾治痰属治本之法。②气机逆乱是其启动因素。升降出入，无气不有，气在人体中的运行轨道是升降出入。当外感发热，肺气闭塞，影响了气机出入；暴受惊恐，惊则气乱、恐则气下，影响了气机的升降；饮食过饱，食积阻滞，阻遏了气机的运行等都是癫痫的诱发因素。③窍闭风动是其临床表现。伏痰随逆气蒙蔽清窍则见神昏，横窜经络则有抽搐，扰动其他脏腑，则见感觉、运动、情感等相应的症状出现，此如张景岳所言，本病"多由痰起，凡气有所逆痰有所滞，皆能壅闭经络，格塞心窍"。痫病病位主要在心、肝，但与肺脾肾亦密切相关。

（二）癫痫的基本治法：豁痰开窍，顺气息风

本病的基础治疗方法是豁痰顺气息风。因癫痫病机关键为痰气逆乱、窍蒙风动，因此顺气、豁痰、息风为本病的基本治法。气逆痰扰则痫作，气顺痰静则痫止，故顺气宜为先。气机调顺，痰邪自有出路，痰消风平则痫自止。健脾顺气、豁痰息风为治疗小儿痫病的主要法则。若遇癫痫反复发作，日久不愈，尤其是难治性癫痫患儿，多为病久耗伤肾精，肾之阴阳不足，气化温煦失职，顽痰不化；或阴虚火旺，灼津耗液，使顽痰难消，则注意补肾培元化痰。同时注意分期论治。发作期治则以核心病机为主线：豁痰开窍，降逆息风。发作间期以豁痰为要，具体治法可分为宣肺化痰、健脾化痰、温肾化痰、清热化痰、温化寒痰、芳香化痰等，目的是祛除顽痰，减少或终止其发作。

第四节

癫痫临床症状拓展

癫痫是一种由多种病因引起的慢性脑部疾病，以脑神经元过度放电导致反复性、发作性和短暂性的中枢神经系统功能失常为特征，临床表现形式复杂多样。近年来随着对小儿癫痫认识的不断深入，对临床症状的研究也有了较大进展，下面分别从中、西医两方面论述之。

一、传统中医认识

古代医家多从小儿痫病发作过程及病因角度描述其临床症状。

（一）先兆症状

小儿痫病是一种发作性疾病，预先了解发病前的先兆症状，对于预防发作、截断发作及早期治疗具有重要意义。

早在春秋战国时期就有对癫痫病人发作前先兆症状的记载。《灵枢·癫狂》云："癫疾始生，先不乐，头重痛。"隋代对发病前的先兆症状认识不断加深，提出了小儿发痫之前的证候。《诸病源候论·小儿杂病诸候·欲发痫候》曰："夫小儿未发痫欲发之候，或温壮连滞，或摇头弄舌，或睡里惊掣，数啮齿，如此是欲发。"唐代对发病前的先兆症状有了系统认识，提出了20条欲发痫症状。《备急千金要方·惊痫》记载："手白肉鱼际脉黑者，是痫候；鱼际脉赤者，热；脉青大者，寒；脉青细为平也。鼻口干燥，大小便不利，是痫候。眼不明上视，喜阳，是痫候。耳后完骨上有青络盛，卧不静，是痫候。青脉刺之，令血出也。小儿发逆上，啼笑面暗，色不变，是痫候。鼻口青，时小惊，是痫候。目闭青，时小惊，是痫候。身热，头常汗出，是痫候。身热，吐而喘，是痫候。身热，目时直视，是痫候。喜欠，目上视，是痫候。身热，目视不精，是痫候。目瞳子卒大，黑于常，是痫候。卧惕惕而惊，手足振摇，是痫候。卧梦笑，手足动摇，是痫候。意气下而妄怒，是痫候。咽乳不利，是痫候。身热，小便难，是痫候。吐痢不止，厥痛时起，是痫候。弄舌摇头，是痫候。"宋代对发病前咽喉部呀呷作声的先兆症状进行了补充，并提出了截痫法。《幼幼新书·痫论候法·截痫法》论："未发之前，身体壮热连滞不歇，素有痰涎，咽中呀呷作声；或摇头弄舌，眼目斜视，眠睡惊掣。如此必是欲发痫之证，宜截之。"

（二）发作症状

古代医家多以论述癫痫全面性发作为主，亦有对局灶性发作的描述；并根据发作病因细分为风痫、惊痫、食痫、热痫、痰痫等。

1. 发作类型

（1）全面性发作：《诸病源候论·小儿杂病诸候·痫候》曰："其发之状，或口眼相引，而目睛上摇，或手足掣纵，或背脊强直，或颈项反折。"《育婴家秘·痫》云："病者，其候卒然忽倒，四肢强直，目闭或翻上不转，口噤或有咬其舌者，口中涎出，或有无涎者，面色或青或白，或作六畜声，其状不一，乃小儿之恶候也。一时即醒如常矣。其发时，或以旬日计，或以月计，或以年计。"

（2）局灶性发作：《外台秘要》云："其状目睛不转而不能呼。"《医学纲目·癫痫》解释为："癫痫，即头眩也，痰在膈间则眩微不仆。"《奇效良方·五痫》云："痰痫为病，此患似张狂……如梦中，如半醉，灯下不知人，皆从梦寐中作，所以无常也。忽耳不能闻，其目不能视，如狂。"

2. 发作病因

（1）风痫：《诸病源候论·小儿杂病诸候·风痫候》言："风痫者……初得之时，先屈指如数，乃发掣缩是也……小儿风痫，三部脉紧急，其痫可治。小儿脉多似雀斗，要以三部脉为主，若紧者，必风痫。"

风痫的含义有广义与狭义之分。狭义风痫是指肝风，如《素问·至真要大论》云"诸风掉眩，皆属于肝""诸暴强直，皆属于风"。肝风内动是引起癫痫发作的主要因素之一。然而，肝风内动是癫痫的主要病机，而非病因，引起肝风内动的原因是多方面的，如惊、食、痰、瘀等，因此，不能将肝风内动作为癫痫的病因。广义的风痫是指内外风，外风引动内风可致痫，外风致痫可发生在癫痫的初期，如《证治准绳·幼科》曰"惊风三发便为痫"，也可见于癫痫病的过程中，而后者在临床中更为常见。

外风致痫的诊断应注意询问患儿有无家族癫痫、惊风史，特别是一级亲属中有无此类病史。另外，还要注意患儿发作时的年龄、体温、发作类型等，如患儿年龄在 5 岁以上、发作时体温低于 38.5℃、发作时间持续大于 15 分钟或一次发热多次发作、发作形式为一侧或局部发作，并结合脑电图及影像学检查等确定诊断。在癫痫病的治疗过程中，如遇外感发热而引发的癫痫也属于外风引动内风的范畴。

（2）惊痫：《诸病源候论·小儿杂病诸候·惊痫候》云："惊痫者，起于惊怖大啼，精神伤动，气脉不定，因惊而发作成痫也……惊痫心气不定，下之内虚，则甚难治。凡诸痫正发，手足掣缩，慎不可捉持之，捉之则令曲突不随也。"

惊痫指因受惊，神气溃乱所致痫病。惊吓可引起癫痫的初次发作，也可以引起癫痫的复发，而后者在临床中更为常见。

惊痫的诊断应注意询问患儿平素精神状况，如平素胆小敏感，情感波动大，易受惊吓等。另外，还要注意询问是否有暴受惊恐的原因；发作前是否有惊恐感，如欲投向亲人怀抱或抓住实物等；发作时是否有无意识动作，盲目行走，就地转圈，惊恐意乱，不能自主，时而愤怒，时而惊叫不安，如人将捕之状，吐舌弄舌，面色忽红忽白等表现，然后结合脑电图及影像学检查等确定诊断。

（3）食痫：《太平圣惠方·治小儿食痫诸方》曰："小儿食痫，四肢抽掣，壮热惊悸，乳食不消，痰涎壅滞，发歇不定。""小儿食痫，化聚滞奶食。坠涎利大肠。""小儿食痫，心胸痰滞，大小便常多秘涩。"

食痫指因乳食过度，停结中脘，乘一时痰热壅盛而致痫。伤食可引起癫痫的初次发作，也可以引起癫痫的反复发作。

诊断食痫应注意询问脾胃情况，如有无平素脾胃虚弱、饮食不节等。另外，还要注意询问是否有明确的暴饮暴食史，发作前是否有脘腹胀满、腹痛、恶心、呕吐、大便秽臭或便秘等症状，结合脑电图及影像学检查等确定诊断。

（4）热痫：《太平圣惠方·治小儿热痫诸方》云："小儿热痫，皮肉壮热，烦躁头痛。""小儿热痫，面赤心躁。""小儿热痫不知人，迷闷，嚼舌仰目。""小儿热痫，发歇不定，眼目直视，身体壮热，吐沫，心神迷闷。"

热痫是在痫病发生发展过程中主要表现为热证的一类证型。其特点有成因复杂、病位广泛、病理因素多等特点。

热痫的诊断应注意询问病因，如外感风热、食积化热、火热内生；询问病位，如肺（上焦）、脾胃及大肠（中焦）、肝肾（下焦）；以及是否兼夹其他病理因素，如风邪、湿邪、痰邪，结合病因、病位、兼夹因素确定中医证型的诊断。例如：外感风热之邪侵犯上焦肺脏，可通过热灼津液，炼液成痰，痰热互结，热盛动风而致痫；亦可通过同气相求，外风引动内风而致痫。乳食失节，壅滞中焦，脾失健运，胃失腐熟，脾胃积热，热盛酿痰、生风而致痫；亦有过食肥甘厚味，阻脾碍胃，酿湿生热，滞于肠胃，气失升降，蒙窍动风而致痫。热邪侵犯下焦肝肾，可通过惊恐及大怒，五志化火，造成气机逆乱，伤及脏腑，阴阳之气不相顺接而致痫。

（5）痰痫：《奇效良方·五痫》曰："痰痫为病，此患似张狂，作之不常，或半年一作，或一年，或一月，或一日一次，或一日三次，一身惊搐，不废手足，不废头目，其人张狂，如梦中，如半醉，灯下不知人，皆从梦寐中作，所以无常也。忽耳不能闻，其目不能视，如狂。"

痰痫是指平素痰多，发作时有痰声辘辘表现的一类证型。中医认为"无痰不成痫"，故痰痫临床上最为常见。

痰痫的诊断应注意询问素体状况，如有无平素痰多、脾胃虚弱、大便不调、舌苔白厚腻等。痰痫在临床中常表现为抽搐不甚，主要是以神志改变为主，如愣神（事后自己不知），手中持物脱落，表情淡漠等。

（三）发作后遗症

古代医家已认识到癫痫发作后可出现失语和瘫痪等症状。《诸病源候论·小儿杂病诸候·发痫瘥后六七岁不能语候》言："心之声为言，开窍于口，其痫发虽止，风冷之气犹滞心之络脉，使心气不和，其声不发。"《育婴家秘·痫》云："初病搐时，日久不醒，以致风湿之气深入筋骨。后虽搐止，手足之病未平，如五软五硬之状，父母因循，不知早治，遂成废疾。"

总之，在中医理论指导下，经过两千余年的临床实践，传统中医对小儿癫痫临床症状认识更加全面深入，并细分出不同证型，指导着临床选方用药。

二、西医学认识

随着神经电生理学、神经影像学的发展，西医学对小儿癫痫临床表现的描述更加全面、深入，对发作前状态或促发因素、发作最初时的症状/体征、发作时的表现、发作持续时间、发作后的表现、发作演变过程、发作频率和严重程度、发作间期的表现进行了详细描述。并根据患儿的临床表现和脑电图的改变，将其进行了分类，包括癫痫发作分类和癫痫综合征。癫痫发作分类为：①部分性发作：最初的临床表现为局部性发作，脑电图提示一侧大脑半球内的一组神经元受累。按照是否有意识丧失又可分为三类，无意识丧失者为简单部分性发作；有意识丧失者为复杂部分性发作；部分性发作继发全面发作；②全面性发作：是指最初的临床表现为全身性发作，脑电图改变提示双侧大脑半球同时受累。如全面强直-阵挛发作、失神性发作、肌阵挛发作、失张力发作等；③发作类型不明，如癫痫性痉挛。癫痫综合征是表现为一组特定的临床症状和脑电图改变的癫痫疾患（即脑电临床综合征），在儿童中常见的有早期肌阵挛脑病、大田原综合征、婴儿痉挛症、遗传性癫痫伴热性惊厥附加症等。

综上所述，随着西医学检查手段不断更新，对小儿癫痫临床症状也有了更全面而深入的了解，为进一步预防、治疗癫痫发作，改善癫痫病的预后，提高生活质量奠定了基础。

第五节

癫痫辨证与治疗

一、辨证思路与方法

癫痫是一种发作性疾病，发作时临床表现多种多样，不发作时表现如常人，甚至是"无证可辨"，给治疗带来了一定的困难。自古以来，癫痫辨证一直以病因辨证为主，我们经过多年的临床实践，在病因辨证的基础上，建立了包括发作类型辨证、脑电图辨证、症状辨证、病史辨证、诱因辨证、体质辨证等多元化的辨证体系，拓展了癫痫的辨证思路，丰富了小儿癫痫的辨证方法，提高了临床辨证的准确率，进一步提高了临床治疗水平。

（一）病因辨证

古代医家对于癫痫辨证多以病因辨证为主。如《诸病源候论·小儿杂病诸候》说："诸方说痫，名证不同，大体其发之源，皆因三种。三种者，风痫、惊痫、食痫是也。风痫者，因衣厚汗出，而风入为之；惊痫者，因惊怖大啼乃发；食痫者，因乳哺不节所成。"《婴童百问·卷之二·惊痫第十九问》首创瘀血致痫论，认为"血滞心窍，邪风在心，积惊成痫"，提出"通行心经，调平心血，顺气豁痰"的痰瘀同治法。《医宗金鉴·卷五·痫证门》将小儿癫痫分为"阴阳惊热痰食风"七型，更加重视"痰"和"瘀血"的地位。《医学纂要》做了明确总结："痫证……总由正气虚衰。"《幼幼集成·痫证》亦说："夫病至于痫，非察于先天不足，即由于攻伐过伤。"

近年来，历版教材及中医诊疗指南对小儿癫痫的辨证亦是重视病因辨证，主要将其分为惊痫、痰痫、风痫、瘀痫、虚痫五大类。有胎中受惊或后天暴受惊恐病史，发作时伴惊叫、恐惧等精神症状者多因于惊；发作以神识异常为主，表现为意识丧失，抽搐不明显，并伴痰涎壅盛等症者多因于痰；由外感发热诱发或惊风频发所致，抽搐明显，或伴发热等症者多因于风；有明显的产伤史或脑外伤史，抽搐部位或头痛位置较为固定，兼见瘀血脉证者多因于瘀；素体虚弱或痫作日久可致脏腑虚损，除痫证频发外，可见生长发育迟缓、智力迟钝、记忆力减退、腰膝酸软、神倦肢疲、纳呆便溏，或年长女孩行经前或经期发痫者多为虚痫。

（二）诱因辨证

癫痫反复发作除与抗癫痫治疗未能有效控制症状外，还与诱发因素密切相关，Simon D. shorvon 在《癫痫治疗学》中指出："癫痫是以中枢神经系统高度易兴奋性为特点的一系列不协调综合症状。这一过程反映了在环境和遗传因素作用下，大脑在生理和解剖方面发生的各种复杂的功能变化。当增加癫痫易感性的遗传和外界因素共同作用时，即引起了癫痫的临床发作，这是二者在个体内相互作用的反映。"因此，有效地避免外界因素干扰，可减少癫痫发作。

一般来讲，这种"外界因素"中医称之为诱因。小儿癫痫发作诱因包括外感六淫、饮食不节、七情失调、劳倦过度四个方面。①外感六淫：患儿每于流涕、咳嗽伴或不伴发热诱发癫痫发作。②饮食不节：患儿每于过饥、过饱、腹泻、呕吐，进食牛羊肉、无鳞鱼、泥鳅等食物诱发癫痫发作。③七情失调：患儿每于婚礼、葬礼、考试等场合，过于激动、紧张、抑郁、惊恐诱发癫痫发作。④劳倦过度：患儿每于剧烈的体育活动、连续长时间玩电脑游戏诱发癫痫发作。发作诱因具有以下几个特点：①复合性：患儿可因单一诱因致病，亦可多诱因致病。如患儿可单纯因外感六淫致病，亦可因外感六淫合并饮食不节致病。②叠加性：多种诱因导致患儿癫痫发作程度较单一诱因重。如患儿以外感六淫合并饮食不节导致癫痫发作程度较外感六淫为重。③相对特异性：在漫长癫痫发作过程中，每个患儿对发作诱因具有相对特异性。如有些患儿每以外感发热诱发，有些患儿每以饮食不节导致发作，有些患儿每以外感六淫、饮食不节共同诱发。

1. 外感六淫须辨风热与湿热

在临证中发现外感六淫是小儿癫痫发作的主要诱发因素，且不同邪气可相兼为病，以风热、湿热诱发者最为多见。①风邪犯表：本病常因外感风邪，引动内风，触动夙痰，风痰上涌，内蒙心窍，外闭经络而发病，治疗以疏风解表止痉为法，采用"银翘散"化裁治疗。②上焦湿热：外感湿热，同气相求，引动伏痰，蒙蔽心窍而发病，治疗以宣畅气机、清热利湿、化痰开窍为法，采用"三仁汤"化裁治疗，以宣畅气机，清热利湿截断内外相引之机，以陈皮、半夏、茯苓、天麻、石菖蒲化痰开窍醒神。

2. 饮食不节须辨脾胃积热与脾胃气虚

饮食不节是小儿癫痫发作的主要诱发因素，当辨脾胃积热与脾胃气虚。①脾胃积热：小儿乳食过度，停结中脘，乘一时痰热壅盛，遂致成痫，治疗以清热和胃止痉为法，采用"凉膈散"化裁治疗，意在用大黄、芒硝以泻代清，全蝎、天麻息风止痉。②脾胃气虚：若素体脾虚，又伤饮食，脾胃运化失司，生痰阻络，内蒙清窍，癫痫发作，治疗以豁痰开窍为法，以六君子汤健脾化痰杜绝生痰之源，天麻、石菖蒲开窍醒神防止痰涎蒙蔽清窍。

3. 七情失调尤重惊恐神乱

七情失调是小儿癫痫发作的主要诱因，以惊恐诱发最为多见。小儿素体心肝火旺，偶被惊恐所触，惊则气乱，恐则气下，神气溃乱，引动伏痰，发为痫证，治疗以镇惊安神为法，采用柴胡加龙骨牡蛎汤化裁治疗，意在以小柴胡汤疏肝理气，龙骨、牡蛎平肝镇肝安神。另外，精神紧张、情绪刺激以及过度玩游戏机等，都可导致癫痫的发作，应注意避免。

4. 劳倦过度须辨脾气虚与心血虚

劳倦过度是小儿癫痫发作的主要诱因，劳则气耗，心脾气血亏虚，元神失控，发为痫证，治疗以健脾养心为法，采用"百合麦冬汤"化裁治疗，意在以黄芪、山药、茯苓等健脾益气，百合、麦冬益心气、养心阴。

5. 多种诱因相须为病

临证中发现对于单个患儿可有两个或多个诱因相须为病，如外感六淫与饮食不节相须为病，外感六淫与七情失调相须为病等。对于此类患儿，可合方或选用针对两个或多个诱因的处方进行治疗，如风热表邪伴惊恐的患儿，可予银翘散合柴胡加龙骨牡蛎汤治疗；伴协热下利的患儿，可选用葛根芩连汤治疗。

总之，癫痫反复发作与诱发因素有一定的关联。我们可通过较长时间随诊确定诱发因素，进而运用"诱因辨证"进行辨证论治，对癫痫患儿的诊治及预防具有较大临床实践意义。

（三）病史辨证

由于癫痫患儿就诊时常属休止期，因此详细的病史询问是诊断癫痫、判断发作分类及辨证施治的重要依据。若患儿有产伤或生后脑外伤史者，可从"瘀"辨治，以活血化瘀为主，予通窍活血汤类化裁；有高热惊厥史或因热诱发者，可从"热"辨治，治以疏风清热或清热泻火为主，予银翘散或凉膈散类化裁；有发育迟缓病史者，可从"虚"辨治，以健脾补肾为主，予河车八味丸类化裁；有惊吓病史者，可从"惊"辨治，以镇惊安神为主，常以柴胡加龙骨牡蛎汤化裁；有喂养不当，饮食失调病史者，宜消食导滞为主，可予保和丸类化裁。

（四）体质辨证

患儿的体质与癫痫发作有密切的关系。调节病理性体质在癫痫治疗中起着关键的作用，尤其在发作间期及缓解期。根据小儿不同年龄阶段的生理病理病因特点，可将癫痫患儿病理性体质分为以下几方面。

1. 实性体质

（1）阳热质：小儿为"纯阳之体"，易从阳化热；癫痫发作本身及抗癫痫西药的副作用均可助长阳热。出现脾气急躁易怒，多动冲动，攻击行为，强迫行为，及心烦、便秘、尿赤、夜卧不宁、脉弦数、舌红苔黄等症。上焦阳热质宜疏风解表清热，常予银翘散；中焦肺胃阳热质宜以泻代清，给邪出路，可予凉膈散；下焦肝经阳热质宜清肝泻火，可予泻青丸。

（2）湿热质：患儿多有腹胀，口臭，大便黏腻不爽，夜卧不宁，磨牙，舌红，苔白厚或黄腻，或平素易患湿疹、腹泻。可选用三仁汤或甘露消毒丹加减。肠腑湿热质宜清利肠腑，可予葛根芩连汤。

（3）痰湿质：患儿多形体肥胖、纳呆食少、口中黏腻，发作形式常为失神发作，对抗癫痫西药耐药。"痰浊阻窍"为其基本病机，治宜予涤痰汤以豁痰开窍。湿象明显者宜佐以芳香化湿或淡渗利湿药物。

（4）肝郁质：随着癫痫患儿的生长发育，神经心理的发育成熟，对未来学习、工作、婚姻、社交产生自卑感；或由于癫痫病本身亦可致情绪障碍，故此类患儿多性格内向、沉默寡言、胆小敏感，易合并共患病，如抑郁、焦虑、双向情感障碍、精神病性障碍等，尤其学龄期及青春期患儿更为多见。木郁达之，对于此类患儿当以和解疏利为治法，可选用柴胡桂枝加龙骨牡蛎汤或柴胡疏肝散加减。

2. 虚性体质

此类体质患儿一般有病程较长、服用多种抗癫痫药、认知损害、治疗困难。患儿多精神弱或反应迟钝，虚胖或形体消瘦，倦怠食少，舌淡苔白，脉沉。其虚主要责之于心肝肺脾肾，肺虚不固质宜健脾补肺，予玉屏风散化裁；脾气虚弱质宜健脾益气，予健脾丸或参苓白术散；肾精亏虚质宜益肾填精，予河车八味丸；心脾不足质宜甘淡养阴，予百合麦冬汤；肝肾阴虚质宜滋补肝肾，予六味地黄丸或大定风珠。

（五）症状辨证

癫痫发作时症状各种各样，如抽搐、神昏、失神、腹痛、头痛等，休止期常表现如常人。因此，应牢牢抓住主症的特点进行辨证。癫痫的主要症状即神昏、抽搐，神昏由痰蒙清窍而致，抽搐因肝风内动而成，因此，总的治疗大法是豁痰开窍、息风止痉。如强直－阵挛性发作等；若只有神志障碍，没有抽搐者，可单用祛痰醒神的药物，例如失神发作；只有抽搐或以抽搐为主，应以镇静息风为主，如肌阵挛发作、阵挛性发作。若以疼痛为主要发作表现的，可依据其痛因"不通"或"不荣"而生，宜理气止痛或养血通络。

（六）脑电图辨证

通过对 320 例癫痫患儿的临床观察，我们发现脑电图表现与中医辨证分型之间有一定的规律可循，首次提出了脑电图"实证波""虚证波""虚实夹杂波"的概念，并参考脑电图辨证方法治疗小儿癫痫，取得了一定的疗效。

1. 实证波

脑电图以尖、棘、快波单一出现或混杂出现为主。

西医学认为，尖波和棘波的形成是由各种原因导致神经元兴奋性异常增高而致；快波的形成主要由桥脑、延脑病变使中央脑及网状结构上行系统损害，导致功能亢进而致。这种神经元兴奋与抑制状态失衡、兴奋增强的现象与中医阴阳失调、"阳亢邪实"的状态极为相似，患儿临床亦多表现为"邪气盛""正气充"的实证证候，因此将此类波称为"实证波"。治疗主张采用抑制"兴奋"的攻实祛邪法，如平肝潜阳、豁痰息风、镇惊安神、清心泻火等，药用石菖蒲、胆南星、天麻、川芎、朱砂、黄连、铁落花、钩藤等。

2. 虚证波

脑电图以单独慢波或以慢波为主。

慢波的形成多因大脑受损、神经元代谢降低、神经纤维传导速度减慢而致，反映了皮层功能低下。尤其小儿神经元发育尚未健全，突触间联系不完善，因此慢波特点更明显。这种功能低下与中医之虚证极为吻合，且患儿临床表现为一派"虚象"，因此将此类波称"虚证波"，主张采用补虚扶正为主，药用紫河车、生地、茯苓、山药、泽泻、丹皮、五味子、肉桂、熟附子等。

3. 虚实夹杂波

脑电图以尖慢波、棘慢波、多棘慢波或实证波及虚证波混杂交替出现为主。

临床将这种混杂出现的脑电图称为"虚实夹杂波"，患儿多为素体虚弱、痰瘀难祛，或素体本佳，因发作日久不愈，邪气未去，正气已伤。临床表现既有风、火、痰、惊、瘀等实象，又兼肝、脾、肾等虚损，属虚实夹杂证，治疗宜攻补兼施、扶正祛邪，常用药太子参、茯苓、清半夏、生龙骨、生牡蛎、生铁落、胆南星、石菖蒲、羌活、天麻、钩藤等。

二、辨证分型与治疗

小儿癫痫"四级"模式辨证法，是马融教授在长期的临床、教学实践中，率先建立的针对不同层次、不同级别的本专业医师使用的辨证方法，指辨证中的粗辨、精辨、宏辨、合辨。

《中医儿科学》历版专科、本科、研究生教材，基本都将癫痫分为五型，即风痫、痰痫、惊痫、瘀痫、虚痫。其中，虚痫有的又可分为脾虚痰盛、肾精亏虚等。实证癫痫四型中在临床中多有重叠，如痰浊内扰是癫痫的主要病机，肝风内动是癫痫的主要外在表现，惊吓是其发作的诱因，瘀血（脑外伤）可能是瘀血痫发作的病因。由此可见，除瘀血痫外，风、痰、惊痫的症状可在同一个癫痫患儿身上出现，临床很难区分，治疗方药也可互用。而且癫痫临床发作形式多种多样，并不只是痫病（相当于强直–阵挛性发作）一种发作，因此，临床中针对不同层次的医师，并参考患儿的体质、病程进展程度、疾病的发作分类、患儿的依从性等因素，将病因辨证、脏腑辨证、八纲辨证灵活选用，对提高辨证准确率，进一步提高临床疗效具有重要的临床价值。

（一）一级辨证（粗辨）

一级辨证主要是针对本科生或本专业初学者的辨证方法，是最基本的辨证方法，即病因辨证法，方法传统、临床应用较多，且易于掌握。在临床中要掌握癫痫的诊断与鉴别诊断，并根据病史、诱因、症状区分风、痰、惊、瘀、虚五个证型。此外，还要参考体质偏颇，熟悉热痫、湿痫的诊断与治疗等。特别值得强调的是，癫痫病人一经确诊后，服药时间为 3~5 年，如遇青春期还要再延长 1~2 年。在如此长的服药时间里一是要注意患儿服药的依从性，二是要注意动态辨证，切忌以病人不发作作为不改处方的依据。如长时间服用涤痰汤可致阴虚，出现舌苔少、中裂，可用百合汤或加石斛、扁豆、玉竹等。

1. 惊痫

证候：多有胎中受惊或生后暴受惊恐病史，发作时惊叫，急啼，惊惕不安，神志恍惚，面色时红时白，四肢抽搐，神昏，平素胆小易惊，精神恐惧或烦躁易怒，夜寐不安。舌淡红，苔白，脉弦滑，指纹青。

治法：镇惊安神。

主方：镇惊丸加减。

常用药：茯苓、酸枣仁、朱砂、石菖蒲、远志、钩藤、天麻、胆南星、清半夏、黄连、沉香。

2. 痰痫

证候：发作时突然跌仆，神昏，瞪目直视，喉中痰鸣，四肢抽搐，口黏多痰，胸闷呕恶。舌苔白腻，脉滑。

治法：豁痰开窍。

主方：涤痰汤加减。

常用药：石菖蒲、胆南星、陈皮、清半夏、枳壳、沉香、川芎、神曲、朱砂、天麻、青果、青礞石。

3. 风痫

证候：本证多由急惊风反复发作变化而来。发作时突然仆倒，意识丧失，两目上视或斜视，牙关紧闭，口吐白沫，口唇及面部色青，颈项强直，频繁抽搐。舌质淡红，苔白，脉弦滑。

治法：息风止痉。

主方：定痫丸加减。

常用药：天麻、全蝎、蜈蚣、石菖蒲、远志、胆南星、清半夏、陈皮、茯苓、川芎、枳壳、钩藤。

若伴咳嗽流涕，咽红咽痛者，可予银翘散或凉膈散化裁。

4. 瘀痫

证候：多有产伤史或脑外伤史。发作时头晕眩仆，神识不清，单侧或四肢抽搐，抽搐部位及动态较为固定，头痛，大便干硬如羊屎。舌红少苔或见瘀点，脉涩，指纹沉滞。

治法：活血通窍。

主方：通窍活血汤加减。

常用药：桃仁、红花、川芎、赤芍、老葱、石菖蒲、天麻、羌活、黄酒。

5. 虚痫

证候：多因痫病经久不愈伤于肾而致。发病日久，屡发不止，瘛疭抖动，年长女孩发作常与月经周期有关，行经前或经期易发作；时有头晕乏力，腰膝酸软，四肢不温；可伴智力发育迟滞，记忆力差。舌质淡，苔白，脉沉细无力，指纹淡红。

治法： 益肾填精。

主方： 河车八味丸加减。

常用药： 紫河车、地黄、茯苓、山药、泽泻、五味子、麦冬、牡丹皮、附子、肉桂。

若以脾气虚弱为主，症见神疲乏力，纳呆便溏等症者，可改予六君子汤加减。

（二）二级辨证（细辨）

二级辨证为精细化辨证，主要是针对本专业领域的硕士研究生使用，或已对本专业有较深入了解和认识的医生。本方法是在传统辨证（粗辨）的基础上，结合脏腑辨证的方法，探讨粗辨证型的亚型，使辨证进一步细化，提高辨证的准确率，提高临床疗效。

1. 惊痫

惊痫主因惊恐而发，又可分为先天之惊与后天之惊。先天之惊是指孕母受惊影响胎儿，故称胎中受惊；后天之惊指患儿生后受惊，因惊动风，发为抽搐。

（1）胎中受惊

证候：多见于婴幼儿，发作时两侧对称性全身性肌肉强烈痉挛，头及躯干前屈，上肢前屈内收，下肢屈曲至腹部，反复发作，病情严重者，可达十数次，甚至数十次，常伴有意识障碍。舌淡红，苔白，指纹淡红或紫滞。

治法： 镇惊安神、息风止痉。

主方： 风引汤加减。

常用药： 大黄、干姜、龙骨、桂枝、生牡蛎、寒水石、滑石、赤石脂、紫石英、生石膏、石菖蒲、天麻等。

（2）惊恐动风

证候：起病前常有惊吓史，发作时惊叫，吐舌，急啼，神志恍惚，夜卧不宁，面色时红时白，惊惕不安，如人将捕之状，四肢抽搐，大便黏稠。舌淡红苔白，脉弦滑，乍大乍小，指纹色青。

治法： 镇惊安神，豁痰息风。

主方：镇惊丸加减。

常用药：茯苓、酸枣仁、朱砂、龙齿、石菖蒲、远志、钩藤、天麻、胆南星、清半夏、黄连、沉香等。

2. 痰痫

痰为癫痫的主要致病因素，因而古代医家有"无痰不作痫"之论，因痰致痫临床常见有三个亚型：一为痰浊阻络，此型抽搐不明显，多见神志抑郁型变化，如痴呆失神等；二为痰郁化火，痰火上扰而出现的抽搐多伴有热证及感觉异常；三为痰浊阻滞、气行不畅，痰气郁阻可见自主神经系统症状，如腹痛、呕吐、出汗、头晕等。

（1）痰浊阻络

证候：发作时痰涎壅盛，喉间痰鸣，瞪目直视，神志恍惚，状如痴呆、失神，或仆倒于地，手足抽搐不甚明显，或局部抽动，肢体麻木、疼痛，骤发骤止，日久不愈。舌苔白腻，脉弦滑。

治法：顺气豁痰，通络开窍。

主方：涤痰汤加减。

常用药：石菖蒲、胆南星、陈皮、清半夏、川芎、神曲、朱砂、天麻、青礞石等。

（2）痰火上扰

证候：突然仆倒，四肢抽搐，喉间痰吼，面红目赤，性情急躁，或视物变大变小、变远变近，声音变响变弱，大便干结，小便黄赤。舌红苔黄或腻，脉滑数。

治法：清热泻火，化痰开窍。

主方：龙胆泻肝汤合礞石滚痰丸加减。

常用药：龙胆草、黄芩、大黄、栀子、清半夏、橘红、胆南星、青礞石、沉香等。

（3）痰阻气滞

证候：反复发作脐周疼痛，或恶心呕吐，或有头痛，面色潮红，精神抑郁或烦躁多汗，大便或干或稀。舌淡红苔白腻，脉弦滑，指纹紫。

治法：顺气豁痰，柔肝止痛。

主方：疏肝理脾汤合二陈汤加减。

常用药：柴胡、陈皮、清半夏、茯苓、石菖蒲、胆南星、枳壳、厚朴、桂枝、白芍、牡蛎、甘草等。

3. 风痫

风痫有外风引动与肝风内动之分：外风引动者多见高热反复发作，日久成痫，此如古人云"惊风三发便为痫"；肝风内动者，其原因可为因痰、因瘀、因惊或因外风引动内风而发病，此型特点是抽搐症状较重，或者说是中医学典型的痫证表现，与西医强直－阵挛性发作类似。

（1）外风引动

证候：发作常由外感高热引起，两目凝视，上翻或斜视，昏倒于地，不省人事，面色潮红，继而青紫或苍白，口唇青暗，牙关紧闭，四肢抽搐，或伴咳嗽流涕，咽喉肿痛，大便干结。舌红苔白，脉滑数。

治法：疏风清热，平肝息风。

主方：银翘散合紫雪丹加减。

常用药：金银花、连翘、牛蒡子、荆芥穗、防风、钩藤、僵蚕、羚羊角、薄荷等。

（2）肝风内动

证候：多见于高热或低热之时，发作时突然仆倒，神志不清，颈项及全身强直，继而四肢抽搐，两目上视或斜视，牙关紧闭，口吐白沫，口唇及面部色青。舌苔白，脉弦滑。

治法：镇肝息风止痉。

主方：定痫丸加减。

常用药：天麻、全蝎、石菖蒲、远志、胆南星、青礞石、陈皮、茯苓、朱砂、钩藤等。

4. 瘀痫

此型由瘀血而发，瘀血的由来可为产前、产时和产后，产前指孕母外伤；产时指难产，如生产时使用产钳、胎头吸引器等；产后的因素指患儿颅脑外伤等。年长儿可因情志不舒而致气机阻滞，出现血瘀之象。瘀血痫症状除抽搐外，还可见经血色黑或有血块等症。

（1）瘀血阻窍

证候：发作时头晕眩仆，神识不清，单侧或四肢抽搐，抽搐部位及动态较为固定，头痛，大便干硬如羊屎。舌红少苔或见瘀点，脉涩，指纹沉滞。

治法：活血通窍，息风止痉。

主方：通窍活血汤加减。

常用药：桃仁、红花、赤芍、石菖蒲、天麻、羌活、蜈蚣、全蝎等。

（2）气滞血瘀

证候：每于行经前发作神昏、抽搐，月经逾期不行，或数月一次，精神抑郁，烦躁易怒，胸胁胀满，少腹胀痛，夜寐不安。舌边紫暗或有瘀点，脉沉弦或沉涩。

治法：活血祛瘀，行气息风。

主方：血府逐瘀汤加减。

常用药：当归、川芎、赤芍、地黄、红花、桃仁、天麻、石菖蒲、全蝎、莪术、水蛭等。

5. 虚痫

虚痫多因痫病经久不愈，脏腑受损而致。因损伤脏腑不同，其证候及治法亦不同。

（1）脾虚痰盛

证候：发作频繁或反复发作，神疲乏力，面色无华，时作眩晕，食欲欠佳，大便稀薄。舌淡，苔薄白，脉细软。

治法：健脾益气，化痰息风。

主方：集成定痫丸加减。

常用药：人参、白术、茯苓、甘草、陈皮、清半夏、天麻、石菖蒲、当归、白芍、白豆蔻、苍术、龙齿。

（2）脾肾两虚

证候：发病年久，屡发不止，时有眩晕，智力迟钝，腰膝酸软，神疲乏力，少气懒言，四肢不温，睡眠不宁，大便稀溏。舌淡红，苔白，脉沉细无力。

治法：补益脾肾。

主方：河车八味丸加减。

常用药：紫河车、枸杞子、地黄、茯苓、山药、泽泻、五味子、桑寄生、肉桂、附子等。

（3）肝肾阴虚

证候：温病日久，低热留连，精神憔悴萎靡，或昏睡烦躁，项强，震颤，或肢体拘挛，自汗盗汗，大便干结，或有失聪、失语、失明、失听等症。舌红绛而光，无苔，脉细数无力，指纹紫滞。

治法：育阴潜阳，柔肝息风。

主方：三甲复脉汤或大定风汤加减。

常用药：地黄、麦冬、阿胶、白芍、五味子、生牡蛎、鳖甲、龟板、甘草等。

（4）心脾阴虚

证候：癫痫反复发作，精血暗耗或过用辛温燥脾之药物而致。常伴纳呆食少，手足心热，易激惹，小动作多，虚烦不眠。舌红，苔黄乏津，脉细数。

治法：甘淡养阴。

主方：自拟百合麦冬汤。

常用药：百合、麦冬、山药、麦芽、谷芽、黄芪、茯苓、陈皮等。

（三）三级辨证（宏辨）

三级辨证主要针对本专业博士，或对本专业领域有较系统深入了解及熟练掌握的人员使用，本法在粗辨、精辨即病因辨证、脏腑辨证的基础上开阔了更大的辨证空间，能够执简驭繁。临床主要采用阴阳辨证。

阴阳辨证是根据阴阳二元辨证方法，将癫痫分为阳痫、阴痫。以阴阳为纲进行辨证是对癫痫的再认识，早在《诸病源候论·小儿杂病诸候一·风痫候》即提出了阴痫、阳痫的分类："病先身热，瘛疭惊啼唤而后发痫，脉浮者，为阳痫，内在六腑，外在肌肤，犹易治。病先身冷，不惊瘛，不啼唤，乃成病，发时脉沉者，为阴痫，内在五脏，外在骨髓，极者难治。"李用粹在《证治汇补·痫病》亦中提出了阳痫阴痫的分证方法："痫分阴阳：先身热掣疭，惊啼叫喊而后发，脉浮洪者为阳痫，病属六腑，易治。先身冷无惊掣啼叫而病发，脉沉者为阴痫，病在五脏，难治。"阴阳辨证—病因辨证—脏腑辨证，是对癫痫辨证由博返约、不断深入的再认识过程，对于无证可辨的癫痫，尤其是难治性癫痫，更为适用。一般起病急，病程短，癫痫发作强劲有力，伴实热表现的属阳痫；起病缓慢，病程长，迁延不愈，发作难以控制，伴虚寒表现的属阴痫。结合西医学对癫痫病的认识，一般来说原发性癫痫大多属于阳痫；继发性癫痫大多属于阴痫。

在临床中小儿难治性癫痫，尤其是难治性的癫痫综合征多属于阴痫范畴，其病机主要责之肾阳衰惫，气化失司，顽痰不化。小儿先天禀赋不足、元气不充、癫痫久发、频发等原因耗伤儿童的生生之气，日久伤阳，久病及肾，肾阳衰惫则炉中无火，无法鼓动全身阳气的气化功能，则痰液留着而形成顽痰，祛而复生，胶结不化而致。阴痫临床表现有两大特点：一为顽痰留滞经脉不易剔除则癫痫发作反复不已；二是顽痰阻于清窍多伴有神痴呆傻。究其根本在于多种因素伤及稚嫩之阳气，儿童失去了振奋机体的原动力，无法正常生长发育，故而说阴痫的治疗比阳痫更为棘手。

（四）合辨

合辨是在深研儿童癫痫中西医理论的基础上，将其融会贯通，提出的高层次辨证方法。中医辨证，西医辨病，二者均是治疗用药的依据。对于癫痫病来说，中医辨证主要是依据病史、诱因、临床表现等相关因素；西医辨病（发作分类）则是根据发作时症状、脑电图改变等。中医的优势是重视病机的变化及各脏腑之间的内在关系；西医的特点是详细观察发作时的症状表现及脑电图波形，并寻找其产生的原因。中医思维宏观，重视人与自然、人与社会、人与人之间的干扰与影响，例如：春季阳气升腾、多风，易致肝阳上亢，风动抽搐；升学考试，压力大、过劳累，紧张情绪得不到有效宣泄，致使机体阴阳之气不得顺接，易发癫痫；受到外界的惊吓及不良情绪的干扰，导致痰随气逆，引动肝风而见神昏、抽搐等。西医采用还原论的方法，结合现在科学技术发展成果，寻源找"根"，从更微观的角度认识疾病，如基因检测、影像技术的提升与应用等。二者对疾病的认识不同，方法各异，但目的相同，那就是使癫痫患者尽快控制发作，回归社会，愉快地学习、工作、生活。因此，发挥中西医各自优势，整合二者对癫痫病的认识，求同存异，取长补短，制定小儿癫痫的中西医结合分型方法。

1. 胎痫

胎痫是指发病较早的一类癫痫患儿，其发病大多在新生儿期、婴儿期和部分幼儿期，其病因多与患儿先天因素有关，具体又可分为虚实两类。

（1）胎痫实证：易见新生儿、婴幼儿发生抽搐，此与小儿"肝常有余""肾常虚"的生理特点有关。此类患儿智力运动发育正常，头颅影像学无异常，预后较好，因此，治疗方法要轻柔、细腻，临床可采用益肾柔肝、祛痰醒神之法。本病的病位在肝、心、肾。常见的西医分型为：

①良性家族性新生儿癫痫：本病属少见的常染色体显性遗传病。正常足月新生儿出生后不久（多在7天内）出现强直-阵挛性惊厥发作，常合并自主神经症状和运动性自动症，发作频繁、短暂。发作期间患儿一切良好，除家族成员中有类似发作史和脑电图非特异性改变外，其他病史和检查均正常。预后良好，惊厥发作多于2～4周内消失。脑电图发作间期大多正常，部分病例有全面或部分异常。

②良性婴儿癫痫：首发年龄3～20个月。有或无良性婴儿癫痫家族史，起病前后智力运动发育正常。症状为局灶性发作或继发全面发作，无持续状态。脑电图发作间期背景波正常，发作期放电可起源于颞区、枕区或额区，头颅影像学无异常。药物治疗效果好，2岁后不再发作。

③良性婴儿肌阵挛性癫痫：少见，起病1～2岁（3岁以前），全身肌阵挛发作，不伴其他发作，生长发育正常。发作期脑电图为全面性（多）棘-慢综合波。发作易于控制，预后佳。

（2）胎痫虚证：与患儿先天禀赋不足关系密切。本证临床表现具有两大特点：一为顽痰留滞经脉不易剔除则癫痫发作反复不已；二是顽痰阻于清窍多伴有神痴呆傻。其根本原因在于患儿发病年龄小，发作次数多，持续时间长，故多耗伤正气、损其真阴。肾藏精，主骨生髓通于脑，肾精亏乏，致髓海不足，脑窍不通，临床可见患儿智力发育停滞。肾精亏损，阴损及阳，致使肾阳气化功能失常，少火气衰，温煦无力，水液运化失司，聚而为痰，痰阻心窍，可见智力发育倒退。肾精不足，肝失所养，水不涵木，肝风内动，则见抽搐、反复不已。因此，本病属于肾虚风动、痰闭心窍之阴痫，病位在肾、心、肝，治疗应以补肾息风、豁痰开窍之法。本病与患儿先、后天因素皆有关，治疗效果差，易遗留智力低下等症。常见的西医分型为：

①大田原综合征（婴儿早期癫痫性脑病）：婴儿早期出现强直痉挛性发作，伴脑电图爆发抑制图形和严重的精神运动障碍，部分有脑结构病变。药物难以控制，

预后差。存活者常演变为 West、LGS。

②婴儿痉挛症（West）：起病于 3~12 个月，病因复杂多样，有症状性、隐源性和特发性，是脑损伤的年龄依赖性反应。三联征：癫痫性痉挛发作、脑电图高度失律和精神运动发育障碍。本症是最常见的癫痫性脑病，预后不良。

③Lennox - Gastaut 综合征（LGS）：多见于 1~8 岁，病因多样，机制不清，部分婴儿由痉挛症演变而来。三联征：多种癫痫发作类型、脑电图示广泛慢的(1.5~2Hz) 棘 - 慢综合波和神经智能发育迟滞。最常见的有强直、不典型失神及失张力发作，也可有肌阵挛、全面强直 - 阵挛性发作。发作频繁，药物难以控制，预后不良。

④早期肌阵挛脑病：生后第 1 天至前几周出现节段性、游走性肌阵挛，以后有频繁的局灶性发作，部分患儿有明显的肌阵挛和强直痉挛性发作，脑电图为爆发抑制图形。病因不明，有些为先天代谢性障碍。病情严重，病死率高。存活者有精神运动发育迟滞，预后差，属于癫痫性脑病。

⑤Rasmussen 综合征（脑炎）：病理特征为一侧大脑半球慢性局限性炎症。表现为药物难治性部分运动型癫痫发作，常发展为部分性癫痫持续状态、进行性偏身力弱和智力障碍。脑结构一侧脑皮质进行性萎缩。药物治疗效果差，手术可控制发作。预后不良，多留有神经系统后遗症。

⑥进行性肌阵挛癫痫：遗传或代谢性病因引起。特征：肌阵挛发作（癫痫性或非癫痫性）、其他形式的癫痫发作和进行性神经功能及精神智能减退，病情呈进展性，多预后不良。

⑦肌阵挛失张力癫痫：临床少见。特征：肌阵挛和猝倒发作（失张力），发作期脑电图示广泛不规则的 2.5~3Hz（多）棘 - 慢综合波，同步肌电图可见短暂电静息期。病因不明，半数以上发作最终可缓解，预后良好。多数患儿智力正常或接近正常。

⑧获得性癫痫性失语：少见。起病 2~8 岁，获得性失语、癫痫发作、脑电图异常和行为心理障碍。癫痫发作、脑电图异常多在 15 岁后缓解，半数以上有持续性失语、心理和行为障碍。脑电图以慢波睡眠期连续出现棘 - 慢综合波为特征，多为双侧性，颞区占优势。

⑨癫痫性脑病伴慢波睡眠期持续棘慢波：病因不明，属于癫痫性脑病，主要见于儿童。特征为脑电图示慢波睡眠期持续棘慢波发放，以前头部（额叶）为主。表现为多种癫痫类型发作，神经心理和运动行为障碍，智力全面倒退。

2. 风热痫

本证最明显的特征是初期大多数患儿表现为热性惊厥，以后发展为无热惊厥；在疾病发展的过程中往往因为发热诱使癫痫复发。此型初期为热极生风，后期是外风引动内风，正如古人所言"惊风三发便为痫"。因此，在癫痫发作期应以疏风清热，凉肝息风为主，在缓解期添加益气固表之品以防外感发热。本病的病位在肺、肝、心。常见的西医分型为：

（1）遗传性癫痫伴热性惊厥附加症：发病年龄为儿童期和青少年期，热性惊厥伴肌阵挛发作、失神发作、失张力发作、局灶性发作。家族成员中有热性惊厥和热性惊厥附加症病史是诊断的重要依据。预后较好，青春期后不再发病。

（2）Dravet综合征：1岁以内主要为发热诱发的持续时间较长的全面性或半侧阵挛性抽搐，1岁以后逐渐出现多种形式的无热抽搐，发作形式多种多样，发作常伴热敏性。早期发育正常，1岁后逐渐出现智力运动发育落后或倒退，可出现共济失调和锥体束征。脑电图1岁前无异常，1岁后出现广泛性的棘慢波，多棘慢波或局灶性、多灶性痫性放电。疗效差、预后差。

3. 风痰痫

本证的病机为痰伏、气逆、风动。痰浊内伏是病变的基础，气机逆乱是发病的始动因素，肝风内动是其临床表现。惊则气乱、恐则气下、食则气滞，惊、恐、食等诱因作用于人体，可致气机逆乱，夹伏痰上蒙蔽清窍可见神昏、失神；阻滞经脉引动肝风可见抽动、抽搐、阵挛等症。本病的病位在心、肝、脾。常见的西医分型为：

（1）全面强直-阵挛性发作癫痫：起病于5～55岁，高峰时期为10～20岁。属于特发性，仅有此型发作。脑电图示广泛4～5Hz多棘-慢综合波或多棘波发放。预后较好。

（2）青少年失神性癫痫：发病年龄为7～16岁。典型失神，80%伴有强直-阵挛性发作，15%还有肌阵挛发作。发作期脑电图为双侧广泛同步、对称性3～4Hz

棘－慢综合波。多数病例治疗效果好，预后良好。

（3）肌阵挛失神癫痫：起病 1～12 岁，平均 7 岁。频繁肌阵挛－失神发作，部分伴有全面强直－阵挛性发作或失张力发作。发作期脑电图示广泛 3Hz 棘－慢综合波，治疗效果差，预后不良。

（4）青少年肌阵挛癫痫：起病于 12～18 岁，运动智力发育正常，觉醒后不久出现肌阵挛发作，80% 有强直－阵挛性发作，30% 有失神发作，发作期脑电图示双侧 4～6Hz 多棘－慢综合波。对药物治疗反应好，但需长期治疗。

（5）颞叶癫痫：起源于颞叶的海马、杏仁核海马旁回和外侧颞叶新皮质等。主要见于青少年。多数是症状性、隐源性，极少数为特发性。症状为简单、复杂部分性发作伴自动症和继发全面发作。约 1/3 发作间期脑电图可见颞区癫痫样放电。部分患者对抗癫痫药无效，可考虑手术治疗。

（6）额叶癫痫：起源于额叶内任何部位，多数是症状性、隐源性，极少数为特发性。临床表现复杂多样，症状为简单、复杂部分性发作继发全面发作。脑电图阳性率较低，部分有额区痫样放电。

（7）常染色体显性遗传夜间额叶癫痫：儿童起病，夜间成串、短暂发生的复杂运动性发作为特征。生长发育及神经系统发育检查正常，脑结构、脑电图正常。癫痫发作终身存在，50～60 岁后发作减轻。

4. 痰浊痫

脾胃为后天之本，气血生化之源。儿童有"脾常不足"的生理特点，无论是先天禀赋不足，后天调护适宜，均可加重脾胃的损伤，致使脾运失常，痰浊内伏，遇逆气之引动，蒙心阻窍，则见失神、幻视等；甚者引动肝风可见抽搐。脾升胃降为人体气机升降之枢，脾胃虚弱，升降失司，可见胃气上逆，频繁呕吐。因此，本型的治疗原则是豁痰开窍，降逆止呕。病位在脾、胃、心、肝。常见的西医分型为：

（1）儿童失神癫痫：与遗传有关。起病于 4～10 岁。频繁点性失神发作。脑电图背景正常，发作期双侧广泛、同步、对称性 3Hz 棘－慢综合波。体格智力发育正常，常在 12 岁前缓解，预后良好。

（2）儿童良性癫痫伴中央颞区棘波：起病 5～10 岁。特点：面部和口咽部局灶运动性和感觉性发作，偶见继发性全面发作。大多仅在夜间发作，通常发作不频繁，几乎所有病例在 16 岁前缓解。脑电图见中央颞区棘波，睡眠中较多。

（3）早发性儿童良性枕叶癫痫：发病于儿童早中期，以呕吐为主的自主神经性发作及发作持续状态，多数脑电图显示枕区多灶性棘波放电，也可为其他脑区棘波发放。预后良好。

（4）晚发性儿童枕叶癫痫：发病年龄 3～16 岁，视觉异常为主，有时伴有偏身或全身性抽搐发作。脑电图有枕叶阵发性放电。一般认为发病与遗传有关，预后良好。

总之，根据西医的临床分型加之中医辨证思维指导下的分证，有利于对癫痫病有更全面、深入的了解和认识，能更好地指导中医药的治疗。然而，癫痫是一慢性疾病，其病程较长，用药时间较久，因此，在治疗过程中要随着证型的变化，而采用不同的治疗方法，切忌墨守成规。随着中西医对癫痫病认识的进步及发展，本分型也要与时俱进，不断修订与完善。

三、耐药性癫痫治疗策略

儿童癫痫经过规范、系统治疗后，有 70%～80% 的患儿临床发作可以得到控制，但仍有 20%～30% 的病人效果不佳，这部分病人一般称之为"难治性癫痫"。国际抗癫痫联盟对于难治性癫痫的定义是："应用两种及以上恰当的抗癫痫药物，合理、足量地治疗（无论是单一抑或联合用药）后，结果失败的癫痫。"其原因主要是对多种抗癫痫药物耐药。

难治性癫痫多药耐药是指对绝大多数抗癫痫药物（AEDs）不敏感，表现为患者对一种 AED 耐受，往往也对其他的 AEDs 不敏感，即使这些 AEDs 的作用机制、分子结构是不同的。多药耐药一般有四种情况，其一先天性耐药：是初期服用抗癫痫即无效，改用其他作用途径的抗癫痫药仍然无效。其二是后天获得性耐药：发病初期对 AEDs 有良好反应，但经过一段时间，逐渐发展成耐药。其三是依从性差导致耐药：初期服用抗癫痫药有效，但因依从性不好，服药不规律，经常有少服、漏服等情况造成癫痫复发，再规律服药原用药或改用其他抗癫痫药不能控制发作。其四是复发性耐药：服用抗癫痫药有效，经医生判断临床痊愈，减停药后复发者，再服用原抗癫痫药无效，改用其他抗癫痫药也无效。

目前，癫痫多药耐药的机理尚不明确，比较多的说法是多药耐药蛋白是 P－糖蛋白（P－gp），在生理状态下 P－gp 阻止了外源性毒素入侵到细胞内，同时排除细胞内内源性有毒物质，维持内环境的稳定，充当血脑屏障破坏之后的"第二屏障"，可以限制药物或毒物进入脑内。在脑致痫灶组织中，MDR1 基因与 P－gp 过度表达后，可将 AEDs 从细胞内泵入血液中，使患者脑内的药物浓度降低，不能抑制脑细胞的痫性放电，从而导致癫痫的反复发作。

针对多药耐药的机制，临床多采用中药或中西药联合应用的方法治疗，大体可分为两大类。

（一）联合用药

选用不同作用机制（MOA）的药物联用，作用于不同的药物靶点；比起相同 MOA 的药物联用更加有效，产生不良反应的风险更低。例如钠离子通道阻滞剂：卡马西平、乙苯妥英、磷苯妥英、拉克酰胺、拉莫三嗪、奥卡西平和苯妥英钠；γ－氨基丁酸类似物：氯硝西泮、地西泮、加巴喷丁、苯巴比妥、普瑞巴林、扑米酮、噻加宾和氨己烯酸；突触小泡蛋白 A 结合剂：左乙拉西坦；其他作用机制药物：双丙戊酸、非尔氨脂、托吡脂、丙戊酸钠、丙戊酸和唑尼沙胺。在上述四种抗癫痫药物的作用途径中，选择两种或两种以上相同作用途径的药物联合应用，往往比选择两种或两种以上不同作用途径的抗癫痫药物作用差，因此，主张选择不同作用途径的药物联合应用，这样效果更佳。同理，中药治疗癫痫疗效已被临床所证实，因此，我们可以把中药作为第五种作用途径的抗癫痫药物，与前四种药物联合使用治疗多药耐药的难治性癫痫，以达到提高疗效的目的。须强调的是在中西药联合使用时要明确各自所发挥的作用，中药的作用可能为协同抗癫痫、改善患儿偏颇体质、增强患儿对抗癫痫西药敏感性等。

（二）动态用药防耐药

中医药治疗耐药性癫痫患儿可在辨证施治基础上，采用动态给药的方法防耐药。具体做法有两种：其一是按照辨证施治，但在每次就诊时做大幅度的加减，使每周或两周处方中药物有较大的变化，从而避免耐药。其二是在第一种方法效果不佳时，改为整个处方的调换，即在辨证论治基础上，确定 3~4 个处方，采用 5 或 7 天换用一个方子，循环反复，使其不能识别，起到抗癫痫的作用。

四、治疗用药原则及撤停药方案

（一）治疗用药原则

1. 尽早治疗

一般在第一次发作后，若没有明显的诱因，可先不给予抗痫药物治疗，但需密切观察；如果再有第二或更多次发作，癫痫诊断已经明确，应当立即开始抗癫痫治疗；如患儿有进行性或结构性脑部疾病或遗传代谢性疾病，脑电图有阵发性棘慢波放电或频发局灶性棘波，或者一次强直-阵挛性发作后脑电图显示出普遍性棘慢综合波时，即使第一次发作也应给予抗癫痫治疗。

2. 规律长期应用

开始药物治疗时，尤其是前三个月应详细记录服药后的各种反应和效果，并定期复诊，以利于确定适当的治疗剂量和方案；观察时间至少超过既往发作最长周期，方可初步判定抗癫痫药物的疗效；治疗过程中，必须坚持长期服药，不能间断；治疗时间的长短取决于发作被控制程度，若发作没有被完全控制，则应调整用药，直至发作已完全被控制。从末次发作 2 年以上未有再发作，脑电图监测大致正常，方可考虑停药，若停药时正值青春期，最好延迟 1~2 年；停药宜逐渐减量，缓慢进行；对于有明确器质性病变，特异性脑电图持续棘波者，应根据情况考虑延长服药时间或终生服药。

3. 中西药联合应用

就诊时一直在服用西药者，加用中药后，应观察 3~6 个月，发作减轻时，方可逐步减少西药用量；减量过程中，若发作加重，则应重新进行辨证论治，并酌情加用中药息风之品，待病情稳定，再行西药逐步撤减。就诊时未服用过西药者，先用中药汤剂调理，若病情得以控制，则继续辨证加减；若病情得不到有效控制，则酌加西药以增强息风之力，待病情稳定，再逐步撤减西药。待西药完全撤除，病情稳定一年余，守方缓图，将中药汤剂改为胶囊或颗粒剂，服用两年左右，病情无反复者，逐渐撤减中药至停药。

4. 调整服药时间

抗癫痫中药可按一般的常规方法服用（或者根据药代动力学的结果服用，但目前中医药大多数尚缺乏此数据），也可根据癫痫病发病规律决定服药次数及药量。如从每日规律来看，如癫痫病人发作大多是在夜间，可嘱患者早服药量的1/3，晚服2/3；对于只在夜间发作者，甚至可以睡前服药一次。从季节规律来讲，癫痫在春季发病较多，因此，此季节要加大药物剂量。还有的病人发病有一定的规律性，如数月发作一次，或在月经周期的某时段发作，可在发作日前增加药物剂量打破其发作规律。有些虚证的癫痫病人，治疗中应强调动态辨证，豁痰息风与扶正固本方法交替使用，两种方法使用的比率及服药时间可根据虚、实的轻重而定。

（二）撤停药方案

癫痫的治疗目前有中药治疗和西药治疗，对部分难治性癫痫往往采用中西药联合治疗。对于癫痫发作停止后如何撤减、停用抗癫痫药物临床报道不多。特别是介绍儿童癫痫中药、中西药联合应用时撤停药方法的更是少见。

笔者在临床中摸索出一套中药、中西药联合应用治疗儿童癫痫的撤停药方案，经临床验证具有毒副作用少、复发率低的特点，简要介绍如下：

1. 撤停药方案

癫痫发作停止3年以上，脑电图正常者，开始撤停药。①单用中成药者3~6个月撤停；②服用中药汤剂者，先停用汤剂改为中成药，3~6个月撤停；③服用抗癫痫西药（AEDs）+中药汤剂者，先减停AEDs，继用中药汤剂3个月左右改为中成药，3~6个月撤停；④服用2种以上AEDs者，按照先服用先撤药的原则，一次撤停一种AED，在AEDs完全撤停后，继续口服中药汤剂3个月左右，再以中成药接续治疗，中成药治疗3~6个月撤停。

2. 临床应用

回顾性收集1994年1月至2017年8月间就诊于天津中医药大学第一附属医院儿童癫痫专科门诊符合撤停药方案的患儿80例。其中，男性48例、女性32例；西医诊断标准参照 2014 年国际抗癫痫联盟（ILAE）的癫痫临床实用性定义（ILAE2014），其中强直 - 阵挛性发作 48 例，部分性发作 15 例，不能分类发作 3 例，失神发作 2 例，失张力发作 2 例，强直发作 1 例。中医诊断标准参照《中医儿科临床诊疗指南·癫痫》的证候分型，风痫 49 例，痰痫 22 例，惊痫 6 例，虚痫 3 例。

80 例患儿按照"撤停药方案"实施后，复发者 9 例，占 11.25%。其中服用中药复发者为 2/41，占 5%；中西药联合应用复发者为 7/39，占 18%，服用中药者的复发率明显低于服用中西药者。

复发患者中 3 例在停药后 12 个月内复发，复发比率为 33%；1 例在停药 24 个月内复发，复发比率为 11%；3 例在停药 36 个月内复发，复发比率为 33%；2 例在停药 36 个月以上复发，复发比率为 22%。由此可见，停药 3 年后的复发比率明显低于停药后 3 年内的复发比率。

在此次研究的癫痫患儿中，复发组与未复发组之间在性别、年龄、既往史、个人史、家族史，以及发作类型、中医证候、脑电图、脑 CT、MRI、发作病因、诱因等诸多相关因素中，复发组患儿既往有颅脑外伤、热性惊厥史，颅脑影像学检查异常，停药年龄偏大，停药后脑电图出现痫性放电等因素明显多于未复发组，经统计学处理有显著性差异，$P < 0.05$。

国内外西医对癫痫撤停药方案报道较多，但认识不一，主要是根据停药后的复发率来评价该方案。在一项 59 例青少年和儿童的全身性特发性癫痫患儿的研究中，患儿总体复发率为 52.2%，其中儿童失神癫痫复发率为 6.2%，青少年失神癫痫复发率为 50.0%，全身强直 - 阵挛性发作复发率为 80.0%，而青少年肌阵挛病例几乎全部复发。美国神经病学学会 1996 年制定的癫痫撤药指南显示，儿童平均复发风险为 31.2%，成人为 39.4%。本次研究中，共纳入病例 80 例，复发组 9 例，复发率为 11.25%，与研究报道相比较，复发率低。

据报道，中医药治疗儿童癫痫疗程有数周、数月、数年不等，但停药后是否复发报道极少；《中医儿科临床诊疗指南·癫痫》中也未涉及此类问题，因此，撤停药方案在中医、中西医结合治疗小儿癫痫领域仍属空白，本方案可供中医、中西医结合医生治疗小儿癫痫时参考。

本方案主张先用汤剂后用中成药，是根据中药"汤者荡也"的特点，汤剂力专效宏；"丸者缓也"以图调和脏腑，达阴平阳秘。中西药联合治疗本病，是在单纯使用中药或西药效果不佳时使用。据本院儿童癫痫专科门诊统计，治疗小儿癫痫者单用中药者为35%，中药效果欠佳时加用西药者占20%，西药效果不良时加用中药者有45%（且多为难治性癫痫）。在减药时先减西药，用中药（或增加中药中息风止惊药物数量或重量）汤剂预防反复，此方法特别适合先用西药后用中药者；对服用两种及以上西药者，减用西药应采取"先用先减"的原则。因为服用西药治疗癫痫的方法是单味药小剂量开始，无效时先增加剂量后增加品种，发作控制后即不再增加剂量与品种。故此推论后用药可能比先用药更适合该患儿，因此，先撤减先用药，后撤停后用药。

在本组病例中复发组与未复发组比较，复发组继发性癫痫的比例较高，其病因有颅脑外伤、颅脑影像学异常等，这部分病人在临床治疗中颇为棘手，疗效不及原发性癫痫。此外，热敏感性癫痫复发率也高于非复发组，其原因主要是由高热引发。一般来讲，0~2岁婴幼儿每年感冒<6次，或气管支气管炎<2次，或肺炎<1次均为正常。但癫痫患儿往往较此为多，其原因与癫痫患儿本身免疫功能减低及服用抗癫痫药物有关。因此，癫痫患儿患呼吸道感染次数增加，高热概率增多，易于引起发作。

在引起复发的因素中，诱因也是一个不可忽略的问题。9例复发者中，1例在停药三年半后因踢足球头部撞到球门而复发；1例停药一年半，因高考前学习过度劳累、心理压力大而复发；1例停药两年半时因醉酒而复发；1例停药六年半因独自去韩国上学，语言不通，生活不习惯而复发；1例3年不发作，停药1个月后因通宵玩电子游戏而发作等。因此，对于停药后的患儿，强调生活规律、情绪稳定、不沾染不良嗜好等是避免复发的措施之一。

对于撤停药后复发者是否会导致治疗困难，甚至成为难治性癫痫。据本组9例复发者来看，8例给予中药治疗1~3年未再发作，1例给予中药加丙戊酸钠后发作停止。

撤停药方案是针对大多数癫痫患儿设计的，有些特殊的病儿可缩短或延长疗程，如对诊断明确的良性家族性新生儿癫痫，惊厥发作多在2~4周内消失，预后良好；

良性婴儿癫痫 2 岁后不再发作，且对患儿生长发育无不良影响等均可缩短疗程。青春期癫痫发作次数增加者，属于月经性癫痫；难治性癫痫使用 2 种以上 AEDs 才能控制痫性发作；反复出现癫痫持续状态；3 年不发作，但脑电图仍可见痫性放电者均应考虑延长撤停药时间。

总之，在撤停药时要综合考虑患儿病因及发作类型、对治疗的反应，仔细评估撤停药后复发的风险，并要与年长患儿及监护人充分沟通撤停药与继续服药的风险/效益比，使之能顺利停药，尽量减少复发。

第六节

癫痫诊断与鉴别诊断

癫痫是一种以具有持久性的致痫倾向为特征的慢性脑部疾病。其病程较长，用药时间较久，因此，诊断的正确与否非常关键，一旦错误地诊断及处理，往往给患儿及家庭带来多方面的伤害，所以在诊断上务求正确、详尽。

一、诊断

（一）诊断原则

可分为五个步骤：

1. 确定发作性事件是否为癫痫发作

临床出现两次（间隔至少 24 小时）非诱发性癫痫发作时即可诊断为癫痫。

2. 确定癫痫发作类型

癫痫发作的分类：参考国际抗癫痫联盟（ILAE）癫痫发作分类，详见表 1。

表 1　小儿癫痫发作分类

一、局灶性发作	二、全身性发作	三、发作类型不明
1. 单纯局灶性发作 （1）运动性发作 （2）感觉性发作 （3）自主神经性发作 （4）精神症状性发作 2. 复杂局灶性发作 3. 局灶性发作继发为全身性发作	1. 强直－阵挛性发作 2. 强直性发作 3. 阵挛性发作 4. 肌阵挛发作 5. 失张力发作 6. 失神发作	癫痫性痉挛

不同癫痫发作类型的临床表现：

（1）局灶性发作：神经元异常放电起始于一侧大脑的局部区域，临床表现开始仅限于身体的一侧。

①单纯局灶性发作：发作时无意识障碍。

a. 运动性发作：多表现为一侧某部位的抽搐，以口、手部的抽动最为多见。若发作时头和眼转向一侧，躯体随之转动，为旋转性发作；若抽搐按大脑皮质运动区支配肌肉的顺序有规律地扩展，如发作先从一侧口角开始依次波及手、臂、肩、躯干、下肢等，称之为杰克逊发作；运动性发作后，抽动部位可出现一过性瘫痪，称Todd 麻痹，持续数分钟至数小时。

b. 感觉性发作：包括躯体感觉性发作和特殊感觉性发作。

c. 自主神经性发作：以发作性自主神经症状为主要表现，如腹痛、呕吐、苍白、出汗、肠鸣、尿失禁等。临床少见单纯自主神经性发作。

d. 精神症状性发作：包括失语、记忆障碍、认知障碍、情感障碍、幻觉、错觉及其他高级脑功能紊乱。该发作较少单独出现，常见于复杂局灶性发作过程中。

②复杂局灶性发作：开始为单纯局灶性发作，继之出现意识障碍，或开始即有意识障碍，而后伴有自动症。自动症是在意识蒙眬状态下的不自主动作，如吞咽、咀嚼、解衣扣、摸索行为或自言自语等。

③局灶性发作继发为全身性发作：随着癫痫放电的扩展，单纯局灶性发作与复杂局灶性发作均可进展为全身性发作。

（2）全身性发作：指发作一开始即两侧大脑半球同步放电，发作时常伴意识障碍。

①强直-阵挛性发作：又称大发作。发作前可有先兆，发作时突然意识丧失，肌肉明显地强直收缩，病人倒地呈强直状，发出喘鸣声或尖叫，面色青紫，可有舌咬伤、尿失禁。强直期后转入阵挛期，全身节律性抽动，口吐白沫。然后抽动渐少，呼吸加深，青紫消退。阵挛停止后，病人转入深睡，醒后一如往常。

②强直性发作：为一种僵硬、强烈的肌肉收缩，使肢体固定于某种特殊体位。常见头眼偏斜、呼吸暂停、角弓反张等。

③阵挛性发作：仅有肢体、躯干或面部肌肉节律性抽动。

④肌阵挛发作：局部或全身肌肉突然、短暂、触电样收缩，表现为突然点头、前倾或后仰、两臂突然抬起等，轻者仅感到患儿"抖"了一下，表现重者致跌倒。发作时脑电图可见多棘慢波、棘慢波或尖慢波。

⑤失张力发作：肌张力突然丧失，不能维持正常姿势，只有在立位或坐位时才能被发现，可见头下垂、下颌松弛，或肢体的下垂。若全身肌张力丧失则摔倒。发作时脑电图可见多棘慢波、棘慢波。

⑥失神发作：突然发病，表现为意识丧失，正在进行的活动停止，两目凝视前方或上视，一般不跌倒，大多持续5~10秒，极少超过30秒钟，过后意识很快恢复正常，其发作频繁，每日数次至数十次。对发作不能回忆，过度换气可诱发发作。发作时脑电图呈两侧对称、同步的3Hz棘慢复合波。

（3）发作类型不明：癫痫性痉挛：突然躯干中轴和双侧肢体近端肌肉的强直性收缩，历时0.2~2秒，突发突止。临床可分为屈曲型或伸展型痉挛，前者多见，表现为发作性点头动作，常在觉醒后成串发作。发作间期脑电图表现为高度失律或类高度失律，发作期脑电图变化多样化（电压低减、高幅双向慢波或棘慢波等）。癫痫性痉挛多见于婴幼儿，如West综合征，也可见于其他年龄。

3. 确定癫痫综合征类型

癫痫综合征是由一组特定的临床表现和脑电图改变组成的癫痫疾患，儿童常见的癫痫综合征有小儿良性癫痫伴中央－颞区棘波、儿童失神癫痫、婴儿痉挛症、Lennox－Gastaut综合征、全面性癫痫伴热性惊厥附加症等。

（1）伴中央－颞区棘波的小儿良性癫痫：本病占小儿癫痫的20%，发病年龄为2~14岁，以5~10岁最多，男孩多于女孩。常有家族癫痫史。发作与睡眠关系密切，多在入睡后不久或清晨快醒时发作。发作类型为局灶性发作，表现为口、咽部和一侧面部的抽动，可泛化成大发作。发作间期脑电图背景波正常，在中央区和颞中区出现棘波、尖波或棘－慢综合波。大多数智力发育正常，预后良好，多在20岁前停止发作，少数为变异型，会对认知功能产生一定影响。

（2）儿童失神癫痫：3~13岁起病，5~9岁为发作高峰，女孩多于男孩，有明显遗传倾向。表现为频繁的失神发作，持续数秒，不超过30秒，不跌倒。典型脑电图为双侧同步的全部性3Hz棘－慢波。该病易于控制，预后良好。

（3）婴儿痉挛症：又称 West 综合征。主要特点为婴儿期起病，频繁的强直痉挛发作，高峰失律脑电图和智力发育障碍。本病90%以上在 1 岁以内发病，4~8 个月最多。临床表现为屈肌型痉挛、伸肌型痉挛和混合型痉挛。屈肌型痉挛较多见，呈两臂前举内收，头和躯干前屈，全身屈曲如虾状。伸肌型痉挛较少，呈头后仰，两臂向后伸展。痉挛多成串发作，可连续十余次甚至数十次。思睡或刚醒时容易发生。脑电图表现高峰失律（即持续不对称、不同步的高幅慢波，杂以尖波、棘波或多棘波，节律紊乱）。预后不良，常合并有严重智力低下和运动发育落后。

（4）全面性癫痫伴热性惊厥附加症：热性惊厥家族史的儿童，6 岁之后仍有频繁的热性惊厥，或者出现不伴发热的全面性强直阵挛发作，为热性惊厥附加症。属常染色体显性遗传，预后良好，大多 25 岁前或儿童后期停止发作。

4. 确定病因

5. 确定残障和共患病

（二）诊断方法

诊断方法主要包括病史、体格检查、实验室检查、脑电图检查、神经影像学检查等。

1. 病史

详尽的、重点突出的病史是精确诊断的关键，应包括诊断及鉴别诊断的有关内容。

（1）现病史：对惊厥或发作状况的描述应包括开始的年龄、诱发因素、发作先兆、发作时特点、持续时间、发作后状态、发作次数、间隔时间、治疗经过及治疗后反应等。①儿童癫痫的特点之一是年龄的相关性，首先应确切记录首发年龄。②诱发因素主要有发热、感染、外伤、疫苗注射、全身代谢异常或情感诱因（暴怒、惊吓、思虑过度等）、后者在鉴别诊断上有重要意义。③发作的先兆是癫痫发作后，意识丧失前的一部分表现，事后是否能记忆或病初是否有主诉，它随癫痫病灶的位置和发作类型而异，有时无明显的定位意义。④发作形式要观察眼的位置，眼神反应，口角及头颈的歪斜，面肌抽动，四肢的位置及状态（如强直、阵挛或松软等）。有跌倒发作时要注意区别是强直性、肌阵挛性还是失张力样发作。部分性发作时要询问起始部位及发展顺序。神志障碍严重者呼唤、针刺、移动检查等全无反应、事后不能回忆，而轻者呼唤时有注视应答但不能说话，事后有部分记忆。⑤发作后状态包括头痛、呕吐、睡眠、乏力等。尤其应注意发作后麻痹（Todd 麻痹）、失语、失明及反复发作后智力发育倒退、停滞及行为障碍。⑥发作的时间以抽搐开始至停止计算，不包括发作后睡眠及镇静药影响的入睡时间。同时要说明发作与睡眠、昼夜的关系。发作间期应说明最长及最短间隔，以利于评价治疗反应，同时应了解惊厥发作有无进行性加重或自行缓解的趋势。一般患儿常是重复同一形式发作。但亦有混合多种形式发作，此时要阐述各种形式的先后次序关系。⑦治疗经过应包括药物名称、剂量、服药次数、日期、血药浓度以协助判断药物效果。

（2）生产史及新生儿病史：应包括父母年龄、孕期母亲营养、健康、用药、酗酒、嗜烟、保胎史、妊娠疾病史等；患儿出生时胎龄、体重、有无宫内窘迫、脐带绕颈、生后窒息史；开奶时间、吃奶情况、有无低温发绀、哭声低微、哭叫激惹、抽搐、严重黄疸及其他新生儿疾病史。

（3）个人史及既往史：根据患儿年龄特点了解相应的感知、运动、交往、语言、学习、行为特点及发育水平。既往史应包括惊厥史、颅脑感染史、外伤史、毒物药物接触史及预防接种史。

（4）家族史：包括家族惊厥疾病史、智能低下史、精神疾病史、特殊遗传史。必要时应了解近亲婚姻、家庭和谐、离异等情况。

2. **体格检查**

（1）全身检查：应记录体重、身高等，婴幼儿应注意有无营养不良、贫血、佝偻病等合并症。头发的颜色、皮肤有无牛奶咖啡斑、色素脱失白斑（结节硬化症）、血管瘤、皮脂腺瘤等。额枕至脊柱中线有无毳毛丛生、色素沉着、皮肤凹陷、软组织隆起等。对惊厥病人应注意心脏体征、特殊面容、肝脾肿大、骨关节异常，排除某些先天性代谢性疾病。

（2）神经系统检查：重点是感知、运动、行为特点评价及面容特征。如头围、骨缝、前囟的测量，以及头颅形态、颅骨凹陷、各种瘢痕、浅静脉怒张等。6 个月以内的婴儿应进行神经系统定位检查，如视感知、听感知、肌张力、运动姿势等发育状态及新生儿反射的变化。此外，眼底检查包括视神经乳头、黄斑、视网膜脉络膜情况等。

3. 辅助检查

（1）脑电图检查：脑电图检查是对诊断癫痫、判断分类的重要依据之一。癫痫患儿的脑电图表现有两大类：一是特异性的发作波形，包括棘波、尖波、棘慢波、尖慢波、多棘慢波等，又称痫性放电；另一类是非特异性的背景波。只有存在肯定的临床发作，加上确认的有痫性放电的脑电图改变方可确诊为癫痫发作。由于癫痫的异常放电是阵发性、一过性的，或因病灶位于大脑深部或远离头皮电极，或受年龄、用药、发作后脑电抑制的影响，一般于发作间期脑电图痫性放电的阳性率仅为30%～50%。加上各种诱发试验可提高阳性率20%左右。故有肯定的临床反复发作，除外了其他发作性疾病，即使脑电图未发现痫性放电也不能完全排除癫痫，一般需要多次反复检查脑电图。一些多功能脑电图描记仪、无笔脑电图监测仪、Holter脑电图仪等24小时脑电检查设备，可将痫性放电阳性率提高至85%以上。

在确认痫性放电时，务必排除技术不良、伪差干扰及辨认错误。不仅癫痫病人有痫性放电，其他如偏头痛、脑外伤后、脑发育异常等患儿也有少数脑电图检查发现有痫性放电，甚至2%左右正常儿童脑电图中也可见到癫痫波。故仅有脑电图的痫性放电而无临床发作时不能诊断为癫痫，更不应作为癫痫治疗的指征。

（2）神经影像学检查

①头颅CT：一般用于检查患儿脑组织形态学改变，有助于癫痫病因的分析。继发性癫痫患者，头颅CT常显示脑外积水、脑萎缩、脑室扩张或变形、脑裂脑回畸形、脑白质低密度等改变。头颅CT检查在显示钙化性或出血性病变时较MRI有优势。

②头颅核磁共振成像（MRI）：MRI对脑皮质、白质结构有更清晰的分辨力，并可做横断面、矢状面、冠状面多方向扫描。对颅底、中线结构、颅后窝、大脑内侧面等病变的检出率更高。一些CT不能显示或不易区别的病灶在MRI检查中可得到解决。此外，利用MRI扫描技术还可无创地发现部分脑血管畸形。

③单光子发射计算机断层扫描（SPECT）：SPECT将放射性核素显影与CT成像技术结合在一起，用三维成像显示出不同层面内放射性同位素的分布情况，能够反应脑局部血流量。在癫痫发作间期，癫痫灶放射性显影减少，发作期则显影增加。

部分头颅 CT 正常的患者 SPECT 可发现癫痫灶，或其范围较 CT 异常为大。总的来说用 SPECT 检查癫痫灶优于头颅 CT 及 MRI，与脑电图阳性率较一致，少数脑电图正常，头颅 CT 正常的患者可通过 SPECT 明确定位，并且可早期诊断，安全可靠。

（3）其他

①血液检查：包括血常规、电解质、血糖、血胆红素、血气分析、丙酮酸、乳酸、肝肾功能等，有助于查找病因。

②尿液检查：包括尿常规及遗传代谢病的筛查。

③脑脊液检查：主要为除外颅内感染、颅内出血等疾病。

④心电图检查：主要是排除易误诊为癫痫的某些心源性发作。

⑤基因检查：主要应用于癫痫性脑病的病因学诊断，因其价格昂贵，目前尚不作为常规病因筛查方法。

（三）确定诊断

参照癫痫的临床实用性定义（ILAE2014），符合如下任何一种情况可确定为癫痫：

1. 至少有两次间隔 >24 小时的非诱发性（或反射性）发作。

2. 一次非诱发性（或反射性）发作，并且在未来 10 年内，再次发作风险与两次非诱发性发作后的再发风险相当时（至少60%）。

3. 诊断为某种癫痫综合征。

符合如下任何一种情况，可认定癫痫诊断可以解除：①已经超过了某种年龄依赖癫痫综合征的患病年龄。②已经 10 年无发作，并且近 5 年已停用抗癫痫药物。

二、鉴别诊断

（一）晕厥

晕厥是由于急性广泛性脑供血不足而突然发生的短暂的意识丧失状态。正常人每100g 脑组织每分钟需要供血45~50mL，低于30mL 就会发生意识障碍，如果突然出现剧烈的血压下降、心搏出量减少、心跳骤停或脑血管的广泛性暂时闭塞，均可发生晕厥。发生晕厥的原因很多，大致可分为以下四类。

1. 血管舒张障碍

其中主要是血管抑制性晕厥和直立性低血压所致的晕厥。

血管抑制性晕厥（单纯性晕厥）最常见，多发生于较大儿童或青春期的少年。往往有明显的诱发因素，如疼痛、情绪紧张、恐惧、见到他人或自己出血、天气闷热、空气污浊、看惊险电影等。晕厥前期患儿常有头晕、恶心、腹部不适、眼前发花、面色苍白、出冷汗、肢体发软等症状，继之意识丧失而跌倒。此时血压下降，脉搏缓慢而微弱，肌张力降低。约几秒至几分钟意识恢复。醒后可有头痛、周身无力或不适。单纯性晕厥的诊断依据主要是：①发作前多有明显诱因，晕厥前有短时的前驱症状。②发生在直立位或坐位，如在前驱症状出现后迅速躺下，可中断晕厥的发作。③晕厥时血压下降，心率减慢，脉搏微弱，面色苍白。④恢复较快，无明显的后遗症。⑤多发生于较大女孩。单纯性晕厥发生的机制可能是多种诱因使患儿迷走神经兴奋性增加，血管扩张，心率减慢，血压迅速下降引起脑供血不足而晕厥。

体位性低血压所致晕厥，多发生于站立较久时，如有的小孩在天气炎热的操场上站立时可发生晕厥，也可由于某些药物（如氯丙嗪）等引起。体位性低血压的特点是血压急剧下降，心率变化不大，晕厥持续时间较短，前驱症状一般不明显。

排尿性晕厥主要见于男孩，在直立性排空膀胱时发生。晕厥前多无不适，或仅有极短暂的头晕、眼花、下肢发软等感觉。病者突然晕倒、意识丧失，持续 1~2 分钟自行苏醒，醒后无后遗症状。

2. 心源性晕厥

心源性晕厥是由于心脏病发作时，心搏出量减少，或心脏停搏，导致脑组织缺血缺氧而发生。在儿科常见于法洛四联症，严重的心律失常，家族性 QT 间期延长等。

3. 脑源性晕厥

脑源性晕厥是由脑部血管或主要供应脑部血液的血管发生循环障碍，导致一时性、广泛性脑供血不足所致。

4. 血液成分异常引起的晕厥

本病主要是见于低血糖。除了因感染、呕吐、饥饿时间长而引起低血糖外，还应注意肝糖原累积症、胰岛 β 细胞增加等引起的反复发作性低血糖晕厥。

晕厥与癫痫的鉴别：①诱因：晕厥大多有明显的诱因，如疼痛、情绪紧张、恐惧、天气闷热等。②体位：晕厥大多发生于立位时，部分发生于坐位，很少发生于卧位，发生时一般是慢慢倒下；癫痫发作时体位无明显特征，可见突然摔倒。③前驱症状：晕厥可有头晕、眼花、面色苍白、腹部不适等。癫痫少见。④临床表现：晕厥有面色苍白、血压降低，脉搏慢而弱，但无呼吸暂停，极少见抽搐。癫痫面色发绀，血压不低，脉搏增快，可见咬破舌头、尿失禁，发作时呼吸暂停，抽搐时间较长，发作后嗜睡等。⑤脑电图：晕厥发作时主要为慢波，发作后脑电图正常。癫痫发作期或发作间期脑电图均可见痫性放电。

（二）屏气发作

屏气发作又称呼吸暂停症，是婴幼儿时期较常见的病症之一。患儿受到精神或外界环境刺激，引起痛苦、恐惧、发怒或挫折后，情感急剧爆发而哭喊，大哭一声或几声，呼吸暂停于呼气相，随即口唇紫绀，重者意识丧失，四肢强直，角弓反张，甚至出现抽搐和尿失禁，经半分钟至 2 ~ 3 分钟后全身肌肉松弛，恢复呼吸，意识转清。此类患儿性格易激惹、任性。由于严重时意识丧失，且部分病儿可出现抽搐和尿失禁，因此容易被误诊为癫痫，应注意鉴别。

鉴别要点：①每次屏气发作都有诱因存在，患儿性格倔强，较任性，可有家族史。②严重的屏气发作过程是，哭喊之后呼吸暂停（呼气相），继之面色青紫（或苍白）、意识丧失、少数患儿可有角弓反张、强直抽搐或尿失禁。而癫痫大发作过程与此不同，往往一开始就有意识丧失。③屏气发作恢复呼吸后意识转清，而癫痫大发作往往有发作后昏睡。④屏气发作间歇期脑电图正常，而癫痫常有痫性波。⑤屏气发作不在睡眠中发生，而癫痫在夜间的发作机会较多。⑥屏气发作多于 6 个月 ~ 2 岁起病，3 岁后发作逐渐减少，大多 5 岁前停止发作，而多数癫痫无此规律。

屏气发作预后良好，与智力低下和癫痫发作没有联系。但是调查发现，约 17% 的患儿成年后有晕厥发生。

（三）癔病

癔病的发生与遗传素质、家庭环境及精神因素有关。如委屈、气愤、紧张、恐惧、突然的不幸之事，均可导致发作。癔病的临床表现千变万化、多种多样，但归纳起来可分为躯体功能障碍和精神症状两大类。

躯体功能障碍主要有以下几种：①痉挛或癫痫样发作：发作无固定形式，或四肢强直，或角弓反张，或抽搐等。但意识不丧失，瞳孔对光反射存在，发作中不咬伤舌头或摔伤，无二便失禁，无缺氧表现，面色正常。②瘫痪或动作困难：发病突然，好转也突然。表现为双下肢瘫痪或半侧瘫痪，有时动作不稳、步履艰难或运动不能，其症状与神经系统检查不符合。③失明、失聪、失音或其他形式的语言障碍。虽然失明，但可以绕过前面的障碍物。

精神症状常见两种情况：①情感爆发：表现为哭喊异常或狂笑不止，有时伴有肢体乱动或夸张性动作和表情。②昏厥：发作与精神因素有关，有时表现为摔倒，但倒下缓慢，不易受伤；有时在情感爆发大哭大笑后晕倒，并伴有四肢痉挛，发作持续时间不一，可从数分钟至数十分钟。

儿童癔病发作与癫痫的鉴别：①癔病多见于年长儿，与精神因素密切相关。②癔病性昏厥缓慢倒下，不受伤，面色无改变，瞳孔反射正常，发作后能记忆。③癔病性抽搐杂乱无规律，不伴有意识丧失和二便失禁。④癔病性发作与周围环境有关，常在引人注意的时间、地点发作，周围有人时发作加重。⑤暗示疗法可终止癔病性发作。⑥癔病发作时脑电图正常。

（四）抽动障碍

本病为身体局部肌肉或肌群突然、快速、不自主地反复收缩，有时还伴有异常发声，临床应注意与阵挛性癫痫、肌阵挛性癫痫进行鉴别。抽动障碍常见有三种类型：

1. 暂时性抽动

暂时性抽动又称抽动症或习惯性痉挛，多发生于 4 ~ 5 岁的儿童，男孩多于女孩，最常见的表现为头面部肌肉不自主地收缩，如反复眨眼、皱鼻、咬唇、努嘴、张口、纵肩、喉头作咳嗽声。兴奋时动作增多，睡眠时消失。可持续数周或数月。神经系统检查一般无异常体征，脑电图正常。

2. 慢性抽动障碍

即可表现为运动抽动，也可表现为发声抽动，但运动抽动和发声抽动两种症状不同时存在。病程至少持续一年以上，其症状往往刻板不变，抽动较局限。

3. 抽动 – 秽语综合征

临床上男孩多见，2～12 岁起病，通常从眼面肌抽动开始，表现为频繁眨眼、缩鼻、咬唇、张口等，逐渐波及颈、肩、四肢、腹部及全身。紧张时加剧，入睡后消失。除上述不自主运动外，还因呼吸肌、吞咽肌抽搐而发出多种声音，如清嗓声、咳嗽声或发出无意义词句，极少数患儿可呈重复刻板的秽语。本病症状时轻时重，呈波浪式进展，间或静止一段时间。新的症状可以代替旧的症状。本病虽不使智力减退，但由于部分患儿伴有多动症和强迫行为，加之有精神负担，可造成学习困难。

抽动障碍与癫痫的鉴别：①抽动障碍有其发展规律，一般多从反复眨眼开始，呈波浪式进展，逐步发展至颈、肩、四肢及全身。而癫痫在同一患儿身上发作形式比较固定。②抽动障碍多伴有喉中异常发声，癫痫没有。③抽动障碍多不影响智力，没有神经系统异常体征，而顽固的癫痫常伴有智力低下和神经系统阳性体征。④抽动障碍虽可有脑电图异常，但多无特异性，没有痫性放电。

第七节

常用方剂及药物

一、常用方剂

癫痫是一种由多病因引起的复杂性慢性疾病，在其病程的发生、发展过程中，往往合并多种其他疾病，如感冒、肺炎、腹泻及共患抽动障碍、多动障碍、抑郁、焦虑、孤独谱系障碍等，因此，临床使用的方剂也是多种多样的，并非一张平肝息风止痉方剂用到底。只要认证清楚，辨证准确，选方恰当，诸多方剂均能起到减少癫痫发作、改善脑电图的作用。临床治疗痫病的方剂多达几十个，现将其中最常用的 13 个方剂，按使用频率介绍如下：

（一）涤痰汤

本方出自《严氏易简归一方》，常用药物包括石菖蒲、胆南星、陈皮、清半夏、茯苓、青礞石、枳壳、沉香、天麻、川芎、朱砂等。其中石菖蒲辛香避秽、豁痰开窍为君药；天麻平肝潜阳、息风止痉，其辛润不燥，为风中之润剂，治风之妙药，且一味兼具息风豁痰之长，与胆南星辛凉，清热化痰、息风定惊，共为臣药；陈皮、清半夏、茯苓健脾化痰，以绝生痰之源，青礞石（先煎）豁痰开窍以佐助化痰开窍之力，朱砂（冲服）增强镇惊之功，枳壳、沉香、川芎行气降逆活血，调畅气机，共为佐使药。诸药相合，共奏豁痰开窍、顺气息风之功。若眨眼、点头，发作频繁者加天竺黄、琥珀粉（冲服）、莲子心清心逐痰；头痛加菊花、苦丁茶平肝疏风；

腹痛加白芍、甘草、延胡索、川楝子行气止痛；呕吐加煅赭石（先煎）、竹茹降逆止呕；肢体疼痛加威灵仙、鸡血藤祛风通络；抽搐较甚者加全蝎、蜈蚣，取虫类药性善走窜之性，以入脏腑、经络搜风剔痰。

此方为治疗癫痫的基础方，尤其对强直-阵挛性发作、早发型婴儿癫痫疗效较佳，但也有个别患儿药后发作次数增多，故初期使用时要密切观察病情变化，仔细查找原因。

（二）定痫丸

本方出自《医学心悟》，临床常用天麻、钩藤、全蝎、蜈蚣息风止痉；石菖蒲、胆南星、清半夏、茯苓豁痰开窍；远志、朱砂（冲服）、琥珀（冲服）镇惊安神；川芎、枳壳活血行气；麦冬、川贝母润肺化痰。全方共奏豁痰镇惊、息风止痉之功。若伴高热者加生石膏、连翘、羚羊角粉（冲服）清热息风；大便秘结加大黄（后下）、风化硝（冲服）、芦荟泻火通便；烦躁不安者加黄连、栀子、淡竹叶清热安神；久治不愈，出现肝肾阴虚、虚风内动之象，可加用白芍、龟板、当归、地黄滋阴柔肝止痉。本方使用与涤痰汤大体相同，但其中有全蝎、蜈蚣等镇惊息风之品，息风止痉之力更强。

（三）镇惊丸

本方出自《医宗金鉴》，临床常用茯苓、酸枣仁、远志、朱砂（冲服）、珍珠宁心安神；石菖蒲、清半夏、胆南星豁痰开窍；钩藤、天麻息风止痉；水牛角（先煎）、牛黄、黄连清火解毒；甘草调和诸药。全方共奏镇惊安神、息风止痉之功。若抽搐发作频繁者加蜈蚣、全蝎、僵蚕、白芍柔肝息风；夜间哭闹者加磁石、琥珀粉（冲服）镇惊安神；头痛者加菊花、石决明清肝泻火。本方用于惊恐所致的惊痫，安神镇惊效果尤佳。特别适合于婴幼儿。

（四）柴胡加龙骨牡蛎汤

本方出自《伤寒论》，为张仲景治疗"伤寒八九日，下之，胸满烦惊，小便不利，谵语，一身尽重，不可转侧者"而设，后世多以之加减治疗癫痫、躁狂、癔病等。方中以小柴胡汤和解少阳，疏调胆木；龙骨、牡蛎、磁石镇惊安神；白芍养血敛阴，平抑肝阳；徐大椿曾云："此方能治肝胆之惊痰，以之治癫痫，必效。"方中加天麻、地龙、僵蚕息风止痉；蔓荆子祛风止痛；甘麦大枣汤养心调肝，安神敛阴。本方集寒热、补泻、升降、敛散之药物一起，相互制约、相辅相成，诸药合用，共奏疏利少阳、镇惊安神之功，为调治肝胆逆乱之有效方剂。本方在临床中的具体应用如下：①癫痫伴有精神症状者，如烦躁、易怒、强迫、甚至是打人毁物的狂证；喃喃私语的癫证。②本方总体引气向上、向外，故可用于失神性癫痫、热敏感性癫痫。③可治疗阴阳之气不相顺接的部分性发作患儿。

（五）银翘散

本方出自《温病条辨》，其药性轻清，为辛凉平剂，主治风温初起之风热表证，历来被广泛应用于小儿感冒、咳嗽等呼吸道疾病，以及手足口病、水痘等传染病的初期。临床用于治疗小儿癫痫，亦取得了一定疗效。临床常以金银花质体轻清属甘寒，连翘味苦辛凉，共为君，以透上焦表之热邪外出，使热邪难与痰结；薄荷、牛蒡子味辛而性凉，均为臣药，以疏散风热，防止外风引动内风；芦根、淡竹叶清热生津，津液生则难炼痰；桔梗宣肺止咳化痰，以清痰热；羚羊角粉清热息风以防热盛动风，不发热时以水牛角粉代替；全蝎搜风通络止痉；甘草为佐使之，共奏散热疏风、豁痰息风之功。由于癫痫与痰、热、瘀等长期留伏，气机阻滞有密切关系。而银翘散可通过疏风解表、开通经络，不但使邪有出路，还能助药直达病所，正如《幼幼集成》云："凡治小儿诸般痫证，先服消风丸七剂。此非治痫之药，用以疏散外感，开通经络，庶后药得以流通故耳。"

临床常以本方治疗复杂性热性惊厥、热敏感癫痫，以发热诱发癫痫发作或发热时发作症状加重或次数明显增多者。

（六）凉膈散

本方出自《太平惠民和剂局方》，常用药物有黄芩、连翘、薄荷、大黄、芒硝、炒栀子、甘草、淡竹叶、石菖蒲、胆南星、天麻、钩藤。本方具有凉膈泻热作用，用于上、中二焦积热，症见烦躁多渴、面热头昏、唇焦咽燥、舌肿喉闭、目赤鼻衄、口舌生疮、涕唾稠黏、睡卧不宁、谵语狂妄、大便秘结、小便热赤，舌红苔黄，脉滑数者。方中连翘轻清透散，以清解热邪、透热外出；黄芩清透胸膈之热；栀子清利三焦之热，通利小便，主引中焦之火下行；大黄、芒硝清脾胃之热，通便以泻热；薄荷清利头目、利咽解热；竹叶清热生津，防热甚伤津；石菖蒲、胆南星清热豁痰开窍；天麻、钩藤平肝息风止痉。全方以清、泻二法并用，使邪气出，腑气通畅，气机调畅，肝风平静，抽搐止。临床对于热痫无外感症状者使用，若伴有外感症状者可改为银翘散化裁。

（七）风引汤

本方出自《金匮要略》。《金匮要略·中风历节病脉证治》指出："风引汤除热瘫痫。"治大人风引，少小惊痫瘛疭，日数十发，医所不疗。临床常以矿物药为主的风引汤加石菖蒲、天麻、白芍和当归 4 味药物组成，常用药物有大黄、干姜、生龙骨、桂枝、甘草、生石膏、滑石、寒水石、紫石英、赤石脂、生牡蛎、白芍、石菖蒲、天麻、当归。本方功能为清热息风，镇惊安神。适用于下焦邪热致痫者，常因惊恐及大怒等情志异常，过极化火，伤及下焦肝肾，使脏腑功能失调而致痫；或热性体质，内有伏痰，痰热化火动风致痫；亦有青春期患儿，肾气充而未盛，阴阳失和，火热内生而致痫。方中生石膏、寒水石（均先煎）性味甘寒，为君药，清热泻火，直折火热上炎之势。石菖蒲芳香开窍，豁痰宁神；天麻甘平柔润，息风止痉，兼具祛痰之功，两者共为臣药，以达治痫之标。滑石通过清热利尿使热随小便而出，大黄苦寒沉降之性使上炎的火热之势从大便而走，两者共同佐助君药以消致痫之本；牡蛎、龙骨、紫石英（均先煎）安神镇惊，与善通阳气的桂枝共奏潜降上逆之阳气的功效，亦为佐药。此外，在众多的石类药中加入干姜温中，以防寒药克伐脾胃。白石脂与赤石脂味涩敛气，以杜惊恐复伤心气。当归为血分要药，与白芍相合以养血活血，防久病入络入血。诸药合用，共奏清热豁痰、息风镇惊之功。另外，中药现代药理研究亦证实，龙骨、牡蛎作用于神经系统有镇静、抗惊厥的作用；石菖蒲的主要成分α-细辛醚、β-细辛醚，分别具有抗电惊厥、戊四氮惊厥及中枢镇静作用；天麻可通过影响中枢不同脑区的儿茶酚胺类神经递质的代谢来协调脑兴奋和抑制的平衡，达到治疗癫痫的目的，研究发现其具有抗戊四氮惊厥及明显中枢抑制作用。

（八）旋覆代赭汤

本方出自《伤寒论》，用于"伤寒发汗，若吐，若下，解后，心下痞硬，噫气不除者"。现代临床常用于胆汁反流性胃炎、反流性食管炎、顽固性呃逆、咽异感症等疾病。旋覆代赭汤除痰下气，温中补虚是调节脾胃气机升降之方，临床以其化裁治疗脾虚肝郁、痰浊上逆之病证，取得了较好效果。常用药物有旋覆花、煅赭石、清半夏、大枣、吴茱萸、党参、醋青皮、生姜、全蝎、佛手、玫瑰花、沉香、藁本、蜈蚣。方中旋覆花苦辛而咸，主下气消痰，降气行水；代赭石苦寒入肝，镇肝和胃降逆，二者合用降气消痰，为本方之君药。半夏与生姜同用，和胃降逆化痰；党参、大枣补中益气，扶脾胃之虚为本方之辅佐药。根据该患儿每于发作时均有恶心、呕吐、吐后方能完全缓解的特点，恐方中降逆之力不足，故加用吴茱萸、沉香温中和胃，降逆止呕；全蝎、蜈蚣息风止痉；青皮、佛手、玫瑰花疏肝解郁；藁本引药上行，直达病所。全方共奏温中健脾、降逆息风之功。

本方用于癫痫发作伴有呕吐者，此呕吐可在癫痫发作前、发作中、发作后，但特点是每次发作均可见呕吐。轻者，可用涤痰汤加降逆止呕药，重者用本方。

（九）通窍活血汤

本方出自《医林改错》，方中赤芍、川芎行血活血，桃仁、红花活血通络；石菖蒲豁痰开窍，天麻、羌活息风止痉；老葱、生姜通阳，麝香开窍，黄酒通络，佐以大枣缓和芳香辛窜药物之性。其中尤其麝香味辛性温，功专开窍通闭，与老姜、生葱、黄酒配伍更能通络开窍，通利气血运行的道路，从而使赤芍、川芎、桃仁、红花更能发挥其活血通络的作用。全方共奏豁痰通窍、活血息风之功。若头痛剧烈、肌肤枯燥色紫者加三七、阿胶、丹参、五灵脂养血活血；大便秘结者加火麻仁、芦荟润肠通便；频发不止者加失笑散行瘀散结。本方主要用于由脑外伤引起的瘀血痫，也可用于月经后期、经量较少的月经性癫痫。

（十）集成定痫丸

本方出自《幼幼集成》，用治"小儿痫证，从前攻伐太过，致中气虚衰，脾不运化，津液为痰，偶然有触，则昏晕猝倒，良久方苏，此不可见证治证。盖病源深固，但可徐图，唯以健脾补中为主，久服痰自不生，痫自不作矣"。临床常用党参、茯苓、清半夏、陈皮仿六君子汤之义，益气健脾、燥湿化痰，以绝生痰之源；石菖蒲芳香开窍、安神宁志，且兼有化湿、豁痰、辟秽之效；胆南星清热化痰、息风定惊；青果清热化痰；天麻、钩藤、当归、白芍养血柔肝息风。痰浊伏于体内，经气机逆乱之引动，上蒙孔窍，横窜经络，从而引起神昏、抽搐之症。因此，痫证的发作与痰气上逆密切相关，气逆痰扰则痫作，气顺痰静则痫止。故在健脾祛痰的同时加沉香、枳壳，以达治痰先理气，气顺痰自消，痰消风自灭的目的。全方共奏健脾益气、顺气化痰、息风止痉之功。若大便稀薄者加山药、白扁豆、藿香健脾燥湿；纳呆食少者加山楂、神曲、砂仁醒脾开胃。本方用于肺脾气虚的虚痫，也可用于癫痫恢复期的治疗，可长期服用。

（十一）河车八味丸

本方出自《幼幼集成》，云"河车八味丸治小儿痫症，年深日远，肝肾已亏，脾肺不足，心血耗散，证候不时举发"。临床常用紫河车味甘、咸、温，入肺、心、肾经，具有培补肾元、补肾填精、益气养血之功；地黄、茯苓、山药、泽泻补气健脾利湿；五味子、麦冬、牡丹皮清热养阴生津；肉桂、附子温补肾阳。全方共奏温补脾肾、逐痰息风之功。若抽搐频繁者加鳖甲、白芍滋阴息风；智力迟钝者，加益智仁、石菖蒲补肾开窍；大便稀溏者，加白扁豆、炮姜温中健脾。

此方治疗婴儿早期癫痫性脑病、Dravet 综合征、婴儿痉挛症等效果较好，也可用于癫痫合并认知功能发育落后者。

（十二）桂枝加桂汤

本方出自《伤寒论》，常用药物有桂枝、白芍、干姜、大枣、甘草、沉香、全蝎。本方主治癫痫发作前有奔豚之象，即"从少腹起，上冲咽喉，发作欲死，复还止"。此类病人病机特点是气机升降失常，单用豁痰息风止痉中药及抗癫痫西药效果均不理想。本病为下元虚寒，浊气上攻，蒙窍动风而至。此如丹波元坚所云："奔豚一证，多因寒水上冲，故治法不出降逆散寒。"在治疗中重点是温下抑上，桂枝加桂汤中重用桂枝之意如徐大椿所言："重加桂枝，不特御寒，且制肾气，又味重则能达下。"干姜易生姜取其温中降逆止呕之力更强，加沉香助其降逆气，加全蝎佐其息风止搐。全方共奏温通降逆、平冲止搐之功。

（十三）地黄饮子

本方出自《圣济总录》，药物由熟地黄、巴戟天、山茱萸、肉苁蓉、石斛、附子、五味子、肉桂、茯苓、麦冬、石菖蒲、远志、生姜、大枣、薄荷诸药组成，主补肾之阴阳。补阳为主者是附子、肉桂、巴戟天、肉苁蓉；补阴的药物可分为两类，其一是六味地黄中的山茱萸、熟地黄、茯苓补肾阴，另一类为麦冬、石斛、五味子补益肺脾（胃）肾三脏之津；石菖蒲、远志开窍祛痰，姜枣调和营卫，薄荷取其轻宣之性，使本方补而不腻，用于喑痱证。"喑"指舌强不能言；"痱"指足废不能用。其证由下元虚衰，虚火上炎，痰浊上泛，堵塞窍道所致，符合婴儿痉挛症病变基础，再加之全蝎、蜈蚣等息风止痉之药，更好地控制患儿发作。

本方煎法颇有讲究，王晋三曾曰："饮，清水也。方名饮子者，言其煎有法也。"陈修园曰："又微煎数沸，不令诸药尽出重浊之味，俾轻清走于阳分以散风，重浊走于阴分以降逆。"方中诸药，用清水微煎为饮服，取其轻清之气，易为升降，迅达经络，流走四肢百骸，以交阴阳，故名"地黄饮子"。故此，嘱家长除附子先煎30分钟外，其余诸药文火煎煮20分钟即可，不可过煎。

以上是临床中治疗小儿癫痫常用的十三首方剂，在选用时还应注意两点，其一是治疗的顺序：痫病患儿合并外感时，应先疏风解表，待表邪祛除再用抗痫之药，如清代医家陈飞霞在《幼幼集成·痫证》中创制了消风丸并指出："此非治痫之药，用以疏散外感，开通经络，庶后药得以流通故耳。"其二是要辨证与辨病相结合，辨证用药无效时，可舍证从病，交替使用上述13方，摸索出最佳治疗方法。

二、常用药物

抗癫痫的中药有豁痰、开窍、顺气、息风、补虚几大类，在选择时应注意：①多用效专力宏的峻药；②尽量少用含有毒性、重金属的药材；③在疗效大体相当时，尽量选择价格便宜的品种（降逆气用煅赭石，少用沉香）；④倡导使用道地药材；⑤杜绝使用硫黄、霉菌等超标的药材。

中药材的质量直接关系到医疗质量，因此，中医师不能只管医，不管药，否则，再好的处方也不能达到桴鼓之效。

（一）石菖蒲

本品为天南星科植物石菖蒲的干燥根茎。味辛、苦，性温，归心、胃经。具有开窍豁痰、醒神益智、化湿开胃之功，用于癫痫神昏，健忘失眠，耳鸣耳聋，脘痞不饥等症。本品为芳香豁痰开窍之要药，对于痰气逆乱，上蒙清窍之神昏有很好的醒神作用，尤其适用于失神性癫痫发作。此外，本品还有一定的增智作用，特别适合于痰湿阻滞心窍而出现智力低下、痴呆、孤独谱系障碍的儿童。石菖蒲取其豁痰功能时常与胆南星、天竺黄、皂荚同用；取其开窍功能时多和牛黄、远志、白胡椒、冰片共用，有增加血脑屏障通透性的作用。

石菖蒲的主要成分为 α - 细辛醚，据现代医学研究，其有如下之作用：①升高脑内单胺类神经递质 5 - 羟色胺含量；②通过抑制脑内海马 CA1、CA3 区氨基丁酸转氨酶，抑制脑海马 CA1、CA3 区兴奋性神经递质受体 NMDAR1 和增强脑海马 CA1、CA3 区抑制性神经递质受体 -GABAARβ 的活性与表达；③降低脑组织中 Glu 和 Asp 含量；④抑制脑组织皮质和海马细胞凋亡；⑤抗缺氧和清除自由基；⑥参与调节相关细胞因子的表达，减少脑组织的炎症而防止癫痫的发生和发展。

（二）胆南星

本品为制天南星的细粉与牛、羊或猪胆汁经加工而成，或为生天南星细粉与牛、羊或猪胆汁经发酵加工而成。其功效既有天南星化痰之功，更有胆汁的清热息风之力，且后者作用大于前者。此如《药品化义》所言："胆星，意不重南星而重胆汁，借星以收取汁用，非如他药监制也，故必须九制则纯。是汁色染为黄，味变为苦，性化为凉，专入肝胆。假胆以清胆气，星以豁结气，大能益肝镇惊。《本草》言其功如牛黄者，即胆汁之精华耳。"

胆南星味苦、微辛，性凉。入肺、肝、脾经。具有清热化痰、息风定惊之功。

适用于中风、癫痫、惊风、头风眩晕、痰火喘咳等证。在痫病的治疗中常常用于痰热神昏、喉中痰鸣、口吐涎沫之象，多配合石菖蒲、清半夏及竹沥水同用。剂量以 3～6g 为宜，病重者可用至 10g。

（三）全蝎

本品为钳蝎科动物东亚钳蝎的干燥体。评价质量时，除注意其个头大小、是否完整外，还要尝一尝，特别咸者是不法商人为增加重量，用高浓度盐水浸泡过；用手捏一捏全蝎腹部，有人在其腹内注射稀水泥，以增加重量。

全蝎味辛，平，有毒，归肝经。其功能为息风镇痉，通络止痛，攻毒散结。用于肝风内动，痉挛抽搐，小儿惊风，中风口㖞，半身不遂，破伤风，风湿顽痹，偏正头痛，疮疡，瘰疬。本品是治疗小儿癫痫的主要药物，其作用较其他虫类药更为突出。据临床体会，虫类药的息风止惊作用从强到弱的顺序为：全蝎＞蜈蚣＞僵蚕＞地龙＞乌梢蛇。全蝎可水煎服，但其为动物蛋白有遇热凝固的特点，影响吸收，故此，也可冲服。古人认为全蝎有大毒，但据我们临床大剂量（5～6g）、长时间（3 年左右）使用，只发现有极个别的患儿出现肝功能异常，停药后或未停药给予保肝药治疗，一般一个月左右即可恢复。

全蝎的主要成分为全蝎蝎毒，其作用有：①改变钠通道的动力学特性；②降低大脑皮层 NMDAR 结合活性；③减少 GABA 能中间神经元的损伤；④通过下调胶质纤维酸性蛋白（GFAP）基因表达的转录因子，从而抑制 GFAP 的表达，防止胶质化的形成等。

（四）蜈蚣

本品为蜈蚣科动物少棘巨蜈蚣的干燥体，用竹片插入头尾，绷直，干燥。本品呈扁平长条形，长 9～15cm，宽 0.5～1cm。由头部和躯干部组成，全体共 22 个环节。目前市售本品是以条为单位，而不以重量为准，因此，应选用个大者为好，否则影响药效。此外，还要注意是否有霉变，特别是夏季，有霉变的万万不可服用。

蜈蚣，性温，味辛，有毒。归肝经。功能为息风镇痉，通络止痛，攻毒散结。可用于肝风内动，痉挛抽搐，小儿惊风，中风口㖞，半身不遂，破伤风，风湿顽痹，偏正头痛，疮疡，瘰疬，蛇虫咬伤。本品性善走窜，通达内外，搜风定搐力强，与全蝎均为息风要药，二者合用治疗儿童各种原因引起的抽搐。如止痉散中配全蝎、钩藤、僵蚕等治疗小儿撮口，手足抽搐；《医宗金鉴》中的蜈蚣星风散可治疗小儿破伤风等。

本品为动物蛋白遇热凝固，水煎影响吸收，故以研末冲服为宜，剂量为每日 1g 为限，癫痫患者妊娠后禁止服用。

（五）僵蚕

本品为蚕蛾科昆虫家蚕 4～5 龄的幼虫感染（或人工接种）白僵菌而致死的干燥体。味咸、辛，性平。归肝、肺、胃经。具有祛风定惊、化痰散结之功。用于肝风夹痰，惊痫抽搐，小儿急惊，破伤风，中风口㖞，风热头痛，目赤咽痛，风疹瘙痒，发颐疖腮。本品既可疏外风，又可平内惊，疏外风临床常与金银花、连翘、荆芥、防风等同用，治疗小儿风痫；平内惊与柴胡加龙骨牡蛎汤同用治疗小儿惊痫。此如《神农本草经》所言："主小儿惊痫、夜啼。"临床常用量为 5～10g。

（六）天麻

本品为兰科植物天麻的干燥块茎。炮制后的本品呈不规则的薄片。外表皮淡黄色至黄棕色，有时可见点状排成的横环纹。切面黄白色至淡棕色。角质样，半透明。气微，味甘，归肝经。具有息风止痉、平抑肝阳、祛风通络之功。用于小儿惊风，癫痫抽搐。《用药法象》指出："疗大人风热头疼，小儿风痫惊悸。"可见天麻有疏散外风的作用，对于外风引动内风的风痰痫为必不可少之药，临床常与钩藤同用。本品为平肝息风植物药，力稍逊动物类药，但其安全性较高，长期服用很少见有肝功能损伤，故使用剂量可多于 3～10g 的常用量，以每日服用 15g 为佳。

（七）青礞石

本品为变质岩类黑云母片岩或绿泥石化云母碳酸盐片岩。加热后泡沸激烈，应布包先煎。本品性平，味甘、咸，归肺、心、肝经。有坠痰下气、平肝镇惊之功，用于顽痰胶结，咳逆喘急，癫痫发狂，烦躁胸闷，惊风抽搐。

痰为痫病的病因之一，也是痫病的病理产物，古人有"无痰不作痫"之说。痰邪致病又有有形之痰与无形之痰之分，有形之痰可见癫痫发作时患者喉中痰声辘辘，无形之痰则从其神昏之症测之。痫病患儿有形之痰临床常用清半夏、皂角刺、川贝母消之；无形之痰则用石菖蒲、胆南星、天竺黄等芳香开窍以除之，重症患者可加入青礞石。《本草经疏》曾指出："礞石禀石中刚猛之性，体重而降，能消一切积聚痰结，消积滞，坠痰涎，诚为要药。"此药在临床中常与铁落花同用，平肝祛痰之力更强。然而，本品为力宏重坠之品，对于稚阴稚阳之体的小儿使用时要慎重。《本草经疏》强调："小儿惊痰食积实热，初发者可用，虚寒久病者忌之。如王隐君制滚痰丸，谓百病皆生于痰，不论虚实寒热概用，殊为未妥。"从此可知，实证可用，虚证慎之。本品临证时多入丸散服，每日 3～6g 为宜，以图丸之缓也，若水煎用剂量为 10～15g。

（八）赭石

本品为三方晶系矿物刚玉族赤铁矿的矿石。主含三氧化二铁（Fe_2O_3）。主产于山西、河北、河南、山东、四川、湖南等地。以色棕红、断面显层叠、每层均有钉头者为佳。本品性寒，味苦，归肝、心经。具有平肝潜阳、降逆、止血之力。用于眩晕耳鸣，呕吐，呃逆，喘息，吐血，衄血，崩漏下血。

在小儿癫痫中主要取其降逆平肝之用。痰浊内伏为癫痫的病变基础，气机逆乱为其始动因素，神昏抽搐是其临床表现。赭石重镇降逆，使痰浊不能上窜蒙心阻络，痫自不发也。对于痫病患儿平素既有频发呃逆、吞酸（胃食道反流），或发作前、发作中、发作后有恶心、呕吐者，加之有协同增效作用。

本品与降气化痰之药旋覆花（或旋覆代赭汤）同用效果更佳，特别是对于有奔豚类症状的癫痫患儿有效。

（九）龙骨

本品为古代哺乳动物如三趾马、犀类、鹿类、牛类、象类等的骨骼化石或象类门齿的化石，前者习称"龙骨"，后者习称"五花龙骨"。龙骨：呈骨骼状或已破碎呈不规则的块状，大小不一。表面白色、灰白色、黄白色、浅蓝色或浅棕色，多较平滑，有的具纹理与裂隙或棕色条纹和斑点。质硬，断面不平坦，关节处有多数蜂窝状小孔。吸湿性强。无臭，无味。五花龙骨：呈不规则块状，大小不一，有的呈圆柱状或破开的圆柱状，长短不一，直径 5～25cm。全体呈淡灰白色、淡黄白色或淡黄棕色，夹有蓝灰色及红棕色深浅粗细不同的花纹，偶有不具花纹者。表面平滑，时有小裂隙。质硬，较酥脆，易成片状剥落而散碎。吸湿性强。无臭，无味。鉴别：本品在无烟火焰中灼烧，应不发烟，无异臭，不变黑。关于龙骨药材的质量，《雷公炮炙论》中说："龙骨，剡州生者、沧州太原者上，其骨细文广者是雌，骨粗文狭者是雄，骨五色者上，白色者中，黑色者次，黄色者稍得，经落不净之处不用。"

本品性平，味甘、涩，归心、肝、肾、大肠经。具有镇静安神、平肝潜阳、敛汗固精、涩肠止血之功；外用生肌敛疮。临床用于惊厥癫狂，怔忡健忘，失眠多梦，自汗盗汗，遗精，崩漏带下，泻痢脱肛，衄血，便血；外用治溃疡久不收口，阴囊湿痒。

龙骨一般与牡蛎同用，在癫痫中主要治疗伴有神志性症状者，如胆小、易惊、敏感、抑郁、焦虑、烦躁、秽语等，甚至是癫痫的神经精神类发作，取本品镇静安神、平肝潜阳之力，达到阴平阳秘之目的。《神农本草经读》曰："惊痫颠痉，皆肝气上逆，挟痰而归迸入心，龙骨能敛火安神，逐痰降逆，故为惊痫颠痉之圣药。痰，水也，随火而生，龙骨能引逆上之火、泛滥之水，而归其宅，若与牡蛎同用，为治痰之神品。"常用方剂为柴胡加龙骨牡蛎汤。

（十）麻黄

本品为麻黄科植物草麻黄、中麻黄或木贼麻黄的干燥草质茎。是辛温发汗之峻药，生用发汗之力更强，一般儿科医生恐其使患儿过于出汗伤阴，故临床用之不多，其实，只要感冒患儿外感风寒未解，恶寒症状未祛者用之，可取桴鼓之效。小儿患神经、精神系统疾病时常用其治疗：①癫痫：用于寒痰凝聚经络，不易祛除之阴痫，常与附子、肉桂、细辛同用，温阳助运，剔除伏痰。此外，对于脑电图以慢波或棘慢波为主的虚痫可加用之，有振奋阳气、改善脑功能之效。再有，对于失神性发作的病儿，神识不清为主，不伴有抽搐者加用本品配合石菖蒲有醒神开窍之功。另外，由外风引动内风的风痫证也多使用麻黄，如明代寇平《全幼心鉴》中的独活散、风痫汤等。②多动障碍：麻黄的主要成分为麻黄碱，是一种中枢神经兴奋药物，能兴奋大脑皮层及皮层下中枢，使精神振奋，由于该品能透过血脑屏障，故其中枢作用较肾上腺素强且持久，对于因中枢儿茶酚胺类神经递质多巴胺（DA）和去甲肾上腺素（NA）代谢障碍造成的轻度脑功能缺陷有效，故此，临床常常用于多动障碍的患儿。此外，对于小儿认知功能低下，孤独谱系障碍、小儿遗尿等亦可使用。

本品不宜长期、大量使用，否则可引起震颤、焦虑、失眠、心悸、头痛、出汗、发热感、血压升高等副作用。

（十一）远志

本品为远志科植物远志或卵叶远志的干燥根。味苦、辛，性温。归心、肾、肺经。其功能为安神益智，交通心肾，祛痰，消肿。用于心肾不交引起的失眠多梦、健忘惊悸、神志恍惚，咳痰不爽，疮疡肿毒，乳房肿痛。

远志在小儿癫痫病中有三大作用，分别为：养心安神、益智、豁痰，主要用于肾水亏虚，不能上济于心，心火炽盛，不能下交于肾的虚痫。《滇南本草》称其："养心血，镇惊，宁心，散痰涎。疗五痫角弓反张，惊搐，口吐痰涎，手足战摇，不省人事，缩小便，治赤白浊，膏淋，滑精不禁。"《本草再新》曰："行气散郁，并善豁痰。"凡见有心烦多梦，失眠健忘，智力低下，抑郁焦虑，五心烦热，潮热盗汗，舌红少苔，脉细数者皆可应用。常用方剂有开心散、孔圣枕中丹等。

（十二）朱砂

本品为硫化物类矿物辰砂族辰砂，主含硫化汞（HgS）。本品为粒状或块状集合体，呈颗粒状或块片状。鲜红色或暗红色，条痕红色至褐红色，具光泽。体重，质脆，片状者易破碎，粉末状者有闪烁的光泽。气微，味淡、有毒。归心经。具有清心镇惊、安神、明目、解毒的作用。用于心悸易惊，失眠多梦，癫痫发狂，小儿惊风，视物昏花，口疮，喉痹，疮疡肿毒。

朱砂与雄黄是古代医家治疗小儿惊风、癫痫的常用药物，主要取其重镇之性、镇惊安神之功，如《备急千金要方》治疗小儿惊痫的镇心丸、《普济方》用于急惊风变成痫者的如神断痫丸、《医学纲目》的镇惊丸、《幼科证治准绳》的定痫丸等，

《神农本草经》将其列为上品，临床多用于蜜丸之衣。据笔者临床体会，本品对惊吓诱发的痫病效果明显，特别是伴有惊恐不安、夜不能寐、气急焦躁者效果尤佳。

对于朱砂的毒性，明清之前基本没有认识，几乎均认为朱砂"无毒"，尽管唐代《药性论》言其"有大毒"，但并未引起医家的重视。直至明清才发现火锻可使朱砂的毒性增强，重者可使人毙命，此如《本草经疏》中载："若经伏火及一切烹炼，则毒等砒硇，服之必毙。"

现代研究表明，朱砂内服过量可引起中毒。由于无机汞在人体内的吸收率为5%，甲基汞的吸收率可达100%。朱砂在厌氧有硫的条件下，pH7、温度37℃的暗环境中与带甲基的物质相遇均能产生甲基汞，而人体肠道正具备这一条件，故内服朱砂制剂增加了中毒机会。

笔者认为朱砂虽有毒性，而且长期服用还可造成蓄积中毒，但其治疗癫痫疗效明显，临床要从风险与获益两方面统筹考虑。对于一般癫痫患儿，用中西药能控制发作者，不要使用朱砂，但对于重症、特别是难治性癫痫，患儿多次、长时间、反复发作对大脑不断产生损害者，可考虑使用朱砂，但要注意剂量：0.1~0.5g，每日最大量不能超过0.5g；服用方法：多入丸散服或冲服，禁用水煎服；时间：一个月之内为宜，最多不超过一个半月。

朱砂中毒表现为恶心、呕吐、吐血性黏液、口中有金属味、咽喉肿痛、唾液增多等，口腔黏膜充血、水肿、坏死，齿龈肿痛、溢血、溃烂，上腹部有烧灼感、腹泻、严重时有脓血便，甚至胃穿孔。出现以上情况时要迅速就医，不能拖延，以免造成肾损害等其他问题。

（十三）琥珀

本品为古代松科植物的树脂埋藏于地下经年久转化而成的树脂化石，呈不规则块状、颗粒状或多角形，大小不一，表面黄棕色、血红色或黑棕色，略透明，质硬而脆，断面平滑，有玻璃样光泽。气微，味淡。手捻易成粉末，微有涩感。

琥珀性平味甘，归心、肝、膀胱经。具有安神镇惊、活血散瘀、利尿通淋作用。用于心悸失眠，惊风癫痫，血瘀肿痛，经闭痛经，心腹刺痛，热淋，石淋，血淋，癃闭。

《仁斋直指方》指出："以本品与朱砂同用，治小儿胎惊；与朱砂、全蝎、麦门冬配伍治疗小儿胎痫。"笔者治疗癫痫时选用本品，主要选其镇静安神之效，常用于患儿夜寐不安，与酸枣仁、合欢皮、远志同用；夜间发作频繁，与朱砂同用，嘱其夜晚睡前冲服。本品常用剂量以每日 1～2g 为宜，病重者可加到每日 3g，入丸散剂或研末冲服均可。

（十四）皂荚

本品为豆科植物皂荚的果实，又名皂角。形扁长者称大皂荚；其植株受伤后所结的小型果实，弯曲成月牙形，称猪牙皂，又称小皂荚，均入药。《本经逢原》指出："大小二皂，所治稍有不同，用治风痰，牙皂最胜，若治湿痰，大皂力优。"

皂荚性温，味辛、咸，有小毒，入肺、大肠经。具有祛顽痰、通窍开闭、祛风杀虫之功，用于顽痰阻肺，咳喘痰多，中风、痰厥、癫痫等症。

本品在癫痫的治疗中，选用目的有二：一是祛顽痰，用于肾阳不足，失于温煦，水湿不化，酿成顽痰，蒙窍阻络而致的顽固性痫病，起到祛痰通络之用。《传家秘宝》也有记载："本品配明矾为散，温水调服，涌吐痰涎，而达豁痰开窍醒神之效，即稀涎散。"二是开脑窍，本品配细辛研末装瓶，待癫痫病人有发作先兆时，先将药瓶剧烈摇动后，开盖，鼻腔吸入取嚏，发作可止。此为《丹溪心法附余》中记载的通关散，治疗效果达 60% 以上。据现代研究，鼻腔通脑未有血脑屏障，因此，药物可直接到达大脑，此为"鼻通道，脑靶点"，起到取嚏止痫的作用。

本品有小毒，对于临床用量应谨慎，一般研末服，每日 1～1.5g 为宜，水煎服每日 3～5g 为度，用量大时可引起呕吐、腹泻等症。3 岁以下的婴幼儿慎用；6 个月以下的婴儿禁用。

（十五）鹿茸

本品为鹿科动物梅花鹿或马鹿的雄鹿未骨化密生茸毛的幼角。前者称"花鹿茸"，后者称"马鹿茸"，临床以花鹿茸为佳。

鹿茸是尚未骨化的幼角，外面覆被着生有茸毛的皮肤，内部是结缔组织、软骨组织及富有血管的神经。鹿茸部位不同其药效也不一样，如茸之顶尖，最首层之白如蜡，油润如脂，名之曰蜡片，价格最贵，药力最强；次层白中兼黄，纯系血液贯注其中，故称之为血片。再往下叫粉片、沙片，价格较为便宜，但药效也差一些。选购时应注意两点：①看边，越薄越好。因为边厚了，说明鹿角长的时间长了，骨化程度高，价值就差一些。②看中间的网状结构，空越小越好，说明骨化程度低，价值就高。如果鹿茸中间没有网状结构，说明其已完全骨化，应称之为鹿角，不宜给儿童服用，只能泡酒供成年人饮用。

鹿茸性温，味甘、咸，归肾、肝经。具有壮肾阳、益精血、强筋骨之功效。用于癫痫、脑瘫病儿之五软、五迟之症，特别是对于患有婴儿痉挛症等运动功能发育迟缓或服用氯硝西泮等药物后出现的颈软不支、腰软不能坐、腿软不能立行的患儿，可研末冲服，每日 1～2g。鹿茸为血肉有情之品，其可益肾填精，生髓通脑，对于先天禀赋不足，智力发育迟缓者也有较好疗效。

（十六）紫河车

紫河车为健康产妇的胎盘，割开血管，反复清洗，蒸或置沸水中稍煮后，烘干而成。本品始载于《本草拾遗》，其味甘，性咸，具有补肾益精、养血益气之功效，如《本草纲目》中记载："儿孕胎中，脐系于母，胎系母脊，受母之荫，父精母血，相合而成。虽后天之形，实得先天之气，显然非他金石草木之类所比。其滋补之功极重，久服耳聪目明，须发乌黑，延年益寿。"

紫河车为血肉有情之品，对于先天禀赋不足，生后出现五软五迟、智力发育迟缓或者有认知功能倒退的癫痫患儿尤为适用。此外，本品还有补偏救弊、调和阴阳作用，可协助抗痫。《本草纲目》云："治男女一切虚损劳极，癫痫失志恍惚，安神养血，益气补精。"

紫河车中可提取胎盘球蛋白，其主要成分为丙种球蛋白，含有某些抗体，对于炎症反应引起的癫痫发作有效。因此，不能将本品单单认为是一味补益剂，它还有一定的抗癫痫作用。

鹿茸与紫河车均能补肾阳，益精血，为滋补强壮之要药。鹿茸补阳力强，为峻补之品，用于肾阳虚之重证；且使阳生阴长，而用于精血亏虚诸证；紫河车养阴力强，而使阴长阳生，兼能大补气血，用于气血不足，虚损劳伤诸证。在小儿癫痫中运动功能发育障碍者，如肌张力较弱，肢体软弱无力，头不能抬，足不能行等可服用鹿茸；智力发育迟缓者，紫河车效果较好。二者均为大补之品，用鹿茸时要注意防止上火，用紫河车时小心滋腻碍胃。

（十七）冰片

本品为龙脑香科植物龙脑香树脂加工品，或龙脑香树的树干、树枝切碎，经蒸馏冷却而得的结晶，称龙脑冰片。冰片味辛气香，归心脾肺经，有开窍醒神之功效，可治疗癫痫、小儿惊风等热闭症。本品经动物实验表明：口服后经肠系膜吸收迅速，给药 5 分钟即可透过血脑屏障，且在脑中蓄积时间长，量也相当高，此为冰片的芳香开窍作用，提供了初步的实验依据。

本品在小儿癫痫中的使用，主要取其开窍之功，协助诸药通过血脑屏障，更好地发挥抗癫痫效力。本品一般不作口服药，多入丸散剂，每日用量为 0.1～0.3g。

（十八）人参

本品为五加科植物人参的根，生产于吉林、辽宁、黑龙江。以吉林抚松县产量最大，质量最好，称吉林参。人参味甘微苦，归肺脾心经。具有大补元气、补脾益肺、生津安神、益智之功效。用于先天禀赋不足，元气亏乏的胎痫效果最佳。此外，人参还有安神的作用，可提高人体的惊厥阈，特别是对于年幼体弱的患儿效果更为显著。笔者曾用本品进行抗戊四唑惊厥的动物实验，结果显示：与对照组相比，其抗惊厥疗效可提高 50% 左右。此如《神农本草经》所言："补五脏，安精神，定魂魄，止惊悸，除邪气，明目，开心益智。"《本草汇言》亦云："补气生血，助精养神之药也。"故此，本品还可用于元气不足，神不守舍，易受惊恐的惊痫。近年来的研究结果表明，人参有明显的益智作用，可提高患儿的认知功能。

在癫痫病的治疗中，切记不能用党参代替人参，因二者基源不同。党参为桔梗科植物的根，也称素花党参，或川党参。主要产于山西、陕西和甘肃。其虽有补脾肺气的作用，但无大补元气的功能。其安神、益智的作用较弱。

第八节

抗癫痫中成药的临床应用

　　根据中医传统对痫病的症状描述可以看出，中医的痫病实际上是西医癫痫病分类中的一种，即强直－阵挛性发作，研发的抗痫药物也是针对此类型为多。但近年来随着对癫痫病认识的不断深入，新上市的中成药除治疗强直－阵挛性发作外，还包含有其他的发作类型，可供医师参考使用。在临床中对发作频繁、症状较重的患儿，可选择两种以上的中成药联合使用，但要注意合用药物中的成分，避免相同成分使用量过大，出现不良反应。药物剂量：儿童用中成药可分为三种：儿童专用药（有儿童剂量）、成人用药（无儿童剂量）、儿童成人共用药（儿童酌减、在医师指导下使用）。后两者剂量核算办法：14 岁成人最低量，10~13 岁成人 3/4 量，7~9 岁成人 1/2 量，3~6 岁成人 1/4 量，1~2 岁成人 1/6 量。对于含有朱砂、雄黄等重金属的中成药长期服用时应注意汞、砷蓄积中毒。

　　选择治疗痫病的中成药首先要辨别虚实。实证的癫痫是指病程较短，临床除癫痫发作外无其他症状；虚证是指病程较长，除癫痫发作外平时可见有面色萎黄，头痛眩晕，腰膝酸软，智力、运动发育迟缓等症。

　　其次要辨别诱因。有些癫痫发作可见有明确的诱因，如发热、惊吓、多食等，选择对诱因有控制效果的药物，可减少癫痫的发作。

一、医痫丸　Yixian Wan

【临床应用要点】神昏，抽搐频繁。

【药味组成】生白附子、天南星（制）、半夏（制）、猪牙皂、僵蚕（炒）、乌梢蛇（制）、蜈蚣、全蝎、白矾、雄黄、朱砂。

【功能与主治】祛风化痰，定痫止搐。本品用于痰阻脑络所致的癫痫，症见抽搐昏迷、双目上吊、口吐涎沫。

【注意事项】

1. 体虚正气不足者慎用。

2. 如服药期间出现恶心呕吐，心率过缓等不适症状，应及时就医。

3. 合并慢性胃肠病、心血管病、肝肾功能不全者忌用。

4. 本品含雄黄、朱砂，不宜过量、久服。

5. 忌食肥辛辣、肥甘厚味之品。

【不良反应】未见相关报道。

【用法与用量】口服，1 次 3g，1 日 2~3 次，小儿酌减。

【规格】每袋装 3g。

二、白金丸　Baijin Wan

【临床应用要点】神昏，抽搐，烦躁不安。

【药味组成】郁金、白矾、薄荷。

【功能与主治】豁痰通窍，清心安神。用于痰气壅塞，癫痫发狂，猝然昏倒，口吐涎沫。

【注意事项】脾胃虚弱、胃溃疡病人忌服。

【不良反应】未见相关报道。

【用法与用量】口服，1 次 3~6g，1 日 2 次，饭前服用。

【规格】每瓶装 60g。

三、小儿抗痫胶囊　Xiao'er Kangxian Jiaonang

【临床应用要点】神昏，抽搐，痰多，腹胀。

【药味组成】胆南星、天麻、太子参、茯苓、水半夏（制）、橘红、九节菖蒲、青果、琥珀、沉香、六神曲（麸炒）、枳壳（麸炒）、川芎、羌活。

【功能与主治】豁痰息风，健脾理气。用于原发性全身性强直－阵挛发作型儿童癫痫风痰闭阻证，发作时症见四肢抽搐、口吐涎沫、二目上窜，甚至昏仆。

【注意事项】

1. 本品应在医生指导下用药。

2. 根据病情可与其他抗痫药联合应用。

3. 在治疗期间，本品不宜突然停减，如需用本品更换已经服用的其他抗癫痫药时，须在医生指导下，先在其他抗痫药物用法用量不变的情况下，加服本药，等用药后病情得到控制，视病情逐渐递减其他抗痫药物用量。

4. 在应用本品治疗期间，如出现病情波动应及时加用其他治疗措施。

5. 少数患儿服药后出现食欲不振、恶心呕吐、腹痛腹泻等消化道症状，饭后服用或继续服药1~3周一般可自行消失。

6. 服用本品期间不宜食用牛羊肉、无鳞鱼及辛辣刺激物。

【不良反应】未见相关报道。

【用法与用量】口服，3~6岁1次5粒，7~13岁1次8粒，1日3次。本品胶囊较大，患儿不习惯或吞服有困难者，可从胶囊中取出药粉冲服。

【规格】每粒装0.5g。

四、癫痫康胶囊　Dianxiankang Jiaonang

【临床应用要点】神昏，抽搐，烦躁不安。

【药味组成】天麻、石菖蒲、僵蚕、胆南星、川贝母、丹参、远志、全蝎、麦冬、淡竹叶、生姜、琥珀、人参、冰片、人工牛黄。

【功能与主治】镇惊息风，化痰开窍。用于癫痫风痰闭阻，痰火扰心，神昏抽搐，口吐涎沫者。

【注意事项】在治疗期间应遵医嘱按时用药。对烟、酒、浓茶、咖啡、可口可乐等含有兴奋作用的食物及饮品尽量少用。日常生活中注意大喜、大悲及较大的惊险、恐惧等精神刺激。如原服用西药，改用癫痫康胶囊治疗时，应在医师指导下应用。

【不良反应】尚不明确。

【用法与用量】口服。1 次 3 粒，1 日 3 次。

【规格】每粒装 0.3g。

五、琥珀抱龙丸　Hupo Baolong Wan

【临床应用要点】抽搐、神昏或烦躁不安，痰多或伴有发热。

【药物组成】琥珀、朱砂、天竺黄、胆南星、枳实（炒）、枳壳（炒）、山药（炒）、茯苓、红参、檀香、甘草。

【功能与主治】清热化痰，镇静安神。用于饮食内伤所致的痰食型急惊风，症见发热抽搐，烦躁不安，痰喘气急，惊痫不安。

【注意事项】

1. 本品为痰食急惊风所设，若土虚木亢慢脾风证及阴虚风动者不宜用。

2. 本品为痰痫所设，若属外伤瘀血痫证不宜单用本品。

3. 本品用治痰火咳嗽，若口鼻气冷，吐痰清稀，寒痰停饮咳嗽不宜应用。

4. 本品含有朱砂，不宜过量久服。

5. 本品含有祛风化痰，重镇安神之品，脾胃虚弱，阴虚火旺者慎用。

6. 饮食宜清淡，忌食辛辣刺激、油腻食物。

7. 小儿高热惊厥抽搐不止，应及时送医院抢救。

【不良反应】未见相关报道。

【用法与用量】口服。1 次 1 丸，1 日 2 次；婴儿每次 1/3 丸。化服。

【规格】每丸重 1.8g。

六、桂芍镇痫片　Guishao Zhenxian Pian

【临床应用要点】各种发作类型的癫痫，伴有郁闷、烦躁。

【药味组成】桂枝、白芍、党参、半夏（制）、柴胡、黄芩、甘草、鲜姜、大枣。

【功能与主治】调和营卫，清肝胆。用于治疗各种发作类型的癫痫。

【注意事项】无。

【不良反应】未见相关报道。

【用法与用量】口服，1 次 6 片，1 日 3 次。

【规格】薄膜衣片，每片重 0.32g。

七、癫痫宁片　Dianxianning Pian

【临床应用要点】神昏，抽搐，喉中痰鸣。

【药味组成】石菖蒲、钩藤、牵牛子、千金子、薄荷脑、缬草、马蹄香、甘松。

【功能与主治】豁痰开窍，息风安神。用于风痰上扰所致的癫痫，症见突然昏倒，不省人事，四肢抽搐，喉中痰鸣，口吐涎沫或眼目上视，少顷清醒。

【注意事项】

1. 虚证患者慎用。

2. 一般在癫痫未发作时即给予药物治疗，对于发作频繁者，应遵医嘱配合抗癫痫药治疗。如出现严重的癫痫发作或癫痫持续状态，应及时采取应急措施。

3. 对于已经服用抗癫痫西药的患者，不可突然停药而改服中成药，以避免诱发癫痫持续状态，应在加服中药有效后根据具体病情在专科医生指导下调整用药。

4. 本品所含千金子有毒，不可过量、久用。

5. 忌烟酒、羊肉及辛辣食物。

【不良反应】未见相关报道。

【用法与用量】口服。1 次 2～4 片，1 日 3 次。

【规格】每片相当于原药材 3g。

八、羊痫疯丸　Yangxianfeng Wan

【临床应用要点】神昏、抽搐。平素便秘，心烦，睡眠欠佳。

【药味组成】白矾、郁金、金礞石（煅）、全蝎、黄连、乌梅。

【功能与主治】息风止惊，清心安神。用于痰火内盛所致的癫痫，症见抽搐，口角流涎。

【注意事项】

1. 久病气虚者慎用。

2. 平素脾胃虚寒者慎用。

3. 癫痫发作时应根据病情采取适当的应急措施，以控制发作。

4. 忌食辛辣、油腻食物。

【不良反应】未见相关报道。

【用法与用量】口服。1 次 6g，1 日 1～2 次。

【规格】每 100 粒重 6g。

九、镇痫片　Zhenxian Pian

【临床应用要点】神昏、抽搐伴见心烦、乏力。

【药味组成】人工牛黄、朱砂、石菖蒲、广郁金、胆南星、红参、甘草、珍珠母、莲子心、麦冬、酸枣仁、茯苓、远志（甘草水泡）。

【功能与主治】镇心安神，豁痰通窍。用于癫狂心乱，痰迷心窍，神志昏迷，四肢抽搐，口角流涎。

【注意事项】尚不明确

【不良反应】尚不明确

【用法与用量】口服。1 次 4 片，1 日 3 次，饭前服用。

【规格】每片重 0.4g。

十、全天麻胶囊　Quantianma Jiaonang

【临床应用要点】神昏、抽搐可伴见眩晕、头痛。

【药味组成】天麻。

【功能与主治】平肝，息风，止痉。用于肝风上扰所致的眩晕、头痛、肢体麻木、癫痫抽搐。

【注意事项】本品用于痫病、中风时宜配合其他药物治疗。

【不良反应】未见相关报道。

【用法与用量】口服。1 次 2~6 粒，1 日 3 次。

【规格】每粒装 0.5g。

十一、牛黄清心丸（《太平惠民和剂局方》） Niuhuang Qingxin Wan

【临床应用要点】神昏、抽搐。平素可伴有头晕、倦怠乏力、胸闷、心烦。

【药味组成】牛黄、羚羊角、水牛角浓缩粉、黄芩、白蔹、大豆黄卷、炒苦杏仁、桔梗、防风、柴胡、人工麝香、冰片、朱砂、雄黄、川芎、蒲黄（炒）、人参、炒白术、茯苓、山药、甘草、大枣、当归、白芍、阿胶、麦冬、干姜、六神曲（炒）、肉桂。

【功能与主治】清心化痰，镇惊祛风。用于风痰阻窍所至的头晕目眩，痰涎壅盛，神志混乱，言语不清及惊风抽搐、癫痫。

【注意事项】

1. 对脑出血、脑梗死、惊风、癫痫的急重症，应采用综合治疗方法救治。

2. 方中含有雄黄、朱砂，不宜过量、久用。

3. 忌烟酒及辛辣食物。

【不良反应】有报道服用牛黄清心丸出现小脑共济失调。

【用法与用量】口服。大蜜丸 1 次 1 丸，水丸 1 次 1.6g，1 日 1 次。

【规格】①水丸：每 20 粒重 1.6g；②大蜜丸：每丸重 3g。

十二、羚羊角颗粒 Liyangjiao Keli

【临床应用要点】高热，神昏，抽搐。

【药味组成】羚羊角。

【功能与主治】平肝息风，清肝明目，散血解毒。用于高热惊痫，神昏痉厥，子痫抽搐，癫痫发狂，头痛眩晕，目赤翳障，温毒发斑，痈肿疮毒。

【注意事项】过敏体质者慎用。

【不良反应】未见相关报道。

【用法与用量】口服，1 次 5g，1 日 2 次。儿童用量：3 岁以下，每次 1.25g，每日 2 次；3 ~ 7 岁，每次 2.5g，每日 2 次；7 ~ 14 岁，每次 2.5g，每日 3 次。

【规格】每袋装 2.5g。

十三、礞石滚痰丸　Mengshi Guntan Wan

【临床应用要点】痰多，烦躁，焦虑，便干。

【药味组成】金礞石（煅）、沉香、黄芩、熟大黄。

【功能与主治】逐痰降火。用于痰火扰心所致的癫狂惊悸，或喘咳痰稠、大便秘结。

【注意事项】孕妇忌服。

【不良反应】尚不明确。

【用法与用量】口服。1 次 6 ~ 12g，1 日 1 次。

【规格】每袋（瓶）装 6g。

十四、七十味珍珠丸　Qishiwei Zhenzhu Wan

【临床应用要点】神昏，抽搐，烦躁。

【药味组成】珍珠、檀香、降香、九眼石、西红花、牛黄、人工麝香等 70 味。

【功能与主治】安神，镇静，通经活络，调和气血，醒脑开窍。用于"黑白脉病""龙血"不调；中风、瘫痪、半身不遂、癫痫、脑出血、脑震荡、心脏病、高血压及神经性障碍。

【注意事项】禁用陈旧、酸性食物。

【不良反应】尚不明确。

【用法用量】研碎后开水送服。重病人 1 日 1g，每隔 3 ~ 7 日 1g。小儿酌减。

【规格】①每 30 丸重 1g；②每丸重 1g。

十五、二十五味珊瑚丸　Ershiwuwei Shanhu Wan

【临床应用要点】神昏，抽搐，头痛。

【药物组成】珊瑚、珍珠、青金石、珍珠母、诃子、木香、红花、丁香、沉香、朱砂、龙骨、炉甘石、脑石、磁石、禹粮土、芝麻、葫芦、紫菀花、獐牙菜、藏菖蒲、榜那、打箭菊、甘草、西红花、人工麝香。

【功能与主治】开窍，通络，止痛。用于"白脉病"，神志不清，身体麻木，头昏目眩，脑部疼痛，血压不调，头痛，癫痫及各种神经性疼痛。

【注意事项】尚不明确。

【不良反应】尚不明确。

【用法用量】开水泡服。1 次 1g，1 日 1 次。小儿酌减。

【规格】①每 4 丸重 1g；②每丸重 1g。

十六、青阳参片　Qingyangshen Pian

【临床应用要点】神昏、抽搐，平素见有眩晕耳鸣、腰膝酸软等症。

【药味组成】青阳参总苷。

【功能与主治】平肝补肾，豁痰镇痉，定痫。用于癫痫，头昏头痛，眩晕，耳鸣，腰膝酸软等症。

【注意事项】

1. 口服用药毒性低。临床常用剂量在治疗期间未发现毒性作用，但加大剂量每千克体重 103mg（试用于精神分裂症）时，可出现恶心、呕吐、眩晕，继而出现抽搐、昏迷。

2. 对人有明显蓄积作用，故临床应用时宜采用间断给药法，日剂量每千克体重不超过 20mg。

【不良反应】未见相关报道。

【用法与用量】 口服, 1 次 4 ~ 8 片 (小儿减半), 1 日 1 次。连服两天停一天或隔日服一次。

【规格】 每片含青阳参总苷 100mg。

十七、痫愈胶囊 Xianyu Jiaonang

【临床应用要点】 抽搐、神昏, 平素可见倦怠乏力、睡眠欠佳。

【药味组成】 黄芪、党参、丹参、柴胡、酸枣仁、远志、天麻、钩藤、石菖蒲、胆南星、当归、僵蚕、六神曲、郁金、甘草、白附子 (制)。

【功能与主治】 豁痰开窍, 安神定惊, 息风解痉。用于风痰闭阻所致的癫痫抽搐、小儿惊风、面肌痉挛。

【注意事项】 无。

【不良反应】 未见相关报道。

【用法与用量】 口服, 1 次 5 粒, 1 日 3 次。

【规格】 每粒装 0.4g。

十八、补脑丸 Bunao Wan

【临床应用要点】 神昏、抽搐, 伴有记忆力差、睡眠欠佳、心悸。

【药味组成】 枸杞子、当归、五味子 (酒炖)、肉苁蓉 (蒸)、核桃仁、益智仁 (盐炒)、柏子仁 (炒)、酸枣仁 (炒)、远志 (制)、石菖蒲、天麻、龙骨 (煅)、琥珀、胆南星、天竺黄。

【功能与主治】 滋补精血, 安神健脑, 化痰息风。用于精血亏虚、风痰阻络所致的健忘失眠、癫痫抽搐、烦躁胸闷、心悸不宁。

【注意事项】 饮食宜清淡, 忌烟酒及辛辣刺激食物。

【不良反应】 未见相关报道。

【用法与用量】 口服。1 次 2 ~ 3g, 1 日 2 ~ 3 次。

【规格】 每 10 丸重 1.5g。

第九节

单味抗痫中药的物质基础研究

中医药治疗癫痫的机理研究一般包括三个方面，一是中药的生物活性成分，二是作用途径，三是作用靶点。本节总结了近年来数十种单味中药及其活性成分抗癫痫机制的研究进展，以期为临床上药物选择提供参考依据。

一、洋金花

洋金花的抗癫痫成分主要是东莨菪碱，其易通过血脑屏障，对中枢有显著镇静作用，阻断 M–胆碱能受体，并通过保护海马神经元来发挥抗惊厥作用。

二、柴胡

柴胡的抗癫痫成分主要是柴胡皂苷，其通过抑制 Glu 激活的星形胶质细胞 Ca^{2+} 浓度升高和 IL–6 释放，降低大鼠颞叶皮层、海马区 P–gp 的表达，抑制戊四唑（PTZ）诱导的海马星形胶质细胞活化，降低大鼠皮质和海马脑区兴奋性氨基酸谷氨酸水平并提高 γ–羟基丁酸含量，减缓病变神经元兴奋性，起到抗癫痫作用。

三、石菖蒲

石菖蒲的抗癫痫成分主要是 α–细辛醚、β–细辛醚和石菖蒲挥发油，其通过降低脑内单胺类神经递质如多巴胺的含量、抑制脑海马 CA1、CA3 区氨基丁酸转氨酶、抑制脑海马 CA1、CA3 区兴奋性神经递质受体 NMDAR1 和增强脑海马 CA1、CA3 区抑制性神经递质受体 GABA – ARβ 的活性与表达、降低脑组织中 Glu 和 Asp 含量、抑制脑组织皮质和海马细胞凋亡、抗缺氧和清除自由基、参与调节相关细胞因子的表达减少脑组织的炎症而防止癫痫的发生和发展。

四、天南星

天南星生品抗癫痫作用显著，但其炮制品抗惊厥作用不明显。其通过提高脑内 GABA 浓度并上调其特异性受体表达、抑制 Glu 浓度并下调其受体表达、降低胞内 Ca^{2+} 浓度从而发挥抗癫痫作用。

五、钩藤

钩藤的抗癫痫成分主要是钩藤碱，一方面，其阻断钙离子和钠离子通道，从而开放钾离子通道，并抑制由高钾浓度激发的 5 – HT 和 DA 等兴奋性神经递质的释放；另一方面，其减少 NMDAR，降低 NMDAR 活性从而降低神经元的兴奋度。另外，其可增高正常鼠脑纹状体及海马细胞外液中 5 – HIAA 的含量，降低海马和皮层中 NE 的含量，从而产生镇静作用。钩藤碱可以降低脑损伤小鼠早期癫痫样放电波幅和次数来抑制脑部异常放电，以及减轻脑水肿程度，促进血脑屏障修复；下调脑损伤小鼠早期癫痫炎症及凋亡相关因子的表达，抑制星形胶质细胞的活化、增殖，达到神经保护作用。

六、半夏

半夏的抗癫痫成分主要是半夏总生物碱，其可增加脑内抑制性神经递质 GABA 的含量，减少脑内兴奋性神经递质 Glu 的含量，增加脑内 $GABA_A$ 受体 mRNA 的表达，增加 $GABA_A$ 受体的数目，从而产生抗癫痫作用。

七、瑞香狼毒

瑞香狼毒的抗癫痫成分主要是伞形花内酯，其可降低大鼠大脑皮层、海马区兴奋性氨基酸含量，尤其谷氨酸、天门冬氨酸，同时亦能提高抑制性氨基酸含量如γ-氨基丁酸从而产生抗癫痫作用。

八、天麻

天麻的抗癫痫成分主要是天麻素，其可抑制海马兴奋性氨基酸神经递质 Glu 受体和激活海马抑制性神经递质 GABA 受体的活性与表达，从而抑制海马兴奋性神经元、激活海马抑制性神经元；其亦可清除自由基活性产生抗癫痫作用。

九、全蝎

全蝎的抗癫痫成分主要是全蝎蝎毒，从中提纯的抗癫痫肽抗癫痫作用更强。全蝎蝎毒可抑制海马脑啡肽原（PENK）mRNA 表达从而降低海马神经元兴奋性及抗癫痫发作敏感性形成。其亦可选择性防止癫痫敏感大鼠腹侧海马 GABA 能中间神经元的损伤，并使 GABA 的释放量增加，并通过下调 GFAP 基因表达的转录因子，从而抑制 GFAP 的表达，抑制海马星形胶质细胞增生。全蝎蝎毒可降低癫痫小鼠大脑皮层 NMDAR 结合活性，并改变钠通道的动力学特性，抑制其激活，促进其失活，从而影响神经元的兴奋性。

十、蜈蚣

蜈蚣水提物对戊四唑所致惊厥有明显的对抗作用而对戊四唑致痫大鼠无明显对抗作用。

十一、僵蚕

僵蚕的抗癫痫成分主要是草酸铵，其可增加 GABA 的含量，又能降低 Glu 的含量，其抗惊厥作用可能与增强 GABA 能神经抑制功能和/或抑制 Glu 兴奋功能有关。

十二、川芎

川芎的抗癫痫成分主要是川芎嗪，其分子量小，所以进入机体后能有效透过血脑屏障，广泛分布在脑干、海马、纹状体、小脑和大脑皮质等部位，通过阻滞钙离子通道、清除氧自由基、影响内皮素和一氧化氮合成，并抑制大鼠大脑神经元内 Bim 蛋白的表达减少海马神经元凋亡等作用于中枢神经系统产生抗癫痫作用。此外，川芎嗪可增加癫痫大鼠海马内环磷腺苷（cAMP）含量，减少环磷酸鸟苷（cGMP）含量，明显增加 cAMP/cGMP 比值从而减弱神经兴奋性；可降低白细胞介素 -2、白细胞介素 -6 和肿瘤坏死因子 -α 对从而调节免疫 -神经网络；可抑制大脑皮层外颗粒层及外椎体细胞层神经元胞核内 c - fos 的表达；可抑制脑内 Glu 的产生，促进脑内 GABA 的产生，从而使神经元的兴奋性降低，从而抑制癫痫的发生。

十三、姜黄

姜黄的抗癫痫成分主要是姜黄素，其可以改善癫痫大鼠的抗氧化应激作用、海马神经元的损伤及认知功能；在戊四氮慢性点燃癫痫模型中，姜黄素呈剂量依赖性地减轻小鼠癫痫发作的程度，主要通过抑制乙酰胆碱酯酶，介导单胺能的调节作用，改善抑郁行为和认知功能。

十四、丹参

丹参的抗癫痫成分主要是丹参酮和丹参多酮，其可减轻钙超载，调节钙稳定从而抑制 c – fos 及 fos 蛋白的表达，抑制神经元的异常放电；同时在星形胶质细胞内进行转录干预，来抑制 GFAP 的表达；亦可通过增加大脑皮质及海马区的热休克蛋白 70 合成发挥神经元保护作用；可使脑组织中皮质和海马 BDNF 免疫阳性细胞表达增加，增加的 BDNF 可通过调节突触传递易化长时程增强（LTP）、保护海马神经元或对损害神经元进行修复。

十五、灵芝

灵芝的抗癫痫成分主要是灵芝孢子粉，其可抑制 NF – kB 蛋白的表达，增强 IGF – 1 的免疫反应性；降低脑组织 IL – 1β 水平，纠正免疫失调并抑制组织 c – fos 的表达；提高皮质和海马部位抑制性氨基酸 GABA 免疫反应阳性细胞的含量，降低兴奋性氨基酸谷氨酸的含量；阻断补体 C3 途径的激活，从而减少其对机体的损害；抑制凋亡基因 caspase – 3 和 caspase – 9 的表达，从而增强神经元的抗凋亡作用从而治疗癫痫。

十六、莪术

莪术的抗癫痫成分主要是莪术油，其可通过影响脑干的神经功能使皮层兴奋性阈值提高，从而达到抗癫痫作用。

十七、胡椒

胡椒的抗癫痫成分主要是胡椒碱，其抗痫机制可能与其增加动物脑内 5 – HT 和降低 Glu 及 Asp 的含量和阻断海人酸受体有关；其亦可减少脑组织中炎性因子 IL – 1β、TNF – α 的含量，改善癫痫大鼠的空间记忆，降低 Bax/Bcl – 2 的值及 caspase – 3 的活性而抑制细胞凋亡从而产生抗癫痫作用。

十八、宽叶缬草

宽叶缬草的抗癫痫成分主要是缬草三脂，其可通过抑制 GABA 转运（GAT – 1）

mRNA 表达而增加 GABA 的抑制效应；并抑制脑缺血后 c-fos，c-jun 的表达从而起到抗癫痫作用。

十九、银杏叶

银杏叶的抗癫痫成分主要是银杏内酯，其可抑制海马结构 c-fos 蛋白表达；减轻癫痫状态下的钙超载，减轻癫痫发作的严重程度，减少神经元的丢失和神经元凋亡；增强中枢神经胆碱能的作用促进乙酰胆碱的释放；抑制兴奋性氨基酸（如谷氨酸）的释放，提高 GABA 含量等发挥抗癫痫作用。

二十、青阳参

青阳参的抗癫痫成分主要是青阳参总苷，其可使点燃癫痫鼠脑皮层和海马区 c-fos、c-jun 表达减弱，阳性细胞减少，从而阻断 LRG 的激活，而 LRG 的表达产物不能产生兴奋性递质，GABA 反而增加，从而阻止癫痫形成。

二十一、刺五加

刺五加的抗癫痫成分主要是刺五加皂苷，其可降低脑内神经胆碱酯酶活性，改善海马缺血状态，改善学习记忆能力，从而产生抗癫痫作用。

二十二、茯苓

茯苓的抗癫痫成分主要是茯苓总三萜，一方面，其可抑制谷氨酸诱导的升钙作用，延长青霉素诱发大鼠痫性放电潜伏期，减少痫波发放频率、降低放电最高波幅，明显抑制阵发性去极化飘移形成；另一方面，其可降低海马区 Asp 和 Glu 含量从而降低兴奋性神经元的兴奋功能。

二十三、黄芪

黄芪可上调脑组织内 GABA 浓度从而产生抗癫痫作用。

二十四、牡丹皮

牡丹皮的抗癫痫成分主要是丹皮酚、丹皮总苷和白芍总苷，其可能通过影响脑内 GABA 代谢产生抗癫痫作用。

二十五、桂枝

桂枝的抗癫痫成分主要是桂枝醛，其对中枢神经系统的突触传递过程有明显的抑制效应，能降低致痫大鼠海马脑片 CA1 区 PS 幅度，作用可能与对 Ca^{2+} 通道直接阻滞机制或 GABA 受体有关。

二十六、雷公藤

雷公藤的抗癫痫成分主要是雷公藤内酯醇，其抗痫机制与其神经保护作用有关。其能增加海马 CA3 区神经元钾通道蛋白 1（KV1.1）表达而起到保护神经元的作用；另有研究表明其可能通过增加癫痫大鼠的海马神经元 Bcl-2，降低 Bax 的表达，下调 caspase-3 和 caspase-9 蛋白表达而抑制神经元的凋亡起作用；其亦可通过下调海马神经元 PUMA 蛋白的表达而抑制海人酸致痫大鼠的神经元凋亡，还可通过抑制小胶质细胞上主要组织相容性 I 类分子、II 类分子的表达和免疫应答，对海人酸诱导的大鼠神经元的凋亡起到免疫保护作用。

二十七、黄芩

黄芩的抗癫痫成分主要是黄芩苷，其通过抗氧化应激而保护海马神经元；可降低海人酸致痫小鼠海马组织促炎症因子 IL－1β 和 TNF－α 的表达，起到脑保护作用；可促进神经干细胞向 GABA 能神经元定向分化，这可能与其上调 bHLH 蛋白 Mash1 有关。

二十八、琥珀

琥珀的抗癫痫成分主要是琥珀酸，其通过 $GABA_A$ 受体发挥中枢抑制作用并增强 GABA 能系统功能从而产生抗癫痫作用。

二十九、厚朴

厚朴的抗癫痫成分主要是厚朴酚，其作用于 $GABA_A$ 苯二氮䓬复合物产生抗癫痫作用，并通过降低 TNF－α－Caspase－3 凋亡信号通路的作用实现其对海马神经元的保护作用。

三十、五味子

五味子的抗癫痫成分主要是五味子甲素，其可显著抑制海马神经元电压激活钠离子和钙离子通道电流并双向调控成熟神经元的兴奋性，可使稳定性被破坏的神经元网络恢复到平衡状态。

三十一、木蝴蝶

木蝴蝶的抗癫痫成分主要是白杨素，其是苯二氮䓬受体的配体，表现出与地西泮几乎等同的抗焦虑作用，但没有镇静作用和肌松作用，具有潜在的抗癫痫作用。

三十二、黄连

黄连的抗癫痫成分主要是黄连素，可保护 KA 诱导癫痫小鼠的阵挛性抽搐，降低惊厥率与死亡率，具有对抗 NMDA 的作用。

三十三、姜炭

姜炭提取物可通过抑制一氧化氮（NO）/环磷鸟嘌呤核苷（cGMP）通路，提高细胞内 cGMP 水平，降低巨噬细胞中一氧化氮合酶（iNOS）的产生，发挥对癫痫小鼠神经元的保护作用，其亦可抑制 $GABA_A$ 神经末梢氯离子通道、阻滞钙通道以及抗氧化产生抗癫痫作用。

三十四、人参

人参的抗癫痫成分主要是人参皂苷，其抗癫痫作用主要与炎性因子和离子通道的调节有关。其可增加癫痫大鼠大脑胼胝体区精氨酸酶 – 1 蛋白的表达，降低诱导性 iNOS 和 IL – 1β 等炎性因子的表达，抑制小胶质细胞的激活和极化，从而缩短了癫痫大鼠大发作的持续时间；此外，还可抑制 NMDA 依赖的和癫痫持续状态诱导的 Ca^{2+} 内流，抑制海马神经元中的 L 型 Ca^{2+} 通道，调控 GABAA 受体表达及 KCNQ1 K^+ 通道等发挥抗癫痫作用。

三十五、芍药

芍药的抗癫痫成分主要是芍药苷，其可抑制小胶质细胞及 NF – κβ 信号通路介导的炎症反应从而保护神经元；芍药根部提取物亦可上调大鼠脑内皮层 A20 基因保护神经元。

三十六、远志

远志的抗癫痫成分主要是远志总皂苷，其可提高大鼠海马 CA1 区 NMDA 受体及乙酰胆碱系统受体 a7nAchR 的表达从而改善癫痫所致大鼠学习、空间记忆以及被动回避等认知功能的损害。

三十七、肉苁蓉

肉苁蓉的抗癫痫成分主要是松果菊苷，其可透过血脑屏障，其可抑制 KA 诱发的海马区 Glu 及炎性因子含量升高和小胶质细胞的活化，抑制与痫性发作密切相关的炎症反应和 Glu 介导的神经元过度兴奋，从而产生抗癫痫作用。

三十八、陈皮

陈皮的抗癫痫成分主要是川陈皮素，其可减少戊四氮所致癫痫小鼠脑组织内 Glu 含量，增高 GABA 含量而产生抗癫痫作用。

三十九、火麻仁

火麻仁的抗癫痫成分主要是大麻二酚，其可激动 CB1、CB2 受体从而增强局部组织中甘氨酸的浓度、抑制四氢大麻酚（$\triangle 9-THC$）的降解，增强抗癫痫作用；其亦可减少海马区炎性因子 $TNF-\alpha$、$IL-1\beta$、$IL-6mRNA$ 的含量，从而产生抗癫痫作用。

四十、黑种草

黑种草为新疆维吾尔族的传统药材，常用于治疗妇科及泌尿系统的疾病，其抗癫痫成分主要是百里香醌，其可增加具有抗氧化因子如核因子 E2 相关因子 2（Nrf2）、超氧化物歧化酶（SOD）、血红素氧合酶（HO-1）的含量从而减少氧化应激反应，保护神经元。

第十节

癫痫疗效评定标准的研究

儿童癫痫是一个复杂的慢性疾病，由于其病因的多样性，对患儿的影响也不单单是神昏、抽搐等发作和脑电图改变，其对患儿的学习、生活质量等均有较大的影响，因此，判断药物的疗效不应但从发作次数、程度及脑电图变化来评价，还要参考其他的指标，特别是中医药通过调节人体的机能，补偏救弊，重视人与环境、人与人之间的和谐关系，在改善病人不良的情绪及生活质量方面有一定的优势，值得彰显与关注。

一、目前使用的癫痫疗效评定标准的概况

目前，较为统一的癫痫疗效评定标准主要有以下三种：

1. 1979 年 10 月全国癫痫学术会议中制定了癫痫疗效评定标准，将疗效分为五级，显效：发作频率减少 75% 以上；有效：发作频率减少 50% ~75%；效差：发作频率减少 25% ~50%；无效：发作频率减少 25% 以下；加重：发作频率增多。这一标准是目前为止使用最多的标准，其突出了发作频率在癫痫的疗效评价中的重要价值。

2. 1993 年 10 月卫生部发布了《中药新药临床研究指导原则·第一辑·中药新药治疗痫证的临床研究指导原则》，具体内容为：①临床痊愈：发作完全控制 1 年，脑电图恢复正常；②显效：发作频率减少 75% 以上，或与治疗前发作间隔时间比

较，延长半年以上未发作，脑电图改变明显好转；③有效：发作频率减少50%～75%，或发作症状明显减轻，持续时间缩短1/2以上，脑电图改变有好转；④无效：发作频率、程度、发作症状、脑电图均无好转或恶化。此标准将发作频率、持续时间与脑电图的改变相结合，综合评价其疗效。

3.1992年7月国家中医药管理局全国脑病急症协作组讨论制定了《痫证诊断与疗效评定标准》，着眼于意识障碍和强直、抽搐的程度及持续时间，脑电图的变化，采用计分法，用疗效百分数结合发作频率的变化判定疗效，具体内容为：①基本控制：疗效百分数≥92%，癫痫不再发作；②显效：疗效百分数≥70%，而<92%，或发作频率减少75%；③有效：疗效百分数≥40%，而<70%，或发作频率减少50%；④效差：疗效百分数≥20%，而<40%，或发作频率减少在25%～50%之间；⑤无效：疗效百分数<20%，或发作频率减少<25%。此标准是针对原发性癫痫中的强直－阵挛性发作的，其包含了中医证候的内容，以突出中医治疗在证候改善上的良好效果，但由于中医证候的评分分级过粗，致使在应用中难免出现中医证候疗效过低，甚至出现证候评分改变明显低于发作频率改变的情况。

目前中医药治疗小儿癫痫的临床研究多采用上述三种疗效评价标准，同时有部分研究者在治疗过程中又根据不同的研究内容自行拟定了一些标准。例如发作持续时间的疗效评定标准，以观察期的平均发作持续时间与观察前3个月的平均发作持续时间（强直－阵挛期）相比较，分为四级：临床痊愈：发作完全控制1年（发作持续时间为0）；明显好转：发作持续时间缩短75%以上；好转：发作持续时间缩短50%～74%；无好转：发作持续时间缩短不足50%。另外还有一类疗效评定采用自拟积分法，主要针对脑电图与中医证候的改变。

现行的中医药治疗小儿癫痫疗效评定标准的不完善性、模糊性导致了一些有效的中医药疗效显示度不够，治疗方法不能得以推广，影响了学术界内外的交流。现就主要存在的问题作一归纳：①中医药治疗小儿癫痫的临床报道所采用的疗效评价标准尚缺乏统一性，研究结果的可比性欠佳。②简单套用西医的疗效评价标准，难以反映中医药的自身特点和疗效优势。③目前证候相关的疗效评定标准很不完善，甚或缺如，对证候的改善还仅仅停留在对证候诊断标准中所涵盖的症状、体征的改变上，对其他症状、体征很少涉及。④儿童正处于生长发育阶段，脑的功能也在逐渐发育，儿童癫痫与成人癫痫不能完全等同视之，因此不能将成人癫痫的疗效评价标准简单套用于儿童。⑤中医治疗小儿癫痫的疗效和研究成果的证据水平偏低，总体评价缺乏。现存的疗效评价指标多集中于发作情况和脑电图的改变，这显然不足以全面翔实客观地反映小儿癫痫的动态发展过程。如何在循证医学的指导下提高中医药治疗小儿癫痫疗效的证据水平，是当前面临的难题之一。

二、建立小儿癫痫疗效评定标准的思路

临床疗效是中医学生存和发展的基础，然而随着传统的生物医学模式向生物－心理－社会医学模式的转变，过去沿用的有关疗效评价的痊愈、显效、有效、无效等分级指标愈来愈显示出它的局限性，因此寻找一个客观、科学、系统的中医药临床疗效评定标准已是当务之急。

我院小儿癫痫专病团队在分析总结大量的临床病例后认为：评价中医药治疗小儿癫痫的疗效，应在循证医学的指导下提高中医的证据水平，将发作情况、脑电图、中医证候、认知功能以及生活质量等方面的内容进行综合评价，使之既能反映中医中药的治疗效果，又能被国内外医学界所接受认可。

（一）生物医学指标

生物学指标主要包括发作频率、发作持续时间以及脑电图的改变程度，这些是小儿癫痫疗效评定的最基本、最直接的内容。只有有效地控制了癫痫的发作，才能减少脑损伤，改善癫痫患儿的预后。

（二）中医证候的疗效评定

"辨证施治"是中医学的精髓，是有别于现代医学诊疗体系的一大特色和优势。根据证候及其演变规律选择治疗法则是提高中医疗效的重要前提，因而判定中医药治疗癫痫的临床疗效时，不应缺少反映证候改善程度的指标。中医证候的研究完全可以借鉴量表测评的方法，借助现代数理统计分析方法和技术去规范和量化望、闻、问、切收集到的内容。用已有的证候诊断标准为基础，建立起恰当的证候疗效评定

标准，是科学评价中医药治疗小儿癫痫临床疗效的另一个重要部分。

（三）认知功能的评价

在就诊的癫痫患儿中，记忆力减退和学习困难是很常见的伴随症状。其原因主要是由于癫痫病本身及长期用药，尤其是联合使用抗癫痫药后，患儿的认知功能明显受损。认知功能是指人们掌握和熟练运用知识的能力，包括学习新知识的能力和从丰富的知识库中追忆知识的能力，如计算能力、抽象概括能力、判断事物之间的相似性与差别（分析和运用知识）的能力等。认知功能的损伤在儿童表现为认知发育迟缓和学习障碍，据统计约 50% 癫痫患儿存在某种程度的学习困难，因此将认知功能损伤控制在最小范围内，是临床医生十分关注的问题。经过我们初步的临床观察，中医药的益肾填精、豁痰息风法在控制癫痫发作的同时，具有较明显的提高患儿认知功能的作用。对此，将认知功能引入中医药治疗小儿癫痫的疗效评价标准中，可充分体现中医药的优势与特长。

（四）生活质量指标的评价

一直以来对于癫痫的治疗，医生多注重于对癫痫发作的控制，而对患儿自身的感受关注较少。随着健康概念的更新及社会医学模式的转变，评价患者生命质量的指标系统——生活质量量表正在悄然兴起。WHO 生活质量研究组对生活质量定义为：不同文化和价值体系中的个体，对于他们的生活目标、期望、标准及所关心的事情和有关的生存状况的体验。简单地说即是从患儿的角度出发，患儿自身的感觉和功能状态，一般包括生理功能、心理功能、社会功能和物质生活条件四方面的内容。已有研究表明许多成年癫痫患者的社会心理问题都是在儿童时期形成的，因此对癫痫患儿的生活质量的研究有重要的意义。我国学者许克铭在对 8 岁以上的癫痫患儿调查中发现，88% 的患儿存在不同程度的情绪障碍，35% 的患儿有严重的焦虑、抑郁和羞辱感，90% 的患儿对发作有不同程度的恐惧感。癫痫儿童的行为问题主要表现为性格多变、固执、多动、冲动、强迫行为、攻击性行为等。

西方医学中这些与健康相关的生活质量的内容，对中医来说并不陌生，中医通过望、闻、问、切，既可收集到这些属于生活质量的内容，又可将这些资料作为辨证的依据，使用中医药进行干扰，同时，还能将其作为评判疗效好坏和确立下一步治疗方案的指标。再者，"以人为本"是中医药治疗的特色理念，中医不是以"病"为治疗对象，而是以患病的"人"作为研究对象，通过调整、改善人体脏腑、气血功能活动和整体机能来达到提高人体对社会和自然环境适应能力的最终目的。可见，中医药治疗在整体调节的基础上，对缓解病人紧张的情绪，舒张心理压力等方面具有良好的作用。因此，在中医药理论的指导下建立适用于中医药疗效评价的生存质量量表，不仅对于提高临床疗效有重要意义，更有助于向国内外医学界推广。

以上四个方面是中医药治疗小儿癫痫疗效评定中不可或缺的内容，四者之间相互联系，相互影响。事实上，评价任何一种治疗癫痫的方案，除了对于药物疗效的评价外，还应该考虑患儿生活质量的问题，同时也应就中医药疗法的安全性和经济性做出分析，以便对中医药治疗本病的应用推广价值做出客观评价。

第十一节

癫痫患儿的预防护理与升学就业

预防是减少儿童癫痫的患病率，护理是减少癫痫病儿的复发率，二者具有同样的临床价值。

一、预防

（一）孕期保健

孕妇宜保持心情舒畅，避免精神刺激；避免跌仆或撞击腹部；减少感染疾病及营养缺乏对胎儿造成的不良影响，避免服用损害胎儿大脑发育的药物等；对能引起智力低下、癫痫的一些严重遗传代谢病进行产前诊断，必要时终止妊娠。

（二）围产期保健

孕妇应定期进行产前检查；临产时注意保护胎儿，使用产钳或胎头吸引器时要特别慎重，防止颅脑外伤；及时处理难产，避免造成窒息缺氧。

（三）成长期保健

避免情志刺激、过度劳累、暴饮暴食；避免恐吓年幼小儿，禁止观看恐怖性影视剧；避免闪光刺激，如观看快速变换画面的动画片、乘车时看透过树丛的灯光等尽量不玩电子游戏机；注意安全，防止脑外伤；对中枢神经系统的感染性疾病的治疗务必及时、彻底，以减少继发癫痫的风险。

二、护理

1. 控制发作诱因，如高热、惊吓、紧张、劳累、情绪激动、饥饿、饱食、饮水过量等；不宜服用兴奋性食物如巧克力、茶、碳酸饮料等。

2. 注意饮食的调摄，不可过食，忌食牛羊肉、无鳞鱼及生冷油腻之品。

3. 适当进行体育锻炼，增强患儿体质，增加患儿的自信感，使患儿感觉自己可以和正常儿童一样生活。

4. 嘱咐患儿不要单独到水边、火边等危险地带玩耍，或持用刀剪锐器，以免癫痫突然发作而发生意外。

5. 发现患儿出现发作前驱症状，迅速让其平卧床上或就近躺在平地，并消除周围带有损伤性的物品如碎玻璃等，以防跌倒摔伤；抽搐时，切勿强力制止，以免扭伤筋骨或造成骨折；使患儿保持侧卧位，解开其颈部衣扣，保持呼吸道通畅，使痰涎流出，防止窒息；有条件时应用纱布包裹压舌板（或筷子）放在上下牙齿之间，以免咬伤舌头；发作过程中注意观察（或录像）并记录发作时的表现，如抽搐开始的部位，发展顺序，抽搐形式、持续时间等，及时报告医生；若出现癫痫持续状态应立即送医院抢救。抽搐后，往往疲乏昏睡，应保证患儿休息，避免噪音，不宜急于呼叫，使其正气得以恢复。

6. 平时注重与患儿以多种方式进行沟通，如抚抱婴幼儿，陪其做游戏，同年长儿交流思想，以满足患儿感情上的需要，唤起患儿与疾病斗争的信心，争取早日康复。

三、升学与就业

（一）升学

部分癫痫患儿的智力较正常儿童差一些，学习成绩一般或较差，家长不应给予孩子过多的压力，随着年龄增长和病情好转，他们的学习成绩仍有可能达到较好的水平，故癫痫患儿一般可正常上学，但须将病情如实告知老师和同学，使他们看到患儿癫痫发作时不会惊慌、积极救治。上学期间应避免一些具有危险、运动量大的体育活动，如长跑等可导致过度换气，引起发作。家长、老师对待患儿应有耐心，不可流露厌恶情绪，逐渐培养他们的学习兴趣和各种业余爱好，为以后的工作和适应社会环境奠定基础。对于智力明显低下，不能在普通学校就读的患儿，有条件者可转入特殊培训学校，或有父母陪读，尽可能让患儿生活能够自理而不发生意外。

（二）就业

凡无严重智力障碍的癫痫患儿，成年后均可参加适当工作，但要如实告知单位领导与同事，以备其发作时能得到较好的救护。对于发作仅得到部分控制的病人，尽量避免从事一些有危险的工作，如：高空作业、驾驶员等。即使是用药物控制不发作的患者，也应在思想上提高警惕，预防随时可能出现的复发风险。另外，癫痫患者不论控制与否，均不宜选择在发作时可能危害他人健康的职业，如外科医生等。

参考文献

［1］邵文．癫痫治疗学［M］.北京：人民卫生出版社，2010.

［2］林庆．实用小儿癫痫病学［M］.北京：北京科学技术出版社，2004.

［3］陈世峻．婴儿痉挛症基础与前沿［M］.天津：天津科技翻译出版公司，2000.

［4］中国抗癫痫协会．临床诊疗指南．癫痫病分册［M］.北京：人民卫生出版社，2015.

［5］马融．中成药临床应用指南．儿科疾病分册［M］.北京：中国中医药出版社，2017.

［6］牛争平，徐家立，刘玉玺．草药洋金花的抗惊厥作用研究［J］.中西医结合心脑血管病杂志，2003（4）：193－195.

［7］刘慧霞，刘汉勇．洋金花抗癫痫作用的实验研究［J］.山西中医学院学报，2006（2）：11－12.

[8] 谢炜, 张作文, 鲍勇, 等. 柴胡皂苷 a 对谷氨酸激活大鼠海马星形胶质细胞内 Ca^{2+} 浓度增加和 IL - 6 释放的抑制作用 [J]. 北京中医药大学学报, 2008 (11): 756 - 758.

[9] 谢炜, 陈伟军, 孟春想, 等. 柴胡皂苷 a 对难治性癫痫大鼠多药耐药蛋白 P - 糖蛋白表达的影响 [J]. 中国实验方剂学杂志, 2013, 19 (9): 229 - 232.

[10] 单萍, 张继龙, 笱玉兰, 等. 柴胡皂苷 a 抑制 PTZ 诱导的小鼠海马星形胶质细胞活化 [J]. 中国病理生理杂志, 2019, 35 (3): 485 - 490.

[11] 陈力. 柴胡皂苷对癫痫大鼠皮质和海马区谷氨酸、γ - 羟基丁酸含量的影响 [J]. 中西医结合心脑血管病杂志, 2018, 16 (16): 2320 - 2323.

[12] 龚磊, 许洁, 龚其海, 等. 石菖蒲挥发油对氯化锂 - 匹鲁卡品致痫大鼠血清和脑脊液 IGF - 1 及 S100B 蛋白的表达和认知功能的影响 [J]. 现代预防医学, 2014, 41 (15): 2807 - 2810.

[13] 陈文为, 张家俊. 中药酸枣仁、龙齿、石菖蒲对小鼠脑组织单胺类神经递质及其代谢物的影响 [J]. 北京中医药大学学报, 1995 (6): 64 - 66.

[14] 杨立彬. 中药石菖蒲及其主要成分 α - 细辛醚抗幼鼠癫痫作用的实验研究 [D]. 吉林大学, 2004.

[15] 唐洪梅, 席萍, 吴敏, 等. 石菖蒲对小鼠脑组织氨基酸类神经递质的影响 [J]. 中药新药与临床药理, 2004 (5): 310 - 311.

[16] 杨立彬, 李树蕾, 黄艳智, 等. 石菖蒲及其有效成分 α - 细辛醚对癫痫幼鼠脑海马神经元凋亡的影响 [J]. 中草药, 2006, 37 (8): 1196 - 1199.

[17] 唐洪梅, 招荣锚, 邓玉群. 石菖蒲挥发油和水溶性成分对癫痫小鼠脑组织 SOD、LPO、NO 的影响 [J]. 中国药师, 2005 (12): 983 - 985.

[18] 任亮, 常陆林, 马菲, 等. α - 细辛脑防治青霉素诱导大鼠癫痫发作实验研究 [J]. 中国现代医药杂志, 2009, 11 (1): 33 - 35.

[19] 杨中林, 朱谧, 顾萱. 天南星各种炮制品的药效学初步研究 [J]. 中国药科大学学报, 1998 (5): 22 - 24.

[20] 陈启雄. 中医不同治法控制癫痫发作的实验性分子学机理研究 [D]. 重庆医科大学, 2006.

［21］Shi J S, Yu J X, Chen X P, et al. Pharmacological actions of Uncaria alkaloids, rhynchophylline and isorhynchophylline ［J］. Acta Pharmacol Sin, 2003, 24（2）: 97 – 101.

［22］Lee J, Son D, Lee P, et al. Protective effect of methanol extract of Uncaria rhynchophylla against excitotoxicity induced by N – methyl – D – aspartate in rat hippocampus ［J］. J Pharmacol Sci, 2003, 92（1）: 70 – 73.

［23］陆远富, 吴芹, 文国容, 等. 钩藤碱对大鼠脑内去甲肾上腺素、5 – 羟吲哚乙酸的影响 ［J］. 贵州医药, 2003（9）: 771 – 773.

［24］严瑶瑶. 钩藤碱对脑损伤小鼠早期癫痫的影响 ［D］. 南京中医药大学, 2019.

［25］马永刚. 半夏生物总碱对癫痫大鼠 EcoG, CEP 及脑内 GABA 受体和 Glu 受体的影响 ［D］. 山西医科大学, 2007.

［26］靳隽, 陈正跃, 王永学, 等. 瑞香狼毒成分抗惊厥作用的初步研究 ［J］. 中国医院药学杂志, 2007（6）: 779 – 781.

［27］陈小银, 田礼义. 天麻素对戊四氮致痫大鼠海马氨基酸递质的影响 ［J］. 天津中医药, 2009, 26（6）: 476 – 478.

［28］Liu J, Mori A. Antioxidant and free radical scavenging activities of Gastrodia elata Bl. and Uncaria rhynchophylla（Miq.）Jacks ［J］. Neuropharmacology, 1992, 31（12）: 1287 – 1298.

［29］李冬冬, 宫瑾, 李雪飞, 等. 全蝎抗癫痫发作敏感性的阿片肽机制 ［J］. 中国微生态学杂志, 1999（2）: 13 – 15.

［30］于家琨, 张景海, 王起振, 等. 东亚钳蝎毒抗癫痫肽的作用及其与已知药的作用比较 ［J］. 沈阳药学院学报, 1992（3）: 200 – 205.

［31］姜春玲, 张健, 郎明非, 等. 蝎毒对癫痫敏感性和海马 GFAP 释放的影响 ［J］. 中国应用生理学杂志, 1999（3）: 43 – 46.

［32］黄迎春, 左萍萍. 东亚钳蝎提取物对癫痫小鼠大脑皮层 NMDA 受体和 GABA_A 受体的调节作用 ［J］. 时珍国医国药, 2007（1）: 71 – 73.

［33］封艳辉, 于德钦, 彭岩, 等. 蝎毒耐热蛋白对红藻氨酸诱导的海马 NPY

能神经元损伤的影响 [J]. 中国应用生理学杂志, 2007 (3): 315-318.

[34] 周莉莉. 蜈蚣提取物制备及药理活性研究 [D]. 北京化工大学, 2008.

[35] 曾怀德, 谢扬高, 柴慧霞, 等. 草酸铵抗癫痫作用的研究 (摘要) [J]. 四川生理科学动态, 1982 (2): 14.

[36] 何欣娘. 五种中药醇提物抗惊厥作用的药效学比较研究 [D]. 山西医科大学, 2006.

[37] Feng J, Li F, Zhao Y, et al. Brain pharmacokinetics of tetramethylpyrazine after intranasal and intravenous administration in awake rats [J]. Int J Pharm, 2009, 375 (1-2): 55-60.

[38] Gao C, Liu X, Liu W, et al. Anti-apoptotic and neuroprotective effects of Tetramethylpyrazine following subarachnoid hemorrhage in rats [J]. Auton Neurosci, 2008, 141 (1-2): 22-30.

[39] 方友林, 张端莲. 川芎嗪对青霉素致痫大鼠神经元内 Bim 的表达 [J]. 数理医药学杂志, 2013, 26 (1): 27-29.

[40] 朱晓琴, 雷水生. 川芎嗪对癫痫大鼠海马内 cAMP、cGMP 含量的影响 [J]. 河南中医药学刊, 2002 (5): 16-17.

[41] 柳朝阳, 董淑欣, 张涛, 等. 川芎嗪抗癫痫的免疫学机制 [J]. 中国老年学杂志, 2010, 30 (13): 1848-1849.

[42] 朱晓琴, 张端莲, 伍静文, 等. 川芎嗪对青霉素致痫大鼠神经元内 c-fos 表达的影响 [J]. 武汉大学学报 (医学版), 2002 (4): 322-325.

[43] 朱晓琴. 川芎嗪对癫痫的作用及其与神经递质关系的研究 [J]. 时珍国医国药, 2007 (10): 2391-2392.

[44] Noor N A, Aboul E H, Faraag A R, et al. Evaluation of the antiepileptic effect of curcumin and Nigella sativa oil in the pilocarpine model of epilepsy in comparison with valproate [J]. Epilepsy Behav, 2012, 24 (2): 199-206.

[45] Choudhary K M, Mishra A, Poroikov V V, et al. Ameliorative effect of Curcumin on seizure severity, depression like behavior, learning and memory deficit in post-pentylenetetrazole-kindled mice [J]. Eur J Pharmacol, 2013, 704 (1-3): 33-40.

[46] 刘玲,王维平,刘宝军. 丹参对慢性癫痫模型大鼠脑电图及脑内 c-fos 和 GFAP 表达的影响 [J]. 中成药,2006 (11): 1677-1679.

[47] 陈丽丽,黄靓妹,詹红艳,等. 丹参多酚酸盐对匹鲁卡品致痫大鼠 BDNF 表达的影响 [J]. 中国实验诊断学,2011,15 (10): 1629-1631.

[48] 尚伟,迟兆富,谢安木,等. 丹参对癫痫大鼠脑组织形态结构及热休克蛋白 70 表达的影响 [J]. 中成药,2000 (2): 40-43.

[49] 赵爽,康玉明,张胜昌,等. 灵芝孢子粉对癫痫大鼠脑 IGF-1、NF-κB 表达及神经细胞凋亡的影响 [J]. 中国病理生理杂志,2007 (6): 1153-1156.

[50] 王伟群,王淑秋,刘月霞,等. 灵芝孢子粉对癫痫大鼠脑组织 IL-1β 与 c-Fos 的影响 [J]. 中国病理生理杂志,2007 (6): 1149-1152.

[51] 王欢,王淑秋. 灵芝孢子粉对癫痫大鼠皮质和海马区谷氨酸、γ-氨基丁酸含量的调节 [J]. 中国临床康复,2005 (48): 71-73.

[52] 薛秀兰,张波,王跃新,等. 灵芝对实验癫痫大鼠免疫功能的影响 [J]. 黑龙江医药科学,2003 (1): 1.

[53] 李晶,于海波,康玉明,等. 灵芝孢子粉对癫痫大鼠学习记忆、caspase-3 和 livin 的影响 [J]. 中国病理生理杂志,2009,25 (2): 386-388.

[54] 张金波,宋汉君,刘爽,等. 灵芝孢子粉对戊四氮活化海马神经细胞 caspase-9 表达的研究 [J]. 现代生物医学进展,2016,16 (10): 1850-1853.

[55] 王砚,赵小京. 莪术油抗癫痫作用的实验研究 [J]. 中药药理与临床,2004 (3): 11-12.

[56] 崔广智,裴印权. 胡椒碱抗实验性癫痫作用及其作用机制分析 [J]. 中国药理学通报,2002 (6): 675-680.

[57] Mao K, Lei D, Zhang H, et al. Anticonvulsant effect of piperine ameliorates memory impairment, inflammation and oxidative stress in a rat model of pilocarpine-induced epilepsy [J]. Exp Ther Med, 2017, 13 (2): 695-700.

[58] 罗国君,何国厚,王晓勋,等. 宽叶缬草提取物抗戊四氮致大鼠癫痫的作用机理研究 [J]. 上海中医药杂志,2004 (12): 45-48.

[59] 王云甫,严洁,孙圣刚,等. 宽叶缬草对大鼠局灶性脑缺血后 c-fos、

c-jun表达的影响 [J]. 广西医科大学学报，2004（1）：10-12.

[60] 刘建丰，孙长凯，张天华，等. 银杏叶提取物对锂-匹罗卡品癫痫大鼠海马结构c-fos蛋白表达的影响 [J]. 脑与神经疾病杂志，2005（6）：407-410.

[61] 孔庆霞，孙圣刚，李宪章，等. 银杏叶提取物对戊四氮诱导的癫痫发作的脑保护研究 [J]. 神经疾病与精神卫生，2008（2）：118-121.

[62] 段方荣，冯维龙，葛恒超，等. 银杏叶提取物对癫痫患者认知功能及脑脊液乙酰胆碱含量的影响 [J]. 河北医学，2014，20（12）：2015-2017.

[63] Davies J A, Johns L, Jones F A. Effects of bilobalide on cerebral a 分钟 o acid neurotransmission [J]. Pharmacopsychiatry，2003，36 Suppl1：S84-S88.

[64] 陈阳美，曾可斌，谢运兰，等. 青阳参对点燃癫痫大鼠脑内c-fos、c-jun基因表达的影响 [J]. 中药药理与临床，2003（5）：26-27.

[65] 朱蕾. 刺五加改善学习记忆障碍大鼠海马胆碱能神经系统机制的研究 [D]. 黑龙江中医药大学，2012.

[66] 陈文东，安文林，楚晋，等. 茯苓水提液对新生大鼠神经细胞内钙离子浓度的影响 [J]. 中国中西医结合杂志，1998（5）：293-295.

[67] 张琴琴，王明正，王华坤，等. 茯苓总三萜对青霉素诱发惊厥模型海马氨基酸含量的影响 [J]. 中国药理学通报，2009，25（2）：279-280.

[68] 张横柳，李巨奇. 益气息风化痰药抗癫痫的机理研究 [J]. 中药新药与临床药理，2003（4）：237-240.

[69] 王瑜，明亮，章家胜，等. 牡丹皮流浸膏对实验性癫痫及小鼠自发活动的影响 [J]. 安徽医科大学学报，1998（1）：13-15.

[70] 徐淑梅，何津岩，林来祥，等. 桂枝对致痫大鼠海马CA1区诱发场电位的影响 [J]. 中草药，2001（10）：55-57.

[71] 潘心，邹飒枫，曾常茜，等. 雷公藤内酯醇对癫痫大鼠电压门控钾通道kv1.1表达的影响 [J]. 国际神经病学神经外科学杂志，2012，39（2）：108-113.

[72] 杨宜承，曾常茜，向彬，等. 雷公藤内酯对癫痫模型大鼠海马神经元凋亡的保护作用研究 [J]. 中国药房，2013，24（27）：2516-2518.

[73] 杨宜承，赵薇，曾常茜，等. 雷公藤内酯对海人酸致痫大鼠神经元

caspase-3 和 caspase-9 蛋白表达的影响 [J]. 辽宁中医药大学学报，2013，15 (2)：48-50.

[74] 赵薇，曹岩，赵彩红，等. 雷公藤内酯对海人酸致痫大鼠海马神经元的保护作用及相关 PUMA 蛋白表达的影响 [J]. 中风与神经疾病杂志，2012，29 (5)：443-445.

[75] 路遥，孙峥，曾常茜，等. 雷公藤内酯对海人酸诱导大鼠脑小胶质细胞 MHC 分子表达的影响 [J]. 辽宁中医药大学学报，2012，14 (9)：112-114.

[76] Liu Y F, Gao F, Li X W, et al. The anticonvulsant and neuroprotective effects of baicalin on pilocarpine-induced epileptic model in rats [J]. Neurochem Res, 2012, 37 (8): 1670-1680.

[77] 欧阳龙强，梁日生，杨卫忠，等. 黄芩苷对海人酸致痫小鼠海马白细胞介素-1β 及肿瘤坏死因子-α 表达的影响 [J]. 国际神经病学神经外科学杂志，2012，39 (1)：16-19.

[78] 刘养凤. 黄芩苷抗癫痫发生及神经保护的实验研究 [D]. 第四军医大学，2012.

[79] 刘艳霞. 琥珀酸在慢性癫痫模型的作用研究 [D]. 青岛大学，2002.

[80] 谭嵘. γ-氨基丁酸苯二氮卓受体介导厚朴酚的抗癫痫作用 [D]. 复旦大学，2010.

[81] 管天媛. 厚朴酚对戊四氮慢性致痫大鼠海马神经元的保护作用 [D]. 河北医科大学，2015.

[82] 付敏. 胡椒碱/五味子甲素对海马神经元网络抑制作用研究 [D]. 清华大学，2009.

[83] Wasowski C, Marder M. Flavonoids as GABAA receptor ligands: the whole story? [J]. J Exp Pharmacol, 2012, 4: 9-24.

[84] Bhutada P, Mundhada Y, Bansod K, et al. Anticonvulsant activity of berberine, an isoquinoline alkaloid in mice [J]. Epilepsy Behav, 2010, 18 (3): 207-210.

[85] Hosseini A, Mirazi N. Acute administration of ginger (Zingiber officinale rhizomes) extract on timed intravenous pentylenetetrazol infusion seizure model in mice [J]. Ep-

ilepsy Res, 2014, 108 (3): 411 – 419.

[86] Ghasemzadeh A, Jaafar H Z, Rahmat A. Antioxidant activities, total phenolics and flavonoids content in two varieties of Malaysia young ginger (Zingiber officinale Roscoe) [J]. Molecules, 2010, 15 (6): 4324 – 4333.

[87] 陆地, 边立功, 艾青龙, 等. 人参皂苷 Rg1 抑制癫痫大鼠大脑胼胝体区小胶质细胞激活和炎性因子表达的作用 [J]. 神经解剖学杂志, 2016, 32 (4): 452 – 458.

[88] Lin Z Y, Chen L M, Zhang J, et al. Ginsenoside Rb1 selectively inhibits the activity of L – type voltage – gated calcium channels in cultured rat hippocampal neurons [J]. Acta Pharmacol Sin, 2012, 33 (4): 438 – 444.

[89] Lee B H, Kim H J, Chung L, et al. Ginsenoside Rg (3) regulates GABAA receptor channel activity: involvement of interaction with the gamma (2) subunit [J]. Eur J Pharmacol, 2013, 705 (1 – 3): 119 – 125.

[90] Choi S H, Shin T J, Lee B H, et al. Ginsenoside Rg3 activates human KCNQ1 K + channel currents through interacting with the K318 and V319 residues: a role of KCNE1 subunit [J]. Eur J Pharmacol, 2010, 637 (1 – 3): 138 – 147.

[91] Nam K N, Yae C G, Hong J W, et al. Paeoniflorin, a monoterpene glycoside, attenuates lipopolysaccharide – induced neuronal injury and brain microglial inflammatory response [J]. Biotechnol Lett, 2013, 35 (8): 1183 – 1189.

[92] Guo R B, Wang G F, Zhao A P, et al. Paeoniflorin protects against ischemia – induced brain damages in rats via inhibiting MAPKs/NF – kappaB – mediated inflammatory responses [J]. PLoS One, 2012, 7 (11): e49701.

[93] Sunaga K, Sugaya E, Kajiwara K, et al. Molecular mechanism of preventive effect of peony root extract on neuron damage [J]. J Herb Pharmacother, 2004, 4 (1): 9 – 20.

[94] 李艳, 景玮, 马彪, 等. 远志总皂苷对癫痫模型大鼠 NMDA 受体表达的影响 [J]. 中西医结合心脑血管病杂志, 2016, 14 (13): 1481 – 1483.

[95] 景玮, 李艳, 马彪, 等. 远志总皂苷对癫痫模型大鼠 nAChRα7 亚基表达

的影响 [J]. 中西医结合心脑血管病杂志, 2017, 15 (24): 3118 – 3120.

[96] 景玮, 马彪, 李艳, 等. 远志总皂苷对癫痫模型大鼠学习记忆及海马 LTP 的影响 [J]. 中西医结合心脑血管病杂志, 2017, 15 (20): 2540 – 2542.

[97] Uludag I F, Duksal T, Tiftikcioglu B I, et al. IL – 1beta, IL – 6 and IL1Ra levels in temporal lobe epilepsy [J]. Seizure, 2015, 26: 22 – 25.

[98] Yang B, Wang J, Zhang N. Effect of Nobiletin on Experimental Model of Epilepsy [J]. Transl Neurosci, 2018, 9: 211 – 219.

[99] 张明发, 沈雅琴. 火麻仁药理研究进展 [J]. 上海医药, 2008 (11): 511 – 513.

[100] Devinsky O, Cilio M R, Cross H, et al. Cannabidiol: pharmacology and potential therapeutic role in epilepsy and other neuropsychiatric disorders [J]. Epilepsia, 2014, 55 (6): 791 – 802.

[101] Karimi – Haghighi S, Dargahi L, Haghparast A. Cannabidiol modulates the expression of neuroinflammatory factors in stress – and drug – induced reinstatement of methamphetamine in extinguished rats [J]. Addict Biol, 2020, 25 (2): e12740.

[102] 李雅丽, 王增尚, 刘博, 等. 黑种草子化学成分和药理研究进展 [J]. 中国药学杂志, 2016, 51 (14): 1157 – 1161.

[103] Shao Y Y, Li B, Huang Y M, et al. Thymoquinone Attenuates Brain Injury via an Anti – oxidative Pathway in a Status Epilepticus Rat Model [J]. Transl Neurosci, 2017, 8: 9 – 14.

第二章

癫痫临床实验录

本章是我们从记载完整的数千份病历中精选出来的较为典型的有效病例。有些病历的检查、检验可能不够及时、完善，有的甚至有遗漏，但内容是真实、可靠的，此如清代名医沈金鳌在《幼科释谜》序中所言："凡所著述，皆言其所明，佛明者佛敢言也。夫明，非徒喻其理之谓，谓必得所传授，亲习其事，有以证其理之不差，而后晓然于心者，亦晓然于手于目，斯之谓明也。如是言之，则皆确凿可据，非浮光掠影之谈，非臆测傅会之语耳。"有些效果较差或无效的病历没有收入，主要是因为笔者知识结构、学识及临床能力所限，还不能做出合理的解释（如脑外伤、部分基因突变所致的癫痫、婴儿痉挛症等）。

经统计来我院儿童癫痫门诊就诊的患者，主要有四类人群：①初次发病就诊；②西医院明确诊断、但担心抗癫痫西药毒副作用；③西药多药耐药；④准备妊娠。我们的治疗方法中：单纯用中药治疗者占35%，中药效果不佳加用西药者20%，西药效果不佳加用中药者45%。

在临床中发现：有些患儿服用中药后发作非但没有减少，反而有增加的现象（在排除患儿家长自行骤停西药的情况外），说明抗痫中药亦有致使癫痫发作的副作用。处理方法有二：①继服中药有时发作会逐渐减少，甚至停止，此与神经系统"先兴奋、后抑制"之特点有关。②停服前药，改用小量、平和之品稳定患儿的内环境，如天保采薇汤等。待病人恢复到服药前状态再辨证选药。

对于临床效果不佳的患儿，要重新评估病人的情况，包括：①明确病因（遗传性、结构性、代谢性、免疫性、感染性等），了解预后；②根据"ILAE《癫痫及癫痫综合征分类》方案"再次进行分类，并重新评估抗癫痫西药的选药、用法、用量；③了解患儿的依从性，避免药物的漏服、误服；④详细询问患儿的发作诱因，如惊吓、学习压力大、劳累、睡眠不足、电子游戏、父母经常吵架（离异）等，在此基础上重新进行辨证用药。在治疗中重点应放在改善体质、控制发作、避免发作诱因及改善患儿生活环境等方面。如此，中药治疗3~6个月，发作控制仍低于25%的病人，说明本院中医药治疗无效，应劝其到其他医院就诊，以减少病人负担及药物的不良反应。

癫痫共患病：共患病是指患者同时患有非因果关联的两种及两种以上的疾病，分别达到各自疾病的诊断标准。共患病患者的共同患病率高于一般人群，提示两种疾病可能存在共同的病因病理机制。癫痫患者较为常见的共患病有神经系统疾病、精神疾病及躯体疾病等，如癫痫病人中偏头痛的发生率为 8.4% ~23%，癫痫共患注意力缺陷多动障碍为 30%，共患孤独症谱系障碍为 20% ~25%，共患精神病性障碍 4% ~30%。年长儿共患抑郁障碍 30%，焦虑障碍 14% ~25%，双相情感障碍 10%。癫痫与共患病的治疗应统筹考虑，联合治疗，切不可顾此失彼，特别是只注重减少癫痫发作次数，忽略共患病对癫痫的影响。如笔者认为：注意力缺陷多动障碍的核心病机为"髓窍发育迟缓"，在癫痫治疗中可加用益肾填精之品；孤独症谱系障碍病理机制是精亏痰阻、窍闭神匿，治疗中应加用扶正豁痰，醒神开窍之味。癫痫与共患病的症状综合考虑，统筹辨证，方能取得较好的疗效。

注意中药的不良反应，中药治疗癫痫具有服用时间长（一般为 3~5 年）、含有毒中药品种多等特点，因此，要特别注意药物的不良反应，尤其对儿童这一特殊群体，更为重要。经统计我院近 4 年服用中药超过 3 个月的患儿共 325 例，其中肝功能服药前正常，服药后异常者 25 例，肝功能异常发生率为 7.7%。其中，单纯服用中药者 16 例，服用中西药者 9 例；肝损伤出现时间：最短 7 天，最长 199 天，平均时间为 90 天。临床表现：11 例患儿无症状（44%），14 例患儿主要临床表现为乏力（71.4%）、纳差（64.3%）、恶心呕吐（21.4%）、黄疸（14.3%）、皮疹（7.1%）；损伤靶细胞类型分别为：肝细胞损伤型 12 例（48%），胆汁淤积型 11 例（44%），混合型 2 例（8%）；可能引起肝损伤的方剂：银翘散 8 例、涤痰汤 5 例、天麻钩藤汤 5 例、旋覆代赭汤 3 例、柴胡加龙骨牡蛎汤 2 例、河车八味汤 1 例、苍耳子散 1 例；肝功能异常后与肝功能异常前比较，增加服用的中草药有全蝎、吴茱萸、半夏、苍耳子、蜈蚣、柴胡、紫菀；可疑中草药为白附子、石菖蒲、胖大海、僵蚕、胆南星、鱼腥草；中西药共用的 9 例中使用的西药，分别为丙戊酸钠、左乙拉西坦、托吡酯。治疗及预后：患儿经停服中药，服用复方甘草酸苷片、水飞蓟宾胶囊等保肝药物后，24 例在 2 周内肝功能恢复正常，1 例较重，住院治疗 4 个月后肝功能恢复正常。24 例肝功能恢复正常者继续给予中药治疗（避免使用上述 14 味中药），其中 1 例患儿再次出现肝功能异常，停用中药给予保肝治疗后恢复。1 年后随访，25 例患儿肝功能均正常。中药引起的肝损伤是以肝细胞损伤型和胆汁淤积型为主，其原因除了与有毒中药相关外，还与患儿体质偏颇、免疫异常活化、免疫耐受缺陷有关。因此,要综合分析,明确原因,妥善处理。另外,需要强调的是,部分患儿(44%)肝功能异常,但临床无症状。因此,对于临床长期服用中药的患儿应3个月检查一次肝功能,以防止出现肝损伤。

第一节

中医药治疗医案

　　中医学痫病的定义为：痫病是一种发作性的脑系疾病。临床以突然仆倒，昏不识人，口吐涎沫，两目上视，肢体抽搐，惊掣啼叫，喉中发出异声，移时即醒，醒后一如常人为主要表现，具有反复性、发作性及发作多呈自限性的特点。西医学的癫痫定义是由多种原因引起的脑部慢性疾患，临床表现为意识、运动、感觉、认知及自主神经功能等方面的障碍。由此可见，中医学的痫病与西医学癫痫不同，前者所描述的症状只是西医学癫痫病中的一个类型，即全身性发作中的强直－阵挛性发作，而其他类型的发作，如失神性发作、失张力性发作、各种反射性发作、感觉异常等发作中医学均归属于其他病证中，我们体会对于这类的发作参考痫病辨证论治也能收到较好的效果。因此，在临床治疗中既要辨证也要辨病，如此治疗方能全面。

　　癫痫的辨证，虽有阴痫、阳痫之分，又有惊、风、热、食、痰、瘀、虚等的不同，应参照中医学传统的辨证方法，如八纲辨证、脏腑辨证、六经辨证、卫气营血辨证、三焦辨证等。对于癫痫病，尤其是难治性癫痫病要综合考虑病人各方面的信息，灵活辨证。临床中应注意几点：①辨证与辨病：或者说既要辨证也要辨病，特别是对非抽搐癫痫病人也要在辨证的基础上加用豁痰、镇惊、安神、息风等控制癫痫发作的药物。②动态辨证：本病治疗周期较长，一般要在 3 年以上，因此，切记不要一方到底（防止耐药）。要根据患儿的年龄、体质、季节、发作周期、月经情况、学习压力等综合考虑。未发作者可做一些处方加减；发作未完全控制者，要及时更换处方。③经验用药：有些患儿运用传统的辨证方法效果不好时，可采用经验用药。经验用药可忽略一些兼症和舌脉，根据既往的治疗经验处方用药。此方法对于病程较长，并在多家医院、使用多种抗癫痫西药后造成机体阴阳、气血功能紊乱者，有时会收到较好的疗效。

对于儿童癫痫使用虫类药或矿物类药应慎重。此类药物虽然对癫痫的发作有较明显的控制作用，但因其含有一定的毒性成分，对稚阴稚阳之体的儿童，特别是对婴幼儿有一定损害。因此，要中病即止，不宜长服；如若无效时应尽快改用其他药物治疗。《幼幼集成》曾指出："夫痫者，痫疾也，非暴病之谓。亦由于初病时误作惊治，轻于镇坠，以致蔽固其邪，不能外散，所以流连于膈膜之间，一遇风寒冷饮，引动其痰，倏然而起，堵塞脾之大络，绝其升降之隧，致阴阳不相顺接，故卒然而倒。病至于此，其真元之败，气血之伤，了然在望，挽之不能。犹认作此中之邪，无异铁石，非攻坚破垒，不足胜其冥顽，呜呼，以娇嫩亏欠之体，而犹入井下石，其司命慈幼之心哉。"由此可见，儿童癫痫多为虚实夹杂之证。发作期祛邪扶正；缓解期扶正祛邪。

一、惊痫案

【案1】

女，1岁。家庭住址：天津市河西区。就诊时间 2017 - 4 - 11。病历号 40437。

主诉：抽搐发作 2 个月。

现病史：患儿于 2 个月前（9 月龄）因注射乙脑疫苗后半月内出现第一次抽搐，症见：意识丧失，双目直视后上视，牙关紧闭，口唇青紫，喉间痰鸣，双手握固，四肢强直抽搐，持续 1 分钟后自行缓解，缓解后昏睡。就诊于天津市某医院，查颅脑 MRI 示异常，脑电图（EEG）示正常，考虑诊断为癫痫？未予药物治疗。后规律发作，每隔 2 周连续发作 2 次，发作大致同前，未予药物治疗。半月前（10 月半龄）发作频次增多，隔 2 周发作 3 次，遂就诊于天津河西某医院，口服中药汤剂，药后无明显改善。为求进一步系统治疗，故来我门诊就诊。

现症：患儿规律发作，每隔 2 周连续发作 3 天，每天发作 1 次，多于中午 12 点至下午5点发作，均于清醒状态下发作，偶有发作前吐舌头，愣神，后出现发作。症见：意识丧失，双目直视后上视，牙关紧闭，喉间痰鸣，口吐白沫，口唇青紫，双手握固，四肢强直抽搐，持续1分钟后自行缓解，缓解后昏睡。发作时偶有呕吐胃内容物，非喷射状。末次发作4月6~9日。

现11个月半龄，能独站，扶走，能叫"爸爸""妈妈"，脾气稍急躁，纳可，寐欠安，易醒，大便1日1~2行，小便正常。

个人史：第1胎，第1产，过期产（晚于预产期1周多，具体不详），顺产，出生时健康状况良好。

围产期异常史：胎位不正，脐绕颈（1圈），产程过长（41小时）。孕期注射黄体酮1个月余。

既往体健，否认家族史、药物/食物过敏史。

辅助检查：

①颅脑MRI（2017-2-24，天津市某医院）：大脑大静脉池区长T1、长T2信号影，考虑囊肿性病变可能。于T2W1及FLAIR序列见双侧顶叶白质区片状高信号影，考虑髓鞘发育迟缓；双侧外侧裂池局限增宽，左侧为著；脑室、脑外间隙增宽。

②24小时EEG（2017-2-22，天津市某医院）：正常脑电图。

③生化全项（2017-2-22，天津市某医院）：钾（K）5.14mmol/L，阴离子间隙（AG）18mmol/L，钙（Ca）2.58mmol/L，葡萄糖测定（GLU）6.3mmol/L，球蛋白（GLO）20.6g/L，谷草转氨酶（AST）39U/L，乳酸脱氢酶（LDH）299U/L，肌酸激酶（CK）408U/L。

曾服药物：中药汤剂（具体用药不详）。

现用药物：无。

中医诊断：痫证（痰痫）。

西医诊断：癫痫。

治法：豁痰开窍，息风止痉。

处方：涤痰汤加减

石菖蒲 10g	胆南星 6g	天麻 10g	川芎 10g
陈皮 10g	茯苓 10g	铁落花 10g^{先煎}	煅青礞石 10g^{先煎}
煅磁石 10g^{先煎}	炒僵蚕 10g	麸炒枳壳 10g	甘草 6g
党参片 10g	清半夏 10g	全蝎 3g	蜈蚣 1 条
地龙 6g	蝉蜕 6g	制远志 6g	

14 剂，水煎 120mL，分 2 次服，1 日 1 剂。

2017 - 7 - 26 复诊

上方加减服用 50 余天未发作。7 月 23 日疑因兴奋劳累出现 2 次发作，均于清醒状态下发作。症见：意识丧失，双目上视，口唇青紫，口角流涎，喉间痰鸣，四肢强直抽搐，持续 1 分钟，2 分钟后再次出现发作，表现同前，缓解后嗜睡，饮食睡眠可，二便调。舌淡红，苔薄白，脉平，咽稍充血。

继服上方加天竺黄 10g，竹茹 10g。

2017 - 8 - 10 复诊

患儿 8 月 9 日连续出现 2 次发作，惊吓后（疑因见"特定生人"）情绪不稳定，于清醒状态下出现发作。症见：意识丧失，双目上视，呕吐，四肢强直抽搐，1 分钟后缓解，2 分钟后复作，症见意识丧失，伴大叫，面部青紫，喉中痰鸣，四肢强直抽搐，持续 1 分钟，缓解后哭闹。纳欠佳，寐安，大便 2～3 日 1 行或 1 日 2～3 次，小便调，舌淡红，苔薄白，脉平，咽稍充血。中药予疏肝利胆、镇惊息风法，易方为柴胡加龙骨牡蛎汤，处方如下：

北柴胡 10g	龙骨 15g^{先煎}	牡蛎 15g^{先煎}	党参 10g
黄芩 10g	白芍 15g	地龙 6g	炒僵蚕 10g
甘草 6g	煅磁石 15g^{先煎}	清半夏 10g	全蝎 3g
郁金 6g	制远志 10g	石菖蒲 15g	天竺黄 10g

水煎 150mL，分 2 次服，1 日 1 剂。

2017 - 8 - 16 复诊

发作 2 次，8 月 10 日晚上 8 点未服新药前于清醒状态下无明显诱因出现连续发作 2 次。症见：意识丧失，双目上视，呕吐，四肢强直抽搐，持续 1 分钟，缓解后须臾复作，表现大致同前，伴大喊大叫，持续 1 分钟，发作后哭闹疲乏。饮食睡眠可，二便调，舌淡红苔薄白，脉平，咽稍充血。继服上方。

2017 – 10 – 10 复诊

药后近 2 个月未见发作。10 月 10 日因抽血复查肝肾功能发作 1 次。症见：意识丧失，双目上视，口角流涎，口中怪叫，喉间痰鸣，四肢僵直抽搐，持续 2 分钟，缓解后嗜睡。10 月 5 日至 10 月 10 日因惊吓哭闹不止，10 日发作后症状消失。饮食睡眠可，二便调，舌淡红苔薄白，脉平，咽稍充血。继服上方加佛手 10g，玫瑰花 10g。

2018 – 10 – 10 复诊

药后 1 年未发作。时有恐惧。脾气急躁。不会讲话，纳可、寐安，二便调，舌淡红，苔白，脉平，咽不红。上方加益肾填精、疏肝开窍之品，处方如下：

北柴胡 10g	龙骨 15g^{先煎}	牡蛎 15g^{先煎}	党参 10g
黄芩 10g	白芍 15g	炒僵蚕 10g	紫河车 3g
甘草 6g	煅磁石 15g^{先煎}	清半夏 10g	全蝎 3g
郁金 6g	制远志 10g	石菖蒲 15g	天竺黄 10g
佛手 10g	玫瑰花 6g	浮小麦 30g	大枣 3 枚

水煎 150mL，分 2 次服，1 日 1 剂。

2019 – 3 – 12 复诊

药后 1 年 5 个月未发作。无不适，纳眠可，二便调。已会讲 3 ~ 4 个字的短句，与人交流能力明显提高。

停用汤剂，改为茸菖胶囊抗痫增智。2020 年 1 月随访，患儿未发作，认知功能较前明显改善。

按：癫痫患儿初次发病是因注射乙脑疫苗后发作，此种情况在临床中并不少见，考虑其原因可能有二：其一是注射疫苗后引起的机体变态反应；其二是因打针惊吓而致，本例患儿属于后者。该患儿平素胆小、恐惧、易惊且脾气急躁，每于家中来"特定生人"时情绪激动，大哭大闹发作癫痫。在治疗初期辨证为痰痫，给予涤痰汤加减治疗有效，持续 50 余天未发作，但遇精神刺激特别是"特定生人"必将发病，后辨证为惊痫，易方为柴胡加龙骨牡蛎汤化裁口服，并嘱不见"特定生人"，发作基本控制。在此期间因复查肝、肾功能抽血，患儿又一次发作，此后嘱其家长避免一切可想到的刺激，患儿近一年半无发作，且认知功能改善明显，语言能力进步较大，此与患儿发作停止，生理、心理得以正常发育及后期方中加入益肾填精之品有关。

【案2】

女，6岁。家庭住址：天津市河西区。就诊时间2017-4-2。病历号40494。

主诉：间断抽搐2周（2次）。

现病史：患儿于2周前（3月15日）疑因入睡前受惊吓于凌晨5点睡眠状态下出现突然喊叫，意识模糊，双目直视，牙关紧闭，口吐白沫，四肢强直僵硬，未见抖动，持续约5分钟，家长掐人中后缓解，缓解后疲乏。后于"天津市某医院"就诊，就诊途中患儿出现第二次发作。症见：意识清醒，双目上翻，嘴角向右上翘，无四肢强直抖动，持续约30秒，自行缓解，缓解后无不适。于天津市某医院查电解质、血糖正常，颅脑MRA未见异常，颅脑MRI示异常，拒绝行脑脊液检查，EEG示异常，诊断为"癫痫"，收住院治疗，住院期间予肌注抗惊厥针剂（具体不详），家属拒绝服用抗癫痫药物，后未出现发作，病情平稳出院。出院后至今（17天）未见发作，家属为求进一步治疗，特来我科脑病门诊就诊。

现症：患儿6岁半，智力运动发育可，脾气急躁，胆小，平素易出现自汗盗汗，纳可，寐欠安，易醒，易辗转，二便调。舌淡红，苔白厚，脉滑。

个人史：第1胎，第1产，足月顺产，出生时健康状况良好。

家族史：父亲有热性惊厥病史。

既往体健，否认围产期异常史、药物/食物过敏史。

辅助检查：

①EEG（2017-3-7，天津市某医院）：异常脑电图。记录中各导联可见少量中-高电位尖波、尖慢波、棘慢波综合波发放，以左颞区为著。

②颅脑MRI（2017-3-7，天津市某医院）：T2WI及FLAIR序列见双侧额叶白质区斑片状高信号影；筛窦黏膜增厚。

③颅脑MRA（2017-3-7，天津市某医院）：未见异常。

曾服药物：无。

现用药物：无。

中医诊断：痫证（惊痫）。

西医诊断：癫痫。

治法：清热镇惊，平肝息风。

药物：熄风胶囊（院内制剂），1次4粒，1日2次。

泻青丸（院内制剂），1次1丸，1日2次。

2017－5－23 复诊

药后发作2次。患儿于4月7日、11日各发作1次，均于凌晨5点左右，睡中无明显诱因发作。症见：双目上视，口吐白沫，意识不清，无明显四肢僵硬抽搐，未见二便失禁，持续时间20秒～1分钟，缓解后无明显不适；发作前较平时睡中多汗，纳寐可，二便可。舌淡红，苔白，脉平，咽不红。考虑患儿服药时间较短，嘱其继续服用上药。

2017－6－22 复诊

药后2个月11天未发作。患儿后背起皮疹，色红，伴瘙痒抓挠，指甲盖大小，稍高于皮肤，压之不退色。纳欠佳，寐可，盗汗，大便偏干，1日1次，小便黄。舌淡红，苔白厚，脉平，咽不红。

考虑患儿皮疹与肠胃不和、大便不畅有关，加用通腑消食之品，外用清热解毒之药。在前药基础上加用保和大黄散（院内制剂），1次1包，1日2次，黄连消肿膏（院内制剂）外用涂患处对症治疗，待皮疹消退、大便正常后停用。

2017－11－17 复诊

药后7个月未发作。患儿于11月13日晚8点无明显诱因清醒状态下发作1次。症见：双目发直，口中流涎，牙颤伴咬牙，口㖞斜，流泪，意识清醒，持续约1分钟，发作后咬字不清，5分钟后入睡，入睡后大汗出，持续约1小时。平日脾气暴躁，纳可，寐安，二便可。舌淡红，苔白，脉平，咽稍充血。

查EEG（2017－11－4，本院）提示异常脑电图。

治疗：在熄风胶囊、泻青丸基础上，加颗粒剂锦灯笼15g，全蝎6g，佛手15g，玫瑰花15g，郁金10g，服用28天。

2017－12－14 复诊

药后发作5次，分别在11月23日、12月1日、12月6日、12月10日，每于晚 10 时于睡眠中发作。症见：意识尚清，不能言语，双目上视，牙关紧闭，口中流涎，口㖞斜，流泪，四肢无强直、有抽搐，持续 1～3 分钟后缓解，缓解后疲惫入睡。患儿于 12 月 12 日晚 9 时清醒状态下出现发作。症见：意识丧失，双目直视，牙关紧咬，口唇歪斜，四肢抖动不伴强直，持续 2 分钟缓解，缓解后未诉不适。

近日患儿脾气暴躁，易哭闹，口唇易干，纳可，寐欠安，小便可，大便干，舌偏红，苔白厚，脉平，咽稍充血。

辨证为热痫，因其发作频繁，病情较重，改为中药汤剂凉膈散加减治疗，处方如下：

大黄 6g^{后下}	黄芩 10g	黄连 5g	炒栀子 10g

大黄 6g^{后下}　黄芩 10g　黄连 5g　炒栀子 10g

连翘 10g　薄荷 6g^{后下}　麸炒枳壳 10g　淡竹叶 10g

甘草 6g　石菖蒲 15g　制远志 10g　全蝎 5g

天麻 15g　郁金 6g　姜厚朴 10g　清半夏 10g

水煎 300mL，分 2 次服，1 日 1 剂。

2017 - 12 - 21 复诊

药后一周发作 3 次。12 月 15 日、12 月 16 日于睡眠中发作。症见：意识欠清，不能言语，双目上视，口中流涎，四肢无强直抽搐，持续约 10 秒后缓解，缓解后疲惫入睡。患儿于 12 月 18 日晚 9 时清醒状态下出现发作。症见：意识欠清，双目直视，咬牙流涎，四肢软而无力，持续 30～40 秒缓解，缓解后吐字不清，未诉其余不适。

近日患儿手脚时有抽筋，脾气大，易哭闹，口唇时干，纳可，寐安，二便调。舌质淡红，苔白，脉平，咽稍充血。患儿大便正常，肠胃积热已除，发作仍未控制，故改方为涤痰汤化裁：

石菖蒲 15g　胆南星 6g　天麻 10g　煅青礞石 10g^{先煎}

川芎 10g　陈皮 10g　茯苓 15g　铁落花 10g^{先煎}

煅磁石 15g^{先煎}　麸炒枳壳 10g　甘草 6g　党参 10g

清半夏 10g　沉香 3g^{后下}　全蝎 3g　黄芩 10g

水煎 300mL，分 2 次服，1 日 1 剂。

2018 - 6 - 26 复诊

药后半年余未发作，近日疑因考试频繁出现愣神，全身不动，不伴摔倒及持物落地，持续 3 分钟，早饭时多见。纳可，寐安，二便调。平素易乏力。舌淡红，苔白，脉平，咽不红。

失神发作多因痰气交阻，蒙蔽孔窍而作，故易方为豁痰开窍，调和阴阳之柴胡加龙骨牡蛎汤加减治疗，处方如下：

北柴胡 10g	桂枝 10g	龙骨 15g^先煎	牡蛎 15g^先煎
党参 15g	黄芩 10g	白芍 10g	炒僵蚕 10g
生姜 3g	甘草 6g	煅磁石 15g^先煎	石菖蒲 15g
郁金 6g	制远志 10g	天麻 10g	麻黄 5g
全蝎 3g	佛手 10g	玫瑰花 10g	

水煎 300mL，分 2 次服，1 日 1 剂。

2018 - 7 - 10 复诊

药后两周愣神发作停止，无其他不适。继用上药加减。

2018 - 11 - 26 复诊

药后 6 个月未见发作。现患儿喑哑，口臭，纳可，寐安，大便干燥。舌红，苔白，脉滑，咽充血。

患儿复见肠胃积热，又逢流感高发季节，故更方为凉膈散清解里热，预防外感。

大黄 3g	黄芩 10g	黄连 5g	炒栀子 10g
连翘 10g	薄荷 6g^后下	麸炒枳壳 10g	淡竹叶 10g
甘草 6g	金果榄 6g	胖大海 10g	射干 10g
玄参 10g	全蝎 3g	净砂仁 6g^后下	甜叶菊叶 1g

水煎 300mL，分 2 次服，1 日 1 剂。

2019 - 3 - 5 复诊

药后 11 个月未见发作。患儿易流鼻血，纳少，二便调，余无不适。舌淡红，苔白，脉平，咽不红。继服上方加减：

大黄 3g	黄芩 10g	黄连 5g	炒栀子 6g
连翘 10g	麸炒枳壳 10g	淡竹叶 10g	甘草 6g
金果榄 6g	射干 10g	玄参 10g	全蝎 3g

甜叶菊叶 1g　焦山楂 10g　焦神曲 10g　焦麦芽 10g

白茅根 15g　小蓟 10g

水煎 300mL，分 2 次服，1 日 1 剂。

2019 - 8 - 6 复诊

药后 1 年 4 个月未见发作，易烦躁，纳少，二便调，余无不适。舌淡红，苔白，脉平，咽不红。

颅脑 MRI（2019 - 6 - 26，本院）：未见明显异常；脑电图（2019 - 7 - 9，本院）：大致正常；肝肾功能（2019 - 5 - 2，本院）：正常。

继服上药。

2020 - 1 - 21 复诊

药后 1 年 10 个月未发作，无不适主诉。肝肾功能（2019 - 11 - 2，本院）：正常。因新冠肺炎病毒疫情，未行脑电图检查。

按： 本例患儿有热性惊厥家族史，平素胆小，脾气急躁，易出汗等心虚胆怯之象，此类病儿一般有对外界事物过度敏感，缺乏自信心的表现。患儿初次癫痫发作是由惊吓引起，表现为局部抽搐，神志障碍不明显，诊断为惊痫，给予熄风胶囊，并根据其脾气急躁，易于发怒等肝火上炎症状加用钱乙的泻青丸以平肝潜阳，药后 7 个月未发作，说明药证相符。

后患儿发作加重是因其热象显著，见有脾气暴躁，易哭闹，大便干，舌偏红，苔白厚，脉平，咽红等症，故易方为凉膈散清理肠胃、平肝息风，热邪祛除后改用涤痰汤，服用此方半年未再发作。

半年后患儿发作形式有所改变，由简单部分性发作改为失神性发作。此发作表现多为痰气交阻，蒙蔽孔窍所致，故易方为豁痰开窍，调和阴阳之柴胡加龙骨牡蛎汤加减治疗，6 个月未发作。其后每见热象明显时给予凉膈散；痰浊蒙心时予涤痰汤；阴阳之气不得顺接用柴胡加龙骨牡蛎汤治疗。

痫证是一种慢性疾病，病程较长，在治疗中应注重辨证施治，切记不要一方用到底。即使是病人不再发作，也要根据兼证的变化，调整治疗方案，特别要注意惊、痰、风、食、热的改变，"观其脉症，知犯何逆，随证治之"。

二、痰痫案

【案3】

女，5 岁。家庭住址：天津市。就诊时间 2004 – 3 – 28。病历号 7602。

主诉：抽搐 6 个月（发作 2 次）。

现病史：患儿于 6 个月前午睡时出现"双目上吊，口吐白沫"（幼儿园老师所述，其他不详）。发作缓解后继续入睡，当即就诊于天津市某医院，到医院时患儿右侧肢体肌力减弱。睡醒后，手足活动自如。查 EEG：清醒时正常，睡眠中有放电倾向（父亲口述）。CT 未见异常。诊断为"癫痫"，建议予托吡酯，患儿未服用。后就诊于北京某医院，考虑为"儿童良性癫痫"，未予药物治疗，观察至今。患儿于 5 天前在刚入睡时出现嘴角抽动，持续几秒，意识状态无法评估。为求进一步诊疗来我院脑病门诊就诊。

现症：夜间磨牙，寐安，纳可，二便调。无其他不适。

查体：神经系统及其他系统查体未见异常。舌淡红，苔白，脉滑。

个人史：第 1 胎，第 1 产，因脐绕颈 1 周行剖宫产手术，出生时健康状况良好。平素胆小易惊。

既往体健，否认围产期异常史、家族史、药物/食物过敏史。

辅助检查：

①24 小时脑电图（2003 年 9 月，天津某医院）：清醒时正常，睡眠中有放电倾向（父亲口述）。

②颅脑 CT（2003 年 9 月，天津某医院）：未见明显异常。

中医诊断：痫病（痰痫）。

西医诊断：癫痫。

治法：健脾顺气，豁痰息风。

处方：抗痫胶囊，1 次 3 粒，1 日 3 次。

2004 – 4 – 9 复诊

因疲劳于今晨 5 时睡眠中发作 1 次，表现为右侧肢体抽搐，意识状态不能评估，无双眼上吊，无口角抽动、流涎，持续 1~2 分钟，自行缓解后清醒，不能言语，头痛。纳可，二便调。舌淡红，苔黄腻，脉数。

西医诊断为癫痫（部分性发作），中医诊断为痫病（痰痫证），治以豁痰顺气、息风止痉法，予涤痰汤加减，处方如下：

石菖蒲 12g　胆南星 12g　天麻 12g　　川芎 10g

陈皮 12g　　清半夏 15g　茯苓 15g　　羌活 9g

炒僵蚕 9g　　黄芩 10g　　菊花 15g　　藁本 10g

焦神曲 10g　焦山楂 10g　焦麦芽 10g　砂仁 10g^{后下}

甘草 6g　　　山豆根 6g　生龙骨 15g^{先煎}　生牡蛎 15g^{先煎}

水煎 250mL，分 3 次服，1 日 1 剂。

2004 – 9 – 27 复诊

应用涤痰汤加减治疗，五个半月患儿未发作。诊前 3 天的下午在幼儿园时左上肢不自主抖动，意识清楚，具体持续时间不详；2 天前清晨起床前出现右眼及右嘴角抽动，无肢体抽动，持续 5~6 秒，家长唤醒，发作停止后一切如常。现入睡后偶有肢体抽动，纳可，大便干。舌红，苔白，脉滑，咽充血。治疗期间 4 月、6 月各有 1 次上呼吸道感染，7 月有 1 次因中耳炎出现发热。

查 24 小时 EEG（2004 – 8 – 31，本院）：清醒：左前颞及左中颞可见频繁尖波及尖慢波发放。轻睡期：左前颞及左中颞可见尖波、尖慢、棘慢发放，额区亦偶见尖及尖慢波发放。

诊断为痫病（热痫），治以清泻肺胃、化痰息风法，予凉膈散化裁，处方如下：

连翘 12g　　黄芩 10g　　黄连 6g　　　栀子 10g

淡竹叶 10g　大黄 6g　　薄荷 6g^{后下}　炒僵蚕 9g

天麻 12g　　石菖蒲 10g　胆南星 12g　清半夏 10g

陈皮 12g　　茯苓 12g　　酒乌梢蛇 10g　白芍 25g

党参 10g　　甘草 6g

水煎 250mL，分 3 次服，1 日 1 剂。

并予羚羊角丸，1 次 10 粒，1 日 2 次。

2004 – 10 – 14 复诊

近 10 日无明显诱因出现 3 次口角抽动，意识不清，持续 3~4 秒，均发生于入睡初，发作后继续入睡。这期间有强直－阵挛发作1次，表现为口角抽动，四肢强直阵挛，意识不清，持续10余秒，发作自行停止后继续入睡。醒后不能回忆。近1周偶诉左侧头痛，多发生于夜间7～8点，持续时间不详，不影响日常活动。寐安，纳欠佳，便溏，日1～2次，咽痛，偶咳，无鼻塞流涕，不发热。舌淡红，苔白，咽不红。

患儿热像不明显，故改予柴胡加龙骨牡蛎汤疏通少阳，调整阴阳之气；并继予羚羊角丸，1次10粒，1日2次。

柴胡 15g	黄芩 12g	清半夏 15g	党参 12g
生龙骨 30g^{先煎}	牡蛎 30g^{先煎}	桂枝 10g	大枣 3 枚
浮小麦 30g	白芍 25g	煅磁石 30g^{先煎}	炒僵蚕 9g
焦神曲 10g	焦山楂 10g	焦麦芽 10g	酒乌梢蛇 10g
天麻 15g	甘草 6g	前胡 10g	荆芥穗 9g
枇杷叶 15g			

水煎 250mL，分 3 次服，1 日 1 剂。

2004－10－28 复诊

患儿于 25 日、26 日凌晨各发作 1 次，均为口角抽动，肢体抖动，数秒缓解。寐安，纳可，大便调。

诊断为痫病（痰热夹惊证），改予风引汤加减，并继予羚羊角丸以清热豁痰、息风止痉。

大黄 12g	干姜 12g	生龙骨 12g^{先煎}	桂枝 6g
生牡蛎 6g^{先煎}	生石膏 18g^{先煎}	寒水石 18g^{先煎}	滑石 18g^{先煎}
赤石脂 18g^{先煎}	紫石英 18g^{先煎}	白芍 15g	石菖蒲 12g
天麻 12g	当归 15g	甘草 6g	

水煎 250mL，分 3 次服，1 日 1 剂。

2005－1－8 复诊

风引汤加减治疗前 2 个月患儿未发作。自 2004－12－27 至 2005－1－5 的 1 周时间内共发作 5 次，未探寻出诱因，均于入睡初发作，表现为口角抽动，偶伴流涎，持续 3～10 秒，意识不清，之后继续入睡。现偶咳，咽痛，无鼻塞流涕，纳可，便调。舌红，苔白，咽红。这期间有 2 次上呼吸道感染。

继予风引汤加减合羚羊角丸。

2005 – 8 – 21 复诊

风引汤加减治疗七个半月，这期间患儿仅发作 1 次（4 月 1 日），症状较轻。于 8 月 16 日至 19 日有 3 次于入睡后 10～15 分钟时眼睛眨动，嘴唇抽动，持续发作 5～6 秒，随后自行缓解入睡，纳可，寐安，二便调。舌红，苔白，脉平。

再次改予柴胡加龙骨牡蛎汤加减。

2006 – 1 – 15 复诊

患儿此近 5 个月间发作 8 次，其中 6 次表现较轻，2 次相对较重，表现为眼睛眨动，嘴唇抽动，角弓反张，双上肢抽搐，持续 20 秒～1 分钟，意识丧失。现无不适，纳可，寐安，二便调。舌红，苔白厚，脉平。这期间患呼吸道感染 3 次均有发热，与癫痫发作无时间上的相关性。

诊断为痫病（痰痫），复改予健脾豁痰息风的涤痰汤加减并加予熄风胶囊，1 次 3 粒，1 日 3 次。

2007 – 2 – 4 复诊

涤痰汤加减 1 年期间，共发作 20 次，分别为换药次日发作 1 次，4 月发作 2 次，8 月 2 次，9 月 6 次，10 月可疑因胃肠道感染发作 3 次（其中 1 次发作持续约 15 分钟，小发作不断，约 1 小时），1 个月 6 次。这期间呼吸道感染 6 次，1 次为肺炎。现无不适，纳可，寐安，二便调。舌红，苔白，脉平，咽充血。

再次改予风引汤加减方，加熄风胶囊，1 次 4 粒，1 日 2 次。

2007 – 10 – 7 复诊

患儿 8 个月未发作，改予柴胡加龙骨牡蛎汤加减方，继予熄风胶囊。

2008 – 10 – 19 复诊

患儿 1 年 8 个月未发作，此 1 年间呼吸道感染 6 次以上。现无不适，舌红，苔薄黄，脉平，咽充血。改予凉膈散，继予熄风胶囊。

2010 – 4 – 24 复诊

患儿 3 年 3 个月未发作，咳嗽，有痰，鼻塞少涕，纳可，寐安，二便调。舌红，苔白，脉平，咽红。复查 24 小时 EEG（2009 – 8 – 11，本院）示大致正常。复改予柴胡桂枝加龙骨牡蛎汤，继予熄风胶囊。此后每逢患儿咽红、咽痛、苔黄时改予凉膈散，无证可辨之时继予柴胡桂枝加龙骨牡蛎汤。

2012 - 2 - 25 复诊

患儿5年1个月未发作，复查脑电图示正常脑电图。遂停柴胡加龙骨牡蛎汤，熄风胶囊改予抗痫胶囊。1年后监测脑电图（2013 - 1 - 29，本院）示正常脑电图。遂于2013年5月停抗痫胶囊。此后于2013 - 7 - 24复查24小时EEG示正常。随访至今未再发作。

按：本例患儿从初诊至末次发作治疗历时近3年。初诊时考虑患儿发作2次，间隔6个月，且发作症状较轻，病情尚属轻浅，基于其癫痫发作的病机关键为脾虚痰伏、气逆风动，故治以健脾顺气、豁痰息风的抗痫胶囊。后患儿发作次数增多，遂改予涤痰汤，其立法与抗痫胶囊相似，药效更为强劲，控制发作达五个半月后患儿又出现发作，这期间发现患儿易于反复呼吸道感染、发热、咽红肿等肺胃热盛之象，故改予清泻肺胃的凉膈散加豁痰息风止痉的石菖蒲、胆南星、乌梢蛇及健脾化痰的半夏、陈皮、茯苓、党参之品，并加以羚羊角丸助力清热息风止痉。然患儿发作次数增加（2周发作4次），再次转思，考虑此与少阳枢机不利，阴阳之气不相顺接有关，易方为柴胡加龙骨牡蛎汤，但药后发作未控制（2周发作2次）。再次回顾病例，该患儿平素胆小易惊，其发作均在入睡初期，且易于出现发热、咽红咽痛、大便干等阳热炽盛，风邪内动之象，故予以风引汤加石菖蒲、天麻、白芍、当归以清热降火，息风镇惊，同时加以羚羊角丸以助药力。守方加减九个半月间，这期间在集中1周内有发作5次，疑有诱因，但问诊未果。此后考虑热象已除，易为柴胡加龙骨牡蛎汤，发作再次增多（5个月8次），故改为就诊初期曾控制发作5个月余的涤痰汤，并加予熄风胶囊加强息风止痉作用，然1年间仍发作20次，遂再次改为病程中曾取得效果的风引汤加减方，并将熄风胶囊加量，患儿未再发作，8个月后，又复改柴胡加龙骨牡蛎汤加减方（第3次）控制1年，此后每逢患儿咽红、咽痛、苔黄时改予凉膈散，无证可辨之时继予柴胡加龙骨牡蛎汤。

纵观患儿病程，真正取效的转折点在于风引汤加减方的运用。金·刘完素《素问玄机原病式》云："外感瘟疫邪毒，化热化火，火盛生风，风盛生痰，风火相扇，痰火交结，可引发惊风。惊风频作，未得根除，风邪与伏痰相搏，进而扰乱神明，闭塞经络，癫痫乃发。"明·万全《幼科发挥》云："惊后其气不散，郁而生痰，痰生热，热生风，如此而发搐者……"可见在癫痫的发生、发展过程中，热、痰、惊等病理因素并不是孤立存在的，其往往是两种或以上的病理因素同时存在的过程。因受惊恐，气机逆乱，痰随气涌，滞塞心窍；热盛夹痰，热盛动风，风扰痰动，痰火逆而上犯，闭塞清窍，阻滞经络，发为癫痫之痰热夹惊证。

风引汤出自仲景《金匮要略·中风历节病脉证并治第五》中的"除热瘫痫"之方，其方后注"治大人风引，少小惊痫瘛疭，日数十发，医所不疗，除热方"。

风引汤加减方中生石膏、寒水石性味甘寒，为君药，清热泻火，直折火热上炎之势。石菖蒲芳香开窍，豁痰宁神；天麻甘平柔润，息风止痉，兼具祛痰之功，两者共为臣药，以达致痫之标。滑石通过清热利尿以使热随小便而出，大黄苦寒沉降之性则使上炎的火热之势从大便而走，两者共同佐助君药以消致痫之本。牡蛎、龙骨、紫石英安神镇惊，与善通阳气的桂枝共奏潜降上逆之阳气的功效，亦为佐药。此外，在众多的石类药中加入干姜温中，以防寒药克伐脾胃。赤石脂味涩敛气，以杜惊恐复伤心气。当归为血分要药，与白芍相合以养血活血，以防久病入络入血。诸药合用，共奏清热豁痰、息风镇惊之功。

该病例中，患儿前期2次使用柴胡加龙骨牡蛎汤罔效，在使用风引汤加减方使患儿体内热得以清、痰得以豁、惊得以平之后，再予柴胡加龙骨牡蛎汤，才可发挥疏利少阳枢机，顺接阴阳之气的功效。

【案4】

女，15岁。家庭住址：天津市南开区。就诊时间2009 - 10 - 17。

主诉：间断四肢抽搐1个月余。

现病史：患儿因压力过大于2009 - 9 - 10寐中发生意识模糊，伴四肢抽搐，闭目，口吐痰涎，口中异声，面部及口唇发青，持续1~2分钟后自行缓解，缓解后头晕乏力，遂就诊于天津某医院，确诊为"癫痫"，予"拉莫三嗪，1次25mg，1日2次"口服治疗2周，未见明显好转，于2009 - 9 - 23，2009 - 10 - 9、2009 - 10 - 14、2009 - 10 - 15凌晨各发作1次，症状同前。家长自行停药，来我院儿科癫痫门诊就诊。

现症：患儿精神可，偶心慌，喘大气，伴口唇发白，自汗盗汗，脾气急躁，好胜心强，记忆力可，食欲一般，入睡难，易醒，呓语，大便可，1~2日一次，小便正常。舌红，苔白，脉弦滑。

查体：神清，精神反应好，呼吸平稳，面色尚可，体态自如。头颅无异常，咽、扁桃体、心、肺未见异常。腹软，肝脾未及，脊柱四肢无异常，生理反射存在，病理反射未引出。

个人史：足月，剖宫产，脐绕颈（+）。

既往体健，否认围产期异常史、家族史及药物/食物过敏史。

辅助检查：脑电图（外院）示散在及阵发尖波。

脑 MRI（外院）：桥脑偏左侧线状异常信号，考虑畸形。

中医诊断：痫证（痰痫）。

西医诊断：癫痫（强直-阵挛性发作）。

治法：涤痰息风，开窍定惊

处方：涤痰汤加减。

石菖蒲 10g	胆南星 12g	天麻 10g	川芎 10g
陈皮 10g	清半夏 10g	茯苓 15g	煅磁石 30g^{先煎}
煅青礞石 30g^{先煎}	铁落花 30g^{先煎}	羌活 10g	僵蚕 10g
生龙骨 15g^{（先煎）}	生牡蛎 15g^{（先煎）}	麸炒枳壳 10g	甘草 6g

水煎 300mL，分 2 次服，1 日 1 剂。

2010-5-29 复诊

服上方加减治疗半年余，患儿共发作 10 次，平均每月发作 1~2 次，多于睡梦中发作，表现基本同前，持续 1 分钟左右自行缓解。

现患儿神清，脾气急躁，时自觉头晕、腹胀，自汗、盗汗，纳少，寐欠安，多梦，时有呓语，大便稍干，1~2 日一次，小便正常。舌红，苔白腻，脉弦数。

患儿邪犯少阳，胆胃有热，痰热互结，故治以和解少阳，安神定志法。易方为柴胡加龙骨牡蛎汤加减：

柴胡 10g	桂枝 10g	生龙骨 10g^{先煎}	生牡蛎 15g^{先煎}
党参 15g	黄芩 10g	白芍 10g	地龙 10g
僵蚕 10g	干姜 5g	大枣 3 枚	浮小麦 10g
甘草 6g			

水煎 300mL，分 2 次服，1 日 1 剂。

2010 – 7 – 3 复诊

患儿连服上方 1 个月余，共发作 3 次，表现同前，持续 1 分钟左右自行缓解，缓解后乏力。现患儿神清，纳可，寐尚安，脾气较前好转，仍多梦，时有呓语，自汗盗汗，二便调。舌红，苔白，脉弦数。中药改回涤痰汤加减：

石菖蒲 10g	胆南星 12g	天麻 10g	川芎 10g
陈皮 10g	清半夏 10g	茯苓 15g	煅磁石 30g^{先煎}
煅青礞石 30g^{先煎}	铁落花 30g^{先煎}	羌活 10g	僵蚕 10g
生龙骨 15g^{先煎}	生牡蛎 15g^{先煎}	麸炒枳壳 10g	甘草 6g
生龙齿 30g^{先煎}	合欢花 15g	党参 15g	白术 10g

水煎 300mL，分 2 次服，1 日 1 剂。

2011 – 3 – 7 复诊

患儿服上方加减治疗半年余，仅于 2010 – 7 – 31 夜间劳累后发作 1 次，余未见其他不适。

继服上药。

2013 – 8 – 4 复诊

患儿 3 年余未发作，其他一切正常，学习成绩中上等。复查脑电图未见癫痫波。嘱停药观察。

按：癫痫病理因素以痰为主，每由风、火触动，痰气上逆，蒙蔽清窍，阻滞经络而发病，故发作时可见神昏，口中异声，口吐痰涎。治疗多以豁痰息风、醒神开窍为主。本例患儿病程较短，以神昏、抽搐吐涎为发作特征，结合其舌红苔白，脉弦滑，辨为风痰上扰证，当豁痰开窍醒神、息风止痉为主，方选涤痰汤化裁。然初用涤痰汤，患者并未见明显好转，笔者进一步审证求因，结合患儿脾气急躁、头晕、腹胀、多梦、呓语、舌红、苔白腻、脉弦数等证候特点，辨证为邪犯少阳，胆胃有热，痰热互结。人作为一个以五脏为中心的有机整体，在其时间和空间的发展过程中，始终要维持一个相对动态的平衡，包括阴阳的平衡，卫气营血运行敷布的平衡，气机升降出入的平衡等。而少阳主枢机，对气血运行、三焦气化、津液输布，维持人体的动态平衡有着举足轻重的作用。故此时治疗以疏利少阳为主，方选《伤寒论》柴胡加龙骨牡蛎汤加减为治。《徐氏医家六种·伤寒类方·柴胡汤类四》中云："此方能下肝胆之惊痰，以之治癫痫必效。"方中柴胡、桂枝、龙骨、牡蛎、党参、半夏、黄芩和解少阳，镇惊安神；干姜温中散寒，并与黄芩相配，寒热共用，调和阴阳；地龙、僵蚕豁痰、开窍、止痉以治其标；佐以党参、甘草、浮小麦、大枣，取其养心调肝，除烦安神，有和中缓急之效，诸药相合，共奏疏利肝胆、调和阴阳、镇惊安神之效。待患儿舌苔渐薄，脾气好转，少阳枢机得利，再用涤痰汤以镇惊息风，涤痰止痉。本案说明疏利少阳枢机对调节脏腑、经络、营卫、气血失调，解除病邪，促进机体正常功能的恢复具有重要作用。

【案5】

男，8岁。家庭住址：天津市。就诊时间2014-5-6。

主诉：间断性愣神1年余。

现病史：患儿于1年前无明显诱因出现双眼凝视前方，手中持物不落地，意识一过性丧失但不摔倒。症状持续5~6秒后自行缓解，多日发作1次。家长未予重视。后患儿平均每日发作1~2次，持续10~20秒。遂就诊于外院，查视频脑电图示全导3~3.5Hz棘-慢波伴失神发作；头颅MRI未见异常。诊为失神癫痫，未予治疗。今日就诊于我院。

现患儿愣神，双目凝视，手中持物不落地，意识丧失但不摔倒，症状持续10秒后自行缓解，每日发作1~2次。平素注意力不集中，小动作多，脾气急躁，成绩可，纳多，易发口腔溃疡，寐可，二便调。舌红，苔白厚，脉滑。

中医诊断：痫病（痰痫）。

西医诊断：癫痫（失神性发作）。

治法：健脾顺气，豁痰醒神。

处方：涤痰汤化裁。

石菖蒲10g	胆南星6g	清半夏9g	橘红6g
枳壳6g	厚朴9g	茯苓10g	太子参9g
川芎6g	白芍10g	天麻9g	羌活6g
煅磁石30g[先煎]	煅青礞石30g[先煎]	菊花10g	甘草6g

水煎300mL，分2次服，1日1剂。

2014 – 5 – 20 复诊

服药后发作次数及持续时间均减少，注意力较前改善，体型肥胖，口腔溃疡，脾气尚可。纳多，寐安，二便调。舌红，苔白厚腻，脉滑。

痰邪渐化，但湿热之象渐著，故加用清热化湿之品。

石菖蒲 10g	胆南星 6g	半夏 9g	橘红 6g
枳壳 6g	厚朴 9g	茯苓 10g	太子参 9g
川芎 6g	白芍 10g	天麻 9g	羌活 6g
煅磁石 30g^{先煎}	煅青礞石 30g^{先煎}	菊花 10g	杏仁 6g
白蔻仁 10g	薏苡仁 10g	藿香 10g	佩兰 6g
甘草 6g			

水煎 300mL，分 2 次服，1 日 1 剂。

2014 – 6 – 3 复诊

药后患儿未再发作。注意力可，脾气可，口腔溃疡已愈，纳可，寐安，二便调。舌淡红，苔薄白，脉平。

痰邪已化，湿热已去。继予涤痰汤加减治疗。

2016 – 8 – 15 复诊

守上方加减，癫痫至今（2 年余）未再发作，病情控制良好，脑电图复查未见异常。

按： 古有"无痰不作痫"之论。《医理真传》云："脾无湿不生痰，水道清则饮不作。痰清而不胶者，胃阳不足以行水也。"本案患儿素体脾虚，失于运化，水反为湿，谷反为滞，痰浊留著而成夙根；每因风、火触动，痰邪上逆，蒙蔽清窍，扰动心神而发病，见意识丧失，双目凝视。痰有聚散，故发止无常。湿邪重浊而黏腻，阻碍气机运行，郁而化热，故患儿易反复口腔溃疡。患儿平素脾气急躁，肝气不舒，郁而化火，肝木乘土，土虚生痰，痰火风动，痰蒙心窍，则注意力不集中，小动作多。舌质红，苔厚腻为湿热之征象。故予涤痰汤健脾顺气，豁痰醒神。方中陈皮、茯苓、枳壳、太子参、半夏、甘草仿六君子汤之义，益气健脾，燥湿化痰，杜绝生痰之源。正如《幼幼集成》所论："惟以健脾补中为主，久服痰自不生，痫自不作矣。"痰易聚易散，善动多变，枳壳可豁痰顺气，以达治痰先理气，气顺痰自消的目的。川芎、羌活载药上行；石菖蒲芳香开窍，安神定志，兼有化湿、豁痰、辟秽之效，合胆南星、天麻、僵蚕、全蝎化痰开窍；铁落花、青礞石、磁石、菊花清肝镇肝，防止克脾犯胃；杏仁、白蔻仁、薏苡仁、藿香、佩兰加强清热利湿之功。诸药配伍，共奏健脾顺气、豁痰醒神、清热化湿之功。患儿坚持服用中药，癫痫未再发作，病情控制良好。

【案6】

男，6岁。家庭住址：天津市和平区。就诊时间2018 - 3 - 1。

主诉：间断抽搐3个月余。

现病史：3个月前患儿疑因劳累后出现意识丧失，双目凝视，口吐白沫，四肢抖动，持续10分钟后缓解，缓解后疲乏，就诊于天津市某医院。查脑CT、EEG均未见异常，未予明确诊断。诊前半月，患儿再次发作，症见左侧嘴角抽动，不伴身体抽搐，持续1分钟，缓解后自述全身发热，2018 - 2 - 14至2018 - 2 - 18每日均有上述发作，再次就诊于天津某医院，查MRI示异常（＋），诊断为癫痫，给予奥卡西平，家长拒绝服用，特来我科门诊就诊。

现症：患儿近1个月内（2018 - 2 - 14至2018 - 2 - 18）出现5次发作。症见：入睡10分钟后出现左侧嘴角抽搐，不伴躯体及四肢僵直抖动，持续约1分钟，缓解后全身发热，平素脾气急躁，注意力可，小动作不多。患儿智力、语言、运动发育可，平素怕热，纳差，寐欠安、易醒，二便调。舌淡红，苔薄白，脉平，咽不红。

个人史：第2胎，第2产，足月，剖宫产（羊水混浊）出生健康状况良好。有一弟。患儿生后母乳喂养，母乳稍不足，未加奶粉（孩子拒绝奶粉），6个月大时添加辅食，1周岁停母乳。常有吃饭时看电视的不良习惯，三餐定时，偏食，喜食瘦肉，油炸食品、冷饮，其他零食较少吃，吃饭后10分钟自觉腹部不适，解大便。父母教育严厉。

既往史：2012年于天津市某医院行左侧眼部血管瘤手术。

否认围产期异常史、家族史及药物/食物过敏史。实验室检查：脑CT（2017 - 12 - 1，天津市某医院）未见异常；

EEG（2017 - 12 - 1，天津市某医院）：未见异常。

颅脑 MRI（2018 - 2 - 20，天津市某医院）：右侧大脑前动脉水平段纤细。

中医诊断：痫病（痰痫）。

西医诊断：癫痫。

治法：息风涤痰，开窍定痫。

处方：涤痰汤加减。

石菖蒲15g	胆南星6g	天麻15g	川芎10g
陈皮10g	茯苓15g	炒僵蚕10g	麸炒枳壳10g
甘草6g	党参10g	全蝎3g	制白附子6g^{先煎}
炒六神曲10g	净山楂10g	炒麦芽10g	竹茹10g

水煎250mL，分2次服，1日1剂。

2018 - 4 - 13 复诊

服药5周未发作，自行停药1周，发作2次（2018 - 4 - 5、2018 - 4 - 7）。患儿于入睡后10分钟出现：意识丧失，左侧嘴角抽动，四肢蜷缩不伴四肢抽动，持续30～40秒缓解后入睡。纳欠佳，寐安，二便调。舌淡红苔白，脉浮，咽不红。

血常规（2018 - 4 - 13，本院）：白细胞（WBC）7.63 × 10^9/L，中性粒细胞（N%）31.6%，淋巴细胞（L%）60.9%，血红蛋白（HGB）118g/L，血小板（PLT）388 × 10^9/L，红细胞（RBC）4.24 × 10^{12}/L，平均红细胞血红蛋白量（MCH）27.8pg，平均红细胞体积（MCV）79.7fL，平均红细胞血红蛋白浓度（MCHC）349g/L。

患儿贫血，加服生血丸，1次5g，1日1次；中药治疗同前。

2018 - 6 - 9 复诊

药后2个月未发作，近半月流鼻血2次，余无不适。纳差，寐安，二便调。舌淡红，苔白，脉浮，咽不红。

血常规（2018 - 6 - 9，本院）：WBC 6.50 × 10^9/L，N% 37.0%，L% 52.6%，HGB119g/L，PLT 349 × 10^9/L，RBC 4.14 × 10^{12}/L，MCH 28.7pg，MCV 80.2fL，MCHC 358g/L。

中药上方加减，继予生血丸，1次5g，1日2次。

石菖蒲 15g	胆南星 6g	天麻 15g	川芎 10g
陈皮 10g	茯苓 10g	炒僵蚕 10g	麸炒枳壳 10g
甘草 6g	党参 10g	全蝎 3g	炒六神曲 10g
净山楂 10g	炒麦芽 10g	竹茹 10g	净砂仁 3g^{后下}
小蓟 10g	侧柏叶 10g	当归 10g	

水煎 250mL，分 2 次服，1 日 1 剂。

2018 - 8 - 18 复诊

药后四个半月未发作，患儿 8 月 5 日发热（38.5℃），8 月 11 日热退，因病间断服药，停药总计 6 天。现无发热，偶咳，无痰，流少量白涕，余无不适。纳差，挑食，寐安，二便调。舌淡红，苔白，脉平，咽不红。

继服上药，自行停用生血丸。

2018 - 9 - 16 复诊

患儿 2018 - 9 - 15 晚无明显诱因出现发作 1 次。症见：意识丧失，左侧嘴角抽动，四肢无强直抽搐，持续 1 分钟缓解，缓解后无不适，余无不适。纳欠佳，二便调。舌淡红，苔白，脉平，咽不红。

肝肾功能（2018 - 9 - 16，本院）：正常。

继服中药汤剂加白茅根 15g，制白附子 6g^{先煎}。

2019 - 3 - 30 复诊

患儿半年来口服涤痰汤、肺炎时改用麻杏石甘汤等加减治疗，但仍每个月发作 1～3 次，疑与家长管教严格，经常批评有关。症见：入睡 30 分钟以内出现发作，意识清醒，口角流涎，嘴角抽搐，无四肢僵直及抖动，持续 1 分钟后自行缓解后入睡。现注意力不集中，小动作多，脾气急，胆小，敏感。挑食，寐安，二便调。舌淡红，苔白，脉平，咽不红。

肝肾功能（2019 - 3 - 30，本院）：正常。

中药汤剂调整如下：

石菖蒲 15g	胆南星 6g	天麻 15g	川芎 10g
陈皮 10g	茯苓 15g	龙骨 30g^{先煎}	牡蛎 15g^{先煎}
麸炒枳壳 10g	甘草 6g	党参 15g	制白附子 6g^{先煎}

全蝎3g　竹茹10g　浮小麦30g　大枣3枚

佛手6g　玫瑰花6g　五味子6g

水煎250mL，分2次服，1日1剂。

2019－4－27复诊

药后未作1个月零2周，注意力好转，小动作多，脾气急，胆小，现鼻塞，流涕，咳嗽，有痰难咯，昼夜均咳，无发热，余无不适，纳眠可，二便调。舌淡红，苔白，脉浮，咽不红。

中药易方为麻杏石甘汤加减：

麻黄5g　　　炒苦杏仁10g　燀桃仁10g　桔梗10g

麸炒枳壳10g　蜜枇杷叶15g　北柴胡6g　　炒紫苏子10g

荆芥穗10g　　黄芩10g　　　瓜蒌10g　　浙贝母6g

甘草6g　　　蜜紫菀10g　　百部10g　　郁金6g

炒僵蚕10g　　地龙10g　　　葶苈子10g

水煎250mL，分2次服，1日1剂。

2019－5－11复诊

药后未作2个月，患儿现注意力较前好转，小动作明显减少，脾气可，胆小，余无明显不适，纳少寐安，大便干，一日一行，有口气，小便可。舌淡红，苔白厚，脉平，咽不红。

改方为涤痰汤加减：

石菖蒲10g　胆南星6g　　天麻10g　川芎10g

竹茹10g　　浮小麦30g　大枣3枚　佛手6g

玫瑰花6g　麸炒苍术10g　黄芩10g

水煎250mL，分2次服，1日1剂。

2019－6－8复诊

药后未作3个月，患儿自诉睡眠时呼吸不畅，偶咳，无痰，余无不适。纳可，寐安。

患儿来我院就诊前于饭后10分钟腹部不适，必解大便，现服药1年后，吃饭后再无必解大便及腹部不适感，大便不稀，现1日1行，质色正常，小便调。舌淡红，苔白厚，脉平，咽不红。

现患儿无呕吐现象，无长期腹泻，无反复外感，学习成绩中上等，多动。年龄7岁4个月，身高114cm，体重17kg（2019-6-8 测）。

血常规（2019-6-8，本院）：WBC 7.7×10^9/L，N% 35.7%，L% 50.1%，HGB116g/L，PLT 379×10^9/L，RBC 4.06×10^{12}/L，MCH 28.6pg，MCV 84fL，MCHC 340g/L（提示轻度贫血）。患儿于2018-4-13 至2018-7-21 期间均服用生血丸，停药后（具体原因不详）未检测血常规指标；

WIS-IV（2019-6-8，本院）：言语理解指数83，直觉推理指数76，工作记忆指数82，加工速度指数102，总智商82。

中药改为涤痰汤合香砂六君子加减：

石菖蒲 10g	胆南星 6g	天麻 10g	川芎 10g
陈皮 10g	茯苓 15g	龙骨 30g^{先煎}	牡蛎 15g^{先煎}
麸炒枳壳 10g	甘草 6g	党参 6g	全蝎 3g
竹茹 10g	浮小麦 30g	大枣 3 枚	黄芩 10g
净砂仁 3g^{后下}	白术 15g	木香 6g	

水煎250mL，分2次服，1日1剂。

按：此患儿为脾肾亏虚，气血不足之体，罹患痫病后，发作症状一般较轻，抽搐不甚，神昏不重。治疗应遵李少川教授"扶正祛痰治童痫"的学术思想，抗痫扶正药物同用，故初期在涤痰汤基础上加用党参等益气健脾之品，后查血象见有轻度贫血再加用院内制剂生血丸，但痫病控制不理想。究其原因与扶正用药使用不足有关，患儿治疗一年后其贫血未改善，体重较同龄儿童明显偏低，并伴有认知功能发育迟缓（总智商82），此类患儿在临床中多伴有性情急躁，敏感多疑，在外面胆小怕事，在家里横行霸道。共患多动障碍者，还可见到注意力不集中，学习成绩差，任性冲动，小动作多等症状。本例患儿基本符合上述表现，其家长反映该病儿学习成绩中上等，考虑与其年级较低（一年级）有关，一般多动障碍甚至是智力发育迟缓的患儿，在低年级时只要老师要求严格，家长陪读到位，一般学生成绩不会太差，但到了4年级以后，学习的内容泛化、多样（如数学只有加减乘除没有问题，但学小数、分数时），往往成绩明显下滑。

本例患儿发作控制不理想还与家庭氛围不和谐有关，患儿学习压力大，成绩不理想，家长多责怪，患儿负面情绪长期不得宣泄，故有烦躁不宁，任性冲动之症，在治疗中多加用佛手、玫瑰花、五味子及甘麦大枣汤等疏肝理气、养血宁神之品；生龙骨、生牡蛎等平肝潜阳之药。患儿形体消瘦，体重低，贫血等为脾胃气虚，气血生化乏源，故加用香砂六君子汤健脾和胃，益气升血。待脾胃健、气血充后再加用益肾填精之物，以提高患儿的认知功能。

【案 7】

男，9 岁 5 个月。家庭住址：天津市。就诊时间 2017 - 12 - 12。病历号 40680。

主诉：间断性意识丧失，双目凝视，伴眼睑瞤动 2 年。

现病史：患儿 2 年前无明显诱因于劳累后偶尔出现双目凝视，伴眼睑瞤动，持续 5～10 秒，家属未重视。后于 1 个月前就诊于天津市某医院，查颅脑 MR 未见明显异常，脑电图可见痫性放电。诊断为"癫痫"，予丙戊酸钠治疗，家属担心副作用未予服用。今为求进一步治疗就诊于我院儿童脑病专科门诊。

现症：劳累状态下偶尔出现意识丧失，双眼凝视，伴双目瞤动，不伴持物掉地，持续 5～10 秒，缓解后无不适。寐中打鼾，纳可，二便调。舌淡红，苔白，脉滑。患儿现 9 岁，上三年级，成绩优秀，运动语言发育可，与周围人交流可。父母要求比较严格。

个人史：第 2 胎，第 1 产，脐绕颈 1 圈，足月，剖宫产，出生时健康状况良好。母亲为高龄产妇（31 岁生产）。

既往体健，否认家族史、药物/食物过敏史。

辅助检查：

①颅脑 MR（2017 - 11 - 23，天津市某医院）：未见明显异常，筛窦、蝶窦黏膜稍增厚。

②脑电图（2017 - 12 - 5，天津市某医院）：主要节律性活动为中 - 高电位 9 - 10Hz α 波，调幅可，波形整齐。两半球大致对称。记录中少量阵发性、弥漫性，高电位 3Hzδ 波内混有棘 - 慢、多棘 - 慢综合波呈长程节律发放。过度换气中见临床发作，同期脑电图见上述异常波。视反应抑制佳。自然睡眠下描记记录中见睡眠波外，见上述异常波。

中医诊断：痫病（痰痫）。

西医诊断：癫痫（失神发作）。

治法：健脾顺气，豁痰开窍。

处方：涤痰汤化裁。

石菖蒲 15g	胆南星 6g	天麻 15g	川芎 10g
陈皮 10g	茯苓 15g	羌活 6g	麸炒枳壳 10g
党参 10g	清半夏 10g	全蝎 5g	甘草 6g

水煎 300mL，分 2 次服，1 日 1 剂。

2018 − 1 − 2 复诊

药后患儿因劳累于 2017 − 12 − 29 晚 5 点 20，2018 − 1 − 1 晚 6 点、8 点清醒状态下发作 3 次，症状相同。症见：意识丧失，眨眼，持续 10 秒，缓解后无不适。纳可，寐安，二便调。咽稍充血，舌淡红，苔白厚，脉平。中药继予前法，处方如下：

石菖蒲 15g	胆南星 6g	天麻 15g	川芎 10g
陈皮 10g	茯苓 15g	甘草片 6g	党参片 10g
清半夏 10g	全蝎 5g	草果仁 10g	槟榔 10g
姜厚朴 10g	菊花 10g	青葙子 10g	

水煎 300mL，分 2 次服，1 日 1 剂。

2018 − 1 − 20 复诊

药后发作 5 次，疑与劳累有关，清醒状态下发作，症状相同，表现为愣神，意识丧失，眨眼，持续 5 ~ 10 秒自行缓解，缓解后无不适。纳可，寐时多梦，二便调。咽不红，舌淡红，苔白，脉平。考虑癫痫发作控制不理想，今改以疏肝利胆、镇惊息风法，予柴胡加龙骨牡蛎汤化裁，处方如下：

北柴胡 10g	桂枝 10g	龙骨 15g[先煎]	牡蛎 15g[先煎]
党参片 10g	黄芩 10g	白芍 15g	炒僵蚕 10g
干姜 6g	甘草 6g	煅磁石 15g[先煎]	清半夏 10g
石菖蒲 10g	郁金 10g	全蝎 3g	制远志 10g

水煎 300mL，分 2 次服，1 日 1 剂。

2018 - 2 - 22 复诊

药后患儿于 2018 - 2 - 4、2018 - 2 - 5、2018 - 2 - 6、2018 - 2 - 7、2018 - 2 - 17 共发作 5 次，无明显诱因，每于晚上 6~7 点晚饭前后发作，症状同前。纳可，寐安，二便调。咽不红，舌淡红，苔薄白，脉平。中药继予前法治疗，处方如下：

北柴胡 10g　桂枝 10g　龙骨 15g^{先煎}　牡蛎 15g^{先煎}

党参片 10g　黄芩 10g　白芍 15g　炒僵蚕 10g

干姜 3g　甘草 6g　煅磁石 15g^{先煎}　清半夏 10g

石菖蒲 10g　郁金 10g　全蝎 3g　天麻 10g

麻黄 3g

水煎 300mL，分 2 次服，1 日 1 剂。

2019 - 2 - 2 复诊

以前方化裁近 11 个月未发作。这期间喉间痰较多、质黏加金果榄、皂角刺；腹泻绿色稀水便加粉葛、地锦草、马齿苋；咽部不适加金果榄、玄参、金银花。现无不适，纳可，寐安，二便调。咽稍充血，舌淡红，苔白，脉平。

患儿用药期间查肝肾功能（2018 - 3 - 17）：正常。

2019 - 1 - 19 复查肝肾功能：AST100.4U/L↑、谷丙转氨酶（ALT）181.9U/L↑、碱性磷酸酶（ALP）512U/L↑，考虑存在肝损害，故加多烯磷脂酰胆碱，1 次 2 片，1 日 3 次，以保护肝功能。中药在前方基础上减柴胡、全蝎、半夏等可能对肝功影响的中药，处方如下：

龙骨 15g^{先煎}　牡蛎 15^{先煎}　党参 10g　黄芩 10g

白芍 10g　炒僵蚕 10g　干姜 3g　甘草 6g

煅磁石 15g^{先煎}　石菖蒲 10g　甜叶菊叶 1g　玄参 10g

胖大海 10g　蓼大青叶 10g　川楝子 10g　郁金 6g

金果榄 6g

水煎 300mL，分 2 次服，1 日 1 剂。

2019 - 2 - 19 复诊

药后 1 年未发作，无不适，纳可，寐安，二便调。咽稍充血，舌淡红，苔白厚，脉平。1 个月后复查肝功能示：AST126.4U/L、ALT 252.9U/L、ALP 528.8U/L，为进一步治疗今日经门诊以"肝损害"收入院治疗。

2019 - 2 - 19 至 2019 - 3 - 4

患儿主因肝功能异常 1 个月余入院。查体示周身无明显黄染，肝脾不大，结合患儿无明显出血、贫血，肝功能示 ALT、AST 高于正常，故考虑肝细胞损害。入院后完善相关检查，查甲乙丙戊型肝炎、EB - DNA、巨细胞病毒示阴性，铜蓝蛋白（-），自免肝 6 项（-），鉴于患儿服用中药制剂时间较长，故目前仍考虑药物相关可能性大。予静点多烯磷脂酰胆碱、复方甘草酸酐以保肝、降酶；患儿癫痫病史 1 年余，中药继以前方化裁以息风止痉。

住院第 7 天，患儿肝功能指标较前下降；住院第 13 天，未诉不适，体温正常，周身无黄染，食欲可，二便调。查体：神清，反应可，呼吸平，无黄染，咽不红，双肺呼吸音粗，肝脾未及，心音有力，律齐，生理反射存在，病理反射存在，经皮血氧饱和度 98%，毛细血管再充盈时间（CRT）＜2 秒。舌红，苔黄，脉滑。复查肝功能全项示 ALT120.7U/L，AST 60.6U/L，γ - 谷氨酰胺转肽酶 141.6U/L，ALP 469.9U/L，间接胆红素 3.29μmol/L，较前下降。腹部彩超示肝实质回声稍强，较前略好转。患儿病情平稳，转氨酶尚未完全降至正常，故予改口服药物治疗，双环醇片口服，1 次 20mg，1 日 3 次，出院观察。

2019 - 3 - 9 复诊

患儿癫痫未发作 1 年余，无不适主诉，纳可，寐安，二便调。咽不红，舌淡红，苔白，脉平。

复查肝肾功能（2019 - 3 - 9）：ALT106.1U/L↑，AST 87.3 U/L↑，ALP 523.6U/L。继以西药双环醇片，1 次 25mg，1 日 3 次。中药处方如下：

北柴胡 10g   龙骨 15g^{先煎}   牡蛎 15g^{先煎}   党参 10g

黄芩 10g   白芍 15g   炒僵蚕 10g   干姜 6g

大枣 3 枚   甘草 6g   煅磁石 15g^{先煎}   全蝎 3g

水煎 300mL，分 2 次服，1 日 1 剂。

2019 - 5 - 25 复诊

患儿 1 年 3 个月无癫痫发作。近日有阵咳，咯大量黄痰，咽痛，无流涕，无发热。纳可，寐欠安，二便调。咽稍红，舌淡红，苔白，脉滑。复查肝功能正常。

考虑患儿目前咳嗽，证属痰热壅肺证，故中药改以宣肺清热、止咳化痰法为主，以麻杏石甘汤化裁。处方如下：

麻黄 5g	炒苦杏仁 10g	桃仁 10g	桔梗 10g
麸炒枳壳 10g	炒莱菔子 10g	蜜枇杷叶 10g	北柴胡 10g
炒紫苏子 10g	荆芥穗 10g	黄芩 10g	瓜蒌 10g
浙贝母 6g	甘草 6g	胖大海 10g	蜜紫菀 10g
百部 10g	郁金 6g	全蝎 6g	胆南星 6g

水煎 300mL，分 2 次服，1 日 1 剂。

2019 – 7 – 6 复诊

患儿近 1 年 5 个月未发作。无不适主诉，纳可，寐安，二便调。咽红，舌质红，苔白，脉滑数。考虑患儿肺胃蕴热，故治以清泻肺胃之热，予凉膈散化裁，处方如下：

大黄 5g	黄芩片 10g	黄连片 5g	炒栀子 10g
连翘 10g	薄荷 6g	麸炒枳壳 10g	淡竹叶 10g
甘草片 6g	小蓟 10g	白茅根 10g	藁本 10g
金果榄 10g	玄参 10g	全蝎 3g	甜叶菊叶 1g
荆芥穗 10g			

水煎 300mL，分 2 次服，1 日 1 剂。

2019 – 12 – 7 复诊

患儿近 1 年 10 个月未发作。治疗期间外出时服用中成药熄风胶囊，1 次 8 粒，1 日 2 次；口气重、苔白厚加佩兰、厚朴；声哑加胖大海、金果榄；清嗓子加蝉蜕、蜂房、天花粉。

现咳嗽，无夜咳，有痰色黄，无发热，无流涕，纳欠佳，寐安，二便调。咽稍红，舌淡红，苔白，脉浮。考虑患儿外感风热，中药汤剂改以疏风清热、息风止痉法，予银翘散化裁。处方如下：

金银花 12g	连翘 12g	炒牛蒡子 10g	薄荷 6g^{后下}
柴胡 6g	荆芥 10g	黄芩 10g	白茅根 15g
甘草 6g	桔梗 10g	麸炒枳壳 10g	炙枇杷叶 15g
麻黄 5g	炒苦杏仁 10g	生石膏 30g	全蝎 2g

水煎 300mL，分 2 次服，1 日 1 剂。

2019 - 12 - 22 复诊

患儿偶咳，少痰色黄，余无不适，纳寐可，二便调。咽稍充血，舌淡红，苔白，脉滑。今加服癫痫康胶囊，1 次 5 粒，1 日 2 次，以镇惊息风、豁痰开窍长期应用。中药汤剂临时应用，考虑外邪已祛，内热未清，故以凉膈散化裁以清肺胃之热。处方如下：

黄连 5g	大黄 5g	黄芩 10g	炒栀子 10g
连翘 10g	薄荷 6g^后下	麸炒枳壳 10g	淡竹叶 10g
甘草 6g	金银花 10g	金果榄 5g	甜叶菊 1g

水煎 300mL，分 2 次服，1 日 1 剂。随访至 2020 - 2 - 15，患儿 2 年未发作，无不适。复查肝功能示正常。

按：本例患儿为单纯中药治疗有效但出现肝损害的典型病案。根据患儿发作性意识丧失，双眼凝视，伴双目瞬动，不伴持物掉地，持续 5~10 秒，缓解后无不适。脑电图示少量阵发性、弥漫性，高电位 3Hzδ 波内混有棘 - 慢、多棘 - 慢综合波呈长程节律发放的特点，西医发作分类属失神性癫痫。对于此类以意识改变为主，无明显四肢抽搐的发作，根据既往辨证经验，认为主要是痰浊蒙蔽清窍所致，故予健脾顺气、豁痰开窍之涤痰汤化裁治疗，但效果不理想。后改以柴胡加龙骨牡蛎汤化裁而取效。柴胡加龙骨牡蛎汤出自张仲景《伤寒论·辨太阳病脉证并治》第 107 条"伤寒八九日，下之，胸满烦惊，小便不利，谵语，一身尽重，不可转侧者，柴胡加龙骨牡蛎汤主之"。该方药是在小柴胡汤的基础上加减而成，用于伤寒误下后，而致邪热内陷少阳，造成气机郁滞，虚实寒热互见的少阳变证，症状是胸满心烦，少阳气机不利，邪热较重，影响三焦，决渎失司，水饮内停而致小便不利，一身尽重，不可转侧。本方小柴胡为阴阳错杂、和解少阳之方药。《医宗金鉴》曰："是证也，为阴阳错杂之邪；是方也，亦攻补错杂之药。柴、桂解未尽之表邪，大黄攻已陷之里热，人参、姜、枣补虚而和胃，茯苓、半夏利水而降逆，龙骨、牡蛎、铅丹之涩重，镇惊收心而安神明，斯为以错杂之药，而治错杂之病也。"《绛雪园古方选注》曰："柴胡引阳药升阳，大黄领阴药就阴，人参、炙甘草助阳明之神明，即所以益心虚也；茯苓、半夏、生姜启少阳三焦之枢机，即所以通心机也；龙骨、牡蛎入阴摄神，镇东方甲木之魂，即所以镇心惊也；龙、牡顽钝之质，佐桂枝即灵；邪入烦惊，痰气固结于阴分，用铅丹即坠。至于心经浮越之邪，借少阳枢转出于太阳，即从兹收安内攘外之功矣。"我们曾对 94 例柴胡加龙骨牡蛎汤治疗小儿癫痫的病例进行分析，发现柴胡加龙骨牡蛎汤治疗小儿癫痫的主要症状为：发作时意识不清，眼动，愣神，肢体僵硬，平素寐不安，急躁易怒，烦躁不安，胆怯，便秘，注意力不集中，淡红舌，薄白苔，脉平或脉滑。在其发作分类中，发现对失神发作和精神运动性发作疗效较好。本例患儿以意识丧失、双眼凝视，伴双目瞤动为主要症状，而眼动之症状与少阳经脉受邪，循行过目，胆火上炎有关；而发作时意识不清、愣神为痰浊蒙蔽清窍所致。故辨证为少阳枢机不利，表里出入失常，肝胆郁滞，脾胃受损，痰浊内生，阴阳之气不相顺接，阳明浮阳之邪因而上越，切中柴胡加龙骨牡蛎汤之病机而取效。后因患儿外感或肺胃蕴热改以凉膈散化裁，以除胸膈烦热，与除烦满惊之柴胡加龙骨牡蛎汤亦有相似之处，使气机通畅、郁热之邪得以清除，则痰不易生、惊不易成、痫自不发。

本案第二特点是中药治疗过程中出现肝损害。我院小儿脑病专科自创立以来 40 余年，中医药治疗癫痫取得了肯定的疗效，尤其是中医药整体调节，不但控制癫痫发作有效，而且长期服用无明显的毒副作用，显示出独特的优势。虽然中药导致肝损害的病例极为少见，但亦应引起充分重视。中医学对中草药的毒性认识已有千余年历史。《素问·五常政大论》将药物毒性分为"大毒""常毒""小毒""无毒"四类；现存最早的东汉本草专著《神农本草经》据药物功效及毒性分为上、中、下三品；《中华人民共和国药典》采用大毒、有毒、小毒三类分类法。而儿童属于特殊人群，其机体的器官功能发育尚不完全，肝脏对肝毒性产物耐受性较低，代谢能力较差，故儿童更易受药物及其代谢产物的影响。而癫痫是一种慢性脑部疾病，治疗是一个长期过程，因此儿童的生理特点、患儿年龄阶段、体质状态、抗癫痫西药的影响、某些中药（如虫类药、矿石类重镇药）的长期应用、中药自身的复杂性（包括种植的方式、质量的优劣、炮制的方式、配伍的方法）等，都有潜在导致肝损伤的不良事件发生的可能。因此中草药相关肝损伤（HILI）是近年来国内外医学界研究的一门热点话题，而中药复方的成分、可能药物及导致肝损害的作用机制等均有待进一步深入研究。

三、风痫案

【案8】

女，1岁5个月。家庭住址：浙江省杭州市。就诊时间 2015 - 6 - 27。病历号 34902。

主诉： 发作性昏睡、咂嘴、喉中咕噜声8个月。

现病史： 患儿于8个月前（2014年10月，9月龄）时，无明显诱因出现吃奶时突然昏睡，伴 5 ~ 20 秒面色苍白，咂嘴，喉中咕噜声，偶见口唇青紫，昏睡约24小时，此期间可唤醒，或清醒伴咂嘴数次，继而入睡，约2个月发作1次。4个月前就诊于浙江省某医院，查 EEG、CT 均未见异常（-），考虑"癫痫？"嘱临床观察。3个月前发作次数逐渐增加为1个月1次，表现为清醒状态下出现咂嘴，意识欠清，无其他明显症状，持续数秒至1分钟，2个月前于浙江省某医院住院治疗，查 CT（-）、MRI（+）、EEG（-），诊断为"癫痫"，未予治疗。1个月前发作1次，浙江省某医院予丙戊酸钠治疗，家长未予服用。为求进一步治疗，遂来我院就诊。

现症： 现患儿2种发作形式：①约20日1次发作。症见：清醒状态下出现咂嘴，意识欠清，无明显其他症状，持续数秒至1分钟。发作前数日及发作后数日患儿哭闹，纳差，寐欠佳，易惊醒。②约3周前，患儿有1次愣神，表现为双目向右上方斜视，持续约20秒缓解。

患儿现1岁5个月，运动、语言发育可，走路稍不稳，能拾物，会叫"爸爸、妈妈"，舌淡苔薄白，指纹青。

个人史： 第2胎第2产，姐姐正常，足月、难产、剖宫产（母亲高龄产妇，39岁），出生时有窒息史。

家族史： 患儿父亲姨娘的女儿患有癫痫。

药物/食物过敏史： 青霉素（皮试阳性）；海鲜、蛋白过敏。

辅助检查：

① 12 小时 VEEG（2015 - 4 - 13，浙江省某医院）：未见明显异常。

② 2 短时脑电图（2015 - 4 - 24，浙江省某医院）：轻 - 中度异常。两枕区较多

阵发性 δ 活动。

③ 24 小时 VEEG（2015 - 4 - 28，浙江某医院）：未见明显异常。记录过程中患儿有"双脚抖动、手指跳动、全身一过性抽动"等动作，同步 EEG 未见明显痫性放电。

④短时脑电图（2015 - 5 - 5，浙江省某医院）：未见明显异常。记录过程中患儿有肢体一过性"抖动、跳动"等动作，同步 EEG 未见明显痫性放电。

⑤颅脑 CT（2015 - 4 - 24，浙江大学某医院）：未见明显异常。

⑥颅脑 MR（2015 - 4 - 24，浙江大学某医院）：额前间隙增宽，双侧脑室体后部白质内斑片状长 T 信号 - 终末带？

⑦遗传代谢（2015 - 4 - 24，浙江省某医院）：未发现特异性改变。

⑧心电图（2015 - 4 - 7，浙江省某医院）：窦性心动过速。

⑨心脏超声（2015 - 4 - 7，浙江省某医院）：三尖瓣轻度反流。

中医诊断：痫病（痰痫）。

西医诊断：癫痫（精神发育迟缓）。

治法：豁痰开窍，息风止痉。

处方：熄风胶囊，1 次 1 粒，1 日 3 次。

2015 - 7 - 15 复诊

7 月 11 日凌晨至 7 月 12 日上午共发作 8 次。症见：清醒状态下出现咂嘴，意识欠清，持续约 1 分钟，自行缓解后入睡。缓解期间患儿可活动、吃饭，精神较前有进步（以往发作后常昏睡 24 小时，缓解期间吃饭、喝水时清醒，其他时间精神欠佳），发作频率增加。纳可，寐欠佳，入睡较困难，易醒，寐中易辗转，二便调。舌淡红，苔白厚。处以涤痰汤加减：

石菖蒲 10g	胆南星 6g	天麻 10g	川芎 10g
陈皮 10g	茯苓 10g	羌活 10g	铁落花 10g^{先煎}
煅青礞石 10g^{先煎}	煅磁石 15g^{先煎}	麸炒枳壳 10g	甘草 6g
党参 10g	清半夏 10g	全蝎 5g	

水煎 150mL，分 2 次服，1 日 1 剂。

2015 - 8 - 12 复诊

药后发作次数较前增多。2015 - 8 - 1 早 8：30 至 2015 - 8 - 3 早 8：00 内发作频

繁（约每 2 小时 1 次）。症见：意识欠清，口齿发绀，咂嘴，持续 20 秒至 1 分钟不等。缓解后入睡。患儿近一个月体重稍有减轻，脾气大，近几天爱大声吼叫，纳欠佳，寐可，二便可。舌淡红，苔白，脉平，咽稍充血。中药易方为柴胡加龙骨牡蛎汤加减：

柴胡 10g　桂枝 10g　生龙骨 10g^{先煎}　生牡蛎 10g^{先煎}

党参 15g　黄芩 10g　白芍 10g　　麸炒僵蚕 10g

干姜 6g　　甘草 6g　　煅磁石 10g^{先煎}　清半夏 10g

全蝎 5g　　黄芪 15g　制远志 10g　　炒酸枣仁 6g

水煎 150mL，分 2 次服，1 日 1 剂。

2015 - 9 - 9 复诊

药后未作 [行干细胞移植术，术前使用苯巴比妥注射液 0.03g 肌肉注射、水合氯醛合剂 5mL 纳肛；术中使用利多卡因（局麻）0.1g]。家长诉患儿发作周期为 20 天。患儿上次发作为 8 月 1 日，此次应 2015 - 8 - 21 再发。家长自诉 2015 - 8 - 19 使用镇静剂，每 3 日 1 次，共 4 次。患儿近两天出现情绪差，表现为哭闹，昨日出现嗜睡，纳差，二便调，口臭，咳嗽，有痰，今日感冒加重。舌红，苔黄厚。中药改回涤痰汤加减：

石菖蒲 10g　　　胆南星 6g　　天麻 10g　　川芎 10g

陈皮 10g　　　　茯苓 10g　　　羌活 10g　　铁落花 10g^{先煎}

煅青礞石 10g^{先煎}　煅磁石 15g^{先煎}　麸炒枳壳 10g　甘草 6g

党参 10g　　　　清半夏 10g　　全蝎 5g　　黄连 6g

黄芩 10g　　　　泽泻 6g　　　炒鸡内金 10g

水煎 150mL，分 2 次服，1 日 1 剂。

另加羚羊角粉，1 次 0.3g，冲服，1 日 2 次。

2015 - 10 - 7 复诊

2015 - 9 - 9 至 2015 - 9 - 10 共发作 4 次。患儿发作前（2015 - 9 - 8）情绪不稳定，多哭闹。发作表现为意识欠清，咂嘴，手捏紧，均较轻微，持续约 30 秒，缓解后入睡，2015 - 9 - 13 情绪好转，食欲好转。2015 - 9 - 29 左右情绪稍有变化，晚上会突然醒后哭闹，未见发作，亦无其他不适。其余情况可，食欲较前改善，寐安，二便调。舌红，苔白。中药改用葛根芩连汤加味：

粉葛30g　黄芩10g　黄连10g　广藿香6g

甘草6g　郁金6g　全蝎5g　石菖蒲10g

水煎150mL，分2次服，1日1剂。

羚羊角粉0.3g冲服，1日2次。

2015 – 11 – 4 复诊

药后于2015 – 10 – 16、2015 – 11 – 3、2015 – 11 – 4各发作1次，发作程度均较前轻微，共3次，于睡眠状态下早7点、午觉时发作，表现为意识欠清，咂嘴，手捏紧等，持续30~40秒，缓解后入睡。患儿家长诉患儿于10天前每天凌晨0点时均有哭闹，持续10分钟至1小时不等，未见发作。其余情况可，纳可，寐安，夜间睡眠时磨牙，盗汗，二便调。舌红，苔薄白。继用上方加减：

粉葛30g　　黄芩10g　　黄连10g　　广藿香6g

甘草6g　　郁金6g　　全蝎5g　　石菖蒲10g

钩藤15g^{后下}　制远志10g　炒酸枣仁10g

水煎150mL，分2次服，1日1剂。

羚羊角粉0.3g冲服，1日2次。

2015 – 12 – 2 复诊

药后共发作15次，其中后12次为发热后发作。患儿于2015 – 11 – 5日分别于早8点、上午10点、下午3点于睡眠状态下出现发作，发作前于睡眠前均有哭闹，情绪不佳等先兆，表现为意识欠清，眼球转动，面色发红，憋气，咂嘴，手捏紧，无明显强直抽搐，持续20~30秒，缓解后入睡。家长诉患儿发作程度较前略有加重。患儿于2015 – 11 – 15因吐泻后出现发热，最高至39.5℃，于当地医院先后静滴头孢、阿莫西林4天，于次日下午发作3次，仅表现为咂嘴、憋气，持续20~30秒，至夜间体温升高至40℃，又发作3次，间隔2~3小时发作1次，表现同前，程度加重，出现牙关紧闭，约1分钟。2015 – 11 – 17日仍发热，白天发作2次，表现轻微，凌晨0点30分至次日2点发作4次，间隔20分钟，表现均同前，夜间较重，有咬牙症状，持续40秒，缓解后入睡。2015 – 11 – 18起体温降至正常，身上出皮疹，未再出现发作。现患儿咳嗽，夜间重，单声咳，有痰不易咯出，体温正常，流口水较前增多，鼻塞，流清涕。近期脾气急躁，爱哭闹，夜间、凌晨时哭闹加重，白天爱磨牙。纳可，二便调。舌红，苔薄白。中药方换为银翘散加减：

金银花 10g	连翘 10g	金果榄 6g	薄荷 6g^{后下}
鸡内金 10g	蜜枇杷叶 10g	柴胡 10g	前胡 10g
炒紫苏子 10g	荆芥穗 10g	黄芩 10g	芦根 15g
全蝎 5g	天麻 15g	甘草 6g	

水煎 150mL，分 2 次服，1 日 1 剂。

羚羊角粉，1 次 0.3g，1 日 3 次，冲服。

2015-12-30 复诊

药后未作 4 周。无明显不适。会简单叫"爸爸、妈妈"，走路稳，运动、语言发育可，白天睡醒后易哭闹，近日情绪平稳。晨起口臭，纳可，寐安，二便调。舌红，苔白厚。继用上方加减：

金银花 10g	连翘 10g	金果榄 6g	薄荷 6g^{后下}
鸡内金 10g	柴胡 6g	荆芥穗 10g	黄芩 10g
芦根 15g	全蝎 5g	天麻 15g	砂仁 3g^{后下}
甘草 6g			

水煎 150mL，分 2 次服，1 日 1 剂。

羚羊角粉，1 次 0.3g，1 日 3 次，冲服。

2016-1-30 复诊

药后未作 2 个月。无明显不适，情绪平稳，时有口臭，白天有咬牙，纳可，寐安，二便调。舌淡红，苔薄白。继用上方加减。

2018-9-18 复诊

服此方加减至今未见发作，无明显不适，脑电图正常，嘱继服该方加减。

2019-3-11 复诊

患儿 3 年 7 个月未发作，无不适，脑电图正常，今日开始撤减停药物。

2020-1-15 随访

患儿停药半年余，未见发作，复查脑电图正常。现智力发育不及同龄儿童，语言能力稍差，运动功能正常。嘱其进行康复治疗。

按：本例患儿初期诊断为痰蒙心窍，横窜经络，引动肝风的痫痫证，予豁痰开窍、息风止惊之涤痰汤，发作较前加重。随后考虑此与少阳枢机不利，阴阳之气不相顺接有关，易方为柴胡加龙骨牡蛎汤，药后发作次数减少（可能与手术中使用镇静剂有关）。之后再次服用豁痰开窍、息风止惊之涤痰汤及清利肠道湿热之葛根芩连汤，疗效欠佳。细查患儿每以外感诱发癫痫发作。因此辨证为外感风热，同气相求，外风引动内风，风火相扇所致，给予银翘散合羚羊角粉而愈。

小儿癫痫发作不仅与肝风内动密切相关，而且应注意外风引动内风的可能性。本患儿初用豁痰开窍、平息内风之涤痰汤效差，而银翘散合羚羊角粉为疏风止痉之方。方中重用金银花、连翘辛凉轻宣，透泄散邪为君药。薄荷、牛蒡子辛而性凉，疏散风热，解毒利咽；荆芥穗辛而微温，助君药宣散在表之邪；羚羊角粉清热平肝共为臣药。芦根、桔梗、金果榄清热利咽，化痰止咳；柴胡、黄芩、前胡、枇杷叶止咳化痰；枳壳、莱菔子、紫苏子以理气化痰；全蝎、天麻息风止痉；石菖蒲化痰开窍醒神均为佐药。甘草为使，调和诸药，方证相符，方能取效。守方加减使用3年余，患儿很少感冒发烧，且未见复发，但此方对于改善认知功能不明显，故后期应加强康复训练。

四、胎痫案

【案9】

女，9个月。家庭住址：吉林省。就诊日期2011－5－18。病历号16716。

主诉：间断抽搐8月余。

现病史：患儿于8个月前（生后4天）开始出现抽搐，表现为双目斜视，嘴角歪斜，双拳紧握，四肢间断抽搐，每次持续约几秒，可自行缓解，每日发作次数不等，轻时每日1次，严重时每天抽搐7次，就诊于当地医院，诊断为"新生儿惊厥"，予以"苯巴比妥30mg"口服后发作消失。8个月前（出生后18天）因抽搐再次入院，查脑电图正常，诊断为"新生儿惊厥，先天性心脏病"，予中药治疗，仍间断发作，最长间隔时间2个月，发作形式类似，最后1次发作于1个月前，表现喉间痰鸣，口周及鼻翼周围发绀，口吐白沫，伴低热，体温波动在38.℃左右，发作后精神弱。为求进一步诊治就诊于我院儿科癫痫门诊，患儿发育适龄，精神尚可，纳少，二便调。

个人史：第 3 胎，第 1 产，足月，顺产，产程顺利，无脑缺氧，缺血，无窒息史。

既往史：先天性心脏病（房间隔小缺损）；对青霉素类抗生素过敏。

否认家族遗传病史及抽搐病史。

辅助检查：

①心脏彩超（2010 - 9 - 6，吉林大学某医院）：房间隔小缺损，直径 1.9mm。

②颅脑 MR（2010 - 9 - 6，吉林大学某医院）：双侧脑室旁异常信号，考虑髓鞘发育过程中改变。

③颅脑 CT（2010 - 12 - 6，吉林大学某医院）：双侧额颞部蛛网膜下腔稍宽，建议复查。

④24 小时脑电图（2010 - 12 - 7，吉林大学某医院）：清醒状态下双侧枕区以 2.0 ~ 3.5Hz 中波幅 δ 波为主，调幅欠佳，波形欠规整；波幅以中波幅为主，双侧同名导联欠对称，调幅欠佳；睡眠分期明确，浅睡期可见顶尖波及睡眠纺锤波。

曾服中药：郁金 15g，白矾 15g，朱砂 5g，雄黄 5g，蒲黄 5g，青黛 5g，滑石 5g，竹茹炭 5g。间断服用 1 个月余，药物效果不确定。

中医诊断：癫痫（胎痫）。

西医诊断：新生儿惊厥，先天性心脏病。

处方：熄风胶囊，1 次 1 粒，1 日 2 次。

保和散，1 次 1 袋，1 日 2 次。

2011 - 10 - 5 复诊

患儿于 2011 - 8 - 3 发作 2 次，表现为双目凝视，口唇抖动，颜面青紫，四肢抽搐，口吐涎沫，喉中发声，持续时间 2 - 3 分钟，自行缓解，缓解后乏力。现患儿流清涕，伴喷嚏，无咳，无发热，纳欠佳，寐安，大便稍干，1 ~ 2 日一行。舌淡红，苔薄白，指纹青。

继予熄风胶囊。

2012 - 1 - 5 复诊

患儿药后未见发作 4 个月余，吃奶量可，二便调，寐安，偶有睡眠肢体抖动，舌淡红，苔白，指纹紫。

继予熄风胶囊。

2012-4-4复诊

患儿药后未作近8个月，现无明显不适，偶见脱发，但不严重，纳可，寐安，大便稍干，2日1行。

继予熄风胶囊。

2012-11-16复诊

患儿药后未见临床发作（16个月），现无明显不适，纳可，寐安，二便调，智力正常，语言运动正常。

继予熄风胶囊。

2017-10-8电话随访

患儿药后一直未见临床发作，家属于患儿2岁龄时自动停药，未继续就诊，已经开始上小学，未见异常。

按：结合本案患儿的病例倾向于"良性新生儿惊厥"，又称"五日风"。1989年国际抗癫痫联盟（ILAE）将归属于全面性癫痫及癫痫综合征。但在2001年ILAE提出的建议中，又归纳为"可不诊断为癫痫"的一类。预后良好。

对于新生儿惊厥的认识，可以从"胎痫"的角度阐释，分为胎中受惊和肾怯不全。《素问·奇病论》曰："人生而有病颠疾者，病名曰何？安所得之？岐伯曰病名为胎病。此得之于母腹中，其母有所大惊，气上而不下，精气并居，故令子发为颠疾。"曹世荣《活幼心书·卷中·明本论·痫病》中指出："胎痫者因未产前，腹中被惊，或母食酸咸过多，或为七情所汩，致伤胎气，儿生百日内有者是也。发时心不宁，面微黄，气逆痰作，目上视，身反张，啼声不出。"

对于治疗，王肯堂旗帜鲜明地指出"此皆元气不足也"。患儿元阴不足，肝失所养，克脾伤心，久则化热化火，火盛生风，风盛生痰，风火相扇，痰火交结，发为此病。予熄风胶囊，治以镇肝息风止痉，疗效显著。方中以紫河车益肾填精治痫之本，天麻、石菖蒲息风豁痰治痫之标的基础上，使用性善走窜之虫类药全蝎、蜈蚣息风止痉，搜风剔痰逐瘀，"以动制动"，并配以川芎、郁金行气活血以助豁痰息风之力。

五、腹型癫痫案

【案 10】

女，8 岁。家庭住址：天津市东丽区。初诊 1994 – 11 – 5。

主诉：间断恶心、干呕 1 年。

现病史：患儿于诊前 1 年来，每于情志不舒或大怒之时，突发恶心，干呕，胃中似有物攻撑，疼痛难忍，精神紧张，惶恐不安，5~6 分钟后缓解，一如常人。经中西医按胆道蛔虫、肠胃不和治疗 1 个月余，病情不见好转。后经天津某医院检查，脑电图示"左右顶枕交连均有高幅尖波出现"，诊断为"腹型癫痫"，转我院癫痫专科门诊治疗。

患儿发作间隔时间不规则，平均每半个月发作 1 次，每次发作 5 分钟左右，并伴有食少纳呆、形体消瘦等症，二便正常，舌淡红，苔薄白，脉弦细。

个人史：患儿生产时因难产，曾用产钳助产，并有窒息史。

中医诊断：痫证（痰气郁结）。

西医诊断：癫痫。

治法：开郁化痰，行气止痛。

处方：涤痰汤加减。

石菖蒲 50g　胆南星 50g　橘红 50g　清半夏 50g

茯苓 50g　　枳壳 50g　　白术 50g　天麻 40g

沉香 15g　　琥珀 3g

上药共研细末，1 次 3g，1 日 3 次。

1994 – 12 – 13 复诊

药后 1 个月余，发作 1 次，但腹痛程度较前减轻，约 1 分钟缓解，发作后乏力，思睡，纳呆食少，脉弦滑。

嘱上方加服保和散，1 次 1 袋，1 日 1 次，服 3 个月。

1995 – 2 – 18 复诊

患儿 3 个月未发病，但昨日因活动量较大，过劳而发作腹痛、恶心、吐酸，持续半小时，今晨又复作一次，程度较轻，无精神紧张，舌淡红苔薄白，脉弦。

继服涤痰汤加左金丸。

1995－11－18 复诊

患儿坚持服药，腹痛未再发作，但有时劳累后喉中有米粒样异物，近一个月来上述症状消失，无其他不适。复查脑电图示"高幅尖波消失"。

按：腹型癫痫多见于年长儿童，临床以反复出现阵发性腹疼，或伴有意识改变为主要表现，经脑电图检查可确诊。腹型癫痫虽在症状上属于中医"腹痛"范畴，但结合其病因病机分析，则与古代医家所述的"客忤""躯啼"相近。如《诸病源候论·小儿杂病诸候》云："小儿中客忤者，是小儿神气软弱，忽有非常之物，或未经识见之人触之，与鬼神气相忤而发病，谓之客忤也，亦名中人。其状吐下青黄白色，水谷解离，腹痛反倒夭矫，面变易五色，其状似痫，但眼不上摇耳，其脉弦急数者是也。若失时不治，久则难治。"《圣济总录·卷第一百七十一》亦云："论曰小儿胞胎，全仰母气，母将养失宜，伤于风冷，则邪气入于胞胎，即生之后，冷气停留，复因乳哺不节，邪气与正气相搏，故腹痛躯张，蹙气而啼也。"综上所述可以看出客忤、躯啼的病因为伤于风冷、乳哺不节和暴受惊恐等，与隋唐时期对小儿痫证病因风、食、惊的认识是一致的。从而启发我们试用治痫之法治疗"腹型癫痫"。

本例患儿主因思虑过度，所求不得，肝气郁结，木不疏土，脾失健运，水湿不化，痰气郁结胃肠而致。痰气易聚易散，聚则痰气凝结，阻滞中州，腑气不通而腹痛阵发，神志不宁；散则气顺痰动，疼痛缓解。因此治以顺气涤痰为主，佐以镇惊和胃而获良效。

六、头痛型癫痫案

【案11】

女，13 岁。家庭住址：天津市。初诊日期 1984－10－21。

主诉：间断头痛 8 年余。

现病史：诊前 8 年（5 岁）患儿无明显诱因出现头痛，每日 2～3 次，部位不固定，发作时间无规律，每次持续 10 秒左右，头痛缓解后一如常人，无周身不适，时有发作后欲入睡之感。经中、西医多次治疗罔效。7 年前就诊于天津某医院脑系科，查脑电图示双侧顶枕区为主，频频可见高电压尖波。诊断为"头痛型癫痫"，给予苯妥英钠、卡马西平等药物治疗，药后前症消失，8 个月后停药，头痛复发，每因劳累或情志不遂，症状加重。现每日平均发作 8~9 次，时间同前，智力、饮食及二便未见异常，舌淡红，苔白腻，脉弦。复查脑电图示"中度异常"。

中医诊断： 痫证（风痰痫）。

西医诊断： 癫痫（头痛型癫痫）。

治法： 化痰息风，健脾行气。

处方： 涤痰汤加减。

青果 20g	石菖蒲 10g	清半夏 10g	太子参 10g
胆南星 10g	六神曲 10g	茯苓 10g	天麻 6g
羌活 6g	川芎 6g	麸炒枳壳 6g	陈皮 6g

沉香 3g^后下

水煎 300mL，分 2 次服，1 日 1 剂。

1984 – 11 – 4 – 复诊

药后头痛发作次数减少，约每日 3 次，疼痛程度较前明显减轻，时间缩短，但夜寐多梦，舌淡红苔薄白，脉滑。

原方加钩藤 15g，草决明 10g。

1984 – 11 – 25 – 复诊

头痛基本消失，余无不适。

原方研末冲服，每日 3 次，每次 5g，嘱其服 1 年。1 年后随访，未见复发。脑电图恢复正常。

按： 头痛型癫痫属于中医风痰头痛之范畴。《丹溪心法》说得真切："头痛多主于痰。"此证多由脾虚生痰，肝风内动而致。风痰上扰，蒙蔽清窍，闭塞经络，阻碍气机升降，故见头痛；风性主动，善行而数变，风痰致病多有时聚时散之特点，故而头痛亦有时作时止，部位、时间不固定之表现。治宜化痰息风，兼以健脾行气。方中半夏燥湿化痰，天麻平肝息风，二者合用有息风祛痰之功。《脾胃论》云："足太阴痰厥头痛，非半夏不能疗，眼黑头眩，风虚内作，非天麻不能除。"故此本案处方以二药治风痰头痛之主药，辅以太子参、茯苓、陈皮健脾燥湿，胆南星、青果清热化痰，枳壳、沉香、六神曲行气和胃，石菖蒲芳香开窍，川芎行气活血，羌活祛风止痛，且可载药上行。诸药共用，使脾胃得健，绝其生痰之源；肝木得平，息其内风，则头痛可止。

第二节

中西药联合治疗病案

本癫痫门诊收治的癫痫病人，35%用中药治疗，20%为中药治疗效果不佳者加用西药，45%为西药治疗效果欠佳时来看中医，中西药联合应用可提高疗效。然而，中西药联合使用时应如何辨证、中西药如何配伍、中西药各起什么作用以及不良反应是否会增加等问题均值得思考与研究。

一、对抗癫痫西药的认识

若癫痫诊断清楚、分型准确，抗癫痫西药选药恰当、疗程合理，70%～80%的患儿可减少或控制发作，但仍有20%～30%的儿童效果较差。近年来新上市的抗癫痫西药与传统药物相比，药品的毒副作用大为减少，但疗效提高不明显。此如Rodin所言："尽管应用了许多新型抗癫痫药，但是癫痫病人的预后没有得到明显改善。"现有的抗癫痫药大多只用于控制癫痫症状，而很少真正作用于癫痫的发病机制。

中医医生在使用西药时，首先要进行规范、系统的学习，了解药物的作用机理、适应证及药代动力学等相关知识，并跟踪最新的研究进展及不良反应报道等。中西药合用的思路是：①初诊时不要随意更改患儿已服用的西药（除非用药有明显的缺陷，如失神性发作给予卡马西平等），保持患儿内环境的稳定，加用中药后观察疗效。②对于服用4种以上抗癫痫西药仍发作频繁者，加用中药后存在肝毒性增加等风险，可逐渐减少西药种类或药量。减量的方法是从最早服用的药物开始，逐渐减停。③服用中西药效果均不佳时，可加用其他西药；效果仍不明显者，请西医专科医生会诊或转诊西医专科医院治疗。

二、中药的作用

（一）协同抗癫痫作用

抗癫痫药物主要作用途径与靶点为：钠通道，钙通道，γ-氨基丁酸（GABA）及其受体。其他途径：N-甲基-D-天冬氨酸（NMDA）及其受体、钾通道、单胺类神经递质［如多巴胺（DA）、去甲肾上腺素（NA）、5-羟色胺（5-HT）］等。选择不同作用机制的药物联用，作用于不同的药物靶点，比起相同作用机制的药物联用更加有效，产生不良反应的风险更低。

目前，西医抗癫痫药物的作用途径大体有四种，①钠离子通道阻滞剂，如卡马西平、奥卡西平、拉莫三嗪等。②γ-氨基丁酸类似物，如地西泮、氯硝西泮等。③突触小泡蛋白A结合剂，如左乙拉西坦。④其他作用途径的药物，如丙戊酸钠、托吡酯等。根据选择不同作用途径的抗癫痫药物联合使用的原则，并经循证医学证实、推荐联合治疗方案为：丙戊酸钠+拉莫三嗪治疗部分发作及全身发作（三级证据），丙戊酸钠+乙琥胺治疗失神发作（四级证据），拉莫三嗪+托吡酯治疗多种癫痫类型（四级证据）。

笔者认为除了上述四种作用途径的抗癫痫药物外，中药（包括藏、蒙、苗药等）应该作为第五种抗癫痫药物，中药治疗癫痫具有多组分、多通路、多靶点的特点，可通过整体调节达到控制癫痫发作的目的。如果五种抗癫痫中西药联合应用，疗效要比四种抗癫痫西药单用或联用有一定的优越性。国外学者也在研究，在抗癫痫西药基础上加用补充和替代疗法，是否可减少耐药性癫痫发作。补充和替代疗法包括西医范畴之外的一系列医疗保健理论、措施、药品等。然而，迄今为止，尚无有力证据证实它们的疗效。

（二）改善体质，增强患儿对抗癫痫西药的敏感性

有些西药治疗效果不佳的难治性癫痫，根据中医辨证属于体质问题，体质的偏

颅、内环境的改变可影响药物作用的发挥。临床常见的癫痫偏颇体质有实热质、湿浊质、阳虚质等。

1. 实热质

癫痫病人伴肝火上炎、胃肠实热证，可发生于癫痫发病的初期、中期，甚至全过程。常见的症状除神昏，抽搐外，还伴有烦躁，燥热，咽喉红肿，大便秘结，舌红苔白或黄厚，脉弦滑等。给予清热泻火、豁痰息风治疗后，癫痫发作可明显减少或停止。有些病人实热证的体质很难纠正，可长期加用清热泻火药。

2. 湿浊质

癫痫患儿伴有湿浊中阻、气机不畅证，可发生于癫痫病的初期、中期。常见的症状有神昏或精神不振，抽搐较轻或以失神为主，厌食少动，大便不调，舌苔白或黄厚腻，脉滑。特点：对中西药治疗均不敏感，特别是对数种抗癫痫西药联合使用时易产生耐药。治以芳香化湿、行气通便之法。部分患儿湿邪祛后痫自止，或发作明显减轻。

3. 阳虚质

阳虚质多见于年龄小的患儿，具有发病早，抽搐频繁，伴有精神运动发育迟缓或倒退等现象，常见的症状有认知障碍，反应迟钝，流口水，时有畏寒怕冷，大便不调，舌淡，少苔，指纹淡，脉沉细。治疗应以益肾填精、温阳助运为主，要重视温热药在此型难治性癫痫中的作用。

在临床中我们体会到，对于体质偏颇的病人要先纠正偏颇的体质，然后再进行癫痫病的治疗，有些患儿改善体质后发作即减少或停止，或对既往服用的抗癫痫西药敏感性增加。西医的生酮饮食疗法与中医的改善体质方法相似，可通过造成酸性环境来减少癫痫发作。

（三）治疗共患病

癫痫患儿共患认知障碍、抽动障碍、多动障碍的情况较多，此与癫痫病本身或服用抗癫痫药物有关，在治疗中，中西医药物互补往往可以收到较好的疗效。如癫痫合并认知障碍，可在西药抗癫痫的基础上加用抗痫增智类中药，如紫河车、益智仁、肉苁蓉等。癫痫共患抽动障碍，中医辨证均属肝风内动，可使用相同的息风止痉药物。癫痫共患多动障碍治疗颇为棘手，根据西医对这两个病的发病机理研究，癫痫属于中枢神经兴奋性疾病，多动障碍属于中枢神经抑制性疾病，治疗方法是相反的。但从中医角度来看多动障碍的三大主症为注意力不集中、任性冲动、小动作多，其病理基础是髓海发育迟缓，病机为肾精亏虚，心肝失养，阴阳失调，治法为补肾填精，平调阴阳，与痫病的治疗原则大体一致，因此，两病同治是中医学的优势。

（四）减少不良反应

癫痫病病程较长，治疗时间较久，一些肝酶诱导剂的西药和含毒性药材的中药及重金属类的中药均可能对身体造成部分伤害，临床常见的有恶心、呕吐、皮疹、肝功能异常等，对于轻症可以停用某些可能引起不良反应的药物，重症要给予保肝药物进行干预。在中西药物联合应用时，往往用中药治疗某些不良反应，特别是对于恶心、呕吐、皮疹等症状的控制，能收到较好的疗效。

总之，中西药物联合使用是中国治疗癫痫病的特色之一，目前仍处于初始阶段，临床中可见到有协同控制癫痫发作、减少不良反应发生率、治疗共患病等方面的效果，但对于相关的机理研究报道不多，特别是中西药物不同的作用途径，是否可减少耐药性癫痫发作，还缺乏循证医学的证据。

三、风痫案

【案12】

女，4岁9个月。家庭住址：天津市和平区。初诊日期2012-7-7。病历号18156。

主诉：间断神昏抽搐4年。

现病史：患儿4年前，于发热24小时内出现抽搐发作1次，时测体温39.3℃，症见双目斜视、牙关紧闭、四肢强直、无明显抽搐、意识丧失，持续1分钟左右缓解，就诊于天津某医院，给予对症处理，未予明确诊断。之后患儿间断出现发热后惊厥，发作时体温波动于37~38℃，表现基本同前。治疗期间多次就诊于天津某医院，查脑电图示"稍多阵发性、弥漫性、高电位 2～4Hz 波内混有棘－慢、多棘－慢综合波发放，为异常脑电图"，颅脑核磁示"未见异常"。考虑"复杂性热性惊厥"，给予熄风胶囊，1 次 2 粒，1 日 3 次。患儿于 1 个月前因"发热 1 天伴抽搐 2 次"收入我院住院治疗。患儿发作均在清醒状态，其中 1 次发作前体温 37.3℃，表现为意识丧失、双目直视、头颈部向左侧倾斜、无肢体抖动、持续几秒钟缓解。另 1 次无明显诱因，表现为双目向右斜视、头右倾、牙关紧闭、口唇发绀，伴肢体不自主动作，意识不清，持续 1～2 分钟自行缓解。入院后无明显诱因于体温正常情况下出现发作 6 次，表现基本同前，持续 1～2 分钟自行缓解。查动态脑电图示"清醒脑电图：发作时可见 2～3Hz 的棘慢波、多棘慢波，持续约 50 秒，未发作时未见癫痫样波；睡眠未发作，脑电图可见阵发性高幅慢波，持续 2～5 秒，以头前部为著，出现前后于额、中央偶见棘波、尖波"。经对症治疗后出院。出院时诊断"癫痫"，给予"熄风胶囊、中药汤剂"治疗。患儿于 1 天前在睡眠中无明显诱因，于体温正常时出现发作，表现为意识丧失，双目斜视，牙关紧闭，口周青紫，口吐涎沫，四肢僵直抖动，持续 1～2 分钟后自行缓解，缓解后入睡。晨起时再次发作 1 次，表现同前，就诊于儿科癫痫门诊。

现症：患儿神清，精神可，纳可，寐安，二便调。舌淡红，苔白，脉平，咽不红。

个人史：第 1 胎，第 1 产，足月顺产。否认围产期异常史、药物/食物过敏史及家族史。

中医诊断：痫病（风痫证）。

西医诊断：癫痫（强直－阵挛性发作）。

治法：疏肝利胆，镇惊息风

处方：柴胡加龙骨牡蛎汤加减。

柴胡 10g	桂枝 10g	生龙骨 15g先煎	生牡蛎 15g先煎
党参 15g	黄芩 10g	白芍 15g	地龙 10g
僵蚕 10g	大枣 3 枚	甘草 6g	煅磁石 15g先煎
蜈蚣 1 条	清半夏 10g	熟地黄 15g	

水煎 250mL，分 2 次服，1 日 1 剂。

2012 - 8 - 4 复诊

患儿于 2012 - 7 - 8 发作 2 次，均于清醒状态体温正常时发作，第 1 次表现同前，第 2 次表现为尖叫后出现意识丧失，双目斜视，咀嚼样动作，口周青紫，口吐涎沫，四肢强直抖动，持续 1~2 分钟后自行缓解，缓解后未诉明显不适。纳可，寐安，大便稍干，日一行。舌淡红，苔白，脉滑，咽不红。中药易方为涤痰汤加减：

石菖蒲 10g	胆南星 6g	天麻 10g	川芎 10g
陈皮 10g	清半夏 10g	茯苓 15g	羌活 10g
生龙骨 15g^{先煎}	生牡蛎 15g^{先煎}	僵蚕 10g	枳壳 10g
甘草 6g	党参 15g	沉香 5g^{后下}	全蝎 6g

水煎 250mL，分 2 次服，1 日 1 剂。

加服卡马西平：早 0.1g，晚 0.2g。

2012 - 9 - 5 复诊

药后未见大发作，有呃逆伴一过性抖动。近 3 天口周肿痛，发热 1 天，体温最高 38.1℃，未发抽搐，口服退热药后体温能降至正常，口腔满布疱疹、疼痛、流涎、进食困难，寐安，大便干结，3 日未行。双侧颈部、颌下各触及 2~3 枚花生大小肿大淋巴结、表面光滑、质软、活动好、轻压痛、无波动感、局部皮温正常、无红肿，余浅表淋巴结未触及明显肿大。舌红，苔白厚，脉浮数。

实验室检查：血常规：WBC 2.6×10^9/L、N 18.2%、NE 0.23×10^9/L、L 59.2%、PLT 343×10^9/L、HGB 135g/L；CRP 8mg/L。

结合患儿口腔体征及血常规中白细胞及中性粒细胞数量低于正常，考虑为疱疹性口炎、中性粒细胞缺乏症。中药易方为银翘散合消瘰丸加减：

金银花 15g	连翘 10g	防风 10g	薄荷 6g^{后下}
桔梗 10g	枳壳 10g	莱菔子 10g	柴胡 10g
前胡 10g	荆芥穗 10g	黄芩 10g	芦根 15g
甘草 6g	夏枯草 10g	山慈菇 10g	瓜蒌 10g
川贝 6g	生大黄 5g	黄连 5g	生石膏 15g^{先煎}
玄参 10g	羚羊角粉 0.3g^{冲服}		

水煎 250mL，分 2 次服，1 日 1 剂。

卡马西平同前，早0.1g，晚0.2g。

2012 - 10 - 3 复诊

患儿服药后前2天发作2次，从第3日之后未再出现大发作，第5日热退，口周红肿逐渐消退但仍见频繁呃逆伴上肢抖动，时伴跌倒，20～30次/日，余无明显不适。纳可，寐安，大便偏干。舌淡红，苔白，脉平，咽稍充血。复查血常规中白细胞及中性粒细胞数量恢复至正常。

根据患儿目前发作形式，考虑癫痫肌阵挛发作可能性大。中药易方为百合汤加减：

百合10g	麦冬15g	山药10g	生黄芪30g
茯苓10g	炒麦芽10g	陈皮10g	火麻仁10g
焦神曲10g	全蝎6g	蜈蚣1条	煅赭石15g^{先煎}
芦荟3g	竹茹10g		

水煎250mL，分2次服，1日1剂。

继服卡马西平同前。

2012 - 11 - 1 复诊

患儿仍见频繁跌倒，上肢上抬，伴短暂意识模糊，日30～40次，纳可，寐安，二便调。舌淡红，苔少，脉滑，咽不红。

查视频脑电图示异常脑电图。视频下见多次临床发作，但未见典型多棘慢波，不除外负性肌阵挛的可能，或有基础病诱发的可能。异常脑电波仍见局灶性起源，支持卡马西平治疗，或可调整为丙戊酸钠干预。

继用上方，去煅赭石加醋龟板10g^{先煎}，生龙骨15g^{先煎}，地骨皮10g。

继服卡马西平同前。嘱查卡马西平血药浓度。

2012 - 11 - 29 复诊

药后患儿症状同前，抖动幅度较前增大，30～40次/日。纳可，寐安，二便调。舌淡红，苔白厚，脉滑，咽不红。

查卡马西平血药浓度：10.49μg/mol（正常值：4～12μg/mol）。

继服上方加乌梢蛇6g，天麻15g，石菖蒲15g。

西药卡马西平同前，加服丙戊酸钠，1次2mL，1日2次。

2012 - 12 - 27 复诊

药后患儿于 2012 - 12 - 20 下午 5 点出现 1 次发作，表现为双目斜视，意识模糊，全身瘫软，无明显抽搐，持续 2 ~ 3 分钟后自行缓解。发作间期仍见轻微仰头、上肢上举，跌倒，纳可，出汗多，寐安，二便调。

查丙戊酸钠血药浓度：33.76μg/mol（正常值：50 ~ 100μg/mol）。

中药继服上方加生牡蛎15g^{先煎}，另加熄风胶囊，1 次 2 粒，1 日 3 次。

西药卡马西平减量为 1 次 0.1g，1 日 2 次。丙戊酸钠增量至 1 次 3mL，1 日 2 次。

2013 - 1 - 2 复诊

药后无明显诱因于 2012 - 12 - 31 发作 4 次。2 种表现形式。第 1、3、4 次发作形式相同。症见：意识丧失，双上肢抖动，继之四肢屈曲抽搐，意识丧失，牙关紧闭，躯干强直，持续约 3 分钟后缓解。第 2 次发作症见：意识不清，双目向左斜视，口中咀嚼动作，不伴肢体抽搐，持续 3 分钟后缓解。纳可，寐安，二便调。舌淡红，苔白，脉平，咽充血。

西药丙戊酸钠从 1 次 3mL，1 日 2 次，增量为 1 次 4mL，1 日 2 次。卡马西平减量至 1 次 0.1g，1 日 1 次，自卡马西平减量后仰头、肢体上扬动作消失。

中药治疗同前。

2013 - 2 - 2 复诊

患儿于 2013 - 1 - 13 主因 "5 小时内抽搐 7 次" 于我院儿科病房以 "癫痫" 收入院治疗，共 12 天。

患儿在入院当天在睡眠中无明显诱因出现发作，表现为意识丧失，双目斜视，眼睑及口角抖动，四肢强直抖动，持续 1 ~ 2 分钟自行缓解，缓解后入睡，约 30 分钟后再次出现发作，至入院前共发作 7 次，表现类似。

入院后诊为癫痫、癫痫持续状态，先后给予地西泮、水合氯醛、丙戊酸钠止痉治疗，癫痫持续状态缓解；期间查颅脑 MRI + MRA 示正常，根据其发作形式为部分发作继发全面性发作，给予丙戊酸钠加量至 1 次 250mg，1 日 2 次，并加服左乙拉西坦 1 次 250mg，1 日 2 次。停卡马西平，中药改为涤痰汤加减。因考虑患儿存在细菌感染情况，给予抗生素抗炎及对症治疗。于 2013 - 1 - 25 好转出院。

2013 - 3 - 13 复诊

患儿出院后给予涤痰汤、风引汤等加减治疗，西药同前，未见大发作，但有20余次小发作。症见：点头、眨眼、肢体上扬，抬手，以右侧明显。转诊北京大学某医院，因患儿"失神""失张力""肌阵挛"发作混合出现，考虑"Doose 综合征？"

现患儿纳可，寐安，大便干结，伴鼻塞、流涕，无发热，少咳。舌淡红，苔白，脉平，咽充血。

查24小时动态脑电图（2013 - 3 - 11，北京大学某医院）示异常脑电图。广泛性左侧后头部棘慢波、慢波阵发，睡眠期左侧颞区棘波节律阵发，检测到清醒期频繁不典型失神发作，1次失张力发作。

查丙戊酸钠血药浓度：67.15μg/mol。中药易方为银翘散加减。

金银花 15g	连翘 10g	牛蒡子 10g	薄荷 6g后下
桔梗 10g	枳壳 10g	莱菔子 10g	枇杷叶 10g
柴胡 10g	前胡 10g	紫苏子 10g	荆芥穗 10g
黄芩 10g	芦根 15g	甘草 6g	金果榄 10g
全蝎 6g	天麻 15g	大黄 5g	石菖蒲 15g
胆南星 10g	天竺黄 10g		

水煎250mL，分2次服，1日1剂。

继服丙戊酸钠、左乙拉西坦同前。

2013 - 4 - 6 复诊

患儿点头、挤眼等临床症状消失，余无明显不适，纳可，寐安，二便调。舌淡红，苔白，脉平，咽不红。

继服上药3年余，未见发作。治疗期间感冒发烧次数较前明显减少，即使发烧也未见发作。3年后复查脑电图示正常，逐步减停中西药。

2019年4月随访：患儿未再发作，已上小学4年级，学习成绩中等。

按：该患儿出生10个月即出现热性惊厥，且逐渐过渡到无热惊厥，其病理过程符合古代医家所言"惊风三发便为痫"的论点，中医诊断为风痫。风痫一般可分为两类，一类是外风引动内风；另一类是肝风内动（又有虚、实之分），此例患儿属于前者。风邪束表应疏风解表，若祛风不利，余邪未净，外风入里与伏痰相合，闭窍动风，可见神昏抽搐，此时治疗不可单用豁痰开窍息风，而应加用疏风解表之药。本方中柴胡、荆芥穗、薄荷、芦根疏散体内风邪，金银花、连翘、黄芩、金果榄清解入里化热之毒，石菖蒲、胆南星、天竺黄豁痰开窍，全蝎、天麻息风止痉，枳壳、莱菔子、枇杷叶、紫苏子降气化痰，牛蒡子、桔梗利咽散风，甘草调和诸药，全方共奏疏风豁痰、开窍息风之功。

风痫的外感风邪不仅存在于疾病的初期，而且是贯穿于疾病的全过程，因此，在单用抗痫药物效果不佳时，可考虑增加荆芥穗、葛根、防风、柴胡等疏风解表药物，做到祛风务尽。

风痫者在临床中易于反复感冒，使病情加重，因此，在疏风抗痫同治中应有所侧重，感冒时疏风为主，抗痫为辅；感冒愈后抗痫为主，疏风为辅，并长期应用。本例患儿在使用其他中西药疗效不佳时改服银翘散取效，故守方3年，临床痊愈，脑电图正常。随访三年无复发，即使有感冒高热也未见抽搐，智力体力发育正常。

2015年中国抗癫痫协会指南中对发热诱发癫痫的分型有两个。①遗传性癫痫伴热性惊厥附加症：发病年龄儿童期和青少年期，热性惊厥伴肌阵挛发作、失神发作、失张力发作、局灶性发作。家族成员中有热性惊厥和热性惊厥附加症病史是诊断的重要依据。预后较好，青春期后不再发病。②Dravet综合征：1岁以内主要为发热诱发的持续时间较长的全面性或半侧阵挛性抽搐，1岁以后逐渐出现多种形式的无热抽搐，发作形式多种多样，发作常伴热敏性。早期发育正常，1岁后逐渐出现智力运动发育落后或倒退，可出现共济失调和锥体束征。脑电图1岁前无异常，1岁后出现广泛性的棘慢波，多棘慢波或局灶性、多灶性痫性放电。疗效差、预后差。该患儿从发病年龄、病情变化、脑电图等特点应属于后者，但患儿智力发育尚可，学习成绩在班级属于中等。

【案13】

女，8岁。家庭住址：天津市汉沽区。初诊日期2005-10-20。病例号9752。

主诉：间断抽搐一年半余。

现病史：患儿于一年半前于睡眠中突发口眼右斜，口吐涎沫，伴喉中发声，肢体轻微的抽搐，持续 1 ~ 10 分钟后缓解，每月发作 3 ~ 4 次，就诊于天津某医院，查脑电图示"异常脑电图"，颅脑核磁示"正常"，诊断为"癫痫"。予丙戊酸镁、托吡酯治疗，仍间断发作，最后 1 次发作于 8 天前，表现睡眠中出现，口眼歪斜，意识模糊，肢体轻微抽搐及强直，持续 4 ~ 5 分钟，为求进一步诊治就诊于我院儿科癫痫门诊。

现患儿 8 岁 4 个月，三年级，有时反应略慢，学习成绩中等，智力、运动发育正常，语言表达可，与人沟通可，纳可，寐安，有磨牙，二便调。舌淡红，苔薄白，脉平，咽不红。

个人史：足月顺产。

既往体健，否认围产期异常史、家族史及药物/食物过敏史。

辅助检查：

①脑电图（2003 - 11 - 26，天津某医院）：异常睡眠脑电图。两颞、中央区少量中 - 高幅尖波及慢波，持续 2 ~ 4 秒。脑地形图示双枕及右顶区功率值增高，轻度异常脑地形图。

②颅脑核磁（2003 - 11 - 26，天津某医院）：髓鞘发育迟缓，左顶叶小软化灶。

③脑电图（2003 - 12 - 3，天津某医院）：异常脑电图（未见癫痫波，额、颞散在慢波增多，电波增高）。

④脑电图（2004 - 3 - 13，天津某医院）：轻度异常脑电图，左前额、颞区出现孤立性尖慢波发放。

中医诊断：痫病（风痫）。

西医诊断：癫痫（复杂部分性发作）。

治法：平肝降逆，息风定惊。

处方：风引汤加减。

生大黄 6g	干姜 6g	桂枝 10g	生龙骨 15g[先煎]
生牡蛎 15g[先煎]	生石膏 15g[先煎]	滑石 15g[先煎]	紫石英 15g[先煎]
煅赤石脂 15g[先煎]	炙甘草 6g	石菖蒲 10g	胆南星 10g
天麻 10g	川芎 10g		

水煎 250mL，分 2 次服，1 日 1 剂。

丙戊酸镁，1次0.3g，1日1次；托吡酯，1次37.5mg，1日1次。

2005 - 10 - 27 复诊

患儿2005 - 10 - 26夜间睡眠中出现1次发作，发作形式不详，对当时发作不能记忆；今晨起突然出现面肌抖动，口角流涎，喉中发声，无肢体抽搐，意识清晰，持续约5分钟后自行缓解，纳可，寐安，二便调。舌淡红，苔薄白，脉滑。

复查脑电图：轻度异常，HV慢波增多，可见阵发性尖波及慢波，持续2～4秒。

脑地形图：双枕及右顶区功率值增高。

处方：中药改为涤痰汤加减。

石菖蒲10g	胆南星10g	天麻15g	川芎10g
陈皮10g	清半夏10g	茯苓15g	羌活6g
煅礞石15g^{先煎}	煅磁石15g^{先煎}	生龙骨15g^{先煎}	生牡蛎15g^{先煎}
僵蚕6g	桔梗10g	枳壳10g	党参15g
甘草6g			

水煎300mL，分2次服，1日1剂。

西药同前。

2006 - 1 - 12 复诊

患儿服用涤痰汤最初50余天未发作，但近5天来发作4次，症状类似，醒后如常，纳可，寐安，二便调。舌淡红，苔薄白，脉滑数。

上方减桔梗、枳壳、党参、甘草，加炙甘草5g。水煎300mL，分2次服，1日1剂。西药同前。

2006 - 2 - 9 复诊

患儿于2006 - 2 - 2刚入睡时、2006 - 2 - 5凌晨睡眠中各出现1次发作，表现为突然口角向右侧歪斜，口角流涎，无肢体抽搐，喉中略带痰鸣音，意识模糊，4～5分钟后自行缓解，发作诱因可能与家属责骂和心情不舒畅有关，纳可，寐安，大便调，小便混浊，无泡沫尿。家属代述病情。

上方加酸枣仁15g，远志10g。水煎300mL，分2次服，1日1剂。西药同前。

2006 - 2 - 23 复诊

患儿于2006 - 2 - 12发作1次，自诉症状较轻，表现为流口水，喉中痰鸣，意识模糊，1 分钟后自行缓解。2006 - 2 - 17 家长感觉欲发作，经呼唤后清醒，继而入睡，纳可，二便调，寐安。家属代述病情。

上方减炙甘草、酸枣仁、远志，加全蝎 6g，蜈蚣 1 条。水煎 300mL，分 2 次服，1 日 1 剂。西药同前。

2006 - 4 - 27 复诊

患儿于 2006 - 3 - 24 中午无明显诱因于睡眠中出现口角歪斜，口吐涎沫，双目斜视，意识清楚，持续 4 ~ 5 分钟，缓解后无不适。2006 - 4 - 7、2006 - 4 - 19 于睡眠中出现口角歪斜，口吐涎沫，双目斜视，无四肢抽搐，颈稍强直，持续约 2 分钟，发作后短气、乏力，病程中偶有鼻塞、流涕，无咳嗽，纳可，二便调。

处方：中药易方为风引汤加减。

生大黄 6g	干姜 6g	桂枝 10g	生龙骨 15g^{先煎}
生牡蛎 15g^{先煎}	生石膏 15g^{先煎}	滑石 15g^{先煎}	紫石英 15g^{先煎}
煅赤石脂 15g^{先煎}	炙甘草 6g	石菖蒲 10g	胆南星 10g
天麻 10g	川芎 10g	全蝎 6g	僵蚕 10g
蜈蚣 1 条	黄芪 15g	当归 6g	

水煎 300mL，分 2 次服，1 日 1 剂。

西药同前。

2006 - 5 - 25 复诊

药后患儿有 3 周未见发作。2006 - 5 - 18 晨起发作 1 次，症见口眼向右上歪斜，口中发声，右手手指抽动，身体强直，呼之不应，持续 3 分钟，纳欠佳，时诉腹痛，无恶心，大便正常。舌淡红，苔薄白，脉弦，咽充血。

中药改为熄风胶囊，1 次 5 粒，1 日 3 次；茸菖胶囊，1 次 2 粒，1 日 3 次。西药同前。

2006 - 8 - 10 复诊

患儿于 2006 - 7 - 15 凌晨发作 1 次，表现为身体强直，口眼歪斜，四肢无抽搐，流涎，持续 1 ~ 2 分钟；2006 - 7 - 16 凌晨 3：45 发作 1 次，表现为身体发软，流涎少；2006 - 7 - 18 早上 6 点发作 1 次，表现肢体发软，喉中痰鸣音，口角右侧歪斜，伴流涎，发作后欲睡，2006 - 7 - 28、2006 - 7 - 29 凌晨再次出现 1 次发作，症状类似，持续约数十秒，意识模糊。纳可，寐安，二便调。

中药熄风胶囊增量为 1 次 6 粒，1 日 3 次；茸菖胶囊同前。西药同前。

2006 - 8 - 24 复诊

患儿于 2006 - 8 - 14 出现 1 次发作，表现为晨起睡眠中发作，右手僵直，双目斜视，持续 4 ~ 5 分钟，自行缓解，发作后右眼斜视，口吐涎沫，腹痛。近日患儿精神可，情绪不稳定，纳差，寐欠安，大便干。

患儿近期抽搐频繁，大便干结，考虑肝火内盛。中药熄风胶囊同前，加泻青丸，1 次 1 丸，1 日 2 次。停茸菖胶囊。西药丙戊酸镁减量为 1 次 0.2g，1 日 2 次。停托吡酯。

2006 - 12 - 14 复诊

患儿服上药 3 个月未作。2006 - 12 - 3、2006 - 12 - 11 各发作 1 次，每次于睡眠中发作，发作症状类似，表现为口角流涎，喉中痰鸣音，面部抽动，意识不清，呼之不应，持续 7 ~ 8 分钟后缓解，发作后嗜睡。纳可，寐安，大便偏干，1 ~ 2 日 1 次，舌淡红，苔白，脉弦，咽不红。

复查脑电图（本院）：清醒下脑电图可见中高幅棘波，不伴临床发作；睡眠状态下可见中高幅棘波和棘慢复合波，主要见于左顶、左中央、左额、左后颞，同步以左顶、左中央显著，清醒状态明显增多，睡眠 2 期为著。可同步出现右顶、右中央、右额、右中颞和右后颞，无抽搐发作。

中药熄风胶囊增量至 1 次 8 粒，1 日 2 次。停泻青丸。西药丙戊酸镁同前。

2007 - 10 - 18 复诊

患儿于 2007 - 5 - 9、2007 - 5 - 19，晚 9 点 30 分于睡眠中各出现 1 次发作，表现为口角歪斜，口角流涎，意识不清，持续约 1 分钟，后自行缓解。大便有时偏干，日 1 次，余无不适。

中药熄风胶囊减量至 1 次 4 粒，1 日 3 次。加用抗痫胶囊，1 次 4 粒，1 日 3 次。西药丙戊酸镁同前。

2008 - 4 - 10 复诊

药后 3 个月未出现发作。患儿于 2008 - 4 - 9 午睡时发作 1 次，发作时口角歪斜，伴流涎，肢体轻微抽搐，伴意识不清，持续 3 ~ 4 分钟，自行缓解，感觉乏力、头痛，纳差，寐安，大便偏干。舌红，苔少，脉滑。中药改为柴胡桂枝龙骨牡蛎汤加减，处方如下：

柴胡 10g	桂枝 10g	龙骨 15g^{先煎}	牡蛎 15g^{先煎}
党参 15g	黄芩 10g	白芍 15g	地龙 6g
僵蚕 10g	干姜 6g	大枣 3 枚	甘草 6g
煅磁石 10g^{先煎}	清半夏 10g		

水煎 300mL，分 2 次服，1 日 1 剂。

西药加用丙戊酸钠，1 次 0.5g，1 日 1 次。停丙戊酸镁。

2008－5－4 复诊

患儿于 2008－4－16、2008－4－20、2008－4－27 各发作 1 次，表现为愣神、右侧口角发紧，有瞌睡、点头，纳可，寐安，脾气较大，大便干，2 日 1 行。舌淡红，苔薄白，脉滑。

处方：涤痰汤加减。

石菖蒲 10g	胆南星 6g	天麻 15g	川芎 10g
陈皮 10g	清半夏 10g	茯苓 15g	羌活 6g
铁落花 15g^{先煎}	煅礞石 15g^{先煎}	煅磁石 15g^{先煎}	龙骨 15g^{先煎}
生牡蛎 15g^{先煎}	僵蚕 6g	桔梗 10g	枳壳 10g
党参 15g	甘草 6g		

水煎 300mL，分 2 次服，1 日 1 剂。

西药同前。

2008－8－5 复诊

药后 3 个月余未见发作。2008－7－27 夜间、2008－7－29 中午、2008－8－3 无明显诱因发作 3 次，为大发作，表现为颈项发僵，右侧肢体抽搐，四肢发直，3～5 分钟后缓解。近 2 日时有腹痛，便后缓解，脾气可，纳可，寐安，二便调。舌淡红，苔薄白，脉滑。

患儿每于睡眠初期发作，考虑为阳不入阴，神机失调。故中药改为柴胡加龙骨牡蛎汤以调和阴阳，处方如下：

柴胡 10g	桂枝 10g	龙骨 15g^{先煎}	牡蛎 15g^{先煎}
党参 15g	黄芩 10g	白芍 15g	地龙 6g

僵蚕 10g　　　干姜 6g　　　大枣 3g　甘草 6g

煅磁石 10g^{先煎}　清半夏 10g　当归 6g

水煎 300mL，分 2 次服，1 日 1 剂。

西药同前。

2008 – 12 – 28 复诊

药后患儿累计发作 10 次，症状类似，表现为自觉上嘴唇抖动，视物重影，牙关紧闭，意识清醒，或睡眠中出现身体抖动，口中无异声，纳可，寐安，二便调。舌淡红，苔薄白，脉弦。

查颅脑核磁（2008 – 8 – 21，天津某医院）：未见明显异常。

鉴于仍抽搐次数较多，考虑为六气皆从火化，抽搐日久，郁热内生，阴阳失和，故予以泻代清法。中药改为凉膈散加减，处方如下：

生大黄 6g　　芒硝 10g　　炒栀子 6g　　连翘 10g

黄芩 10g　　　甘草 6g　　　薄荷 6g^{后下}　淡竹叶 10g

石菖蒲 10g　　胆南星 6g　　川芎 10g　　天麻 10g

水煎 300mL，分 2 次服，1 日 1 剂。

西药同前。

2009 – 2 – 15 复诊

药后患儿于 2009 – 2 – 2、2009 – 2 – 4、2009 – 2 – 9 均有发作，发作症状类似，表现为左侧口角抖动，头晕，右手麻木，不伴四肢抖动，意识清晰，持续约 3 分钟，缓解后偶有心慌，纳可，寐安，大便偏干。舌淡红，苔薄白，脉滑。

复查脑电图（2009 – 1 – 19，北京某医院）：双侧中央 – 中颞频繁出现大量中高棘慢波，连续性棘波。

处方：涤痰汤加减。

石菖蒲 10g　　胆南星 6g　　　天麻 15g　　　川芎 10g

陈皮 10g　　　清半夏 10g　　　茯苓 15g　　　羌活 6g

铁落花 15g^{先煎}　煅礞石 15g^{先煎}　煅磁石 15g^{先煎}　龙骨 15g^{先煎}

生牡蛎 15g^{先煎}　僵蚕 6g　　　桔梗 10g　　　枳壳 10g

党参 15g　　　甘草 6g　　　　朱砂 0.3g^{冲服}　琥珀 3g^{冲服}

水煎 300mL，分 2 次服，1 日 1 剂。

西药同前。

2009 - 3 - 1 复诊

药后患儿由于晕车发作 1 次，表现为眼睛斜视，肢体僵硬，轻微抽搐，持续约 5 分钟，当天夜间睡眠中再次发作 1 次，纳可，寐安，二便调。舌淡红，苔薄白，脉平。

鉴于患儿仍发作，结合脑电图考虑为局灶起源，添加拉莫三嗪以联合抗癫痫。

中药同前。西药加用拉莫三嗪，1 次 25mg，1 日 2 次。丙戊酸钠同前。

2009 - 3 - 29 复诊

药后患儿未发作，因服药七八天时患儿全身出现淡红色皮疹，就诊于当地医院，怀疑拉莫三嗪过敏，故自行停服拉莫三嗪，停药后第 2 天皮疹消失，纳可，寐安，二便调。舌淡红，苔薄白，脉平。

中药、西药治疗同前。

2009 - 7 - 19 复诊

药后患儿于 4 个月内发作共计 10 余次，先后予涤痰汤、风引汤治疗，仍有间断发作，均于睡眠中发作，发作形式相似，表现为全身发紧，口角流涎，双目上视，伴喉中异声，持续 2～3 秒，缓解后入睡，或表现为面部抖动，喉中发声，持续 3～4 秒，入睡困难。舌淡红，苔薄白，脉平。

处方：中药改为柴胡桂枝加龙骨牡蛎汤。

柴胡 10g	桂枝 10g	龙骨 15g[先煎]	牡蛎 15g[先煎]
党参 15g	黄芩 10g	白芍 15g	地龙 6g
僵蚕 10g	干姜 10g	大枣 3g	甘草 6g
磁石 10g[先煎]	清半夏 10g	全蝎 6g	蜈蚣 1 条
当归 10g	酸枣仁 15g		

水煎 300mL，分 2 次服，1 日 1 剂。

西药同前。

2012 - 12 - 22 复诊

患儿 4 年间一直口服柴胡桂枝龙骨牡蛎汤，未见临床发作，病程中或见感冒发热、咳嗽、腹痛、纳差等症，兼而治之，现纳可，寐安，二便调。舌淡红，苔薄白，脉平，咽不红。

治疗期间复查5次动态脑电图示大致正常。每半年复查肝功能均示正常。

中药汤剂停用，改为熄风胶囊，1次6粒，1日2次。

2年未发作后，丙戊酸钠改为1次0.25g，1日1次；半年前改为1次0.125g，1日1次。现嘱停丙戊酸钠。

2013－12－7 复诊

患儿药后5年余未发作，现无明显不适，纳可，二便调，2～3日一行。家属代述病情。

处方：中药熄风胶囊减为1次4粒，1日2次。3个月后减为1次2粒，1日2次。继服3个月后停药。

查动态脑电图（2014－1－26，本院）：大致正常。

2017－8－23 日电话随访

未见临床发作。

按：本患儿于学龄期发病，发作类型相似，发作形式表现为睡眠期的限局性发作，多表现为口咽部症状、面肌阵挛及肢体症状，虽然在一段时期发作次数频繁，但无精神运动发育异常，前期脑电图多表现为顶、枕区及中央颞区的棘波、棘慢波，而脑核磁无结构性异常，故可基本诊断儿童期最常见的癫痫类型，良性癫痫伴中央颞区棘波（BECT）（其诊断标准：①发病年龄2～14岁，以5～10岁最为多见；②癫痫发作的基本类型为简单部分性发作，大部分病人的发作与睡眠关系密切，入睡后不久和清晨将睡醒时发作尤为多见，发作时间一般短暂；③脑电图特征：背景活动正常，睡眠结构正常，限局性棘波或尖波灶，多位于中央区或中颞区，可扩散，病性放电于清醒期较少且局限，入睡后明显增加，易于扩散；④神经系统检查无异常发现，智力正常，颅脑影像学检查无相应部位的器质性病变。）本病发作频率不一，有20%左右的病人发作十分频繁。BECT的治疗适应证：①发作频繁；②个别病人发作的症状较重、持续时间较长或发生过癫痫持续状态；③发作次数虽然不多，但有复发甚至频发危险因素；④病人或家长对癫痫发作过分恐惧而迫切要求治疗。

本病例虽然是良性癫痫，然而其治疗经历却是一个曲折的过程。大部分 BECT 病例具有症状轻、时间短、频度低的特点，然而该病例却发作频繁。在西药的添加过程中先后尝试了丙戊酸镁、托吡酯和拉莫三嗪。在中药的治疗上也先后尝试了风引汤、涤痰汤、凉膈散及柴胡加龙骨牡蛎汤，最后以柴胡加龙骨牡蛎汤以治愈收工，体现了柴胡加龙骨牡蛎汤对 BECT 有较好的疗效。

"少小所以有痫病及痉病者，皆由脏气不平故也"，孙思邈对儿童癫痫有深刻的认识，认为脏器阴阳失衡是癫痫发病的根本原因所在。是故"阴平阳秘，精神乃治"，柴胡加龙骨牡蛎汤具有平衡阴阳、重镇安神功效。本患儿发病的最显著特点是于睡眠中发作，且脑电图棘慢波的发放也于睡眠中明显增多，非常符合 BECT 的临床特点。古人认为"阳入于阴则寐，阳出于阴则寤""营卫之行，不失其常，故昼精而夜瞑"，阴阳的出入正常是高质量睡眠的根本所在。柴胡加龙骨牡蛎汤具有调和营卫、平衡阴阳、镇惊安神之功，恰好解决了阴平阳秘的问题。而前期的风引汤、凉膈散、涤痰汤均属攻邪、伐阳之药，因此疗效并不明确。是故"大毒治病，十去其六；常毒去病，十去其七；小毒治病，十去其八；无毒治病十去其九，谷肉果菜，食养尽养，无使过之，伤其正也"。

【案 14】

女，10 岁。澳大利亚籍。家庭住址：天津市河西区。初诊日期 2009 - 4 - 9。

主诉：10 个月内间断抽搐 6 次。

现病史：患儿于 2008 - 6 - 18 无明显诱因夜间入睡初期出现双目凝视，颈项强直，右侧面肌抽搐，无肢体强直抽搐，伴有意识不清，持续 1 分钟左右自行缓解，缓解后自觉乏力。后于 2008 - 10 - 28 再次发作，表现基本同前，持续 2 分钟左右缓解，就诊于天津某医院，查脑电图为"睡眠状态下右颞、右中央区见少量中 - 高电位尖 - 慢综合波发放"，颅脑核磁为"左侧颞叶深部小片状低密度影，考虑侧脑室颞角局限增宽"，诊断为"癫痫"，予口服"左乙拉西坦、奥卡西平"，发作未能控制，遂自行停药。就诊前 1 周发作 4 次，表现及持续时间基本同前。查体：神经系统查体无明显阳性体征。舌红，苔薄白，脉滑，咽稍充血。

辅助检查：

①动态脑电图（本院）：清醒状态下，右中央/右顶部、右中颞可见少量棘波，

棘慢波；睡眠状态下右中央、右顶部、右中颞棘波，棘慢波明显增多，波幅增高，偶向右后颞扩散。

②颅脑核磁（本院）：左侧颞区小囊状影、左侧侧脑室后角略宽。

中医诊断：痫证（风痫）。

西医诊断：癫痫（复杂部分性发作）。

治法：疏利少阳，镇惊息风。

处方：柴胡加龙骨牡蛎汤加减。

柴胡 15g	党参 15g	生龙骨 30g先煎	生牡蛎 30g先煎
煅磁石 30g先煎	白芍 15g	浮小麦 30g	桂枝 10g
黄芩 10g	僵蚕 10g	半夏 10g	地龙 10g
全蝎 6g	甘草 6g		

水煎 300mL，分 2 次服，1 日 1 剂。

2009 – 6 – 14 复诊

药后患儿于 3 个月内发作 2 次，均于入睡初期发作，表现及持续时间基本同前。舌苔白腻，脉弦滑。

根据患儿舌苔脉象，中医辨证风痰上扰证，治以豁痰息风止痉之法。

处方：中药改为涤痰汤加减。

石菖蒲 15g	茯苓 15g	党参 15g	铁落花 30g先煎
煅青礞石 30g先煎	煅磁石 30g先煎	胆南星 12g	天麻 10g
清半夏 10g	陈皮 10g	川芎 6g	羌活 6g
蜈蚣 2 条	全蝎 6g	甘草 6g	

水煎 300mL，分 2 次服，1 日 1 剂。

2009 – 10 – 11 复诊

药后患儿仍间断发作。

中药继服涤痰汤加减。西药加用卡马西平 1 次 0.1g，1 日 1 次，1 周后改为 1 次 0.1g，1 日 2 次。

2009 – 11 – 18 复诊

药后患儿出现 2 次发作，表现为睡眠初期左侧面肌轻微抽搐，意识清楚，持续数秒缓解。

复查脑电图（本院）：脑电图于右中颞、右顶、右后颞、右中央可见少量低 –
中幅棘波。睡眠状态下，脑电图于右后颞、右中颞、右枕、右中央、右顶可见大量
中 – 高幅棘波、棘慢波，较清醒状态下明显增多，以右中颞、右顶为著，多数同步
出现，偶向其他导联放射。

中药、西药治疗同前。

2010 – 5 – 19 复诊

患儿于 2010 – 4 – 29 情绪兴奋后小发作 1 次，表现为口麻，持续 1 ~ 2 秒，于
2010 – 5 – 5 至 2010 – 5 – 13 共发作 4 次，表现为左侧面部轻微抽动，持续 1 ~ 2 分
钟，意识清楚，多于入睡不久后发作。纳可，寐安，二便调。

中药汤剂同前。西药卡马西平增量至早 0.2g，中午 0.1g，晚 0.2g。

2010 – 6 – 3 复诊

患儿仍间断发作。舌苔白腻，脉弦滑。

中药继予涤痰汤加减，加用熄风胶囊，1 次 6 粒，1 日 3 次。西药卡马西平
同前。

2011 – 4 – 2 复诊

药后患儿 9 月余未出现发作。

复查脑电图（本院）：清醒和睡眠状态下，仍可见棘波、棘慢波，较前明显
减轻。

查肝肾功能：正常。

中药、西药同前。

2015 – 12 – 12 复诊

药后患儿 4 年 8 个月未见发作。纳可，寐中易惊醒，二便调。舌淡红，苔白，
脉平。

处方：中药停汤剂，将熄风胶囊改为 1 次 4 粒，1 日 2 次。并渐减量，于 2017
年 6 月停服所有药物。西药卡马西平于 2015 – 9 – 23 已减停。

随访 2 年，未再发作。

按：本例患儿初期发作形式以双目凝视，颈项强直，右侧面肌抽搐，伴有意识

不清，未见肢体强直抽搐为主要症状，西医癫痫分类属于复杂部分性（限局性）发作，此与颅脑"左侧颞叶深部小片状低密度影，考虑侧脑室颞角局限增宽"有关，与动态脑电图示"清醒状态下，右中央、右顶部、右中颞可见少量棘波，棘慢波；睡眠状态下右中央、右顶部、右中颞棘波，棘慢波明显增多，波幅增高，偶向右后颞扩散"相符。西药治疗应用卡马西平或奥卡西平，然而，该患儿在外院曾使用过奥卡西平及左乙拉西坦等效果不佳，可能与药物剂量不足或患儿耐药有关。复杂部分性（限局性）发作属于中医痰阻经络，阴阳之气不相顺接之证，常用柴胡加龙骨牡蛎汤加减，平调阴阳，息风豁痰。但该患儿药后3个月发作2次，考虑该方豁痰息风之力不足，易方为涤痰汤加减，并加服卡马西平（笔者体会奥卡西平虽不良反应较卡马西平少，但疗效不及卡马西平）1次0.1g，1日2次。逐渐加量至1日0.5g。药后患儿仍有间断发作，但发作间期明显延长；每遇不良刺激如感冒、劳累时易出现反复，因此，加用院内制剂熄风胶囊，该胶囊中全蝎等动物类止痉药，研细粉，不加热以防蛋白凝固影响吸收，使其更好地发挥息风止抽的目的，三药合用发作停止。

四、痰痫案

【案15】

男，9岁。家庭住址：天津市河西区。初诊时间2016 - 9 - 29。病历号41910。

主诉： 间断意识丧失、四肢强直抽搐3周（共2次）。

现病史： 患儿于20日前晚餐时情绪受到刺激，于看电视时无先兆出现第1次抽搐。症见：突然意识丧失，双目右上斜视，牙关紧闭，口周发白，四肢强直抽搐，不伴二便失禁，持续约1分钟，家长掐人中后缓解，缓解后如常，未诉不适，抽搐前后均无发热。次日就诊于我院，查24小时脑电图、颅脑CT均"未见异常"，未予诊断及用药。5天前于体育运动中再次出现发作。症见：突然意识丧失，昏仆倒地并出现头外伤，双目右上斜视，牙关紧闭，口周发白，四肢强直抽搐，不伴二便失禁，持续约1分钟，予掐人中后缓解，缓解后呕吐，吐后如常，未诉不适，抽搐前后均无发热。经120急救送入天津市某医院，考虑"抽搐待查、癫痫?",对症治疗后未再发作。今为求进一步系统诊治,遂来我院癫痫门诊就诊。

现患儿9岁5个月,四年级,学习成绩中等,智力、运动发育正常,语言表达可,与人沟通可,胆小,脾气急,纳可,寐安,二便调。舌淡红,苔薄白,脉平,咽不红。

个人史:第1胎,第1产,足月剖宫产(原因不详);出生时健康状况良好。

药物/食物过敏史:对头孢类药物过敏史。

否认围产期异常史、既往史、家族史及心理应激及环境因素影响史。

辅助检查:

①24小时脑电图(2016-9-12,本院):正常脑电图。

②颅脑CT(2016-9-10,本院):未见明显异常。

中医诊断:痫病(痰痫)。

西医诊断:癫痫(强直-阵挛性发作)?

治治:豁痰开窍,息风止痉。

处方:熄风胶囊,1次5粒,1日2次。

2017-5-11复诊

患儿未遵医嘱,近半年余发作10余次。半年前(2016-10-24)于天津某医院,查头颅增强CT示"左侧额叶FDG代谢及血流灌注减低",头颅MRI示"未见异常",视频EEG示"痫性放电",诊断"癫痫",予左乙拉西坦1次0.25g,1日2次。治疗后症状未见缓解,后转诊于X中医诊所,予自制中药胶囊、氨酪酸片及埋线治疗,症状较前改善,发作次数减少。

患儿半月前因运动会过劳及兴奋,于清醒状态下出现发作,当日发作4次,表现大致相同。症见:意识丧失,双目右上斜视,双手握固,不伴四肢抽搐,持续4~5分钟,被家人唤醒,醒后左侧前额痛,头晕,呕吐2~3次,呕吐物为胃内容物,查视频脑电图示"正常",颅脑CT示"未见异常",诊断为"癫痫(局灶泛化全身性发作)",住院予以左乙拉西坦、甘露醇、维生素B_1、维生素B_6等治疗,好转出院,出院后又见2次发作,表现同前。

患儿最后1次发作于2017-5-7上午11点无明显诱因出现,表现同前,持续约 15 分钟后被唤醒，醒后患儿呆滞，不能言语，后又诉左前额疼痛，头晕，呕吐。

现患儿无明显不适，神清，精神可，面色红润，智力、运动功能发育正常，纳可，寐安，二便调。舌淡红，苔白，脉平，咽红。

辅助检查：

视频脑电图（2016 - 10 - 24，天津某医院）：异常脑电图。间歇期：双额颞痫性放电 + 局灶异常，发作期未记录到临床发作。

诊断同前。

现服药：左乙拉西坦，1 次 0.5g，1 日 2 次。

氨酪酸片，1 次 2 片，1 日 2 次。

左卡尼汀，1 次 1 支，1 日 1 次。

维生素 B_1，1 次 1 片，1 日 2 次。

维生素 B_6，1 次 1 片，1 日 2 次。

外院自备中药胶囊，1 次 2 粒，1 日 2 次。

处方： 中药治以豁痰息风的涤痰汤加减；中药胶囊同前。

石菖蒲 15g	胆南星 6g	天麻 15g	川芎 10g
陈皮 10g	茯苓 15g	羌活 10g	铁落花 10g^{先煎}
煅青礞石 10g^{先煎}	煅磁石 15g^{先煎}	炒僵蚕 10g	全蝎 3g
麸炒枳壳 10g	党参 10g	清半夏 10g	蜈蚣 1 条
菊花 10g	甘草 6g		

水煎 300mL，分 2 次服，1 日 1 剂。

西药加服奥卡西平，1 次 0.15g，1 日 2 次。继续服用左乙拉西坦、维生素 B_1、维生素 B_6，停用左卡尼汀、氨酪酸片。

2017 - 5 - 18 复诊

药后患儿 7 天未发作，近 2 天困倦明显，眼神呆滞无神多见，自汗多，余无明显不适，纳眠可，二便调。舌淡红，苔白，脉平，咽不红。

处方： 中药上方原方减羌活，加石决明 15g，水煎 300mL，分 2 次服，1 日 1 剂；外院自备中药胶囊减量为早 2 粒、晚 1 粒。

西药奥卡西平增量至早 0.225g，晚 0.15g，余药同前。

2017 - 6 - 1 复诊

药后 3 周未发作，时有困倦，无眼神呆滞，睡中时有一过性抖动。纳可，寐安，二便调。舌淡红，苔白，脉平，咽不红。

处方：中药同前，水煎 300mL，分 2 次服，1 日 1 剂；外院自备中药胶囊减量至 1 粒，1 日 2 次。西药同前。

2017 - 6 - 15 复诊

药后患儿于 2017 - 6 - 12 下午 5 点无明显诱因发作 1 次。症见：意识丧失，双目左上斜视，愣神，呼之不应，不伴四肢抽搐与持物落地，持续 5 分钟后缓解，缓解后前额两侧头痛，后入睡。患儿近期于午睡后打喷嚏，流鼻涕、流眼泪，用热毛巾捂后症状缓解。纳可，寐安，二便调。舌淡红，苔白，脉平，咽不红。

中药汤剂上方减石决明，加辛夷 10g，蝉蜕 6g，薄荷 6g^{后下}、白鲜皮 10g，水煎 300mL，分 2 次服，1 日 1 剂；外院自备中药胶囊减量至 1 次 1 粒，1 日 2 次。

西药同前。

2017 - 7 - 13 复诊

药后患儿一个半月未发作。近日后背红疹，瘙痒，胆小易惊，纳可，寐安，二便调。舌淡红，苔白，脉平，咽不红。

中药上方减党参、蝉蜕、白鲜皮，加蒲公英 15g，苦地丁 15g，蓼大青叶 15g，水煎 300mL，分 2 次服，1 日 1 剂；外院自备中药胶囊停用。

西药左乙拉西坦、奥卡西平同前，停用维生素 B_1、维生素 B_6。

2017 - 7 - 27 复诊

药后患儿于 2017 - 7 - 25 早晨 6 点无明显诱因于睡眠状态下出现发作。症见：意识丧失，双目紧闭，口吐白沫，咂嘴，无四肢抽搐及僵硬，持续 10 分钟缓解，后头痛、恶心呕吐，呕吐胃内容物。纳可，寐安，二便调。舌淡红，苔薄白，脉平，咽不红。

处方：中药改为柴胡加龙骨牡蛎汤加减。

北柴胡 10g	龙骨 15g^{先煎}	牡蛎 15g^{先煎}	党参 10g
黄芩 10g	白芍 15g	炒僵蚕 10g	干姜 6g
甘草 6g	煅磁石 15g^{先煎}	清半夏 10g	全蝎 3g
沉香 3g^{后下}			

水煎 300mL，分 2 次服，1 日 1 剂。

西药同前。

2017 – 8 – 10 复诊

药后患儿发作 2 次。2017 – 8 – 1 出现愣神，不伴持物落地，持续 3 分钟，缓解后无不适。2017 – 8 – 10 吃饭中无明显诱因出现发作。症见：意识丧失，四肢抽搐及僵硬，双目紧闭，口唇紫绀，持续 2 分钟，家长呼唤及按人中后缓解，缓解后头痛，恶心呕吐，为胃内容物。纳可，寐安，二便调。舌质淡红，苔白，脉沉，咽不红。

辅助检查：

EEG（2017 – 8 – 14，本院）：异常脑电图。清醒状态：偶见全导爆发发作性高幅慢波，其间夹杂有小尖波，持续 1 ~ 4 秒。睡眠状态：可见少量全导爆发性高幅慢波，其间夹杂有小尖波，持续 1 ~ 4 秒，较清醒状态多。偶见全导阵发性左右高幅慢波，持续 5 ~ 8 秒。

处方：中药改为涤痰汤加减。

石菖蒲 15g	胆南星 6g	天麻 15g	川芎 10g
陈皮 10g	茯苓 10g	铁落花 10g^{先煎}	煅青礞石 10g^{先煎}
煅磁石 15g^{先煎}	麸炒枳壳 10g	甘草 6g	清半夏 10g
全蝎 3g	蜈蚣 1 条	沉香 3g^{后下}	

水煎 300mL，分 2 次服，1 日 1 剂。

西药同前。

2017 – 9 – 21 复诊

药后患儿 40 天发作 1 次，于今日放学时无明显诱因出现发作 1 次。症见：意识丧失，四肢晃动，不伴双目上视、全身强直，持续 20 分钟，缓解后头痛，言语不能，持续至今。现患儿后背起皮疹，纳可，寐安，二便调。舌淡红，苔白，脉平，咽不红。

查肝肾功能：正常。

中药上方减蜈蚣，加佛手 10g，玫瑰花 10g，水煎 300mL，分 2 次服，1 日1 剂。

西药奥卡西平增量至早 0.3g，晚 0.225g，左乙拉西坦用法同前。

2017 - 11 - 30 复诊

药后患儿于 2017 - 11 - 22 早 7 点、中午 1 点下午 3 点，无明显诱因发作 3 次，于清醒状态或刚睡醒时出现。症见：意识丧失，双目凝视，双手反弓，全身僵直，持续 3 ~ 4 分钟后经家长呼叫后唤醒，缓解后前额痛、头晕，呕吐 2 ~ 3 次，为胃内容物，吐后自觉舒服。纳可，寐安，二便调。舌淡红，苔薄白，脉平，咽不红。

处方： 中药予旋覆代赭汤加减。

旋覆花 10g^{包煎}	煅赭石 10g	清半夏 10g	大枣 3 枚
吴茱萸 3g	党参 15g	青皮 10g	生姜 3 片
全蝎 3g	佛手 10g	玫瑰花 10g	沉香 3g^{后下}
藁本 10g	蜈蚣 1 条		

水煎 300mL，分 2 次服，1 日 1 剂。

西药奥卡西平增量至 1 次 0.3g，1 日 2 次。左乙拉西坦同前。

2020 - 4 - 7 复诊

药后患儿至今 2 年 5 个月未见发作，患儿无不适。

查肝肾功能正常；脑电图正常。

处方： 嘱继服该方加减。

按： 本例患儿初期诊断为痰蒙心窍，横窜经络，引动肝风的痰痫证，予豁痰开窍、息风止痉之涤痰汤，发作控制不理想，时有癫痫发作。随后考虑此与少阳枢机不利，阴阳之气不相顺接有关，曾 2 次易方为柴胡加龙骨牡蛎汤，但服药后发作次数增多。再反复仔细追问病史时发现，患儿每于发作时总有恶心、呕吐、头晕等表现，而呕吐后头晕减轻，恢复常态。因此辨证为肝气犯胃，胃虚痰阻，脾胃升降失常，气机上逆而致，予仲景旋覆代赭汤而愈。

小儿癫痫虽与惊、食、痰、风、瘀等有关，但与人体气机的升降出入也有重要的联系。《伤寒论》指出：太阳主表，阳明主里，少阳为半表半里。少阳位居半表半里之位，其生理功能有疏利气机、通调水道之功，为人体阴阳气机升降出入开阖之枢纽。少阳枢机运转正常，则三焦通利，水火气机得以升降自如。少阳枢机不利，则气机运化失常，水食痰瘀阻滞。本例患儿使用柴胡加龙骨牡蛎汤和解少阳，宣畅气机，扶正祛邪，以调节气机出入，祛邪于外为主，但本方整体以升为主，痰随气逆，蒙窍动风，故此服用该方后发作次数增加。旋覆代赭汤除痰下气、温中补虚，是调节脾胃气机升降之方，方中旋覆花苦辛而咸，主下气消痰，降气行水；赭石苦寒入肝，镇肝和胃降逆，二者合用降气消痰，为本方之主药。半夏与生姜同用，和胃降逆化痰；党参、大枣补中益气，扶脾胃之虚为本方之辅佐药。根据该患儿每于发作时均有恶心、呕吐、吐后方能完全缓解的特点，恐方中降逆之力不足，故加用吴茱萸、沉香温中和胃，降逆止呕；全蝎、蜈蚣息风止痉；青皮、佛手、玫瑰花疏肝解郁；藁本引药上行，直达病所。全方共奏温中健脾、降逆息风之功，患儿发作得以控制。

【案 16】

女，8 岁。家庭住址：天津市西青区。初诊日期 2016 – 11 – 26。病案号 41979。

主诉：失神伴持物坠地 2 年。

现病史：患儿 2 年前（2014 – 11 – 7）出现愣神症状，于天津市某医院查视频脑电图示"异常小儿脑电图"，头 CT 示"脑室、脑间隙增宽"，确诊为"癫痫"，予左乙拉西坦 1 次 0.25g，1 日 2 次，效不佳；后先后联合托吡酯 1 次 12.5mg，1 日 2 次，逐渐加量至 1 次 37.5mg，1 日 2 次，丙戊酸钠至 1 次 5mL，1 日 3 次。共服药 1 年余，但发作仍控制不理想。后就诊于北京某医院，加服氯硝西泮 1 次 0.5mg，1 日 1 次，转诊于北京某癫痫医院，逐渐停服之前用药，单服拉莫三嗪 1 次 50mg，1 日 1 次，但患儿发作仍难以控制，又加服苯巴比妥 1 次 15mg，1 日 1 次，效不显。9 个月前（2016 – 2 – 18）于天津某医院癫痫治疗中心查视频脑电图示"异常脑电图"，诊断为"失神性癫痫"，予卡马西平 1 次 200mg，1 日 2 次，丙戊酸钠 1 次 500mg，1 日 1 次，至今仍未控制。为进一步诊治，就诊于我院小儿脑病专科门诊。现患儿每于清晨起床后出现持物坠地的表现，1～2 秒后缓解，缓解后无不适。纳可，寐安，二便调。舌红，苔白厚，脉滑。

现患儿小学 2 年级，成绩差，上课小动作多，脾气较急，有攻击行为。家长诉可能存在教养方式不当。

个人史：第 1 胎，第 1 产，足月剖宫产，出生时健康状况良好。

既往史: 患儿曾有咬手、咬铅笔表现,于天津市某医院检查体内含铅量超标,服用杞枣口服液2个月恢复正常。否认既往其他疾病史。

否认家族史及药物/食物过敏史。

辅助检查:

①视频脑电图(2014-12-4,天津市某医院):异常小儿脑电图,全导棘-慢波、尖波,背景慢活动增多。

②头 CT(2014-12-20,天津市某医院):脑室、脑间隙增宽。

③视频脑电图(2016-2-18,天津市某医院):异常脑电图。

中医诊断: 痫病(痰痫)。

西医诊断: 癫痫。

治法: 健脾顺气,豁痰开窍。

处方: 中药予涤痰汤加减。

石菖蒲15g	胆南星10g	天麻10g	川芎10g
陈皮10g	茯苓15g	羌活10g	全蝎3g
党参15g	煅磁石20g^{先煎}	龙骨20g^{先煎}	牡蛎20g^{先煎}
煅青礞石10g^{先煎}	僵蚕10g	麸炒枳壳10g	甘草6g
清半夏10g	炒鸡内金10g	焦山楂10g	

水煎300mL,分2次服,1日1剂。

西药卡马西平,1次200mg,1日2次。丙戊酸钠1次500mg,1日1次。

2016-12-3复诊

患儿每日愣神发作7~8次,伴持物坠地,1~2秒后缓解,缓解后正常。患儿注意力不集中,小动作多,脾气急躁。纳可,寐安,二便调。舌红,苔白,脉平,咽不红。

中药继以前方水煎300mL,分2次服,1日1剂。

西药丙戊酸钠增量至1次400mg,1日2次。卡马西平同前。

2016-12-10复诊

药后患儿出现歪脖子,每天10余次,仍有愣神,2~3天发作1次。症见:意识时有时无,持物落地,持续2~3秒后缓解,缓解后无不适。患儿注意力差,小动作多，脾气急躁。纳可，寐安，二便调。舌红，苔白厚，脉滑，咽稍红。

中药加粉葛 15g，水煎 300mL，分 2 次服，1 日 1 剂。西药同前。

2016 - 12 - 18 复诊

药后每日歪脖子次数较前减少，每天 5 ~ 6 次，但每日均见愣神，伴持物落地，持续 2 ~ 3 秒后缓解，缓解后无不适。现患儿注意力差，脾气急躁明显。纳可，寐安，二便调。舌红，苔白，脉滑，咽稍红。

考虑患儿情绪急躁明显，故中药治以疏利少阳，调节肝胆。

处方：柴胡加龙骨牡蛎汤加减。

北柴胡 10g	桂枝 10g	龙骨 30g^{先煎}	牡蛎 30g^{先煎}

北柴胡 10g　　桂枝 10g　　　龙骨 30g^{先煎}　牡蛎 30g^{先煎}

党参 10g　　　黄芩 10g　　　白芍 15g　　　粉葛 15g

炒僵蚕 10g　　干姜 6g　　　 甘草 6g　　　 煅磁石 30g^{先煎}

清半夏 10g　　青皮 10g　　　玫瑰花 6g　　 佛手 6g

全蝎 5g　　　　荆芥穗 10g　　薄荷 6g^{后下}

水煎 300mL，分 2 次服，1 日 1 剂。

西药同前。

2017 - 1 - 7 复诊

药后患儿歪脖子症状稍缓解，愣神频率较前频繁，每日均有，伴持物落地，持续 2 ~ 3 秒后缓解，缓解后无不适。注意力差，脾气急躁。纳寐可，二便调。舌淡红，苔白，脉平，咽不红。

考虑患儿临床症状表现似肌阵挛，结合愣神及异常脑电图表现为失神性发作，故调整西药用量；中药治以滋养心脾，柔筋止痉法。

处方：中药予百合汤加减。

百合 10g　　　麦冬 15g　　　山药片 10g　　黄芪 15g

茯苓 10g　　　炒麦芽 10g　　炒谷芽 10g　　陈皮 6g

石菖蒲 10g　　全蝎 5g　　　 郁金 6g　　　 制远志 10g

水煎 300mL，分 2 次服，1 日 1 剂。

西药卡马西平原量为 1 次 200mg，1 日 2 次。1 周后减为 1 次 100mg，1 日 2 次。丙戊酸钠加量至 1 次 0.5g，1 日 2 次。

2017 – 1 – 21 复诊

药后症状未见改善，患儿仍有歪脖子，频率同前，近 2 周出现甩胳膊、身体前倾 4 次，每日均见愣神，伴持物落地，持续 2 ~ 3 秒后缓解。纳可，寐安，二便调。舌淡红，苔薄白，脉平，咽不红。

查动态脑电图（2017 – 1 – 10，本院）：异常。清醒状态下可见全导大量高幅尖波，多尖慢波，持续 3 ~ 9 秒，发作同期偶见全导 2.5 ~ 3Hz 尖慢波，以左侧为著；持续约 4 秒。睡眠状态下未见临床发作，脑电图与发作期不易区分，发作期间可见全导大量高幅尖波，多尖慢波。

头颅 MRI（2017 – 1 – 8，本院）：右侧中央沟区可疑低信号影；脑室较宽大；骨髓信号不均。

处方：中药予上方加天麻 15g，蜈蚣 1 条，水煎 300mL，分 2 次服，1 日 1 剂。

西药卡马西平减量至 1 次 100mg，1 日 1 次。丙戊酸钠同前。

2017 – 2 – 4 复诊

药后症状稍改善，患儿歪脖子次数减少至每天 10 次，甩胳膊、身体前倾频率减少，半月 3 次。每日均见愣神，伴持物落地，持续 2 ~ 3 秒后缓解。纳可，寐安，二便调。舌淡红，苔薄白，脉平，咽不红。

处方：中药予固真汤健脾益气，温中散寒。

党参 10g	炒白术 10g	茯苓 15g	黄芪 30g
山药 10g	黑顺片 5g^{先煎}	肉桂 6g	甘草 6g
全蝎 5g	蜈蚣 1 条	干姜 6g	珍珠母 15g^{先煎}
北沙参 10g	麦冬 10g	石菖蒲 10g	

水煎 300mL，分 2 次服，1 日 1 剂。

西药同前。

2017 – 2 – 18 复诊

药后症状未见改善，患儿现以歪脖子症状为主，每日 10 多次，较前增多，甩胳膊，身体前倾半月 4 次（其中 1 天有 2 次）。每日均见愣神，伴持物落地，持续 2 ~ 3 秒后缓解。脾气急躁。纳可，寐尚安，家长述每于就诊后第 1 周入睡困难，易醒，第 2 周改善，二便调。舌淡红，苔薄白，脉滑，咽不红。

处方：中药改予涤痰汤以豁痰开窍，息风止痉。

石菖蒲 10g	胆南星 6g	天麻 10g	川芎 10g
陈皮 10g	茯苓 15g	煅青礞石 10g^{先煎}	煅磁石 15g^{先煎}
甘草 6g	党参 10g	清半夏 10g	全蝎 5g
制远志 10g	细辛 3g	炒酸枣仁 10g	铁落花 15g^{先煎}
沉香 3g^{后下}			

水煎 300mL，分 2 次服，1 日 1 剂。

西药丙戊酸钠同前，停卡马西平。

2017 - 6 - 10 复诊

药后患儿近 4 个月期间，西药予丙戊酸钠，中药先后予柴胡加龙骨牡蛎汤、六味地黄丸、涤痰汤等化裁，发作无明显改善。每日均有发作，每天 7~8 次。症见：意识模糊，甩胳膊伴持物落地，身体前倾，持续约 2 分钟缓解。愣神每日均见，以晨起、睡前甚，持续 5 秒~1 分钟缓解，脾气急躁，注意力不集中，小动作多。纳寐可，二便调。舌红，苔黄腻，脉滑，咽红。

处方：中药继以涤痰汤加减以豁痰开窍，息风止痉。

石菖蒲 15g	胆南星 10g	天麻 10g	川芎 10g
陈皮 10g	茯苓 15g	羌活 10g	全蝎 5g
煅青礞石 20g^{先煎}	煅磁石 20g^{先煎}	皂角子 10g	茵陈 15g
炒僵蚕 10g	麸炒枳壳 10g	甘草 6g	薏苡仁 30g
佛手 10g	玫瑰花 6g	首乌藤 10g	佩兰 10g
豆蔻 10g			

水煎 300mL，分 2 次服，1 日 1 剂。

西药加拉莫三嗪，1 次 6mg，1 日 1 次。丙戊酸钠同前。

2017 - 9 - 2 复诊

药后患儿治疗 3 个月期间，西药拉莫三嗪逐渐加量至 1 次 50mg，1 日 2 次，丙戊酸钠维持原量不变。近一个半月予柴胡加龙骨牡蛎汤化裁，脾气急躁时加佛手、玫瑰花；睡眠欠佳时加首乌藤、灯心草、淡竹叶。现患儿发作较前减轻，每天晨起发作 1 次。症见：意识模糊，甩胳膊偶伴持物落地，身体前倾，持续约 30 秒缓解。

纳欠佳，精神差，寐可，二便调。舌红，苔白厚，脉滑，咽稍红。

处方： 中药仍予涤痰汤加减以豁痰开窍，息风止痉。

石菖蒲 15g	胆南星 6g	天麻 10g	川芎 10g
陈皮 10g	茯苓 15g	焦山楂 10g	焦六神曲 10g
焦麦芽 10g	麸炒苍术 10g	连翘 10g	炒莱菔子 10g
清半夏 10g	麸炒枳壳 10g	甘草片 6g	党参片 10g
竹茹 10g	醋莪术 10g	黄芩片 10g	全蝎 3g

水煎 300mL，分 2 次服，1 日 1 剂。

西药拉莫三嗪现增量至 1 次 50mg，1 日 2 次，丙戊酸钠同前。

2020 - 1 - 18 复诊

药后患儿发作频率逐渐减少，自 2017 - 9 - 13 至今 2 年 4 个月未发作。治疗期间中药以涤痰汤化裁，呕吐加砂仁、鸡内金，手脚冰凉加桂枝，睡眠欠佳加炒酸枣仁、首乌藤，尿频加炒芡实、桑螵蛸，外感加薄荷、豆豉、大青叶，纳少加焦三仙等。

患儿目前一般情况良好，无不适主诉。纳可、二便调、寐安。舌淡红，苔薄白，脉平。

多次复查肝肾功能均未见异常。

24 小时脑电图（2018 - 10 - 13，本院）：左额、左中央、左顶、左枕、左中颞、左后颞可见少量不典型尖波，偶向对侧放射；右中央、右顶、右枕、右中颞、右后颞偶见小尖波，与左侧不同步。

处方： 中药继予涤痰汤加减。

石菖蒲 10g	胆南星 6g	天麻 10g	川芎 10g
陈皮 10g	茯苓 15g	苍术 10g	羌活 6g
连翘 10g	清半夏 10g	黄芩 10g	全蝎 3g
党参片 10g	焦山楂 10g	鸡内金 10g	焦六神曲 10g
炒莱菔子 10g	甜菊叶 1g		

水煎 300mL，分 2 次服，1 日 1 剂。

西药同前。

按： 本例患儿就诊时癫痫病史 2 年。主要发作表现为愣神，持续时间较短 1~2

秒，结合其脑电图表现，考虑属癫痫失神性发作。后患儿愣神的同时伴有持物坠落，并有歪脖子、甩胳膊症状，考虑为失神伴失张力、肌阵挛发作，为癫痫混合性发作。患儿病初于外院服用左乙拉西坦，后联合托吡酯、丙戊酸钠、氯硝西泮治疗均无明显疗效；其后单服拉莫三嗪，又联合苯巴比妥仍不缓解；就诊之前改服卡马西平联合丙戊酸钠亦未控制。因此从西医角度，当属难治性癫痫，对多种抗痫西药耐药，治疗效果极不理想。由于患儿以失神性发作为主，而卡马西平可能加重失神发作，故治疗中逐渐减停卡马西平，渐加拉莫三嗪，以丙戊酸钠、拉莫三嗪两个治疗失神发作的一线药物联合应用，收到了较好的效果。

从中医角度，患儿以愣神为主要表现，没有明显的强直、抽搐等症，结合患儿舌脉表现，辨证为痰痫。患儿系先天禀赋不足，肾精亏虚，气化不足，水泛为痰；后天饮食不当，加之痫病反复发作日久不愈，及多种抗痫西药的影响，脾胃受损，运化失常，痰浊内伏。遇有所触，气机逆乱，痰浊上逆，蒙蔽清窍，阻滞经络，发为痫病。故治疗以豁痰开窍、健脾顺气、息风止痉为主，予涤痰汤化裁。方中石菖蒲、胆南星豁痰开窍为君。天麻一味兼具平肝息风化痰之功；煅青礞石可坠痰下气、平肝镇惊用于顽痰胶结；茯苓、党参、陈皮、清半夏、甘草取六君子之意，以健脾化痰，以绝生痰之源；共同增强君药祛痰之力。全蝎、炒僵蚕以虫类药灵动走窜之势入脏腑、经络以搜风剔痰为佐助药。煅磁石纳气平肝、潜阳安神，枳壳行气宽中、行痰消痞，川芎为血中之气药，寓辛散、解郁、通达、止痛等功能，羌活祛外风以防外风相召，共为使药以调畅气机，使升降出入有常，以利于痰瘀等邪的消除。

本案治疗中虽曾予柴胡加龙骨牡蛎汤、百合麦冬汤、固真汤、六味地黄汤等方剂，但治疗的核心以涤痰汤化裁为主联合西药而取效，从而为以神志意识障碍为主、抽搐类症状不明显的失神性发作等癫痫从痰论治提供了很好的证据。另外，对于多种抗痫西药耐药的癫痫，患儿机体内环境由于癫痫反复发作及多种抗痫西药的影响，受到严重的破坏，而中药通过豁痰、健脾、顺气、息风等方法的调理逐渐达到稳态，而这种稳态一方面使本已耐药的抗痫西药重新变得敏感，另一方面可能使机体的免疫能力得到恢复及增强，从而激发了对疾病的抵抗能力。所以中西药协同治疗癫痫的疗效不可小觑，这也许正是难治性癫痫患者的希望之光，很值得我们进一步研究。

五、惊痫案

【案 17】

男，7 个月，家庭住址：天津市蓟县。初诊日期 2011 - 4 - 20。

主诉：间断右侧肢体强直两个半月。

现病史：患儿两个半月前因"惊吓"后出现双目直视，意识不清，无肢体抽搐，持续数秒后缓解，1 天内出现数次上述症状，最初家长未予以重视。2 ~ 3 日后无明显诱因于清醒状态下出现双目直视，颈项强直，右侧肢体强直无抽搐，以上肢为主，伴有意识不清，持续数秒后自行缓解，缓解后无明显不适，就诊于天津某医院，查 CT 示"脑室、脑外间隙增宽"，脑电图示"正常"，未予明确诊断。患儿 1 个月前因"支气管炎"住院治疗，于住院期间 1 日发作 4 ~ 5 次，表现为双目斜视，颈项强直或低头，右侧肢体强直抽搐，意识不清，持续数秒后缓解，缓解后哭闹软弱无力，查颅脑 MRI 示"脑外间隙增宽、右侧额顶部异常脑膜硬化"，查 2 次脑电图均为"异常"，诊断为"癫痫"。予托吡酯 1 次 25mg，1 日 2 次，发作未见减轻。加服左乙拉西坦早 125mg 晚 62.5mg，共服用 10 余天，发作较前减轻。为求进一步诊治就诊于我院儿科癫痫门诊。患儿自发病以来神清，精神尚可，不会坐，不会抓物体，可追视力，纳可，寐安，二便调。舌淡红，苔白厚，指纹红。

个人史：第 1 胎，第 1 产，足月剖宫产，产程顺利。

既往体健，否认围产期异常史、药物/食物过敏史及家族史。

辅助检查：

①颅脑 CT（2011 - 1 - 31，天津某医院）：脑室、脑外间隙增宽。

②MRI（2011 - 3 - 24，天津某医院）：脑外间隙增宽、右侧额顶部异常脑膜硬化。

③脑电图（2011 - 4 - 5，天津某医院）：异常脑电图。

中医诊断：痫证（惊痫）。

西医诊断：癫痫。

治法：镇惊安神，息风止痉。

牛黄抱龙丸，1次半丸，1日2次。

托吡酯，1次25mg，1日2次。

左乙拉西坦，早125mg，晚62.5mg

2011 - 5 - 4 复诊

药后患儿日发作1~2次，表现为低头，双目向左上方斜视，发作时右侧肌张力增高，发作后哭闹，困乏入睡，醒后如常，每次持续2~3秒，现精神、食欲可，咳嗽，有痰不易咯，寐安，二便调。舌淡红，苔白厚，指纹青。

处方：中药同前，加用清肺合剂10mL，1日3次，以清肺止咳。西药同前。

2011 - 6 - 1 复诊

药后患儿共发作9次，均表现为颈项瘫软低头，双目向左斜视，偶伴右臂肌张力增高，每次持续4~7秒，发作后哭闹，后入睡，醒后如常。余无明显不适，纳可，寐安，二便调。舌淡红，苔薄白，指纹红。

处方：中药改为涤痰汤加减。

石菖蒲10g	胆南星6g	天麻10g	川芎10g
陈皮10g	清半夏10g	茯苓10g	羌活9g
僵蚕10g	枳壳10g	甘草6g	全蝎5g
党参10g			

水煎120mL，分3次服，1日1剂。

西药加丙戊酸钠1次1mL，1日2次。托吡酯、左乙拉西坦同前。

2011 - 6 - 29 复诊

药后患儿1个月未发作，无明显不适。舌淡红，苔白厚，指纹青。

中药予上方加沉香3g，青果10g，水煎120mL，分3次服，1日1剂。

西药托吡酯减量至早25mg，晚12.5mg，1个月后减量至1次12.5mg，1日2次。左乙拉西坦、丙戊酸钠同前。

2011 - 9 - 25 复诊

药后患儿4个月未作，无明显不适，纳可，寐安，二便调。舌淡红，苔白，指纹青。

中药予上方减僵蚕、沉香，加砂仁6g^{后下}，鸡内金10g，水煎120mL，分3次服，

1 日 1 剂。

西药左乙拉西坦减量至 1 次 62.5mg, 1 日 2 次。1 个月后减为 1 次 62.5mg, 1 日 1 次。托吡酯、丙戊酸钠同前。

2012 – 12 – 12 复诊

药后患儿 1 年 8 个月未作，至 2012 – 3 – 24 托吡酯和左乙拉西坦已逐渐减停。现语言发育迟缓，仅会简单词语，理解能力可，运动功能正常可，脾气可，纳佳，寐安，二便调。舌淡红，苔白，指纹淡紫。

中药停汤剂，改为熄风胶囊 1 次 2 粒，1 日 3 次。

西药丙戊酸钠，1 次 1mL，1 日 2 次，每两周减 0.5mL，至停用。

2013 – 5 – 1 复诊

药后患儿 2 年 1 个月未作，现患儿语言发育迟缓，运动能力可。纳佳，寐安，二便调。舌淡红，苔白，指纹淡紫，咽不红。

患儿目前癫痫已基本控制，语言发育落后，故在抗痫的同时加用茸菖胶囊改善认知功能。茸菖胶囊 1 次 2 粒，1 日 3 次。熄风胶囊同前。

按：本例患儿初诊时有惊吓病史，结合小儿神气怯弱、元气未充的生理特点，加之素体痰浊内伏，暴受惊恐后，则痰随气逆，蒙蔽清窍，阻滞经络，发为癫痫。治疗予镇惊安神之牛黄抱龙丸治疗。但效果不理想，考虑患儿发作频繁，而丸剂力缓，故改以汤剂取药力之猛以达息风镇惊之功。待发作基本控制，故改以成药制剂缓图功效，由于患儿发作频繁，脑髓受损，出现语言功能发育落后，故在息风的同时注重益肾填精护脑髓，加用茸菖胶囊。方中鹿茸为血肉有情之品，味甘、咸，性温，归肾、肝经，温补肾阳，生精充髓；天麻甘平，息风止痉，并"于肝经通脉强筋，疏痰利气"，具息风祛痰之长，两者共为君药。菟丝子辛甘性平，补肾益髓，配合鹿茸填精充髓，补脑增智；石菖蒲辛香辟秽，豁痰开窍。同时，取《寿世保元》千金散意，以胆南星清化热痰、息风定惊，僵蚕、全蝎息风止痉，前者尚具化痰之功，后者可通络利气，是为臣药。冰片芳香走窜，开窍醒神；半夏、茯苓、陈皮健脾助运，燥湿化痰，以绝生痰之源，共为佐药。炙甘草甘平，调和诸药，是为使药，并可佐制全蝎、半夏的毒性。诸药合用，共奏填精充髓、豁痰息风之功。

六、食痫案

【案 18】

男，4 岁。家庭住址：天津市东丽区。初诊时间 2011 - 3 - 2。病历号 16715。

主诉： 间断抽搐伴呕吐 10 个月，共 2 次。

现病史： 患儿于 10 个月前疑因食"羊肉"后于下午睡眠中出现哭闹，后见呕吐胃内容物，继而出现意识不清，四肢强直，上肢抖动，牙关紧闭，喉中痰鸣音，口角流涎，持续约 30 分钟，就诊于天津市某中心医院，诊为"癫痫持续状态"，转诊于天津某医院，查即刻脑电图示"正常"，颅脑 CT 示"正常"，诊为"抽搐原因待查"，予对症处理后抽搐缓解。2 个月前疑因食用"羊肉"后再次于睡眠中出现呕吐，呕吐后发作，发作症状类似，意识模糊持续约 30 分钟，于天津某医院再次复查 24 小时脑电图示"正常"，颅脑核磁示"正常"，诊为"癫痫持续状态"，予左乙拉西坦，家属未遵医嘱，为求进一步诊治来我院儿科癫痫门诊。

患儿现智力、运动发育正常，语言表达可，脾气急，纳可，寐安，二便调。舌淡红，苔薄白，脉平，咽不红。

个人史： 第 2 胎，第 1 产，足月剖宫产，出生时缺氧。

否认既往史、家族史及心理应激及环境因素影响史。

辅助检查：

①颅脑 CT（2010 - 4，天津某医院）：未见明显异常。

②颅脑 MRI（2011 - 2，天津某医院）：未见异常。

③24 小时脑电图 2011 - 2，天津某医院）：示正常脑电图。

中医诊断： 痫病（食痫）。

西医诊断： 癫痫。

治法： 豁痰开窍，息风止痉。

处方： 熄风胶囊，1 次 3 粒，1 日 3 次。

2011 - 8 - 6 复诊

药后患儿最初未见临床发作，病程中后背、两肩、臀部、双侧小腿散在白色小皮疹，伴痒感，考虑为脾湿蕴风，予以口服保和散后皮疹渐消。2011－8－1睡眠中再次出现呕吐，呕吐物为黑色泡沫，双目右视，家长呼唤可答应，约15分钟后意识完全丧失，双上肢抽搐，右侧为主，双目右视，喉中痰鸣音，口角流涎，口周青紫，于天津某中心医院予对症处理后缓解，持续5~6分钟，后患儿发热，体温39.2℃，于我院住院治疗，经抗感染治疗后热退，纳可，寐安，大便稍干。舌淡红，苔白，脉滑。

患儿口服熄风胶囊后仍见发作，考虑病重药轻；且患儿每于睡眠中发作，发作时先见呕吐，考虑为阴阳失和，阳不能入于阴，脾虚而胃失和降，治以调和阴阳，安神定志，佐以通降胃气。

处方：中药予以柴胡加龙骨牡蛎汤加减。

柴胡10g	桂枝10g	龙骨15g^{先煎}	牡蛎15g^{先煎}
党参15g	黄芩10g	白芍15g	地龙6g
僵蚕10g	干姜6g	大枣3枚	甘草6g
磁石10g^{先煎}	清半夏10g		

水煎200mL，分3次服，1日1剂。

2011－8－13复诊

药后患儿未发作，6天前出现咳嗽，有痰，鼻塞、流涕，伴咽痛及咽痒，晨起清嗓子明显，纳可，寐欠安，大便偏干。舌淡红，苔薄白，脉滑，咽不红。复查24小时脑电图（2011－8－8，本院）示大致正常。

中药予上方加用疏风通窍、润肺利咽之品，加苍耳子10g，辛夷10g^{包煎}，薄荷6g^{后下}，白芷6g，金果榄10g，玉蝴蝶10g，水煎200mL，分3次服，1日1剂。

2011－11－3复诊

药后患儿一直未见临床发作，治疗期间全身仍见少量干性皮疹，考虑为脾胃失和，血虚风燥，佐以地肤子、白鲜皮、刺蒺藜、当归、炒薏米等药物后缓解。

患儿于2011－11－1发作1次，疑因玩"电脑游戏"后出现发作，于睡眠中出现呕吐，呕吐涎沫，继而出现双目向右侧斜视，意识不清，持续10分钟后双上肢抖动，就诊于天津市某中心医院肌注鲁米那抽搐缓解，仍意识不清，双目右侧斜视，持续10分钟再次出现右手抖动，持续约15分钟，予以安定肌注后缓解，缓解后入睡，余无明显不适。舌淡红，苔薄白，脉平。

鉴于患儿仍有临床发作，且每次发作都以呕吐为主症，反复出现湿疹，均直指脾胃，"脾藏营，营舍意，脾气虚则四肢不用，五脏不安"。故治以健脾豁痰顺气之法。

处方： 中药予涤痰汤加减。

石菖蒲 10g	胆南星 6g	天麻 15g	川芎 10g
陈皮 10g	清半夏 10g	茯苓 15g	羌活 6g
铁落花 15g^{先煎}	煅青礞石 15g^{先煎}	煅磁石 15g^{先煎}	龙骨 15g^{先煎}
生牡蛎 15g^{先煎}	僵蚕 6g	桔梗 10g	枳壳 10g
党参 15g	甘草 6g		

水煎 200mL，分 3 次服，1 日 1 剂。

西药加丙戊酸钠，1 次 0.5g，1 日 1 次。

2012－2－29 复诊

药后患儿 4 个月未发作，治疗期间偶有咳嗽，痰不多，考虑系肺气不降，予以枇杷叶、前胡、浙贝母、瓜蒌等以止咳化痰。治疗期间无明显诱因出现 2 次恶心呕吐，伴头痛，不吐，汗出，面色苍白，意识清楚，持续 10 秒左右，休息后如常，纳可，大便成形，2 次/日，寐安。舌淡红，苔白，脉平，咽不红。

中药在上方基础上加减，减铁落花，加藁本 10g，竹茹 10gg，水煎 200mL，分 3 次服，1 日 1 剂。西药同前。

2012－12－5 复诊

药后患儿 1 年 1 个月余未发作，治疗期间偶有头痛、头晕、纳差、腹痛等症状，均从脾胃入手调理，症状消失，现纳少，寐安，二便调。舌淡红，苔白，脉平，咽不红。

复查 24 小时脑电图（2012－12－1，本院）：正常脑电图。

中药在上方基础上加减，减加藁本、竹茹，加鸡内金 10g，砂仁 6g，水煎 200mL，分 3 次服，1 日 1 剂。西药同前。

2012－12－29 复诊

药后患儿 1 年 2 个月未见发作，近 3 日来出现发热，最高体温 39.2℃，日 3 次热峰，不咳，无痰喘，纳差，寐安，二便调。舌淡红，苔薄白，脉浮，咽不红。

辨证为风寒感冒，治以辛温解表，予麻黄桂枝各半汤加减。

麻黄6g   桂枝6g   杏仁10g   白芍10g

炙甘草6g   生姜3片   大枣6枚   葛根10g

苏叶10g

水煎200mL，分3次服，1日1剂。

西药同前。

2013 - 4 - 10 复诊

1剂药后患儿热退，后又出现咳嗽，予杏苏散口服后咳嗽消失，后继服涤痰汤，至今1年5月余未见发作，现无明显不适，纳可，寐安，二便调。舌淡红，苔白，脉平，咽不红。

处方： 中药继予涤痰汤加减。

石菖蒲10g   胆南星10g   天麻10g   川芎10g

陈皮10g   清半夏10g   茯苓15g   羌活6g

煅礞石15g^{先煎} 磁石15g^{先煎} 龙骨15g^{先煎} 生牡蛎15g^{先煎}

僵蚕6g   桔梗10g   枳壳10g   党参15g

甘草6g   鸡内金10g   砂仁6g^{后下}

水煎200mL，分3次服，1日1剂。

西药丙戊酸钠减量至1次0.25g，1日1次。

2014 - 7 - 5 复诊

药后患儿2年5个月未发作，无明显不适，纳可，寐安，二便调。舌淡红，苔白，脉平，咽不红。

复查24小时脑电图（2014 - 5 - 17，本院）：正常脑电图。

中药同前。西药丙戊酸钠停用。

2015 - 8 - 5 复诊

药后患儿3年9个月未发作，现无明显不适，纳可，寐安，二便调。舌淡红，苔薄白，脉平，咽不红。

复查24小时动态脑电图（2015 - 7 - 30，本院）：正常。

处方：停用中药汤剂，改为熄风胶囊，1 次 4 粒，1 日 3 次。

2016 – 1 – 26 复诊

药后患儿 4 年 2 个月未发作，无明显不适，纳少，寐安，二便调。舌淡红，苔白，脉平，咽不红。

中药熄风胶囊减量为 1 次 3 粒，1 日 2 次；2 个月后减量至 1 次 2 粒，1 日 2 次；2 个月后减量至 1 次 1 粒，1 日 2 次；2 个月后停药，并复查脑电图。

2017 – 8 – 23 电话随访

药后未发作，未查脑电图。

按：西医之辨，本患儿于学龄前期发病，发作时表现为睡眠中偏转性发作，伴有恶心、呕吐及头痛等自主神经兴奋表现，且每次发作时间较长，表现为典型的早发性良性儿童枕叶癫痫的特点，即 Panayiotopoulos 综合征，是儿童时期常见的原发性癫痫综合征之一。本患儿每次发作时间较长，但无精神运动发育迟滞或倒退，脑电图及颅脑核磁均表现为正常。本例患儿显著特点是在中药为主治疗基础上添加少量丙戊酸钠后即停止发作，并在通过梯次撤药的撤药模式杜绝了该病的复发。

对于良性癫痫，中医药在治疗过程中处于怎样的地位是需要思考的问题。可以归纳为以下几个可能：同等的抗痫功效；减少西药的用量和使用时间；协助撤药和减少复发。本例治疗的整个过程完整地体现了中药以上三个方面的特点。在中医药理论方面，Panayiotopoulos 综合征主要表现为偏转性发作和自主神经失调的表现，该患儿除发作外，还表现呕吐、头晕、头痛及恶心等自主神经失调的表现，系以脾胃气机升降失常为核心病机的临床表现，"浊气在上，则生䐜胀，清气在下，则生飧泄，此阴阳之发作，病之逆从也""清阳出上窍，浊阴出下窍"，因此其治在脾胃，脾胃为一身气机升降之主。本患儿以涤痰汤治疗有效而收工，其治在健脾豁痰，其根本在于调理一身气机升降，使清阳升则荣九窍，浊阴降则六腑安。本患儿前期主要以熄风胶囊和茸菖胶囊为主要药物治疗，则显得病重药轻不能有效控制发作；继而以柴胡加龙骨牡蛎汤虽然有调和阴阳、镇惊安神之效，然而却未达病所，偏离了脾胃的主线，涤痰汤则以脾胃为核心，健脾豁痰、升清降浊，因此，有效地控制了发作。待脾胃调和后，逐渐以胶囊缓慢减药，从而达到了成功撤药的目的。

七、虚痫案

【案 19】

男，1 岁 6 个月。家庭住址：天津市河西区。初诊日期 2011 - 10 - 8。病历号 16932。

主诉：间断四肢强直痉挛 2 个月余，点头伴双上肢抖动 4 天。

现病史：患儿于两个半月前（2011 年 7 月）于睡眠中无明显诱因出现双目直视，四肢强直痉挛抽搐，牙关紧闭，意识丧失，持续 1~2 分钟，自行缓解，缓解后疲乏入睡。就诊于天津市某医院，查颅脑 CT 示"脑室增宽"，考虑"抽搐待查"，予肌注"鲁米那"。18 天前（2011 - 9 - 20）患儿 1 天内发作 5 次，午睡中发作第 1 次，表现基本同前，缓解后入睡；约间隔 6 小时后患儿于寐中出现第 2 次发作，表现同前，自行缓解；于夜间患儿再次发作 3 次，表现同前，伴小便失禁，发作间隔时间约 1 小时。发作时患儿意识模糊，遂就诊于天津市某医院，查 AEEG 示"异常脑电图（自然睡眠下描记，记录中除睡眠波外，见稍多阵发性、弥漫性、高电位尖慢、棘慢、多棘慢综合波发放）"；颅脑 MRI 示"髓鞘发育延迟，脑室、脑外间隙增宽，双上额窦黏膜增厚"，诊断为"癫痫，精神运动发育迟滞"，收入院治疗。住院期间予左乙拉西坦，早 187.5mg，晚 250mg，左乙拉西坦及神经营养药，临床好转后出院。出院后患儿仍有间断性发作，发作形式大致同前。近 1 周患儿发作形式出现改变，表现为一过性点头伴双上肢抖动，持续 1~2 秒后缓解，偶伴持物落地，多于午睡后 1 小时内发作，每日均有发作。患儿于 1 天前睡眠中出现 3 次发作，表现为睡眠中尖叫一声，双目直视，牙关紧闭，意识模糊，持续 1 分钟左右，缓解后入睡。为进一步治疗就诊我院于儿童癫痫专科门诊。

患儿现精神欠佳，行走需家长陪伴，不能独走，语言发育较同龄儿落后，仅会"爸爸、妈妈"等简单词汇，多为无目的性，精细动作可，平素患儿喜揉眼，揉耳朵，伴鼻塞、流涕，偶咳，少痰，偶见干呕，腹胀，大便质可，1~2 日一行，患儿对排便有恐惧感，纳可，寐安。咽不红，舌淡红，苔白，指纹青。

个人史：第 1 胎，第 1 产，足月剖宫产，出生时脐绕颈 1 圈，家长怀疑有可能存在窒息史。患儿母亲孕 7 月时曾有胎心过快 > 160 次/分钟。

否认既往史、家族史及药物/食物过敏史。

中医诊断：痫病（虚痫）。

西医诊断：癫痫，精神运动发育迟滞。

处方：小儿抗痫胶囊，1 次 2 粒，1 日 2 次。

左乙拉西坦，早 187.5mg，晚 250mg。

2011 - 10 - 12 复诊

药后患儿共发作 3 次，于 2011 - 10 - 9 凌晨寐中出现发作，表现为寐中突然双目直视，双下肢痉挛抽搐，后双上肢痉挛抽搐，牙关紧闭，无流涎及喉中发声，意识丧失，持续 1 分钟左右，缓解后入睡，约间隔 1 小时后出现第 2 次发作，表现基本同前。发作间期患儿意识不能完全恢复，于天津某医院肌注鲁米那后缓解。后患儿于 2011 - 10 - 10 凌晨 5 点左右发作 1 次，表现基本同前，就诊于天津市某医院，建议加服托吡酯，家长担心副作用，未予服用。患儿自 11 日至今未见大发作，今日午睡后出现一过性点头发作，1~2 秒缓解，共出现 6~7 次，不影响患儿游戏。

现患儿偶咳，有痰，无流涕，无热，纳可，寐安，二便可，舌淡红，苔白稍厚，指纹淡紫在风关。

考虑患儿发作频繁，故停小儿抗痫胶囊，改中药汤剂以增强息风止痉之力。根据患儿发作时四肢痉挛性抽搐、意识丧失，诊时有咳痰症状，结合舌苔白厚之象，辨证属风痰闭阻，蒙蔽清窍，引动肝风。故治以豁痰开窍、息风之痉为主。

处方：涤痰汤加减。

石菖蒲 10g	胆南星 6g	天麻 10g	川芎 10g
陈皮 10g	清半夏 10g	茯苓 15g	羌活 10g
煅青礞石 10g^{先煎}	铁落花 10g^{先煎}	煅磁石 10g^{先煎}	僵蚕 10g
枳壳 10g	甘草 6g	全蝎 6g	菊花 10g
远志 10g	酸枣仁 10g		

水煎 150mL，分 3 次服，1 日 1 剂。

西药同前。

2011 - 10 - 23 复诊

药后患儿于 2011 - 10 - 21 发作 1 次，症见双目直视，下肢强直，持续不足 1 分钟，自行缓解。患儿喉间痰鸣，手足心热，腹稍胀，大便稍干，1 ~ 2 日 1 行，无发热。

中药予上方加朱砂粉 0.5g^{冲服}，琥珀 0.5g^{冲服}镇静安神，并加芦荟 1g 以通便，水煎 150mL，分 3 次服，1 日 1 剂。

西药同前。

2011 - 11 - 5 复诊

药后患儿疑因 2011 - 10 - 27 注射甲肝疫苗后发作 8 次，于 2011 - 10 - 29 夜间及 2011 - 10 - 30 晨起时各发作 1 次，2011 - 10 - 30 白天睡眠中发作 6 次，症状相似，表现为双目直视，意识不清，双下肢抽搐，继而双上肢抽搐，牙关紧闭，无流涎，持续几十秒后自行缓解，缓解后患儿哭闹明显，精神状态差。白天偶见患儿一过性点头，此时哭闹加重，现患儿无明显不适，纳可，寐中易醒，二便调。

中药继以涤痰汤加减。西药同前。

2011 - 11 - 13 复诊

药后患儿发作 5 次，均于晨起睡醒之前发作，2011 - 11 - 9 发作 2 次，2011 - 11 - 10、2011 - 11 - 11、2011 - 11 - 12 各 1 次，症状相似，表现为双目直视，四肢强直抽搐，牙关紧闭，意识不清，持续约 1 分钟，后 3 次发作后腹中均有咕噜咕噜的响声，白天精神状态欠佳。现患儿纳可，寐安，偶有寐中易醒，二便调。舌淡红，苔白，脉平，咽不红。

中药继以涤痰汤加减。西药加丙戊酸钠 1 次 2mL，1 日 2 次。左乙拉西坦同前。

2012 - 6 - 2 复诊

药后患儿于 2011 - 11 - 24、2011 - 11 - 25 凌晨 4 ~ 5 点各发作 1 次，表现为双目直视，牙关紧闭，意识不清，不伴肢体抽搐，持续 2 分钟后自行缓解，缓解后无不适。2011 - 11 - 27、2011 - 11 - 28 各发作 1 次，于睡眠中发作，表现基本同前，持续 1 分钟后缓解，无不适，治疗同前。

本方服用至 2012 年 6 月未发作。

复查动态脑电图（本院）：异常（睡眠中右额、右中央、右顶偶见尖波、同步出现）。

肝功能：大致正常。

中药继以涤痰汤加减。西药同前。

2012 – 9 – 1 复诊

药后患儿9个月未发作，语言表达欠佳，只能说爸爸妈妈等简单词语，运动能力协调，上下台阶尚艰难，智力落后，看见自己照片后胆怯，恐惧，有求知欲，咀嚼能力欠佳，不能自主排便。今晨起体温38.5℃，无咳痰喘，纳可，二便调。舌淡红，苔薄白，脉浮数。

查血常规、CRP正常。

丙戊酸钠血药浓度：30.6μg/mL。

中药在涤痰汤加减基础上加暑热宁1次15mL，1日3次；羚羊角粉1次0.3g，1日2次。

西药左乙拉西坦减量至1次188mg，1日2次。1周后减量至为早125mg，晚188mg。丙戊酸钠同前。

2012 – 11 – 16 复诊

药后患儿12个月未发作。现患儿表达意愿增强，言语不利，纳可，寐少，二便调。

中药继以涤痰汤化裁。西药左乙拉西坦减量至1次125mg，1日2次。丙戊酸钠同前。

2012 – 12 – 15 复诊

患儿服用涤痰汤、左乙拉西坦及丙戊酸钠中西医结合治疗后近1年未发作，12天前（2012 – 12 – 3）疑因劳累及声光刺激出现发作1次，表现为意识丧失，喊叫，牙关紧闭，四肢抽搐，持续时间约1分钟，自行缓解后入睡。

中药继以涤痰汤加减。西药同前。

2013 – 3 – 9 复诊

药后患儿4个月未作，言语不能，梦话多，大便偏干，2~3日一行，舌淡红，苔白，脉平。

中药继以涤痰汤加减。西药左乙拉西坦减量至 1 次 125mg，1 日 1 次。丙戊酸钠同前。

2013 - 6 - 8 复诊

药后患儿 7 个月未发作，现患儿鼻塞，流清涕，打喷嚏，自汗，盗汗明显，大便偏干，2 日一行。舌淡红，苔白厚，脉滑。

考虑患儿合并风热外感，故治疗以疏风清热为主，佐以息风止痉。

处方：银翘散加减。

金银花 15g	连翘 10g	炒牛蒡子 10g	薄荷 6g^{后下}
桔梗 10g	麸炒枳壳 10g	炒莱菔子 10g	北柴胡 10g
荆芥穗 10g	黄芩片 10g	芦根 15g	甘草 6g
辛夷 10g^{包煎}	炒苍耳子 6g	白芷 10g	全蝎 6g
天麻 10g	瓜蒌 10g		

水煎 150mL，分 3 次服，1 日 1 剂。

西药同前。

2013 - 6 - 12 复诊

药后患儿因"11 小时内抽搐 6 次"于今日住院，流涕，大便干。咽红，舌淡红，苔白厚，脉滑。

考虑患儿外邪未祛，肺胃热盛。治以清泻肺胃为主，疏风止痉。

处方：凉膈散加减。

大黄 5g	黄芩片 10g	黄连片 5g	炒栀子 10g
连翘 10g	薄荷 6g^{后下}	麸炒枳壳 10g	淡竹叶 10g
甘草片 6g	菊花 10g	青葙子 10g	龙齿 15g
羚羊角粉 0.3g^{冲服}	钩藤 15g^{后下}	天麻 15g	
全蝎 6g	蜈蚣 1 条	莲子心 6g	金银花 10g

水煎 150mL，分 3 次服，1 日 1 剂。

西药丙戊酸钠加量至 1 次 3.5mL，1 日 2 次。左乙拉西坦同前。

2013 - 6 - 28 复诊

药后未发作，现咳嗽，夜咳甚，流清涕，鼻塞，大便干。舌淡红，苔白厚，脉滑。双肺呼吸音粗，可及少许痰鸣。

考虑患儿外邪犯肺，肺失宣肃，故治以宣肺止咳化痰为主，佐以息风止痉。

处方：麻杏石甘汤加减。

麻黄 5g	炒苦杏仁 10g	桔梗 10g	麸炒枳壳 10g
炒莱菔子 10g	蜜枇杷叶 10g	前胡 10g	北柴胡 10g
炒紫苏子 10g	荆芥穗 10g	黄芩 10g	瓜蒌 10g
浙贝母 6g	甘草片 6g	蜜紫菀 10g	百部 10g
大黄 3g	炒僵蚕 10g	全蝎 6g	藁本 10g

水煎 150mL，分 3 次服，1 日 1 剂。

西药同前。

2013 - 7 - 14 复诊

药后患儿无发作，昨日发热，退热药后正常，偶有咳嗽，鼻塞，流涕，晨起一过性抖动 4~5 次，睡眠中明显，大便干。舌淡红，苔厚腻，脉浮，咽不红。

查血常规、CRP：正常。

考虑患儿外感暑湿，内伤乳食，故治以祛风散寒除湿为主，佐以息风止痉。

处方：藿香正气散加减。

广藿香 10g	大腹毛 10g	桔梗 10g	陈皮 10g
茯苓 10g	炒白术 10g	姜厚朴 10g	白芷 10g
甘草片 6g	清半夏 10g	紫苏梗 10g	淡豆豉 10g
北柴胡 6g	连翘 10g	全蝎 6g	钩藤 10g^{后下}
石菖蒲 15g	羚羊角粉 0.6g^{冲服}		

水煎 150mL，分 3 次服，1 日 1 剂。

西药同前。

2013 - 8 - 3 复诊

药后患儿 1 个月余未见临床发作。现无明显不适，外感已愈，舌淡红，苔白厚，脉平，咽不红。

处方：涤痰汤加减。

石菖蒲 15g	胆南星 6g	天麻 15g	川芎 10g
陈皮 10g	清半夏 10g	茯苓 15g	羌活 10g
麸炒枳壳 10g	甘草片 6g	竹茹 10g	党参 10g
全蝎 6g	黄芪 15g	炒白术 10g	防风 10g
辛夷 10g	炒苍耳子 6g	白芷 10g	薄荷 6g

水煎 150mL，分 3 次服，1 日 1 剂。

西药同前。

2014 - 9 - 10 复诊

药后患儿 1 年 3 个月未发作，现患儿发热 2 天，体温 37.8℃，打喷嚏，流清涕，鼻塞，纳可，寐安，二便调。

考虑外感，中药治以疏风清热，息风止痉。

处方：银翘散加减。

金银花 15g	连翘 10g	炒牛蒡子 10g	薄荷 6g后下
桔梗 10g	麸炒枳壳 10g	炒莱菔子 10g	蜜枇杷叶 10g
北柴胡 10g	前胡 10g	炒紫苏子 10g	荆芥穗 10g
黄芩 10g	芦根 15g	甘草 6g	金果榄 10g
淡豆豉 10g	紫苏叶 10g	全蝎 3g	钩藤 15g后下

水煎 150mL，分 3 次服，1 日 1 剂。

西药同前。

2016 - 5 - 7 复诊

以银翘散加减治疗至今，药后患儿近三年未发作。现无不适，纳可，寐安，二便调。舌淡红，苔白，脉平，咽不红。

中药继予银翘散加减。

西药左乙拉西坦减量至早 67.5mg，晚 125mg，5 个月内渐减停。丙戊酸钠同前。

2016 - 11 - 5 复诊

药后患儿 3 年半未发作。

复查脑电图：异常。睡眠偶见全导爆发性高幅尖波、慢波，持续 1 秒左右；清醒偶见 5～7Hz 慢波，前头部可见 15～25Hz 节律，波幅 15～30μV。

第二章 癫痫临床实验录 ▶ 213

肝肾功能：大致正常。

中药继予银翘散化裁。西药丙戊酸钠同前。

2017 – 5 – 20 复诊

药后患儿 4 年未发作。纳可，寐安，二便调。舌淡红，苔白，脉平，咽不红。

查癫痫相关基因检测，所用基因包含与癫痫相关的 371 个基因的编码外显子。检测结果显示：SMARCA2（NM_003070.4）杂合可疑致病突变。父母未发现该基因突变，为新发突变。

中药继予银翘散加减。

西药丙戊酸钠减量 1 次 3mL，1 日 2 次，后每 2 个月减 1 次量，渐减至停。

2018 – 3 – 10 复诊

药后患儿 4 年 9 个月未发作，患儿无不适。

处方：停中药汤剂，改为熄风胶囊 1 次 5 粒，1 日 2 次。3 个月内逐渐减停。

2019 – 11 – 16 随访

患儿停药 1 年余，未再发作。语言能力较差，智力、运动发育迟缓。嘱进行康复训练。

按：本例患儿基因检测结果：SMARCA2（NM_003070.4）Exon24　c.3313C > T　p.（Arg1105Cys）常染色体显性遗传，该突变为错义突变。结合其父母的检测结果推断该病变可能为新发突变，综合考虑，认为该突变为可疑致病突变。SMARCA2 基因发生致病突变可引起 Nicolaides – Baraitser 综合征，通常以常染色体显性的方式遗传，杂合突变的患者有 50% 的概率将致病突变传递给子代。Nicolaides – Baraitser 综合征是一种罕见疾病，发病率 <1/1,000,000，临床表现为严重的精神发育迟滞、言语障碍、癫痫、身材矮小、头发稀疏、典型的面部特征、短指症、指关节突出、远端指骨宽。部分特征是随时间而发展出现的。本例患儿为先天脑发育异常，精神运动发育迟滞，有言语障碍，并伴癫痫频繁发作，身材矮小、头发稀疏、典型的面部特征，及基因检测结果发现 SMARCA2（NM_003070.4）杂合可疑致病突变，符合 Nicolaides – Baraitser 综合征的诊断。

本病治疗时初予左乙拉西坦及中药豁痰开窍、息风止痉之涤痰汤化裁，效果不理想，遂加用西药丙戊酸钠后，癫痫初步控制达 7 个月。但后因患儿反复感冒发热诱发发作，导致癫痫发作加重，故丙戊酸钠加量。另根据患儿反复呼吸道感染，多次因感冒发热诱发发作，故重新立法，以疏风清热、息风止痉为主，予银翘散化裁。虽感冒已愈，但坚持以此方加减，取得了良好效果。银翘散出自清·吴鞠通的《温病条辨》，其药性轻清，为辛凉平剂，主治风温初起之风热表证。而我们针对反复外感发热患儿，予银翘散化裁治疗，不但外感症状消失，而且发作明显控制，继续应用效果持久稳定。癫痫患儿，尤其难治性癫痫，其病机关键为痰、热、瘀等长期留伏，致正气虚损，气机阻滞。而银翘散可通过疏风解表、开通经络，不但使邪有出路，还能助药直达病所，正如《幼幼集成》云："凡治小儿诸般痫证，先服消风丸七剂。此非治痫之药，用以疏散外感，开通经络，庶后药得以流通故耳。"西医认为银翘散具有较好的抗炎作用，研究发现，免疫炎症反应－癫痫－多药耐药之间有密切的相关性，干预免疫炎症非甾体类抗炎药抑制剂可阻断海马神经元细胞的脱失和小胶质细胞的活化，阻止多药耐药相关 P 糖蛋白表达增加，提高耐药性癫痫的治疗效果。因此推测银翘散的抗痫机制可能与抗免疫炎症反应，阻断耐药蛋白的过度表达，增强机体对抗痫药物的敏感性有关。相关研究获国家自然基金项目资助。而运用银翘散治疗小儿癫痫之根本，不离其辛凉轻宣、透热外达之本宗，亦奏调治防变，通经助药之疗效，纵使小儿病机各异、传变速急，尽可变化而使用之。

【案 20】

男，3 个月 23 天。家庭住址：吉林省长春市。初诊日期 2016 - 7 - 26。

主诉：发作性意识不清、头后仰、四肢僵硬两个半月。

现病史：患儿两个半月前（出生后 1 个月 5 天）无明显诱因于入睡后出现第 1 次发作。症见：意识不清，头后仰，双目紧闭，嘴微张，四肢屈曲僵硬，未见抖动，双手握固，持续 2 秒，缓解后出现口角流涎，醒后易哭闹。就诊于当地医院，考虑"缺钙"，口服"维生素 D 滴剂 1 次 1 滴，1 日 1 次""迪巧碳酸 D3 颗粒，1 次半袋，1 日 2 次"，治疗半个月期间出现 2 次发作。转诊长春某医院，诊断同前，予"阿法骨化醇 1 次 1 片，1 日 1 次""赖氨酸 D31 次 1 袋，1 日 2 次"，治疗半个月期间每日均有发作。转诊于吉林大学某医院，予服艾"儿钙 1 次 1mL，1 日 2 次"半月，发作次数增多，每天约 15 次。1 个月前查颅脑 MRI 示"左侧脑室旁斑片状稍高信号，ADC 低信号，白质体积略小，双侧额颞部蛛网膜下腔增宽，待除外左侧颞极蛛网膜囊肿"。15 小时脑电图示"异常脑电图。双侧 Rolandic 区棘波，棘慢波发放，右侧著。监测到多次家长指认事件不伴相关异常放电。监测到醒睡各期次数可疑部分发作"，诊断"癫痫"，予口服左乙拉西坦后效差，加用奥卡西平，发作减少，但周身出现皮疹，故改用托吡酯 1 次 12.5mg，1 日 2 次，发作减少。

现患儿眼追物可，听力发育可，抬头、翻身可，不能爬，能抓物，平素眼球震颤，发作频繁后眼颤明显。患儿出生后，母乳喂养 10 余天改奶粉喂养，目前未加辅食，寐安，二便调。舌淡红苔薄白，指纹青，咽（－）。

个人史： 第 2 胎，第 1 产，足月剖宫产，出生时健康状况良好。

围产期异常史： 孕期甲减，曾受惊吓，胎位不正。

否认家族史及药物/食物过敏史。

现服药： 托吡酯 1 次 12.5mg，1 日 2 次。

左乙拉西坦 1 次 2mL，1 日 2 次。

中医诊断： 痫病（痰痫）。

西医诊断： 癫痫（强直性发作）。

治法： 豁痰开窍，息风止痉。

处方： 涤痰汤加减。

石菖蒲 6g	胆南星 6g	天麻 6g	川芎 6g
陈皮 6g	茯苓 10g	粉葛 10g	铁落花 10g先煎
煅青礞石 10g先煎	煅磁石 15g先煎	炒枳壳 6g	全蝎 3g
党参片 10g	清半夏 6g	炒酸枣仁 6g	甘草片 6g
羌活 6g			

水煎 120mL，分 3 次服，1 日 1 剂。

西药托吡酯、左乙拉西坦同前。

2016－8－9 复诊

药后患儿发作次数较前减少，多时 10 次/日，少时 5～6 次/日。症见：意识模糊，头向后仰，双目紧闭，时有嘴部努张，四肢僵硬，无双手握固，持续 3～4 秒后缓解，缓解后无明显不适。近 3 天患儿于凌晨 2 点至 5 点体温升高，波动于 37.2～

38.1℃，不伴鼻塞、流涕、打喷嚏等表现，纳欠佳，眠可，二便调。舌淡红，苔薄白，指纹淡红，咽不红。

中药继予上方加减，加服紫雪散1次0.5g，1日2次。

西药同前。

2016-9-29 复诊

药后患儿每日均有2~3次发作，多于睡眠中或受惊吓后发作。症见：意识欠清，努嘴，偶见双目直视，双手握固，时见上下肢屈曲，四肢僵硬，持续3~4秒，缓解后如常。2016-9-21至2016-9-23发热3天，体温最高37.8℃，自行退热。平素可见眼球震颤，视物时间长时明显，不伴头晃动，纳可，寐安，二便调。舌淡红，苔少，指纹青，咽不红。

处方： 中药改为百合汤加减。

百合10g	麦冬15g	山药片10g	黄芪15g
茯苓10g	炒麦芽10g	炒谷芽10g	陈皮6g
全蝎3g	天麻10g	石菖蒲10g	炒酸枣仁10g
制远志10g			

水煎120mL，分3次服，1日1剂。

西药加服氯硝西泮1次1/8片，1日1次，葡萄糖酸钙口服液1次1支，1日1次。托吡酯、左乙拉西坦同前。

2016-10-11 复诊

药后患儿发作减少，每日1次，近3日未见发作。多于入睡后或受惊吓发作。症见：意识丧失，努嘴，偶双目上视，双手握固，可见双下肢屈曲，四肢僵硬，持续2~3秒，缓解后如常。昨日晨起出现发热，体温39.5℃，全身散在红色皮疹，无瘙痒，就诊于当地医院，予"小儿氨酚黄那敏颗粒"等治疗1天，今晨体温在37.5~37.6℃，鼻塞，喉中痰鸣，咳嗽，夜不咳，有痰不易咳出。纳欠佳，寐安，二便调。舌淡红苔白，指纹青，咽充血。

查肝肾功能： 正常。

中药易方为麻杏石甘汤加减，加复方鲜竹沥口服液1次5mL，1日2次。中药处方如下：

麻黄 3g　　炒苦杏仁 10g　　焯桃仁 10g　　生石膏 15g

桔梗 10g　　麸炒枳壳 10g　　蜜枇杷叶 10g　　前胡 10g

北柴胡 6g　　炒紫苏子 10g　　荆芥穗 10g　　瓜蒌 10g

浙贝母 6g　　甘草片 6g　　蜜紫菀 10g　　百部 10g

皂角刺 6g　　天竺黄 10g　　全蝎 3g

水煎 120mL，分 3 次服，1 日 1 剂。

西药同前。

2017 - 7 - 6 复诊

患儿服麻杏石甘汤加减后近 8 个月未发作，现仍眼球震颤，颈项后挺身软，胆小，易惊，脱发，纳少，寐安，小便黄，大便干，3～4 日一行。舌淡红，苔白，脉平，咽不红。

处方：中药易方为固真汤加减。

党参 10g　　炒白术 10g　　茯苓 10g　　黄芪 15g

山药 10g　　肉桂 6g　　甘草 6g　　全蝎 3g

珍珠母 15g^{先煎}　　北沙参 10g　　麦冬 10g　　干石斛 10g

炒白扁豆 10g　　粉葛 15g　　制远志 10g　　炙淫羊藿 10g

水煎 120mL，分 3 次服，1 日 1 剂。

西药逐渐减停氯硝西泮。左乙拉西坦、托吡酯同前。

2018 - 6 - 7 复诊

药后患儿一年半未发作，仍有眼球震颤，身软，颈稍后仰，较前改善，不会坐站说话，纳食可，寐欠安，易醒，二便调。

查肝肾功能正常；脑电图正常。

颅脑 MRI（2018 - 5 - 30）：两侧大脑半球白质体积减小，两侧脑室略增宽，两额颞部脑沟脑池增宽，腺样体肥大。

处方：中药易方为益智宁神汤。

紫河车 6g　　熟地黄 15g　　石菖蒲 10g　　制远志 5g

泽泻 6g　　黄连片 5g　　全蝎 3g　　焦山楂 10g

焦六神曲 10g　　焦麦芽 10g　　炙淫羊藿 10g　　盐益智仁 10g

炒酸枣仁 6g　　蜂蜜 500g

做成膏方，每次3g，1日2次。

西药停用托吡酯。

2019 – 5 – 23 复诊

药后患儿两年半未发作，现患儿语言运动功能差，不会说话，双下肢无力不能站立，脖子时有后仰动作，吃手，眼球震颤减少。纳食量少，寐安，小便黄，大便干，2~3日一行，羊屎球状。舌淡红，苔薄白，脉平，咽不红。

查肝肾功能正常；24小时脑电图正常。

中药继予上方。配合康复训练。

按：本患儿发病年龄较小，生后35天即可见到意识不清，头后仰，双目紧闭，嘴微张，四肢屈曲僵硬，双手握固等症状，西医称之为婴儿癫痫性脑病，其预后伴有智力、运动功能发育迟缓。中医认为此为胎痫，《小儿卫生总微论方·发搐真假》中指出"儿在母胎中时，血气未全，精神未备则动静喘息莫不随母，母调适乖宜，喜怒失常，或闻大声，或有击触，母惊动于外，儿胎感于内"，"至生下百日以来，因有所犯，引动其疾则身热吐，心神不宁，睡卧昏腾，躁啼无时，面青腰直，手足搐搦，口撮腮缩，目瞪气冷，或眼闭胶生，或泻青黄水，是胎痫也"。《慎斋遗书·羊癫疯》亦云"羊癫疯，系先天元阴不足，以致肝邪克土伤心故也"，说明本病与先天禀赋不足、孕母调护失宜有关。此类患儿由于肾怯不全，对药物敏感性较差，往往为难治性癫痫，故初期用传统的豁痰息风法治疗，药重体虚不受则效果不佳。

患儿本虚气弱，卫外不固，易于外感，感邪后正气不足不能与之交争，故外邪易于入里出现间断发热，热度不高，咳嗽痰多，病程迁延之象，治疗时应宣肺解表为先，否则，外风不祛，内风难息，故用麻杏石甘汤疏外风、平内风取效，守方8个月未复发。

患儿发作停止后先用补脾益气之品，补后天而实先天，待脾运得复，水谷精微充足，再加用益肾填精之药以提高其认知功能及运动功能，并配合康复训练，促进功能恢复。

【案21】

女，2岁7个月。家庭住址：天津市河西区。就诊日期2014 – 8 – 13。病历号 31730。

主诉： 间断性抽搐 3 个月（发作频繁，癫痫持续状态 1 次）。

现病史： 患儿于 3 个月前（2 岁 4 月龄）无明显诱因出现发作。症见：意识不清，双眼眨动，伴或不伴点头，后双眼上翻或向一侧凝视，无面色及肢体改变，持续数秒，自行缓解后无明显不适。每天发作 1~2 次，最长 1 周未发作，就诊于天津某医院，查 VEEG 示"发作时全导高幅棘－慢波，多棘慢波"，脑 MRI 示"脑外间隙增宽"，诊断为"癫痫（肌阵挛）"，予"托吡酯"治疗，药后发作加重，每天发作 5~40 次。复诊于该院，加丙戊酸钠，药后发作明显控制，有 9 天未发作。半月前（2014－7－24）患儿无明显诱因于 00：10 寐中出现抽搐，表现为意识丧失，双眼上翻，牙关紧闭，四肢无明显强直抽搐，持续约 10 分钟，自行缓解，间隔 5 小时后复于寐中抽搐，表现同前，持续 40 分钟，复诊于天津某医院住院治疗，诊断为"癫痫（混合发作）、癫痫持续状态"，予抗感染、减轻脑水肿、抗惊厥等对症治疗，并加服左乙拉西坦，药后发作缓解。1 周前患儿出现一过性双眼上翻，每日 1~2 次，多于白天清醒状态或寐前发作。为求进一步诊治，遂来我处就诊。

现患儿 2 岁 7 个月，智力运动发育迟缓，服西药后脾气暴躁，易兴奋，形体偏瘦，手心热，易因积食低热，余无明显不适。纳可，寐欠安、易辗转，二便调。舌淡红，苔白，指纹浅青，咽不红。

个人史： 第 1 胎，第 1 产，足月顺产，出生时健康状况良好。

药物/食物过敏史： 对头孢类抗生素过敏。

既往体健，否认围产期异常史、家族史。

辅助检查：

①动态脑电图（2014－6－11，天津某医院）：异常小儿脑电图、全导棘－慢波、多棘慢波伴阵挛发作，发作间期，睡眠期，于各导见中量高波幅尖慢波，棘慢波，多棘慢波，呈阵发样放电。监测中临床发作一次，表现为双眼上翻，眼睑眨动，持续 7~8 秒，同期 EEG 见全导高波幅棘慢波，多棘慢波；

②颅脑 MRI（2014－6－11，天津某医院）：脑外间隙增宽。

③动态脑电图（2014－7－25，天津某医院）：枕区慢波增多，发作间期睡眠期可见少量阵发性、弥漫性、高电位 2~4Hz 波内混有尖慢波，棘慢综合波。

④尿代谢：未见异常。

现用药物： 托吡酯，1 次 25mg，1 日 3 次。

丙戊酸钠，早 5mL，晚 4mL。

左乙拉西坦，早 125mg，晚 250mg。

维生素 B_1，1 次 1 片，1 日 3 次。

维生素 B_6，1 次 1 片，1 日 3 次。

中医诊断： 痫病（痰痫），五软五迟。

西医诊断： 癫痫，发育迟缓。

治法： 豁痰开窍、息风止痉。

处方： 涤痰汤加减颗粒。

石菖蒲 10g　胆南星 6g　天麻 10g　川芎 10g

陈皮 10g　　茯苓 10g　羌活 10g　煅磁石 10g

炒僵蚕 10g　炒枳壳 10g　甘草 6g　党参 10g

白附片 3g　　全蝎 6g

开水冲至 150mL，分 3 次服，1 日 1 剂。

西药托吡酯、丙戊酸钠、左乙拉西坦维生素 B_1、维生素 B_6 同前。

2014 - 8 - 27 复诊

药后患儿仅 2 天未发作，余每日均发作 2～4 次。症见：点头，时伴双目上翻，无肢体改变，一过性缓解。现患儿无明显不适，纳少，寐欠安，易辗转，二便调。舌淡红，苔白，脉滑。

处方： 中药继予上方颗粒剂减煅磁石、僵蚕、枳壳，加钩藤 15g，细辛 3g，开水冲至 150mL，分 3 次服，1 日 1 剂。

西药中天津某医院嘱将左乙拉西坦加量至 1 次 250mg，1 日 2 次。余药同前。

2014 - 9 - 10 复诊

药后患儿发作较前明显减轻，共 2 种发作形式：①无诱因一过性点头，不伴肢体僵硬、抖动，每日发作 0～4 次。②思睡期双眼一过性上视，伴或不伴四肢一过性抽搐。平素脾气急，可说简单单词，运动能力有进步，纳少，体重下降，二便调，寐安。舌淡红，苔白，脉平。

查丙戊酸钠血药浓度 43.9μg/mL；肝肾功能：大致正常。

中药继予上方加醋鳖甲 6g，开水冲至 150mL，分 3 次服，1 日 1 剂。

西药托吡酯从 1 次 25mg，1 日 3 次，改为 1 次 37.5mg，1 日 2 次。丙戊酸钠、左乙拉西坦同前。停服维生素 B$_1$、维生素 B$_6$。

2014－9－27 复诊

药后患儿发作增多，每日均有发作，表现：睡醒后出现双目斜上视，偶伴低头、抖动，每日发作 2 次左右，无四肢抽搐及意识丧失。纳可，寐安，二便调，脾气急，语言发育落后。舌淡红，苔白，脉滑。

中药继予上方，加服羊痫疯癫丸 1g，1 日 2 次。西药同前。

2014－10－11 复诊

药后患儿每日均有发作。症见：①无明显诱因清醒状态下身体一过性抖动，不伴肢体僵硬，发作次数不清。②睡眠中双目上视，继而全身抖动，偶伴点头，每日发作 2 次。饭后或寐前患儿常长出大气，继而入睡，运动能力可，语言发育落后，纳少，脾气急，寐安，二便调。舌淡红，苔白，脉滑。

中药易方为息风止痉的天麻钩藤饮加减，停用羊痫疯癫丸。处方如下：

天麻 10g	钩藤 15g^{后下}	石决明 10g	石菖蒲 10g
制远志 10g	龙骨 10g^{先煎}	全蝎 3g	紫河车 3g
菊花 6g	炒酸枣仁 10g	白芍 15g	川楝子 10g
醋香附 6g	牡蛎 10g^{先煎}		

水煎 200mL，分 3 次服，1 日 1 剂。

西药丙戊酸钠增量至早 5.5mL 晚 4mL。托吡酯、左乙拉西坦同前。

2014－11－8 复诊

药后患儿发作略改善，2 种发作形式：①无明显诱因于清醒状态下一过性点头，仅吃饭发作，无持物落地，近半月共 5 次。②无明显诱因于睡前出现意识欠清，眨眼，双目上视，伴嘴部咀嚼动作，偶摇头，伴喘大气，较前改善，持续 10 秒～1 分钟，自行缓解，每日均见。患儿脾气急，易咬人，摔东西，运动可，言语落后，手脚凉，纳可，寐安，二便调。

处方：中药易方为益智宁神汤。

紫河车 6g	熟地黄 15g	石菖蒲 10g	制远志 5g
泽泻 10g	黑顺片 5g^{先煎}	细辛 3g	全蝎 3g
龙齿 10g^{先煎}	山药片 10g	茯苓 15g	党参 10g
粉葛 15g	石决明 10g		

水煎 200mL，分 3 次服，1 日 1 剂。

西药同前。

2014 – 11 – 22 复诊

药后患儿发作改善，2014 – 11 – 16、2014 – 11 – 17、2014 – 11 – 19 于晚 6 点吃饭时 2014 – 11 – 21 于下午、晚上进食时，出现一过性低头。每次午睡或晚上睡前出现眨眼，双目上视，一过性咀嚼动作，吸气，全身轻微抖动，偶低头，喘大气，服药后逐渐减轻。药后偶有呕吐，呕吐物夹有黏痰，手脚冰凉缓解，脾气急，咬人，摔物。纳可，寐安，二便调。舌淡红，苔白，脉平。

处方：中药易方为柴胡加龙骨牡蛎汤调和阴阳。

北柴胡 10g	桂枝 10g	龙骨 15g^{先煎}	牡蛎 15g^{先煎}
党参 15g	黄芩 10g	白芍 15g	炒僵蚕 10g
干姜 6g	大枣 3 枚	甘草 6g	煅磁石 15g^{先煎}
黑顺片 3g^{先煎}	细辛 2g	全蝎 5g	

水煎 200mL，分 3 次服，1 日 1 剂。

西药加拉莫三嗪，1 次 12.5mg，1 日 2 次。余药同前。

2014 – 12 – 6 复诊

药后患儿症状改善。现仍两种表现形式：①一过性点头，多于吃饭时发作，不伴手中持物落地，近半月见 11 次。②无明显诱因于睡前出现眨眼，偶有眼球上翻，偶伴嘴部咀嚼动作，偶伴肢体抖动，每日均见，药后有改善，动作幅度均减小。偶有服药时呕吐，呕吐物为胃内容物及痰液，纳可，寐安，二便调。舌淡红，苔白，脉平。

查肝肾功能（14 – 11 – 28 本院）：大致正常。

处方：中药改为息风定摇汤加减。

北柴胡 10g　　地骨皮 10g　　玄参 10g　　盐车前子 10g

桑白皮 15g　　㷶桃仁 10g　　天竺黄 10g　　天麻 15g

竹茹 10g　　　伸筋草 10g　　木瓜 10g　　　制远志 10g

粉葛 15g　　　石菖蒲 15g　　全蝎 5g　　　清半夏 10g

水煎 200mL，分 3 次服，1 日 1 剂。

2014 – 12 – 20 复诊

药后患儿 2014 – 12 – 6 至 2014 – 12 – 12 患感冒，流清涕，不伴咳嗽、发热，期间每日发作 1 ~ 3 次，多于进食午餐或晚餐时。症见：意识丧失，一过性点头，可自行缓解。2014 – 12 – 13 至 2014 – 12 – 20 未见点头发作，仍寐前出现眨眼，每日 1 ~ 2 次。症见：意识欠清，双眼眨动，持续约 10 秒，自行缓解后入睡，入睡后有喘大气动作。2014 – 12 – 21 后发作次数又恢复感冒之前。

近日纳差，余无明显不适。大运动可，但双下肢偏软，智力发育迟缓，寐安，二便调。舌红，苔白，脉平，咽不红。

肝肾功能（2015 – 3 – 11，本院）：大致正常。

血常规（2015 – 3 – 11，本院）：大致正常。

颅脑 MRI（2016 – 4 – 27，本院）：未见异常。

脑电图（2016 – 5 – 11，本院）：异常，可见大量高幅慢波夹杂有棘波尖波，持续或间断出现。

生化全项（2016 – 6 – 29，本院）：未见异常。

中药交替使用柴胡加龙骨牡蛎汤、涤痰汤、息风定摇汤、风引汤等，效果均不明显。

西药托吡酯减量至 1 次 25mg，1 日 2 次。

2016 – 12 – 3 复诊

药后患儿发作仍较频繁，每日均见。①点头、直视，双手握固，持续 5 秒缓解。②近 1 个月大发作 12 次，表现为点头、双手撑开，双目直视，伴持物落地，四肢抖动，后困乏，打哈欠，嗜睡，发作后哭闹，持续 12 秒缓解。纳差，挑食，寐安，易急躁，二便调。

处方：中药给予柴胡疏肝散、固真汤、六味地黄汤、河车八味丸、桂枝加桂汤等交替使用，效果仍不显著。临床发作表现大体同前。后于 2017 – 8 – 26 中药易方为益智宁神汤加减。

紫河车 3g　熟地黄 15g　石菖蒲 10g　制远志 5g

泽泻 10g　黄连片 5g　麻黄 5g　沉香 3g^{后下}

全蝎 3g

水煎 200mL，分 3 次服，1 日 1 剂。西药同前。

2017 – 12 – 2 复诊

药后患儿发作次数逐渐减少，3 个月后发作停止。患儿纳少，寐安，二便调。舌红，苔白，脉平，咽不红。

查肝肾功能（2017 – 11 – 18，本院）： 正常。

中药予上方减泽泻、黄连、麻黄，加天麻 10g，山药片 15g，黑顺片 3g^{先煎}，肉桂 10g，细辛 3g，水煎 200mL，分 3 次服，1 日 1 剂。

西药左乙拉西坦减量至早 250mg，晚 125mg。丙戊酸钠、拉莫三嗪同前。停服托吡酯。

2020 – 4 – 9 复诊

药后患儿 2 年余未发作，运动功能发育尚可，智力发育迟缓，语言落后，纳可，寐安，二便调。舌红，苔白，脉平，咽不红。

中西药同前。增加康复训练，重点是语言训练。

按： 本患儿素体有五迟、五软之证，且发病年龄较小、症状不重，仅有"点头，时伴双目上翻，无肢体改变，一过性缓解"，但经三种西药治疗后仍未缓解，属于难治性癫痫。加用中药后亦无改善，总体感觉药不及病所，有隔靴搔痒之嫌。加大药物剂量、增加使用镇惊安神、豁痰息风的药物种类，如涤痰汤、息风定摇汤、柴胡加龙骨牡蛎汤、风引汤等，患儿病情非但没有好转，反而由"小发作"变成"大发作"，此为辨证失误，医源性致痫。陈复正在《幼幼集成》中曾明确指出："夫痫者，痼疾也，非暴病之谓。亦由于初病时误作惊治，轻于镇坠，以致蔽固其邪，不能外散，所以流连于膈膜之间，一遇风寒冷饮，引动其痰，倏然而起，堵塞脾之大络，绝其升降之隧，致阴阳不相顺接，故卒然而倒。病至于此，其真元之败，气血之伤，了然在望，挽之不能。犹认作此中之邪，无异铁石，非攻坚破垒，不足胜其冥顽，呜呼，以娇嫩亏欠之体，而犹入井下石，其司命慈幼之心哉。"因此，在治疗的第二阶段，诊断为"虚痫"，选用柴胡疏肝散、固真汤、六味地黄汤、河车八味丸、桂枝加桂汤等健脾益气、补肾疏肝的方剂交替使用，效果仍不显著，最后用自拟益智宁神汤而收工。

古人云"痫由痰致，痰自脾生"，故健脾助运，豁痰息风可治疗脾虚痰阻的癫痫病。但本例患儿先天禀赋不足（五软五迟之病史），肾精亏乏，肾阴不足，损及肾阳，肾阳虚衰，失其推动和温煦五脏六腑之作用，则见机体功能减退，对外界的敏感性降低，故本患儿痫证发作症状虽不严重，但缠绵难愈，中西药治疗后，患儿症状无丝毫变化，说明病人对多药耐药。此儿辨证应为肾精亏乏，肾阳不足，温煦无力，中阳失运，升降失调，伏痰不祛，蒙窍阻络动风，发为痫病。治以温阳助运，开窍息风。自拟益智宁神汤选用紫河车、熟地黄、山药益肾填精；党参、白术健脾益气；石菖蒲、远志豁痰宁神；全蝎、天麻息风止痉；沉香调降逆气；附子、肉桂温肾阳，化顽痰；细辛搜剔络中伏痰，祛痰务净。此类患儿的治疗，不可单用健脾化痰，而要注重补肾。补肾精以促进生长发育，纠正五软、五迟；补肾阳温化顽痰，开窍息风。如此，才能达到抗痫增智之目的。

【案 22】

女，11 岁。家庭住址：天津市。初诊日期 2006 - 6 - 11。病历号 10448。

主诉： 发作性抽搐 10 年 8 个月。

现病史： 患儿于 10 年 8 个月前（出生后 4 个月）无明显诱因出现第 1 次发作。表现为右侧肢体抽搐、强直，伴右目上视，口吐涎沫，小便失禁，意识不清，持续 10～20 分钟。患儿至 1 岁时发作频繁，每周出现 3～4 次发作。患儿 1 岁后发作频率减少，每隔 1～2 周发作 1 次，每次发作均于睡眠中，症状相似，均以右侧肢体抽搐伴意识丧失为主，持续约 10 分钟，经掐人中后缓解。治疗期间曾服西药治疗（具体不详），为进一步治疗就诊我院儿童脑病专科门诊。诊时患儿一般情况可，纳可，二便调。舌红，苔黄腻，脉滑。

个人史： 双胎甲子，早产（七个半月），剖宫产，有轻度缺氧。

否认既往其他疾病史、家族史及药物/食物过敏史。

中医诊断： 痫病（虚痫，肾精亏虚、风痰瘀阻）。

西医诊断：癫痫。

治法：益肾填精，豁痰息风

处方：熄风胶囊，1次10粒，1日2次。

茸菖胶囊，1次4粒，1日2次。

患儿自2006年6月初诊至2008年2月，服用熄风胶囊、茸菖胶囊，发作频率减少为约2个月发作1次，发作症状同前，发作持续时间缩短为5～10分钟。治疗期间伴外感发热、咳嗽时予中药汤剂银翘散、麻杏石甘汤化裁治疗。

2008－2－28复诊

患儿于2008－2－26一天内发作2次，症状同前，持续时间较之前延长，发作后嗜睡无力。患儿纳欠佳，寐可，大便干。舌淡红，苔白腻，脉滑。

处方：涤痰汤加减。

石菖蒲15g	胆南星12g	天麻10g	川芎9g
陈皮10g	半夏10g	茯苓15g	羌活9g
煅青礞石30g^{先煎}	铁落花30g^{先煎}	煅磁石30g^{先煎}	全蝎6g
蜈蚣1条	党参15g	钩藤15g^{后下}	甘草6g

水煎300mL，分2次服，1日1剂。

2008－3－20复诊

药后患儿自2008－3－1始，出现另一种发作形式，表现为突然手臂上举，无口吐涎沫，持续3～4秒自行缓解，发作时意识清楚。发作间隔时间1～7天不等。2008－3－15晚11：30左右于睡眠时出现全身性发作，表现为四肢抽搐，双目上视，口吐涎沫，伴意识丧失，持续约5分钟，自行缓解，缓解后头痛。

处方：中药继予涤痰汤加减。

西药加用丙戊酸钠，1次0.5g，1日1次。

2008－4－20复诊

药后患儿未出现全身性发作，但仍有小发作，表现为手臂上举，意识清楚，持续3～4秒自行缓解，每天发作4～5次。

处方：中药继予涤痰汤加减。

西药加氯硝西泮，1次1mg，1日2次。丙戊酸钠同前。

2008 – 5 – 8 复诊

药后患儿发作2次，于2008 – 5 – 4、2008 – 5 – 5无明显诱因出现发作，2008 – 5 – 4夜间表现为右侧肢体僵硬，不能自主运动，但有意识，持续3~4分钟缓解，缓解后语言不利。2008 – 5 – 5表现为右手不自主上举，频繁，但有知觉。

处方：中西药同前。

2008 – 6 – 12 复诊

药后患儿手臂不自主上举的发作次数明显减少，仅2008 – 5 – 5发作1次，未出现全身性发作。自2008 – 5 – 4起，出现发作性右侧肢体僵硬，不能自主运动，呼吸急迫，伴意识清楚或不清，持续2~4分钟后自行缓解，缓解后无明显不适，近1个月内发作6次。患儿纳可，寐尚安，二便调。舌红，苔薄腻，脉平，咽不红。

处方：柴胡加龙骨牡蛎汤化裁以疏利少阳，镇惊息风。

柴胡15g	桂枝10g	黄芩10g	党参15g
生龙骨30g^{先煎}	生牡蛎30g^{先煎}	僵蚕10g	地龙10g
白芍30g	浮小麦30g	大枣3枚	半夏12g
煅磁石30g^{先煎}	全蝎6g	蜈蚣1条	鳖甲6g^{先煎}

甘草6g

水煎300mL，分2次服，1日1剂。

西药同前。

2009 – 1 – 11 复诊

药后患儿至今7个月未发作。于2009 – 1 – 6、2009 – 1 – 7出现2次发作先兆，但未发作。无其余不适。

中药予前方基础上加服熄风胶囊1次7粒，1日1次。西药同前。

2009 – 3 – 26 复诊

药后患儿近2个月期间常有自觉兴奋、欲发作感。于2009 – 3 – 14晨起小发作1次，表现为意识模糊，舌尖上顶，喉中异声，不伴四肢抽搐，不伴二便失禁，持续10分钟，家长掐人中后缓解，缓解后自诉右手无力，纳可，寐安，二便调。舌淡红，苔白，脉平。

中药予前方基础上加全蝎、蜈蚣，熄风胶囊加量至1次8粒，1日1次。西药同前。

2009 – 10 – 29 复诊

药后患儿 7 个月期间，曾出现 4 次发作性右侧肢体无力，意识清楚，持续 2~3 分钟自行缓解。1 周前因经期至，当晚忘记口服丙戊酸钠及氯硝西泮，凌晨 0：30 左右发作 1 次，表现为意识清楚，右半肢无力，随之全身僵硬，双目斜视，喉中痰声辘辘，无口吐涎沫，持续 5 分钟左右自行缓解，缓解后入睡。

中药继予前方加减。西药同前，嘱患儿务必规律服药。

2010 – 9 – 29 复诊

药后患儿于 2010 – 2 – 2（正值经期）下午 5 点发作 1 次。表现为右侧肢体酸软，意识清楚，持续 5 分钟自行缓解后入睡。其后近 7 个月未发作。2010 – 9 – 22 因白天玩耍较兴奋，晚 7 时左右入睡后自感右手无力，约 1 分钟后出现口齿不清，右半身无力，意识尚可，持续 6 分钟缓解。

中药继予前方加减。西药同前，嘱患儿注意生活调护。

2013 – 8 – 7 复诊

药后患儿治疗近 2 年，治疗期间发作形式无改变，仍表现为发作性右侧肢体酸软，意识清楚，偶有意识模糊，持续 5~10 分钟自行缓解后入睡。间隔时间最短 1 个月，最长 6 个月，有时发作可疑与行经期、过度兴奋、外感发热、旅游劳累、玩电脑等因素有关。后中药汤剂改予豁痰开窍、息风止痉之涤痰汤化裁治疗 1 年亦无明显改善，1~3 个月发作一次。

中药予涤痰汤加减。西药加用拉莫三嗪，1 次 25mg，1 日 2 次。丙戊酸钠、氯硝西泮同前。

2013 – 10 – 5 复诊

药后患者诉自加服拉莫三嗪后出现双手触电样快速抖动现象，时伴手中持物落地，不伴跌倒，发作无明显规律性，偶尔出现右侧上肢上抬，2~3 次/日，全身出现皮疹，伴瘙痒。考虑皮疹可能为拉莫三嗪药物不良反应。

中药继予前方加减。西药加服左乙拉西坦，停服拉莫三嗪，丙戊酸钠、氯硝西泮同前。

2013 – 11 – 20 复诊

药后患儿 2013 – 10 – 8、2013 – 11 – 2 至 2013 – 11 – 13 各发作 1 次。症见：双

目直视，喉中发声，右上肢发软，身体有轻微抽搐，意识丧失，持续 3 ~ 5 分钟，缓后乏力入睡。自 2013 - 11 - 2 起，出现发作性右上肢不自主上抬，意识清楚，每天 2 ~ 3 次至 5 ~ 6 次不等。

中药继予前方加减。西药加服奥卡西平，1 次 0.15g，1 日 2 次。丙戊酸钠加量至早 0.25g，晚 0.5g，左乙拉西坦、氯硝西泮同前。

2013 年 10 月至 2016 年 10 月期间，家长诉加用奥卡西平后患儿小发作明显增多，表现为一过性右侧上肢上抬、僵硬，继而停顿伴后仰，偶伴摔倒及持物落地现象，意识清醒，每次持续约 10 秒，每日多达 10 余次，自行停服奥卡西平后上述症状较前略减少。停用奥卡西平后仍有小发作，表现为意识清醒，双上肢上举或右侧上肢上举，偶伴摔倒，平素偶有右侧上肢蚂蚁行感，临睡前明显，持续 10 ~ 20 秒，每天数次至 20 次不等。同时患儿间断有大发作表现，表现为睡眠中出现意识丧失，喉中痰鸣，双眼向右斜视，四肢强直阵挛或右上肢无力，持续 2 ~ 10 分钟缓解，1 ~ 4 个月发作 1 次不等。治疗期间加托吡酯后停用，丙戊酸钠加量，患儿自行停服左乙拉西坦，2016 年 10 月再次加服奥卡西平。中药加用熄风胶囊，汤剂曾予柴胡加龙骨牡蛎汤、涤痰汤、百合麦冬汤、天麻钩藤汤、达原饮、银翘散、血府逐瘀汤、独活寄生汤等方剂化裁无明显效果，予柴胡疏肝散后强直 - 阵挛性发作次数增多。有时发作可疑与惊吓、劳累、紧张、经期等因素有关。曾复查 2 次脑电图。

视频脑电图（2014 - 6 - 10，天津市某医院）：异常脑电图。清醒脑电图：异常波以前头部导联为著，间断呈现短程低中幅 5 ~ 6c/s 不规则慢波，未见肯定痫样波放电。临床发作：患者于安静闭目状态突然睁眼，右手上举后双手上举，用力呼吸，意识清醒，持续约 15 秒，同步视频脑电描记可见较多高频肌电干扰，未见阵发性异常及痫样放电，背景脑波如前。睡眠脑电图：异常波以前头部导联为著，间断呈现短程低中幅 5 ~ 6c/s 不规则慢波，未见肯定痫样波发放。

动态脑电图（2015 - 9 - 8，本院）：异常脑电图。清醒状态下患者以 8 ~ 12Hzα 节律为基本节律，波幅 40 ~ 80μv，头后部为著，调幅尚可，睁眼抑制。头前部可见 15 ~ 25Hz 节律，波幅 15 ~ 25μV，两侧基本对称。患者诉出现临床发作，脑电图未见癫痫样波。睡眠状态下观察睡眠各期存在，两侧基本对称，可见纺锤波及顶尖波。家属诉患者出现临床发作，脑电图未见明显癫痫样波。

2016 – 11 – 3 复诊

药后患儿目前仍有发作。近两周发作 3 次，均于入睡 15 分钟后发作，表现为意识模糊，双目直视，双上肢上举（有时为右手上举），右下肢僵直，偶伴持物坠落，持续 7~20 秒缓解，缓解后入睡。患儿诉发作前自觉有气从少腹上冲至胸或头，随即出现发作。现纳可，寐安，二便调。末次月经（LMP）2016 – 11 – 2，量色质可。舌淡红，苔白，脉沉弦，咽不红。

根据患儿发作前自觉有气从少腹上冲至胸或头，中医按奔豚病辨证为阳虚寒逆证，治以振奋阳气、降逆平冲。

处方： 中药予桂枝加桂汤加减，继予熄风胶囊 1 次 6 粒，1 日 2 次。

桂枝 30g　白芍 10g　甘草 6g　沉香 5g^{后下}

全蝎 5g　生姜 2 片　大枣 3 枚

水煎 300mL，分 2 次服，1 日 1 剂。

西药丙戊酸钠增量至 1 次 0.5g，1 日 2 次。氯硝西泮增量至 1 次 1mg，1 日 3 次。奥卡西平增量至 1 次 300mg，1 日 2 次。

患儿自 2016 – 11 – 3 服用桂枝加桂汤至 2017 – 12 – 17，连续 13 个月未发作，治疗期间 2016 – 12 – 29 自行将氯硝西泮减为 1 次 1mg，1 日 2 次。余西药及中成药同前。于 2017 – 6 – 28 查动态脑电图示正常。

自 2017 – 12 – 18 始，复出现发作，症状表现为意识清楚，眼睛微睁，双上肢上举，身体前倾，有时伴下肢抖动，喉中异声，持续 10~20 秒缓解。每日发作 1~19 次不等，多在刚入睡或晨起快醒时发作。先后予桂枝加桂汤、旋覆代赭汤、苓桂术甘汤、六味地黄汤、补中益气汤、小柴胡汤、半夏泻心汤、消风汤等仍不能有效控制。于 2019 – 10 – 10 加服拉考沙胺，停服中药汤剂，改用癫痫康胶囊 1 次 5 粒，1 日 2 次。至 2020 – 4 – 6 已有三个半月未发作。

按： 本患儿通过长达十年以上的临床治疗而始终控制欠理想，当属难治性癫痫无疑。治疗期间经历了幼儿期、学龄期、青春期等不同阶段，其病机也在不断转化过程中，对于儿童癫痫的辨证思路也在不断转变，这更加激起对儿童癫痫辨证模式的反思。随着脏腑辨证和病因辨证等辨证思路在儿童癫痫诊疗的应用，癫痫发病机制的定位和病因更加明确。在《中医儿科学》教材编撰中，逐渐采用了比较容易理解的病因分类，如惊痫、风痫、痰痫、瘀痫、虚痫等，能直接指导临床，并且有较好的临床效果。然而我们碰到越来越多的难治性癫痫，由于其是多种癫痫类型和癫痫综合征的综合体，在一个癫痫病人中往往表现为多种临床证素，甚至有相互对立的临床症状出现，面临着无证可辨的窘境。因此难治性癫痫呼唤新的辨证思路和分类方法指导临床。而阴阳辨证从二元论的哲学思维可能是较好地解决难治性癫痫的辨证思路，从阴阳的相互对立统一中把握临床要素，执简驭繁，从哲学的高度重新审视难治性癫痫，萃取难治性癫痫的临床要素。因此笔者认为对于难治性癫痫可尝试采用"阴阳为纲，寒热分治"的辨证思路。

《伤寒论》为方书之祖，是阴阳辨证的典范。癫痫的核心病机为痰伏脑络，气机逆乱，窍闭风动，即痰、气、风。本患儿采用传统的息风、镇惊、豁痰、化瘀等方法，予涤痰汤、柴胡加龙骨牡蛎汤、百合汤、达原饮、银翘散等诸多方剂疗效均欠理想，显然不能以常证论之。西医AEDs主要是治风，根据本病特点分析，以气机逆乱为主。初期使用柴胡加龙骨牡蛎汤，调畅气机，取得间断疗效，但服用柴胡疏肝散后症状出现加重的现象，此方为气机向上、向外，违背了痫证患儿气机以降为顺的特点，故发作形式、时间均有加重的表现。在仔细反复询问病史情况下，得知每次发作前自觉有气从少腹上冲致胸或头后出现发作。此符合《金匮要略》奔豚病。《金匮要略·奔豚气病脉证》曰："奔豚病，从少腹起，上冲咽喉，发作欲死，复还止，皆从惊恐得之。"

《金匮要略》将奔豚气病辨证分为三型：①肝郁化热：由惊恐恼怒等情志刺激（尤其是惊恐）致肝气郁结，化热化火，随冲气上逆，而见"气上冲胸，腹痛，往来寒热"，故治以养血平肝、和胃降逆，予奔豚汤治疗。方以李根白皮为主药，据《名医别录》载"李根皮止心烦逆奔气"，葛根、黄芩清火平肝，芍药、甘草缓急止痛，半夏、生姜和胃降逆，当归、川芎养血调肝，全方共奏疏肝清热、降逆平冲之效。②阳虚饮动：素有下焦水饮内停，气化不利，若发汗过多，心阳受损，水饮内动，致脐下悸动，欲作奔豚，治以通阳降逆，培土制水，予茯苓桂枝甘草大枣汤治疗。方以茯苓、桂枝通阳化水以防逆气；甘草、大枣培土制水，防逆气上冲。③阳虚寒逆：汗后伤阳，复感寒邪，阴寒内盛，上凌心阳，即所谓"烧针令其汗，针处被寒，核起而赤者，必发奔豚。气从小腹上至心，灸其核上各一壮，与桂枝加桂汤主之"。故治以温经散寒，平冲降逆，予用桂枝加桂汤，方中以桂枝汤温经散寒，调和阴阳，加桂振奋心阳，降逆平冲，并配用灸法，外散其寒。

本案辨证之关键点在于患儿发作前有"气从小腹上冲胸"表现，综合患儿临床症状、舌脉表现，证属阳虚寒逆证，故予"桂枝加桂汤"振奋阳气，降逆平冲，辅以沉香增强降逆之力，全蝎息风止痉，取得了较好的临床疗效。此外，"气从小腹上冲胸"与内侧颞叶癫痫的交感神经兴奋的临床特点相符合，有是证，用是药，但见一证便是，不必悉备，放胆用之。体现了经方之妙，辨证之美。

另外，此案提示我们，难治性癫痫的特征就是多药耐药，因此添加一种不同于其他抗痫西药作用途径的药物，也许是提高难治性癫痫疗效的有效途径，因此近2年新上市的第三代新型 AEDs 拉考沙胺（LCM），由于其高选择性作用于慢失活钠离子通道的全新作用机制，有可能会给难治性癫痫患儿带来很大希望。另一方面，中药可能通过改善患儿体质，调节机体内环境及免疫状态，改善了耐药机制，提高了患儿对药物的敏感性，取得了一定效果。但是否中药也存在耐药现象，面对多药耐药的癫痫患儿，如何探索一种新的辨证思路与方法，或新的中医治疗手段，以期进一步提高难治性癫痫患儿的疗效，改善其生活质量，还有待于深入研究。

【案 23】

男，8 岁 9 个月。家庭住址：辽宁省沈阳市。初诊日期 2012 - 3 - 2。病例号 16400。

主诉： 间断性四肢抽搐 4 年。

现病史： 患儿于 4 年前疑因"惊吓"后出现双下肢无力，双手拘挛，无四肢抽搐，意识模糊，持续 3 秒左右后缓解，曾就诊于北京某医院及解放军某医院，查 EEG 示"异常脑电图"，诊断为"癫痫"，予"奥卡西平 1 次 150mg，1 日 2 次"治疗半年，患儿发作频率减少，停奥卡西平后，发作频率和程度较前加重，表现为刚入睡时或刚睡醒时突然发作，四肢僵直，双目上视，口吐涎沫，牙关紧闭，伴口周发绀，意识不清，持续 30 ~ 50 秒自行缓解，缓解后乏力，偶伴头痛。3 年前就诊于辽宁省某医院，查脑电图示"异常脑电图"，诊断同前，予中药治疗至今，仍间断性抽搐，1 ~ 2 天发作 1 次，表现及持续时间同前，偶伴遗尿，为求进一步诊治就诊于我院儿科门诊。患儿现智力发育基本正常，脾气可，学习成绩可。纳欠佳，挑食，入睡困难，寐中偶有抖动，大便偏稀软，一日 2 ~ 3 行。

个人史：第 1 胎，第 1 产，足月剖宫产，出生时健康状况良好。

既往体健，否认家族史及食物/药物过敏史。

辅助检查：

脑电图（2009 - 6 - 15，解放军某医院）：睡眠期双侧额区偶见可疑尖波发放。

脑电图（2010 - 6 - 28，沈阳某医院）：清醒状态下：8 ~ 9Hzα 波，节律整齐，调幅较差，双侧全部导联散在少量低波幅波，左右对称，无波差；睡眠状态下：左颞导联频繁阵发高幅阴性棘慢波；

脑电图（2012 - 2 - 9，沈阳某医院）：左顶区棘慢波灶伴双半球爆发棘慢波；左顶枕区波灶。

中医诊断：痫病（虚痫）。

西医诊断：癫痫（强直 - 阵挛性发作）。

治法：豁痰开窍，息风止痉

处方：涤痰汤加减。

石菖蒲 15g	胆南星 12g	天麻 10g	川芎 10g
陈皮 10g	清半夏 10g	茯苓 15g	煅青礞石 30g^{先煎}

石菖蒲 15g　　胆南星 12g　　天麻 10g　　川芎 10g

陈皮 10g　　清半夏 10g　　茯苓 15g　　煅青礞石 30g^先煎

铁落花 30g^先煎　　煅磁石 30g^先煎　　羌活 10g　　僵蚕 10g

枳壳 10g　　甘草 6g　　全蝎 6g　　朱砂 0.5g^冲服

琥珀 0.5g^冲服

水煎 300mL，分 2 次服，1 日 1 剂。

2012 - 5 - 2 复诊

药后患儿发作次数较前减少，3 个月余共发作 22 次，发作间隔天数较前延长，最长间隔 10 天未发作。发作前无明显不适。症见：意识模糊，四肢强直，眼右斜，头向右侧偏，牙关紧闭，口周发绀，持续 1 分钟后自行缓解，缓解后乏力。每于入睡时发作，或晨起时发作。2012 - 5 - 1 参观恐龙博物馆后出现 8 次发作，表现同前。平素记忆力略差，偶有独语，急躁易怒，纳差，挑食，寐欠安，易惊醒，二便调。

中药予前方基础上减铁落花、朱砂、琥珀，加通草 10g，泽泻 10g，远志 10g，酸枣仁 10g，水煎 300mL，分 2 次服，1 日 1 剂。

西药加丙戊酸钠 1 次 0.25g，1 日 1 次。

2012 - 8 - 29 复诊

药后患儿发作程度及持续时间较前减轻，仍每天均有发作。表现形式同前，持续时间 1 分钟左右，缓解后入睡，夜间发作为主。纳可，寐安，二便调。舌淡红，苔白，脉平，咽稍充血。

查肝肾功能（2012 - 7 - 18，抚顺某总医院）： 大致正常。

处方： 中药继予前方加减。

石菖蒲 10g	胆南星 6g	天麻 10g	川芎 10g
陈皮 10g	清水半夏 10g	茯苓 15g	羚羊角粉 0.3g^{冲服}
煅青礞石 30g^{先煎}	煅磁石 30g^{先煎}	羌活 10g	全蝎 6g
苍术 10g	僵蚕 10g	枳壳 10g	甘草 6g
厚朴 10g	蜈蚣 1 条	铁落花 30g^{先煎}	党参 10g
石决明 10g			

水煎 300mL，分 2 次服，1 日 1 剂。

西药丙戊酸钠增量至 1 次 0.5g，1 日 1 次。

2012 - 10 - 4 复诊

药后患儿发作次数及程度未见明显好转，38 天共发作 27 次，于 2012 - 9 - 23 发作 6 次，最长间隔时间为 6 天，其余时间发作次数不等，表现基本同前，持续 10 秒~1 分钟，以夜间发作为主。患儿脾气急躁，厌学，遗尿次数较前增多，纳可，寐欠安，二便调。

中药继予前方加减。西药同前。

2012 - 11 - 24 复诊

药后患儿基本每日睡眠中均有发作，每日 1~4 次不等，最长间隔 2 天不发作。症见：双目上吊，全身僵硬，四肢抽搐，以右侧为主，意识不清，持续 1 分钟左右，自行缓解，缓解后乏力。现患儿晨起鼻部不舒，遇风、冷后鼻痒不舒，纳可，寐欠安，大便头干结，小便调。舌淡红，苔白厚，脉滑，咽稍充血。

处方： 中药治以柴胡加龙骨牡蛎汤加减。

柴胡 10g	桂枝 10g	生龙骨 15g^{先煎}	生牡蛎 15g^{先煎}
党参 15g	黄芩 10g	白芍 15g	地龙 6g

僵蚕 10g	大枣 3 枚	甘草 6g	煅磁石 15g^{先煎}

僵蚕 10g　　大枣 3 枚　　甘草 6g　　煅磁石 15g^{先煎}

清半夏 10g　　生龙齿 15g^{先煎}　　全蝎 6g　　乌梢蛇 6g

佛手 10g　　川楝子 10g　　玫瑰花 6g　　焦神曲 10g

水煎 300mL，分 2 次服，1 日 1 剂。

西药同前。

2012 - 12 - 8 复诊

药后患儿每日于睡眠中均有发作，每日 1~2 次，表现为以右侧痉挛为主，全身僵硬且抖动，意识不清，持续 1 分钟，自行缓解，缓解后全身抖动不止，并伴全身瘫软。现患儿脾气暴躁，情绪改善明显，纳可，寐安，二便调，注意力不集中。

查丙戊酸钠血药浓度（2012 - 11 - 28，本院）：65.08μg/mL。

处方： 中药易方为百合地黄汤加减。

百合 10g　　麦冬 15g　　山药 10g　　生黄芪 30g

茯苓 10g　　炒麦芽 10g　　陈皮 10g　　砂仁 6g^{后下}

焦神曲 10g　　全蝎 6g　　蜈蚣 1 条　　远志 10g

酸枣仁 10g　　石菖蒲 15g　　柴胡 10g

水煎 300mL，分 2 次服，1 日 1 剂。

西药同前。

2013 - 1 - 2 复诊

药后患儿发作次数逐渐减少，自 2012 - 12 - 19 后未见发作。现患儿脾气尚可，不善言语，纳可，寐安，二便调。

中药继予前方加黄芩 10g，水煎 300mL，分 2 次服，1 日 1 剂。西药同前。2013 - 10 - 1 复诊

药后患儿 10 个月未发作，余无明显不适。纳可，寐安，二便调。

处方： 中医继予前方加减。

百合 10g　　麦冬 15g　　山药 10g　　生黄芪 30g

茯苓 10g　　陈皮 10g　　全蝎 6g　　远志 10g

石菖蒲 15g　　知母 10g　　黄柏 10g　　菊花 10g

青葙子 10g

水煎 300mL，分 2 次服，1 日 1 剂。

西药同前。

2015 – 4 – 11 复诊

药后患儿 2 年 2 个月未发作，脾气急，注意力不集中，小动作多，四年级，成绩差。内向，沟通欠佳，纳可，寐安，二便调。

查脑电图：正常脑电图。

中药于前方基础上减知母、黄柏、青葙子，加益智仁 10g，五味子 10g，大黄 5g，石决明 10g，水煎 300mL，分 2 次服，1 日 1 剂。西药丙戊酸钠减量至 1 次 0.25g，1 日 1 次。

服药后患儿未发作 3 年、脑电图正常后开始撤减药物，先减停丙戊酸钠，后将汤剂改为熄风胶囊，并逐渐撤停。2 年后随访，未见复发。

按：本案最显著特征是口服涤痰汤后，初期临床发作减少，而后期又逐渐出现发作次数增多，改服百合地黄汤后发作次数明显减少直至发作消失。究其所因，考虑为涤痰汤多为苦温燥脾重坠之药，长期服用伤及脾胃之阴，影响脾胃升降而致，而百合地黄汤补益心脾之阴而获效。本案责之于脾阴不足，病位在脾，可以推断其病机为"阴虚神扰，虚风内动"，多由于患儿癫痫发作频繁，病程日久筋脉阴伤，肝主筋脉，故久病肝阴暗耗，肝阳失涵，虚风内动，临床抽搐不著或呈小发作。

治疗核心仍在于脾，予培育脾脏之气阴，"脾为三阴之长，故治疗阴虚者，当滋脾阴为主，脾阴足，则能灌溉诸脏腑"。《素问·刺法论》曰："欲令脾实，宜甘宜淡。"故其治疗宜甘淡养阴法，以甘淡平和，柔润相宜的植物药为主。甘淡养阴法的实质是滋阴健脾，是相对应于咸寒滋阴而言，咸寒入肾，但咸寒滞脾，主入下焦，不利于脾的运化功能。本案中自拟的百合麦冬汤是在《金匮要略》百合地黄汤基础上化裁而成，为探索癫痫治疗提供新的新路。方中百合，麦冬甘寒，共奏养阴、清心安神之效；山药、麦芽、谷芽甘平以补脾生津，消食助运；黄芪甘温补中，健脾升清以运化脾阴；茯苓淡渗补脾防滋腻碍运，少佐陈皮以健脾燥湿。纵览全方，诸药平和，温润相宜，从本虚入手，补脾养心，以达安神止痉之功。

甘淡清养是平补的分支之一，或滋阴，或升清，或渗湿，药性平和，从甘淡入手，"甘能补，能养"，"淡能渗，能透"，是故"甘附于淡"，基于甘淡能补且能渗，属于平补的一种特殊方法，相对于甘温燥补和咸寒腻补的补法，甘淡养阴法具有补而不腻、凉而不寒的双重特性，拓展了癫痫治疗的治疗思路和范围。

【案 24】

男，2 岁 10 个月。家庭住址：天津市津南区。初诊日期 2016 – 12 – 8。病历号 41997。

主诉：间断抽搐两年半（共发作 28 次）。

现病史：患儿两年半前（4 月龄）无明显诱因出现身软无力，就诊于外院，查头部 CT 示"脑室增宽、脑外间隙增宽"，未予明确诊断及治疗。后 2 个月内出现抽搐 10 余次。症见：意识丧失，双目直视，口唇发紫，双上肢屈曲，双下肢僵直，不伴抖动，伴有小便失禁，持续 30 秒 ~1 分钟，可自行缓解，缓解后入睡。于外院住院治疗，家长诉查 24 小时脑电图示"正常"，颅脑 MR 示"左侧脑室增宽，脑外间隙增宽（未见报告）"，考虑为"癫痫"，予"托吡酯早 25mg，晚 12.5mg"治疗，未再发作。一年半前再次出现发作。症见：意识清醒，双目直视，口唇发紫，持续 10 ~20 秒，自行缓解，缓解后入睡，将"托吡酯加量至 1 次 25mg，1 日 2 次"，2 个月内发作 5 次，表现同前，加服"左乙拉西坦早 250mg 晚 375mg"，未见明显改善。今为求进一步系统治疗，遂来我院小儿脑病专科就诊。

现症：患儿于 2016 年 12 月初无明显诱因发作。症见：意识模糊，双目直视，口唇发紫，持续约 10 秒，自行缓解，缓解后乏力。患儿智力及运动发育尚可，语言发育缓慢，只会说简单话语，注意力不集中，易于惊吓，脾气急躁。纳可，寐安，大便偏干，每日一行。舌淡红，苔薄白，咽不红。

个人史：第 1 胎，第 1 产，脐绕颈 2 圈（未经处理自行恢复正常），足月剖宫产（患儿头颅大于正常值），出生时健康状况良好。

药物/食物过敏史：对芒果、螃蟹、猫毛过敏。

既往体健，否认家族史。

辅助检查：

头部 CT（2014 – 5 – 18，天津某医院）：脑室增宽，脑外间隙增宽。

颅脑 MR（2015 – 8 – 1，天津某医院）：未见异常。

视频脑电图（2014 – 6 – 2、2016 – 10 –7，天津某医院）：未见异常。

中医诊断：痫病（虚痫，肾精亏虚、风痰上扰）。

西医诊断：癫痫。

治法：益肾填精，豁痰息风。

处方：涤痰汤加减。

石菖蒲 10g	胆南星 6g	天麻 10g	川芎 10g
陈皮 10g	茯苓 10g	羌活 10g	铁落花 10g^{先煎}
煅青礞石 10g^{先煎}	煅磁石 15g^{先煎}	麸炒枳壳 10g	甘草 6g
党参片 10g	清半夏 10g	全蝎 5g	制远志 10g

水煎 150mL，分 2 次服，1 日 1 剂。

西药继予托吡酯，早 25mg，晚 37.5mg；左乙拉西坦，早 250mg，晚 375mg。

2017 - 1 - 14 复诊

药后患儿至今未发作。近日偶有咳嗽少痰，纳可，寐欠安，入睡困难，寐中脱衣踢被，二便调。

基因检测（2016 - 11 - 1，北京德易东方转化医学研究中心）：发现 GRIN2A 基因 1 个与局灶性癫痫及语言障碍或不伴智力发育迟缓（omIM：245570）相关性较高的变异（编号：1042643NNe1F）。

中药继予前方加减。西药同前。

2017 - 2 - 11 复诊

药后患儿 2 个月未发作。近 1 个月出现 2 次外感。现患儿鼻塞，鼻音重，偶有清涕，无发热及咳嗽，纳差，寐尚可，二便调。舌淡红，苔白。

西药治疗继前。考虑患儿易感，故在前方基础上合用玉屏风散以益气固表以防外邪。在前方基础上减羌活、铁落花远志，加净砂仁 6g^{后下}，黄芪 15g，炒白术 10g，防风 6g，辛夷 10g，水煎 150mL，分 2 次服，1 日 1 剂。

2017 - 6 - 3 复诊

药后患儿 5 个月未发作。家长诉患儿抵抗力较前增强，自上次服药以来，只出现 1 次外感。平素纳差，寐安，二便调。舌淡红，苔白，脉平。

中药继予前方加减。

考虑患儿一直有厌食症状，可能与服用西药托吡酯有关，目前癫痫发作控制较好，故将托吡酯减量至 1 次 25mg，1 日 2 次，左乙拉西坦同前。

2017 - 8 - 16 复诊

药后患儿 8 个月未发作。于昨夜发热，体温最高 38.5℃，予小儿柴桂清热颗粒及泰诺林，无咳嗽咯痰，无鼻塞流涕，精神尚可。纳欠佳，寐可，二便调。

中药在前方基础上减黄芪、白术、防风，加紫苏叶 10g，淡豆豉 10g，荆芥穗 10g，柴胡 10g，薄荷 6g 疏风解表，水煎 150mL，分 2 次服，1 日 1 剂。待外感症状消失，继用前方。

西药同前。

2017 - 12 - 16 复诊

药后患儿 1 年未发作。1 周前发热，服药热退。2 天前再次发热，体温最高 39℃，现无明显恶寒，但手心凉，鼻塞流黄涕，咳嗽少痰，夜咳甚，纳差，寐欠安，二便调。舌淡红，苔白，脉浮，咽稍红。听诊双肺呼吸音粗，余未闻及异常。胸部 X 线示支气管炎，心膈未见明显异常。西药继前抗痫治疗。

考虑患儿目前合并支气管炎，中医属咳嗽，辨证为风寒未解，痰热内生。故中药改予疏风散寒、宣肺清热、化痰止咳法。

处方：麻杏石甘汤化裁。

麻黄 5g	炒苦杏仁 10g	燀桃仁 10g	生石膏 30g
桔梗 10g	麸炒枳壳 10g	蜜枇杷叶 15g	北柴胡 10g
炒紫苏子 10g	荆芥穗 10g	砂仁 6g^{后下}	瓜蒌 10g
浙贝母 6g	甘草片 6g	薄荷 6g^{后下}	淡豆豉 10g
紫苏叶 10g	蜜紫菀 10g	百部 10g	郁金 6g

水煎 150mL，分 2 次服，1 日 1 剂。

服上方 7 剂，咳嗽痊愈后，继以豁痰息风止痉为主，佐以益气固表。

中药改为涤痰汤加减。

石菖蒲 10g	胆南星 6g	天麻 10g	川芎 10g
陈皮 10g	茯苓 10g	煅青礞石 10g^{先煎}	煅磁石 15g^{先煎}
麸炒枳壳 10g	甘草片 6g	党参片 10g	清半夏 10g
全蝎 5g	黄芪 15g	炒白术 10g	防风 10g
盐蒺藜 5g	羚羊角粉 0.3g^{冲服}		

水煎 150mL，分 2 次服，1 日 1 剂。

西药同前。

2018 - 3 - 24 复诊

药后患儿 1 年 3 个月未发作。晨起鼻塞，打喷嚏。纳可，寐欠安，大便日行 2～3 次，偶有小便失禁。舌淡红，苔白。

中药在前方基础上减枳壳、党参、盐蒺藜、羚羊角粉，加炒酸枣仁 6g，麸炒芡实 10g，金樱子肉 10g，辛夷 10g，紫苏叶 10g。水煎 150mL，分 2 次服，1 日 1 剂。

西药将托吡酯减量至早 12.5mg 晚 25mg。左乙拉西坦同前。

2019 - 6 - 27 复诊

药后患儿两年半未发作，服用涤痰汤期间，便溏加葛根、诃子肉，善太息加丹参、瓜蒌、薤白，眼痒加菊花、蒺藜，胸闷加郁金等化裁治疗。现纳可，大便调，寐中时有遗尿。舌淡红，苔白。

多次查肝肾功能： 正常。

处方： 中药在前方基础上加减。

石菖蒲 10g	胆南星 10g	天麻 10g	川芎 10g
陈皮 10g	茯苓 10g	羌活 6g	甘草片 6g
清半夏 10g	全蝎 3g	黄芩片 10g	煅青礞石 10g^{先煎}
煅磁石 15g^{先煎}	射干 10g	金银花 10g	荆芥穗 10g
麸炒芡实 10g	盐补骨脂 10g		

水煎 150mL，分 2 次服，1 日 1 剂。

西药将托吡酯减量至 1 次 12.5mg，1 日 2 次，左乙拉西坦同前。

2020 - 2 - 8 复诊

药后患儿至今 3 年 1 个月未发作。纳可，二便调，寐安。舌淡红，苔薄白。

处方： 中药继予前方加减。

石菖蒲 10g	胆南星 10g	天麻 10g	川芎 10g
陈皮 10g	茯苓 10g	羌活 6g	清半夏 10g
全蝎 3g	煅青礞石 10g^{先煎}	煅磁石 15g^{先煎}	党参 10g
玄参 10g	麦冬 10g	黄芩 10g	炒鸡内金 10g
大青叶 10g	甘草片 6g	甜叶菊叶 2g	

水煎 150mL，分 2 次服，1 日 1 剂。

西药将托吡酯减量至停用，左乙拉西坦同前。

按：患儿生后 4 个月出现身软无力，未予明确诊治。生后 6 个月出现频繁发作，1 个月 10 次，表现为意识丧失、双目直视、口唇发紫、双上肢屈曲、双下肢僵直、小便失禁，自行缓解、缓解后入睡。虽然 24 小时脑电图检查正常，但据患儿发作表现及反复发作、症状刻板、自行缓解的特点，临床考虑为癫痫，初予托吡酯治疗得以暂时控制，但 10 个月后复发，予托吡酯及左乙拉西坦两种药物足量治疗约一年半仍难以控制，故应属难治性癫痫。从发作形式看，初为全面性发作，但复发后患儿表现双目直视，口唇青紫，无肢体强直及阵挛，意识清楚或模糊，持续时间较短（10 秒左右），因两次复查视频脑电图均未发现异常，但家长描述患儿意识状态，似属局灶性癫痫发作。其基因检测结果，发现 GRIN2A 基因 1 个与局灶性癫痫及语言障碍或不伴智力发育迟缓（omIM：245570）相关性较高的变异（编号：1042643NNe1F），结合患儿语言发育迟缓的特点，也反证了患儿为局灶性癫痫这一发作类型，同时伴语言障碍。

中医根据患儿脑室增宽、脑外间隙增宽，发作无明显肢体抽搐，以意识障碍为主，同时有语言发育迟缓等表现，辨证属肾精亏虚，风痰上扰。由于患儿先天禀赋不足，肾精亏虚，脑髓不充；肾之气化不力，水泛为痰，痰浊上逆，蒙蔽清窍，扰乱神明，引动肝风发为痫病。且脾为生痰之源，若后天喂养不当，脾胃受损，或疾病日久伤及脾胃，均可致脾之运化功能失常，水湿聚而成痰，痰浊阻滞气机，遇有所触，则痰气逆乱，上蒙清窍，发为癫痫。故痰与痫的关系最为密切，如《证治要诀·五痫》曰："痫有五……无非痰涎壅塞，迷闭孔窍，发则头眩颠倒，手足搐搦，口眼相引，项背强直，叫吼吐沫，令顷乃苏。"《医学纲目·癫痫》曰"癫痫者，痰邪逆上也"，张景岳所言，本病"多由痰起，凡气有所逆痰有所滞，皆能壅闭经络，格塞心窍"。故治疗以豁痰顺气，开窍息风，方用涤痰汤化裁。方中石菖蒲辛香避秽，豁痰开窍，为君药；天麻平肝阳、息风止痉，为风中之润剂，治风之妙药，一味兼具息风豁痰之长，与胆南星清热化痰，息风定惊，共为臣药；陈皮、清半夏、茯苓健脾化痰，以绝生痰之源，青礞石（先煎）豁痰开窍以佐助化痰开窍，枳壳、川芎行气降逆活血，调畅气机，更有全蝎以动制动，增强息风止痉之力同，共为佐使药。诸药相合，共奏豁痰开窍、顺气息风之功。药证相符，故取得了较好的临床效果。

另外，本案还提示我们，脑电图尤其动态脑电图只是诊断癫痫的指标之一，临床上即使脑电图正常，亦不能除外癫痫，还要结合患儿病史、临床表现及治疗反应综合判断。

【案 25】

女，2 岁 6 个月。家庭住址：天津市南开区。初诊日期 2013 - 6 - 28。

主诉：发作性抽搐 2 年。

现病史：2 年前（4 月龄）首次出现抽搐发作，表现为意识不清，四肢强直抖动，双手握固，持续 1 分钟自行缓解后嗜睡。随后发作频率由 2～3 天发作 1 次逐渐增多至每日 2～3 次，这期间曾于当地医院行脑电图检查示"儿童异常脑电图"，头颅 CT 示"未见异常"，诊断"癫痫"，予"左乙拉西坦"治疗 4 个月，未再发作。19 个月前（9 月龄）因生长发育较同龄儿落后，进行康复训练 4 个月后，抽搐复发，平均 2～3 天发作 1 次。随后将左乙拉西坦加量，发作未见改善，遵医嘱依次添加"奥卡西平""丙戊酸钠"治疗 3 个月后，发作未减轻，将丙戊酸钠逐渐停服，加用"托吡酯"后发作加重，平均 4～7 次/周。半年前（1 岁 11 月）时就诊于北京某医院，复查头颅 MRI 示"双侧脑室略显扩张，脑沟增宽"，诊断同前，将托吡酯减停，加服"唑尼沙胺"，同时继续口服"奥卡西平"，治疗 2 个月后，发作同前，后遵医嘱将唑尼沙胺减停，加服"拉莫三嗪"，治疗 5 个月后，效果欠佳。2 个月前予生酮饮食，同时继续口服拉莫三嗪和奥卡西平治疗 1 个月后，发作较前减少至 1 周发作 3 次，白天及睡眠中均可见发作，每次发作持续 30 秒后自行缓解，缓解后嗜睡。因患儿发作不能控制，遂就诊我院儿童癫痫专科门诊进一步治疗。就诊我院时，患儿继续服用奥卡西平和拉莫三嗪，生酮饮食已停服。每周发作 1～5 次，发作表现同前。患儿生长发育较同龄儿稍落后，精细运动差，不会说话。平素胆小，烦躁易怒，频繁双腿摩擦，伴汗出、脸红，运动后减轻。纳可，寐欠佳，易惊醒。二便调。舌淡红、苔白、指纹红。

个人史：第 1 胎，第 1 产，足月剖宫产。

否认家族史及药物/食物过敏史等。

中医诊断：痫证（虚痫）。

西医诊断：癫痫。

患儿自 2013 年 6 月 28 日就诊我院儿童癫痫专科门诊。给予羊癫疯痫丸、知柏地黄汤、风引汤、半夏泻心汤等化裁治疗，同时继续口服奥卡西平、拉莫三嗪。患儿发作次数为 2～4 次/月，这期间有 1～2 个月不发作。查动态脑电图示"广泛性、多灶性尖波、棘波、多棘波阵发"。

2015－5－23 服用涤痰汤 10 个月后，平均发作 2 次/月，发作程度较前减轻，意识欠清，双手舞动，蹬腿，持续 1 分钟左右后自行缓解，缓解后叹息。患儿可独走，时有摔倒，但不能说话。患儿双腿摩擦几乎没有。这期间基因检测示 NID2 基因杂合突变，父母未见此突变，此突变属新发突变，提示患儿 Landau－Kleffner 综合征（LKS）。复查视频脑电图示"枕区节律偏慢，睡眠期多灶性棘波、棘慢波发放，左侧后头部突出；颅脑 MRI 示未见明显异常"。在此期间，患儿曾于外院予以促肾上腺皮质激素（ACTH）冲击治疗 2 次，发作加重至 2～3 次/周，停止 ACTH 后发作较前稍减轻至 2 次/周。

2016－3－6 起患儿家属自行停服所有中西药，随后发作加重，少则 1 次/月，多则 2～3 次/日，发作表现同前。2017－5－2 因发作反复加重，复诊于我院门诊，给予柴胡加龙骨牡蛎汤加减治疗，发作停止，随访 6 个月患儿未复发。

按：关于 Nigeon－2 基因突变：Nigeon－2 基因（骨巢蛋白 2，NID2）定位于 14q22.1，有 22 个外显子，其编码蛋白由 1375 个氨基酸组成。NID2 主要基因功能是与胶原蛋白Ⅰ和Ⅳ、基底膜聚糖相互作用，以促进细胞间黏附作用。目前国内外研究中，NID2 基因突变常见于卵巢癌、膀胱癌、Ⅱ型糖尿病肾病、肝癌、口腔鳞状上皮细胞癌等，关于此基因突变与癫痫的相关报道较少。国外有报道 5 例 LKS 患儿该基因突变，起病年龄在 3～4 岁，癫痫发作为首发症状，获得性失语，均有睡眠癫痫放电持续状态，脑电图异常，无家族史，经抗癫痫西药和激素联合治疗后，脑电图基本恢复正常。有 2 例语言功能未能恢复正常，有 3 例基本恢复正常。智力有轻微落后。结合本例患儿，虽然患儿起病早，首发症状癫痫发作，至今仍不会说话，但根据国外文献报道 7 例病例均为混合性失语，在不同发病阶段失语性质可不同。因此考虑，该患儿属于混合性失语。脑电图痫样波发放位置主要集中在颞枕部。临床表现可有多种发作形式（全身强直阵挛发作、失张力发作、失神发作等）。虽然就诊初期未进行基因检测，通过多种抗癫痫药物的治疗发作未能减轻，初步诊断为药物难治性癫痫。经过基因检测，患儿诊断更为明确。该基因引起的癫痫发作机制，目前不明确，需要进一步研究。

关于西医治疗：先后应用左乙拉西坦、丙戊酸钠、奥卡西平、托吡酯、唑尼沙胺、拉莫三嗪等多种抗癫痫药，这期间先后联合应用"生酮饮食""ACTH"冲击疗法，均未能控制癫痫发作（每周1~5次）。根据抗癫痫西医作用机制分析，该基因新发突变所致的难治性癫痫，对电压依赖性的钠通道阻滞剂、钙通道阻滞剂不敏感，且对增加脑内GABA、选择性增强GABAA介导作用的药物也不敏感。先后联合应用生酮饮食、ACTH也未能控制发作。

关于中医治疗：该患儿病位在肝肾，基本病机肾阴不足、肝阳上亢，病理因素为痰。本着治病求本，辨识体质，既病防变的原则，治疗分为三个阶段。

第一阶段：辨体识病，辅以祛痰。以知柏地黄汤化裁，纠正患儿易感体质，从根本上除患儿致痫治本，辅以豁痰息风。

小儿肾常虚，在致病因素作用下，易出现肾之阴阳失衡。肾阴不足，一是不能制阳，相火妄动则双腿摩擦，伴汗出、脸红；二是水不涵木，则肝风内动，抽搐发作；三是阴虚内热，炼液为痰，痰阻脑络，则精神运动发育落后，不会说话。肾虚痰伏，每因风、火触动，外闭经络，则癫痫反复发作。而癫痫发作反复，经久不愈，耗气伤阳，进一步致使肾阳虚。肾阳虚则导致温煦无力，水液运行不畅，聚而为痰，痰阻脑络，则语言障碍。因此，此阶段以滋阴为主（熟地黄等），辅以清热镇惊（黄柏、龙齿等），以防滋补过腻；用石决明、全蝎，以息风止痉；添加紫河车以培补肾元。诸药合用，共奏滋阴降火、息风止痉之效。自服用该处方9月余，患儿双腿摩擦表现明显减少，偶尔一次，发作减少平均2~4次/月，这期间最长2个月未发作。

第二阶段：辨识痰源。以涤痰汤化裁，豁痰息风止痉。

经过"知柏地黄汤"调理体质9月余，该患儿"肾阴虚，浮阳外越，相火妄动"基本消失，主要表现在双腿摩擦由频繁发作减少至偶尔一次。但因"肾精亏损、温煦不足"，导滞脾失健运，聚湿生痰，痰阻经络，上逆窍道，气机升降失调，痰随气逆，清阳被蒙。因此，此阶段以"涤痰汤化裁"，治以"豁痰息风止痉"为主，辅以"健脾化痰"。全方中，石菖蒲、胆南星以豁痰开窍；天麻平肝息风；枳壳、川芎行气降逆活血；党参、茯苓、甘草健脾益气；陈皮、半夏行气化痰；全蝎息风止痉。该处方服用10月余，患儿发作减少至平均2次/月，发作程度较前明显减轻。双腿摩擦几乎消失。

第三阶段：祛顽痰，调阴阳。以柴胡加龙骨牡蛎汤化裁，调节阴阳平衡，祛顽痰通络，改善认知功能。

朱丹溪《丹溪心法·痫》云："无非痰涎壅塞，迷闷孔窍。"肝主疏泄，为气机之枢，津液之输布赖肝正常疏泄，但肝气易郁、易亢、易横逆犯土。一旦肝失常度，则阴阳失调，气血逆乱，夹伏痰上逆于心，则窍闭神昏，横窜经络则抽搐不已。因此，肝生痰，往往见气、血、风、火、痰、瘀互相搏结，凝结蒸变，形成气痰、风痰、火痰、痰瘀等顽固胶结之痰。且又因"风者，善行数变"，故肝经之痰，随气运行，泛于肌肤，留滞肝经。因此，用柴胡加龙骨牡蛎汤取其和解少阳、镇惊安神之效，间接祛除顽痰以通络；干姜温中散寒，并与黄芩相配，寒热平调，和解少阳；地龙、僵蚕豁痰、开窍、止痉以治其标；佐以党参、浮小麦、大枣，取其养心调肝，除烦安神，和中缓急之效，诸药相合，共奏疏利肝胆、调和阴阳、镇惊安神之效。

第三节

婴儿痉挛症病案

婴儿痉挛症是儿童癫痫中一个特殊的难治性癫痫综合征，在新生儿中发病率为2～5/10000名活产儿，临床治疗效果欠佳。中医历代医家对此无明确描述，中药添加治疗效果不甚明显，从中医角度看本病具有如下特点：

1. 年龄

本病是一种年龄依赖性的疾病，发病年龄小，大多在6个月或1岁（或以内），甚至出生后几天即可发病。1岁以内发病的患儿约占94%，男女比例约为6：4。本病大多与先天因素有关。《医部全录·千金方》曾指出："新生即痫者，是其五脏不收敛，血气不聚，五脏不流，骨怯不成也。多不全育。"中医称之为"胎痫"，属阴痫范畴，西医名之为"婴儿早期癫痫性脑病"。

2. 生理特点

小小儿或新生儿体质稚嫩，形气未充，肺脾肾气化功能不足之象最为明显，为脏腑娇嫩之体。

3. 病因病理

包含遗传因素在内的禀赋不足为其主要病变基础，围产期产伤或窒息为其促发因素，痰邪为其主要病理产物，体质虚弱并伴有阴阳失衡为其主要病理形态，因此，本病是一个复杂的、多脏腑损伤的综合征。

痰邪有先天之痰与后天之痰之分，先天之痰是来源于胎儿期，与孕母调护不当有关。如《小儿卫生总微论方·惊痫论》所云："儿在母胎中时，血气未全，精神未备则动静喘息莫不随母，母调适乖宜，喜怒失常，或闻大声，或有击触，母惊动于外，儿胎感于内。""至生下百日以来，因有所犯，引动其疾则身热吐，心神不宁，睡卧昏腾，躁啼无时，面青腰直，手足搐搦，口撮腮缩，目瞪气冷，或眼闭胶生，或泻青黄水，是胎痫也。"此外，也与胎儿自身基因变异等发育失常相关。后天之痰是由肺脾肾三脏气化不足而致，肺气虚弱，宣发肃降功能失常，津液不得正常输布聚而为痰，常阻于气道，见有喉中痰鸣。脾气不足，运化失常，水液停而为痰。脾主升清，胃主降浊，脾胃气虚，枢机不利，气体升降失司，清阳不升，浊阴不降，痰随气逆，蒙心阻窍，患儿可见痴呆少聪；痰阻经络，引动肝风，可见病儿运动功能发育延迟，抽搐不止。古人云"肾无实证"，肾气虚是小儿时期重要的生理特点之一。肾虚临床又有肾阴虚与肾阳虚的不同，肾藏精，主骨生髓通于脑，为人体技巧能力的物质基础，肾精亏乏，骨失所养，髓脑不充，患儿智力发育、运动功能、技巧能力落后。肾阳不足，少火不旺，顽痰伏于脑络不易剔除，可见病程迁延难愈，甚至见有智力、运动、技巧发育倒退之象。

西医学认为虽然目前本病的发病机制尚不明确，但比较一致的看法为婴儿神经系统发育不完善或受到损伤，容易由各种潜在病因导致痉挛发作，因此，出现了几种发病机制的假说：①基因变异；②产前应激暴露假说：孕母受到外界刺激后，激活了胎儿大脑内的应激系统，使脑内过度合成和释放应激相关的神经肽，从而引起本病发作；③下丘脑-垂体-肾上腺轴（HPA）的功能失调假说：大部分患儿对促肾上腺皮质激素（ACTH）的冲击治疗敏感，故此推测其机制为负反馈调节抑制促肾上腺皮质释放激素的合成和释放有关；④5-羟色胺假说：5-羟色胺能神经元通道受到皮质的各种致痫灶（如灰质易位、瘢痕、发育不良等）的持续激活，使皮质功能处于亢进状态而导致癫痫性发作；⑤脑干功能障碍：脑干网状结构区神经胶质细胞的增生、海绵样变等，可导致皮质活动异常激活，通过皮质-脑干-脊髓束及副神经导致躯体强直性痉挛和点头发作；⑥免疫系统功能失调：血清中的抗脑组织抗体与脑细胞表面的靶抗原结合，形成抗原-抗体反应致脑组织的免疫损伤，引起大脑皮层的异常放电；⑦不同步性发育假说：本病并非特定的脑损伤或某个通路异常所致，而是脑发育的成熟进程受损引起的等。

4. 临床表现

本病抽搐的表现与癫痫强直性发作、强直-阵挛性发作均不同，为成串、间断性发作，多在晨起或午睡初醒时发作。发作的表现与患儿所处的坐卧姿势有关，坐姿发作头向前倾，双手前屈呈拥抱状，下肢屈曲抬起；卧姿发作，两眼凝视，啼哭，双手、双脚上抬、强直。每次发作数串，每串发作数次至数十次，个别病人甚至可达数百次不等。

本病临床另一大特点是智力低下，有的病人甚至有智力发育倒退现象，即以前学会的一些技巧、会说的一些话又不会了，部分患儿可致智力残障。

脑电图表现为发作间期呈弥漫性不规则高波幅慢波的背景中夹杂棘波、棘慢波，称之为高度失律，此为确诊的依据之一。

5. 治疗

本病为虚证，治疗以扶正祛痰息风为主。

（1）益气宣肺，化痰息风：部分患儿，特别是初诊的病儿，除发作外往往见到患儿喉中痰声辘辘，少有咳嗽，或咳声无力，听诊可闻两肺满布湿啰音，患儿面色㿠白，神志萎靡，或有憋气，微喘，无涕，多汗易感冒，纳少，大便不调。舌淡或淡红，苔薄白，指纹淡红。此为肺气不足，宣发肃降失司，津液聚而为痰，阻于气道而致，故以急则治其标，用三拗汤合玉屏风散加味，本方主药为麻黄，宣发肺气，恢复肺脏宣发肃降之功能，杏仁止咳并引气下行，甘草化痰益气。另加皂角刺、浙贝母逐痰祛痰，全蝎、僵蚕息风止痉，玉屏风散益气固表，兼有疏解外邪之功。患儿服用后可见喉中痰液减少，甚至痰声消失，抽搐发作次数亦减少。

（2）健脾豁痰，息风开窍：婴儿痉挛症虽为阴痫属虚证，但首先要辨别是脾虚还是肾虚。脾虚证一般发病年龄较晚，多在1岁后起病，典型的发作症状较重，而运动功能发育迟缓与智力低下程度较轻，常伴有面色萎黄、纳呆食少、大便不调等症。治疗六君子汤合涤痰汤为主，前者益气健脾助运，以绝生痰之源；后者豁痰行气开窍，以除痰之所害，再加入镇惊息风之品，控制癫痫发作，往往收到较佳疗效。本方是婴儿痉挛症治疗中最为常用的一个方剂，患儿服用后还能收到神清气爽、心情愉悦的效果。

（3）补肾填精，豁痰息风：本法适用于智力发育迟缓明显者，或发作次数已减少，但智力低下无改善，甚至出现智力倒退的病儿。常见症状为智力迟钝、记忆力差，无语或只会发出几个简单的字音，手足心热，烦躁易怒，舌淡红苔薄白，指纹红。治以河车八味丸加减，本方为《金匮要略》桂附八味丸去山萸肉加麦冬、五味子、鹿茸、枣皮而成。方中重用紫河车、鹿茸血肉有情之品益肾填精，以充脑髓，熟地黄、山药、泽泻、茯苓、丹皮滋补肾阴，兼清虚热，麦冬、五味子、枣皮养阴敛气，凝神益智，桂、附温阳化气，以补阴精。另加龟板、鳖甲、白芍、全蝎、僵蚕等滋阴息风止搐，石菖蒲、胆南星豁痰开窍。本方只要辨证准确，往往收到桴鼓之效。

（4）温肾助阳，剔痰通络：本法用于患儿发作频繁，症状较重，病程较长，治疗效果不佳者，除发作外，还多伴有运动障碍，痴呆无语，面色晦暗无华，抬头、翻身、站立、行走等均较同龄人明显迟缓，有的病儿还合并有脑瘫。中医认为此证为肾阴阳两虚，少火不足，温煦无力，不能清除伏痰，致使其留置脑络形成顽痰，病情迁延不愈。治疗以扶正温阳为主，临床常用定痫丸加附子、肉桂、细辛、鹿茸等。本方不宜久服，因其有大热、有毒之品，应中病即止。

以上是婴儿痉挛症常用和疗效较好的四种方法，此外，根据辨证，其他的方药也可应用。另外，该病是一个慢性疾病，要强调动态辨证，有效后也不可固守一方，要随病情发展而灵活使用。本病是一个难治性疾病，难治的特点之一是易产生多药耐药，因此，在每次复诊时要对处方做一些修改，以防耐药的发生。本病还是一个与免疫相关的疾病，西医的四种常用治法有抗癫痫药物、生酮饮食、ACTH及手术，其中强调ACTH冲击治疗，尤其在脑电图出现高度失律时，可以改善脑电图的节律。我们在临床也见到1例中西药治疗均效果不佳的病人，在1次罹患"幼儿急疹"后发作停止，考虑可能因"幼儿急疹"高烧3天后，机体的免疫机制重新调整有关。从免疫角度研究本病的治疗，不失为一条可行之路，但前期我们有意识使用一些免疫抑制类中药，如白花蛇舌草、半枝莲等，未见到明显的疗效。从多年的治疗中，体会活血化瘀药物亦效果不佳。

婴儿痉挛症是癫痫中较为常见，而且治疗最为棘手的疾病之一，但其本身有的有自限性，抽搐未能控制者，随年龄增长会出现其他类型的发作，药物治疗能取得70%～80%的临床控制，但智力发育迟缓，可伴随终生。因此，在治疗的早期应注意抗痫增智并举，还要注意尽量避免使用对认知功能有影响的中、西药物。

【案26】

男，2岁9个月。家庭住址：福建省福州市。就诊时间2018－10－16。病历号 40122。

主诉：频发痉挛性抽搐 2 年余。

现病史：患儿于 2 年前（7 月龄）无明显诱因出现意识不清，双目直视，左手上举持续 2 秒自行缓解后哭闹，单次发作，每日 8～10 次，严重时每日 20～30 次，睡眠及清醒状态下均有发作。就诊于福州医科大学某医院，脑电图及脑 MRI 均示"异常"，诊断为"婴儿痉挛症"。转诊于北京大学某医院，予 ACTH（40IU/d）治疗后抽搐消失。2 个月后无明显诱因再次复发，表现为意识不清，双目上视，双手上举，双腿强直，持续 2 秒后自行缓解无不适，呈单次发作，睡眠与清醒状态下均可见，每天 8～10 次。复诊于北京大学某医院，予丙戊酸钠 1 次 4mL，1 日 2 次，后逐渐加量至 1 次 5mL，1 日 2 次，并服药至今；左乙拉西坦 1 次 5mL，1 日 2 次，后逐渐减停；氨己烯酸 1 次 250mg，1 日 2 次，后逐渐加量至 1 次 500mg，1 日 2 次，并服药至今，未见明显好转，表现大致同前。现为进一步系统诊治，就诊于我院儿科癫痫门诊。

现症：每日均有发作，睡眠和清醒状态下均可发作，每日 20～30 次，表现为意识不清，双目上视，双手上举，双腿强直，持续 2 秒自行缓解后无不适。智力发育较正常迟缓，脾气可，可闻及口气，纳可，寐安，偶有大便干结难解。舌淡红，苔薄白，脉平，咽不红，枕骨凹陷。

个人史：第 3 胎，第 2 产，早产（31 周 +2 天），顺产，出生时健康。

围产期异常史：羊水早破。

既往史：围生期脑损伤，新生儿惊厥，精神发育迟滞。

药物/食物过敏史：猕猴桃过敏。

心理应激：长期焦虑不安，易受惊吓。

家族史：否认。

辅助检查：

脑电图（2016-10-30，北京大学某医院）：异常婴儿脑电图，后头部为主多灶棘波、棘慢波、多棘慢波、慢波发放；清醒时期多次后头部为主广泛性快波节律发放，1 次伴痉挛发作。

脑电图（2017-9-12，北京大学某医院）：异常脑电图，不典型高度失律，检测到频繁痉挛，强直痉挛发作及清醒期数次不典型失神发作。

现用药物：丙戊酸钠，1 次 5mL，1 日 2 次。

氨己烯酸，1 次 500mg，1 日 2 次。

中医诊断：胎痫（肾虚风动）。

西医诊断：婴儿痉挛症。

治法：豁痰开窍，息风止痉。

处方：中药予涤痰汤加减。

石菖蒲 10g	胆南星 6g	天麻 10g	川芎 6g
陈皮 10g	茯苓 10g	羌活 6g	铁落花 10g^{先煎}
煅青礞石 10g^{先煎}	煅磁石 15g^{先煎}	枳壳 10g	甘草 6g
党参 15g	清半夏 10g	全蝎 3g	伸筋草 15g
木瓜 15g	制远志 10g	炒酸枣仁 10g	皂角刺 3g

甜叶菊叶 1g

水煎 150mL，分 2 次服，1 日 1 剂。

西药丙戊酸钠、氨己烯酸同前。

2019 – 1 – 15 复诊

上方加减服用 3 个月，药后患儿发作次数大体同前，每日发作 20~30 次。症见：意识清晰，憋气，双下肢强直，双上肢舞动，持续 1~2 秒后自行缓解，缓解后无不适。智力发育较正常迟缓，脾气尚可，偶有流涎。纳可，寐可，二便调。舌淡红，苔白，脉平。

处方：中药改为地黄饮子加减。

熟地黄 15g	制巴戟天 6g	酒萸肉 15g	干石斛 6g
酒苁蓉 6g	黑顺片 5g^{先煎}	酒五味子 6g	肉桂 6g
茯苓 10g	麦冬 15g	石菖蒲 15g	制远志 6g
白术 10g	全蝎 3g	甜叶菊叶 1g	

水煎 20 分钟至 150mL，分 2 次服，1 日 1 剂。

西药同前。

2019 – 3 – 4 复诊

药后患儿 2019 – 1 – 16 至 2019 – 1 – 28 每日发作 20~30 次，表现同前，2019 –

1－28 至 2019－2－20 期间未服药，发作未加重，2019－2－21 开始服药，2019－2－24 至 2019－2－27 发作明显减少，自 2019－2－27 至今共 5 天无发作。智力发育较正常迟缓，脾气尚可，偶有流涎。纳可，寐可，二便调。舌淡红，苔白。

中药继予前方加炒酸枣仁 6g，柏子仁 6g，水煎 20 分钟至 150mL，分 2 次服，1 日 1 剂。

西药同前。

2019－4－3 复诊

药后患儿见 3 次愣神，时有上肢抖动，持续 1~2 分钟未见其他不适。智力发育较正常迟缓，反应较前好转，脾气急躁，偶有流涎。纳欠佳，寐欠安，易醒，盗汗，二便调。舌淡红，苔白。

查肝肾功能：正常。

中药继予前方加减。西药同前。

2019－7－24 复诊（远程网络诊疗）

药后患儿 5 个月未发作。2019－7－18 因劳累发作 1 次。症见：意识欠清，双目凝视，双手握固，双下肢伸直、僵硬，未见震颤，持续 1 分钟。患儿智力发育仍差，脾气急躁，偶有流涎，纳寐可，二便调，舌淡红，苔白。

中药继予前方加减。西药同前。

2019－10－14 复诊（远程网络诊疗）

药后 2 个月未发作。近 1 个月因氨己烯酸未购买到氨己烯酸而停服，2019－10－12 出现发作，表现：意识清楚，歪头，左手握拳，全身僵直，未见抽搐，持续约 1 分钟，缓解后无不适，每天数次。纳可，寐欠安，易醒，二便调。舌淡红，苔白。

处方：中药易方为柴胡加龙骨牡蛎汤加减。

柴胡 10g	桂枝 10g	生龙骨 15g^{先煎}	生牡蛎 15g^{先煎}
党参 10g	黄芩 10g	白芍 30g	干姜 3g
煅磁石 15g^{先煎}	清半夏 6g	全蝎 3g	炒酸枣仁 10g
蜈蚣 1 条	浮小麦 30g	大枣 3 枚	甘草 6g

水煎 150mL，分 2 次服，1 日 1 剂。

西药丙戊酸钠同前。

2019－11－12 复诊（远程网络诊疗）

药后患儿仍有发作，发作频率较前明显减少。每次发作均在睡醒后，常有恐惧感，表现为意识清楚，歪头，左手握拳，全身僵直，未见抽搐，持续 30～40 秒，缓解后无不适。纳可，寐欠安，易醒，二便调。舌淡红，苔白。

中药继予前方加远志 6g。西药同前。

2020－3－11 复诊（远程网络诊疗）

药后患儿自 2019－12－3 后未见发作，认知功能较前明显进步，说话意识较强，运动功能稍有进步，纳可，寐中易醒，二便调。舌淡红，苔白。

查肝肾功能： 正常。

中药继予前方加减。西药同前。

按： 西医学根据癫痫性痉挛发作是否为成串发作，以及是否伴有 EEG 高度失律的特点，将婴儿痉挛症分成 3 个亚型，既同时有成串的癫痫性痉挛发作、间歇期 EEG 呈高度失律、智力运动发育落后的婴儿痉挛症称之为 West 综合征；非成串发作的癫痫性痉挛、但 EEG 呈高度失律的婴儿痉挛症称之为伴高度失律的孤立性痉挛型；有成串的癫痫性痉挛发作，而 EEG 不伴高度失律的婴儿痉挛症称之为不伴高度失律的成串痉挛型。从本例患儿来看，其属于婴儿痉挛症不伴高度失律的成串痉挛型，据临床体会其疗效稍高于其他两种类型。

本患儿早产，伴有围生期脑损伤，新生儿惊厥，精神发育迟滞等属于胎痫，肾虚风动证。初期因其发作频繁，每天 20～30 次，依据"急则治其标"的原则，以豁痰息风开窍为主，健脾顺气为辅的涤痰汤加减治疗，疗效不佳。后根据其智力、运动功能发育迟缓，特别是枕骨凹陷的情况，改以治本为要，以图缓之，用补肾之方地黄饮子获效。

本方出自《圣济总录》中的地黄饮子，由干地黄、巴戟天、山茱萸、肉苁蓉、石斛、炮附子、五味子、肉桂、白茯苓、麦门冬、石菖蒲、远志、生姜、大枣、薄荷诸药组成，主补肾之阴阳。补阳为主者是炮附子、肉桂、巴戟天、肉苁蓉；补阴的药物可分为两类，其一是六味地黄中的山茱萸、干地黄、白茯苓补肾阴，另一类为麦门冬、石斛、五味子补益肺脾（胃）肾三脏之津；石菖蒲、远志开窍祛痰，姜枣调和营卫，薄荷取其轻宣之性，使本方补而不腻，用于喑痱证。"喑"指舌强不能言；"痱"指足废不能用。其证由下元虚衰，虚火上炎，痰浊上泛，堵塞窍道所致，符合婴儿痉挛症病变基础，再加之全蝎、蜈蚣等息风止痉之药，能更好地控制患儿发作。

本方煎法颇有讲究，王晋三曾曰"饮，清水也。方名饮子者，言其煎有法也"。陈修园曰："又微煎数沸，不令诸药尽出重浊之味，俾轻清走于阳分以散风，重浊走于阴分以降逆。"方中诸药，用清水微煎为饮服，取其轻清之气，易为升降，迅达经络，流走四肢百骸，以交阴阳，故名"地黄饮子"。故此，嘱家长除附子先煎30分钟外，其余诸药文火煎煮20分钟即可，不可过煎。

本例患儿在发作控制后出现二次反复，应吸取教训。其一是过度劳累所致：本病为虚证，患儿正气不足，体质较差，过劳后可耗伤正气，导致发作。特别是学龄期儿童，课外班过多，压力大、运动过量出现的过度换气（呼吸性碱中毒）均为发作诱因，应坚决避免。其二是自行停药：该家长因购买氨己烯酸不及时（国内尚无进口），出现停药后机体平衡失调，而出现发作。此时中药的治疗应根据药物本身的性味归经、升降出入的特点，调节机体迅速形成一种新的动态平衡，纠正由于阴阳偏颇而导致的复发。临床中常常使用方剂为柴胡加龙骨牡蛎汤调和阴阳，疏理气机。此外，该患儿还有一临床症状应引起重视，即"胆小易惊"，有时因为较大声响而使癫痫发作，此症状亦是柴胡加龙骨牡蛎汤适应证之一，徐大椿曾云："此方能治肝胆之惊痰，以之治癫痫，必效。"《神农本草经》则认为：此方中人参可"安精神，定魂魄"。由此可见，本方也可治疗小儿惊痫。

【案 27】

男，1 岁 6 个月。家庭住址：河北省承德市。就诊时间 2017 - 9 - 14。病历号 41363。

主诉：点头伴双上肢上抬成串发作 1 年。

现病史：患儿 1 年前（6 月龄）因无法抓握物品，就诊于唐山某医院，查颅脑 MR 示"脑白质发育不良"，予鼠神经生长因子、神经节苷脂治疗 3 天后，于睡眠状态下出现第 1 次发作。症见：意识丧失，双眼上翻，点头，双上肢上抬，四肢僵硬，成串发作，6~9 串/天，每串 10~30 次，多见于睡眠时发作，情绪激动时上述症状加重，遂就诊于首都医科大学附属某医院，查脑电图示"异常，发作间期：醒 - 睡各期全导联可见大量阵发杂乱不规则高波幅慢波夹杂多灶性棘波、棘慢波、多棘波、多棘慢波，呈高峰失律图形；全导联可见广泛低波幅快波节奏。发作期：患儿清醒期可见呈串痉挛发作，表现为患儿双眼上翻，双上肢上举。同期 EEG 可见全导联广泛不规则高波幅慢波－电压下降，持续 2～3 秒"，确诊为"婴儿痉挛症"，予"托吡酯"治疗后未见改善。11 个月前转诊于中国人民解放军某医院，查颅脑 MR"异常，左侧侧脑室旁结节样异常信号、胼胝体压部稍变薄"，头颅 CT"异常，双侧脑室稍大"，先后予"苯巴比妥""氨己烯酸""丙戊酸钠""ACTH"后未见明显改善，家长诉患儿行激素治疗后运动智商发育迟缓，后转诊于国防大学某门诊部、滦县某诊所，改为中药治疗后症状改善，但服用中药后查微量元素提示铅超标。

现症： 每日均见发作，每日 3～4 串，每串 10～40 次。症见：意识丧失，双眼上翻，点头，双上肢握拳伴上抬，双下肢上抬伴足趾内勾，多见于刚睡醒及睡眠中，情绪激动时加重。患儿可翻身，无法独坐，不会说话。平素盗汗多；夜间易惊醒。纳可，寐安，二便调。舌淡红，苔薄白，指纹青，咽不红。

个人史： 第 2 胎，第 1 产，足月剖宫产，出生健康状况良好。

围产期异常史： 脐绕颈 2 圈。

家族史： 患儿舅爷癫痫病史。

否认药物/食物过敏史。

中医诊断： 胎痫。

西医诊断： 癫痫（婴儿痉挛症），高铅血症。

治法： 振奋阳气，降逆平冲。

处方： 桂枝加桂汤加减。

桂枝 30g　白芍 10g　甘草片 6g　　沉香 3g后下

全蝎 5g　黄芪 10g　炒酸枣仁 10g　制远志 6g

郁金 6g

水煎 150mL，分 2 次服，1 日 1 剂。

2017－9－21 复诊

药后患儿现每日发作 3～4 串，每串 20～30 次。症见：意识丧失，双眼上翻，面部表情呈痛苦貌，流泪，伴口叫声，颈项僵直，点头轻微，双上肢握拳伴上抬，双下肢上抬伴足趾内勾，多见于刚睡醒或睡眠状态中，情绪激动时加重。患儿服药后睡眠增多，入睡时伴四肢轻微抖动，寐中易醒。服药后大便2日1行，纳可，小便调。舌淡红，苔白。

处方：中药易方为涤痰汤加减。

石菖蒲 10g	胆南星 6g	天麻 10g	川芎 10g
陈皮 10g	茯苓 15g	羌活 6g	铁落花 10g先煎
煅青礞石 10g先煎	煅磁石 15g先煎	龙骨 15g先煎	牡蛎 15g先煎
麸炒枳壳 10g	甘草片 6g	党参片 10g	清半夏 10g
全蝎 3g	蜈蚣 1 条	地龙 6g	

水煎 150mL，分 2 次服，1 日 1 剂。

2017 - 9 - 30 复诊

药后患儿每天发作 2 ~ 4 次。2017 - 9 - 22 抽血时轻微抽动 1 次，下午 2 点发作严重，表现为意识丧失，前 40 次大致同前，后 70 ~ 80 次持续抽动，双眼上翻，难以呼吸，面部及四肢抽动，睡醒后发作，持续 10 分钟掐人中后缓解，缓解后乏力。2017 - 9 - 23 至 2017 - 9 - 29 每日发作 2 ~ 4 次，表现为意识模糊，双眼上翻，面部呈痛苦状，流泪伴口中异声，颈项强直，点头，双上肢握拳伴上抬，双下肢握拳伴上抬，双下肢上抬伴足趾内勾，多于刚睡醒下发作。

平素患儿疼痛感觉障碍，喜叹气，喜颈项后伸，寐欠安，入睡前偶有四肢轻微抽搐，二便调。舌淡红，苔黄。

查微量元素（2017 - 9 - 22，承德某医院）：铅 208.6μg/L↑（0 ~ 100 ug/L），锌 39.4μmol/L↓（47.7 ~ 87.3 μmol/L）。

血生化（2017 - 9 - 22，承德某医院）：γ - GT 8.5U/L↓（正常值 10 ~ 60 U/L）。

处方：中药予涤痰汤加减。

石菖蒲 10g	胆南星 6g	天麻 10g	川芎 10g
陈皮 10g	茯苓 15g	羌活 6g	铁落花 10g先煎
煅青礞石 10g先煎	煅磁石 15g先煎	龙骨 15g先煎	牡蛎 15g先煎
麸炒枳壳 10g	甘草片 6g	党参片 10g	清半夏 10g
全蝎 3g	蜈蚣 1 条	地龙 6g	薏苡仁 10g
豆蔻 10g	炒酸枣仁 6g		

水煎 150mL，分 2 次服，1 日 1 剂。

2017 – 10 – 16 复诊

药后患儿发作间隔时间变长，有时可 1 天未见临床发作。药后于 2017 – 10 – 8 早 11：30、2017 – 10 – 9 早 9：30、2017 – 10 – 15 2：00 见 3 次较严重发作。症见：双手握固，上肢抽搐，双目上视，喉中痰鸣，持续 15 ~ 30 分钟后缓解。每天有 2 ~ 4 次轻微发作，多于睡觉时出现。症见：双目上视，点头，呃逆，持续 1 ~ 2 分钟后缓解。纳可，寐安，二便调。舌淡红，苔白厚。

处方：中药予前方加姜厚朴 10g，泽泻 6g，水煎 150mL，分 2 次服，1 日 1 剂。

2017 – 10 – 30 复诊

药后患儿发作 3 次。于 2017 – 10 – 19、2017 – 10 – 20 无明显诱因各发作 1 次。症见：四肢抽搐，症状轻微，持续 3 分钟后自行缓解，均于睡眠中发作。2017 – 10 – 22 无明显诱因于睡眠中发作 1 次。症见：双手紧握，上肢抽搐，双目上视，抽搐过程持续 3 分钟，自行缓解后无不适。患儿近 2 周内呕吐 2 次，呕吐物为胃内容物，情绪及脾气急躁，头发黄。纳差，寐欠安，睡眠时间减少，二便调，矢气多。舌淡红，苔薄白。

中药予前方加竹茹 10g，水煎 150mL，分 2 次服，1 日 1 剂。

2017 – 11 – 13 复诊

药后患儿 22 天未发作。现患儿双手不喜抓握物品，易流涎，左手虎口处青筋明显，近两日欲干呕，纳可，寐安，二便调，大便偶黄绿色。

中药予前方加煅赭石 10g，水煎 150mL，分 2 次服，1 日 1 剂。

2017 – 12 – 9 复诊

药后患儿 1 个月零 16 天未发作。现患儿偶干呕，烦躁，用手指扳牙，仰头严重，流涎，左手青筋明显，纳可寐欠安，每夜醒来 2 小时，二便调，大便偶黑绿色。舌尖红，苔薄白。

中药予前方加吴茱萸 2g，水煎 150mL，分 2 次服，1 日 1 剂。

2017 – 12 – 23 复诊

药后患儿 2 个月零 2 天未发作。现患儿偶有干呕，烦躁，仰头较前明显减少，左手青筋仍明显。患儿现 1 岁 7 个月，运动语言发育落后，仅可扶站，不会走路，语言方面不会说单字，脾气暴躁，纳眠可，二便调。舌尖红，苔白。

中药予前方减薏苡仁、豆蔻、炒苦杏仁、姜厚朴、泽泻，加旋覆花10g，水煎150mL，分2次服，1日1剂。

2018 – 3 – 3 复诊

药后患儿4个月零14天未发作，现患儿仍不能自行坐站，不能言语，发育缓慢，余无不适。纳可寐欠安，辗转不安，二便调。舌尖红，苔白，指纹淡红。

中药予前方紫河车3g，水煎150mL，分2次服，1日1剂。

2018 – 4 – 28 复诊

药后患儿6个月零12天未发作，现患儿可说简单词汇，如"爸爸、妈妈"，双手可主动握物能坐，可在学步车上走。纳可，寐欠安，易辗转，二便调。舌尖红，苔薄白。

中药继予前方加减。

2019 – 2 – 26 复诊

药后患儿1年余未发作，可自行行走20余步，认知功能较前明显改善。

2020 – 4 – 5 复诊

药后患儿2年余未发作，与他人交流可，认知功能较前明显改善，理解力与语言功能仍落后。

查24小时脑电图示：左侧前头部、右侧半球可见棘波、多棘波、棘慢波，右侧后头部稍多棘 – 慢波，快波节律发放。

肝肾功能：正常。

按：本例患儿诊断为婴儿痉挛症。婴儿痉挛症最早是在1841年Weat医生观察到他自己的男孩患了一种当时未见报道的疾病而提出来的，因此，后世医家将这种疾病称之为"West综合征"。

Vazpuez和Turner（1951年）将典型的婴儿痉挛症归纳为三联症，即：婴儿期成串痉挛发作、精神运动发育停滞或倒退、发作间期脑电图高度失律。西医治疗方法主要有四种，即抗癫痫药物（AEDs）、肾上腺皮质激素、生酮饮食和外科手术。然而，在临床中婴儿痉挛症的治疗颇为棘手，甚至发作难于控制，且加之智力、体质发育停滞甚至倒退，因此，大部分病儿属于难治性癫痫。

婴儿痉挛症属于中医阴痫的范畴，与患儿先天禀赋不足、发病年龄较早、发作次数较多等因素有关，临床常见脾肾两虚之象。肾阴不足，肾精亏少，窍空失荣；肾阳不足，少火不利，脾失温煦，水液运化失常，留而为痰。痰随气逆，上阻脑窍，壅塞经络，故见抽搐；逆气随聚随散，抽搐时作时止。该病辨证应首观体质，一般来讲临床中虚证为多，实证（多为虚中夹实）较少；实证易治，虚证难疗。实证健脾，虚证补肾。本例患儿偏于实证，实际为虚中夹实之证，故治以涤痰汤为主方，方中六君子汤健脾助运化痰，石菖蒲、胆南星豁痰开窍，全蝎、地龙、羌活息风通络，铁落花、煅青礞石、煅磁石、龙骨等镇惊安神，煅赭石、竹茹降逆止呕。另加血肉有情之品紫河车益肾填精，以充智力，全方共奏健脾豁痰、息风止痉之功。患儿药后 2 年余未发作，应定期随访，长期观察。

【案 28】

男，10 个月。家庭住址：河北省保定市。就诊时间 2018 - 5 - 22。病历号 40937。

主诉： 间断抽搐 10 个月。

现病史： 患儿于 10 个月前（4 日龄）进食少量混合奶粉和母乳后出现脸色发灰，精神差，呼之不应。就诊于大连市某医院，数小时（具体不详）后查血糖 0.55mmol/L，这期间患儿出现四肢屈曲上抬 2 串（具体不详）。诊断为"新生儿低血糖、低血糖脑损伤、蛛网膜下腔出血、卵圆孔未闭、新生儿 ABO 溶血症"，予住院治疗，住院期间患儿仍有间断抽搐（具体不详），13 天后病情平稳后出院。3 个月前患儿刚睡醒时，无明显诱因出现抽搐发作。症见：点头，四肢屈曲上抬，一天 2~3 串，1 串 9~15 下，每串持续 1.5~2 分钟后缓解，缓解后无不适。就诊于大连市某医院，查 2 小时 EEG 示"高度失律"，诊断为"婴儿痉挛症"，未予治疗。自此患儿每日均有发作，并逐渐增多，多于睡醒时出现，表现同前，每日 5~6 串，每串 10~20 下，每串持续 2~3 分钟，自行缓解后哭闹。2 个月前患儿就诊于首都医科大学附属某医院，查 2 小时视频脑电图示"异常"，颅脑 MR "双侧枕叶脑萎缩并胶质增生，双额颞顶部蛛网膜下腔增宽，侧脑室不规则稍宽，胼胝体压部较薄垂体内条片状长 T1 信号—Rathe's 囊残留可能"，诊断为"婴儿痉挛症"，予住院治疗。予托吡酯 1 次 6.25mg，1 日 2 次，逐渐增量至 1 次 25mg，1 日 2 次，患儿症状略有好转。后加用卡马西平1次0.25mg，1日2次，并服药至今；丙戊酸钠1次140mg，1日2次，并服药至今。患儿抽搐较前减少，于睡醒时发作，表现为手臂屈曲上抬，偶伴点头，患儿每日发作2~3串，每串1~2下，每串持续3秒左右自行缓解，缓解后眼泪流出，出院后继服前药。1个月前患儿偶见长串发作，1串10余下，就诊于首都医科大学附属某医院，予托吡酯加量至1次31.25mg，1日2次，并服药至今，患儿症状好转。20天前于清华大学某医院癫痫中心复查4小时视频脑电图示"异常"。现患儿每日均有发作，于刚醒时出现，表现为手臂屈曲上抬，偶伴点头，每日发作6~7串，每串1~2下，每串持续3秒自行缓解后眼角流泪。为求进一步中西医结合治疗，就诊于我院门诊。

现患儿10个月，智力运动发育迟缓，不能翻身，不能坐起，不爱哭，不爱笑，追声追光不佳，近一周会发"啊"的声音。喜揉眼睛。纳欠佳，不吃辅食，寐安，睡眠时间长，二便调。舌质淡红苔白，指纹红，咽不红。

个人史： 第2胎，第3产，患儿为第二孕，双胞胎弟弟。足月，剖宫产，出生时健康状况良好。

既往史： 新生儿低血糖、低血糖脑损伤、蛛网膜下腔出血、卵圆孔未闭、新生儿ABO溶血症。

否认围产期异常史、家族史及药物/食物过敏史。

现用药物： 托吡酯，1次31.25mg，1日2次。

丙戊酸钠，1次3.5mL，1日2次。

卡马西平，1次25mg，1日2次。

中医诊断： 痫病（痰痫）。

西医诊断： 婴儿痉挛症。

治法： 豁痰开窍，息风止痉。

处方： 涤痰汤加减。

石菖蒲10g	胆南星6g	天麻10g	川芎10g
陈皮10g	茯苓10g	羌活10g	铁落花10g^{先煎}
煅青礞石10g^{先煎}	煅磁石15g^{先煎}	麸炒枳壳10g	甘草6g
党参10g	清半夏6g	皂角刺6g	全蝎3g
郁金6g	蜈蚣1条	细辛3g	肉桂3g

水煎120mL，分3次服，1日1剂。

西药托吡酯、丙戊酸钠、卡马西平同前。

2018-5-26 住院中

药后患儿发作加重，近期出现"支气管炎"，故收住院。现患儿每于清醒状态下发作。症见：手臂屈曲上抬，点头动作不明显，无四肢强直，每日6~7串，每串2~4下，每串持续1~3秒缓解，缓解后流泪。患儿运动、语言发育差，表现同前。咳嗽、痰多、无发烧，纳可，寐较前少，小便可，大便调，2日一行。舌淡红，苔薄白，咽不红，心音有力、律齐，双肺闻及干湿啰音。

诊断：1、急性支气管炎 2、癫痫（婴儿痉挛症）

处方：中药予麻杏石甘汤宣肺清热，止咳化痰，兼以止痉。

麻黄5g	炒苦杏仁10g	桃仁6g	桔梗10g
麸炒枳壳10g	炒莱菔子10g	北柴胡10g	炒紫苏子10g
荆芥穗10g	黄芩片10g	瓜蒌10g	浙贝母6g
甘草6g	皂角刺10g	全蝎5g	天麻10g
防风6g	郁金6g	制远志6g	

水煎120mL，分3次服，1日1剂。

西药同前。

2018-5-29 住院中

药后患儿痰较前减少，难咯，偶咳。发作较前明显减少，刚醒时出现，每次1~2串，表现为手臂屈曲上抬，偶坐起时有点头，持续1~3秒缓解，缓解后偶见流泪。运动、语言大致发育同前。纳可、寐较前好转，大便1~2日一行，昨日3次稀便，小便调。舌淡红，苔白厚，咽不红，双肺呼吸音粗。

中药继予前方。西药同前。

2018-6-2 住院中

药后患儿发作次数及程度均有加重，成串发作，一天9~10串，每串3~18下不等，家长诉从前多为单次发作，现多为成串发作，总次数不变。表现同前：手臂屈曲上抬，偶坐起时有点头，持续10余秒缓解，缓解后偶见流泪。舌淡红，苔白，脉平，咽充血，双肺呼吸音清。

处方：中药易方为银翘散加减。

金银花 15g	连翘 12g	薄荷 6g^{后下}	桔梗 10g
北柴胡 6g	炒紫苏子 10g	荆芥穗 10g	黄芩 10g
芦根 15g	甘草 6g	炒芥子 6g	金果榄 6g
山豆根 3g^{后下}	全蝎 5g	粉葛 10g	地骨皮 10g
独活 10g	秦艽 10g	皂角刺 6g	

水煎 120mL，分 3 次服，1 日 1 剂。

西药同前。

2018 - 6 - 9 住院中

药后患儿成串发作次数减少，每日发作 3 串，每串 3 ~ 15 下不等。症见：①手臂屈曲上抬，偶坐起时有点头，持续 1.2 秒 ~ 3 分钟不等，缓解后偶见流泪。②每日单次发作 10 余次，表现为双手手臂上抬。纳可，寐安，二便可。舌淡红，苔白，指纹青，咽不红。

处方：中药因上次使用麻杏石甘汤后发作减少，故改用该方。

麻黄 5g	炒苦杏仁 10g	桃仁 6g	桔梗 10g
麸炒枳壳 10g	炒莱菔子 10g	北柴胡 6g	炒紫苏子 10g
荆芥穗 10g	瓜蒌 10g	甘草片 6g	皂角刺 6g
全蝎 5g	天麻 10g	防风 6g	郁金 6g
制远志 6g	石菖蒲 10g	胆南星 10g	麸炒苍术 10g
草果仁 6g			

水煎 120mL，分 3 次服，1 日 1 剂。

西药同前。

2018 - 6 - 23 住院中

药后患儿发作程度减轻，但次数未见好转，每日发作 7 ~ 8 串，每串 2 ~ 8 下不等。表现同前。纳可，寐欠安，易醒。二便可。舌淡红，苔白厚腻，咽不红。

辨证为痰湿阻窍，气逆风动。中药易方为涤痰汤合三仁汤加减。

石菖蒲 10g	胆南星 6g	天麻 10g	川芎 10g
陈皮 10g	茯苓 15g	羌活 6g	铁落花 10g^{先煎}
煅青礞石 10g^{先煎}	煅磁石 15g^{先煎}	龙骨 15g^{先煎}	牡蛎 15g^{先煎}

枳壳 10g　甘草片 6g　　党参 10g　　清半夏 10g

全蝎 3g　蜈蚣 1 条　　地龙 6g　　薏苡仁 10g

豆蔻 10g　炒苦杏仁 10g　姜厚朴 10g　泽泻 6g

水煎 120mL，分 3 次服，1 日 1 剂。

西药同前。嘱出院，门诊随诊。

2018 - 7 - 24 复诊

药后患儿发作减轻。症见：①成串发作：每日发作 2 串，每串 10 ~ 20 次，手臂屈曲外展，坐起时有点头，持续 2 ~ 5 分钟，缓解后无不适。②单次发作：每日 10 次，表现为双手手臂上抬。患儿 2018 - 7 - 22 发热，体温最高 40℃，口服美林可退热，2 小时后复热，现患儿仍发热，无咳嗽、咳痰，无鼻塞流涕，无恶心呕吐。2018 - 7 - 24 开始口服头孢类抗生素（具体不详），纳差，寐安，小便调，大便蛋花汤样，3 次/天，舌淡红，苔白，咽不红。发热时患儿发作次数减少。

中药继予前方。西药停用卡马西平，丙戊酸钠、托吡酯同前。

2018 - 7 - 31 复诊

药后患儿高烧至 2018 - 7 - 25，出疹后烧退，考虑为幼儿急疹。烧退后 5 天未见发作抽搐，纳差，不欲饮食，寐可，大便质稀，1 日 1 次，小便可，舌淡红，苔白，咽不红。

中药继予前方减龙骨、牡蛎、郁金、地龙、薏苡仁、豆蔻、炒苦杏仁、姜厚朴、泽泻，加麦冬 10g，浙贝母 10g，甜叶菊 1g，干石斛 10g，醋延胡索 6g，川楝子 6g，水煎 120mL，分次服，1 日 1 剂。

西药同前。

2019 - 2 - 26 复诊

患儿予上方加减服用 7 个月，药后未再发作。近几个月来认知功能有较大提高，与人交流明显增多。纳可，寐安，二便调，舌淡红，苔白，咽不红。

中药继予前方加减。

石菖蒲 10g　　胆南星 6g　　天麻 10g　　川芎 10g

陈皮 10g　　　茯苓 10g　　羌活 6g　　　铁落花 10g^先煎

煅青礞石 10g^先煎　煅磁石 15g^先煎　甘草 6g　　党参 10g

清半夏 6g　全蝎 3g　郁金 6g　浙贝母 10g

甜叶菊 1g

水煎 120mL，分 3 次服，1 日 1 剂。

西药托吡酯减量至 1 次 25mg，1 日 2 次。丙戊酸钠同前。

2020 - 3 - 19 复诊

药后患儿 20 个月未再发作，认知功能明显改善。

查脑电图（2019 - 4 - 19）：正常。

中药继予前方加减；西药同前；循序渐进行康复训练。

按：婴儿痉挛症是一种癫痫综合征，其发作表现有其特异性，即于初醒及劳累时发作较多，症状以神志不清，间断、节律性出现啼哭，同时双上肢上抬或外展为 1 次发作，一般发作数次或数十次后停止（称为 1 串）。每天可发作数串、数十串，甚至数百串不等。大多数患儿伴有智力低下、运动功能发育迟缓，脑电图多有典型的高度节律紊乱。患儿发病年龄较小，多在周岁内起病，考虑与先天禀赋不足，胎中受惊、受伤及产伤等因素有关。其病变基础为肾精不足，气化不利为主，肾藏精，主骨生髓通于脑，为"技巧出焉"之脏。智力低下为精亏髓空，运动功能发育迟缓为肾之气化不足。其神昏、抽搐发作为痰蒙清窍，肝风内动，但其发作有明显的节律性，与逆气聚散有时相关，因此，治疗时对于频繁发作者以豁痰息风、顺气止痉为主；发作缓解期以益肾填精为要，可参考使用陈复正的河车八味丸。

本例患儿用上述方法治疗后发作有所减少，但时常反复，疗效不明显。该患儿有一特点，即发烧时发作次数明显减少，特别是用疏风解表药物银翘散、麻杏石甘汤或加用一些抗生素后控制发作效果显著，在 2018 - 7 - 25 高烧（40℃）三天出现皮疹（幼儿急疹）后发作停止，迄今已 20 个月有余未再发作。综上考虑本例婴儿痉挛症患儿发作与感染、炎症、免疫等有关。一般感染后出现炎症反应，这种炎症反应可干预机体的免疫功能，从而导致癫痫发作次数的改变，这种改变可以是发作次数增多、减少，也可能是无变化。严重感染会出现炎症风暴，直接、剧烈干预机体的免疫功能，可使机体的免疫功能有较大的变化，新建立起来的这种免疫状态，可能会对癫痫发作有一定的影响。本例患儿患幼儿急疹，连续三天高烧 40℃后癫痫发作停止，与此机理可能有关，这与婴儿痉挛症使用免疫抑制剂 ACTH 冲击疗法有异曲同工之意。

本例患儿发作停止后继服涤痰汤加减，目的是为了防止复发和提高机体的认知功能。

【案 29】

女，5 月龄。家庭住址：重庆市。初诊日期 2016 – 4 – 1。病历号 33098。

主诉：反复惊厥 3 个月，加重 2 个月。

现病史：患儿于入院前 3 个月（2 月龄）无明显诱因出现惊厥发作，不伴有发热，发作时表现为双目凝视，呼之不应，右侧肢体抖动，无明显口唇紫绀，无大小便失禁，持续 3～4 秒，停止后入睡，醒后精神反应如常，无肢体活动障碍，发作次数约为 2 次/日，未予诊治。入院前 2 个月惊厥发作表现为双目向右凝视，四肢强直抖动，并有眨眼，面部肌肉抽动，持续约 1 分钟缓解，发作次数约 2 次/日，多在日间睡眠中发作，发作间期一般情况可，无智力运动发育倒退，无皮疹，无呕吐，无前囟隆起，无烦躁、哭闹，无面色进行性苍白，无气促、呼吸困难，无腹胀、腹痛、腹泻。遂于 2 个月前（2016 – 2 – 6）就诊于重庆医科大学附属某医院，住院后查视频脑电图示"异常脑电图：①睡眠期多灶性棘/尖波或 1.5 – 2Hz 棘/尖波 – 慢波发放。②痉挛/强直痉挛发作时 EEG 为全脑电压减低，其上重叠极低波幅快节律 – 全脑不规则慢波夹杂肌电活动，仅有 1 次伴右侧额区尖波发放"；颅脑 MRI 示"未见明显异常"；肝功能中"谷丙转氨酶、谷草转氨酶升高"；血常规、CRP、PCT、肾功能、巨细胞病毒抗体检测均"正常"，并送检遗传代谢病筛查、癫痫相关基因检测（至今结果尚未回报），7 周前患儿发作形式改变为成串痉挛发作，发作次数基本同前，诊断为"难治性癫痫，癫痫性脑病（婴儿痉挛症?），上呼吸道感染，肝功损害，遗传代谢病?"。予"左乙拉西坦 1 次 0.4mL，1 日 2 次，逐渐加量至 1 次 1.3mL，1 日 2 次"，共 2 周患儿发作无变化，遂减为"1 次 1mL，1 日 2 次，至今"。5 周前添加"托吡酯 1 次 3.125mg，1 日 2 次，逐渐加量至 1 次 25mg，1 日 2 次，至今"，"ACTH 19 单位/日静脉滴注"，4 周后改为"强的松 1 次 5mg，1 日 2 次，至今"。同时给予"维生素 B₆"静脉及口服治疗，患儿发作无明显变化。于 11 天前开始添加中药汤剂治疗，发作频率减少，1 天或无或 1～2 次发作，表现形式同前，每次持续 1～5 分钟。共住院 55 天，家长要求自动出院。患儿自发病 3 个月以来精神反应可，现能认人、能逗笑出声、能竖头、四肢活动对称，吃奶可，二便可。近日无发热、咳嗽、气促、发绀，无溢奶、呛奶等。为求进一步诊治今日经我门诊收入院。现症：神清，反应可，日间时有发作，发作次数为 1～2 次/日，表现为成串屈肌痉挛样发作，每次持续 1～5 分钟，无发热，无咳、痰、喘，无喘息、气促、面色发绀，无阵发性烦躁不安，无吐奶、腹泻，吃奶可，二便可。头围 40cm，前囟平软未闭，约 1.5×1.5cm 大小，无凹陷及膨隆，舌淡红，苔薄白，指纹浮紫，咽不红。

患儿 3 个月余可抬头，现不会翻身，注视、追视可，能认人。生后母乳喂养，未添加辅食。体重增加良好，现体重 10kg。

个人史： 第 1 胎，第 1 产，足月顺产，产程顺利，出生时体重 3950g，生后无窒息缺氧。

既往体健，否认家族史及药物及食物过敏史。

辅助检查：

①视频脑电图（2016－2－7，重庆医科大学附属某医院）：正常脑电图。

②视频脑电图（2016－2－23，重庆医科大学附属某医院）：异常脑电图：①睡眠期多灶性棘/尖波或 1.5～2Hz 棘/尖波－慢波发放；②痉挛/强直痉挛发作时 EEG 为全脑电压减低，其上重叠极低波幅快节律－全脑不规则慢波夹杂肌电活动，仅有 1 次伴右侧额区尖波发放。

③颅脑核磁（2016－2－10，重庆医科大学附属某医院）：脑部 MR 未见明显异常。

④肝功能（2016－2－15，重庆医科大学附属某医院）：总蛋白 52g/L，球蛋白 8.1g/L，谷丙转氨酶 83.7U/L，谷草转氨酶 73.4U/L。

⑤遗传代谢病筛查、癫痫相关基因检测（尚未回报）。

现服药： 左乙拉西坦，1 次 1mL，1 日 2 次。

托吡酯，1 次 25mg，1 日 2 次。

醋酸泼尼松片，1 次 5mg，1 日 2 次。

中医诊断： 小儿痫病（胎痫）。

西医诊断： ①癫痫，婴儿痉挛症？②遗传代谢性疾病？③肝损害。

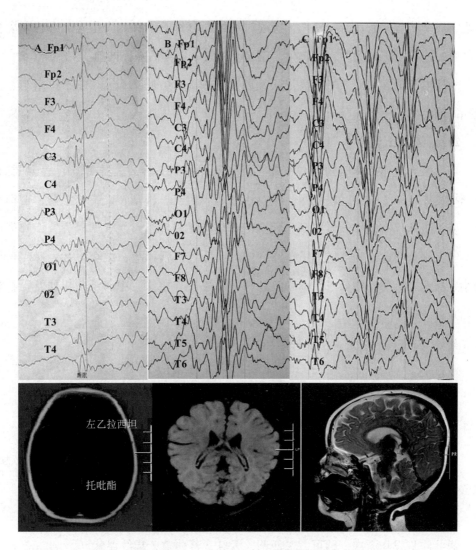

图1　系列脑电图：入院前（A），入院后发作间期（B），

入院后发作期（C）；入院后复查颅脑 MRI（DEF）

治法：助阳培元，安神开窍。

处方：益智宁神汤加减。

紫河车 15g　　石菖蒲 15g　　制远志 10g　　郁金 6g

全蝎 6g　　　　太子参 15g　　黑顺片 5g^{先煎}　麻黄 5g

水煎 120mL，分 3 次服，1 日 1 剂。

西药同前。

2016 - 4 - 6 住院中

药后患儿前 2 天未发作，后 3 天发作同前，每日 2 次。表现为意识丧失，双目凝视，成串四肢屈肌痉挛样发作，持续时间约 6 分钟，予针刺人中穴、合谷穴后自行缓解，缓解后患儿哭闹，吃奶可，无二便失禁。发作后查体同前。

中药继予前方。西药醋酸泼尼松片减量至早 5mg、晚 2.5mg。左乙拉西坦、托吡酯同前。

2016-4-12 住院中

药后患儿发作持续时间明显缩短，发作间隔延长，今日发作 2 次，表现同前，分别持续 2 秒和 3 分钟。吃奶可，大、小便可。舌红，苔薄黄，指纹浮紫，咽稍充血。鉴于患儿仍有发作，属患儿先天禀赋不足，元阴亏乏，后天调摄失宜，脾失运化，脾虚则痰盛，痰随气逆，横窜经络，引动肝风，则抽搐，结合患儿舌脉，辨证为小儿痫病之胎痫。中药应治以和解肝脾、镇惊安神之法。中药予柴胡加龙骨牡蛎汤加减。

柴胡 10g　桂枝 10g　　生龙骨 15g^{先煎}　生牡蛎 15g^{先煎}

党参 15g　黄芩 10g　　白芍 15g　　　地龙 10g

干姜 6g　甘草 6g　　煅磁石 15g^{先煎}　清半夏 10g

全蝎 6g　紫河车 10g

水煎 120mL，分次服，1 日 1 剂。西药醋酸泼尼松片由早 5mg、晚 2.5mg 改为 1 次 7.5mg，1 日 1 次。余药同前。

2016-4-15 住院中

患儿昨日发作 3 次。纳可，二便调，舌红，苔薄黄，指纹浮紫。

处方：中药易方辛附汤以助阳化湿，息风止痉。

全蝎 6g　　　黑顺片 3g^{先煎}　细辛 2g　石菖蒲 6g

麸炒僵蚕 6g　党参 6g　　甘草 6g　制远志 6g

清半夏 6g　茯苓 10g　　陈皮 6g

水煎 120mL，分 3 次服，1 日 1 剂。西药醋酸泼尼松片减量至 1 次 2.5mg，1 日 2 次。余药同前。

2016-4-18 住院中

药后患儿昨日发作 1 次。无其他不适，舌红，苔薄黄，指纹浮紫。

处方：中药继予前方加减。

全蝎 6g	黑顺片 5g^{先煎}	细辛 3g	石菖蒲 15g
地龙 6g	党参 10g	甘草 6g	制远志 10g
清半夏 10g	茯苓 10g	陈皮 10g	浙贝母 6g
紫河车 10g	炒酸枣仁 10g	鹿茸片 1g	

水煎 120mL，分 3 次服，1 日 1 剂。西药醋酸泼尼松片减量为 1 次 2.5mg，1 日 1 次，余西药同前。

2016－4－22 住院中

每日发作 0～2 次，表现同前，持续约 4 分钟后缓解，缓解后哭闹，余无异常。舌红，苔薄黄，指纹浮紫。

中药治疗同前。西药停用醋酸泼尼松片。左乙拉西坦、托吡酯同前。

2016－4－24 住院中

药后患儿昨日下午 5 点、今日晨起 8:30 各发作 1 次，表现形式同前，持续 2～4 分钟不等，缓解后哭闹，发作后查体同前。

基因分析报告：检测到本患儿 CDKL5 基因有 1 个杂合突变：c. 2648_2651del（缺失），导致氨基酸改变 p. S883fs.（移码突变）。该变异不属于多态性位点，在人群中发生率极低，可能导致蛋白质功能受到影响。在 HGMD 专业版数据库中未见报道，经家系验证分析，受检人之父母该位点均无变异，此变异为自发突变。结合患儿病情特点，故目前诊为类细胞周期蛋白依赖性蛋白激酶 5 基因突变相关癫痫性脑病，其癫痫发作为其主要核心症状，可表现为在早期出现、反复发作的惊厥，间期脑电图正常，逐渐发展至婴儿痉挛，高度失律，最后发展为难治性强直、肌阵挛癫痫。伴有精神发育停滞或倒退，并渐出现类似 Rett 综合征的表现。本病对多种抗癫痫药物均显示抗药性，生酮饮食、促肾上腺皮质激素亦不理想，预后不良。鉴于患儿昨日仍有发作，发作持续时间较前减少，提示目前治疗有效，可继前治疗观察。

2016－4－27 住院中

昨日晨起体温 37.7℃，给予小儿柴桂退热颗粒 1 次 2.5g，1 日 3 次。体温降至 36.7℃，夜间及今日晨起体温正常。昨日无发作，鼻稍塞、无明显流涕，轻咳，无痰、喘，无吐泻，食欲、二便可。舌红，苔薄黄，指纹浮紫，咽稍红。

查肝功能：正常。

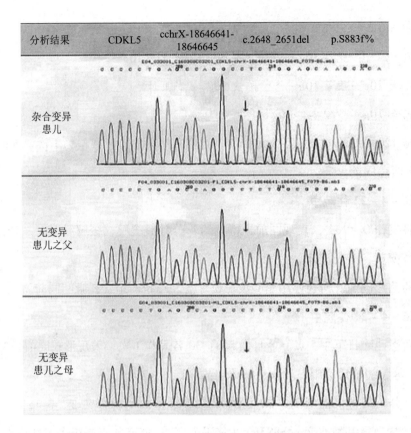

| 分析结果 | CDKL5 | cchrX-18646641-18646645 | c.2648_2651del | p.S883f% |

图2 患儿癫痫基因结果：CDKL5（c.2648_2651 缺失），患儿父母相应位点无变异。

处方：中药继予前方加减。

全蝎 6g   黑顺片 5g^{先煎}   细辛 3g   石菖蒲 15g

地龙 6g   党参 10g   甘草 6g   制远志 10g

清半夏 10g   茯苓 10g   陈皮 10g   浙贝母 6g

炒酸枣仁 10g

水煎 120mL，分 3 次服，1 日 1 剂。

西药左乙拉西坦减量至 1 次 0.6mL，1 日 2 次。托吡酯同前。

2016 - 5 - 1 住院中

药后患儿每日发作 0~2 次，表现形式基本同前，均持续 5 分钟，自行缓解，缓解后哭闹，发作后查体同前。稍鼻塞、无明显流涕，无咳、痰、喘，无吐泻，食欲、二便可。双肺呼吸音粗，舌红，苔薄黄，指纹浮紫，咽稍红。

中药继予前药。西药左乙拉西坦减量至 1 次 0.5mL，1 日 2 次。余同前。

2016 – 5 – 9 住院中

药后患儿近日感冒发烧，发作较前增多，昨日发作 3 次，表现形式基本同前，分别持续 2 ~ 5 分钟不等，均能自行缓解，缓解后哭闹，发作后查体同前。无咳、痰、喘，无发热，食欲、二便可。舌红，苔白，指纹浮紫，咽稍红。

鉴于患儿外感引发抽搐，中药治以疏肝清热，镇惊止痉。中药予柴胡龙骨牡蛎汤加减。

柴胡 10g　桂枝 10g　生龙骨 15g^{先煎}　生牡蛎 15g^{先煎}

黄芩 10g　白芍 15g　地龙 6g　　麸炒僵蚕 10g

干姜 6g　甘草 6g　煅磁石 15g^{先煎}　清半夏 10g

党参 10g　全蝎 6g　蜈蚣（条）1 条　青羊参 6g

水煎 120mL，分 3 次服，1 日 1 剂。

西药左乙拉西坦减量至 1 次 0.4mL，1 日 2 次。余同前。

2016 – 5 – 14 住院中

药后患儿现以痉挛发作为主要表现形式，其中强直成分持续时间稍长，发作次数为 1 日 1 ~ 2 次，约间隔 1 天发作，偶每日均有发作，发作形式同前，持续时间 2 ~ 5 分钟不等，自行缓解，缓解后哭闹，发作后查体未见异常。无咳、痰、喘，无发热，食欲、二便可。

患儿主因反复惊厥 3 月，加重 2 个月于 2016 – 4 – 1 经门诊收入院，经治疗好转今日出院，共住院 43 天。

中药继予前方。西药中左乙拉西坦，每 5 天减量 1 次 0.1mL 至停用，托吡酯同前。

2016 – 5 – 31 复诊

药后患儿发作 2 次，由惊吓诱发，表现同前，持续时间 2 分钟左右。精神状态好，活动量大，纳可，二便调。舌淡红，苔薄白，指纹青。

处方：中药改为豁痰镇惊、开窍息风的涤痰汤加减。

石菖蒲 10g　　　胆南星 6g　　　天麻 10g　　　川芎 10g

陈皮 10g　　　　茯苓 15g　　　羌活 6g　　　　铁落花 10g^{先煎}

煅青礞石 10g^{先煎}　煅磁石 15g^{先煎}　麸炒枳壳 10g　甘草片 6g

党参片 15g　　　清半夏 10g　　　全蝎 5g　　　青果 10g

沉香 3g^{后下}

水煎 120mL，分 3 次服，1 日 1 剂。

西药托吡酯同前。

2016 – 6 – 30 复诊

药后患儿 25 天未发作。白天睡眠中有一过性抖动，睡眠尚可，气温高时易烦躁，面色通红，无汗，开空调后缓解。平日精神好，活动量大，易烦躁，可左右翻身，有向前爬行的动作，抬头稳，能维持 5～6 秒，纳可，大便稍稀，偶有稀水样便，呈蛋花汤样，每日 1～3 次，便前哭闹，不吐，偶有晨起，体温 37.3℃，白天降至正常，小便调。

考虑患儿伴有夏季热，中药予上方中加荷梗、莲子心、沙参。

西药托吡酯有闭汗导致体温升高的副作用，故减量由 1 次 25mg，1 日 2 次，减至早 25mg、晚 12.5mg。

2016 – 7 – 28 复诊

药后近 1 个月出现 7 次疑似发作，均为睡眠时突然哭闹，双目直视，可见眼球转动，眼睑红，未见肢体抽动，持续约为 30 秒～2 分钟后缓解。平素有揉眼症状，纳眠可，大便时有不成形，小便调，舌淡红，苔白，指纹淡红。

中药继予上方减羌活、青果，加制远志 10g，炒酸枣仁 10g，浙贝母 6g，钩藤 15g后下，郁金 6g，蜈蚣 1 条，菊花 10g，青葙子 10g，水煎 120mL，分 3 次服，1 日 1 剂。

西药托吡酯减至 1 次 12.5mg，1 日 2 次。

2016 – 10 – 1 复诊

药后患儿近 2 周共发作 4 次。症见：双眼突然睁开，呈惊恐状，同时双上肢向上伸展，双下肢伸直、僵硬，意识稍清楚，轻度咂嘴，并呈叹气样发生，全程持续 1～2 分钟后缓解，缓解后无烦躁、哭闹。患儿现 11 个月 3 日龄，能翻身，不会爬，不能扶站，会喊"妈妈"。平时活动量大，精神可，头围 45cm，体重 12kg，纳眠可，二便调，舌淡红苔白，指纹青。

中药继予前方减枳壳、浙贝母、钩藤、郁金、蜈蚣、菊花、青葙子，加紫河车 3g，细辛 3g，皂角刺 6g，鹿茸 1g，水煎 150mL，分 3 次服，1 日 1 剂。

西药托吡酯同前。

2017 - 3 - 28 复诊

药后患儿仍每 2 周发作 2 次左右，余无不适。

24 小时动态脑电图（2017 - 3 - 3，重庆某医院）：睡眠期双侧额 - 中央 - 前颞区（右侧为著）可见中量尖波、尖慢波同步发放。

肝肾功能：正常。

中药继予前方加减。

西药加服氨己烯酸 1 次 250mg，1 日 2 次，并逐步加量至 1 次 500mg，1 日 2 次。3 个月发作未见减少，逐步减停氨己烯酸。

2018 - 10 - 9 托吡酯片逐步减量至早 6.25mg，晚 12.5mg，加服氯巴占 1 次 2.5mg，1 日 2 次，逐渐加量至早 7.5mg，晚 10mg，效果不明显。2019 - 4 - 16 加用生酮饮食，发作未见减少。

2020 - 2 - 5 复诊

药后患儿 2 周发作 1~2 次，多为晨起发作，症状同前，1~2 分钟缓解，缓解后无不适。现患儿运动功能发育正常，走路平稳，可跑跳；语言发育较落后。纳可，二便调。舌淡红，苔白，脉平。

处方：附辛汤加减。

紫河车 15g　　石菖蒲 15g　　制远志 10g　　郁金 6g

全蝎 6g　　　太子参 15g　　黑顺片 5g^{先煎}　　细辛 3g

全蝎 3g　　　党参 10g

水煎 120mL，分 3 次服，1 日 1 剂。

西药托吡酯减量至 1 次 6.25mg，1 日 2 次。氯巴占同前。继予生酮饮食。

按：早发性癫痫脑病是指于新生儿或婴儿早期发病的一类癫痫，其频繁的癫痫发作与癫痫性放电对大脑发育危害较大，严重影响婴幼儿的认知功能及感觉和运动发育。早发性癫痫脑病不是一个独立疾病，而是一组癫痫的总称，包括大田原综合征、早期肌阵挛脑病、West 综合征、Dravet 综合征等，以及部分尚未明确分类的癫痫。类细胞周期蛋白依赖性蛋白激酶 5（CDKL5）基因突变相关的早发性癫痫性脑病，国内报道较少，亦未检索到中医药治疗该病的文献。

CDKL5 基因定位于 Xp22.13，有 20 个外显子，其编码蛋白由 1030 个氨基酸组成。2003 年 Kalscheuer 等首次将 CDKL5 基因与疾病联系起来，其报道 2 例女性婴儿痉挛患儿中发现 CDKL5 基因突变，其临床上表现为严重惊厥、全面性发育迟滞和重度智力低下。目前世界报道已有 80 多种的 CDKL5 基因突变类型，受累患儿多为散发病例，以女性自发突变为主，少见男性患儿。具有 CDKL5 基因突变的癫痫性脑病也称为 CDKL5 - 相关脑病，Bahi - Buisson 等对以往病例总结发现，CDKL5 - 相关脑病患儿的癫痫发作可以分为 3 个阶段：第 1 阶段生后 3 个月内惊厥，反复发作，脑电图发作间期正常；第 2 阶段为婴儿痉挛，脑电图可为高幅失律为特征；第 3 阶段发展至难治性强直或肌阵挛癫痫。CDKL5 - 相关脑病男女患儿比例悬殊，表型与性别关系密切，这应与 X - 连锁显性遗传有关。本例报道女婴 CDKL5 基因发现 c. 2648_2651 缺失的杂合突变，为新生突变。该患儿病史特点：女性，生后 2 个月起病，初期反复部分性惊厥发作，渐出现痉挛发作，伴有明显的精神运动发育迟滞，结合基因检测符合 CDKL5 基因突变的癫痫性脑病。该患儿就诊本院之前，先后应用"左乙拉西坦、托吡酯、促肾上腺皮质激素（ACTH）、维生素 B_6、强的松"以控制癫痫发作，效果欠佳。该患儿家属曾寻求当地中医治疗，以柔肝止痉为治疗大法，发作控制仍不理想。

该患儿初诊时：体重 10kg，头围 40cm，精神反应可，面色㿠白，无光泽，肌张力稍低，右下肢活动度较左下肢少，四肢末梢温。且平时自主活动少，可因惊吓诱导发作，舌淡、苔薄白、指纹淡紫。根据病理体质分析，该患儿精神较弱，精神运动发育迟滞，形体虚胖，舌淡苔白，属于脾肾阳虚的病理体质。

小儿痫病的辨证应首分阴阳，该患儿抽搐频繁发作（脑电图发作时全脑电压减低，并重叠极低波幅快节律 - 全脑不规则慢波，属于虚痫），经久不愈当属于阴痫范畴。痫病的基本病机为痰浊内伏、气逆风动。痰浊的来源为脾虚失运，小儿"脾常不足"易于湿聚为痰，再感受惊、恐、食积、发热等诱因而至气机逆乱。痰随气逆，蒙蔽清窍可致神昏，引动肝风可见抽搐。因此，小儿阳痫以豁痰开窍、顺气息风为主。而本例病人 5 月龄，发病已有 3 个月，且发作频繁，每次抽搐时间较长（5~7 分钟），结合舌象、指纹等辨证属于脾肾阳虚，温煦乏力，痰浊日久不化，故发作经久不愈的阴痫。治以温阳豁痰、息风止痉为大法，应用自拟附辛汤方随症加减：附子为大辛大热之品，可通行十二经络，温五脏之阳，细辛搜剔经络伏痰，辅助附子温散深入少阴之寒痰，共温肾阳为君药；鹿茸血肉有情之品，味甘、咸，生精补髓，养血益阳，石菖蒲辛温芳香，豁痰理气，开窍宁神，两药合用，填精益髓，豁痰开窍；全蝎、僵蚕息风止痉、化痰通络，远志安神定志、半夏燥湿化痰、陈皮理气健脾；茯苓健脾补中，配合石菖蒲健脾顺气，涤痰开窍，党参甘平，补中益气，辅助附子温补脾阳以化痰，甘草甘平，调和诸药，并可健脾化痰，佐制附子、全蝎、半夏的毒性。诸药合用，共奏温阳豁痰、息风止痉之效，以达标本兼施之旨。此方服用20余天后，患儿发作频率由每天2次，每次持续5~7分钟，减少至2天1~2次，每次持续1~3分钟。2020年2月5日网诊，患儿服药3年余，现每两周发作1~2次，症状较为轻微，智力发育较同龄儿童稍有落后，运动功能发育正常。

对于不明原因早发癫痫性脑病，基因检测既可帮助明确癫痫的病因，又可对疾病进行风险评估，不失是一种好的诊断方法。此类患儿大多对抗癫痫药物治疗效果不佳，促肾上腺皮质激素（ACTH）和生酮饮食对控制发作也未见明显疗效，有报道大剂量使用维生素 B_6 似乎可改善症状，但还缺乏确切的证据。因此有必要试用中医药治疗此病，希望能取得一定的疗效。

【案30】

男，7个月。家庭住址：天津市河北区。就诊时间2014-11-8。病历号34767。

主诉： 出现愣神2个月，加重伴间断性肢体抖动1个月。

现病史： 2个月前（5月龄）患儿疑因注射"百白破"疫苗后开始出现愣神、呼之不应，每日发作1~2次，持续时间约5分钟，可自行缓解，缓解后无不适，家长未予重视。后症状进行性加重，开始出现嗜睡，精神运动发育倒退。症见：眼追视差，对声音反应差，不主动抓物，精细动作差，少被逗乐。1个月前（6月龄），疑因注射"流脑"疫苗后出现一过性肢体抱球样抽搐一下，无面色改变等，缓解后有哭闹，遂于2014-10-15去天津市某医院就诊，查EEG示"全导痫样放电伴痉挛发作。醒、睡各期，各导联见多量高波幅棘波、棘-慢波、尖-慢波，多以阵发样发放"，MR示"双侧额、顶叶片状稍长T2信号；脑室、脑外间隙增宽；左侧上颌窦黏膜增厚"，诊断为"婴儿痉挛症"，收住院治疗，这期间予"托吡酯"口服，肌注"氯硝西泮0.5mg"治疗，症状未见明显好转。住院期间患儿每日均见发作，一天3～4次，每次1～10串，发作表现同前，可自行缓解，缓解后有哭闹。10天前就诊于北京大学某医院，诊断为"婴儿痉挛症"，继予"托吡酯"口服，药后仍未见缓解。现为进一步诊治，遂来我处就诊。

现症： 患儿每日均有发作，每日发作2～3次，每次8～15串，清醒次数多、睡眠次数少。症见：意识丧失，先出现双眼、头部摆动寻物样，后出现肢体抱球样抽搐，持续时间约5分钟，可自行缓解，缓解后有哭闹，时可入睡。

患儿精神运动发育差，追视差，少逗乐，少被声音吸引，易哭闹，偶有喘大气，偶有用手拨耳动作，纳可，寐安，二便调。舌质淡，苔薄白，指纹淡红。

个人史： 第1胎，第1产，足月，剖宫产（羊水早破），出生时健康状况良好。

围产期异常史： 脐绕颈（2圈）、羊水早破。

否认家族史、药物/食物过敏史。

辅助检查：

①视频脑电图：醒、睡各期，于各导见多量高波幅棘波、棘-慢波、尖-慢波，多以阵发样发放。

②颅脑 MR：双侧额、顶叶片状稍长 T2 信号；脑室、闹外间隙增宽；左侧上颌窦黏膜增厚。

③血生化全项：正常。

④心电图：正常。

现服药： 托吡酯1次12.5mg，1日2次。

中医诊断： 痫病（虚痫）。

西医诊断： 癫痫，婴儿痉挛症。

治法： 温阳逐痰，开窍息风。

处方： 中药予附辛汤加减。

全蝎5g 　　黑顺片3g^先煎 　　细辛2g 　　石菖蒲6g

炒僵蚕6g 　　甘草片6g 　　淡豆豉6g

水煎120mL，分3次服，1日1剂。

西药： 托吡酯增量至1次25mg，1日2次。并给予促肾上腺皮质激素（ACTH）

冲击疗法：ACTH20IU 静脉滴注，每日1次，共14天。相应补充钙、钾、维生素等。

2014 – 11 – 22 复诊

药后 2014 – 11 – 10 无明显诱因发作 1 次，表现为早晨清醒时抽搐，约 5 次，每次 10 串，伴有意识丧失，双眼、头部摆动，肢体抱球样抽搐，持续 5 分钟，缓解后啼哭入睡。后再未发作。现流涕，无喷嚏，咳嗽，昼重夜轻，少痰，不易咯出，无热，纳寐可，大便不成形，日 5~6 次。

中药继予上方加苏叶 6g，杏仁 6g，水煎 120mL，分 3 次服，1 日 1 剂。

西药停用 ACTH 冲击疗法，改为强的松 10mg 晨起顿服。碳酸钙 1 次 1 袋，1 日 3 次。钾水 1 次 3mL，1 日 3 次。托吡酯 1 次 25mg，1 日 2 次。

2014 – 12 – 6 复诊

药后患儿 26 天未发作，患儿现 8 个月大，大运动可，可爬，但双上肢偏软，精细运动欠佳，不抓物，不会捏物；与家长眼神交流欠佳。

近 2 日外感，喷嚏，流清涕，寐时息粗，似有痰鸣，饭后腹胀，矢气较前减少，纳可，大便混有不消化奶液，一日 4~5 行，小便调。舌质淡红，苔白，指纹青。

中药继予前方减杏仁，加荆芥 6g，皂角刺 6g，太子参 10g，水煎 120mL，分 3 次服，1 日 1 剂。

西药同前。

2014 – 12 – 20 复诊

药后患儿 1 个月零 9 天未发作。3 天前外感，现喷嚏，流清涕，无发热，咳嗽，仍不追物，不抓物，肢力偏软，纳可寐安二便调。舌质淡红，苔薄白，指纹青。

查肝肾功能： 正常。

中药继予上方减皂角刺、太子参，加金银花 10g，炒鸡内金 6g，水煎 120mL，分 3 次服，1 日 1 剂。

西药强的松减至 1 次 5mg，晨起顿服，余药同前。

2015 – 1 – 3 复诊

药后患儿 1 个月 22 天未发作，已有主动追物、抓物意识，动作缓慢，肢力偏软。现外感愈，纳可寐安，大便偶有黏液。舌淡红，苔薄白，咽不红。

中药继上方减紫苏叶、荆芥、金银花、炒鸡内金，煎 120mL，分 3 次服，1 日

1 剂。

西药停服强的松、碳酸钙、钾水，托吡酯同前。

2015 −4 −25 复诊

药后患儿 5 个月 14 天未发作。无不适，纳少，大便头干，一日一行，小便可。舌质淡红，苔白，指纹红。

查肝肾功能： 正常。

中药继予前方加减；西药托吡酯由 1 次 25mg，1 日 2 次，减量至早 18.75mg、晚 25mg。

2016 −1 −9 复诊

药后患儿 1 年 1 个月 28 天未发作。患儿现 1 岁 7 个月，运动、智力、理解力发育快，语言发育稍慢。余无不适，纳寐可，二便调。

查肝肾功能： 正常。

中药继予前方加紫河车 2g，五味子 6g。西药托吡酯减量至 1 次 18.75mg，1 日 2 次。

2018 −2 −7 随访

药后 3 年 2 个月无发作，正常上幼儿园，发育均可。

查肝肾功能： 正常。

继予前方治疗。

按： 本例婴儿痉挛症为中西医治疗典型病例之一。该患儿发作有明显的诱因，即在 5 个月龄时因注射疫苗而引起，此类情况在婴儿痉挛症初次发病中并不少见，特别是注射"百白破""流脑""乙脑"后引起发作。

从中医角度来看，该病儿发病年龄较小（5 月龄），与先天禀赋不足有关，结合其抽搐频繁，精神运动发育差，眼追视差，少逗乐，少被声音吸引，舌质淡苔薄白，指纹淡红等，辨证为肾精亏乏，阳失温煦，顽痰阻窍，引动肝风。治疗法则以温阳逐痰、开窍息风为主，方选附辛汤加减。该方为自拟方，方中黑顺片为君，取其大辛、大热之性，温补肾阳，以助运化，祛除闭窍之顽痰；细辛性温味辛，其有辛香走窜、宣泄郁滞、上达颠顶、通利九窍之功，助附子搜刮伏于脑络之残痰为臣药；全蝎、僵蚕、石菖蒲息风豁痰开窍亦为臣药；淡豆豉辛散苦泄性凉，既能疏散表邪，又能宣发郁热，以防附、辛之品过热致火，亦可防止患儿体虚易于感受外邪故为佐药；甘草即可调和诸药，又可解附、辛、蝎之毒为使药。全方虽含有有毒之品，但服用 3 年未见肝肾、心电图等不良反应。

婴儿痉挛症三大主症之一是认知功能的损伤，本方加紫河车等血肉有情之品，益肾填精、振奋阳气，可促进脑部发育、增强智力，助力提升患儿的认知功能。

ACTH 是我国、美国及欧洲治疗婴儿痉挛症的临床一线用药，1958 年 ACTH 被 Sorel L 报道后便被广泛应用于临床，有学者认为，婴儿痉挛症对隐源性组的短期控制、远期预后及发育的治疗优胜于症状性组；并且在隐源性组中病程少于 2 个月者疗效优胜于症状性组。

ACTH 的使用方法与剂量目前有两种观点，一种是小剂量即静滴 20IU/d，另一种是大剂量静滴 40IU/d，治疗 2 周后评价疗效，有效者改为泼尼松口服，无效或效差者原量继予 ACTH 静滴 2 周后改口服泼尼松，口服泼尼松 2 周后逐渐减量至停用。多篇文献报道显示：静点 ACTH 治疗婴儿痉挛症的大剂量组与小剂量组在减少阵挛发作、改善脑电图节律等方面无明显区别，而大剂量组出现不良反应的情况尤其以高血压发生率较小剂量组突出，同时大剂量组对认知的影响较小剂量组明显。因此，本例患儿由于其病程较短，故在中药的基础上加用 ACTH 静滴 20IU/d 治疗，药后第二天开始发作缓解，按疗程使用后未在反复。

【案 31】

男，7 岁。家庭住址：河北省唐山市。就诊时间 2016 – 9 – 10。病历号 41901。

主诉：点头伴躯干及四肢僵直 2 个月，脑电图异常 7 年。

现病史：患儿出生时为低体重儿，并伴低血糖，查颅脑 CT 示"两侧侧脑室体不规则略扩大伴侧脑室体旁脑白质成分略少"。7 年前（7 月龄时）无明显诱因于晨醒时出现发作。症见：意识欠清，点头，伴躯干及四肢僵直，无抽搐，一天 2 ~ 3 串，一串 10 余次，每串持续 1 分钟左右后自行缓解，缓解后乏力。就诊于北京大学某医院，查颅脑 MRI 示"脑室旁白质软化症"。诊断为"癫痫、婴儿痉挛症"，后住院治疗，予"托吡酯 1 次 25mg，1 日 2 次""ACTH"治疗后未见临床发作，后多次复查脑电图均示"异常脑电图"，为求减停西药，特来我门诊就诊。

现症：现患儿 8 周岁，幼儿园大班，近 7 年未见癫痫临床发作，10 个月能独坐，2 岁半能独走，跑跳至今欠协调，精细活动欠佳，语言能力、沟通能力可，叙述能力欠佳，逻辑思维能力差，注意力不集中，小动作多，脾气温和，无攻击及秽语行为。纳可，寐安，二便调。

个人史：第 2 胎，第 2 产，足月，剖宫产。出生时健康状况：低体重儿、低血糖症。

围产期异常史：妊娠高血压综合征、子痫。

既往史：低血糖症、新生儿缺血缺氧性脑病、精神发育欠佳。2009 年 8 月于海军某医院行干细胞治疗。

否认家族史及药物/食物过敏史。

辅助检查：

颅脑 CT（2009 - 2 - 12，唐山市某医院）：两侧侧脑室体不规则略扩大伴侧脑室体旁脑白质成分略少。

颅脑 MRI（2009 - 2 - 14，迁安市某医院）：双侧侧脑室周围异常信号，考虑髓鞘形成不良。

颅脑 MRI（2009 - 4 - 24，中国人民解放军某医院）：脑室旁白质软化症。

24 小时动态脑电图（2009 - 4 - 22，唐山市某医院）：异常脑电图，典型高峰失律波形。

视频脑电图（2009 - 6 - 23，北京大学某医院）：异常脑电图，醒睡各期稍多量左侧枕、后颞区中 - 高波幅棘波，3 ~ 4Hz 棘慢波散发，偶可波及同侧顶区，右侧枕区偶见。

视频脑电图（2011 - 10 - 30，北京大学某医院）：异常脑电图，醒睡各期稍多量枕区稍多低 - 中波幅棘波棘慢波散发或簇发，左侧著，睡眠增多。

视频脑电图（2014 - 6 - 5，北京大学某医院）：异常脑电图，醒睡各期左侧枕区多量中 - 高波幅 2.5 ~ 4Hz 棘慢波散发或连续发放，可波及对侧枕区及顶、后颞。

视频脑电图（2015 - 8 - 11，清华大学某医院）：异常脑电图，双侧后头部可见稍多低至中波幅棘波、棘慢波放电，睡眠期著。

尿代谢（2009 - 4 - 27，唐山市某医院）：未见异常代谢产物。

现服药：托吡酯，1 次 25mg，1 日 2 次（2009 年 4 月至今）。

中医诊断：胎痫（肾虚肝旺）。

西医诊断：癫痫，婴儿痉挛症。

治法：补肾平肝，调和阴阳。

方药：柴胡加龙骨牡蛎汤加减。

北柴胡 10g　龙骨 15g^{先煎}　牡蛎 15g^{先煎}　党参片 10g

黄芩片 10g　白芍 15g　炒僵蚕 10g　干姜 6g

甘草片 6g　煅磁石 15g^{先煎}　清半夏 10g　全蝎 3g

紫河车 6g

水煎 250mL，分 2 次服，1 日 1 剂。

西药托吡酯减量至早 12.5mg、晚 25mg。

2016 - 10 - 11 复诊

药后患儿 7 年 3 个月余未发作。患儿着凉后现偶恶心，家长述腹部稍胀，不伴明显腹痛，这期间呕吐 1 次，为胃内容物，余无明显不适。纳可，寐安，二便调。舌淡红，苔薄白，脉平。

中药予上方加片姜黄 10g，制吴茱萸 3g，水煎 250mL，分 2 次服，1 日 1 剂。

西药托吡酯减量至 1 次 12.5mg，1 日 2 次。两周后改为 1 次 12.5mg，1 日 1 次，1 周后停服。

2016 - 12 - 22 复诊

药后患儿 7 年 5 月余未发作。停服托吡酯后，患儿认知能力较前改善，但注意力不集中，小动作多，脾气可。纳可，寐安，二便调。舌淡红，苔白厚，脉滑。

中药予前方减全蝎，加石菖蒲 10g，酒五味子 10g，薏苡仁 10g，白豆蔻 10g，水煎 250mL，分 2 次服，1 日 1 剂。

2017 - 9 - 9 复诊

药后未作 8 年 2 个月余。患儿注意力改善，仍不能长时间专注某一事物，易走神，小动作较前减少，脾气改善。纳可，寐安，二便调，已上学。舌淡红，苔白，咽不红。

中药予前方减牡蛎、干姜、石菖蒲、薏苡仁、白豆蔻，加佛手 10g，玫瑰花 6g，珍珠母 15g^{先煎}，茯苓 15g，水煎 250mL，分 2 次服，1 日 1 剂。

2018 - 3 - 3 复诊

药后患儿 8 年 8 个月未发作。患儿注意力集中时间较短，学习成绩较差，余无明显不适，纳可，寐安，二便调。舌淡红，苔白，脉平。

查动态脑电图（2018-1-27）：异常脑电图（未见痫性放电）。清醒脑电图：以8~12Hz节律为基本节律，波幅40~80Uv；睡眠脑电图：双侧可见纺锤波及顶尖波。

肝肾功能：正常。

处方：中药易方为河车八味丸加减。

酒萸肉10g	牡丹皮6g	茯苓15g	泽泻6g
熟地黄15g	山药片6g	紫河车5g	半枝莲15g
天麻10g	肉桂6g	防风6g	白花蛇舌草15g

水煎250mL，分2次服，1日1剂。

2019-8-14复诊

药后患儿10年1个月余未发作。患儿现无不适，学习成绩一般，纳眠可，二便调。舌淡红，苔白，脉平，咽不红。

查动态脑电图（2019-7-11，本院）：正常脑电图。

肝肾功能：正常。

处方：中药予前方加减。

酒萸肉10g	牡丹皮6g	茯苓15g	泽泻6g
熟地黄15g	山药片6g	紫河车5g	陈皮10g
清半夏10g	玄参10g	甜叶菊叶1g	麻黄3g
升麻6g	北柴胡6g		

水煎400mL，分2次服，2日1剂。

一个月后停药。嘱停药后半年、一年各查1次动态脑电图。

按：患儿7月龄时出现发作，经过托吡酯、ACTH治疗2个月停止发作，后长期服用托吡酯1次25mg，1日2次。初诊已7年未发作，但存在两个问题，一是多次监测脑电图显示均异常；二是认知功能障碍，智力发育迟缓，中医药治疗主要解决上述两个问题。治疗分两个阶段：第一纠正脑电异常，使用柴胡加龙骨牡蛎汤加减，其依据是：①根据脑电图辨证：以尖、棘、快波单一出现或混杂出现为主多是实证；以单独慢波或以慢波为主多是虚证；以尖慢波、棘慢波、多棘慢波或实证波及虚证波混杂交替出现多为虚实夹杂证。②婴儿痉挛症属中医学胎痫范畴，以虚证为主。因此，在这个阶段主要是肾虚肝旺，阴阳失和，治疗以补肾平肝、调和阴阳为要，重点是纠正大脑异常放电，防止癫痫复发。第二阶段是提高认知功能，本例患儿认知损伤大体有三个原因：①发病年龄较小（7个月），智力发育尚处于萌芽阶段；②婴儿痉挛症三大主症之一即认知损伤；③抗癫痫药物影响（托吡酯）患儿认知功能。中医辨证为肾虚精亏，窍闭髓空，根据2018-1-27动态脑电图大致正常（仅有少量虚证波），改用河车八味丸加减治疗，重点提高患儿认知功能。另外，尽量保证在癫痫不复发的基础上减停抗癫痫药物。

河车八味丸益肾填精，充髓通脑。方中加用升麻、柴胡、麻黄升举清阳，以防众腻之品以耐脾胃之运化，影响食欲，此为佐药。三药还可作为引经药，携诸药上行达脑，又可认为是使药。临床体会，加用此类药物可明显提高疗效。

第四节

月经性癫痫

临床中发现许多女性癫痫患儿（者）的癫痫发作并不是杂乱无章的，发作存在一定的规律，通常在月经周期中的某个时段癫痫发作频率较平时增加两倍以上或者程度恶化，认为这种癫痫发作与月经周期的激素变化相关，称为月经性癫痫（catamenial epilepsy，CE）。Herzog 等在 1977 年将月经性癫痫分为三型：①月经期月经性癫痫：月经期（-3 天至 +3 天），癫痫的发作频率增加。月经前期孕激素及其代谢产物的水平急剧下降，对 γ - 氨基丁酸 a 型（GABAa）受体的作用降低，神经元的兴奋性升高。早期临床研究表明，黄体期末期水潴留，神经元细胞肿胀，动物模型中则表现为兴奋性增高，人体内则表现为癫痫发作。②排卵期月经性癫痫：排卵期（+10 天至 -13 天）癫痫发作频率增加为特征。排卵期，雌激素（estrogen，E）水平达到峰值，而孕激素（progesterone，P）处于相对较低的水平，雌激素/孕激素的比率（E/P）最高，癫痫发作的频率和严重程度增加。排卵后随着雌激素水平的降低，孕激素水平的升高，E/P 的下降，癫痫发作的频率和严重程度也随之降低。③黄体功能不全型月经性癫痫：黄体功能不全的月经周期，癫痫发作的频率增加。患者血清孕激素水平低，黄体功能不足，无反射性排卵。由于血清孕激素缺乏，不足以维持 GABAa 受体的活性，大脑皮质运动神经元的兴奋性升高。月经性癫痫是女性癫痫的一种特殊形式，影响 10% ~ 70% 的女性癫痫患者，其中很多为育龄期女性，对患者的生活质量造成了严重影响。

月经性癫痫的发病机制尚未完全清楚。国内外有关文献表明其发病与周期性变化的雌激素水平、孕激素水平、雌孕激素比值、神经中枢的激素受体水平以及性激素对抗癫痫药物（antiepileptic drugs，AEDs）代谢影响有关。目前国际上对月经性癫痫的治疗方案尚未规范化，且存在诸多问题。部分 AEDs 通过影响性激素的分泌代谢，可导致月经周期紊乱、不孕等不良后果。AEDs 联合性激素治疗月经性癫痫会出现抑郁、乳腺增生、阴道出血、体质量增加等不良反应。

笔者近 5 年来对女性癫痫患儿进入青春期后癫痫发作的变化，以及癫痫发作与月经周期的关系、药物干预的结果做了一些探讨，介绍如下：

一、女性癫痫患者青春期发作频率变化及其影响因素研究

（一）青春期女性癫痫患者的一般资料分析

青春期是指人体生殖机能及生理机能成熟、心理和生理由儿童转到成人的时期。青春期女性具有内分泌系统发育成熟、生长发育加速、生殖系统发育成熟、月经来潮、心理变化很大等生理特征。此阶段女性癫痫患者，一方面需要适应正常的生理变化、心理变化、社会功能变化，另一方面需要承受癫痫发作、月经周期紊乱、骨质疏松、学习成绩下降、生活质量下降、自卑、社会歧视等造成巨大的生理和心理上的痛苦。因此，我们应特别关注青春期女性癫痫特殊群体，加强对此类人群的关爱。

本研究共收集 101 例青春期女性癫痫病例，其特征如下：①癫痫首发年龄：患者最小首发年龄为 4 个月，最大年龄为 12 岁，平均首发年龄为 6 岁。②月经初潮年龄：患者最小初潮年龄为 9 岁，最大初潮年龄为 15 岁，多数为 13 岁。③病程：患者最短病程为 4 年，最长病程为 40 年，平均病程为（13.13±6.58）年。④病史异常率：母孕史异常率为 26.73%，围产史异常率为 42.57%，既往史异常率为 36.63%，家族史异常率为 17.82%。其中家族史以癫痫和高热惊厥为主，围产史以脐带绕颈、出生窒息为主。各种病史均与癫痫发病紧密相关。⑤影像学检查异常率：CT/MRI 异常者占 30.69%。⑥脑电图异常率：疗前脑电图异常者占 87.13%，疗后脑电图异常者占 14.85%。⑦月经周期紊乱发生率者：正常青春期女孩人群月经紊乱比例不到 10%。本研究 101 例患者中，紊乱者为 23 例，占 22.77%。⑧发作类型：本研究中，全面性发作者占 76.24%，其中强直-阵挛发作者占 69.31%；局灶性发作

占 23.76%。⑨青春期前后发作频率变化：101 例患者中，青春期前发作频率以 6 个月发作 >6 次者占 30.70%，6 个月～1 年≤6 次者占 31.68%，未发作占 9.9%；青春期后发作频率以未发作为主，占 69.31%。⑩用药特点：总体用药以中西药联合为主。101 例患者中，单独使用中药者占 36.63%，中药联合西药者占 63.37%。中药散剂与中药汤剂使用比例基本一致：37 例患者中，使用中药散剂者占 45.95%，中药汤剂者占 54.05%。中西药联合以中药联合 1～2 种西药为主：64 例患者中，中药最多联合 6 种西药，其中中药联合 1 种、2 种西药者分别占 50%、25%。

（二）青春期女性癫痫患者的发作频率变化

Hippocrates 首次报道了青春期与癫痫发作的关系，认为癫痫发作常在青春期阶段消失，有利于癫痫疾病的控制。然而，更多的研究表明，患者进入青春期后发作加重，尤其女性癫痫患者，不利于癫痫疾病的控制。但是，这些研究多为病例报告，且观察周期短，存在较大局限性。之后，Diamantopoulos N 等报道，收集青春期前起病的癫痫患儿共 39 例（女 24 例、男 15 例），随访共 7 年，结果发现 87% 青春期阶段的患儿发作呈减少的趋势，女孩尤其明显。Rościszewska D 报道，收集女性癫痫患儿共 62 例，从 11 岁随访到 15 岁。结果发现 19 例患儿发作无明显变化，20 例患儿发作消失或减少，20 例患儿发作加重或出现其他发作类型或儿童中癫痫发作重新出现。本研究发现，101 例患者中，发作频率无加重者共 84 例，占 83.17%；发作频率加重者共 17 例，占 16.83%。其中 69.31% 患者进入青春期后无发作。该研究结果与上述研究基本一致。因此，我们发现绝大多数女性癫痫患者进入青春期后发作无加重，其中多数患者可呈现无发作。然而，此结果不能排除抗癫痫药物的治疗作用。

二、茸菖胶囊治疗月经性癫痫患者的临床疗效、对性激素水平变化和生活质量的影响及安全性研究

（一）月经性癫痫患者的临床资料分析

月经性癫痫抗癫痫西药的选择与非月经性癫痫基本一样，但应注意抗癫痫西药与女性性激素之间的相互影响。一方面部分抗癫痫西药长期应用可引起女性性激素

分泌的紊乱，如丙戊酸钠可引起女性体重增加、多毛、痤疮、高雄激素血症、多囊卵巢综合征等。另一方面，女性性激素水平变化可影响部分抗癫痫药物的代谢速率，如苯妥英钠被报道在月经期的消除速率大于排卵期，月经期消除半衰期短于排卵期。中医药在治疗月经性癫痫对激素影响的研究尚属空白，缺少循证依据，为此，笔者选择 15 例月经性癫痫患者，进行中药、中西药联合治疗，结果如下：

15 例患者入组年龄在 12～41 岁；首次发作年龄在 3～32 岁；病程在 2～34 年；发作频率短则 1～2 次/周，长则 1 次/3 个月；发作类型：强直阵挛 11 例（其中 1 例合并失神发作），强直发作 1 例，肌阵挛 1 例，局灶发作 2 例；发作持续时间在 0.5～10 分钟，未出现癫痫持续状态；发作诱因多不明显，部分可因生气、惊吓、劳累后出现发作；发作后表现多为乏力、困倦、头疼；自发病以来未有出现精神运动发育迟滞或认识能力下降；月经初潮年龄在 9～17 岁，月经周期在 25～40 天，经期一般持续 3～7 天，经量均可，颜色红，部分色暗夹血块，有痛经者 4 例；出生史：足月产者 14 例、早产者 1 例；顺产者 11 例、剖宫产者 4 例；5 例出生时出现胎位不正、脐绕颈、生后窒息、产程过长、羊水早破；1 例孕期服用感冒通药物。既往史异常者 5 例（包括脑炎史、热性惊厥史、颅脑外伤史、偏头疼史、CO 中毒史）。15 例病人均无家族史，1 例曾有药物过敏史（青霉素），用药前体格及神经系统检查未见异常、肝肾功能未见明显异常，脑电图异常者 8 例，颅脑 CT/MRI 异常者 7 例。

（二）茸菖胶囊治疗月经性癫痫患者的临床疗效

在 15 例月经性癫痫患者原治疗的基础上加用茸菖胶囊，结果显示，加用茸菖胶囊治疗后总有效率为 73.33%（11/15）。根据 15 例月经性癫痫患者是否使用西药将研究对象分为两组，中药组（包括中药汤剂及胶囊剂）、中西药联合组（联合一种或多种西药）。中药组较中西药联合组在疗效上差异无统计学意义（$P > 0.05$）。中西药联合使用的患者中，将研究对象分为两组：联合 1 种西药组、联合多种西药组。两组在疗效上比较，差异无统计学意义（$P > 0.05$）。中西药联合使用的患者中，将研究对象分为两组：联合 2 种以下西药组、联合 3 种以上西药组。联合 2 种以下西药组较联合 3 种以上西药组在疗效上差异有统计学意义（$P < 0.05$），联合 2 种以下西药组疗效优于联合 3 种以上西药组。中西药联合使用的患者中，将研究对象分为

两组：含丙戊酸钠组、不含丙戊酸钠组。含丙戊酸钠组较不含丙戊酸钠组在疗效上差异无统计学意义（$P > 0.05$）。根据月经性癫痫患者 EEG 是否正常将研究对象分为两组，EEG 正常组、EEG 异常组。EEG 正常组较 EEG 异常组在疗效上差异无统计学意义（$P > 0.05$）。根据月经性癫痫患者颅脑 MRI 是否正常将研究对象分为两组，颅脑 MRI 正常组、颅脑 MRI 异常组。颅脑 MRI 正常组较颅脑 MRI 异常组在疗效上差异无统计学意义（$P > 0.05$）。

（三）茸菖胶囊对月经性癫痫患者性激素水平的影响

观察加用茸菖胶囊治疗前后性激素水平变化，结果显示，治疗后与治疗前月经期雌二醇（E_2）、黄体生成素（LH）、孕激素（P）、雌二醇/孕激素（E_2/P）水平比较无统计学差异（$P > 0.05$）。治疗后与治疗前月经期卵泡雌激素（FSH）水平比较有统计学差异（$P < 0.05$），治疗后 FSH 水平明显提高。治疗后与治疗前排卵期 E_2、FSH、LH、P、E_2/P 水平比较无统计学差异（$P > 0.05$）。治疗后与治疗前黄体期 E_2、FSH、LH、P、E_2/P 水平比较无统计学差异（$P > 0.05$）。治疗后与治疗前血清硫酸脱氢表雄酮（DHEAs）水平比较无统计学差异（$P > 0.05$）。

（四）茸菖胶囊治疗月经性癫痫患者安全性及对生活的质量影响

治疗前后癫痫患者生活质量问卷（QOLIE - 31）评定结果显示，治疗后与治疗前发作担忧、精力/疲劳、认知功能、药物影响、社会功能等五方面比较无统计学差异（$P > 0.05$）。治疗后与治疗前情绪、健康自评、总的生活质量等三方面比较有统计学差异（$P < 0.05$），治疗后与治疗前生活满意方面比较有显著统计学差异（$P < 0.01$）。

15 例患者加用茸菖胶囊后均未出现不良反应，肝肾功能检查未见异常。

综上，通过对 15 例月经性癫痫女性加用茸菖胶囊治疗后，观察其疗效、性激素水平变化以及安全性。结果显示：①茸菖胶囊联合西药治疗月经性癫痫总有效率为73.33%，提示茸菖胶囊联合西药能有效控制月经性癫痫患者的发作；②茸菖胶囊联合西药治疗月经性癫痫期间，患者月经期、排卵期及黄体期的 E_2、LH、P、E_2/P、DHEAs 性激素水平未见明显变化，只是治疗后 FSH 较治疗前有显著提高（有助于控制癫痫发作），提示茸菖胶囊治疗月经性癫痫对其激素水平影响较小；③茸菖胶囊联合西药治疗月经性癫痫的患者在生活满意、情绪、健康自评、总的生活质量等四个方面，治疗后较治疗前有显著统计学差异，提示茸菖胶囊治疗月经性癫痫可以提高患者的生活质量，尤其在生活满意、情绪、健康自评、总的生活质量四个方面体现尤其明显。

三、茸菖胶囊治疗月经性癫痫的理论探讨

中医学治疗月经性癫痫研究较少，只有一些零星记载，如林珮琴《类证治裁》指出"妇人患痫由气血失调所致"，主张从瘀论治；有学者主张从肝论治，认为女子以血为本，以肝为先天，采用疏肝养血调经、息风止痉法治疗取得了一定疗效。笔者通过月经性癫痫患者临床观察，并结合其发病机制，提出从肾论治月经性癫痫新观点，采用补肾调经法治疗。

（一）月经性癫痫病因病机

笔者认为月经性癫痫属虚痫，病变部位在肾，常涉及心肝，病机关键为肾精亏虚，肾气不足，阴阳转化不利，风痰涌动，内扰神明，外闭经络发为癫痫。

1. 肾精亏虚为致痫之本

小儿具有"肾常虚"的生理特点，肾精的充盈是小儿脏腑功能成熟完善、精神意识正常活动的物质基础，肾气的充盛是推动小儿生长发育及月经来潮的原动力。肾气充盛则髓海充足和月经调畅，肾气不足则会导致髓海不足及月经紊乱，上则表现为癫痫，下则表现为月经不调。若患儿先天禀赋不足，或胎产损伤，或惊恐伤肾，可导致：①肾精亏虚，精亏髓空，脑失所养，风痰随逆乱之气乘虚上扰清窍发为痫病。②肾精亏虚，肾气不充，天癸迟而不至，冲任失调，胞宫、胞脉、胞络失于滋养，出现月经不调等妇科疾病。③癫痫患儿素体先天肾气不足，反复癫痫发作进一步损伤肾气，导致冲任进一步失调，表现为月经紊乱；反之，月经紊乱亦可加重癫痫发作。故肾精亏虚为致痫之本。

2. 肾阴阳转化不利为致痫之关键

赵献可《医贯》曰："朔望分阴阳者。初一日为死魄，阴极阳生，初三日而月

出，十三日而几望，十五则盈矣，渐至二十已后，月廓空虚，海水东流，人身气血亦随之，女人之经水。"天人相应，人与自然是一个有机整体。小儿"肾常虚"，肾阴肾阳均未充盛；女性患儿进入青春期后肾气盛衰随月经周期性变化。月经后期血海空虚，肾阴增长，阴中有阳，"藏而不泻"；月经间期肾阴逐渐充盛，由阴转阳；月经前期：肾阳增长，阳中有阴，肾阳渐趋充旺；行经期：重阳则开，经血外排，"泻而不藏"，除旧生新，出现新的周期。

研究发现癫痫的发作与女性的月经节律有关，多于肾阴阳转化之时发作。《素问·阴阳应象大论》曰："重阴必阳，重阳必阴。"阴阳转化是阴阳运动的基本形式，发生于事物发展的物极阶段，是在量变基础上发生质变，而其中的"重"是事物阴阳总体属性发生转化的必备条件，故女性癫痫患儿（者）多于行经前后（月经来潮前后即 C1 型）和经间期（排卵前后即 C2 型）发作。

（二）月经性癫痫的临床表现

月经性癫痫患者临床表现为发病年久，屡发不止，多于行经前后、经间期发作，发作时头晕昏仆，神识不清，四肢抖动为主，伴有记忆力、理解力下降，平素腰膝酸软、四肢发凉，脉沉迟。

（三）月经性癫痫的治则治法

月经性癫痫患者以肾精亏虚为本，每因月经周期中阴阳转化不利而触发，风痰上涌，内扰神明，外闭经络而发病，采用益肾填精为治则，补肾调经为治法，使肾气充足，阴阳得以顺利转化，气机调顺以治其本；豁痰息风以治其标，使痰清风静而痫止。

（四）茸菖胶囊组方特点

茸菖胶囊是根据"填精充髓，豁痰息风"治法研制的中成药，临床应用茸菖胶囊治疗月经性癫痫疗效显著。方中鹿茸入冲任督三脉，填精充髓，补益肾气，转化阴阳；石菖蒲辛温芳香，豁痰理气，开窍宁神，两药合用，补益肾气，转化阴阳，豁痰开窍，同为君药。菟丝子可"固冲脉之力"（《类证治裁》），配合鹿茸补肾充髓，调补冲任；胆南星清热化痰，息风定惊，合天麻、全蝎、僵蚕息风止痉，化痰通络，共为臣药。清半夏燥湿化痰，陈皮理气健脾，茯苓健脾补中，配合石菖蒲、胆南星健脾顺气，涤痰开窍，共为佐药。用冰片者，一方面取其芳香走窜，开窍醒神；另一方面能有效促进药物透过血脑屏障，可引领其他药物直达病所，是为佐使药。炙甘草甘平，调和诸药。诸药合用，共奏补益肾气、调理冲任、转化阴阳、豁痰息风之功。

四、茸菖胶囊治疗月经性癫痫的作用机制研究

依托国家自然科学基金课题资助，从基础实验探讨了茸菖胶囊治疗月经性癫痫的作用机制。本研究以动情期月经性癫痫大鼠、外源性添加雌激素的无镁诱导癫痫神经元为研究对象，利用酶免法、高效液相法、蛋白免疫印迹法、膜片钳技术等研究方法，通过记录癫痫发作及月经周期情况，检测性激素（FSH、LH、E_2、P、T、DHEAs）、脱氢表雄酮（DHEA）、血糖（Glu）、雌激素受体（ER）、N–甲基–D–天冬氨酸（NMDA）受体表达、NMDA 受体通道电流等指标，从不同层次探讨了茸菖胶囊对雌激素诱导月经性癫痫的作用机制。为阐明茸菖胶囊治疗月经性癫痫的作用机制及临床推广提供了科学依据。

（一）动物实验结果

1. 茸菖胶囊可能通过降低血清雌激素和海马 ERα、ERβ 的表达，减少高雌激素诱导下谷氨酸的大量释放，进而降低 NMDA 受体介导的神经元异常兴奋，减轻海马神经元损伤，起到减轻月经性癫痫模型大鼠动情期的惊厥发作的作用。

2. 茸菖胶囊可能通过提高孕酮，降低雌孕激素比值起到减轻月经性癫痫模型大鼠动情期的惊厥发作的作用。

（二）细胞实验结果

1. 茸菖胶囊可能通过调节 NMDA 受体亚单位 NR1、NR2A、NR2B 蛋白及 mRNA 的表达，降低 NMDA 通道电流，从而降低 NMDA 受体介导的神经的异常兴奋，从而

减轻外源性添加 E_2 的无镁癫痫神经元的异常放电。

2. 茸菖胶囊可能对外源性添加 E_2 的无镁诱导建造的癫痫神经元的 ERα、ERβ 蛋白及 mRNA 的表达影响较小。

月经性癫痫这一病名虽然提出时间不长，但越来越受到临床医生的关注。特别是女性癫痫患儿进入青春期后，月经来潮且不规律，体内激素变化较大，对癫痫发作具有较大的影响，此时，应用益气养血、活血化瘀等药物治疗效果不著，而使用益肾填精、调补冲任的方法有效。然而，由于笔者治疗本病的时间较短，临床观察病人数量较少，体会不深，对其发病规律了解不够深入，难免会有各种偏颇，敬请各位同道斧正。

【病例举隅】

患者女性，27 岁。初诊日期 2017 - 5 - 6。

主诉：间断抽搐 14 年，加重 1 年。

现病史：患者于 14 年前（13 岁）感冒发热时出现意识丧失、双眼斜视、牙关紧闭、口唇紫绀、身体及四肢僵硬抽搐，持续约 3 分钟，之后 1 年内每于两次月经中间发作 1 次，表现同前。就诊于当地医院，考虑"癫痫"，先后曾服用苯妥英钠、苯巴比妥、丙戊酸钠、托吡酯、拉莫三嗪等多种抗癫痫西药治疗，效果欠佳。近 1 年服用拉莫三嗪及息风化痰类中药，全面强直 - 阵挛发作 8 次，表现同前，伴有口角流涎，发作前多有头晕先兆，发作后时有恶心。1 次为月经期发作，其余 7 次均为排卵期发作。患者偶有愣神发作，持续 1~3 秒刻下症：脾气急躁，记忆力差，双膝酸软，畏寒，纳可，整夜难寐，二便调。舌淡红，苔薄白，脉沉。

个人史：1 次怀孕，1 次分娩，既往体健，无家族史。13 岁月经初潮，周期 30 天，经期 7 天，色、量、质可，无痛经，末次月经为 2017 - 4 - 23。

实验室检查：24 小时动态脑电图示睡眠脑电图头前部偶见 5~6Hz 高幅慢波，其中夹杂有少量尖波。

中医诊断：痫病，肾精不足，风痰闭阻证。

西医诊断：月经性癫痫（C2 型）。

治法：益肾填精，豁痰息风。

处方：涤痰汤加减

石菖蒲 15g	胆南星 6g	天麻 15g	川芎 10g
陈皮 10g	茯苓 10g	铁落花 10g^{先煎}	煅青礞石 10g^{先煎}
煅磁石 10g^{先煎}	麸炒枳壳 10g	党参 10g	清半夏 10g
全蝎 3g	蜈蚣 1 条	紫河车 3g	肉苁蓉 15g
大枣 3 枚	浮小麦 15g	炒酸枣仁 10g	甘草 10g

水煎至 300mL，分 2 次服，每日 1 剂。

西药：继服拉莫三嗪（1 次 100mg，1 日 2 次），加用丙戊酸钠（1 次 0.5g，1 日 1 次）。

2017 – 5 – 20 复诊

药后 2 周未作，脾气改善，月经期易紧张，寐欠佳。上方加佛手 10g，玫瑰花 6g，14 剂。西药同前。

2017 – 6 – 3 复诊

药后 4 周未作，脾气改善，膝软、畏寒症状缓解。继续上方加减巩固治疗。西药同前。

2018 年 3 月复诊

患者已有 8 个月未发作。

按：月经性癫痫的发作与血清中生殖激素的周期性波动有密切关系。雌激素对癫痫发作具有致痫作用，能通过调节谷氨酸脱羧酶（GAD）的基因表达，降低 GAD 的活性，减少了抑制性神经递质 γ – 氨基丁酸的合成。而孕酮则具有抗癫痫作用，其代谢产物四氢孕酮（AP）是 GABA 受体介导神经传导功能的正向变构调节剂，能使 GABA 受体活性增强，降低神经元的兴奋性。雌孕激素比值与月经性癫痫的发作呈正相关，其在排卵前和月经前达高峰，导致癫痫发作频率和程度增加。目前，月经性癫痫的治疗尚无统一方案。治疗药物包括抗癫痫药物、性激素和乙酰唑胺等。拉莫三嗪对肝酶 P450 氧化酶系统无影响，尚未发现其对女性生殖内分泌的不良反应。Kaboutari 等研究显示大剂量丙戊酸钠腹腔注射对各个动情周期的戊四唑诱导雌性大鼠急性惊厥模型均有效，而小剂量只在动情后期和动情间期有显著作用。中医药治疗月经性癫痫的报道极少。方红萍等从肝论治，以疏肝养血调经、息风止痉为大法，并根据患者月经情况加以周期性治疗，取得了较好的疗效。笔者基于肾 –

骨－髓－脑、肾－天癸－冲任－胞宫的中医理论，结合现代医学对月经性癫痫的认识，提出本病病机关键在于肾精亏虚，肾气不足，阴阳转化不利，风痰涌动，内扰神明，外闭经络发为癫痫，治以补肾调周，息风止痉，周期性采用益肾填精类方剂化裁。本案为典型的月经性癫痫患者，患者于月经来潮后出现癫痫发作，发作仅见于月经期和排卵期，绝大多数发作在排卵前出现。该患者多于排卵期出现癫痫发作，有头晕先兆，发作时突然昏仆，四肢强直抽搐，口角流涎，发作后时有恶心，平素双膝酸软，舌淡，苔白，脉沉，四诊合参，辨证为肾精不足，风痰闭阻证，予涤痰汤加减，加紫河车、肉苁蓉。方中石菖蒲、胆南星、陈皮、天麻、半夏、枳壳、青礞石顺气豁痰，天麻平肝息风，川芎活血祛风，使"血行风自灭"，党参、茯苓健脾益气，铁落花、磁石加强平肝息风，全蝎、蜈蚣药灵性猛，性善走窜，能加强搜风通络、化痰止痉之功，菟丝子、紫河车补肾固精，调理冲任，甘草调和诸药，共奏温肾补精、豁痰息风之功。方中紫河车内含孕酮，而肉苁蓉能促进卵巢孕激素分泌，可能有助于平衡本例患者的雌孕激素比值，从而增强抗癫痫作用。患儿既往服用拉莫三嗪、丙戊酸钠效果欠佳，添加中药后起到协同增效作用，发作得以控制。

参考文献

［1］Herzog A G, Klein P, Ransil B J. Three patterns of catamenial epilepsy ［J］. Epilepsia, 1997, 38 (10): 1082 – 1088.

［2］江洪波. 月经期癫痫的诊疗现状 ［J］. 中国实用神经疾病杂志, 2014, 17 (1): 99 – 101.

［3］Reddy D S. The role of neurosteroids in the pathophysiology and treatment of catamenial epilepsy ［J］. Epilepsy Res, 2009, 85 (1): 1 – 30.

［4］Herzog A G. Catamenial epilepsy: definition, prevalence pathophysiology and treatment ［J］. Seizure, 2008, 17 (2): 151 – 159.

［5］Biagini G, Panuccio G, Avoli M. Neurosteroids and epilepsy ［J］. Curr Opin Neurol, 2010, 23 (2): 170 – 176.

［6］戎萍, 张喜莲, 马融, 等. "从肾论治" 小儿癫痫的临床研究 ［J］. 天津

中医药大学学报, 2012, 31 (3): 140-143.

[7] Deligeoroglou E, Tsimaris P. Menstrual disturbances in puberty [J]. Best Pract Res Clin Obstet Gynaecol, 2010, 24 (2): 157-171.

[8] Diamantopoulos N, Crumrine P K. The effect of puberty on the course of epilepsy [J]. Arch Neurol, 1986, 43 (9): 873-876.

[9] Livingston S. Comprehensive management of epilepsy in infancy, childhood and adolescence [M]. Philadelphia: Charles C Thomas Publisher, 1972.

[10] Gascon, Generoso G. Epilepsy in the Adolescent [J]. Postgraduate Medicine, 1974, 55 (4): 111-117.

[11] Diamantopoulos N, Crumrine P K. The effect of puberty on the course of epilepsy [J]. Arch Neurol, 1986, 43 (9): 873-876.

[12] Rosciszewska D. The course of epilepsy in girls at the age of puberty [J]. Neurol Neurochir Pol, 1975, 9 (5): 597-602.

[13] 潘松青, 卢祖能, 吴丹红, 等. 经期性癫痫苯妥英血药浓度及药动学的周期性变化 [J]. 中国药房, 2005 (20): 45-46.

[14] 方红萍, 陈寿元. 从肝论治月经性癫痫 1 例 [J]. 光明中医, 2015, 30 (9): 1985-1986.

[15] 郭婷, 张喜莲, 戎萍, 等. 中西医结合治疗月经性癫痫 1 例 [J]. 天津中医药, 2019, 36 (3): 264-265.

附：女性癫痫合并妊娠

癫痫（epilepsy，EP）是神经系统常见的慢性疾病之一，活动性癫痫的患病率在女性中为 6.85‰。目前，使用抗癫痫药物（anti - epileptic drugs，AEDs）仍是治疗癫痫的主要手段。女性癫痫（women with epilepsy，WWE）相对男性患者而言存在一定的特殊性，研究发现癫痫的发作、AEDs 的使用会对女性的月经周期、生育及母乳喂养等产生影响。WWE 在妊娠期间，服用 AEDs 可减轻或避免癫痫发作，进而减少对患者自身及胎儿的不良影响。然而服用 AEDs 可能使得流产、胎儿先天畸形等不良事件的潜在风险增加。中医药治疗癫痫具有疗效确切、副作用较少的优势，然而以中药治疗女性癫痫，是否对患者月经、生育及胎儿产生影响，目前鲜有报道，这一问题已引起临床医生及患者的重视。

笔者回顾性收集 2011 年 6 月年至 2019 年 6 月就诊于天津中医药大学第一附属医院儿科癫痫专病门诊的 WWE 合并妊娠的临床病历资料，共 7 例。所有患者均符合国际抗癫痫联盟（International League Against Epilepsy，ILAE）发布的 2014 年癫痫诊断标准。

7 例患者，共计 10 次妊娠。发病年龄 7～28 岁，平均（19.1±11.2）岁。病程 1～27 年，平均（8.6±9.5）年。妊娠年龄 22～35 岁，平均（27.7±3.5）岁，10 次（100%）妊娠年龄 ≤35 岁。其中，6 例为特发性及隐源性癫痫，1 例为继发性癫痫。7 例患者共有 10 次妊娠，8 次分娩，仅 1 次妊娠出现不良结局（疑因发热后出现胎停）。妊娠期患者均服用叶酸，8 次妊娠均未出现胎儿或新生儿畸形。患者妊娠期与孕前相比癫痫发作频次均减少。患者基本情况、妊娠期具体发作及用药情况详见表 1、表 2。

表 1　患者妊娠期基本情况

患者	年龄/年	首发年龄/年	病程/年	原发/继发	发作类型	EEG	MR
1△	25	17	9	原发	强直阵挛	轻度异常	未见异常
2△	32	28	4	原发	强直阵挛	轻度异常	异常
3△	30	27	3	原发	强直发作 失神发作	痫样放电	异常

续　表

患者	年龄/年	首发年龄/年	病程/年	原发/继发	发作类型	EEG	MR
4	27	26	1	原发	强直阵挛	轻度异常	未见异常
5	31	28	1.5	原发	强直发作 失神发作	轻度异常	未查
6	22	7	15	原发	部分发作	未查	未查
7	27	1	27	继发	强直阵挛	轻度异常	异常

注：△表示患者两次妊娠，表中为初产孕期情况，次产前后患者均已未见临床发作。

表2　患者妊娠期发作、用药等情况

患者	发作类型	孕前			孕期			产后发作
		发作	中药	西药	发作	中药	西药	
1△	强直阵挛	0.5次/月	汤剂	未服	1次	未服	未服	0
2△	强直阵挛	1次/月	汤剂	左乙拉西坦 1次0.25g，1日2次	0	汤剂	同孕前	0
3△	强直发作 失神发作	6次/月 失神偶见	汤剂	未服	2次	熄风 胶囊	未服	5~7次/月
4	强直阵挛	1次/ 3~6个月	汤剂	未服	0	未服	未服	1次/ 3~6个月
5	强直发作 失神发作	0	汤剂	未服	0	未服	未服	0
6	部分发作	1次/2天	汤剂	左乙拉西坦 1次0.25g，1日2次	1次/ 5~6天	未服	同孕前	同孕期
7	强直阵挛	1次/ 3个月	汤剂	左乙拉西坦 1次0.75g，1日2次 托吡酯1次 12.5mg每晚1次	2次/ 3个月	汤剂	同孕前	0

1. 妊娠、性激素与癫痫

多数WWE怀孕期间的癫痫发作无变化，减轻者较少。欧洲国际抗癫痫药物妊娠登记处发布的一项数据显示：在整个妊娠期间70.5%（2634次）癫痫发作没有变化，15.8%（589次）怀孕中出现发作加重，仅13.7%（512次）发作减轻。故在WWE合并妊娠时，相对较少的一部分患者孕期发作较孕前减轻。本研究中，7例患者在妊娠前或妊娠中，多有服用中药史，其中3例甚至整个妊娠周期均服用中药，其孕期发作均较前减轻，明显低于文献报道的WWE孕期发作率，其低发作可能与中药治疗有一定相关性，中药可能降低怀孕对癫痫发作的影响。

国内外有关文献表明癫痫发作与周期性变化的雌激素水平、孕激素水平、雌孕激素比值、神经中枢的激素受体水平有一定关系。目前普遍认为，雌激素可以诱导癫痫发作而孕激素可以抑制癫痫发作，雌孕激素比值越高，越容易引起癫痫发作。妊娠期 WWE 的雌、孕激素水平均逐渐升高，雌孕激素比值也随孕周增长而增长，临产时达到高峰，癫痫发作频率容易出现增加。AEDs 虽可控制癫痫发作，但部分可影响性激素的分泌代谢，可能对 WWE 妊娠有一定影响。本研究中，患者在联合中药治疗后发作程度均较前减轻。中医药治疗癫痫除能有效控制或减少癫痫发作外，中药可能降低了怀孕引起的激素水平变化对癫痫发作的影响。

综上所述，中药治疗 WWE 有妊娠需求或合并妊娠者，不但可控制癫痫临床发作，还可能减低怀孕后激素对发作的影响。但其介入需有一定原则，尽量少服用药物，中药单用可控制发作则不联合西药，已服西药则考虑临床尽量服用或者逐渐替换使用对妊娠影响相对较小的西药。

2. 抗癫痫药物与胎儿致畸性

抗癫痫药物致畸性的研究数据主要来源于癫痫妊娠登记。目前国际上大型癫痫妊娠登记主要为英国及爱尔兰癫痫妊娠登记处、北美抗癫痫药物妊娠登记处和欧洲国际抗癫痫药物妊娠登记处。此外，比较常见的女性癫痫患者妊娠登记的文献来源还有澳大利亚抗癫痫药物妊娠登记。据此四处癫痫妊娠登记中心发表的文献，总结了 WWE 在妊娠期服用八种常见的抗癫痫药物后的胎儿致畸研究情况，包括丙戊酸、托吡酯、苯巴比妥、卡马西平、苯妥英钠、奥卡西平、拉莫三嗪和左乙拉西坦。单用八种抗癫痫药物的胎儿致畸率分别为丙戊酸 6.7% （n = 1220） ~ 13.8% （n = 253），托吡酯 2.4% （n = 42） ~ 4.3% （n = 70），苯巴比妥 5.5% （n = 199） ~ 6.5% （n = 294），卡马西平 2.6% （n = 1657） ~ 5.5% （n = 1957），苯妥英钠 2.4% （n = 41） ~ 6.4% （n = 125），奥卡西平 2.2% （n = 182）） ~ 5.9% （n = 17），拉莫三嗪 1.9% （n = 1562） ~ 4.6% （n = 307），左乙拉西坦 0.7% （n = 304） ~ 2.8% （n = 599）；未使用 AEDs 的癫痫妇女，胎儿的致畸率仅为 1.1% （n = 442） ~ 3.3% （n = 153）。各大癫痫妊娠登记中心都表明丙戊酸致畸性最高。其次为托吡酯和苯巴比妥，而左乙拉西坦和拉莫三嗪的致畸率相对最低。药物剂量与主要畸形发生有一定相关性，且 AEDs 联合治疗比单药治疗的畸形妊娠率高。本研究中联合中药干预治疗的子代未出现畸形，低于文献报道 AEDs 的致畸率。

3. 抗癫痫药物与流产

妊娠期癫痫患者（包含服用 AEDs 的患者）产科并发症发生风险较正常孕妇增高，较正常孕妇易发生自发性流产。Viale 等的研究显示：妊娠期癫痫患者较正常孕妇发生自发性流产、产前出血、引产、早产及产后出血的概率均增高；对比服用 AEDs 的妊娠期癫痫患者和不服用 AEDs 的患者服用 AEDs 的患者的引产及产后出血的概率均增高。

4. WWE 妊娠期中药的使用

女性妊娠期服用中药时需注意，部分中药可能会干扰妊娠正常生理，导致胎漏、胎动、堕胎、胎萎、胎死腹中或胎儿发育畸形等，因而在妊娠期一些中药需慎用或禁用。妊娠禁忌中药主要为：①妊娠禁忌大毒、辛热、大寒之品：大毒者如水银、砒石等；辛热者如附子、乌头等；大寒者如龙胆草、羚羊角等，妊娠期禁用此类毒性较强或药性猛烈的草药，以防引起母体或胎元的严重损伤，导致胎死或胎堕。②凡功可活血通经、破气行滞者皆为妊娠禁忌药：活血通经者如三棱、莪术、桃仁、红花等，破气行滞者如青皮、枳实等，其行气之力强而为妊娠禁忌中药。③凡功可软坚散结者皆为妊娠禁忌药：如鳖甲、贝母、牡蛎、半夏、天南星等，亦为妊娠禁忌药物。④凡功可攻逐峻下、滑利重坠、走窜开窍者皆为妊娠禁忌药：攻下利水者如葶苈、牵牛子、大黄、泽泻等，走窜开窍者如麝香、冰片、苏合香等，滑利重坠者如滑石、车前子、木通、磁石、礞石等均为妊娠禁忌中药。

癫痫作为慢性疾病多需长期服用中药，WWE 妊娠期仍需服用中药治疗癫痫，故需酌情考虑使用妊娠禁忌药。首先，癫痫多由肝风内动引起，内风宜平息，治疗则需平肝息风，故息风止痉类中药为治疗癫痫临床常用中药类别之一。而息风止痉中药包括一些虫类药物，如全蝎、蜈蚣、地龙、僵蚕等。其中全蝎、蜈蚣性善走窜，既平肝息风又搜风通络，有良好的息风止痉功效，为治疗痉挛抽搐之要药，二者且可合用，其功效增强，但二者皆有毒，对孕妇及胎儿可能毒性更强，可能导致胎破子堕，故 WWE 妊娠期间应忌用。但 WWE 合并妊娠患者并非所有有毒类中药均不可使用。半夏虽有小毒易损胎，但炮制后的清半夏辛燥性减，性温化痰，痰痫常用，配天麻等共奏降逆化痰、息风止痉之效，WWE 伴妊娠者亦可临床使用，但剂量不宜偏大。此外，胆南星苦微辛而凉，较天南星毒性较小，归肝经，走经络，善祛风痰而止痉厥，配天麻既可祛经络之风痰，又善息肝风而止痉，为治疗癫痫常用药物，WWE 伴妊娠者也可临床使用，但剂量不宜偏大。陈自明《妇人大全良方》中有言"治风先治血，血行风自灭"，即通过活血化瘀之法，使体内原有风邪清除，或使内风不能生、外风不能侵袭而风自灭。癫痫多为肝风内引、外风引动肝风而发病，通过活血化瘀之法，可使风邪难生而痫难发，故活血化瘀类中药也常用于治疗癫痫。但活血类中药如桃仁、红花、牛膝等，活血而引血下行，容易影响胎儿着床，导致流产，故 WWE 妊娠期禁止使用。而川芎虽行气活血，但作用较弱，行气活血兼可祛风，为治疗癫痫常用辅佐药物，除瘀血痫外，风、痰、惊痫也常用，故 WWE 妊娠患者可临床使用，但剂量不宜偏大。此外，下行之性明显的药物，如大黄、番泻叶等，容易引起堕胎，WWE 妊娠患者应忌用。磁石煅用性减微寒，入心经，镇惊安神；味咸入肾，益肾补阴；性寒清热，清泻心肝之火，故能顾护真阴，镇摄浮阳，安定神志，为惊痫的常用药，临床表明其可抑制中枢神经系统，有镇静、抗惊厥作用，且炮制后作用明显增强，故虽属于下行之性药物，但 WWE 伴妊娠者可临床使用其煅者，但剂量不宜偏大。此外，礞石咸平，入肝经，既能攻消痰积，又能平肝镇惊，为治惊痫之良药，虽为孕妇忌用药，WWE 伴妊娠者也可临床使用，但剂量不宜偏大。

WWE 合并妊娠使用安胎药时需辨证论治。临床中，WWE 合并妊娠患者可用疏肝解郁药物。肝藏血，为血海，性善条达，主疏泄。而女子以肝为先天之本，肝失疏泄则肝气郁滞，气滞则凝痰瘀血，肝郁则气机不畅，痰血随气逆乱，则易加重WWE 患者临床发作；孕后血聚养胎，则肝血易不足，肝阳上亢，也易引起或加重发作。故 WWE 合并妊娠患者，临床用药可考虑添加疏肝解郁药物，控制临床发作的同时兼可调节孕妇情绪，亦可防止其肝郁引起的胎漏或胎动不安等。

在减少能引起胎动不安、堕胎等中药使用的同时，WWE 妊娠期间服用中药也涉及是否加用安胎中药的问题。其一是母体因素引起胎动者，可通过针对病因辨证使用中药来达到安胎效果；其二是用本身有抑制胎动等作用的安胎药来安胎。如母体本身存在可能导致胎动甚至滑胎的因素或母体曾有过胎动或滑胎等病史，则可在辨证治疗癫痫的同时加用安胎中草药，切忌盲目对 WWE 妊娠患者使用安胎药。

参考文献

［1］Stephen LJ, Harden C, Tomson T, et al. Management of epilepsy in women. Lancet Neurol, 2019, 18（5）：481 – 491.

［2］Fiest KM, Sauro KM, Wiebe S, et al. Prevalence and incidence of epilepsy：A systematic review and meta – analysis of international studies. Neurology, 2017, 88（3）：296 – 303.

［3］Fisher RS, Acevedo C, Arzimanoglou A, et al. ILAE official report：a practical clinical definition of epilepsy. Epilepsia, 2014, 55（4）：475 – 482.

［4］Battino D, Tomson T, Bonizzoni E, et al. Seizure control and treatment changes in pregnancy：observations from the EURAP epilepsy pregnancy registry. Epilepsia, 2013, 54（9）：1621 – 1627.

［5］Foldvary – Schaefer N1, Falcone T. Catamenial epilepsy：pathophysiology, diagnosis, and management. Neurology, 2003, 61（6 Suppl 2）：S2 – 15.

［6］Johnson EL. Seizures and Epilepsy. Med Clin North Am, 2019, 103（2）：309 – 324.

［7］Sazgar M. Treatment of Women With Epilepsy. Continuum（minneapolis, minn.）, 2019, 25（2）：408 – 430

［8］Taubøll E, Sveberg L, Svalheim S, et al. Interactions between hormones and epilepsy. Seizure, 2015, 28：3 – 11.

［9］Svalheim S, Sveberg L, Mochol M. Interactions between antiepileptic drugs and hormones. Seizure, 2015, 28：12 – 17.

［10］Campbell E, Kennedy P, Russell A, et al. Malformation risks of antiepileptic drug monotherapies in pregnancy：updated results from the UK and Ireland Epilepsy and Pregnancy Registers. J Neurol Neurosurg Psychiatry, 2014, 85（91）：1029 – 1034.

［11］Hunt S, Russell A, Smithson WH, et al. Topiramate in pregnancy：preliminary experience from the UK Epilepsy and Pregnancy Register. Neurology, 2008, 71（4）：272 – 276.

［12］Mawhinney E，Craig J，Morrow J，et al. Levetiracetam in pregnancy：results from the UK and Ireland epilepsy and pregnancy registers. Neurology，2013，80（4）：400 - 405.

［13］Hernandez - Diaz S，Smith CR，Shen A，et al. Comparative safety of antiepileptic drugs during pregnancy. Neurology，2012，78（2）：1692 - 1699.

［14］Tomson T，Battino D，Bonizzoni E，et al. Comparative risk of major congenital malformations with eight different antiepileptic drugs：a prospective cohort study of the EURAP registry. Lancet Neurol，2018，17（6）：530 - 538.

［15］Vajda FJ，O'Brien TJ，Lander CM，et al. The teratogenicity of the newer antiepileptic drugs - an update. ActaNeurol Scand，2014，130（4）：234 - 238.

［16］Viale L，Allotey J，Cheong - See F，et al. Epilepsy in pregnancy and reproductive outcomes：a systematic review and meta - analysis［J］. Lancet，2015，386（10006）：1845 - 1852.

第三章

癫痫临床和基础研究成果

第一节

临床研究

一、小儿抗痫胶囊、熄风胶囊、茸菖胶囊抗癫痫作用的临床研究

（一）小儿抗痫胶囊

回顾性研究小儿抗痫胶囊治疗儿童癫痫 930 例，结果表明：①经小儿抗痫胶囊治疗后患儿癫痫发作次数及发作持续时间均较疗前明显减少（$P<0.05$），总有效率为 83.33%。②从中医辨证分型来看，抗痫胶囊对风痰闭阻证、痰阻气逆证的疗效较好，对惊痫痰聚证的疗效次之，对痰瘀交阻证的疗效较差。③从西医发作类型分析，抗痫胶囊具有广谱的抗癫痫作用，其中对强直阵挛性发作等类型疗效较好，尤其以自主神经性发作效果最佳，对肌阵挛性发作的疗效相对较差（马融等，医学研究杂志，2006 年）。④采取阳性药随机对照试验设计方法进行了小儿抗痫胶囊治疗儿童癫痫风痰闭阻证（强直-阵挛性发作）的疗效性与安全性评价研究，结果中药组（301 例）总有效率 73.8%，显著高于鲁米那组（100 例）的 41%（$P<0.01$）。且中药组对全身性强直-阵挛性发作的疗效明显优于对照组。远期随访提示随疗程延长，疗效不断提高。安全性观察未发现明显不良反应。（马融等，天津中医药，2004 年）

（二）熄风胶囊

针对小儿癫痫强直-阵挛性发作，从肾立论，提出"益肾填精、豁痰息风"法

应视为小儿癫痫强直－阵挛性发作的主要治疗方法，研制了熄风胶囊。为观察其临床疗效，采取阳性药随机对照试验设计方法进行了熄风胶囊治疗小儿癫痫强直－阵挛性发作的疗效性评价研究，结果显示：熄风胶囊治疗组总有效率为93%，显效率为82%，明显高于鲁米那对照组（$P < 0.01$），熄风胶囊减少患儿发作频率的效果明显优于鲁米那（$P < 0.01$），二者均能减少患儿脑电图癫痫波的发放，但无统计学差异（$P > 0.05$）（马融、张喜莲，中医杂志，2004年）。中医辨证分型疗效比较熄风胶囊治疗风痫效果较好，惊痫、痰痫次之，瘀血痫效果较差。

（三）茸菖胶囊（抗痫增智颗粒）

针对小儿癫痫强直－阵挛性发作伴认知损害，根据小儿"稚阴稚阳"及"肾常虚"的生理特点，提出其病机关键为"肾虚精亏、风痰闭阻"，建立了"填精充髓、豁痰息风"重要治法，研制出抗痫增智颗粒，重在抗痫与益智并举。为观察其临床疗效，采取阳性药随机对照试验设计方法进行了抗痫增智颗粒治疗小儿癫痫强直－阵挛性发作伴认知损害的疗效性及安全性评价研究。临床研究结果表明：疾病疗效、发作持续时间、发作频率和脑电图疗效比较，抗痫增智颗粒组和小儿抗痫胶囊组、卡马西平组之间无显著差异。中医病证疗效比较，抗痫增智颗粒组和小儿抗痫胶囊组均优于卡马西平组，抗痫增智颗粒组与小儿抗痫胶囊组无显著性差异。抗痫增智颗粒在改善神昏、抽搐主症方面，与卡马西平疗效相当，在改善认知损害方面优于卡马西平，同时从次症、舌脉来看，抗痫增智颗粒均明显优于卡马西平。韦氏智测结果显示，抗痫增智颗粒在改善言语智商（VIQ）、操作智商（PIQ）及总智商（FIQ）及各分测验结果方面均优于卡马西平。安全性检测结果表明，该药安全可靠（马融等，天津市科学技术进步三等奖，编号2009JB－3－061－R1，2009年）。

茸菖胶囊治疗月经性癫痫患儿的临床研究显示：①月经性癫痫首次发病年龄比非月经性癫痫首次发病年龄相对大；②月经性癫痫首次发病年龄多在初潮年龄后，非月经性癫痫首次发病年龄多在初潮年龄前；③月经性癫痫患者黄体期P水平下降和E_2/P比值上升；④茸菖胶囊治疗月经性癫痫患儿（者）能有效减少癫痫发作，改善患者的生活质量，同时对患儿（者）激素水平影响较小且安全性高（马融，国家自然科学基金面上项目，编号81574018，2016.1－2019.12）。

二、基于"甘淡养阴"的百合麦冬汤在儿童癫痫中的临床应用研究

采用回顾性研究方法，使用临床科研共享系统，采集马融教授应用百合麦冬汤治疗儿童癫痫的门诊病历信息，导入临床数据库，对数据进行处理分析，总结服用百合麦冬汤治疗癫痫患儿的临床特点；评价百合麦冬汤的临床疗效。主要得出以下结论：①百合麦冬汤治疗儿童癫痫的总有效率为32.7%，显效率为17.3%；该方治疗难治性癫痫的总有效率为44.3%，显效率为24.1%，治疗非难治性癫痫的总有效率为17.4%，显效率为8.7%，二者有显著差异（$P < 0.05$）。临床未见不良反应发生。②百合麦冬汤治疗主要发作类型为复杂部分发作和肌阵挛发作，难治性癫痫应用较多。③百合麦冬汤治疗儿童癫痫的病机可以初步概括为阴虚神扰，虚风内动；治疗方向为滋阴健脾，甘淡养阴。④百合麦冬汤适应的主要中医证候除癫痫发作（复杂部分发作、肌阵挛发作）表现外，主要为寐欠安，发育迟缓，大便干，注意力不集中，脾气急，入睡困难，舌淡红，苔白，脉平。⑤百合麦冬汤的核心药物为百合、麦冬、山药、生黄芪、茯苓、谷芽、麦芽、陈皮，临床常加全蝎、石菖蒲、天麻、制远志、炒酸枣仁、蜈蚣。（张喜莲，天津市中医药管理局中医、中西医结合科研专项课题，2013. 10 - 2015. 9）

第二节

|

基础研究

基础研究是探讨治疗癫痫有效中药的物质基础、作用途径及靶点等方面工作，为丰富中医药理论、提高疗效提供客观依据。中医药抗癫痫的实验研究设计应有两大特点：一是设计要在中医药理论指导下，体现中医思维。中医药治疗癫痫已有几千年的历史，积累了丰富的经验，这些经验不仅体现在治疗方法上，更重要的是反映在中医的理念中，清代医家陈复正《幼幼集成》曾指出："有见者毫不治痰而痰自不生，毫不治痫而痫自不作，此其所以为神也。"因此，中医药抗癫痫的基础研究不能简单地把抗惊厥作为唯一指标，而应根据辨证论治，只要脉证相符，许多非息风止痉药物同样可以起到明显的抗痫效果。如我们在临床中发现疏风、清热、化湿、温阳等药物同样可以控制癫痫发作。二是癫痫是一种多病因、多途径、多靶点的复杂性疾病，在临床中提倡使用不同作用途径的药物联合使用。中药治疗癫痫病以复方为主，复方具有多组分、活性成分多的特点，其作用途径除干预离子通道、神经递质外，还对机体的免疫功能、抗感染及肠道微生态有一定的影响，其本身就有众多的作用途径与靶点。在目前西药四种抗癫痫途径的基础上再加用中药，五种抗癫痫重新排列组合，不失为治疗难治性癫痫的一条可探讨的途径。

一、癫痫动物模型

基于癫痫不同发作形式的病理生理特点不同，及筛选不同抗癫痫药物的实验目的，选择不同的癫痫模型显得尤为重要。目前癫痫模型分为整体模型及离体模型。离体模型操作相对简单，无血脑屏障影响，可快速、准确调节给药浓度，明确药物对神经元细胞放电作用的影响，但存在无法观察吸收、排泄等药动学数据的缺点，故我们在基础研究过程中对癫痫模型的选择多采用体内与体外模型相结合的形式。下文简述我们在实验中常用到的癫痫模型建立方法。

（一）基于点燃效应的癫痫动物模型

点燃是指通过重复不变的亚抽搐剂量刺激，抽搐强度逐渐增加，最终出现全身性癫痫。点燃模型反复刺激大脑神经元，脑电图可记录大量棘波发放，为抗癫痫药物的筛选提供了可能。

1. 分类：电点燃、化学点燃

（1）电点燃：电点燃模型是目前公认的癫痫模型，1969年Goddard等人以60Hz电脉冲大鼠杏仁核，每日一次，于两周后成功诱发大鼠抽搐发作，并把该现象命名为点燃效应。该模型建立成功后，痫性发作较规律，且电点燃可避免化学药物毒性直接作用于神经元细胞，模型可保持数月至数年，动物死亡率较低，符合绝大多数实验需要。

研究证明电刺激脑许多部位均可引起点燃，其中海马和杏仁核因定位容易、操作简便等优点最为常用。电点燃－杏仁核、海马模型表现为大鼠双前肢阵挛、后腿站立跌倒的部分性发作，可模拟人类复杂性部分发作及继发全面性发作。现以电点燃海马区为例，具体操作步骤为：成年雄性Wistar大鼠，按照Goddard方法，将大鼠用戊巴比妥40mg/kg腹腔内注射麻醉后，固定在脑立体定向仪上。根据图谱确定左右杏仁核，将绝缘无锈镍铬双极电极（直径0.3mm）准确插入杏仁核，并在右侧海马CA3区置入微渗析套管垂直缓慢插入相应深度。在颅顶钻孔，将不锈钢螺钉固定于暴露的颅骨上，将电极与螺钉相连，牙托粉埋藏固定螺钉与电极。术后大鼠自然恢复1周。用可调频电刺激器进行电刺激，刺激参数为400μA单向方波，波宽1毫秒，频率为50Hz，每次持续1秒，1日1次。

（2）化学点燃：实验证明多种药物如青霉素、氨甲酰胆碱可卡因、利多卡因、戊四氮、N－甲基－D－天门冬氨酸、印防己毒素等可在脑内局部和全身性应用能产生点燃作用。研究表明戊四氮可增加神经细胞的通透性，阻止 GABA 发放。注射戊四唑后大鼠面肌、前肢阵挛抽搐模拟人类强直–阵挛发作。

以戊四氮为例简述操作步骤：用戊四氮（PIZ）亚惊厥剂量 35mg/kg，腹腔注射，每天 1 次，连续 28 天。停止处理 1 周，再以相同剂量 PIZ 测试，凡显示连续 5 次 Racine 评价标准二级及以上惊厥的大鼠，被认为达到点燃标准。国外研究报道第 3～5 次注射后大鼠开始惊厥发作，20 次注射后有 71% 大鼠可达到点燃标准，没有完全点燃的大鼠可适当增加注射次数。

（3）评价标准：每次注射后需要根据 Racine 或 Diehl、SIMialowski 评价法进行评估大鼠惊厥行为，判断是否为痫性发作。

Racine 6 级评价标准：

0 级 无反应。

I 级 面部抽搐和孤立的肌阵挛。

II 级 全身性阵挛抽搐，但无直立位。

III 级 全身性阵挛抽搐伴直立位。

IV 级 全身强直阵挛发作伴站立和跌倒。

V 级 反复抽搐或抽搐致死。

（二）癫痫离体模型

目前常用海马神经元、大脑皮层、小脑颗粒细胞等取材部位，因海马是癫痫好发部位，且有低放电阈值、边界清楚、易于观察区分等特点，成为癫痫研究最多的区域，多用于离体癫痫模型取材。离体高钾癫痫模型、低钙癫痫模型、离体低镁/无镁液癫痫模型作为常用稳定的离体癫痫放电模型，该类模型具有易于建立药物量效关系的优点。离体低镁/无镁液癫痫模型因降低了对 N–甲基–D–天门冬氨酸受体的阻断作用，使神经元的兴奋性增加出现放电。该模型在恢复了镁离子的溶度后，其放电现象仍能持续较长时间。建立细胞癫痫模型后，采用 EPC–10 膜片钳系统进行全细胞模式的电压钳记录，观察各组神经元的电生理学性质。如出现典型的癫痫样放电模型，证明模型建立成功。我们对体外培养至 12 天的海马神经元给予无镁 HBSS 孵育 3 小时后恢复正常细胞外液继续培养，记录到的神经元的异常放电表现为

4 种形式：持续强直高频放电、阵发性持续棘波样爆发、PDSs 及"楔形"去极化。其中 PDSs 及"楔形"去极化均夹杂在持续强直高频爆发或是阵发性持续棘波样爆发之间。如下图：

图 3 持续高频放电

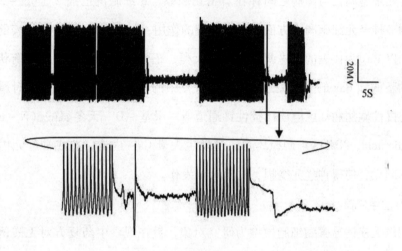

图 4 "楔形"去极化

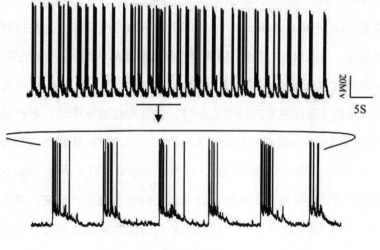

图 5 PDSs

二、小儿抗痫胶囊、熄风胶囊、茸菖胶囊抗癫痫作用机制研究

在作用机制研究方面，我们从细胞凋亡、神经递质、突触重塑、基因表达、离子通道及受体等角度对小儿抗痫胶囊、熄风胶囊、茸菖胶囊抗癫痫作用机制进行了深入研究。

（一）细胞凋亡

神经元细胞凋亡与癫痫之间存在着密切联系，B 细胞淋巴瘤 2（Bcl－2）基因家族在调节神经元细胞凋亡方面发挥着关键的作用，包括以 Bcl－2 为代表的抑制凋亡蛋白和以 Bax 为代表的促进凋亡蛋白两大类，正常情况下二者处于平衡状态，而 Bcl－2 的下调和 Bax 的上调关系到脑损伤大鼠中的神经元细胞凋亡。同时癫痫反复发作，使慢性癫痫病灶区电压门控性钙通道 N－甲基－D－天冬氨酸（N－methyl－D－aspartic acid，NMDA）调控离子通道发生大量 Ca^{2+} 内流，造成神经元内环境紊乱，细胞凋亡，使得神经元受损，加重癫痫发作。

1. 形态学观察

我们以无镁诱导癫痫细胞模型为研究对象，旨在观察中药复方对无镁诱导癫痫细胞模型凋亡及细胞内钙离子浓度的改善情况，深入探讨中药抗癫痫作用的细胞分子学机制。方法：取 30 只新生的 Spraque－Dawley（SD）大鼠双侧海马，利用无血清神经培养基（neurobasal medium）和 B－27 因子参照改良的方法在体外原代培养大鼠海马神经元，培养第 12 天时，用神经特异烯醇化酶（NSE）免疫细胞化学鉴定神经元；并将其随机分为空白组、模型组、MK－801 组、抗痫组、茸菖组、息风组。模型组予单纯无镁细胞外液处理 3 小时，建立癫痫细胞模型；各给药组在无镁细胞外液中加入 15% 的含药脑脊液处理 3 小时；空白组予同体积的含镁细胞外液孵育 3 小时，然后各组恢复原液继续培养，在恢复原液培养后 6 小时、24 小时、72 小时三个时间段，首先在显微镜下观察各组神经元的形态及凋亡情况，其次用全细胞膜片钳记录海马神经元的放电情况，最后用激光扫描共聚焦显微镜对各组神经元内钙离子进行定量分析。

结果：①激光共聚焦显微镜下观察：无镁诱导的癫痫细胞模型组海马神经元在显微镜下直接成像，发现 $2.5\mu mol/L$ fura-2 负载的海马神经元荧光强度较强，发出绿色荧光，足以呈现整个神经元细胞轮廓（见下图）。

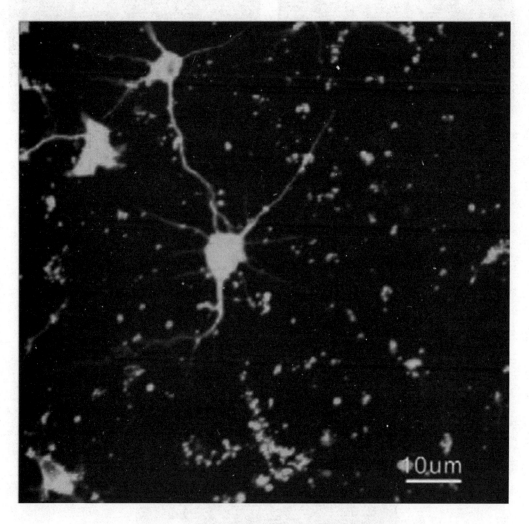

图6 典型海马神经元内 Ca^{2+} 显微镜成像

②倒置显微镜下观察：发现无镁诱导海马神经元在无镁细胞外液孵育后72小时多数已经变形，萎缩退化，突起断裂，多数神经元已经凋亡；而含药脑脊液（小儿抗痫胶囊、熄风胶囊、茸菖胶囊）组神经细胞也有少量出现融合，细胞膜欠光滑，神经元之间网格状结构较前紊乱，但神经元的存活数量明显较模型组多（见下图）；这一方面说明无镁细胞外液可造成癫痫细胞模型中神经元的损伤与凋亡，另一方面也提示中药复方可抑制癫痫细胞模型中神经元的损伤，从而发挥神经保护作用。

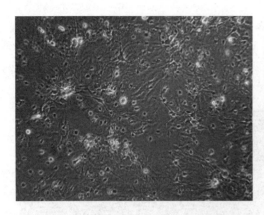 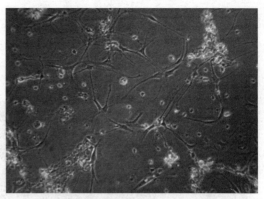

图7 正常含镁 HBSS 处理后72小时的海马神经元　　图8 无镁 HBSS 处理后培养72小时海马神经元

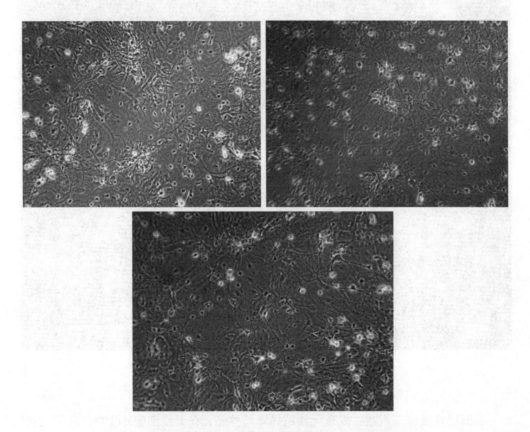

图9　无镁加抗痫/茸菖/息风处理后培养72小时的海马神经元

　　③本研究同时还发现中药复方熄风胶囊、抗痫胶囊和茸菖胶囊均可减少无镁诱导神经元细胞外钙离子内流，从而抑制细胞内游离 Ca^{2+} 浓度升高，故目前我们认为中药复方（抗痫胶囊、熄风胶囊、茸菖胶囊）减少无镁诱导神经元细胞凋亡的机制之一与抑制细胞外钙离子内流有关（刘全慧，中药复方改善无镁诱导癫痫细胞凋亡

及细胞内 Ca^{2+} 浓度的研究，2014 年）。

2. 相关蛋白表达

探讨中药茸菖胶囊抗癫痫和神经保护作用的自噬调控机制。方法：①取 30 只健康家兔，用茸菖胶囊按生药 3.64g/（kg·d）灌胃 3 天，于末次给药 1 小时后取脑脊液。②取新生 SD 大鼠海马体接种于 L - 多聚赖氨酸包被好的培养皿中，参照 Sombati 等人的癫痫模型制备方法将体外培养至第 9 天时用无镁 HB-SS 替代含镁正常培养基，温箱中孵育 3 小时，建立并鉴定癫痫细胞模型。③将无镁诱导的新生 SD 大鼠海马神经元放电模型分为模型组、3 - 甲基腺嘌呤（3 - MA）组、5% 茸菖胶囊组、10% 茸

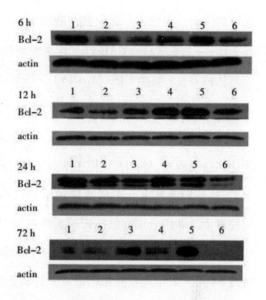

图 10　不同时点各组 Bcl - 2 蛋白电泳图

1. 正常组；2. 模型组；3.5% 茸菖组；4.10% 茸菖组；
5. 20% 茸菖组；6.3 - MA 组

菖胶囊组、20% 茸菖胶囊组，另设正常组，分别将原维持液更换为含镁 HBSS、无镁细胞外液、无镁细胞外液中加入 3 - MA（5mmol/L）、无镁外液中加入 5% 茸菖胶囊、10% 茸菖胶囊、20% 茸菖胶囊脑脊液，培养 3 小时后更换为 Neurobasal 培养液 6 小时、12 小时、24 小时、72 小时后，采用蛋白免疫印迹（Westernblot）法检测自噬活性相关蛋白 Beclin - 1、B 细胞淋巴瘤 - 2（Bcl - 2）的表达。结果发现 Bcl - 2 蛋白在造模后 6 小时模型组较正常组显著降低（$P < 0.05$）；造模后 12 小时、24 小时 20% 茸菖胶囊组，72 小时 5%、10% 及 20% 茸菖胶囊组较模型组显著增强（$P < 0.05$ 或 $P < 0.01$），20% 茸菖胶囊组较 5% 及 10% 茸菖胶囊组增强（$P < 0.05$）。说明茸菖胶囊可能通过促进 Bcl - 2 蛋白的表达，从而抑制细胞自噬，发挥神经保护作用（戎萍，天津中医药，2018 年）。

（二）神经递质

氨基酸类释放失衡及其受体异常与癫痫发作密切相关，目前已知与癫痫关系密

切的氨基酸类物质有谷氨酸、天冬氨酸、γ-氨基丁酸等。此外，一氧化氮作为神经递质，介导了 NMDA 受体的许多效应，由于谷氨酸及其 NMDA 受体在癫痫发作中起重要作用，因此，一氧化氮在癫痫发作的病理生理过程中也具有重要意义。

1. γ-氨基丁酸（GABA）、谷氨酸（Glu）

从调节 γ-氨基丁酸（GABA）、谷氨酸（Glu）代谢的角度探讨小儿抗痫胶囊的作用机制。方法：健康雄性 SD 大鼠 58 只随机分成两大组，正常对照组 10 只，其余 48 只运用戊四唑复制癫痫大鼠模型。显示连续 5 次 Ⅱ 级及以上惊厥的大鼠，被认为达到造模成功。将 44 只模型大鼠随机分为 4 组，即抗痫胶囊 Ⅰ 组（中药高剂量组）、抗痫胶囊 Ⅱ 组（中药低剂量组）、丙戊酸钠组、模型对照组，每组 11 只。抗痫胶囊 Ⅰ、Ⅱ 组分别灌服抗痫胶囊浓煎液 10g/kg，5g/kg；丙戊酸钠组灌服丙戊酸钠 400mg/kg；正常对照组和模型对照组连续灌服生理盐水 1 次 1mL。各组均 1 日 2 次，持续 28 天。采用高效液相色谱-紫外检测法，观察大鼠大脑皮质、双侧海马的 γ-氨基丁酸含量和谷氨酸含量的变化。结果：戊四唑点燃癫痫大鼠脑内 GABA 的含量降低，Glu 含量升高；经小儿抗痫胶囊治疗后，中药高剂量组皮质、海马 GABA 含量较模型组均有显著升高，中药高剂量组皮质、海马 Glu 含量均显著低于模型组，表明小儿抗痫胶囊能显著抑制大鼠戊四唑点燃发作，其疗效与药物剂量呈正相关，作用机制可能与其降低大脑 Glu 含量，增加大脑 GABA 含量，影响 GABA 代谢有关（李新民，天津中医药，2007 年）。

茸菖胶囊高、中剂量组也可以降低致痫大鼠海马组织中 Glu 的含量，与模型组比较（$P < 0.05$）。说明茸菖胶囊可使 KA 点燃大鼠 Glu 含量趋向正常化（刘薇薇，第十二次全国中西医结合儿科学术会议论文汇编，2006 年）。

2. NOS 活性

我们从调节小鼠海马不同亚区 NOS 活性角度探讨小儿抗痫胶囊作用机制。方法：选用健康昆明种小鼠 40 只，随机分 4 组，即正常对照组、病模组、抗痫胶囊低、高剂量组。正常组和病模组予灌胃蒸馏水 1 次 1mL，1 日 2 次，连续 6 天；抗痫胶囊两组各予抗痫胶囊低、高剂量浓缩煎剂 1 次 1mL，1 日 2 次，连续 6 天。均于第 6 天给 1 次药后 30 分钟，正常对照组腹腔注射生理盐水（55mg/kg）、其他 2 组腹腔注射戊四唑（55mg/kg）。55 分钟后开始实验。采用 NADPH-d 和 ABC 免疫组化法，对戊四唑致痫后、服用抗痫胶囊的小鼠海马不同亚区 NOS 活性的变化进行研究。结果：戊四唑致痫组小鼠海马 CA1、CA3、齿状回 NOS、nNOS 阳性细胞数目明显少于正常对照组（$P < 0.01$）；抗痫胶囊各组 NOS、nNOS 阳性细胞数高于致痫组（$P < 0.01$）。说明抗痫胶囊对戊四唑制作癫痫小鼠海马 NOS 神经元有明显保护作用，可能是其治疗癫痫的重要机理之一（熊杰等，武警医学，2001 年）。

熄风胶囊也可明显提高戊四唑致痫小鼠海马不同亚区一氧化氮合酶（NOS）活力。说明该药对癫痫小鼠海马神经元有保护作用 也可能是其治疗癫痫的机理之一（熊杰、马融，山西中医，2003 年）。

（三）突触重塑

癫痫发作后神经元发生了可塑性变化，包括突触结构的重塑、新突触形成，以及突触传递功能的重塑。海马苔藓纤维发芽所导致的突触重建与癫痫发作密切相关。癫痫时海马内苔藓纤维突触重建导致海马齿状回中形成新生的回返性兴奋性环路，使得海马内兴奋性增高，神经细胞进一步损伤，进而促使癫痫的反复发作和长期维持，从而导致并加重认知功能障碍。

1. 神经发生

方法：以戊四唑点燃大鼠为模型，惊厥行为学惊厥评分采用 Racine 评分法，出现Ⅳ级以上惊厥大鼠为造模成功。随机将其分为中药高剂量组、中药中剂量组、中药低剂量组、丙戊酸钠组、模型组，并设立正常组，中药高剂量组、中药中剂量组、中药低剂量组按高、中、低给药剂量分别灌服配制而成的茸菖胶囊药液（即 0.11g/mL、0.22g/mL、0.44g/mL），每次 3mL，每日 2 次，持续 28 天。丙戊酸钠组灌服丙戊酸钠，每次 3mL，1 日 2 次，持续 28 天。模型组灌服生理盐水，每次 3mL，每日 2 次，持续 28 天。正常组不予处理。观察 BrdU 阳性细胞形态并计数进行 BrdU 免疫组化评分，计算新生神经细胞迁移比率（Br－dU/DCX）、新生神经细胞分化为神经元比率（BrdU/NeuN）和新生神经细胞分化为胶质细胞比率（BrdU/GFAP）。

结果：戊四唑诱导幼年癫痫大鼠模型存在海马 BRDU 阳性细胞高表达、海马新生神经细胞迁移（BrdU/DCX）的比率显著增高现象。

茸菖胶囊高剂量可降低海马齿状回阳性细胞高表达，抑制新生神经细胞迁移

（BrdU/DCX）的比率及其分化为神经元（BrdU/NeuN）的比率，但对新生神经细胞分化为胶质细胞（BrdU/GFAP）的比率无显著影响。说明茸菖胶囊通过抑制癫痫模型组大鼠神经前体细胞增殖、新生神经细胞迁移和分化，阻止异位神经元网络的形成，抑制癫痫后海马神经发生，改善认知功能障碍（杨常泉，中医杂志，2013 年）。

2. 海马苔藓纤维出芽

方法同上。

结果：Timm 染色法观察海马苔藓纤维出芽。模型组海马 CA3 区及齿状回分子层 Timm 染色颗粒海马苔藓纤维出芽评分明显升高。茸菖胶囊治疗组海马 CA3 区及齿状回分子层 Timm 染色颗粒海马苔藓纤维出芽评分低于模型组（$P < 0.01$）。而中药高剂量组（0.44g/mL）与中、低剂量组（0.11g/mL、0.22g/mL）比较差异有统计学意义（$P < 0.05$）；该结果显示茸菖胶囊对海马 CA3 区及齿状回 MFS 有较强的干预作用，这种干预作用的强弱与该药的剂量呈现一定正相关关系。说明茸菖胶囊可以抑制海马苔藓纤维出芽，从而提高惊厥发作阈值，抑制进行性可塑性的重建，降低癫痫的敏感性而发挥抗痫增智作用（杨常泉，天津中医药，2013 年）。

（四）基因表达

癫痫与基因异常表达有关，这些表达异常的基因分布在脑的发育、神经元变性、神经环路重组、能量代谢、离子通道等多个环节，从而影响着癫痫灶的形成、痫性放电的扩布及细胞的损伤，构成癫痫的基因机制。多药耐药已经成为难治性癫痫发病机制的研究热点。多药耐药基因编码产物多药耐药相关蛋白（multidrug resistance – associated protein 1，MRP1）与 P – gp 通过逆浓度梯度将疏水化合物泵出，增加药物外排作用，降低细胞内外源性细胞毒性物质的积累量或改变药物在细胞内的亚细胞分布而保护机体，同时导致耐药性的产生。

1. MRP1 的表达

研究熄风胶囊单药及与卡马西平联合用药对氯化锂 – 匹罗卡品诱导的癫痫大鼠反复自发性发作及多药耐药相关蛋白 1 表达的影响。方法：将 SD 大鼠 110 只随机分为两大组，正常对照组 10 只，其余 100 只应用氯化锂 – 匹罗卡品复制难治性癫痫大鼠模型，取造模成功的存活的 70 只大鼠随机分为 7 组：模型组、熄风胶囊高剂量组

（熄高组）、熄风胶囊中剂量组（熄中组）、熄风胶囊低剂量组（熄低组）、熄风胶囊高剂量＋卡马西平组（高剂量联合组）、熄风胶囊高剂量＋卡马西平 1/2 剂量（低剂量联合组）、卡马西平组，每组 10 只。熄高组灌胃给予熄风胶囊 0.99g 浓缩煎剂 2mL；熄中组灌胃给予熄风胶囊 0.66g 浓缩煎剂 2mL；熄低组灌胃给予熄风胶囊 0.33g 浓缩煎剂 2mL；高剂量联合组灌胃给予熄风胶囊 0.99g 浓缩煎剂 2mL 和卡马西平 20mg/kg；低剂量联合组灌胃给予熄风胶囊 0.99g 浓缩煎剂 2mL 和卡马西平 10mg/kg；卡马西平组灌胃给予卡马西平 20mg/kg；模型组和正常对照组分别灌胃给予生理盐水 2mL。每日上午 9 时和下午 4 时各灌胃 1 次，共持续 28 天。每天记录各组大鼠的反复自发性发作次数，每周进行 1 次统计。灌胃结束后，取大脑皮质和海马组织，采用免疫组织化学方法检测癫痫大鼠大脑皮质与海马 MRP1 的表达。

结果：各治疗组大鼠海马 MRP1 的表达均高于正常对照组，表达范围较广泛，阳性颗粒颜色较深，同时又低于模型组；在大脑皮质区，高剂量联合组、低剂量联合组与模型组比较差异有统计学意义（$P < 0.05$）；无论是在海马 CA1、CA3 区，齿状回及大脑皮质区，高剂量熄风胶囊对 MRP1 分布的作用要优于低剂量熄风胶囊和中剂量熄风胶囊；与卡马西平联合用药时均优于低剂量熄风胶囊、中剂量熄风胶囊及卡马西平（$P < 0.05$）。说明熄风胶囊单药及与卡马西平联合用药能有效地抑制癫痫大鼠海马与皮质 MRP1 的过度表达（李新民，中西医结合学报，2012 年）。

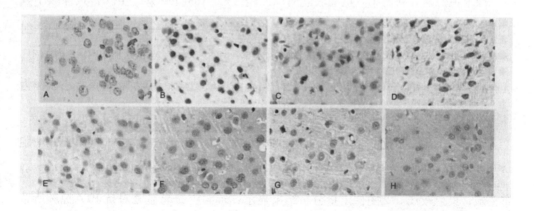

图 11　免疫组织化学染色法检测大鼠皮质 MRP1 的表达（光学显微镜，×400）

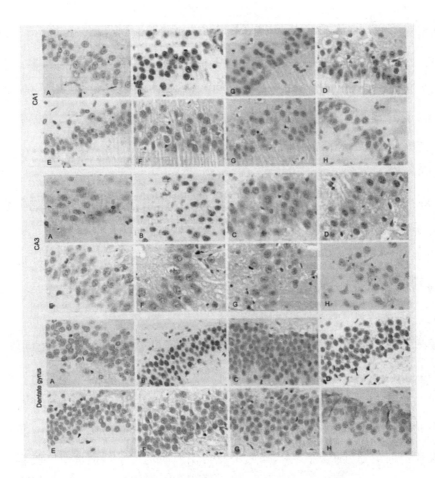

图12　免疫组织化学染色法检测大鼠海马 MRP1 的表达（光学显微镜，×400）

2. c - fos 蛋白表达

探求中药复方制剂小儿抗痫胶囊对戊四唑（Pentylenetetrazol，PTZ）致惊厥小鼠不同脑区 c - fos 蛋白表达的影响。方法：以惊厥剂量（50mg/kg）的 PTZ 腹腔注射诱发小鼠急性惊厥发作，筛选Ⅳ、Ⅴ级发作的小鼠作为实验对象，随机分为模型组、抗痫胶囊高剂量组、抗痫胶囊低剂量组和西药丙戊酸钠组，另取 10 只正常小鼠作为空白对照。经预处理后于第 6 天再次以 PTZ 诱发惊厥。

结果：①免疫组化实验显示：PTZ 诱发惊厥后大脑皮层、海马 c - fos 阳性细胞较正常组表达增强，密集分布，染色较深；而三个药物治疗组则表达明显减少，分布稀疏，染色较浅。②图像定量分析结果显示：抗痫胶囊能显著对抗 PTZ 惊厥所致的皮层、海马 c - fos 蛋白高表达，与模型组相比，其 c - fos 表达阳性细胞计数、总面积、积分光密度和平均积分光密度显著下调（$P < 0.01$）；西药丙戊酸钠亦能显著

下调 c – fos 高表达（$P < 0.01$），然而抗痫胶囊对于皮层、海马 c – fos 蛋白表达的调节作用显著优于丙戊酸钠，且其对海马区的调节作用尤佳。说明该药能够有效对抗 PTZ 所致的惊厥发作，其作用机理可能与下调皮层、海马内作为第三信使的 c – fos 蛋白的过度表达有关（杨常泉，硕士论文，2001 年）。

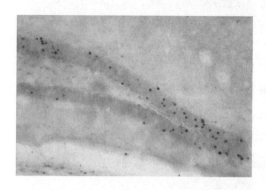
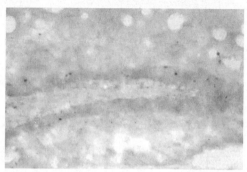

图 13　空白对照组和模型组海马齿状回 c – fos 蛋白表达阳性细胞（免疫组化 ABC 法）

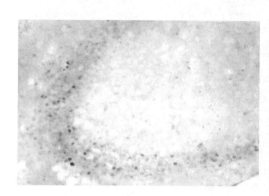
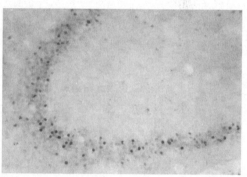

图 14　空白对照组和模型组海马 CA3 区 c – fos 蛋白表达阳性细胞（免疫组化 ABC 法）

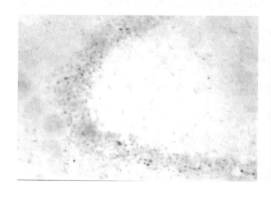
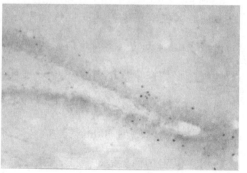

图 15　抗痫胶囊低剂量组海马齿状回及 CA3 区 c – fos 蛋白表达阳性细胞

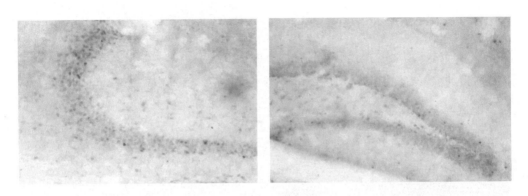

图 16　抗痫胶囊高剂量组海马齿状回及 CA3 区 c–fos 蛋白表达阳性细胞

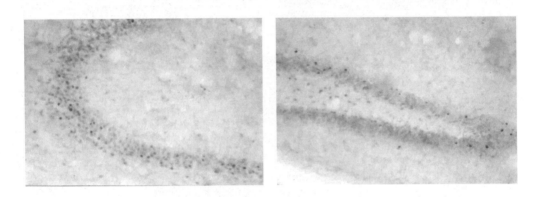

图 17 丙戊酸钠组海马齿状回及 CA3 区 c–fos 蛋白表达阳性细胞

3. NRSF 和 BDNF 蛋白表达

研究茸菖胶囊对幼年大鼠癫痫后神经元限制性沉默因子（NRSF）和脑源性神经营养因子（BDNF）蛋白表达的影响。方法：建立戊四唑点燃癫痫模型，用 Racine 评分显示连续 5 次 II 级及以上惊厥的大鼠被认为达到点燃标准，将出现 IV 级以上惊厥大鼠继续进行 Morris 水迷宫实验筛选认知障碍模型大鼠。将其分为中药高剂量组、中剂量组、低剂量组、西药组、模型组，并设立空白对照。空白对照组不做处理；癫痫模型组用 10mL/kg 生理盐水灌胃，中药治疗组将茸菖胶囊按生药含量 7.68kg/L、3.84kg/L、1.92kg/L 分别配制成相应浓度的药液，均按 10mL/kg 灌胃；西药对照组丙戊酸钠 400mg/kg 给药。各组均每日 2 次，持续 28 天。治疗结束后，待各组大鼠出现惊厥发作后 1 小时，断头剥离海马组织，用蛋白免疫印迹杂交法检测各组 NRSF 和 BDNF 蛋白的变化。

结果：幼年大鼠致痫后模型组海马 NRSF 和 BDNF 蛋白表达升高，中药高剂量组可显著降低大鼠海马齿状回 NRSF 和 BDNF 蛋白表达（$P < 0.01$），作用优于西药组和其他中药组。结果发现茸菖胶囊高剂量组可显著降低致痫后大鼠海马齿状回 NRSF 和 BDNF 蛋白表达（$P < 0.01$），说明中药复方茸菖胶囊抗癫痫及改善癫痫后认知障碍机制可能与调控组蛋白乙酰化修饰及其所介导的神经元基因表达有关（杨常泉，茸菖胶囊对幼年大鼠癫痫后 NRSF 和 BDNF 蛋白表达的影响，2015 年）。

4. GABRA1 基因表达

本研究设计随机选取野生型 AB 系斑马鱼受精后 6 天（6dpf）420 尾，置于六孔板（每孔液体量 3mL）中，每孔均处理 30 尾斑马鱼。分别水溶给予熄风胶囊组（62.5g/mL、125g/mL、250g/mL、500g/mL、1000g/mL、1500g/mL、2000g/mL）、全蝎组（7.8125g/mL、15.625g/mL、31.25g/mL、62.5g/mL、125g/mL、250g/mL），同时设置正常对照组（养鱼用水处理正常斑马鱼）和模型对照组（PTZ）。熄风胶囊、全蝎分别处理 24 小时后，除正常对照组外，其余实验组均水溶给予戊四唑（PTZ）诱导斑马鱼建立癫痫模型。戊四唑处理 1 小时后，使用经典 Trizol 法提取各实验组斑马鱼总 RNA，同时利用 1.5% 的琼脂糖凝胶 120V、300mA 进行电泳测定（见下图），及 Thermo 超微量分光光度计对总 RNA 浓度和纯度进行测定。取 1μg 斑马鱼样品总 RNA，按照 cDNA 第一链合成试剂盒说明操作，合成 20 μL cDNA 置于 −20℃ 保存。以 β - actin 为内参，进行 RT - PCR 分析目的基因转录水平；电泳结束后，拍照并用图像分析软件进行图像分析，计算电泳条带的信号强度，用 β - actin 作为基因表达的内参，计算目的基因的 RNA 相对表达量。结果：其中熄风胶囊组在 62.5μg/mL、250μg/mL、500μg/mL、1000μg/mL 和 2000μg/mL 浓度条件下均能

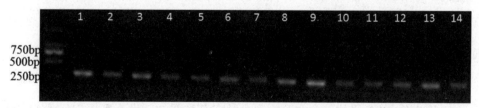

熄风胶囊 lane1:2000μg/mL；lane2:1000μg/mL；lane3:500μg/mL；lane 4:250μg/mL；lane5:125μg/mL；lane6: 62.5μg/mL；全蝎 lane7: 250μg/mL；lane8: 125μg/mL；lane9:62.5μg/mL；lane10:31.25μg/mL；lane11:15.625μg/mL；lane12:7.8μg/mL；lane13：PTZ 组；lane14：WT 组

图18 熄风胶囊、全蝎处理后的基因 GABRA1 经 PCR 扩增后的琼脂糖凝胶电泳结果

增加 GABRA1 相对表达量；全蝎 $250\mu g/mL$ 浓度组 $P < 0.001$，提示全蝎在 $250\mu g/mL$ 浓度条件下能增加 GABRA1 相对表达量。结论：熄风胶囊、全蝎均能显著上调斑马鱼癫痫模型 GABRA1 基因表达水平。

（五）受体及离子通道

目前很多人类特发性癫痫都是由离子通道蛋白的缺陷所致，其中钠、钾、钙离子通道均与癫痫的发病有关，特别是钙通道功能受损在全身性癫痫的发病过程中起重要作用。谷氨酸受体包括离子型受体 NMDAR 以及与 G 蛋白耦联的代谢型受体（mGluRs），谷氨酸（Glu）与相应受体结合，使神经元钙离子通道开放，膜去极化，引起兴奋性突触后电位。

1. NMDA 受体通道及细胞内游离 Ca^{2+} 浓度

我们采用膜片钳技术及激光共聚焦显微镜检测无镁诱导癫痫细胞模型 NMDA 受体通道电流及细胞内游离 Ca^{2+} 浓度，探讨中药复方（熄风胶囊、茸菖胶囊、小儿抗痫胶囊）对海马神经元惊厥损伤的保护作用和作用机制（实验研究设计同细胞凋亡部分）。结果：NMDA 受体通道电流：造模后 72 小时无镁组与正常组比较，通道电流增多；造模后 6 小时、72 小时抗痫组，72 小时茸菖组较无镁组通道电流减少。细胞内游离 Ca^{2+} 浓度：三个时点无镁组 Ca^{2+} 浓度高于正常组；三个时点熄风胶囊组，24 小时、72 小时小儿抗痫胶囊组，72 小时茸菖胶囊组较无镁组 Ca^{2+} 浓度降低。结论：熄风胶囊、茸菖胶囊、小儿抗痫胶囊可能通过减少 NMDA 受体通道电流，降低细胞内 Ca^{2+} 浓度，达到抑制海马神经元反复高频放电，减轻 Ca^{2+} 超载造成的细胞毒性，从而起到神经保护作用，而其中熄风胶囊作用最强，小儿抗痫胶囊次之，茸菖胶囊作用稍弱（马融，中药药理与临床，2015 年）。

2. M 受体

采用 3H - QNB 受体结合实验检测大鼠脑内 M 受体活性，采用 3H - COA 结合实验检测脑内 ChAT 活性。观察抗痫增智颗粒对点燃大鼠模型脑内胆碱能神经系统的影响。方法：SD 雄性大鼠，设立正常大鼠为正常对照组（A 组）大鼠 8 只，戊四唑点燃大鼠模型 32 只随机分四组：模型对照组（B 组），中药低、高剂量组（C、D 组）及西药组（E 组）各 8 只。A 组、B 组予双蒸水 2mL/kg 灌胃，E 组予丙戊酸钠

400mg/kg 灌胃，C 组予抗痫增智颗粒浓缩液 5g/kg 灌胃，D 组予抗痫增智颗粒浓缩液 10g/kg 灌胃。各组均每日灌胃 1 次，持续 28 天。测定各组大鼠学习、记忆能力及脑 M 受体结合量。结果：茸菖胶囊能明显提高点燃模型大鼠皮层、海马的 M 受体的结合量、提高 ChAT 活性，表明茸菖胶囊通过影响中枢胆碱能系统 M 受体的结合量，ChAT 活性提高学习记忆（姚凤莉、马融，第三军医大学学报，2004 年）。

（六）激素水平

本研究以戊四唑点燃的动情期雌性癫痫大鼠为研究对象，设正常组、模型组、VPA（丙戊酸钠）组、LTG（拉莫三嗪）组和中药脑脊液低 [1.65g/（kg·d）]、高剂量 [3.30g/（kg·d）] 两组。药物干预 4 周后观察：①各组大鼠卵巢形态学、海马结构形态学的改变；②血清性激素（E_2、P、E/P）的表达。

结果 1：各组大鼠卵巢形态观察结果发现，模型组较正常组囊状卵泡、闭锁卵泡数增多。VPA 组较模型组窦前卵泡增多，囊状卵泡减少，闭锁卵泡增多。拉莫三嗪组、茸菖胶囊组较模型组窦状卵泡增多、闭锁卵泡减少。见下图：

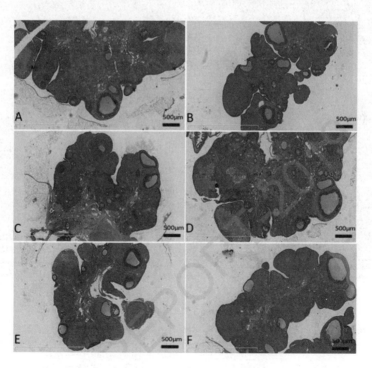

图 19　各组卵巢形态图（HE 染色，2.5×）

A. 正常组；B. 模型组；C. VPA 组；D. LTG 组；E. 茸菖低剂量组；F. 茸菖高剂量组

结果 2：海马 CA3 区形态结构观察结果表明：模型组较正常组出现了明显的病变，各治疗组较模型组病变减轻，茸菖高剂量组病变较丙戊酸钠组、茸菖胶囊低剂量组病变轻，与拉莫三嗪组病变相当。见下图：

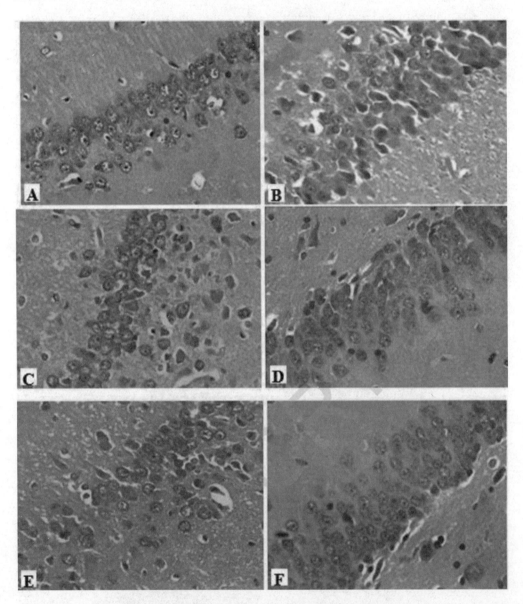

图 20　各组海马 CA3 区形态结构

A. 正常组；B. 模型组；C. VPA 组；D. LTG 组；E. 茸菖低组；F. 2. 7 各组大鼠海马 CA3 区超微结构观察茸菖高组

结果 3：雌二醇（E_2）：模型组较正常组 E_2 水平显著升高（$P < 0.01$）提示造模后 E_2 水平升高相关。VPA 组较模型组 E_2 水平无显著变化（$P > 0.05$）；余各治疗

组较模型组 E_2 水平显著下降（$P < 0.01$），提示除 VPA 外其他治疗组能显著降低 E_2 水平。茸菖低剂量组较其余各治疗组无显著变化（$P > 0.05$），提示茸菖胶囊低剂量组与其他治疗组疗效相当。茸菖高剂量组较 VPA 组、LTG 组 E_2 水平下降（$P < 0.01$ 或 $P < 0.05$），提示茸菖胶囊高剂量组在降低 E_2 水平上优于 VPA 组、LTG 组。

孕酮（P）：模型组较正常组 P 水平显著降低（$P < 0.01$），提示动情期戊四唑致痫慢性模型大鼠 P 水平降低。与模型组比较，LTG 组 P 水平显著降低（$P < 0.05$），其余各治疗组 P 水平显著升高（$P < 0.05$ 或 $P < 0.01$），提示除 LTG 外其余各治疗组能升高模型大鼠 P 水平。茸菖低剂量组 P 水平较 VPA 组、LTG 组均显著升高（$P < 0.01$），提示茸菖组在提高模型大鼠 P 水平上优于 VPA、LTG 组。茸菖高剂量组 P 水平较 VPA 组、LTG 组显著升高（$P < 0.01$），提示茸菖高剂量组在提高模型大鼠 P 水平上强于以上三组。茸菖低剂量组与茸菖高剂量组比较差异无统计学意义（$P > 0.05$）。

E/P：模型组较正常组 E/P 值显著升高（$P < 0.01$），提示动情期戊四唑致痫慢性模型大鼠 E/P 比值升高。与模型组比较，茸菖组较模型组 E/P 值均显著降低（$P < 0.01$），提示茸菖治疗组能降低模型大鼠血清 E/P 值；VPA 组、LTG 组 E/P 值变化无统计学意义（$P > 0.05$），提示西药组未能降低模型大鼠血清 E/P 值。茸菖低剂量组、茸菖高剂量组 E/P 值两两比较差异无统计学差异（$P > 0.05$），提示两组在降低模型大鼠血清 E/P 值上疗效相当（$P > 0.05$）。

结论：茸菖胶囊能够促进模型大鼠成熟卵泡的形成、改善模型大鼠排卵功能，降低模型大鼠血清 E_2 水平、E/P 值，提高 P 水平，说明茸菖胶囊可能通过提高孕酮，降低雌孕激素比值起到减轻月经性癫痫模型大鼠动情期惊厥发作的作用。

三、时效关系

儿童癫痫所致认知障碍更为复杂，包括语言迟滞、学习能力下降和行为障碍等。NMDA 受体是中枢神经系统中兴奋性递质谷氨酸的离子型受体之一，目前认为 NMDA 受体既可导致癫痫发作，又能在癫痫的继发性脑损害中起重要作用。NMDA 受体被认为是突触可塑性和皮质及海马神经元长时程增强效应的主要调控者，是构成中枢神经系统学习记忆功能的重要基础。

我们通过对离体无镁液癫痫细胞模型研究发现，小儿抗痫胶囊、茸菖胶囊及熄风胶囊均可通过减少癫痫样细胞 NMDA 受体通道的开放数量和加快癫痫样细胞 NMDA 受体通道兴奋后衰减时程两个方面，减小因癫痫发作引发 NMDA 受体通道过度开放引起 Ca^{2+} 内流过量造成的细胞毒性，然而三种中药复方之间亦有区别。

（一）在减少癫痫样细胞 NMDA 受体通道的开放数量方面

小儿抗痫胶囊在 2 个时间点有效（造模后 6 小时、72 小时），茸菖胶囊在 1 个时间点（造模后 72 小时）有效，而熄风胶囊虽有影响但不具统计学意义，其作用强度为小儿抗痫胶囊 > 茸菖胶囊 > 熄风胶囊。

（二）在加快癫痫样细胞 NMDA 受体通道开放后的衰减时程方面

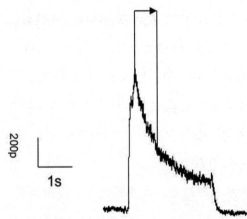

三组中药复方在 3 个时间点均能起效（造模后 6 小时、24 小时、72 小时），但每个时间点内组间两两比较并不具有统计学差异。尽管如此，三组之间还是有细微的差别，熄风胶囊组在 2 个时间点（造模后 6 小时、72 小时）的均值小于茸菖胶囊和小儿抗痫胶囊组，茸菖胶囊组在 1 个时间点（造模后 24 小时）的均值小于熄风胶囊和小儿抗痫胶囊组，三组具有熄风胶囊 > 茸菖胶囊 > 小儿抗痫胶囊的作用趋势，其确切结

图 21 NMDA 受体通道电流 I – V 曲线代表图，计算箭头之间的曲线斜率 K，并取其倒数 Tau 作为衡量通道衰减时间的指标

果有待于更多样本研究（焦聚，中药复方对发育期大鼠癫痫性脑损伤神经保护作用的 NMDA 受体通道机制研究，2014 年）。

我们计算快速衰减时程部分的斜率 K，并取斜率的倒数 Tau（ = 1/K）作为衡量通道衰减时间的指标。

四、量效关系

近年来研究发现，炎症反应不仅是癫痫诱导的结果，还是引起癫痫发生、发展的重要机制。炎性因子可提高 P 糖蛋白（P-gp）多药耐药的表达，从而阻断抗癫痫西药进入脑内，不能发挥抗癫痫作用。马融教授的中药复方疏风止痉方是根据"疏风解表、开通经络"的治疗原则，由银翘散化裁而来。我们研究发现疏风止痉方可降低炎症信号通路 NF-κB 相关蛋白的表达，并可调节 NF-κB 炎症信号通路上下游细胞因子的水平，降低 P-gp 的表达，从而提高脑脊液中抗癫痫药物的浓度，从而逆转耐药性癫痫。

我们应用氯化锂-匹罗卡品点燃癫痫大鼠模型，将成功点燃的癫痫模型先后经过丙戊酸钠及卡马西平预处理后筛选出耐药性癫痫模型大鼠，将大鼠随机分为正常对照组、耐药模型组、阳性对照组、疏风止痉方低剂量组、疏风止痉方中剂量组、疏风止痉方高剂量组共 6 组，每组 10 只。灌胃治疗 28 天后，检测海马 NF-κB、p65 的分布表达，微透析技术联合高效液相色谱法采取并检测大鼠脑脊液的卡马西平浓度。结果发现除正常对照组外的其他各组脑脊液卡马西平浓度均高于耐药模型组，与阳性对照组比较差异有统计学意义（$P < 0.01$）；与阳性对照组比较，疏风止

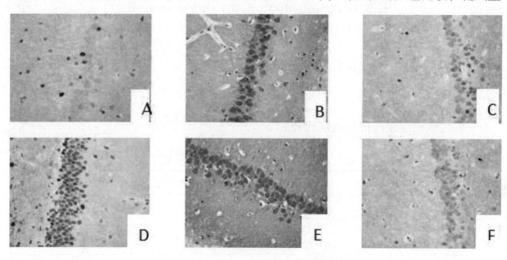

图 22　各组 NF-κB 阳性表达情况

A. 正常对照组；B. 耐药模型组；C. 阳性对照组；D. 疏风止痉方低剂量组；

E. 疏风止痉方中剂量组；F. 疏风止痉方高剂量组

痉方各剂量组脑脊液卡马西平浓度虽均降低，但与疏风止痉方高剂量组比较无统计学差异；疏风止痉方各组随着中药剂量的增加，脑脊液中卡马西平浓度呈递增趋势，但 3 组之间无统计学差异。说明中药复方疏风止痉方联合卡马西平，通过调节耐药性癫痫大鼠脑内 NF－κB 炎症信号通路，抑制 P－gp 的过度表达，从而能够提高耐药性癫痫大鼠脑脊液中卡马西平的药物浓度，而且随着中药剂量的增加卡马西平浓度呈递增的趋势（戎萍，天津中医药，2019）。

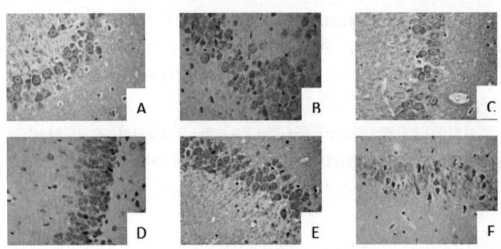

图 23　各组 P－gp 的表达情况

A. 正常对照组；B. 耐药模型组；C. 阳性对照组；D. 疏风止痉方低剂量组；

E. 疏风止痉方中剂量组；F. 疏风止痉方高剂量组

五、常用中药复方研究抗痫机制比较

三种抗癫痫中成药抗痫机制比较如下：

表 3　三种抗癫痫中成药抗痫机制比较

	熄风胶囊	小儿抗痫胶囊	茸菖胶囊
齿状回 DNA/RNA	＋＋优于苯妥英钠	＋	未做
Glu/GABA 等神经递质	未做相关检测（以后均简称未做）	＋＋	＋
皮层、海马内 c－fos 蛋白	＋	＋＋	＋＋＋
NMDA 受体－早期即刻基因－靶基因环路	未做	减少即刻靶基因激活	未做

	熄风胶囊	小儿抗痫胶囊	茸菖胶囊
海马 NOS 神经元的活性	+ + +	+ +	未做
NMDA 受体通道开放数量	+	+ + +	+ +
加快 NMDA 受体通道开放后衰减时程	+ + +	+	+ +
降低细胞内 $[Ca^{2+}]i$	+ + +	+ +	+
海马苔藓纤维出芽（MFS）	抑制 （未与茸菖胶囊比较）	未做	抑制
多药耐药蛋白 1（MRP1）表达	可减少 MRP1 的表达，作用略低于与 KBZ 联合用药组	未做	未做
中枢胆碱能系统 M 受体结合量及 ChAT 活性	未做	未做	明显提高，强于 VPA 组
癫痫后海马神经发生	未做	未做	抑制神经发生，作用与 VPA 无差异

说明：其中 + + + 表示作用最强，+ + 表示作用次之，+ 表示作用稍弱

以上表格是近些年对中药复方（小儿抗痫胶囊、熄风胶囊、茸菖胶囊）抗癫痫作用研究机制的汇总，通过此次总结可以说明中药发挥抗癫痫作用的途径是多方面、多层次的，因此，我们今后可以在此基础上进行更深入的研究，以便指导临床实践。

第三节

癫痫论文摘要

癫痫论文摘要本章搜集了我院儿科脑病团队 35 年来发表的部分癫痫论文百余篇，从中可以看出，数十年来该团队在小儿癫痫临床和科学研究中的基本脉络、临床经验、机理探讨等方面所做的工作。不足的是对于治疗无效病例、中药导致的肝损伤等研究生论文均未发表，也无法展示。本论文的摘要力求完整，使有兴趣者能有较为全面的了解。

一、"涤痰汤"治疗小儿癫痫

我院李少川主任医师在多年的临床实践中根据小儿的生理特点，将中医辨证施治与现代医学的辨病施治相结合，用"涤痰汤"化裁治疗，其组成为石菖蒲、胆星、半夏、枳实、茯苓、人参、陈皮、竹茹、甘草、生姜、大枣，对 37 例癫痫患儿进行门诊治疗，收到了较为满意的疗效。其认为"涤痰汤"不仅有豁痰、醒脑、开窍的作用，而且有良好的安神、镇静之功效。这可能与"涤痰汤"中的某些药物，对排出体内毒物，调节神经系统兴奋与抑制的平衡（阴阳平衡）以提高痫阈的水平有关。

摘自：李少川，马秀华."涤痰汤"治疗小儿癫痫 [J]. 天津中医学院第一附属医院院刊，1984，(Z2)：1－4.

二、小儿痰痫治验

痰是引起小儿痫证发作的重要因素之一。痰的来源有先天、后天之分，先天之痰因胎弱、胎疾所致，后天之痰多为脏腑气机不利、气化失调所成，主要责之于脾。痫证发作中的痰有有形、无形之别，有形之痰主要表现为发作时喉中痰鸣，无形之痰是指痫发之时有昏仆神迷之症。其中有形之痰为致痫之"标"，无形之痰为致痫之"本"，二者既相互联系，又相互影响。小儿痫证发作是因先、后天因素，导致小儿痰浊内生，停于体内，阻遏气机，"一遇风寒冷饮，引动其痰，倏然而起，堵塞脾之大络，绝其升降之隧，致阴阳不相顺接，故卒然而倒"，而作痫证。发作时无形之痰导致神昏抽搐、气机逆乱，使有形之痰阻于咽喉，排出不畅，有形之痰阻遏气机，使其升降失常，气化不利，从而加重无形之痰而致的神昏抽搐之症状。因此，小儿痫证治疗应重于祛痰，佐以调理气机，分益气健脾、顺气豁痰二法，可标本兼顾、攻补兼施、调节气机升降、达到正复痫止之目的。其中顺气豁痰法更适用于痫证发作症状较重，次数较频的患儿。

摘自：马融，李少川．小儿痰痫治验．河北中医，1986（6）：33－34.

三、经方治痫进展

仲景《伤寒论》《金匮要略》中列方近三百首，但其明言治癫痫者仅一首，即风引汤。然而随着对仲景学术思想的深入研究，当今国内外医家运用经方治癫痫大大超过了风引汤的范围，据笔者粗略统计，共达九首之多。包括余热内盛引动肝风者用风引汤；癫痫伴胸胁苦满、腹直肌拘挛者用柴胡桂枝汤与桂枝汤；肝胆失调、痰火壅盛、内扰心神、蒙蔽孔窍、横窜经络之惊痫者用柴胡加龙骨牡蛎汤；膀胱气化不利、水逆上犯，症见吐涎沫、头眩者用五苓散与阴寒内盛、元阳虚衰者用附子汤；痰热内闭、扰心伤筋者用四逆散；痰热互结、阻遏气机，症见大便秘结者用大黄黄连泻心汤；肝阳过亢、化风伤阴者用甘麦大枣汤等。目前对痫证发病机理的认识尚不够透彻，临床也缺乏彻底的根治方法，因此挖掘中医学遗产，多途径、多角

度寻找治痫的综合方法，是具有重要临床意义的。但今后的治痫中还需重视辨证与
辨病相结合，打破一家一方统治痫证的局面，探讨经方治痫机理，提高临床疗效，
以冀早日攻克这一顽症。

摘自：马融，于越. 经方治痫进展 [J]. 北京中医，1988，7（4）：49 - 50.

四、抗痫散为主治疗小儿痫证73例临床观察及实验研究

目的：观察抗痫散治疗小儿癫痫的临床疗效及作用机制。

方法：临床试验：以 73 例癫痫患儿为研究对象，临床分为风痰痫、痰浊痫、风
痰火痫、风痰瘀痫、风痰惊痫、风痰虚痫 6 种证型。以抗痫散为基本方治疗 3 个月，
观察疾病疗效。动物试验：①戊四唑惊厥发作阈试验：小鼠 40 只，分为 3 组，1 组
灌胃抗痫散液 1 次 0.5mL，1 日 2 次，连续 4 天；2、3 组灌服等体液水，连续 4 天
后再灌服硝基安定液 1 次。1 小时后 3 组均腹腔注射戊四唑，以小鼠出现头及前肢
抖动、继而全身抽搐为指标进行观察。②最大电休克发作试验：小鼠 34 只，分 3
组，给药方法同实验①，第 2 组于第 4 天灌服苯妥英钠 1 次。2 小时后进行电刺激
产生强直性惊厥，观察其发作情况。③士的宁惊厥试验：取小鼠 40 只，分 4 组，其
中抗痫散液组分高低剂量，给药方法同实验①。第 4 天，除抗痫散液组外的其余 2
组一组喂服苯巴比妥液 1 次，一组为模型组，1.5 小时后 4 组小鼠均腹腔注射士的
宁液，以小鼠产生强直性惊厥和死亡为指标进行观察。④对腹腔巨噬细胞吞噬功能
的影响：24 只小鼠分 2 组，一组灌服抗痫散 1 次 0.3mL，1 日 2 次，另组灌服同量
生理盐水，连续 4 天。在第 3、4 天两组小鼠均腹腔注射可溶性淀粉 1mL，1 小时后
再腹注鸽血红细胞悬液 1mL，2 小时后处死小鼠取腹腔液涂片，用姬姆萨 - 瑞氏染
液染色，置油镜下观察巨噬细胞吞噬鸽血红细胞情况，以吞噬率和吞噬指数为指标
进行观察。

结果：临床试验结果：总有效率 79.2%，高于传统的豁痰开窍、镇惊息风法疗
效（总有效率 66.7%）。抗痫散加减对各证型痫证均有一定疗效，其中对风痰痫、
风痰惊痫、风痰虚痫疗效尤佳，而对风痰瘀痫的治疗效果略差。从西医对癫痫病的
分类及临床情况看，抗痫散具有广谱的抗癫痫作用，对各种类型的癫痫发作均有较

好的治疗作用。动物实验结果：①抗痫散组、硝基安定组均有显著的抗惊厥作用，与对照组相比有显著差异（$P<0.01$）；其中硝基安定组较抗痫散组抗惊厥作用更为显著（$P<0.05$）。②抗痫散组、苯妥英钠组均有显著的抗惊厥作用，与对照组相比有显著差异（$P<0.005$），二者之间无显著性差别（$P>0.05$）。③抗痫散甲组、苯巴比妥组均有抗惊厥作用，并能减少死亡率，与对照组比较有显著差异（$P<0.005$），二者之间无显著性差别（$P>0.05$）；抗痫散甲组抗惊厥作用、减少死亡率优于抗痫散乙组（$P<0.005$）。④抗痫散组巨噬细胞吞噬率、吞噬指数均优于对照组（$P<0.001$、$P<0.02$）。

结论：抗痫散具有广谱的抗癫痫作用，其对戊四唑惊厥发作（大脑皮层异常兴奋引起的发作，类似癫痫小发作）、最大电休克发作（类似癫痫大发作）、士的宁惊厥发作试验（脊髓异常兴奋引起的发作）均有拮抗作用，同时，抗痫散能通过提高机体细胞免疫功能，间接发挥提高抗痫疗效的作用。

摘自：马融，抗痫散为主治疗小儿痫证73例临床观察及实验研究［J］. 北京中医，1988，7（1）：32－35.

五、柴胡桂枝汤抗戊四唑惊厥的作用观察

目的： 探讨柴胡桂枝汤对癫痫小鼠发作的拮抗作用。

方法： 用戊四唑制作癫痫小鼠模型。①将模型小鼠分为5组，前3组腹腔注射柴胡桂枝汤0.6mL/只，分别于0.25小时、12小时、24小时开始实验。第4组用柴胡桂枝汤灌胃，1次0.4mL，1日1次，6天后进行实验。第5组为对照组，每只腹腔注射生理盐水0.6mL。实验时5组小鼠均腹腔注射戊四唑溶液，观察小鼠是否出现头及前肢抖动，继而全身抽搐的表现。②将进行第一次试验的小鼠于12小时后（第4组除外）再次腹腔注射戊四唑液60mg/kg，观察指标同上。

结果： ①抗惊厥作用：与对照组相比，柴胡桂枝汤可以明显减少惊厥发作次数（$P<0.05$），而且惊厥后的死亡率亦低于对照组。②从给药途径上分析，腹腔注射较口服药物的效果明显，这可能与腹腔注射药物后，机体吸收较快，易在血中形成一个药物浓度高峰有关。③从两次试验结果来看，药后12小时进行试验的柴桂1组

抗惊厥作用最为突出，表现在第一次试验和第二次试验时，抗痫效果均高于其他组。④药后 24 小时进行试验的第 3 组，第二次试验较第一次试验效果好，故此说明，在用药后的 36 小时机体仍有一定的抗惊厥能力。

结论：柴胡桂枝汤对癫痫小鼠发作有明显拮抗作用，其疗效与发作时间、给药时间及给药途径均有关。临床中若患儿发作次数频繁，每天应服药两次；而发作次较少、间隔时间延长时，可将服药次数由每日两次减少到每日一次。并且，在用药后的 36 小时机体仍有一定的抗惊厥能力。

摘自：马融，于越，戚爱棣. 柴胡桂枝汤抗戊四唑惊厥的作用观察. 国医论坛，1991，6（1）：44－45.

六、顺气豁痰法治疗小儿精神运动性癫痫

目的： 观察顺气豁痰法治疗小儿精神运动性癫痫的临床疗效。

方法： 以 38 例符合精神运动性癫痫的患儿为研究对象，临床分为痰浊迷窍型、痰浊动风型、痰火壅盛型及正气偏虚型。治以顺气豁痰法。基本方为：石菖蒲 10g，青果 9g，半夏 9g，青礞石 15g，胆南星 9g，陈皮 6g，枳壳 6g，川芎 3g，沉香 2g，六曲 6g，1 日 1 剂，7 岁以下者用量酌减，不同证型随证加减。观察 6 个月以上，并长于 3 个发作间歇期。评价疾病疗效、中医证候疗效及脑电图改变。

结果： 疾病疗效分析：显效 24 例（63.2%），有效 5 例（13.1%），效差 3 例（7.9%），无效 6 例（15.8%）。总有效率 76.3%。中医证候疗效：①治疗后患儿的发作频率明显降低，治疗前每日发作≥1 次者 17 例，治疗后减为 5 例（$P < 0.01$）；治疗前每月发作≥1 次者 33 例，治疗后减少为 18 例（$P < 0.01$）。②痰浊迷窍型有效率稍高，正气偏虚型病儿多伴有智力障碍，疗效较差。③从获效时间看，初诊时每日发作频率≥1 次者 17 例，经治疗显效 10 例，其中最短获效（发作频率减少50%）时间为 1 周，最长为 8 周，平均获效时间为 3.3 周；有效者 2 例，分别在顺气豁痰法治疗后第 5 周、20 周获效。脑电图分析：脑电图改善与临床疗效基本一致。脑电图复查 11 例，其中临床获显效的 9 例，1 例完全恢复正常，7 例显著好转，1 例加重，1 例临床发作频率减少 50% 同时脑电图明显改善；治疗无效者 1 例，其

脑电图复查未见显著变化。

结论：运用顺气豁痰法辨证治疗小儿精神运动性癫痫的临床疗效满意。

摘自：李新民，李向农，李少川．顺气豁痰法治疗小儿精神运动性癫痫 [J]．中医杂志，1991，32（4）：26 - 27.

七、抗痫胶囊为主治疗小儿癫痫植物性发作39例

目标： 观察抗痫胶囊治疗小儿癫痫植物性发作的临床疗效。

方法： 以 39 例植物性发作癫痫患儿为研究对象，分为三种证型，脾虚痰聚、中宫失运型，风痰内阻、痰气上逆型，风痰阻络、脾虚湿困型。予抗痫胶囊为基本方治疗。组成：太子参、茯苓、石菖蒲、胆南星、半夏、橘红、枳壳、沉香、青果、天麻等。用法及用量：1~3 岁 2 粒，4~6 岁 5 粒，7~10 岁 8 粒，10 岁以上 10 粒，口服，每日 3 次。发作频繁时将胶囊改为汤剂，根据辨证，酌情化裁，日服 1 剂。于本院就诊前服抗癫痫西药如不足 2 个月者，服中药即可停西药；如服药在 2 个月以上者，在 1 个月内逐渐减量停药。连续观察治疗 3 个月以上，评价抗痫胶囊的临床疗效。

结果： 39 例中显效 21 例（53.85%），有效 14 例（35.89%），效差 2 例（5.13%），无效 2 例（占 5.13%）。总有效率为 89.74%。

结论：抗痫胶囊治疗小儿癫痫植物性发作的临床疗效满意。

摘自：向阳，李少川．抗痫胶囊为主治疗小儿癫痫植物性发作 39 例 [J]．中国医药学报，1992，7（2）：32 - 33.

八、扶正祛痰治童痫——李少川教授治痫经验录

李少川教授认为小儿癫痫是以正虚为本、痰气逆乱为标，脾虚痰伏、痰气上逆为主要病理机制，因而提出"扶正健脾、顺气豁痰"法治疗小儿癫痫。其治疗小儿癫痫有以下三个特点：①祛痰浊、降逆气、提高机体惊厥阈。基于"扶正健脾、顺气豁痰"法研制的抗痫胶囊治疗小儿癫痫，以顺气豁痰为主，无论是脑电图检测还

是动物试验均证明本药可以提高机体惊厥阈。②健脾胃、扶正气、增强患儿抵抗力。李少川教授在治病中多加用太子参、茯苓、陈皮、半夏等仿六君子汤意，以顾其脾，其可绝其生痰之源；条达枢机，使脾升胃降，水湿不得凝聚；补后天而实先天，以扶正固本，调其真元；补土可使金生，金生可克木旺。同时补益脾胃还可改善患儿"虚"证体质，有效抑制患儿呼吸道感染，增强机体抵抗力。③药性平、毒性低、长期服用壮身体。临床试验证实，药物长期使用未见任何不良反应、高效无毒。由于在治痫药物中注意使用扶正之品，患儿服后面色红润，体重增加，食欲旺盛，患病次数也大为减少。

摘自：马融. 扶正祛痰治童痫——李少川教授治痫经验录［J］. 天津中医，1993，10（5）：5-6.

九、小儿癫痫421例临床观察

目的：观察抗痫散治疗小儿癫痫的临床疗效。

方法：以421例癫痫患儿为研究对象，临床分为6型，风痰痫、痰浊痫、风痰火痫、风痰瘀痫、风痰惊痫、风痰虚痫。均予抗痫散为基本方治疗。组成：太子参、石菖蒲、天麻、橘红等。用法及用量：1~3岁每次0.5~1g，3~7岁每次2~3g，7~14岁每次4~7g，口服，每日3次。6个月为1个疗程。根据不同证型进行加减。对就诊时仍服抗癫痫西药的患儿，嘱其在加服抗痫散2周后，逐步减少西药用量，4周停用。未服西药的患儿，若治疗前6个月内发作1次以上者，服用抗痫散1个疗程后判定疗效；治疗前6~12个月发作1次者，服药2个疗程后判定疗效；服用西药又加服抗痫散，并逐渐减少西药用量的患儿，仍可按上述疗程并向后顺延1个月判定疗效。观察其临床疗效及脑电图变化。

结果：①辨证分型与疗效：风痰痫有效率为86.67%；痰浊痫有效率为79.71%；风痰火痫有效率为73.53%；风痰瘀痫有效率66.67%，风痰惊痫有效率92.86%，风痰虚痫有效率78.95%。总有效率83.37%。其中风痰瘀痫疗效较差（$P<0.05$），其他各型疗效无显著差别（$P>0.05$）。②西医发作类型与疗效：大发作有效率83.58%，失神小发作有效率80.53%，局限性运动型发作有效率82.46%，精神运动型发作有效率78.26%，小运动型发作有效率85.29%，自主神经型发作有效率91.89%，混合型发作有效率76.19%。婴儿痉挛症显效1例。③脑电图治疗前后变化：疗前脑电图异常者50例，治疗后6～12个月复查，其中43例显示癫痫异常放电得到改善（$P<0.01$）。临床发作完全控制的28例中，27例脑电图明显好转（$P<0.01$），其中8例异常放电消失。

结论：抗痫散具有广谱的抗癫痫作用，对各型发作均有疗效。中医证型中对风痰痫、风痰惊痫的疗效较好，风痰瘀痫的疗效较差；西医分型中对自主神经性发作疗效尤佳。并且，随着治疗后患儿临床发作的很好控制，脑电图痫性放电也随之得到明显改善。

摘自：马融，向阳，李新民，李少川．小儿癫痫421例临床观察［J］．中国医药学报，1994，9（2）：22-24.

十、抗癫痫方药研究的回顾与展望

笔者对1959～1992年相关癫痫文献分别从辨病论治方面、在辨病的基础上进行辨证论治方面以及实验室研究方面进行了综述。①辨病论治方面：诸多中医家辨病论治，采用中药复方、中成药及单味药治疗。②在辨病的基础上进行辨证论治方面：有脏腑辨证、气血津液辨证、八纲辨证等。③实验室研究方面：主要集中在抗惊厥、抑制神经兴奋性、镇静等方面的试验研究。

笔者认为，今后抗癫痫方药的研究主要有两个方向：其一，研制组方精炼合理、符合中医辨证规律、疗效确切的中药复方，既充分体现中医特色，又充分利用药理学方法；其二，研究有苗头的单味药物及其有效成分，可为创新药，至少可以为合成抗癫痫化学药物提供有用的线索。

摘自：向阳．抗癫痫方药研究的回顾与展望［J］．中成药，1994，16（5）：41-42.

十一、扶正涤痰、标本同治小儿癫痫105例

目的： 扶正涤痰、标本同治法治疗小儿癫痫的临床疗效。

方法：以 105 例癫痫患儿为研究对象。选用涤痰汤化裁治疗。组成：太子参、茯苓、半夏、胆南星、青果、石菖蒲、枳实、陈皮、天麻、琥珀、羌活、川芎等。日 1 剂，水煎服。以肢体抽搐为主，加生铁落、钩藤；以意识障碍为主，重用石菖蒲，加青礞石、沉香；有颅脑外伤或颅内器质性病变，加丹参、郁金；正气虚甚，加紫河车、黄芪、六曲；大便干燥，加风化硝；烦躁易怒，加黄芩。取效后，改用基本方药制散，每次口服 1.5 ~6g，每日 3 次。治疗前记录 3 ~6 个月发作频率的平均值以及脑电图检查结果，然后用药，诊前服西药者，治疗 3 个月内完全停用。将疗程在 6 个月以上、随访观察不少于 12 个月者作为有效病历统计。评价临床疗效、脑电图疗效。

结果：①临床疗效：发作完全控制率为 45.71%，总有效率为 85.71%。②脑电图疗效：总有效率为 89.23%。③发作类型与临床疗效的关系：除婴儿痉挛症外，以扶正涤痰、标本同治法治疗小儿癫痫无论是部分性发作，还是全身性发作均有效，提示该法具有广泛的抗癫痫作用。④脑电图疗效与临床疗效的关系：在发作控制或次数减少的同时，脑电图也相应地改善，临床疗效与脑电图疗效大致符合。

结论：扶正涤痰、标本兼治法是治疗小儿癫痫的较好方法，同时也佐证了笔者对小儿癫痫"正虚痰逆"基本病机认识的正确性。

摘自：胡思源，李少川，陈宝义. 扶正涤痰、标本同治小儿癫痫 105 例 [J]. 辽宁中医杂志，1995，22（3）：130 –132.

十二、抗痫液抗病毒作用的实验研究

目的：探讨抗痫液的抗病毒作用。

方法：抗痫液组成：天麻、太子参、胆南星、石菖蒲、陈皮、青果各 3g，清半夏、羌活各 2g，每瓶 100mL（生药 25g）。①测定 L929 细胞可耐受抗痫液的最大浓度，将单层 L929 细胞消化后，加入生长液，种入 96 孔微量细胞培养板，每孔 0.1mL，置 5% CO_2 孵箱 37℃，培养 4 ~6 小时，待细胞长成单层后，倾去孔内液，加入 100%、75%、50% 3 个浓度的抗痫液。②直接灭活 VSV 滤泡性口腔炎病毒方法。用维持液将抗痫液稀释成 25%、12.5%、6.25%、3.18%、1.6% 5 个不同浓度，各取 1mL 与等容积 $100TCID_{50}$（细胞半数致死量）VSV 混合，滴于 96 孔板 L929 单层细胞上。③对 VSV 攻击的保护作用。将抗痫液用维持液稀释成 50%、25%、12.5% 3 个浓度，分别加入单层 L929 细胞的 96 孔板中，培养后加入 $100TCID_{50}$ VSV 攻击，观察细胞病变。④对 VSV 攻击后的治疗。先将 $100TCID_{50}$ VSV 0.1mL 滴入单层 L929 细胞 96 孔板中培养，分别加入 50%、25%、12.5%、6.25%、3.18% 5 个浓度的抗痫液，观察细胞病变。⑤抑制 VSV 繁殖。在单层 L929 细胞培养瓶中，加入 50% 抗痫液 10mL，用 $100TCID_{50}$ VSV 攻击，收获病毒悬液，在 L929 单层细胞 96 孔上滴定病毒繁殖量。

结果：①在 100%、75% 浓度的抗痫液中，L929 细胞可存活 1～3 天，在 50% 浓度的抗痫液中，L929 细胞可存活 7 天。②25%、12.5% 浓度抗痫液的 VSV 效价显著低于对照组（$P < 0.05$）。③在 8 小时、16 小时、24 小时 3 个不同时间内，12.5%、25%、50% 3 个浓度抗痫液的保护率分别为 12.5%、10%、18%、15%、25%、30%、22%、50%、60%。④50% 和 25% 浓度抗痫液的 RSV 效价显著低于对照液（$P < 0.05$）。⑤50% 抗痫液作用 24 小时后，其病毒抑制滴度为 3 个对数值。

结论：①50% 浓度的抗痫液为 L929 细胞的最大耐受量。②抗痫液具有直接灭活病毒作用，灭毒效果随浓度增大而加强。③抗痫液有保护细胞免受 VSV 攻击作用，其作用与药物浓度及时间呈正相关。④抗痫液在 VSV 攻击后有较好的治疗作用，在细胞可耐受的范围内，其疗效与药物浓度呈正比。⑤抗痫液可抑制病毒繁殖。

摘自：马融，于越，李新民，向阳. 抗痫液抗病毒作用的实验研究 [J]. 中国中西医结合杂志，1995，15（S）：308－310＋404.

十三、《内经》论痫浅探

文中探讨了《内经》中对癫痫的认识。①病名：《内经》中虽然没有明确指出"癫痫"之名，但已有"痫""巅疾""癫疾"等名的记载，并且还描述了癫痫发病的典型症状及反复性、间歇发作性特征。②病因病理：病因为胎中受惊、痰邪作祟、脏气不平，病机为心肝郁火、肝脏虚寒或邪乘心肾，造成脏腑失调，气机逆乱，风阳内动而致癫痫。即所谓"脏气不平""厥成为癫疾"。③针灸治疗：《内经》论述癫痫的治疗，主要表现在针灸方面，强调辨证选经取穴，并根据病证性质不同选择用各种刺、灸方法。④疾病预后：《灵枢·癫狂》记载"癫疾者，疾发如狂者，死不治"。验之临床，癫痫发作，发现人格的改变，有似精神病者，如精神运动性发作，一般治疗难度较大，预后较差。

摘自：李新民.《内经》论痫浅探 [J]. 天津中医学院学报，1995，(2)：5-6.

十四、健脾祛痰调气和中法治疗小儿腹型癫痫临床观察

目的：观察健脾祛痰、调气和中法治疗小儿腹型癫痫的临床疗效。

方法：以 31 例腹型癫痫患儿为研究对象，治以健脾祛痰、调气和中法。基本处方：太子参9g，茯苓12g，半夏9g，石菖蒲9g，胆南星9g，橘红6g，枳壳9g，川芎6g，厚朴9g，白芍12g，甘草6g。脾虚痰阻型，意识障碍明显者，加郁金；伴下肢疼痛者，酌加木瓜、独活。痰热偏盛型，选加黄芩、菊花、天麻、竹茹、代赭石等。若痰浊动风，时伴肢体抽搐者，加天麻、钩藤。痰瘀交阻型，可重用川芎，酌加郁金、桃仁、红花。观察周期皆在 6 个月以上，且长于 3 个发作间歇期。观察疾病整体疗效、中医证候疗效及脑电图改善情况。

结果：①疾病整体疗效：治疗后显效 25 例（80.6%），有效 4 例（12.9%），效差 1 例（3.2%），无效 1 例（3.2%）。②中医证候疗效：其中脾虚痰阻型 21 例，显效 19 例，有效 2 例，总有效率100%。③脑电图：脑电图改善程度与临床疗效相一致。

结论：应用健脾祛痰、调气和中法治疗小儿腹型癫痫的临床疗效满意。

摘自：李新民，马融，李少川. 健脾祛痰调气和中法治疗小儿腹型癫痫临床观察 [J]. 中医杂志，1996，37 (9)：550-551.

十五、抗痫胶囊治疗小儿癫痫大发作的临床研究

目的：观察抗痫胶囊治疗小儿癫痫全身性强直-阵挛性发作的临床疗效。

方法：以 195 例癫痫全身性强直-阵挛性发作患儿为研究对象，分为 2 组，抗

痫胶囊组 135 例，苯巴比妥组 60 例。抗痫胶囊组口服抗痫胶囊，1~3 岁每次 3 粒，4~7 岁每次 5 粒，8~10 岁每次 8 粒，11~14 岁每次 10 粒，每日 3 次。苯巴比妥组口服苯巴比妥，1 次 2mg/kg，1 日 3 次。两药均以 6 个月为 1 个疗程。观察两组患儿临床疗效、中医证候疗效及脑电图变化。

结果： ①抗痫胶囊组显效率 56.3%，总有效率为 82.96%，均明显高于苯巴比妥对照组（$P < 0.05$、$P < 0.01$）。②抗痫胶囊组中脾虚风动型疗效最好，风痰闭阻次之，风痰瘀阻型较差，结果无统计学差异（$P > 0.05$）。③抗痫胶囊组疗后脑电图明显改善（$P < 0.001$），苯巴比妥组脑电图无明显改善（$P > 0.05$），但两组间比较无统计学意义（$P > 0.05$）。

结论： 抗痫胶囊治疗小儿癫痫全身性强直-阵挛性发作的临床疗效满意，其作用机制与抑制过强电传导、治疗大脑皮质的过度放电有关。

摘自：马融，李新民，胡思源，等. 抗痫胶囊治疗小儿癫痫大发作的临床研究[J]. 天津中医，1996，13（5）：23-24+26.

十六、抗痫液抗癫痫及对脑内 γ-氨基丁酸影响的实验研究

目的： 探讨抗痫液对抗小鼠精神运动性发作、谷氨酸钠惊厥发作及脑内游离 γ-氨基丁酸（GABA）含量的影响。

方法： 以角膜电刺激诱发小鼠精神运动性癫痫发作为模型。①取模型小鼠 80 只，随机分为 4 组，即抗痫液甲组、抗痫液乙组、卡马西平组、生理盐水组。抗痫液甲组连续灌服 6 天抗痫液，1 次 1mL，1 日 1 次，第 6 天灌药后 1 小时开始实验。抗痫液乙组、卡马西平组先连续 5 天灌服生理盐水，第 6 天，前者灌服抗痫液 1mL，1 小时后开始实验；后者灌服卡马西平液，2 小时后开始实验。生理盐水组连续 6 天灌服生理盐水。实验时，以上述方波电流刺激小鼠双眼角膜，凡立即走开，或在 10 秒内转变为通常运动状态，开始探索行动者，记为有对抗作用。观察抗痫液对小鼠精神运动性发作的对抗作用。②取模型小鼠 30 只，随机分为 3 组，即病模组、抗痫液组、丙戊酸钠组，并设立空白对照组 10 只。抗痫液组连续灌服 6 天抗痫液，1 次 1mL，1 日 1 次，第 6 天灌药后 1 小时开始实验。丙戊酸钠组于实验前 1 小时灌服丙

戊酸钠溶液。以方波电流刺激小鼠双眼角膜 3 秒后，取全脑，制作上清液，测定小鼠脑内 GABA 含量。③取模型小鼠 20 只，随机分为 2 组，即抗痫液组、苯妥英钠组，并设立空白对照组 10 只。抗痫液组连续灌服 6 天抗痫液，1 次 1mL，1 日 1 次，第 6 天灌药后 1 小时开始实验。苯妥英钠组于实验前 1 小时灌服丙戊酸钠溶液。实验时，给小鼠脑室内注射 5μL 谷氨酸钠生理盐水液。观察抗痫液对小鼠谷氨酸钠惊厥发作的对抗作用。

结果：①抗痫液甲组、卡马西平组均可以明显对抗小鼠精神运动性发作，较生理盐水组比较，差异有统计学意义（$P < 0.01$）。②抗痫液组、丙戊酸钠组小鼠脑内游离 GABA 含量较病模组明显增高，差异有统计学意义（$P < 0.01$）。③抗痫液组、苯妥英钠组均可以明显对抗小鼠谷氨酸钠惊厥发作，差异有统计学意义（$P < 0.01$）。

结论：抗痫液能明显对抗小鼠精神运动性发作，作用机制可能与其影响脑内 GABA 的降解或合成，调节谷氨酸与 GABA 的平衡有关。

摘自：李新民，马融，李少川. 抗痫液抗癫痫及对脑内 γ—氨基丁酸影响的实验研究 [J]. 中国中医药科技，1997，4（3）：147 – 148 + 6.

十七、加味逍遥散新用

加味逍遥散出自《内科撮要》，原为肝脾血虚，化火生热之月经不调诸症所设。笔者取其疏肝健脾、清热泻火的功效，随症加减用治癫痫，取得较好疗效。

文中精神运动型癫痫患儿为女性，于月经初潮时痫疾复发，口服卡马西平不能控制发作。患儿多在月经来潮前 1 周或经后 3~5 天发病，每月发作 1~2 次。发作时自言自语，来回走动，或搓手或拾物乱放，动作呆板，呼之不应，制之则强力反抗，持续 1 小时缓解，止后对发作时症状不能回忆。患儿舌红、苔黄厚而腻，两脉弦滑。笔者初期辨证属痰热痫，治宜清热化痰，调气醒神，宗温胆汤加味，并逐渐减停西药。治疗 3 个月，痫疾仍发，但每次发作时间减少，持续约 20 分钟可止。后笔者考虑其痫证随月经而发，且有经水先期，是为血热之证，且病久肝郁，故改清热调经、疏肝健脾法，拟加味逍遥散加减，组成：牡丹皮、栀子、柴胡、茯苓、石菖蒲各9g，当归、白术、天麻各6g，白芍12g，薄荷、甘草各3g，1日1剂，水煎服。治疗月余，月经正常，癫痫未再发，脑电图逐渐改善后，改为口服逍遥丸，并用石菖蒲（10g/d）煎汤送服。近访3年未发作。

摘自：李新民. 加味逍遥散新用［J］. 新中医，1997，29（5）：51＋54.

十八、从肝脾论治小儿癫痫失神小发作42例

目的：观察从肝脾立论，或健脾祛痰，或清肝泄热，同时配合调气醒神法治疗失神小发作的临床疗效。

方法：以癫痫失神小发作患儿42例为研究对象，分为两组，脾虚痰阻型23例，肝经郁热型19例。①脾虚痰阻型，治宜健脾祛痰，调气醒神。药用：太子参、茯苓、枳壳、半夏、石菖蒲、胆星、陈皮、葛根、羌活、川芎、甘草，合并大发作加天麻、生铁落。1日1剂，水煎服。或予小儿抗痫胶囊（由太子参、茯苓、枳壳、半夏、石菖蒲、胆南星等组成，功能健脾扶正，顺气豁痰），2～3岁每次3粒，4～6岁每次5粒，7～12岁每次8粒。口服，1日3次。②肝经郁热型，治宜清肝泄热，豁痰醒神。药用：龙胆草、栀子、大黄、羌活、川芎、当归、黄芩、柴胡、石菖蒲、半夏，合并抽搐加天麻、钩藤、白芍。1日1剂，水煎服。或予口服泻青丸，1日1～2丸，配合服用小儿抗痫胶囊。若热邪渐尽，大便转溏，可予菊花（10g/d）煎水作药引，送服小儿抗痫胶囊。两组病例均连续用药观察6个月以上，观察其临床发作情况及脑电图改变。

结果：患儿治疗后的发作频率较治疗前显著减少，差异有统计学意义（$P < 0.001$）。全部患儿复查了脑电图，其改善程度与临床疗效一致。除2例一直并用抗癫痫西药外，其他应用抗癫痫西药的患儿均在服用中药后1～2个月内逐渐停用西药。

结论：从肝脾论治小儿癫痫失神小发作临床疗效满意。

摘自：李新民，马融，李少川. 从肝脾论治小儿癫痫失神小发作42例［J］. 辽宁中医杂志，1998，25（7）：310.

十九、中药抗痫胶囊对脑电图癫痫异常放电影响的临床与实验研究

目标:以脑电图为观察指标,从临床试验与动物试验两个角度研究抗痫胶囊对癫痫异常放电的影响。

方法:①临床试验:以我院儿科经临床和脑电图两项确诊的癫痫患儿36例为研究对象,研究前停用一切药物2天,然后口服抗痫胶囊,<7岁每日6~9g,7~10岁每日9~12g,>10岁每日12~15g,分3次口服,连用4周,疗程中随时记录发作情况。并于治疗前后用EEG-4217型脑电图仪描记清醒时脑电图,观察癫痫异常放电发生情况并计算300秒内的累计时间,比较治疗前后痫性放电累计时间的变化情况。②动物实验:将大鼠16只随机分为实验组和对照组,每组8只。均安放颅内电极,用RM-6200型四导生理记录仪描记正常脑电图。首次按15mg/kg尾静脉注射戊四氮,全部动物均出现阵发性棘波样改变,但无抽搐发生。在首次注射戊四氮后20分钟,实验组用抗痫胶囊水煎浓缩剂24g/kg灌胃,对照组用等体积生理盐水灌胃。60分钟后,再次尾静脉注射同量戊四氮,观察脑电图阵发性棘波样改变持续时间,进行组间比较。

结果:①36例患儿治疗后脑电图癫痫异常放电累计时间较治疗前明显缩短,差异有统计学意义(P<0.05)。②实验组大鼠脑电图阵发性棘波样改变的持续时间较对照组明显缩短,差异有统计学意义(P<0.001)。

结论:抗痫胶囊可明显缩短癫痫患儿脑电图癫痫异常放电的累计时间,在脑电图改善的同时临床发作次数也相应地减少或消失;抗痫胶囊可明显缩短模型大鼠脑电图阵发性棘波样改变的持续时间。总之,抗痫胶囊具有一定抑制大脑癫痫异常放电作用。

摘自:胡思源,于敏,向阳,等.中药抗痫胶囊对脑电图癫痫异常放电影响的临床与实验研究[J].中国实验方剂学杂志,1999,5(3):21-23.

二十、顺气涤痰法治疗小儿自主神经性癫痫二则

自主神经性癫痫是以自主神经症状为主,很少有躯体抽搐的发作。这是一种由

间脑、颞叶、视下丘部的各种病因引起的发作综合征，其中以腹痛为主者称"腹型癫痫"，以头痛为主者称"头痛性癫痫"。中医的痫证中对此尚无记载，一般根据症状将其归于"头痛""腹痛"范畴。笔者在临床中体会到，治疗该病若只用传统的方法，疗效欠佳；只有辨证与辨病相结合，才能收到满意的效果。

文中腹型癫痫患儿每于情志不舒或大怒之时，突发恶心、干呕，胃中似有物攻撑，疼痛难忍，精神紧张，惶恐不安，5~6分钟后缓解，一如常人。经查脑电图诊断为腹型癫痫。笔者考虑其主因思虑过度，所求不得，肝气郁结，木不疏土，脾失健运、水湿不化，痰气郁结胃肠而致。痰气易聚易散，聚则痰气凝结，阻滞中州，腑气不通而腹痛阵发，神志不宁；散则气顺痰动，疼痛缓解。因此治以顺气涤痰为主，镇惊和胃为辅。药用：石菖蒲、胆南星、橘红、清半夏、茯苓、枳壳、白术、天麻、沉香、琥珀等加减。服药年余，竟获效机。

文中头痛型癫痫患儿每日头痛8~9次，部位不固定，发作时间无规律，每次头痛约10分钟，痛后一如常人，无周身不适，时有发作后欲入睡之感。每因劳累或情志不遂症状加重。经查脑电图，确诊为头痛型癫痫。笔者考虑其病机为风痰头痛之范畴，多由脾虚生痰，肝风内动而致。风痰上扰，蒙蔽清窍，闭塞经络，阻碍气机升降，故见头痛；风性主动，善行而数变，风痰致病多有时聚时散之特点，故而头痛亦有时作时止，部位、时间不固定之表现。治宜化痰息风，兼以健脾行气。药用：石菖蒲、清半夏、太子参、胆南星、六曲、茯苓、天麻、羌活、川芎、枳壳、陈皮、沉香等加减。嘱其服1年，1年后随访，未见复发。脑电图恢复正常。

摘自：马融. 顺气涤痰法治疗小儿植物神经性癫痫二则［J］. 北京中医，2000，19（5）：49-50.

二十一、抗痫胶囊对癫痫小鼠海马一氧化氮合酶活力与蛋白表达的影响

目的： 探讨抗痫胶囊对小鼠海马不同亚区 NOS 活性的影响。

方法： 选用健康昆明种小鼠40只，随机分4组，即正常对照组、病模组、抗痫胶囊低、高剂量组。正常组和病模组予灌胃蒸馏水1次1mL，1日2次，连续6天；

抗痫胶囊两组各予抗痫胶囊低、高剂量浓缩煎剂 1 次 1mL，1 日 2 次，连续 6 天。均于第 6 天给 1 次药后 30 分钟，正常对照组腹腔注射生理盐水（55mg/kg）、其他 2 组腹腔注射戊四唑（55mg/kg）。55 分钟后开始实验。采用 NADPH – d 和 ABC 免疫组化法，对戊四唑致痫后、服用抗痫胶囊的小鼠海马不同亚区 NOS 活性的变化进行研究。

结果： 戊四唑致痫组小鼠海马 CA1、CA3、齿状回 NOS、nNOS 阳性细胞数目明显少于正常对照组（$P < 0.01$）；抗痫胶囊各组 NOS、nNOS 阳性细胞数高于致痫组（$P < 0.01$）。

结论： 抗痫胶囊对戊四唑致癫痫小鼠海马 NOS 神经元有明显保护作用，可能是其治疗癫痫的重要机理之一。

摘自：熊杰，马融，李新民，等. 抗痫胶囊对癫痫小鼠海马一氧化氮合酶活力与蛋白表达的影响 [J]. 武警医学，2001，12（6）：330 – 332.

二十二、高剂量抗痫胶囊对致痫小鼠齿状回 DNA 和 RNA 的影响

目的： 探讨高剂量抗痫胶囊对戊四唑诱导的癫痫小鼠齿状回神经细胞 DNA 和 RNA 的影响。

方法： 选用健康昆明种小鼠 30 只，分 3 组，即正常对照组、病模组、高剂量抗痫胶囊组。正常组和病模组予灌胃服用蒸馏水，1 次 1mL，1 日 2 次，连续 5 天；抗痫胶囊组予灌胃服用抗痫胶囊浓缩煎剂（0.66g/mL），给药方法同前。均于第 6 天给 1 次药后 30 分钟，正常对照组腹腔注射生理盐水（50mg/kg），其他两组腹腔注射戊四唑（50mg/kg），55 分钟后开始实验。采用吖啶橙荧光染色法，观察抗痫胶囊对戊四唑致痫后小鼠齿状回 DNA 和 RNA 的变化。

结果： 与正常组相比，戊四唑致痫组小鼠齿状回颗粒层和苔藓纤维内 DNA 和 RNA 荧光染色强度增强，抗痫胶囊高剂量组较病模组荧光强度减弱，但高于正常组。

结论： 齿状回神经元内 DNA 和 RNA 的变化与戊四唑致痫小鼠神经元的兴奋性损伤密切相关，抗痫胶囊对癫痫小鼠神经元兴奋性有一定的抑制作用。

摘自：熊杰，李新民，窦志英，等. 高剂量抗痫胶囊对致痫小鼠齿状回 DNA 和 RNA 的影响 [J]. 天津中医，2001，18（2）：36 – 37.

二十三、针刺加熄风胶囊治疗小儿癫痫强直－阵挛性发作的临床观察

目的：探讨针刺加熄风胶囊治疗小儿癫痫强直－阵挛性发作的临床疗效。

方法：60例癫痫患儿，随机分两组，每组各30例，治疗组用针刺加熄风胶囊治疗，针刺选人中、百会、风池（双）、内关（双）、太冲（双）、足三里（双），其中人中、太冲用捻转泻法，足三里用捻转补法，其余用平补平泻法，留针30分钟，每10分钟行针1次。每天针刺1次，8天为1个疗程，休息2天后可进行第2疗程。另外，根据患者情况，辨证瘀血痫加刺三阴交，痰痫配丰隆，惊痫加刺神门，癫痫昼发者加刺申脉，夜发者加刺照海。对照组服用熄风胶囊，服法及药量：＜1岁，每次1粒；1~3岁，每次2粒；4~16岁，每次服（年龄－1）粒，最多不超过8粒。口服，每日3次。对于初诊时尚服西药抗痫的患儿，均在中药治疗1个月内逐渐撤去西药，且治疗期间不加用抗癫痫西药。病例一般在治后6个月评定疗效，对诊前服用抗痫西药的患儿，于治疗7个月后进行疗效评定。观测患儿临床发作频率、发作持续时间、发作症状及脑电图改变，并进行疗效评价。

结果：总疗效评定：治疗组和对照组显效率分别为76.7%和50%，总有效率分别为96.7%和90%，两组间差异无显著性（$P > 0.05$）。但发作频率、发作持续时间及脑电图疗效评定结果，治疗组明显优于对照组，两组比较差异有显著性（P均 < 0.05）。

结论：针刺加熄风胶囊治疗小儿癫痫疗效高且无毒副作用。

摘自：马融，张喜莲，刘玉珍，等．针刺加熄风胶囊治疗小儿癫痫强直－阵挛性发作的临床观察［J］．中医杂志，2001，42（5）：276－278＋294.

二十四、小儿癫痫的辨证分型与脑电图检测的关系

目的：探讨中医的辨证分型与患者脑电图检测及西医发作分类之间的内在联系。

方法：本组320例癫痫患者进行脑电图检测，均在发作间期描记，并以首次描

记结果进行分析。

结果：①320 例患者中 EEG 检测正常者 28 例（8.8%），异常者 292 例（91.2%），特异性癫痫波的出现仅有 219 例（75%）。②其中异常脑波中，慢波 185 例（63.4%），快波 20 例（6.8%），尖波 143 例（49.0%），棘波 41 例（14.0%），尖慢波 110 例（37.7%），棘慢波 54 例（18.5%），多棘慢波 20 例（6.8%），节律波 3Hz19 例（6.6%），高度失律 4 例（1.4%）。③临床各证型所占比例：风痫 173 例（54.4%），异常 158 例（91.3%）；痰痫 88 例（56.3%），异常 80 例（90.9%）；惊痫 30 例（50%），异常 28 例（93.3%）；瘀血痫 29 例（80.8%），异常 26 例（89.7%）。④西医发作分类：强直－阵挛发作 167 例（52.2%），强直发作 16 例（5%），肌阵挛发作 9 例（2.8%），失神发作 16 例（5%），婴儿痉挛症 4 例（1.3%），复杂部分性发作 10 例（3.1%），局限运动性发作 41 例（12.8%），精神运动性发作 18 例（5.6%），自主神经性发作 39 例（12.2%）。⑤风痫中，尖、棘、快波 35 例（22.2%），慢波 37 例（23.4%），尖慢波、棘慢波及各种混杂波交替出现者 86 例（54.8%）；痰痫中，尖、棘、快波 14 例（17.5%），慢波 21 例（26.2%），尖慢波、棘慢波及各种混杂波交替出现者 45 例（56.3%）；惊痫中，尖、棘、快波 8 例（28.6%），慢波 6 例（21.4%），尖慢波、棘慢波及各种混杂波交替出现者 14 例（50%）；瘀血痫中，尖、棘、快波 1 例（3.8%），慢波 4 例（15.4%），尖慢波、棘慢波及各种混杂波交替出现者 21 例（80.8%）。

结论：实证波多以尖、棘、快波为主，虚证波以慢波为主，虚实夹杂证多见尖－慢波、棘－慢波、多棘慢波等。癫痫患儿特异性癫痫波的出现占 75%，因此临床上不能把脑电图检查及特异癫痫波的出现作为诊断癫痫的必要的依据，还要根据其可靠的病史、临床表现及其他检查综合做出确切的诊断。

摘自：马融，张喜莲. 小儿癫痫的辨证分型与脑电图检测的关系——附 320 例分析［J］. 北京中医，2001，20（5）：10－12.

二十五、高剂量熄风胶囊对癫痫小鼠海马一氧化氮合酶蛋白表达的影响

目的：探讨熄风胶囊对戊四唑致痫小鼠海马不同亚区一氧化氮合酶蛋白表达的

影响。

方法：40 只昆明种小鼠，按随机方法分为 4 组，即熄风胶囊组、苯妥英钠组、模型组、正常对照组。实验组分别灌服熄风胶囊浓缩剂（0.99g/mL）、苯妥英钠（100mg/kg），连续 6 天。前两组腹腔注射戊四唑（55mL/kg）致痫，55 分钟后处死动物。采用免疫组织化学法，观察熄风胶囊对戊四唑致痫小鼠海马不同亚区 NOS 蛋白表达的影响。

结果：模型组一氧化氮合酶（nNOS）阳性细胞数明显减少，熄风胶囊组、苯妥英钠组神经元型一氧化氮合酶各区阳性细胞数明显多于模型组（$P < 0.01$）。

结论：熄风胶囊对癫痫小鼠海马神经元有保护作用，此结果可能是其治疗癫痫的机理之一。

摘自：熊杰，李新民，张喜莲，等．高剂量熄风胶囊对癫痫小鼠海马一氧化氮合酶蛋白表达的影响［J］．天津中医，2001，18（6）：24-25.

二十六、戊四唑致痫小鼠海马结构内一氧化氮合酶阳性神经元的时程变化

目的：观察海马内一氧化氮合酶（nNOS）在戊四唑（PTZ）致痫后的时程变化。

方法：健康昆明小鼠 64 只，随机分 8 组，正常对照组、致痫后 15 分钟、30 分钟、1 小时、2 小时、4 小时、6 小时、12 小时八组，每组 8 只。正常对照组予腹腔注射生理盐水 55mg/kg，其他组腹腔注射戊四唑 55mg/kg，依据不同时间，开始实验。用 NADPH - 黄递酶（NADPH - d）组织化学方法的方法，分别观察正常及致痫后 15 分钟、30 分钟、1 小时、2 小时、4 小时、6 小时、12 小时海马内 NOS 阳性神经元变化。

结果：30 分钟~2 小时，NOS 阳性神经元数逐渐增加；2 小时后逐渐降低。2 小时各区 NOS 数最多，且 CA3 > CA1 > DG。

结论：一氧化氮的含量，会随癫痫发作状态的不同而增减。

摘自：张德芹，熊杰，黄宇虹，等．戊四唑致痫小鼠海马结构内一氧化氮合酶阳性神经元的时程变化［J］．天津中医学院学报，2001，20（3）：30-31.

二十七、抗痫胶囊治疗小儿癫痫930例临床观察

目的：观察抗痫胶囊治疗小儿癫痫临床疗效。

方法：将符合诊断标准的1090例癫痫患儿随机分为两组，治疗组930例，对照组160例。治疗组口服抗痫胶囊，用法及用量：≤5岁以下，每次1岁1粒；6~10岁，每次7粒；11~14岁，每次8粒。口服，每日3次。6个月为1个疗程。就诊前服用西药者，与抗痫胶囊同服1个月，从第2个月开始逐渐减少西药用量，8个月为1个疗程。对照组口服鲁米那，每次1.5~2mg/kg，每日3次。6个月为1个疗程。

结果：治疗组显效534例，有效241例，效差96例，无效46例，加重13例，总有效率83.33%。对照组显效64例，有效19例，效差38例，无效29例，加重10例，总有效率51.88%。治疗组明显优于对照组（$P<0.01$）。两组治疗后癫痫发作次数及发作持续时间均较治疗前显著减少（$P<0.01$），治疗后治疗组发作次数明显少于对照组（$P<0.01$）。治疗组对各种类型癫痫发作均有较好的抗癫痫作用，尤其对自主神经性发作疗效尤佳，对不同辨证分型的疗效以风痫、痰痫、惊痫疗效较好。治疗组治疗后脑电图复常率为54.3%，对照组为38.4%，治疗组明显优于对照组（$P<0.01$）。

结论：抗痫胶囊具有广谱的抗癫痫作用，对各型发作均有疗效，尤其对自主神经性发作疗效尤佳。其作用机制不单纯是抑制过强的电传导，而且对大脑皮质的过度放电也有一定的治疗作用。

摘自：马融，李少川，李新民，等. 抗痫胶囊治疗小儿癫痫930例临床观察[J]. 中医杂志，2002，43（4）：279-280.

二十八、小儿抗痫胶囊中 α-细辛醚的药物动力学研究

目的：测定小儿抗痫胶囊中主要有效成分α-细辛醚在大鼠体内的血药浓度，并根据血药浓度-时间配对资料，测算其体内药代动力学参数。

方法： 雌性 Wister 大鼠 100 只，随机分为 10 组，每组 10 只。给药剂量根据动物和小儿体表面积比例换算出大鼠相当于人的临床等效剂量为 1.25g/kg，设定低剂量为临床等效剂量。低、中、高剂量之比为 1：2：4。除空白对照组大鼠外，按 1.25g/kg、2.5g/kg、5g/kg 的给药剂量分别给大鼠灌服浓度为 0.3g/mL 的小儿抗痫胶囊混悬液。灌胃前（0 分钟）和灌胃后 5 分钟，15 分钟，30 分钟，60 分钟，90 分钟，120 分钟，180 分钟，240 分钟，360 分钟，480 分钟于大鼠股动脉采血（每个时间点处理 3 只大鼠，每组加空白测 11 个点），分离出血浆。采用 HPLC 测定灌胃给药 1.25g/kg，2.5g/kg，5g/kg 不同剂量小儿抗痫胶囊后，大鼠体内 α - 细辛醚的血药浓度。血药浓度数据采用 3P97 药代动力学软件进行参数模拟。

结果： 小儿抗痫胶囊中有效成分 α - 细辛醚在大鼠体内的动力学过程可用一级动力学过程的一室开放型模型来描述。低、中、高 3 个不同剂量组高峰血药浓度（C_{max}）分别为 0.46μg/mL，0.83μg/mL，1.33μg/mL，达峰时间（T_{peak}）分别为 81.94 分钟，88.85 分钟和 96.12 分钟，血药浓度时间曲线下面积（AUC）分别为 152.75μg min/mL，225.16μg min/mL 和 393.21μg min/mL。

结论： 本研究建立的 HPLC 测定大鼠灌服不同剂量小儿抗痫胶囊后 α - 细辛醚血药浓度的实验方法简便、快速、灵敏，血浆中内源性物质及复方各组分药物不干扰测定。该研究可为小儿抗痫胶囊在临床和量化研究提供可靠的依据。

摘自：张德芹，马融，刘昌孝，等. 小儿抗痫胶囊中 α - 细辛醚的药物动力学研究 [J]. 中草药，2002，33（3）：247 - 250.

二十九、熄风胶囊对癫痫小鼠海马、皮质层、杏仁核一氧化氮合酶蛋白表达的影响

目的： 探讨中成药熄风胶囊对戊四唑致痫小鼠脑一氧化氮合酶蛋白表达的影响。

方法： 健康小鼠 50 只，按随机方法分为 5 组，即熄风胶囊 3 个剂量组、模型组、正常对照组。将不同浓度的熄风胶囊浓缩剂分别灌服三组小鼠，连续 6 天。前 4 组腹腔注射戊四唑（55mL/kg）致痫，55 分钟后处死动物。采用免疫组织化学法观察熄风胶囊对戊四唑致痫小鼠脑神经元型一氧化氮合酶蛋白表达的影响。

结果：熄风胶囊各组 nNOS 阳性细胞数目明显多于模型组（$P < 0.01$），熄风胶囊 3 个剂量组 nNOS 阳性细胞数目在海马、皮质层、杏仁核上均有差异（$P < 0.05$）。

结论：熄风胶囊对癫痫小鼠海马神经元有保护作用，此结果可能是其治疗癫痫的机理之一。

摘自：熊杰，马融，张果忠，等．熄风胶囊对癫痫小鼠海马、皮质层、杏仁核一氧化氮合酶蛋白表达的影响［J］. 中国中医药信息杂志，2003，10（1）：14 – 15.

三十、抗痫增智颗粒对大脑兴奋性氨基酸的影响

目的：探求抗痫增智颗粒对戊四唑致点燃模型大鼠脑内 NMDA 受体活性及在水迷宫中学习、记忆能力的影响。

方法：SD 雄性大鼠 40 只，设立正常对照组（A 组）8 只，其余用戊四唑点燃大鼠 32 只，随机分为 4 组，即模型对照组（B 组）、中药低剂量组（C 组）、中药高剂量组（D 组）、西药组（E 组）。A 组、B 组以双蒸水灌胃 5mL/kg，E 组以丙戊酸钠灌胃 400mg/kg，中药治疗组抗痫增智汤灌胃低剂量组 5g/kg，高剂量组 10g/kg，每日 1 次，持续 28 天。观察大鼠学习记忆能力及大脑皮层、海马 NMDA 受体的结合量。

结果：①水迷宫实验：模型组寻找平台所需时间比 A 组明显增加，差别有显著意义（$P < 0.05$）。与 B 组相比，D 组寻找平台所需时间明显缩短，差别有显著意义（$P < 0.05$）。②大脑皮层、海马 NMDA 受体活性改变及药物的影响：与 A 组相比，B 组海马 NMDA 受体活力明显增加，差别有显著意义（$P < 0.05$）。与 B 组相比，C 组、D 组，E 组海马 NMDA 受体活力降低，但差别无显著意义；与 A 组相比，B 组皮层 NMDA 受体活力明显增加，差别有显著意义（$P < 0.05$）。与 B 组相比，D 组大脑皮层 NMDA 受体活力、E 组 NMDA 受体活力明显降低，差别有显著意义（$P < 0.05$），C 组 NMDA 受体活力降低，但差别无显著意义。

结论：抗痫增智颗粒能够抗痫、提高学习记忆能力，其机制可能与调节 NMDA 受体活性有关。

摘自：姚凤莉，李海南，杨常泉，等．抗痫增智颗粒对大脑兴奋性氨基酸的影

响 [J]. 辽宁中医学院学报, 2003, 5 (3): 266 - 267.

三十一、中药抗痫机制的研究进展

多年来, 中医药治疗癫痫的作用机制研究取得进一步的进展, 现综述如下: ①对 γ - 氨基丁酸 (GABA) 及谷氨酸 (GLU) 等神经递质的影响。GLU 是兴奋性神经递质, 其含量增高及释放的增加会导致兴奋性、神经毒性作用增强, GABA 是重要的抑制性神经递质, 具有降低兴奋性与中枢保护作用。癫痫发作时, 会出现二者平衡的失调。试验证实, 中药复方抗痫液、草果知母汤、愈痫灵汤剂、藏药七十二味珍珠丸均会对二者的失衡进行调节, 从而达到控制癫痫发作的目的。②对自由基代谢的影响。癫痫是以神经细胞活动异常为病理基础的发作性疾病。在自由基的强力诱发下可形成脂质过氧化物, 导致细胞膜结构和功能的改变, 使细胞膜对离子的通透性发生异常; 过氧化反应也引起 $Na^+ - K^+ - ATP$ 酶活性的降低, 并刺激脂质过氧化反应, 影响钠钾转运而导致神经元膜电活动异常, 最终导致癫痫发作。试验证实, 中药复方痫复康、调督抗痫丸、柴胡桂枝汤、安痫宁可以减轻自由基对细胞膜的攻击, 增加 $Na^+ - K^+ - ATP$ 酶活性, 可以控制癫痫发作。③对调节免疫功能失调方面的影响。癫痫发作与免疫功能失调有关。中药刺五加、复方灭痫灵均有很好的免疫调节作用。④从活血化瘀角度考虑, 癫痫存在明显的脑局部血流微循环障碍。刺五加、复方丹参注射液及藏药七十二味珍珠丸可以改善脑部血流微循环, 改善局部缺血和代谢异常状态, 促进抗痫药物进入病灶, 从而有利于控制癫痫发作。⑤对其他方面的影响。丹参能增加热休克蛋白的表达而减轻癫痫发作所致的神经元损伤; 草果知母汤能降低脑内 c - fos、c - jun 基因表达, 降低大脑皮层组织中生长抑素 mRNA 的含量等途径起到抗癫痫的作用。

摘自: 田淑霞, 李新民. 中药抗痫机制的研究进展 [J]. 天津中医学院学报, 2003, 22 (4): 37 - 39.

三十二、凉膈散加减治疗小儿癫痫强直阵挛性发作

小儿癫痫强直阵挛性发作, 中医治疗多从镇惊安神、息风定痫、涤痰开窍、活

血化瘀、通窍定痫等方面入手。笔者在临床中采用凉膈散加减治疗，取得满意疗效。文中两患儿平素贪食肥甘厚腻，情绪不稳，易烦躁，形体壮实，面红唇赤，大便干燥不得行，时有咽红肿痛之象，舌红苔厚，脉数，上述诸候皆为上中二焦邪郁生热之证，治以清上与泻下并行。方选凉膈散加减，既有连翘、黄芩、山栀、薄荷、竹叶疏解清泻胸膈邪热于上；更用调胃承气汤合白蜜，通便导滞，荡热于中，使上焦之热得以清解，中焦之实由下而去。药证相符，故取得满意疗效。

摘自：施畅人. 凉膈散加减治疗小儿癫痫强直阵挛性发作 [J]. 浙江中医杂志，2004，49（11）：482.

三十三、熄风胶囊治疗小儿癫痫强直－阵挛性发作200例临床观察

目的： 观察熄风胶囊治疗小儿癫痫强直－阵挛性发作的临床疗效。

方法： 熄风胶囊治疗 200 例与抗痫胶囊治疗 100 例、鲁米那治疗 100 例对照，熄风胶囊用量及服法：口服，<1 岁，每次 1 粒；1～3 岁，每次 2 粒；3～7 岁，每次 5 粒；≥7 岁，每次 8 粒，每日 3 次。抗痫胶囊用量及服法同熄风胶囊。鲁米那每次 2mg/kg，口服，每日 3 次。6 个月为 1 个疗程。1 个疗程后统计疗效。观察其发作频率、脑电图的变化。

结果： 熄风胶囊治疗组总有效率为93%，显效率82%，明显高于抗痫胶囊组和鲁米那组（$P < 0.01$）。从脑电图改善情况来看，3 组治疗前后脑电图改善率差异均有显著性（$P < 0.01$）；但熄风胶囊治疗后与其他两组比较则无显著性意义（$P > 0.05$）。中医辨证分型疗效比较，熄风胶囊治疗风痫效果较好，惊痫、痰痫次之，瘀血痫效果较差。

结论： 熄风胶囊是一种治疗小儿癫痫强直－阵挛性发作的有效中药。

摘自：马融，张喜莲. 熄风胶囊治疗小儿癫痫强直－阵挛性发作 200 例临床观察 [J]. 中医杂志，2004，45（5）：363－365.

三十四、小儿抗痫胶囊治疗儿童癫痫及其神经生化机制的研究

本课题在 930 例儿童癫痫证候学研究基础上，提出"健脾顺气、豁痰息风"法

应视为小儿癫痫的基本治疗法则。通过其代表方剂"小儿抗痫胶囊"治疗儿童癫痫930 例临床观察及小儿抗痫胶囊、鲁米那对照治疗儿童癫痫风痰闭阻证（强直 – 阵挛性发作）401 例临床研究，表明小儿抗痫胶囊对风痰闭阻证、痰阻气逆证的疗效较好，惊痫痰聚证次之，对痰瘀交阻证的疗效较差，各证型间的疗效有显著差别。课题在完成原标书的主要性能指标基础上，根据近年来的科研动态及研究工作过程中的具体情况，增加了部分指标主要内容包括：

1. 通过 930 例儿童癫痫的证候学研究，结果表明：风痰闭阻证 652 例（70.10%），痰阻气逆证 66 例（7.1%），惊痫痰聚证 175 例（18.8%），痰瘀交阻证 37 例（4%）。结合小儿"脾常不足"等相关中医理论，提出"健脾顺气、豁痰息风"法应视为小儿癫痫的基本治疗法则，其代表方剂"小儿抗痫胶囊"。

2. 小儿抗痫胶囊与鲁米那对照治疗小儿癫痫风痰闭阻证（强直 – 阵挛性发作）401 例的研究表明，抗痫胶囊组 301 例，愈显率为 59.8%，总有效率为 73.8%，显著高于对照组。其中，抗痫胶囊对全身性强直 – 阵挛性发作的疗效明显优于部分发作发展至全身性强直 – 阵挛性发作的疗效。

3. 在既往药效学研究基础上，以慢性癫痫模型大鼠戊四唑点燃发作为研究对象，进一步明确了 N – 甲基 – D – 天门冬氨酸（NMDA）受体 – 早期即刻基因 – 靶基因环路的系列作用与癫痫发病的重要相关性；并从抑制脑内 γ – 氨基丁酸（GABA）活动，减少 GABA 的异常分解，调整谷氨酸和 GABA 的兴奋抑制及 NMDA 受体，影响 NMDA 受体 – 早期即刻基因 – 靶基因环路等方面，提示了小儿抗痫胶囊的作用机制，反映了中医药治疗癫痫的作用特点及优势。

4. 采用高效液相色谱法，以抗痫胶囊的主要有效成分之一 α – 细辛醚为指标，开展了中药复方药代动力学的初步研究结果表明，抗痫胶囊灌胃大鼠血中 α – 细辛醚以原型存在，α – 细辛醚在大鼠体内的药物动力学过程可用一级吸收一室消除的动力学模型来描述，其药动学参数初步佐证了临床 1 日 3 次给药方案的正确性。

摘自：马融，李新民，张德芹，等. 小儿抗痫胶囊治疗儿童癫痫及其神经生化机制的研究 [J]. 天津中医药，2004，21（4）：340.

三十五、抗痫增智颗粒对点燃大鼠模型学习、记忆能力的影响

目的： 观察抗痫增智颗粒对点燃大鼠模型脑内胆碱能神经系统的影响。

方法： SD 雄性大鼠，设立正常大鼠为正常对照组（A 组）大鼠 8 只，戊四唑点燃大鼠模型 32 只随机分四组：模型对照组（B 组），中药低、高剂量组（C、D 组）及西药组（E 组）各 8 只。A 组、B 组予双蒸水 2mL/kg 灌胃，E 组予丙戊酸钠 400mg/kg 灌胃，C 组予抗痫增智颗粒浓缩液 5g/kg 灌胃，D 组予抗痫增智颗粒浓缩液 10g/kg 灌胃。各组均每日灌胃 1 次，持续 28 天。测定各组大鼠学习、记忆能力及脑 M 受体结合量。

结果： ①大鼠水迷宫测试：B 组寻找平台所需时间较 A 组明显增加（$P < 0.05$），与 B 组相比，D 组寻找平台所需时间明显缩短（$P < 0.05$）。②大鼠大脑皮层、海马 M 受体活性改变情况：与 A 组相比，B 组海马、皮层 M 受体活性明显降低（$P < 0.05$）；与 B 组相比，D 组海马、皮层 M 受体活性明显增高（$P < 0.05$）。

结论： 抗痫增智颗粒可通过提高点燃大鼠模型脑内 M 受体的结合量，提高其学习、记忆能力。

摘自：姚凤莉，李海南，马融. 抗痫增智颗粒对点燃大鼠模型学习、记忆能力的影响［J］. 中国中医急症，2004，13（4）：238－239＋270.

三十六、抗痫胶囊对抗不同癫痫动物模型的实验研究

目的： 观察抗痫胶囊对抗不同癫痫动物模型的实验研究。

方法： 使用 JJC－2 型生理实验多用仪和角膜电极刺激小鼠双眼角膜，凡小鼠表现发愣、竖尾，或伴有抽搐，但仍直立，没有强直性惊厥发作，持续 10 秒以上者，列为该实验的动物模型。①取该模型小鼠 80 只，随机分为 4 组，即抗痫液甲组、抗痫液乙组、卡马西平组、生理盐水组。抗痫液甲组连续灌服 6 天抗痫液，1 次 1mL，1 日 1 次。第 6 天灌药后 1 小时开始实验。抗痫液乙组、卡马西平组先连续 5 天灌服生理盐水，第 6 天前者灌服抗痫液 1mL，1 小时后开始实验；后者灌服卡马西

平液，2 小时后开始实验。生理盐水组连续灌服 6 天生理盐水，实验时，以上述方波电流刺激小鼠双眼角膜，凡立即走开或在 10 秒内转变为通常运动状态、开始探索行动者，记为有对抗作用。观察对抗小鼠精神运动性发作。②改西药组为苯妥英钠 100mg/kg，观察对抗小鼠最大电休克发作。③改西药组为硝基安定，于第 14 天给药 90 分钟后，4 个组均腹腔注射戊四唑，观察小鼠对戊四唑阈值的影响。④改西药组为苯妥英钠 200mg/kg，于第 14 天给药 90 分钟后，4 个组均腹腔注射士的宁，观察小鼠对士的宁惊厥发作的影响。⑤观察药物对戊四唑点燃模型的影响。

结果：①对抗小鼠精神运动性发作：抗痫液甲组、乙组和卡马西平组与模型组相比有显著性差异（$P < 0.01$），抗痫液甲组与卡马西平组相比差别无显著意义（$P > 0.05$）。抗痫液乙组作用弱，与抗痫液甲组、西药组相比差别有显著意义（$P < 0.05$）。②对抗小鼠最大电休克发作：抗痫液甲组、苯妥英钠组的药后惊厥例数与模型组相比，差别均有非常显著意义（$P < 0.01$），抗痫液乙组作用弱，与模型组相比差别有显著意义（$P < 0.05$）。③对戊四唑（PTZ）阈值的影响：抗痫液甲组和硝基安定组与模型组比较有非常显著的抗惊厥作用（$P < 0.01$），但硝基安定抗惊厥作用强于抗痫液甲组，抗痫液乙组抗惊厥作用弱，与模型组相比差别有意义（$P < 0.05$）。④对士的宁惊厥发作的影响：抗痫液甲组和苯巴比妥组与模型组相比，其抗惊厥均有显著性差别（$P < 0.01$），而前二者之间无显著性差别（$P > 0.05$）。抗痫液乙组抗惊厥作用弱。⑤药物对 PTZ 点燃模型的影响：抗痫液甲组、抗痫液乙组、西药组治疗后发作级别降低，与治疗前相比有显著性差异（$P < 0.05$），模型对照组治疗后发作级别增高，但无显著性差异（$P > 0.05$）。

结论：本次实验选用了 5 种癫痫模型，抗痫液对 5 种癫痫动物模型均有拮抗作用，与临床疗效相似，且疗效与药物剂量相关。抗痫液对抗小鼠 MES 发作，其效应与苯妥英钠无显著性差异；对 PTZ 阈值惊厥作用不及硝基安定；对抗士的宁引起的小鼠惊厥，抗惊厥、抗死亡效果与苯巴比妥无显著性差异。对 PTZ 点燃模型，可使点燃大鼠发作级别降低，惊厥阈值升高。

摘自：姚凤莉，马融，李新民. 抗痫胶囊对抗不同癫痫动物模型的实验研究 [J]. 第三军医大学学报，2005，27（14）：1527 - 1528.

三十七、马融根据脑电图辨治小儿癫痫经验

介绍马融教授根据脑电图辨治小儿癫痫的经验。分为实证、虚证、虚实夹杂证。①实证多以尖、棘、快波单一出现或混杂出现为主，临床多为邪气盛、正气充，西医分型多属强直－阵挛性发作、强直发作等。治疗时多采用抑制兴奋的攻实祛邪法而取效，如平肝潜阳、豁痰息风、泻火通实、吐泻导痰等。②虚证以单独慢波或以慢波为主，临床中发现此类患儿一般起病较慢，病程较长，素体虚弱，且发作频繁，持续时间长，症状较重，日久不愈，更耗正气。部分患儿发作虽基本控制，但造成了严重的认知功能障碍。治疗时采用补虚扶正为主，甚至单纯使用扶正法，效果可佳。③虚实夹杂证以尖慢波、棘慢波、多棘慢波或此类波与实证波及虚证波混杂交替出现，临床既可见风、火、痰、瘀等实象，又兼肝、脾、肾等虚损。邪不去则正更伤，正气虚则邪更易留滞。治疗时多采用攻补兼施、扶正祛邪法治疗，临床疗效满意。

摘自：张喜莲，杜洪喆．马融根据脑电图辨治小儿癫痫经验［J］．中医杂志，2006，47（9）：661－662.

三十八、儿童癫痫证候规律及中药干预神经生化机制研究

1. 儿童癫痫证候规律研究

采用流行病学调查方法，通过较大样本癫痫患儿证候学分析，首次提出并证实儿童癫痫新的证候规律与四型辨证方案，即风痰闭阻、痰阻气逆、惊痫痰聚、痰瘀交阻四证，其中风痰闭阻证最为常见。提出并证实了儿童癫痫"脾虚痰伏、气逆风动"病机假说和"扶正祛痰法治疗小儿癫痫"学术思想，研制了抗痫胶囊。

2. 临床研究

①采用回顾性研究方法，总结 1990～2002 年间抗痫胶囊治疗的小儿癫痫病例930 例，进行总体疗效分析、中医辨证分型疗效分析和西医发作类型疗效分析。结果：总有效率83.33％，明确了抗痫胶囊最佳适应证为风痰闭阻证，最佳适应发作

类型为强直-阵挛性发作和自主神经性发作。②采取阳性药随机对照试验设计方法，进行了抗痫胶囊治疗儿童癫痫风痰闭阻证（强直-阵挛性发作）的疗效性与安全性评价研究。结果：抗痫胶囊组（301 例）总有效率 73.8%，显著高于鲁米那组（100 例）的 41%（$P < 0.01$）。且中药组对全身性强直-阵挛发作的疗效明显优于对照组和部分发作发展至全身性强直-阵挛发作。远期随访提示随疗程延长，疗效不断提高。安全性观察未发现明显不良反应。

3. 实验研究

抗痫胶囊可明显抑制大鼠戊四唑点燃发作，其疗效与剂量呈正相关。其机制可能与其抑制 GABA 分解的异常增强，调整 Glu 和 GABA 的平衡；抑制脑内 NMDA 受体活性异常增强；下调 c-fos 蛋白异常高表达，调整神经元兴奋抑制平衡有关。

摘自：马融，李新民，杨常泉，等. 儿童癫痫证候规律及中药干预神经生化机制研究 [J]. 医学研究杂志，2006，35（9）：39-40.

三十九、中医药治疗小儿癫痫疗效评定标准体系的研究

临床疗效的评价标准是中医药学目前研究的热点之一，随着医学的发展，过去沿用的有关小儿癫痫疗效评定的标准已愈来愈显示出它的局限性，主要有：①中医药治疗小儿癫痫的临床报道所采用的疗效评价标准尚缺乏统一性，研究结果的可比性欠佳。②简单套用西医的疗效评价标准，难以反映中医药的自身特点和疗效优势。③目前证候相关的疗效评定标准很不完善，甚或缺如，对证候的改善还仅仅停留在对证候诊断标准中所涵盖的症状、体征的改变上，对其他症状、体征很少涉及。④儿童正处于生长发育阶段，脑的功能也在逐渐发育，儿童癫痫与成人癫痫不能完全等同视之，因此不能将成人癫痫的疗效评价标准简单套用于儿童。⑤中医治疗小儿癫痫的疗效和研究成果的证据水平偏低，总体评价缺乏。

为了可以更为准确地评价中医药治疗小儿癫痫的疗效，本文提出应将发作情况、脑电图、中医证候、认知功能以及生活质量等方面进行综合评价，使之既能反映中医中药的治疗优势，又能被国内外医学界认可接受。

摘自：马融，戎萍，李新民. 中医药治疗小儿癫痫疗效评定标准体系的研究

[J]. 天津中医药，2006，23（2）：98－100.

四十、中西医结合治疗小儿癫痫失神发作临床观察

目的：观察柴胡加龙骨牡蛎汤为主配合小剂量丙戊酸治疗失神发作患儿的临床疗效。

方法：19 例患儿均为癫痫失神发作，用柴胡加龙骨牡蛎汤加减治疗。常用药物：柴胡、黄芩、半夏、茯苓、桂枝、党参、龙骨、牡蛎、生铁落、胆南星、石菖蒲等。伴抽搐加僵蚕、全蝎，并予中药熄风胶囊以宏息风之力；恶心呕吐加陈皮、竹茹；自动症明显加青礞石、钩藤；大便干结，发作频繁加大黄、紫雪散。同时，配合小剂量丙戊酸钠（或丙戊酸镁）5～10mg/（kg·d），分 2～3 次服。6 个月为 1 个疗程，连续用药待完全控制发作后 2 年渐减丙戊酸钠用量，直至停服。继而渐停中药汤剂，改以熄风胶囊，或配合泻青丸治疗。一般在完全控制发作后 3～4 年逐渐停药。2 个疗程后评定疗效。

结果：显效 16 例，有效 2 例，效差 1 例，总有效率为 94.7%。脑电图也得到相应改善。其中，连续 6 个月无发作者 14 例，占 73.7%。

结论：柴胡加龙骨牡蛎汤为主配合丙戊酸治疗失神发作，可明显减少西药用药剂量，提高抗癫痫效应。

摘自：李新民. 中西医结合治疗小儿癫痫失神发作临床观察 [J]. 天津中医药，2007，24（2）：167.

四十一、重视增智在儿童抗癫痫治疗中的作用

癫痫，尤其是强直－阵挛性发作的患儿，30%～50% 伴有认知功能障碍。癫痫儿童的认识障碍主要病因在于脑损害及长期服用抗癫痫药物，前者又与起病年龄、发作类型及发作严重程度密切相关，遗传和环境因素也有一定的作用。认知功能障碍归属于中医"呆病""痴呆""愚痴""自痴"范畴，其病因可分先天因素、后天因素两大类，如父母精血虚损，孕期调摄失宜，脑髓发育不全，颅内损伤出血等。

本病病理主要责之于肝肾阴精亏损，心脾气血不足，脑髓精血空虚，痰浊瘀血阻窍诸方面。

针对小儿癫痫强直－阵挛性发作伴认知功能障碍，结合小儿生理病理特点，提出其病机责之于虚、实两端，"虚"主要为脑髓不充，"实"主要为风痰闭阻。因此，主张从精亏髓空、风痰闭阻立论，治以填精充髓、豁痰息风为常法，据此研制了茸菖胶囊（鹿茸、石菖蒲、菟丝子、全蝎、僵蚕、清半夏、冰片、炙甘草等）。并且有临床研究表明，茸菖胶囊在抗癫痫的同时，具有促进认知功能发育的显著优势，初步证实益肾填精、豁痰息风法应视为癫痫强直－阵挛性发作伴认知功能障碍患儿的重要治法。

摘自：马融. 重视增智在儿童抗癫痫治疗中的作用 [J]. 江苏中医药，2007，39（9）：3－4

四十二、补阳还五汤加减治疗小儿癫痫之经验

马融教授认为小儿癫痫的发病大多由于禀赋不足、七情失调、六淫邪气、饮食劳倦、外伤跌仆等，使脏腑功能失调，气血津液运行失常所致，其中尤以痰邪作祟最为常见。而脏腑受损，元气不足，无力推动血液的运行，致血液瘀滞，日久痰瘀互结，阻于脉络，遇到诱因遂致气机逆乱，痰瘀上扰，阻滞清窍，壅塞经络，发为癫痫。本病例中患儿间歇发作癫痫1年余，伴有头部、面部、舌尖麻木不仁，遗尿，脉缓。考虑患儿系机体正气不足，气虚不能行血，以致脉络瘀阻而致病，治以补气活血、涤痰通窍，予补阳还五汤加减治疗，取得满意疗效。

摘自：刘璇，张喜莲. 补阳还五汤加减治疗小儿癫痫之经验 [J]. 浙江中医杂志，2007，42（1）：23.

四十三、马融教授治疗小儿痫证新思路

小儿痫证相当于西医学癫痫强直－阵挛性发作。历来中医辨治多从风、火、痰、惊、瘀几方面。马融教授在长期临床实践的基础上，认为本病的病机主要为本虚标

实、气机逆乱。"本虚"责之于肾精亏虚,"标实"即临床表现风和痰之见症。加之本病常反复发作,日久不愈,"久病必瘀""久病入络",据此提出了"益肾填精、豁痰息风、化瘀通络"的治疗大法,研制出熄风胶囊。方中紫河车益肾填精,补脑益智,可提高认知功能及调节机体免疫能力,以达治病之本;天麻平肝潜阳,息风止痉,辛润不燥,且有祛痰之功,兼具息风豁痰之长,为治病之要药,更配以石菖蒲之辛香避秽、豁痰开窍以达治病之标;方中借全蝎、蜈蚣走窜之性入脏腑、经络搜风剔痰"以动制动",辅以川芎、郁金行气活血以助豁痰息风之力。诸药合用,共奏益肾填精、豁痰息风、化瘀通络之功,以达标本兼顾,扶正祛邪之目的。临床治疗本病,取得了很好的疗效。

摘自:张喜莲,马融. 马融教授治疗小儿痫证新思路 [J]. 中华中医药学刊 . 2007,25 (2):215-216.

四十四、小儿抗痫胶囊对癫痫大鼠脑内 γ-氨基丁酸、谷氨酸含量影响的实验研究

目的: 从调节 γ-氨基丁酸(GABA)、谷氨酸(Glu)代谢的角度探讨小儿抗痫胶囊的作用机制。

方法: 健康雄性 SD 大鼠 58 只随机分成两大组,正常对照组 10 只,其余 48 只运用戊四唑复制癫痫大鼠模型。显示连续 5 次 Ⅱ 级及以上惊厥的大鼠,被认为造模成功。将 44 只模型大鼠随机分为 4 组,即抗痫胶囊 Ⅰ 组(中药高剂量组)、抗痫胶囊 Ⅱ 组(中药低剂量组)、丙戊酸钠组、模型对照组,每组 11 只。抗痫胶囊 Ⅰ、Ⅱ 组分别灌服抗痫胶囊浓煎液 10g/kg,5g/kg;丙戊酸钠组灌服丙戊酸钠 400mg/kg;正常对照组和模型对照组连续灌服生理盐水 1mL/次。各组均 1 日 2 次,持续 28 天。采用高效液相色谱-紫外检测法,观察大鼠大脑皮质、双侧海马的 γ-氨基丁酸含量和谷氨酸含量的变化。

结果: 戊四唑点燃癫痫大鼠脑内 GABA 的含量降低,Glu 含量升高;经小儿抗痫胶囊治疗后,中药高剂量组皮质、海马 GABA 含量较模型组均有显著升高,中药高剂量组皮质、海马 Glu 含量均显著低于模型组,表明小儿抗痫胶囊有良好增加模

型大鼠脑内 GABA 含量，降低 Glu 含量而抗惊厥的作用；而中药高剂量组与低剂量组比较有显著性差异，表明小儿抗痫胶囊对 GABA、Glu 含量的影响还与剂量显正相关。

结论：小儿抗痫胶囊能显著抑制大鼠戊四唑点燃发作，其疗效与药物剂量呈正相关，作用机制可能与其降低大脑 Glu 含量，增加大脑 GABA 含量，影响 GABA 代谢有关。

摘自：田淑霞，李新民. 小儿抗痫胶囊对癫痫大鼠脑内 γ-氨基丁酸、谷氨酸含量影响的实验研究 [J]. 天津中医药，2007，24（4）：321-324.

四十五、抗痫增智胶囊对戊四唑点燃大鼠海马苔藓纤维发芽的干预作用

目的： 探讨中药抗痫增智胶囊对戊四唑致痫大鼠海马苔藓纤维发芽的干预作用。

方法： 健康雄性 SD 大鼠 36 只随机分成两大组，正常对照组（Ⅵ组）6 只，其余 30 只运用戊四唑复制癫痫大鼠模型。显示连续 5 次Ⅱ级及以上惊厥的大鼠，被认为达到造模成功。将 30 只模型大鼠随机分为：Ⅰ组：中药高剂量组；Ⅱ组：中药中剂量组；Ⅲ组：中药低剂量组；Ⅳ组：丙戊酸镁组；Ⅴ组：模型组，每组 6 只。正常对照组作为Ⅵ组。Ⅰ、Ⅱ、Ⅲ组按高、中、低给药剂量分别灌服配制而成的抗痫增智胶囊药液 1mL/100g 体质量，生药含量为 5.75g/mL、3.833g/mL、1.92g/mL。Ⅳ组灌服丙戊酸镁 400mg/kg。Ⅴ组灌服生理盐水 1mL/100g。各组皆为每日 2 次，持续 28 天。Ⅵ组：不做处理。28 天后应用 Timm 染色法观察各组大鼠海马苔藓纤维发芽的情况。

结果： Timm 染色结果显示，模型组大鼠海马 CA3 始层及齿状回分子层苔藓纤维发芽明显增多，其单位面积的密度百分比显著高于正常对照组（$P < 0.05$）。抗痫增智胶囊高、中剂量组的发芽密度百分比低于模型组（$P < 0.05$），但仍高于正常对照组（$P < 0.05$）。

结论： 抗痫增智胶囊对海马 CA3 区及齿状回苔藓纤维发芽有较强的干预作用。

摘自：马融，施畅人，李新民. 抗痫增智胶囊对戊四唑点燃大鼠海马苔藓纤维

发芽的干预作用［J］．中华中医药杂志，2007，22（10）：713－715.

四十六、凉膈散加减治疗小儿癫痫自主神经性发作

介绍马融教授运用凉膈散治疗小儿癫痫自主神经型发作。本病案中，患儿头痛发作时的心中烦热、心悸为热聚胸膈，火热上冲而见咽红，燥热内结便见溲赤便干，舌质干红苔黄、脉数均为上、中二焦邪郁生热的表现，需"急下存阴"，故以凉膈散为主方加减。本方配伍用药特点有二：①采用泻火与通便同用的配方法度，方以芒硝、大黄、甘草三味所组成的调胃承气为基础，清泻阳明积热；山栀、黄芩、连翘、淡竹叶清心、肺、肝脏之火，与辛凉宣散的薄荷同用，使上焦风热得去，阳明腑实得通。②方中调胃承气汤不仅有泄热、通便之功，而且有导热下行的作用，使热从下去，则上部热证可以缓解，此即"釜底抽薪"之意。针对其痰热，加入石菖蒲、胆星豁痰开窍；患儿烦躁易怒、头痛时作，加入天麻、钩藤平肝息风。组方恰中其证，故收到很好疗效。

摘自：刘璇，张喜莲．凉膈散加减治疗小儿癫痫植物神经性发作［J］．江西中医药，2007，38（7）：55.

四十七、小儿癫痫的辨证治疗

马融教授在多年的临床实践中，根据西医发作类型、脑电图表现、症状、诱因、病史、体质等多方面因素辨治小儿癫痫，取得了肯定疗效。

1. 西医发作类型辨证

①强直－阵挛性发作：病机主要为本虚标实、气机逆乱。"本虚"责之于肾精亏虚，髓海不充，脑失所养，"标实"即临床表现风（四肢抽搐）和痰（喉中痰鸣、神昏、抽搐）之见症。因本病常反复发作，病程较长，"久病必瘀""久病入络"，使瘀闭痰结，相兼为患，胶固难化，病更难愈。治宜益肾填精，豁痰息风，化瘀通络。药用紫河车、石菖蒲、胆南星、天麻、川芎、半夏、陈皮、全蝎、僵蚕、郁金等，使肾气得充，风平痰消瘀去，脉络通畅，气血调和，则痫可休止。②失神发作：

其病位主要在脾，为脾气虚弱，运化失常，痰浊内生，偶有所触，则蒙蔽清窍发为失神。治疗以健脾豁痰、祛风通络为主。药用太子参、茯苓、陈皮、半夏、枳壳、沉香、石菖蒲等，使脾健则痰不生，痰消气顺，痫自不作。③精神运动性发作：其病位主要在肝胆，为肝失疏泄，胆气逆乱，神明失守所致。治宜和解少阳，镇惊安神。临床常以柴胡加龙骨牡蛎汤化裁。药用柴胡、黄芩、半夏、党参、桂枝、白芍、茯苓、大黄、生龙骨、生牡蛎、甘草、大枣等，使枢机条达，阳潜阴和，神归于舍，痫作渐止。④自主神经性发作：常见腹型癫痫及头痛型癫痫两种发作类型。腹型癫痫病位主要在脾胃，为脾失运化，胃失和降，痰浊内阻，气机郁滞而致。治宜健脾和中，顺气豁痰，理气止痛。药用茯苓、党参、胆南星、陈皮、半夏、枳壳、砂仁、石菖蒲、青果、沉香、延胡索、川楝子、乌梅、木香等，使脾健痰消，郁滞得除，气机通畅，腹痛可止。头痛性癫痫病位主要在肝脾，为脾失健运，痰浊内生，肝经风热，夹痰上攻，清窍不利而致。治宜健脾豁痰，清热平肝，通络止痛，药用石菖蒲、天麻、川芎、菊花、苦丁茶、白芷、藁本、蔓荆子、钩藤、半夏等。若有脑外伤病史者，可酌加通窍活血药物。⑤婴儿痉挛症：本型患儿以虚证为多，由先天不足或后天失调所致。治宜滋补肝脾肾为主，以河车八味丸加减。药用紫河车、山茱萸、熟地黄、山药、白芍、天麻、黄芪、泽泻、肉苁蓉、黄精、桂枝、白附子、补骨脂、五味子、麦冬等。

2. 脑电图辨证

①实证：多以尖、棘、快波单一出现或混杂出现"实证波"为主，发作多表现为强直-阵挛性发作、强直发作等，证候表现为"邪气盛""正气充"。主张用攻实祛邪法治疗，如平肝潜阳、豁痰息风、清心安神、镇惊定痫、泻火通实、吐泻导痰等。常用药如石菖蒲、胆南星、天麻、川芎、陈皮、清夏、云茯苓、枳壳、青果、朱砂、川黄连、铁落花、青礞石、钩藤等。②虚证：单独慢波或以慢波为主（"虚证波"）的患儿，一般素体虚弱。主张采用补虚扶正为主，甚至单纯使用扶正法，药用紫河车、生地黄、丹皮、云茯苓、泽泻、山药、麦冬、五味子、肉桂、熟附子、大枣、补骨脂、白芍等。③虚实夹杂证：为尖慢波、棘慢波、多棘慢波或实证波及虚证波混杂交替出现"虚实夹杂波"。对此类病人主张采用攻补兼施、扶正祛邪法治疗，药用太子参、云茯苓、清半夏、枳壳、陈皮、生龙骨、生牡蛎、生铁落、六曲、胆南星、石菖蒲、羌活、白芍、川芎、僵蚕、天麻、钩藤等。

3. 症状辨证

临床中若以神志障碍为主要表现，如失神发作而没有抽搐发生者，则侧重于祛痰醒神开窍法治疗；若只有抽搐或以抽搐为主者，则侧重息风止痉；如肌阵挛发作、阵挛性发作，若以腹痛为主者，则重在和中健脾，理气止痛，如腹型癫痫；以头痛为主者，则重在清热平肝，活络止痛，如头痛型癫痫；若以肢痛为主者，则侧重祛风通经活络，如肢痛性癫痫等。

摘自：张喜莲，马融. 小儿癫痫的辨证治疗 [J]. 中华中医药杂志，2007，22（6）：376 - 378.

四十八、小儿痫证证治浅探

小儿痫证病机主要责之于痰，其原因主要有：①因脾生痰：脾虚痰聚或食积化热、炼液成痰。②因肾生痰：肾阳不足，脾失健运，水湿停聚为痰。③因肝生痰：肝气郁结，木克土，脾失健运生痰。最终，痰蕴膈间，阻塞经络，上逆窍道，致脏腑、气机失调，阴阳不相顺接。治疗原则：①痰因虚生：素体脾虚生痰致痫者，治疗以六君子汤为基本方，健脾、祛痰、息风使运化正常，痰浊得清；若兼见肾虚者酌加紫河车、补骨脂、熟地黄等。②气滞痰阻：气壅则痰聚，气顺则痰消。肝主疏泄，对于气的升降出入平衡起着重要的调节作用。故治以理气、豁痰、止痉。临床治疗时，应酌用理气、疏肝之品，如青皮、沉香、乌药、枳壳、川楝子、香附等。③痰郁化热：痫证日久，痰邪久踞，而痰凝着既久，胶结日深，郁而化热，致痰热内扰，热易伤津，扰动肝风。故治当清热豁痰，佐以平肝息风。临床多用定痫丸为主方，以清热、涤痰、息风。若痰热日久则加青礞石、铁落花等；若肝经风热，加龙胆草、代赭石等；热扰心神加生龙骨、牡蛎、朱砂。

摘自：袁志毅，熊杰，张喜莲. 小儿痰痫证治浅探 [J]. 中国中医急症，2007，16（7）：882 - 883.

四十九、浅析癫痫合并心理障碍

癫痫患儿常会合并心理障碍，而严重的心理障碍往往会是癫痫的诱发因素，并直接影响其治疗效果。其产生原因有：①癫痫是因为抑制性、兴奋性神经递质二者不平衡所致，而神经递质对维持行为、促进记忆和学习，影响情绪等方面有密切关系。②各种抗癫痫西药对认知、行为也有一定的影响。③癫痫反复发作会影响患者脑组织结构和功能代谢异常，引起不同性质及程度的心理障碍。④癫痫患儿周围的社会环境因素对患儿的影响。⑤癫痫病程愈长，对患儿影响也愈大。因此，对于癫痫合并心理障碍患儿不能只限于药物控制发作，需要加强非药物的综合治疗，其中要重视心理治疗，其核心理念是信任、理解、关怀、交流及信心。医生首先要做到尽量创造良好的社会、家庭环境，其次要鼓励患者加强自身心理素质，最后要嘱患儿定期于儿童心理门诊就诊。

摘自：吴上彬，马融.浅析癫痫合并心理障碍 [J].中国临床医药研究杂志，2007，(6)：82-83.

五十、甘露消毒丹加减治疗小儿癫痫失神性发作

介绍马融教授运用甘露消毒丹加减治疗小儿癫痫失神性发作。病案中患儿癫痫失神性发作，症见身疲嗜睡、情绪急躁、食欲不振、口中黏腻、咽红、舌苔稍黄腻、脉沉。考虑其素体脾虚痰盛，日久酿成湿热，阻滞气机。肝开窍于目，肝气被郁，气逆于上，故双目上视；气郁化火则情绪急躁；脾主运化，主四肢，开窍于口，湿热困脾，故身体疲倦，食欲不振，口中黏腻；湿热交蒸，酝酿成毒，壅于上窍，则咽红咽痛，舌红、苔黄腻。马融教授认为其病机关键是脾虚痰伏，湿热阻滞，气逆风动，从痰、从湿、从脾论治，采用甘露消毒丹加减取得良效。

摘自：晋文蔓.甘露消毒丹加减治疗小儿癫痫失神性发作 [J].江苏中医药，2008，40 (4)：88.

五十一、小儿癫痫的辨证思路与方法

笔者认为癫痫在非发作期的辨证可从症状、病史、诱因、体质、脑电图等方面入手。①症状辨证：癫痫病的主要症状是神昏、抽搐。神昏是由痰蒙心窍而致，抽

搐乃由肝风内动而成。因此，总的治疗大法是豁痰开窍，息风止痉。若发作时只有神志障碍，未见抽搐者，可单用祛痰醒神的药物；只有抽搐或以抽搐为主，应以镇静息风为要；若发作时出现下蹲、跌倒、手中持物坠落等失张力性发作，以益气祛痰为主；出现幻视、幻听等精神症状性发作，可用和解阴阳法；以腹痛、恶心、呕吐、头痛为主的自主神经症状发作，则以健脾顺气、祛风通络为主要治法。②病史辨证：要详细追问患儿病史，包括既往史、胎产史、家族史等，尤其是第一次发病时的情况，如发病诱因、首次发病时的表现以及脑电图检查结果、对各种药物治疗后的反应等。如有胎位不正导致脐带绕颈或羊水早破致宫内缺氧者，多伴有脑发育不全，治疗时可加入益肾填精之品；产伤（产钳助产、胎头吸引器）或有颅脑外伤者，应加活血化瘀之味；每于行经前发作者，可加养血通经的药物。③诱因辨证：痰痫患儿应加健脾化痰之药；食痫加入消食导滞之品；惊痫加镇静安神药物；风痫加清心泻火、息风止痉的药物。④体质辨证：虚痫要辨脾胃气虚、脾肾阳虚、肝肾阴虚等。脾胃气虚者往往由于痫证病史较长而致，临床以体弱、流涎、抽搐幅度较小为辨证要点；脾肾阳虚者多伴有智力低下；肝肾阴虚者多由风痫未愈而成。三证应分别加入滋阴扶正类药物。⑤脑电图辨证：实证波：多见尖波、棘波、快波，证属于阳亢，治疗时采用抑制"兴奋"的攻实祛邪法；虚证波：以单独慢波或以慢波为主，治疗时采用补虚扶正法；虚实夹杂波：以尖慢波、棘慢波、多棘慢波、高度失律为主，或此类波与实证波、虚证波混杂交替出现，治疗时宜采用攻补兼施、扶正祛邪的方法。

摘自：马融. 小儿癫痫的辨证思路与方法 [J]. 中医儿科杂志，2008，4（3）：4－5.

五十二、马融教授治疗小儿癫痫验案举隅

介绍马融教授运用涤痰汤治疗小儿痰痫、柴胡加龙骨牡蛎汤治疗小儿惊痫。

病例1，患儿为癫痫失神性发作，考虑其病理因素主要是痰。脾主运化，为生痰之源，脾失健运，痰自内生，痰蒙清窍致目凝失神。治以健脾涤痰、醒神开窍，方选涤痰汤加减。方中党参、茯苓益气健脾；石菖蒲、胆南星、陈皮、半夏顺气豁

痰开窍；羌活通督脉经气；川芎、天麻、全蝎活血行气息风；煅青礞石、铁落花重镇安神；甘草调和诸药，以达标本兼治之旨。临床辨证使用，疗效佳。

病例2，患儿为惊痫，胆病多惊，惊则气乱，神不内守，治以和解少阳，镇惊安神，方选柴胡加龙骨牡蛎汤加减。方中小柴胡汤和解少阳，疏调胆木；龙骨、牡蛎、磁石镇惊安神；白芍养血敛阴，平抑肝阳；天麻、地龙、僵蚕息风止痉；蔓荆子祛风止痛；甘麦大枣汤养心调肝，安神敛阴。诸药合用，共奏和解少阳、镇惊安神之功，临床辨证使用，很好地控制了癫痫发作。

摘自：王亚雷. 马融教授治疗小儿癫痫验案举隅 [J]. 长春中医药大学学报，2008，24（4）：363.

五十三、小儿定风汤剂治疗小儿原发性癫痫强直-阵挛性发作（痰热夹惊证）30例临床观察

目的： 观察小儿定风汤剂治疗小儿原发性癫痫强直-阵挛性发作（痰热夹惊证）的有效性和安全性。

方法： 将90例患儿随机分为3组，即定风汤剂组、抗痫胶囊组和熄风胶囊组，分别给予小儿定风汤剂、抗痫胶囊及熄风胶囊治疗，治疗12个月后观察其发作频率、发作持续时间、脑电图变化，评价其临床疗效及安全性。

结果： 小儿定风汤剂组总有效率达86.67%，优于抗痫胶囊组（$P < 0.05$），与熄风胶囊组比较差异无统计学意义（$P > 0.05$）。

结论：小儿定风汤剂能显著减少癫痫患儿发作频率，缩短发作持续时间，改善脑电图。小儿定风汤剂是治疗小儿原发性癫痫强直-阵挛性发作（痰热夹惊证）安全、有效的中药。

摘自：马融，戎萍，魏小维. 小儿定风汤剂治疗小儿原发性癫痫强直-阵挛性发作（痰热夹惊证）30例临床观察 [J]. 中医杂志，2008，49（5）：424–427.

五十四、抗痫增智颗粒治疗小儿癫痫伴智力低下的研究

本课题针对小儿癫病强直-阵挛性发作伴认知损害，根据小儿"稚阴稚阳"及

"肾常虚"的生理特点，提出其病机关键为"肾虚精亏、风痰闭阻"，建立了"填精充髓、豁痰息风"重要治法，研制出抗痫增智颗粒，重在抗病与益智并举。临床研究结果表明：在疾病疗效、发作持续时间、发作频率和脑电图疗效评价中，抗痫增智颗粒组和抗痫胶囊、卡马西平之间无显著差异。中医病症疗效比较，抗痫增智颗粒组和抗痫胶囊组均优于卡马西平组，抗痫增智颗粒组与抗痫胶囊组无显著性差异。抗痫增智颗粒在改善神昏、抽搐主症方面，与卡马西平疗效相当，在改善认知损害方面优于卡马西平；同时从次症、舌脉看，抗痫增智颗粒均明显优于卡马西平；从韦氏智商检测结果看，抗痫增智颗粒在改善言语智商（VIQ）、操作智商（PIQ）及总智商（FIQ）及各分测试结果方面均优于卡马西平。安全性检测结果表明，该药安全可靠。实验研究结果表明：抗痫增智颗粒可明显减少戊四唑点燃大鼠惊厥发作级数，显著延长其惊厥潜伏期（均 $P < 0.01$）；可明显改善点燃大鼠空间学习的获取能力和记忆保持能力；对海马 CA3 区及齿状回苔藓纤维异常出芽有较好的干预作用（均 $P < 0.01$ 或 $P < 0.05$）；降低兴奋性氨基酸的含量，增加抑制性氨基酸的含量（均 $P < 0.05$）；明显抑制病模大鼠脑内 NMDA 受体活性及 c－fos 基因表达的异常增强（$P < 0.01$）；明显提高点燃模型大鼠的 M 受体的结合量（$P < 0.05$），提高胆碱乙酰转移酶（ChAT）活性。

本研究从临床和实验两个角度证实了抗痫增智颗粒的抗痫与益智作用。丰富了小儿癫痫强直－阵挛性发作伴认知损害的病机及治法，开发抗癫痫中药院内制剂，填补了具有抗痫与益智双重疗效的治疗药物空白，为建立反映中医药治疗癫痫的特色优势及儿童生长发育特点的综合评价体系提供了良好示范。在提高患儿生存质量，保障儿童心身健康发展，促进家庭、社会的和谐发展方面取得了很大的社会效益。

摘自：马融，李新民，杨常泉，等. 抗痫增智颗粒治疗小儿癫痫伴智力低下的研究 [J]. 天津中医药，2008，25（6）：508.

五十五、马融教授运用三仁汤治疗儿科疾病验案3则

介绍马融教授运用三仁汤治疗小儿癫痫的经验。本案中痫证患儿发作频繁，症见形体肥胖，有痰，大便每天3次、质稀，舌红，苔黄厚腻，脉滑数。分析其病机

为，形体肥胖，脾运不健，聚而成湿，湿邪阻碍气机，日久生痰，痰邪上蒙清窍而痫发，且湿邪有化热之势，故予三仁汤加减以宣上、畅中为主，佐以醒神开窍。方中陈皮、茯苓、苍术、藿香健脾运湿，焦三仙、鸡内金健运脾胃，黄芩、黄连清热燥湿，泽泻渗利湿热，石菖蒲、天麻、僵蚕开窍醒神诸药合用，宣上、畅中、渗下，使气机畅行，脾健湿除，患儿癫痫发作得以控制。

摘自：晋文蔓. 马融教授运用三仁汤治疗儿科疾病验案 3 则 ［J］. 新中医，2008，40（2）：116 - 117.

五十六、癫痫伴手足口病治验1例

介绍马融教授治疗小儿癫痫伴手足口病的体会。手足口病为素体肠胃伏热，兼受风热时邪，风火热毒阻于肺胃，蕴于肌表而发。马融教授选择银翘散化裁，以疏风宣肺，清热解毒。方中金银花、连翘、黄芩、黄连、大青叶、板蓝根清热解毒；配芦根以泻火；薄荷、蝉蜕、牛蒡子以疏散风热；配前胡以降气化痰；桔梗、炒苏子、炙杷叶宣肺止咳；玄参清热解毒的同时兼以滋阴；柴胡解表退热；甘草调和诸药，护胃安中。诸药合之，疏风宣肺，清热解毒，疗效显著，安全可靠。但考虑到患儿既往为癫痫患儿，外感风热之邪易引动内动而出现癫痫发作，故在治疗手足口病的过程中加用熄风胶囊以豁痰息风，预防癫痫发作，体现了中医"治未病"的思想。

摘自：蒋明辉，韩晓丽. 癫痫伴手足口病治验 1 例 ［J］. 山西中医，2008，24（1）：40.

五十七、马融教授治疗小儿癫痫验案2则

本文撷取马融教授用清热法治疗小儿癫痫验案 2 则。病例 1 中癫痫患儿初用涤痰汤治疗，效不显。患儿症见面红唇赤、心烦易躁、咽部红肿、大便干燥、舌红、苔黄、脉弦数，辨证属上中二焦邪郁生热、热扰神明之证，选用凉膈散加减以清上泻下，原方减芒硝，恐其力猛，久用伤正；加用藿香、茵陈、石菖蒲、鸡血藤、天

麻、钩藤，能开窍宁神，息风止痉，化湿和胃，全方标本兼治，祛邪而不伤正，后取得满意疗效。病例 2 中癫痫患儿初用熄风胶囊治疗，效不显。患儿症见大便干、咽红，辨证属热痫，选用小儿定风汤剂以清热豁痰，息风镇惊，柔肝养血，本方为《金匮要略》风引汤加石菖蒲、天麻、白芍和当归 4 味药组成。原方主治"热瘫痫"，加石菖蒲能开窍宁神，天麻息风止痉，通络祛风，加白芍、当归柔肝养血，使原方息风止痉之力大增，兼能补虚而不伤正气，用之收效。

摘自：刘琳琳. 马融教授治疗小儿癫痫验案 2 则 [J]. 山西中医，2008，24（4）：26.

五十八、小儿抗痫胶囊对癫痫大鼠脑内 GABA－T 活性影响的实验研究

目的：观察小儿抗痫胶囊对癫痫大鼠戊四唑点燃模型的影响，进一步从调节 γ－氨基丁酸（GABA）代谢的角度探讨小儿抗痫胶囊的作用机制。

方法：选用雄性 SD 大鼠 58 只，随机选出 10 只设立为正常对照组，余 48 只用戊四唑制作大鼠癫痫模型，凡显示 5 次 Ⅱ 级以上（发作时间无限制）连续惊厥的大鼠，被认为达到点燃标准。将癫痫大鼠随机分为 4 组，小儿抗痫胶囊 Ⅰ 组（中药高剂量组）11 只、小儿抗痫胶囊 Ⅱ 组（中药低剂量组）11 只、丙戊酸钠组 11 只、病模对照组 11 只。抗痫胶囊 Ⅰ、Ⅱ 组分别灌服抗痫胶囊浓煎液 10g/kg，5g/kg，1 日 2 次，持续 28 天。丙戊酸钠组灌服丙戊酸钠 400mg/kg，1 日 2 次，持续 28 天。正常对照组、病模对照组灌服生理盐水 1 次 1mL，1 日 2 次，持续 28 天。采用微量紫外比色法，观察大鼠大脑皮质、双侧海马 γ－氨基丁酸转氨酶（GABA－T）活性的变化。

结果：中药组、西药组、模型组体质量与正常对照组相比有显著性差异（$P < 0.01$），模型组体质量显著低于正常组，中药组较西药组体质量显著升高（$P < 0.01$）；模型组较正常对照组大鼠脑内 GABA－T 活性显著升高（$P < 0.01$），中药组显著低于模型组（$P < 0.01$）。

结论：抗痫胶囊对大鼠戊四唑点燃发作有显著对抗作用，其作用机制可能与其

降低病模大鼠脑内 GABA – T 活性，增加 GABA 含量有关。

摘自：田淑霞，李新民．小儿抗痫胶囊对癫痫大鼠脑内 GABA – T 活性影响的实验研究 ［J］．天津中医药大学学报，2009，28（1）：24 – 26.

五十九、马融教授运用柴桂龙牡汤辨治小儿癫痫验案1则

本文介绍马融教授运用柴桂龙牡汤辨治小儿癫痫的临床经验。胆为清净之府，其气冲和而温，寒热所偏或气郁不舒，均能导致胆郁气搏失去冲和之性，致相火不宁出现相火妄动的症状，如头晕、耳鸣、口苦等；火炼液成痰，痰热互结，犯胃导致胃气上逆，出现呕吐酸苦、食少干呕，上扰心神、蒙蔽清窍，出现神昏抽搐、心神不安、惊悸不宁、虚烦不眠等症状。马融教授认为该类型癫痫患儿的病机关键在于胆热肝郁、痰热内扰，治以舒利肝胆、调和阴阳、镇惊安神，方选柴桂龙牡汤加减，方中柴胡、龙骨、牡蛎、党参、半夏、黄芩暗合柴胡加龙骨牡蛎方，取其和解少阳、镇惊安神之效；用党参代人参，取其"健脾而不燥，滋胃阴而不湿，润肺而不犯寒凉，养血而不偏滋腻，鼓舞清阳，振动中气而无刚燥之弊"；白芍重用，使气血充、阴阳和，则心有所养，神有所归；加甘麦大枣汤，取其养心调肝、除烦安神、和中缓急之效；僵蚕、地龙皆入肝经，奏息风、定惊、止抽之效，且地龙兼清热、僵蚕兼化痰之功。诸药相合，使枢机条达，阳潜阴和，神归于舍，痫作渐止，取得良效。

摘自：唐温，马融．马融教授运用柴桂龙牡汤辨治小儿癫痫验案1则 ［J］．吉林中医药，2009，29（8）：703 – 704.

六十、马融教授"从肾论治"小儿脑病学术思想研究

认知损害是小儿癫痫、多动症、儿童铅中毒等小儿脑系疾病共同的临床特征，马融教授以此为切入点，根据肾与脑的密切关系，小儿"肾常虚"的生理病理特点及现代医学理论，率先提出了"从肾论治"小儿脑病的学术思想，并确立了"益肾填精"为主的治疗法则，研制了相应的方药，经临床及实验证实疗效可靠，为临床

治疗提供了新的思路。针对小儿癫痫强直－阵挛性发作伴认知损害，马融教授认为其病机关键在"肾虚精亏、风痰闭阻"，治宜"填精充髓、豁痰息风"，抗痫与益智并举，方用茸菖胶囊，临床疗效满意。

摘自：张喜莲，唐温，马融. 马融教授"从肾论治"小儿脑病学术思想研究[J]. 中华中医药杂志，2010，25（12）：2237－2242.

六十一、马融教授运用凉膈散治疗热痫的诊疗思想

本文论述马融教授运用凉膈散治疗热痫的诊疗思想。①师古方，宗古意，灵活增减。将凉膈散原方减竹叶、白蜜，加黄连、金银花、生石膏、知母、丹皮、水牛角粉、淡豆豉、柴胡、赤芍、荆芥穗、钩藤、僵蚕组成基本方，实为凉膈散合白虎汤及犀角地黄汤加减。诸药相合，以清太阴肺之邪热，泻阳明胃之实热，更可清金而制木，以此方治疗痫证之肠燥腑实有热，引致肝风妄动或欲动，里实而有下证可征之证，甚为合拍，既不背经旨，又贴切病情。②察病机，审病势，巧施清泻。既可用于无形之邪热，亦可用于有形之腑实热结，运用得当可收立竿见影之效。③药对症，体禀赋，服不拘时。马融教授认为热痫之热来不拘时，可见于癫痫未成之时，也可见于缓解期及发作期，故但见肺胃实热、肝经蕴热之症，即可用之，不必拘泥于疗程，证变方药随之变。中病即止，待其热清、风止、症消，调理体质兼清余热之后，可根据癫痫病证转归再行辨证，进而选方用药。如遇热邪复起，证型相符即换用凉膈散治疗，可反复用之。④重兼证，强调护，改善体质。马融教授重视对患者兼证的治疗，嘱咐患者注意饮食、调护等因素，运用凉膈散加减改善其阳热及蕴毒体质。⑤顾护脾胃，因人制宜，先证而治。大黄、芒硝可单包，如遇腹泻即减量或停止煎服此药，并酌加陈皮、焦三仙等药顾护胃气。热痫以热为本，热甚则炼液灼津成痰，热极可生风，故马融教授在治疗热痫时，强调先证而治，应视患者症状、体征，酌加清热化痰药或息风止痉药，以防热甚化痰生风。

摘自：唐温，张喜莲. 马融教授运用凉膈散治疗热痫的诊疗思想 [J]. 环球中医药，2010，3（4）：293－294.

六十二、胎痫释微

考证古籍及现代医学认识，胎痫为发育围产期及周岁之内的新生儿发作性脑病，类似于现代医学中良性家族性新生儿惊厥，良性特发性新生儿惊厥，婴儿早期癫痫性脑病，婴儿痉挛症及新生儿缺血缺氧性脑病等。本文论述了笔者对胎痫病因病机、辨证论治及预后转归的认识。病因病机：有孕母因素、胎热、风动痰扰及惊痫、客忤。辨证论治：①胎热之证，需辨胎毒、外感及脾胃不和，治疗当清热解毒；②风动痰扰之证，需辨痰盛、热盛，治疗当涤痰、息风；③惊痫客忤之证，治疗当解散风邪利惊、化痰调气，并可配合贴囟门法或针刺取血等外治法。预后：结合现代医学诊断，分类不同，预后也有所不同。

摘自：刘向亮，马融. 胎痫释微 [J]. 吉林中医药，2010，30（5）：372 - 373.

六十三、小儿癫痫发病规律探析

古代文献记载，四时及个人体质与癫痫的发病之间密切相关，小儿癫痫多于春季发病，一日之中多于夜间及晨起发病，其特应性体质亦为发病的重要原因。

①四时多于春季发病：笔者认为，癫痫发作多因"气"的功能紊乱，而春生少阳之气上浮，作用于或因痰，或因热，或因风所致的癫痫病人，导致"脏气不平"或"营卫气乱"，而这些皆由"逆气之所生也"。②一日多于夜间及晨起发病，尤其是夜间子时及晨起寅时，这段时间处于阴阳顺接之时或阳气升发时，较易引起癫痫患儿发病，多因阳出于阴，阳气渐旺而诱发。③特应性体质：癫痫患儿有其特应性的体质，或因于痰，或因于热，或因于风，或因于疲，或因于虚，有这样体质的患儿，即使四时或一日中自然正常之气的变化亦可诱发。另外，癫痫患儿病情持久，久而久之，形成相应的体质，这也成为诱发癫痫发病的一个重要原因。

总之，癫痫患儿痰湿、内热或中气虚的体质或久病而成，此种体质，脏气已不平，营卫气已乱，逆气已生，之所以于四时之春季，一日之中夜间及晨起多发，是因为少阳生发之气，渐旺之阳气诱发触动癫痫患儿体内之逆气，逆气上颠犯脑，迷闭心窍，引动肝风，故而发病。

摘自：刘向亮，马融. 小儿癫痫发病规律探析 [J]. 吉林中医药，2010，30（3）：229 - 230.

六十四、涤痰汤加减治疗小儿癫痫

马融教授认为小儿癫痫的发病大多是由于禀赋不足、七情失调、六淫邪气、饮食劳倦、外伤跌仆等，使脏腑功能运行失调，气血津液功能失常所致，其中尤以痰邪作祟最为常见。小儿脾常不足，易生痰湿，逢诱因引动，气机逆乱，痰气上逆，蒙蔽清窍而发本病。治拟豁痰开窍、健脾醒神，方选"涤痰汤"化裁，方中石菖蒲、胆南星、陈皮、半夏顺气豁痰开窍，川芎、天麻、全蝎活血行气息风，僵蚕化痰息风止痉，羌活通督脉经气，煅磁石、煅青礞石、铁落花重镇安神，党参、茯苓益气健脾，扶正祛邪，使祛痰而不伤正，甘草调和诸药。诸药合用，以达标本兼治之旨。

摘自：钮妍. 涤痰汤加减治疗小儿癫痫 [J]. 吉林中医药，2010，30 (7)：566 - 567.

六十五、凉膈散加减治疗小儿癫痫验案2则

癫痫一病的辨证纷繁复杂，各家说法不一，但终归与风痰上扰相关。马融教授在研习古文基础上，结合小儿癫痫临床特点，认为除传统辨证"风、痰、惊、瘀"等病因外，还有因热致痫者，多因感受热邪，热盛则酿痰，引动肝风后出现。治宜清热化痰，平肝息风，故将古方凉膈散减竹叶、白蜜并加入黄连、赤芍、知母、生石膏等药物以清热凉肝，同时加入息风止痉之品，如钩藤、僵蚕等。临床上对证治疗，多收良效。

摘自：杨晓帅，刘向亮. 凉膈散加减治疗小儿癫痫验案二则 [J]. 长春中医药大学学报，2011，27 (2)：267.

六十六、马融教授辨治热痫学术思想

文章将马融教授对于热痫辨治的学术思想进行了初步总结，以期为临床治疗提供新的思路。

1. 热痫的病因病机

①热既为癫痫的病因，亦为诱因；②热痫可夹痰、夹惊、夹食、夹瘀（郁）、夹虚而致病；③热性体质患者易患热痫；④热痫的病位主要在肝、肺、胃、大肠。

2. 热痫的临床表现

急躁易怒、咽红、大便干结、自觉燥热或心中烦热、面部或身体局部痤疮；舌红、苔黄或薄黄，脉滑等。

3. 热痫的治法

清热平肝，通腑泄浊，豁痰息风；有热先清热，热去复辨证。选方用药：①证候以热、痰、风为主者，宜凉膈散；②证候为热、痰、风并夹有惊者，宜风引汤。

摘自：唐温，张喜莲，杨常泉．马融教授辨治热痫学术思想 ［J］．中华中医药杂志，2011，26（1）：98－100.

六十七、小儿癫痫治验2例

历代医家论癫痫的主要病因有痰、食、惊、风，但主要责之于痰，认为痰是引起癫痫发作的重要因素之一，因此有医家将其称为"痰痫"。马融教授认为，痰痫是由于患儿元阴不足或调摄不当，导致脾失健运，聚湿生痰，痰浊内生，痰阻经络，上逆窍道，脏腑气机升降失调，阴阳不相顺接，清阳被蒙而致病。而痰的产生有三种因素：①平素脾胃积热生痰，②惊风之后余热不尽生痰，③脾虚生痰。马融教授在临床工作中，对于本类患儿，多以豁痰开窍、息风止痉为主治疗，兼以疏肝。

文中第1例患儿癫痫发作以风痰蒙窍为主，选用涤痰汤加减治疗。随诊中患儿复感时令之湿热邪气后出现发作增多，舌苔厚腻、口苦，此时辨证属肝经湿热，改为龙胆泻肝汤加减以清泄肝胆湿热。第2例患儿癫痫发作辨证为风痰气逆所致，选

用柴胡桂枝龙骨牡蛎汤加减治疗，以清肝泄热，调畅气机，重镇安神。癫痫发病日久，易损伤正气，病性会由实转虚。若肝肾阴虚，可用涤痰汤合六味地黄汤加减；若心脾不足，可用甘麦大枣汤加减；若气血不足、脉络瘀阻，可用补阳还五汤加减。

根据马融教授多年来的治疗经验，癫痫病服药须持续一段时间而不能轻易间断或骤然停药，否则容易影响治疗效果，一般要坚持2年左右，而脑电图定时复查并同步好转，方可考虑减药。这期间未再发作并且脑电图好转，持续3～4年，脑电图正常，方可考虑停药。

摘自：梁倩，马融. 小儿癫痫治验2例 [J]. 山西中医，2011，27（1）：37－38.

六十八、婴儿痉挛症验案1则

马融教授用涤痰汤加减治疗婴儿痉挛症验案1例，收获良效，进行报道。本例患儿辨证属于先天元阴不足，肝失调达，气郁化火，灼津成痰，痰浊内阻，气机逆乱，肝风内动所致癫痫发作。故运用平肝潜阳，豁痰息风，兼以清热健脾，安神定惊，方用涤痰汤加减。方中石菖蒲化痰开窍；陈皮、茯苓健脾益气，绝生痰之源；僵蚕、全蝎、蜈蚣化痰通络息风，且能化瘀散结，祛风定痫之力比草木、金石之类更胜一筹；龙骨、牡蛎平肝潜阳；天麻平肝息风；枳壳、川芎行气活血；青礞石、铁落花豁痰开窍定痉；甘草健脾益气，调和诸药。临床随证加减，能有效减少发作次数。

摘自：梁倩，马融. 婴儿痉挛症验案1则 [J]. 四川中医，2011，29（7）：102.

六十九、马融教授运用风引汤治疗儿科病证验案2则

总结马融教授运用风引汤治疗儿科心肝病证的经验。文中两例患儿，第一例是多发性抽动症，第二例是癫痫，疾病虽不同，但其均有急躁易怒，大便干，舌红、苔黄厚，脉滑等症，结合小儿"易虚易实""热极生风"的生理病理特点，考虑两例患儿都存在肝阳亢盛，肝风内动，痰热内扰心神之证，故均采用风引汤治疗。本方寒热并用，调整阴阳，疏达气机，尤以重镇潜阳、清肝泻火法令风火自息、痰浊

自除。方中石膏、寒水石、滑石、赤石脂、紫石英等重镇之品以清热息风；龙骨、牡蛎介类之咸寒以潜阳；大黄泄热从浊道出。诸药寒凝，故伍姜、桂之辛温通络而护胃气。寒温并用益心阴以镇心阳，息风火而涤邪热，乃为益攻兼施之法。临床对症治疗，效果较好。

摘自：赵玉生，赵金生. 马融教授运用风引汤治疗儿科病症验案 2 则 [J]. 吉林中医药，2011，31（6）：564 – 565.

七十、"从肾论治" 小儿癫痫的临床研究

目的：评价益肾填精法治疗小儿癫痫强直 – 阵挛性发作的有效性与安全性。

方法：以强直 – 阵挛性发作患儿为研究对象，随机分为 3 组，分别予茸菖胶囊、抗痫胶囊、卡马西平治疗 1 年。茸菖胶囊组：予茸菖胶囊口服，4 ~ 7 岁，3 粒/次；8 ~ 10 岁，4 粒/次；11 ~ 16 岁，5 粒/次。每日 3 次。抗痫胶囊组：予抗痫胶囊口服，≤5 岁，每次按 1 粒/岁计算药量；6 ~ 10 岁，每次 7 粒；10 ~ 16 岁，每次 8 粒。每日 3 次。卡马西平组：予卡马西平口服，10 ~20mg/（kg·d），分次服用，每次50 ~400mg，以控制发作为准。需逐渐加量，10 天内加至最低有效剂量10mg/（kg·d）。治疗 6 个月为 1 个疗程，连续观察 2 个疗程。观察患儿癫痫发作频率、持续时间、脑电图、中医证候、认知功能的测定及肝肾功能等安全性指标，进行疗效评定。

结果：在改善疾病疗效方面，三者效果相当（$P > 0.05$）；在改善中医证候方面，茸菖胶囊与抗痫胶囊疗效相当，均优于卡马西平（$P < 0.05$）；在改善认知功能方面，茸菖胶囊比抗痫胶囊及卡马西平具有突出的优势（$P < 0.05$）。

结论：以益肾填精法为主的茸菖胶囊具有抗痫与益智双重作用，安全有效，从而为小儿癫痫 "从肾论治" 提供了可靠的临床依据。

摘自：戎萍，张喜莲，马融，等. "从肾论治" 小儿癫痫的临床研究 [J]. 天津中医药大学学报，2012，31（3）：140 – 143.

七十一、马融运用凉膈散辨治小儿癫痫验案举隅

历代医家对本病多从 "风" "痰" "惊" "食" "瘀" 等方面论治，吾师马融教

授治疗本病时不拘于传统诊疗思想，针对症见胸膈烦热、便秘溲赤、面赤唇红、易激惹、舌红苔黄、脉滑等肺胃实热、肝经蕴热的癫痫患者，另辟蹊径，从"热"辨治癫痫，认为热痫是在癫痫发生发展过程中表现以热为主症的一类癫痫证型，为病性诊断，并创新性地将凉膈散运用于热痫的治疗，意在清热平肝，通腑泄浊。临床用药时，中病即止，待其热清、风止、症消，调理体质兼清余热之后，可根据癫痫病证转归再行辨证、选方用药。但如遇热邪癫痫复起，证型相符即换用凉膈散治疗，可反复用之。总之，使用凉膈散治疗时不必拘泥于疗程，证变方药随之变。

摘自：唐温．马融运用凉膈散辨治小儿癫痫验案举隅 [J]．江西中医药，2012，43（4）：21 –22.

七十二、熄风胶囊对氯化锂–匹罗卡品癫痫大鼠反复自发性发作及海马损伤的干预作用

目的：观察中药熄风胶囊单药和联合用药干预治疗对氯化锂–匹罗卡品癫痫大鼠反复自发性发作及海马损伤的影响。

方法：将 SPF 级健康雄性 Wistar 大鼠 160 只随机分为正常组、模型组、熄风胶囊高剂量干预组（熄高组）、熄风胶囊中剂量干预组（熄中组）、熄风胶囊低剂量干预组（熄低组）、熄风胶囊大剂量＋托吡酯联合干预组（联高组）、熄风胶囊大剂量＋托吡酯1/2 剂量联合干预组（联低组）、托吡酯干预组（TPM 组）各 20 只。运用氯化锂–匹罗卡品化学点燃法，复制癫痫大鼠模型，观察熄风胶囊单药和联合用药干预治疗对大鼠反复自发性发作（SRS）的影响；通过常规病理及电镜观察海马结构形态学改变，应用 Timm 组织化学染色法进行海马苔藓纤维出芽（MFS）的观察。

结果：①所有干预组大鼠痫样发作平均级别均低于模型组而高于正常组，差异均有统计学意义（$P<0.05$）。②各干预组诱发癫痫持续状态的大鼠 SRS 发作次数均高于正常组而低于模型组，差异均有统计学意义（$P<0.01$），其中熄高组 SRS 次数低于熄中组、TPM 组、熄低组，差异均有统计学意义（$P<0.05$）；联高组 SRS 次数低于熄低组，差异有统计学意义（$P<0.01$）。③Timm 染色结果显示：所有干预组海马 CA3 始层及齿状回分子层 Timm 染色颗粒 MFS 总面积低于模型组，差异均有统

计学意义（$P<0.05$），其中在 CA3 区熄高组、联高组、联低组与模型组相比，差异有统计学意义（$P<0.01$）。④光、电镜结果显示：各干预组中联低组海马结构损伤最轻，熄高组海马结构损伤较熄中组、熄低组轻。

结论：熄风胶囊单药及与 TPM 联合用药可以有效地减低氯化锂－匹罗卡品癫痫大鼠的 SRS，减轻海马损伤，抑制 MFS。

摘自：李新民，秦潞平，路岩莉. 熄风胶囊对氯化锂－匹罗卡品癫痫大鼠反复自发性发作及海马损伤的干预作用 [J]. 中国中西医结合儿科学，2012，4（6）：481－484＋593.

七十三、熄风胶囊对氯化锂－匹罗卡品癫痫大鼠海马损伤影响的研究

目的：探讨熄风胶囊对氯化锂－匹罗卡品癫痫大鼠海马损伤的影响。

方法：将 SPF 级健康雄性 SD 大鼠 80 只随机分为两大组，正常对照组 8 只，其余 72 只应用氯化锂－匹罗卡品复制癫痫大鼠模型。取造模成功的存活的 56 只大鼠分为 7 组：模型组、熄风胶囊高剂量组（熄高组）、熄风胶囊中剂量组（熄中组）、熄风胶囊低剂量组（熄低组）、熄风胶囊高剂量＋CBZ 组（联高组）、熄风胶囊高剂量＋CBZ1/2 剂量（联低组）、CBZ 组，每组 8 只。熄高组灌胃给予熄风胶囊 0.99g 浓缩煎剂 2mL；熄中组灌胃给予熄风胶囊 0.66g 浓缩煎剂 2mL；熄低组灌胃给予熄风胶囊 0.33g 浓缩煎剂 2mL；联高组灌胃给予熄风胶囊 0.99g 浓缩煎剂 2mL 和 CBZ 20mg/kg；联低组灌胃给予熄风胶囊 0.99g 浓缩煎剂 2mL 和 CBZ 10mg/kg；CBZ 组灌胃给予 CBZ 20mg/kg；模型组和正常对照组分别灌胃给予生理盐水 2mL。每日上午 9 时和下午 4 时各灌胃 1 次，共持续 28 天。观察实验大鼠的反复自发性发作（SRS）情况、海马形态学改变和苔藓纤维出芽（MFS）。

结果：①治疗组癫痫大鼠 SRS 的发作次数均明显低于模型组（$P<0.01$）。②光、电镜结果显示：各治疗组中联合治疗组海马结构损伤最轻。③Timm 染色结果显示：联合治疗组对海马 CA3 区及齿状回 MFS 有较强的干预作用，优于单药治疗组（$P<0.05$）。这种干预作用的强弱与熄风胶囊的剂量呈现一定正相关关系。

结论：熄风胶囊单药及与卡马西平（CBZ）联合用药能够有效地控制氯化锂 -
匹罗卡品癫痫大鼠的 SRS，降低海马神经元损伤的程度，抑制苔藓纤维异常出芽。

摘自：李新民，任艳艳，陈会，路岩莉．熄风胶囊对氯化锂 - 匹罗卡品癫痫大
鼠海马损伤影响的研究［J］．天津中医药，2012，29（4）：321 -325.

七十四、熄风胶囊对氯化锂 - 匹罗卡品诱导的癫痫大鼠大脑皮质和海马多药耐药相关蛋白1表达的影响

目的： 研究熄风胶囊单药及与卡马西平联合用药对氯化锂 - 匹罗卡品诱导的癫痫大鼠反复自发性发作及多药耐药相关蛋白 1（multidrug resistance - associated protein 1，MRP1）表达的影响。

方法： 将 SD 大鼠 110 只随机分为两大组，正常对照组 10 只，其余 100 只应用氯化锂 - 匹罗卡品复制难治性癫痫大鼠模型。取造模成功的存活的 70 只大鼠随机分为 7 组：模型组、熄风胶囊高剂量组（熄高组）、熄风胶囊中剂量组（熄中组）、熄风胶囊低剂量组（熄低组）、熄风胶囊高剂量 + CBZ 组（高剂量联合组）、熄风胶囊高剂量 + CBZ1/2 剂量（低剂量联合组）、CBZ 组，每组 10 只。熄高组灌胃给予熄风胶囊 0.99g 浓缩煎剂 2mL；熄中组灌胃给予熄风胶囊 0.66g 浓缩煎剂 2mL；熄低组灌胃给予熄风胶囊 0.33g 浓缩煎剂 2mL；高剂量联合组灌胃给予熄风胶囊 0.99g 浓缩煎剂 2mL 和 CBZ 20mg/kg；低剂量联合组灌胃给予熄风胶囊 0.99g 浓缩煎剂 2mL 和 CBZ 10mg/kg；CBZ 组灌胃给予 CBZ 20mg/kg；模型组和正常对照组分别灌胃给予生理盐水 2mL。每日上午 9 时和下午 4 时各灌胃 1 次，共持续 28 天。每天记录各组大鼠的反复自发性发作次数，每周进行 1 次统计。灌胃结束后，取大脑皮质和海马组织，采用免疫组织化学方法检测癫痫大鼠大脑皮质与海马 MRP1 的表达。

结果： 各治疗组大鼠海马 MRP1 的表达均高于正常对照组，表达范围较广泛，阳性颗粒颜色较深，同时又低于模型组；在大脑皮质区，高剂量联合组、低剂量联合组与模型组比较差异有统计学意义（$P < 0.05$）；无论是在海马 CA1、CA3 区，齿状回及大脑皮质区，高剂量熄风胶囊对 MRP1 分布的作用要优于低剂量熄风胶囊和中剂量熄风胶囊；与卡马西平联合用药时均优于低剂量熄风胶囊、中剂量熄风胶囊

及卡马西平（$P < 0.05$）。

结论：熄风胶囊单药及与卡马西平联合用药能有效地抑制癫痫大鼠海马与皮质 MRP1 的过度表达。

摘自：李新民，陈会，任艳艳，等. 熄风胶囊对氯化锂 – 匹罗卡品诱导的癫痫大鼠大脑皮质和海马多药耐药相关蛋白 1 表达的影响 [J]. 中西医结合学报，2012，10（8）：911 –917.

七十五、马融运用和解少阳法治疗小儿癫痫体会

马融教授治疗癫痫，既谨守病机，又擅于动态辨证。病例中癫痫患儿初期从风痰论治，方选涤痰汤加减，但其发作未见明显好转。笔者认为，机体好似一个庞大的平衡系统，其中包括有阴阳的平衡，卫气营血运行敷布的平衡，气机升降出入的平衡等等。而少阳位置和功能都有其特殊之处，其处于半表半里之间，正邪进退之所，又有三焦气化、水液输布之司，对于维持人体的动态平衡有着举足轻重的作用，人体的各种疾病都有可能责之少阳，故在治疗过程中，马融教授从患儿脾气急躁、头晕、腹胀、多梦、呓语、舌红苔白腻，脉弦数等症状出发，辨证为邪犯少阳，胆胃有热，痰热互结。治以疏肝利胆，和解少阳，方选柴胡桂枝龙骨牡蛎汤加减，患儿症状明显好转，未见发作。

摘自：余思邈，刘璇. 马融运用和解少阳法治疗小儿癫痫体会 [J]. 中医药临床杂志，2012，24（12）：1199 –1200.

七十六、马融体质辨证在小儿癫痫治疗中的应用

小儿癫痫是临床常见的神经系统疾病之一，以发作性的神昏、抽搐为临床特点，癫痫发作与先天因素（禀赋体质、孕期保健）、后天因素（惊、风、痰、食、热）有关，亦是临床难治疾病之一。癫痫发作时表现各异，而就诊时多为休止期，表现如常人，给临床辨证带来了一定的困难。马融教授在多年的临床实践中，根据小儿癫痫的特点，就疾病休止期无证可辨的问题，提出要重视患儿的体质辨证，有利于

指导治疗。根据患儿发作时表现和平素一般情况，将患儿体质进行辨证分类。①实热质热痫证，应泻其有余，可用清心泻热之导赤散加减，清肝泄热之风引汤加减，辛凉疏风之银翘散加减；②湿热质痰痫证，治宜清热利湿之三仁汤、甘露消毒丹类方药；③不足质的虚痫证，分肺脾肾之不足，治宜调补不足，分别予银翘散加玉屏风散、参苓白术散、六味地黄汤加减化裁而取效。

另外，辨识体质可以既病防变。患儿体质不同，个体间发病的易发因素也不同，体质辨证理论更加注重个体体质及个体之间的差异性，并且结合心理因素在疾病中的作用，从患儿体质特征的基础上，寻找癫痫发病规律。通过在非发作期积极调理体质，进而减少癫痫的发作次数，提高患儿的生活质量。

摘自：王伟，马融. 马融体质辨证在小儿癫痫治疗中的应用 [J]. 中医杂志，2012，53（7）：611-613.

七十七、马融教授抗痫与增智并举法探讨

针对小儿癫痫发作伴智力低下患儿，马融教授根据其临床症状，结合中医肾与脑的密切关系及小儿"肾常虚"的生理病理特点，提出其病机责之于虚实两端，虚主要为肾精亏虚、脑髓不充，实主要为风痰闭阻。在此基础上，率先提出"填精充髓、豁痰息风"的治疗大法，并运用茸菖胶囊进行治疗，意在抗痫与增智并举，临床疗效显著。

摘自：杨苗. 马融教授抗痫与增智并举法探讨 [J]. 中医儿科杂志，2012，8（4）：1-3.

七十八、癫痫治验

马融教授认为癫痫多与脏腑功能失调有关，风痰闭阻，痰火内盛，心脾两亏，心肾亏虚，造成清窍被蒙，神机受累，元神失控所致，在治疗上注重辨证论治，整体调护，急则重镇安神、开窍醒神以治其标，缓则益气养血、疏肝健脾以固其本。文中病例先用涤痰汤加减以健脾涤痰、息风止痉，继之凉膈散加减以清热平肝，通

腑泄浊，末之柴桂龙牡汤加减以疏利肝胆，调和阴阳。体现了马教授对于本病的整体辨证思路，随证而变，才能取得良好疗效。

摘自：余思邈. 癫痫治验 [J]. 湖南中医杂志，2012，28（6）：68－69.

七十九、儿童癫痫发作间期的中医药治疗思考

儿童癫痫分为临床发作期、发作间期两个阶段。根据癫痫发作性特点，发作期治法集中在涤痰、开窍、息风，而缓解后往往一如常人，无明显不适，或表现在抗癫痫性西药控制下的临床发作，往往面临着无证可辨，无方可用的窘境，但是患儿临床上脑电图仍然异常，仍具有再次发作的风险。怎样在无症状、无体征的情况下选方用药是临床工作者必须思考的一个问题。本文从调节免疫功能紊乱、调理病理性体质、抗痫增智三个方面论述，探讨发作间期的中医药治疗思路。①免疫功能紊乱：急性呼吸道感染，应首先解决外感症状；反复呼吸道感染，虚证从肺脾不足论治，实证从郁热论治。②调理病理体质：阳热质，分实热与虚热，实热证当清泻体内郁热，方选泻青丸或凉膈散，虚热证当滋阴制亢阳，方选六味地黄丸。肝郁质，选柴胡桂枝龙骨牡蛎汤或柴胡疏肝散加减。痰湿质，选涤痰汤加减。不足质，脾虚者予健脾、运脾，肾虚者予益肾填精。③抗痫增智：针对存在不同程度认知障碍的癫痫患儿。总之，无论是癫痫的发作期，还是发作间期，都要保证治疗的连续性，减少发作次数，控制复发，纠正免疫紊乱是着眼于外环境的干预，对病理性体质的调理是予内环境的调节，从而达到抗病增智的治疗目标。

摘自：陈汉江，马融. 儿童癫痫发作间期的中医药治疗思考 [J]. 环球中医药，2013，6（3）：189－191.

八十、马融治疗婴儿痉挛症经验

婴儿痉挛症是难治性癫痫的一种常见类型，马融教授根据病机分为热、郁、虚三个阶段，并且根据各个阶段提出了泄热定惊、涤痰开郁、培补肾元三个治法，有效地拓展了婴儿痉挛症的治疗思路。简介如下：①热——以心肝火旺、痰热夹惊为

病机，以清心泻肝、涤痰定惊为治疗大法，方药在风引汤基础上化裁为小儿定风汤。
②郁——有胃肠郁热、风痰郁阻两个不同阶段，予以通腑泄热、涤痰开郁交替治疗，在此阶段，辨证属热痫，治宜通腑泄热，用凉膈散加减，当患儿体内"郁热"清除后，癫痫的"痰郁"本质开始显露，选用涤痰汤合泻青丸加减以涤痰开窍，息风止痉。③虚——以肾元亏虚为核心病机，治疗有补肾培元、健脾和中的偏重，分别可选用河车八味丸加减或六君子汤合涤痰汤加减。

摘自：陈汉江，张喜莲，马融. 马融治疗婴儿痉挛症经验 [J]. 中医杂志，2013，54（18）：1547 – 1549.

八十一、茸菖胶囊对癫痫后认知障碍幼年大鼠神经发生的影响

目的：观察茸菖胶囊对癫痫后认知障碍幼年大鼠学习记忆能力和神经发生的影响，探讨其治疗癫痫后认知障碍的可能机制。

方法：102 只 16 日龄 SD 大鼠随机分为正常组、模型组、中药高剂量组、中药中剂量组、中药低剂量组、西药组。运用戊四唑点燃法复制癫痫大鼠模型，并经水迷宫实验筛选认知障碍大鼠。正常组不予处理，模型组予生理盐水灌胃，中药高、中、低剂量组分别予浓度为 $0.44g/mL$、$0.22g/mL$、$0.11g/mL$ 茸菖胶囊溶液灌胃，西药组予丙戊酸钠 $40mg/mL$ 溶液灌胃，1 次 3mL，1 日 2 次，均给药 28 天。每组又分别于 5 – 溴脱氧尿苷嘧啶（BrdU）标记后 24 小时和 28 天取材。采用水迷宫实验于治疗前后观察大鼠逃避潜伏期和跨越平台次数；观察 BrdU 阳性细胞形态并计数进行 BrdU 免疫组化评分，计算新生神经细胞迁移比率（Br – dU/DCX）、新生神经细胞分化为神经元比率（BrdU/NeuN）和新生神经细胞分化为胶质细胞比率（BrdU/GFAP）。

结果：治疗后西药组和中药高、中剂量组大鼠逃避潜伏期较模型组缩短（$P < 0.05$ 或 $P < 0.01$），并且中药高剂量组较中药中、低剂量组大鼠逃避潜伏期缩短（$P < 0.05$）。中药高剂量组大鼠跨越平台的次数显著高于模型组和中药低剂量组（$P < 0.05$）。与模型组比较，24 小时中药高剂量组、西药组和 28 天时中药高剂量组、中药中剂量组、西药组 BrdU 免疫组化评分显著减少（$P < 0.05$ 或 $P < 0.01$）。西药组、中药高剂量组、中药中剂量组 BrdU/DCX、BrdU/NeuN 低于模型组（$P < 0.05$ 或 P

<0.01）；中药高剂量组 BrdU/NeuN 明显低于中药中、低剂量组（$P < 0.01$）；各组大鼠 BrdU/GFAP 比较差异无统计学意义（$P > 0.05$）。

结论：茸菖胶囊可改善癫痫后认知障碍大鼠学习记忆功能，其机制可能为抑制大鼠海马齿状回神经前体细胞增殖、异常迁移和分化。

摘自：杨常泉，王伟，马融．茸菖胶囊对癫痫后认知障碍幼年大鼠神经发生的影响［J］．中医杂志，2013，54（4）：321-325．

八十二、茸菖胶囊对戊四唑点燃模型大鼠海马 BDNF 及其受体 TrkB 表达的影响

目的： 阐明脑源性神经营养因子（BDNF）及其功能受体酪氨酸激酶 B（TrkB）在癫痫后认知障碍中的作用以及茸菖胶囊对海马脑源性神经营养因子及其受体 TrkB 的远期影响。

方法： 以戊四唑点燃大鼠为模型，采用 Racine 评分法，出现Ⅳ级及以上为模型制作成功。随机分为中药组、西药组、模型组，并设立正常组，中药组按 0.44g/mL 给药剂量灌服茸菖胶囊药液，1 次 3mL，1 日 2 次，持续 28 天；西药组灌服丙戊酸钠，每次 3mL，每日 2 次，持续 28 天；模型组灌服生理盐水，1 次 3mL，1 日 2 次，持续 28 天；正常组不做处理。观察致痫大鼠的惊厥发作次数、级别、潜伏期，采用 RT-PCR 检测 BDNF 和 TrkB 基因表达水平。

结果： 各治疗组大鼠与治疗前相比，均可减少大鼠的发作程度，治疗前造模各组的发作次数无统计学差异（$P > 0.05$），茸菖胶囊治疗后，治疗大鼠的发作评分明显下降，与模型组相比，各治疗组的发作评分较低（$P < 0.05$），茸菖胶囊组与丙戊酸钠组的评分无统计学差异（$P > 0.05$）。各组海马组织 BDNF mRNA 表达显示，模型组海马组织 BDNF mRNA 表达较正常组、中药组和 VPA 组明显增多，中药组表达较其他各组增多均有统计学差异（$P < 0.01$）。海马组织 TrkB mRNA 表达与 BDNF mRNA 表达趋势相同。

结论：茸菖胶囊可以有效控制癫痫大鼠的发作次数及级别，其作用机制与调控海马组织中 BDNF、TrkB mRNA 的表达有关。

摘自：杨常泉，马融，闫景瑞．茸菖胶囊对戊四唑点燃模型大鼠海马 BDNF 及其受体 TrkB 表达的影响［J］．天津中医药，2013，30（7）：423－426．

八十三、茸菖胶囊对戊四唑致痫大鼠学习记忆能力及海马苔藓纤维出芽的影响

目的： 观察茸菖胶囊对戊四唑致癫痫大鼠学习记忆能力及海马组织苔藓纤维发芽（MFS）的影响。

方法： 以戊四唑点燃大鼠为模型，惊厥行为学惊厥评分采用 Racine 评分法，出现Ⅳ级以上惊厥大鼠为造模成功。随机将其分为中药高剂量组、中药中剂量组、中药低剂量组、丙戊酸钠组、模型组，并设立正常组，中药高剂量组、中药中剂量组、中药低剂量组按高、中、低给药剂量分别灌服配制而成的茸菖胶囊药液（即 0.11g/mL、0.22g/mL、0.44g/mL），1 次 3mL，1 日 2 次，持续 28 天。丙戊酸钠组灌服丙戊酸钠，1 次 3mL，1 日 2 次，持续 28 天。模型组灌服生理盐水，1 次 3mL，1 日 2 次，持续 28 天。正常组不做处理。水迷宫实验记录逃避潜伏期和跨越平台次数，戊四唑惊厥阈实验测定惊厥潜伏期，Timm 染色法观察海马苔藓纤维出芽。

结果： 各治疗组大鼠与治疗前相比，均可减少大鼠的发作程度。水迷宫实验：中药组逃避潜伏期和跨越平台次数均明显短于模型组（$P > 0.05$）。Timm 染色结果表明：各治疗组海马 CA3 区及齿状回分子层 Timm 染色颗粒 MFS 评分低于模型组（$P < 0.01$）。

结论： 茸菖胶囊可以有效控制癫痫大鼠的发作次数及级别，改善戊四唑致癫痫大鼠的学习记忆能力，其作用机制与抑制海马苔藓纤维异常出芽，从而保护海马神经元有关。

摘自：杨常泉，马融，梁倩．茸菖胶囊对戊四唑致痫大鼠学习记忆能力及海马苔藓纤维出芽的影响［J］．天津中医药，2013，30（5）：287－290．

八十四、熄风胶囊治疗小儿良性癫痫19例临床观察

目的： 观察熄风胶囊对具有中央颞区棘波的小儿良性癫痫（BECT）的临床疗

效及对 24 小时动态脑电图的影响。

方法：将 37 例 BECT 患儿随机分为熄风胶囊组 19 例和卡马西平（CBZ）组 18 例。熄风胶囊组给予熄风胶囊，1 次 0.99g，1 日 3 次；CBZ 组给予 CBZ，1 日 10～20mg/kg。两组均以 6 个月为 1 个观察周期。观察两组患儿临床疗效，并于治疗前后行 24 小时动态脑电图检查。

结果：熄风胶囊组临床疗效总有效率为 84.21%，CBZ 组总有效率为 83.33%，两组比较差异无统计学意义（$P > 0.05$）。两组患儿治疗后脑电图痫样放电频度在清醒、慢波睡眠和快波睡眠阶段均较治疗前明显减少（$P < 0.01$）。治疗后两组患儿局灶性放电频数均明显减少、局灶性放电部位均有明显改变，两组间比较差异均无统计学意义（$P > 0.05$）。

结论：熄风胶囊治疗 BECT 患儿，其临床疗效和脑电图改善程度与 CBZ 治疗相当。

摘自：路岩莉，晋黎，孙丹. 熄风胶囊治疗小儿良性癫痫 19 例临床观察 [J]. 中医杂志，2013，54（2）：121－123.

八十五、和解疏利法治疗小儿癫痫失神性发作医案1则

失神小发作，是癫痫发作的一种类型。其特点是发作短暂，持续数秒钟，很少超过 30 秒，无先兆，发作后无明显不适，一般没有明显的抽搐。以 EEG 的特点和典型的临床发作可作为诊断的依据之一。西药治疗癫痫，具有一定的治疗作用，但是存在着用药时间长、副作用大、药物耐药等问题。马融教授认为其病机为少阳枢机不利，气机失调，肝风内动，痰随风动，风痰上扰，心神被蒙。对于其治法上以和解少阳、疏利气机为治疗方向，倡导和解疏利法，临床上采用柴桂龙牡汤化裁治疗小儿失神性癫痫，取得了较好的效果。方中柴胡、半夏、黄芩、生姜、甘草、大枣取小柴胡汤加减之妙，和解少阳，宣畅气机，扶正祛邪以治神志病；用党参代人参，取其健脾而不燥；柴胡、黄芩合用，宣泄并用，可以疏解少阳半表半里之邪；甘草、大枣益气和中，扶正祛邪；加用生龙骨、生牡蛎重镇安神，平肝潜阳，加白芍并重用，相合甘草并奏酸甘敛阴、柔肝缓急之意；加用地龙、僵蚕之虫类药，能

更好地入络搜风，清热化痰，非草木药所能代替；加用煅磁石，质重沉降，入心经，能镇静安神，且性寒清热，清泄心肝之火，顾护真阴；并常加用佛手、枳壳以疏肝理气和胃，气顺痰消，则阴阳得平。

摘自：吴海娇，陈汉江，马融. 和解疏利法治疗小儿癫痫失神性发作医案 1 则 [J]. 四川中医，2013，31（12）：123 - 124.

八十六、浅谈儿童癫痫综合征随年龄变化的病机转归

儿童神经发育的特点决定其发育的阶段性，其基本病机转归也为动态变化。儿童癫痫具有年龄相关性，目前西医分为新生儿期、婴儿期、幼儿期、青少年期、青少年后期，各阶段的治疗也不尽相同。基于癫痫发作时"神昏""抽搐"两大特征，本文在"伏痰学说"基础上，根据不同年龄分期患儿癫痫的病机要点，归纳出稚阴稚阳、相火妄动和气血逆乱的病机转归特点，在以"涤痰息风"基本治法的指导下，结合年龄特点，分别配以培补元气、滋阴清热、调理气血之法，以期达到更加理想的治疗效果。

摘自：陈汉江，路岩莉. 浅谈儿童癫痫综合征随年龄变化的病机转归 [J]. 中华针灸电子杂志，2013，2（2）：90 - 92.

八十七、益气升阳豁痰法治疗儿童癫痫失张力发作

介绍马融治疗儿童癫痫失张力发作经验。根据小儿"脾常虚"的生理特点，及脾 - 气 - 阳 - 痰之间的密切相关性，提出儿童癫痫失张力发作辨证多属虚证，病变与脾功能失调密切相关，病机关键为脾虚中气下陷、清阳不升、痰蒙清窍，治宜益气升阳，豁痰开窍，采用补中益气汤方为主化裁，意在以人参、黄芪扶正以治本，石菖蒲豁痰开窍以治标。方中重用黄芪，补中益气，升阳举陷，同时补肺实卫，固表止汗；党参、白术、炙甘草甘温补中，促黄芪补气健脾之功；气虚日久，常损及血，配伍当归以养血和营，又免温燥伤阴。清阳不升，则浊阴不降，故配伍陈皮以调理气机，使诸药补而不滞。再少入轻清疏散的柴胡、升麻，协诸益气之品以升提

下陷之中气，鼓动阳气升发。紫河车味甘、咸，补益气血。全蝎辛、平，性善走窜，既平肝息风，又搜风通络，为治疗痉挛抽搐的要药。佐入少量麻黄，宣发肺气，使清阳之气上注于清窍；配以石菖蒲，辛散肝而香疏脾，能开心孔而利九窍，取其开窍醒神之效。诸药配伍，可使脾胃健运，痰气得消，元气内充，气虚得补，气陷得举，清阳得升，则诸症可除。

摘自：吴海娇，张喜莲，陈汉江，等．益气升阳豁痰法治疗儿童癫痫失张力发作［J］．中医杂志，2014，55（9）：798–799．

八十八、NMDA 受体及其与癫痫所致认知功能损害的关系

本文对 NMDA 受体的基本结构、功能以及其与癫痫和癫痫所致认知功能障碍的关系进行了综述。NMDA 受体为谷氨酸离子型受体，在中枢神经系统中起着重要的兴奋性传递作用。NMDA 受体形成的离子通道同时受电压及配体的双重调控，当条件满足时受体通道开放，在进入通道的离子中 Ca^{2+} 所引起的级联反应参与了诸如学习记忆、细胞兴奋性中毒等生理病理反应。NMDA 受体通道与癫痫的关系非常密切，当癫痫发作后 NMDA 受体的功能发生了显著变化，而这种变化又继续加剧了癫痫的发展。认知功能障碍是癫痫发作产生的损害之一，由于 NMDA 通过突触可塑性参与认知功能的建立，病理状态下可诱发兴奋性中毒导致细胞死亡。故 NMDA 受体通道与癫痫后认知功能的损害又有着密切的联系。

摘自：焦聚，马融，任献青．NMDA 受体及其与癫痫所致认知功能损害的关系［J］．中国中西医结合儿科学，2014，6（3）：215–218．

八十九、马融教授应用对药治疗小儿癫痫经验

马融教授在长期的儿童癫痫治疗中摸索出疗效确切的对药，倡导"名为用药，实为用方"的用药理念，紧扣儿童的病理生理和癫痫的病机特点，选择配伍精当（胆南星、石菖蒲——涤痰开窍；朱砂、琥珀——清心定惊；百合、地黄——益心养肝；白矾、郁金——涤痰开窍；朱砂、磁石、神曲——镇惊安神；枳壳、桔梗

——升降气机；全蝎、蜈蚣——息风止痉；茯苓、五味子——增智宁神；鹿茸、紫河车——补肾通督）。马融教授将以上多种对药应用于儿童癫痫中，可起到开阖相济、动静相随、升降相承、正反相佐的效果，有效地完善了儿童癫痫的用药体系，拓展了儿童癫痫的治疗思路。

摘自：王亚雷，陈汉江，张喜莲，等. 马融教授应用对药治疗小儿癫痫经验[J]. 陕西中医，2014，35（3）：368–369+374.

九十、浅析调肝八法在儿童癫痫治疗中的应用

从肝论治是儿童癫痫治疗的基本方向。马融教授从事儿童癫痫研究30余年，对癫痫的治则治法进行了深入的研究，提出了平肝法、清肝法、疏肝法、育肝法、搜肝通络法、心肝同治法、肝脾同调法、肝肾双补法等八法，取得了理想的临床疗效。文章从肝脏治法进行探讨，拓宽了儿童癫痫的治疗思路。

①平肝法：平肝法细分有平肝、镇肝的区别。平肝者，法取天麻钩藤饮、羚角钩藤汤之方义。习用天麻、钩藤、菊花、桑叶、刺蒺藜等轻柔平肝的植物药，轻柔而不拂逆其条达之性，清泄而无耗伤阴血之弊，中正平和，平逆亢阳。镇肝者，其用药选取介石类矿物药，取其重坠之性，降坠虚阳。马融教授习选用石决明、灵磁石、珍珠母、代赭石、龙骨、牡蛎、紫石英之属。②清肝法：泻肝火选药选苦寒之龙胆草、芦荟、栀子、黄连、黄芩、大黄、夏枯草等。马融教授习用泻青丸或凉膈散，泻胸膈肝脾郁热，调理病理体质。凉肝血，其用药宜羚羊角、水牛角、牛黄、青黛、寒水石、生地黄等。③疏肝法：在治疗精神运动性癫痫时，多采用柴胡桂枝龙骨牡蛎汤合甘麦大枣汤加减，和解疏利，安神定惊。④育肝法：其用药多用生地黄、当归、白芍、阿胶、鳖甲、龟板等同入肝肾二经的药物。育肝尚需与敛肝相结合，肝阴宜敛宜收，其药多取木瓜、白芍、乌梅、山萸肉。⑤搜肝通络法：搜肝通络法一般特指虫类药的应用。虫类药有息风止痉、通络止痛功用，以其走窜之性能搜剔经络间顽痰瘀血，功效卓著。⑥心肝同治法：分心之实证与心之虚证。前者采用涤痰开窍、清肝泻火的治法，以涤痰汤合泻青丸加减。或加以朱砂、琥珀、黄连以清心镇惊。后者则采用养心缓肝的治法，以甘麦大枣汤加减。或加以百合、生地

黄养心益肝。调心法必须与化痰法相结合，选用胆南星、石菖蒲、远志等化痰兼有开窍的中药。⑦肝脾同调法：常采用健脾豁痰、缓肝止痛为法则扶脾抑肝。同时建中焦之气，营卫调畅，气血化生有源，肝血得生，肝阳得以涵养。⑧肝肾双调法："肾虚精亏、风痰闭阻"为癫痫的基本病机，肾虚为癫痫病机根本。马融教授提出了"抗痫增智治童痫"，研制出具有控制癫痫发作和改善癫痫患儿认知功能双重功能的中成药"茸菖胶囊"。应用鹿茸、紫河车、茯苓、五味子、菟丝子等改善认知功能的中药。

摘自：陈汉江，张喜莲，刘璇，等. 浅析调肝八法在儿童癫痫治疗中的应用[J]. 中华中医药杂志，2014，29（1）：155 – 158.

九十一、熄风胶囊干预治疗对氯化锂 – 匹罗卡品癫痫大鼠海马突触损伤的影响

目的：观察中药熄风胶囊单药和联合用药干预治疗对氯化锂 – 匹罗卡品癫痫大鼠海马突触损伤的影响。

方法：将 64 只大鼠随机分为正常组、模型组、熄风胶囊高剂量干预组（熄高组）、熄风胶囊中剂量干预组（熄中组）、熄风胶囊低剂量干预组（熄低组）、熄风胶囊大剂量 + 托吡酯联合干预组（联高组）、熄风胶囊大剂量 + 托吡酯 1/2 剂量联合干预组（联低组）、托吡酯干预组（TPM 组）各 8 只。运用氯化锂 – 匹罗卡品化学点燃法，复制癫痫大鼠模型。熄高组灌胃给予熄风胶囊 0.99g 浓缩煎剂 2mL，熄中组灌胃给予熄风胶囊 0.66g 浓缩煎剂 2mL，熄低组灌胃给予熄风胶囊 0.33g 浓缩煎剂 2mL。联高组灌胃给予熄风胶囊 0.99g 浓缩煎剂 2mL 和 TPM 20mg/kg。联低组灌胃给予熄风胶囊 0.99g 浓缩煎剂 2mL 和 TPM 10mg/kg。TPM 组灌胃给予 TPM 20mg/kg。模型组和正常对照组分别灌胃给予生理盐水 2mL。每天上午灌胃 1 次，共持续 60 天。通过采用 SABC 免疫组化检测突触素（P38）表达水平来反映突触素的生长情况、原位杂交检测生长相关蛋白 – 43（GAP – 43）mRNA 的表达水平来反映GAP – 43 的水平。

结果：①所有癫痫大鼠海马 CA1、CA3 及齿状回分子层及颗粒细胞层均可见深

染的颗粒状免疫反应产物，呈点片状分布。所有治疗组海马 CA1、CA3 起始层及齿状回内分子层 P38 免疫反应产物总面积显著低于模型组（$P < 0.01$）。联高组海马 CA1、CA3、齿状回区 P38 免疫反应产物总面积与正常组无统计学差异（$P > 0.05$），熄高组海马 CA1 及 CA3 区阳性反应物与正常对照组无统计学差异（$P > 0.05$）。在海马 CA1 区联高组和熄高组优于其余各治疗组（$P < 0.05$）。在海马 CA3 区联高组作用优于熄低组和 TPM 组（$P < 0.05$），与其余各治疗组比较无统计学差异（$P > 0.05$）。在海马齿状回区联高组作用与其余各治疗组均有统计学差异（$P < 0.05$）。②各治疗组大鼠海马颗粒细胞 GAP – 43 mRNA 表达显著低于模型组（$P < 0.01$）。其中海马 CA1 区联高组和熄高组两组无统计学差异（$P > 0.05$），优于熄中组和熄低组（$P < 0.05$）。在海马 CA3 区，各治疗组之间无统计学差异（$P > 0.05$）。在海马齿状回区联高组和熄高组与熄中组，熄低组和 TPM 组之间有统计学差异（$P < 0.05$）。

结论：熄风胶囊单药和联合用药能有效地干预氯化锂 – 匹罗卡品癫痫大鼠海马颗粒细胞层及内分子层 P38 和 GAP – 43 的表达，从而起到减轻海马损伤的作用。

摘自：路岩莉，李珍，马莉婷，等. 熄风胶囊干预治疗对氯化锂 – 匹罗卡品癫痫大鼠海马突触损伤的影响 [J]. 天津中医药，2014，31（7）：430 – 435.

九十二、细胞育龄期对建造发育期大鼠海马神经元癫痫细胞模型成功率的影响

目的：利用无镁短暂处理法，对不同育龄期的大鼠海马神经元细胞进行癫痫造模，观察是否均可诱导产生反复自发性癫痫样放电，建立癫痫持续状态，以期选择一种最易成功造模的育龄期细胞，提高发育期大鼠海马神经元癫痫细胞模型的建造效率。

方法：以新生 24 小时内 SD 大鼠海马神经元细胞作为造模对象，选用育龄期为 6 天、12 天的细胞作为对比，在正常含镁培养基上培养至 6 天、12 天后换用无镁培养基处理 3 小时，继而恢复正常培养，运用膜片钳全细胞记录模式记录细胞无镁处理后 6 小时、24 小时、72 小时的电生理特性，对比观察不同育龄细胞的癫痫造模的

成功率。

结果： 培养 6 天的海马神经元细胞在经过无镁处理后不能够出现反复自发性高频放电；培养至 12 天的海马神经元在经过无镁处理后出现反复自发性高频放电，并出现 PDS 波及楔形波。

结论： 在对发育期大鼠海马神经元细胞进行癫痫样造模时选择育龄期 12 天的细胞较育龄 6 天的细胞成功率更高。

摘自：焦聚，马融 . 细胞育龄期对建造发育期大鼠海马神经元癫痫细胞模型成功率的影响 ［J］. 中医儿科杂志，2014，10（3）：23 - 26.

九十三、再论奔豚疑似痫

周学海先生首次提出"奔豚疑似痫"的观点。文章旨在从病因病机方面再次探讨《金匮要略》所论奔豚与癫痫是否存在相应关系，并由此推断奔豚可能为癫痫综合征的发作类型、症状或先兆症状。在治疗方面，提出对于先兆症状采用急则宣通的取嚏法，以期取得截断癫痫发作的作用；在缓解期，针对奔豚和癫痫共同存在的"阴火上冲"的病机，提出健脾温肾的治则。

摘自：刘向亮，张喜莲，马融 . 再论奔豚疑似痫 ［J］. 中华中医药杂志，2014，29（4）：1146 - 1147.

九十四、中药对癫痫状态下神经细胞内钙调节的研究进展

钙与神经细胞和脑活动密切相关。钙稳态是维持神经元正常功能活动的基础，钙稳态被破坏，是触发一系列病理改变的关键。神经细胞内 Ca^{2+} 和胞膜钙电流的增加可导致脑部神经元异常放电，在癫痫发生中起重要作用。部分中药可通过对癫痫状态下神经细胞内钙离子的调节发挥神经保护作用。

1. 作用于离子通道

①琥珀：其主要活性成分琥珀酸可能通过抑制高电压激活的钙通道电流而减少 Ca^{2+} 内流，进而抑制海马 CA1 区神经元过度兴奋。②川芎：其主要活性成分川芎嗪

通过影响神经细胞膜上钙通道，从而降低细胞内 Ca^{2+} 抑制癫痫放电。③防己：粉防己碱是天然的非选择性的钙通道阻滞剂，能明显抑制癫痫海马细胞外 Ca^{2+} 内流，达到抗癫痫的作用。④桂枝：对中枢神经系统的突触传递过程有明显的抑制效应，能降低致痫大鼠海马脑片 CA1 区 PS 幅度，作用可能与对钙通道直接阻滞机制有关。⑤半夏：作用机制与托吡酯阻滞 L 型高电压依赖性钙通道作用类似。⑥银杏叶：其提取物可抑制 L 型钙通道，减少 Ca^{2+} 内流，进而实现其抑制神经元过度放电的作用。⑦中药复方：寿尔智对海马神经元细胞 $L-C_a^{2+}$ 电流有抑制作用。

2. 作用于神经递质及受体

①天麻：其有效成分 4 – 羟基苯甲醛和香草醛能抑制谷氨酸引起的细胞内 Ca^{2+} 的升高，减少动物神经中枢神经元的异常兴奋，从而减轻痫样发作。②钩藤：降低 Glu 与 NMDAr 的结合，减少 Ca^{2+} 内流，降低 NMDA 的活化度，从而降低神经元异常兴奋，抑制癫痫发作。③灵芝孢子粉：可减少兴奋性氨基酸 Glu 及其受体 NMDAr 的表达。④人参：其主要活性成分之一人参皂苷，能够显著抑制高浓度 Glu 与 NMDAr 结合引起的大量 Ca^{2+} 内流。⑤灯盏花：灯盏花素可显著降低由 Glu 诱导的 Ca^{2+} 增高。⑥中药复方：定痫方。

3. 作用于神经胶质细胞

柴胡皂苷 a（SSa）是中药柴胡的提取物，其可对 Glu 激活癫痫大鼠海马星形胶质细胞内 Ca^{2+} 的影响，发现 SSa 能明显抑制 Glu、激活星形胶质细胞 Ca^{2+} 的升高。同时，SSa 可以抑制 PTZ 诱导星形胶质细胞 TNF – α 释放及 TNFR1 的高表达，从而实现其抗癫痫作用。

摘自：刘全慧，马融，杨常泉，等. 中药对癫痫状态下神经细胞内钙调节的研究进展［J］. 中医儿科杂志，2014，10（3）：71 – 74.

九十五、中医药添加治疗儿童难治性癫痫的研究现状

目前难治性癫痫治疗效果不甚理想，故寻找疗效明确，副作用小的治疗手段十分迫切。近年来不少学者提出难治性癫痫病因病机及治疗手段的新观点，笔者根据自己多年临床经验采用中医药添加治疗手段治疗儿童难治性癫痫，取得了一定疗效，

肯定了中医药在增强抗癫痫药物的抗癫痫作用的同时，证实了中医药具备整体调节，提高患儿的生活质量，且不良反应少的优势。实验研究方面，进一步探究中医药治疗手段在抗癫痫作用的机理，主要针对其对多药耐药基因相关蛋白表达增多、神经网络重组的影响上。

摘自：杨晓帅，马融，张喜莲. 中医药添加治疗儿童难治性癫痫的研究现状 [J]. 环球中医药，2014，7（7）：576－580.

九十六、补中益气汤儿科应用举隅

补中益气汤系金代李东垣根据《内经》"损者益之"理论确立的方剂，是治疗气虚发热的代表方，主要用于治疗脾胃虚弱证、中气下陷证和气虚发热证。儿童"脏腑娇嫩、形气未充"的生理特点中，以肺、脾、肾不足尤为突出。补中益气汤在儿科临床应用较广泛，疗效显著。本文列举补中益气汤治疗癫痫失张力发作。

失张力发作属中医痫病的一种特殊类型。该病多属虚证，与脾的功能失调密切相关。病理因素主要责之于痰，病机关键在于脾虚痰伏、中气下陷、清阳不升。故治以益气升阳，豁痰开窍，采用补中益气汤化裁治疗。全方意在以人参、黄芪扶正以治本，石菖蒲豁痰开窍以治标。方中重用黄芪旨在补中益气，升阳举陷，且久病肺气虚，亦可补肺实卫，党参、白术、甘草健脾益气，当归养血和营，陈皮理气调中，柴胡、升麻轻清疏散以升提下陷之气，紫河车补益气血，全蝎平肝息风，搜风剔络，生麻黄宣发肺气，使清阳之气上注头窍。石菖蒲开窍醒神，天麻平肝息风，大便秘结故加大黄、芦荟泻火通便。

摘自：陈会，李新民. 补中益气汤儿科应用举隅 [J]. 江西中医药，2014，45（12）：41－42.

九十七、马融教授治疗小儿癫痫经验简析

癫痫是一种发作性神志异常的疾病，具有突然性、短暂性、反复发作的特点。此病多因情志失宜，饮食失调，六淫所伤等引起，还与先天因素关系密切。基本病

机是顽痰内伏、瘀血停积、气机逆乱，而痰随气逆，瘀血阻络，清阳蒙蔽，引动肝风，发为癫痫。中医学中大多医家从风、痰、瘀入手辨治癫痫。马融教授根据患儿不同的发作形式、诱因、体质特点及脑电图表现，灵活选用涤痰汤、柴胡桂枝龙骨牡蛎汤、凉膈散、风引汤等系列方药，以中医、中西医结合方法治疗小儿癫痫，屡获效验。

①脾虚痰盛，风痰内扰：治以豁痰开窍、健脾化湿、镇肝息风止痉法，首选涤痰汤加减。常用方药为石菖蒲、胆南星、天麻、川芎、陈皮、半夏、茯苓、羌活、煅青礞石、煅铁落花、煅磁石、枳壳、甘草、钩藤、全蝎等。②脾肾两虚，髓海失养：马融教授在治疗此证型的癫痫时，重在培元固本，充髓养脑，柔肝息风，首选河车八味丸或孔圣枕中丹加减，方药常选用紫河车、山茱萸、熟地黄、山药、白芍、石菖蒲、胆南星、天麻、黄芪、柴胡、肉苁蓉、黄精等。③少阳不利，痰瘀阻络：采用和解少阳、豁痰祛瘀、息风镇痉法，以柴胡桂枝龙骨牡蛎汤加减，常用方药为柴胡、桂枝、黄芩、党参、生龙骨、生牡蛎、僵蚕、地龙、白芍、浮小麦、大枣、清水半夏、全蝎、蜈蚣、甘草等。④邪热内蕴，痰火上扰：属于"热"痫，首选凉膈散或风引汤加减，常用方药是黄芩、连翘、生大黄、生栀子、甘草、金银花、水牛角粉、淡豆豉、黄连、柴胡、赤芍、荆芥穗、生石膏、知母、牡丹皮、僵蚕、石菖蒲、胆南星、桂枝、生龙骨、生牡蛎、煅紫石英、煅赤石脂、煅寒水石、白芍、当归、钩藤、天麻等。

摘自：李梦，张喜莲，马融. 马融教授治疗小儿癫痫经验简析 [J]. 天津中医药，2015，32（3）：135-138.

九十八、佐金平木法在儿童肝系疾病治疗中的应用

小儿肺常不足，卫表未固，易感外邪而发病，同时肝常有余，感邪之后易引动肝风，出现惊风诸症，如小儿抽动症、注意力缺陷多动综合征、癫痫等。在辨治该类疾病时，除从脏腑辨证论治外，要尤其注重从生克乘侮的关系着手，其中主要责之于肺肝。肺主治节，其中一个重要的生理作用表现为肺金肃降能克制肝木，使肝木不旺，肝气从左升，肺气由右降，肝气以升为健，肺气以降为宜，肝肺升降协调，方可维持体内气机平衡。若肺金肃降失常，则肝风不易平息，肝气亢盛则风动，出

现相关的惊风等症。临床上可使用佐金平木法，重视对肺气的调理，加强肺的宣降作用，使肺气肃降，肝风平息，火清痰化，经脉通畅，则病自缓解。

摘自：刘莎莎，马融，张喜莲，等．佐金平木法在儿童肝系疾病治疗中的应用［J］．中医杂志，2015，56（7）：618 –619.

九十九、茸菖胶囊对幼年大鼠癫痫后 NRSF 和 BDNF 蛋白表达的影响

目的： 研究茸菖胶囊对幼年大鼠癫痫后神经元限制性沉默因子（NRSF）和脑源性神经营养因子（BDNF）蛋白表达的影响。

方法： 建立戊四唑点燃癫痫模型，用 Racine 评分显示连续 5 次 Ⅱ 级及以上惊厥的大鼠被认为达到点燃标准，将出现 Ⅳ 级以上惊厥大鼠继续进行 Morris 水迷宫实验筛选认知障碍模型大鼠。将其分为中药高剂量组、中剂量组、低剂量组、西药组、模型组，并设立空白对照。空白对照组不做处理；癫痫模型组用 10mL/kg 生理盐水灌胃，中药治疗组将茸菖胶囊按生药含量 7.68kg/L、3.84kg/L、1.92kg/L 分别配制成相应浓度的药液，均按 10mL/kg 灌胃；西药对照组丙戊酸钠 400mg/kg 给药。各组均每日 2 次，持续 28 天。治疗结束后，待各组大鼠出现惊厥发作后 1 小时，断头剥离海马组织，用蛋白免疫印迹杂交法检测各组 NRSF 和 BDNF 蛋白的变化。

结果： 幼年大鼠致痫后模型组海马 NRSF 和 BDNF 蛋白表达升高，中药高剂量组可显著降低大鼠海马齿状回 NRSF 和 BDNF 蛋白表达（$P < 0.01$），作用优于西药组和其他中药组。

结论： 中药复方茸菖胶囊抗癫痫及改善癫痫后认知障碍机制可能与调控组蛋白乙酰化修饰及其所介导的神经元基因表达有关。

摘自：杨常泉，王伟，马融．茸菖胶囊对幼年大鼠癫痫后 NRSF 和 BDNF 蛋白表达的影响［J］．天津中医药，2015，32（9）：555 –557.

一百、马融教授运用百合麦冬汤治疗儿童难治性癫痫验案举隅

难治性癫痫患儿病程长，或多重耐药，如果合并肌阵挛发作，或有不同程度的

认知障碍，或平素有虚赢少气、虚烦不寐、便秘等表现，或经苦温燥痰治疗反而加重时，马融教授认为该类患儿其病位在脾，"气阴虚损"为核心病理机制，治疗予培育脾脏之气阴，创造性提出"甘淡养阴"法，以甘淡平和、柔润相宜的植物药为主进行治疗，选用百合麦冬汤化裁，初步摸索出一条中医药治疗难治性癫痫的新思路，取得一定的临床疗效。方中百合，麦冬甘寒，共奏养阴、清心安神之效；山药、麦芽、谷芽甘平以补脾生津，消食助运；黄芪甘温补中，健脾升清以运化脾阴；茯苓淡渗补脾防滋腻碍运，少佐陈皮以健脾燥湿。纵览全方，诸药平和，温润相宜，从本虚入手，补脾养心、安神。

摘自：井蓉琳，张喜莲. 马融教授运用百合麦冬汤治疗儿童难治性癫痫验案举隅［J］. 四川中医，2015，33（2）：155－156.

一百零一、熄风胶囊、茸菖胶囊、抗痫胶囊对海马神经元 NMDA 受体电流及细胞内游离钙的影响

目的：探讨中药复方（熄风胶囊、茸菖胶囊、抗痫胶囊）对海马神经元惊厥损伤的保护作用和作用机制。

方法：家兔予熄风胶囊、茸菖胶囊、抗痫胶囊灌胃 3 天后，取脑脊液备用。取 24 小时内新生 SD 大鼠海马，放置培养皿中，更换培养液制作原代无镁诱导的海马神经元，12 天后，将其分为 6 组，正常组、无镁组、地卓西平（MK801）组、抗痫胶囊组、茸菖胶囊组、熄风胶囊组。分别将原维持培养液更换为含镁 HBSS、无镁细胞外液、无镁细胞外液中加入 MK801（10μmol/L）、含 10% 含抗痫胶囊、茸菖胶囊及熄风胶囊脑脊液，培养 3 小时后恢复原液继续培养。给予相应处理后 6 小时、24 小时、72 小时，利用膜片钳技术比较神经元放电频率、NMDA 受体通道电流及细胞内游离 $[Ca^{2+}]i$ 浓度。

结果：①放电频率：6 小时、24 小时各组较无镁组放电次数减少；72 小时 MK801、抗痫组、息风组较无镁组放电次数减少。②NMDA 受体通道电流：72 小时无镁组与正常组比较，通道电流增多；6 小时、72 小时抗痫组，72 小时茸菖组较无镁组通道电流减少。③细胞内游离 $[Ca^{2+}]i$ 浓度：三个时点无镁组 Ca^{2+} 浓度高于

正常组；三个时点 MK801 组、熄风胶囊组，24 小时、72 小时抗痫胶囊组，72 小时茸菖胶囊组较无镁组 Ca^{2+} 浓度降低。

结论：①中药复方均有不同程度的抑制模型细胞的放电频率，其中熄风胶囊和茸菖胶囊均强于抗痫胶囊，即熄风胶囊≈茸菖胶囊＞抗痫胶囊。②中药复方组可减少 NMDA 受体通道电流，作用强度依次为抗痫胶囊＞茸菖胶囊＞熄风胶囊。③中药复方均可降低细胞内钙离子浓度，作用强度依次为熄风胶囊＞抗痫胶囊＞茸菖胶囊。总之，熄风胶囊、茸菖胶囊、抗痫胶囊可能通过减少 NMDA 受体通道电流，降低细胞内 Ca^{2+} 浓度，达到抑制海马神经元反复高频放电，减轻 Ca^{2+} 超载造成的细胞毒性，从而起到神经保护作用。

摘自：马融，杨常泉，刘全慧，等. 熄风胶囊、茸菖胶囊、抗痫胶囊对海马神经元 NMDA 受体电流及细胞内游离钙的影响 ［J］. 中药药理与临床，2015，31（6）：140－142.

一百零二、马融教授巧用银翘散治疗小儿癫痫及抽动症

银翘散为"辛凉平剂"，出自清·吴鞠通《温病条辨》，广泛应用于多种疾病初起，辨证属风热束表者，尤其在呼吸道疾病中应用最多。马融教授临床中巧妙地将银翘散用于癫痫及抽动症的治疗中，取得较好疗效。

治疗难治性癫痫案例：马融教授每遇因反复发热诱发癫痫或平素易外感风热的难治性癫痫患儿，突破传统的豁痰、息风、重镇等治痫之法，改以疏风清热之银翘散化裁，不仅治愈其外感症状，同时对控制癫痫发作取得了一定疗效。究其原因为：①痰、热、瘀等长期留伏，致正气虚损，气机阻滞，为难治性癫痫的病机关键。而银翘散可通过疏风解表、开通经络，不但使邪有出路，还能助药直达病所。②西医认为银翘散具有较好的抗炎作用，推测银翘散的抗痫机制可能与抗免疫炎症反应，阻断耐药蛋白的过度表达，增强机体对抗痫药物的敏感性有关。

摘自：张喜莲，张美菁，李瑞. 马融教授巧用银翘散治疗小儿癫痫及抽动症 ［J］. 中国中西医结合儿科学，2016，8（3）：364－366.

一百零三、马融运用甘淡养阴法治疗儿童难治性癫痫经验

马融教授认为儿童难治性癫痫由于频繁发作、治疗不当等，导致迁延不愈、气阴两伤，可表现为脾失运化、脾阴不足的特点。采用甘淡养阴法治疗儿童难治性癫痫是指针对脾阴不足，运用温而不燥、凉而不寒、淡而不泻、渗而不滑、甘淡平和的药物纠正脾阴虚、发挥脾的运化功能。其实质是通过甘淡平和的药物促进脾胃运化，使气血化生有源，灌溉五脏六腑，使肝血充沛，肝阴助长，肝阳得涵，阴阳互制，而使癫痫得以控制。方选百合汤加减。尤其对于难治性癫痫发病日久、气血耗伤、肝肾两伤表现者更为适宜。

摘自：陈汉江，张喜莲，戎萍，等. 马融运用甘淡养阴法治疗儿童难治性癫痫经验 ［J］. 中医杂志，2016，57（2）：108 – 110.

一百零四、马融从心论治儿童癫痫经验

儿童癫痫发作会出现行为、精神、思维及动作的紊乱，考虑与神机逆乱有关。根据心主神明、为五脏六腑之大主，故马融教授提出从心论治癫痫。具体思路有：①豁痰开心窍，适用于癫痫发作以神昏、抽搐为主要表现者，药用石菖蒲、胆南星。②镇心潜阳，适用于伴有惊悸、不寐、多梦的癫痫患儿，方选柴胡桂枝龙骨牡蛎汤加减。③清心安神，适用于热扰神明者或实热质患儿，方用凉膈散加减。④养心抗痫：甘温扶阳：适用于癫痫日久心阳失养或素体心阳不足者，药用桂枝、附子、黄芪、大枣、甘草等扶阳温脉，亦为以甘温补土之源。甘淡养阴：适用于癫痫日久心之气阴不足者，选方百合汤加减。对于癫痫后期或者精神运动性癫痫，可用甘麦大枣汤或百合地黄汤。补益心气：心气以收为特性，切忌散而不收。多以石菖蒲配伍人参治之，石菖蒲以其芳香走窜之性豁痰逐秽，人参随之以补元气不足。

摘自：彭博，马融. 马融从心论治儿童癫痫经验 ［J］. 实用中医药杂志，2016，32（4）：374 – 375.

一百零五、马融论治小儿癫痫学术思想浅析

马融教授提出小儿癫痫的病机主要为本虚标实、气机逆乱。"本虚"责之于肾精亏虚、脾常不足，其中肾精亏虚为致痫之本，治痫必补肾填精；脾为后天之本、生痰之源，治痫需健脾化痰。"标实"主要指风、痰、瘀，治痫宜平肝息风，豁痰开窍，化瘀通络。

马融教授在此基础上，研制了熄风胶囊、抗痫胶囊、茸菖胶囊 3 种中成药。①熄风胶囊，适用于癫痫发作频繁，病程较长，病机属于肾精亏虚、风痰上扰、痰瘀阻络者。方中紫河车益肾填精治痫之本，天麻、石菖蒲息风豁痰治痫之标，加用全蝎、僵蚕之虫类药以息风止痉，搜风剔痰逐瘀，配以川芎、郁金行气活血以助豁痰息风之力。②茸菖胶囊，适用于癫痫出现认知功能损伤，辨证属于肾精亏虚、风痰留滞、脑窍失养者。方中以鹿茸生精补髓，补肾益阳，菟丝子补肾益髓，配石菖蒲、胆星豁痰开窍，清化热痰；清半夏、陈皮、茯苓健脾和中，燥湿化痰，以绝生痰之源；天麻、全蝎息风止痉；冰片芳香走窜，开窍醒神。③抗痫胶囊，适用于癫痫自主神经性发作及巩固性治疗，且对认知功能无影响，辨证属于脾虚痰盛，风痰闭阻证者。方中石菖蒲、胆南星、天麻豁痰开窍，息风止痉；太子参、茯苓、陈皮、半夏健脾化痰，沉香、枳壳理气消郁。

摘自：任献青，杨常泉，张喜莲，等. 马融论治小儿癫痫学术思想浅析 [J]. 中华中医药杂志，2016，31（10）：4040-4041.

一百零六、疏风散热豁痰止痉法治疗遗传性癫痫伴热性惊厥附加症

根据小儿"肺常虚"的生理特点，以及风-热-痰之间的密切相关性，马融教授提出遗传性癫痫伴热性惊厥附加症多属热痫，病变部位在肺、常涉及心肝。病机关键在于先天禀赋不足，每因外感风热，外风引动内风，触动伏痰，风痰上涌，内蒙心窍，外闭经络而致痫证发作。主要病理因素为风、热、痰。据此确立"疏风散

热、豁痰止痉”治疗大法，采用银翘散化裁治疗。

摘自：陈海鹏，马融，张喜莲，等. 疏风散热豁痰止痉法治疗遗传性癫痫伴热性惊厥附加症 [J]. 天津中医药，2016，33（10）：581 – 583.

一百零七、Kangxian capsules：Effects on convulsive injuries，N – methyl – D – aspartate（NMDA）receptor subunit expression，and free Ca^{2+} concentration in a rat hippocampal neuron epileptic discharge model

Purpose：To investigate the effects and mechanisms of Kangxian（KX）capsules on hippocampal neuron convulsive injuries.

Methods：An epileptic discharge model was prepared with hippocampal neurons and divided into groups that were subjected to control，Mg – free，MK801，or KX interventions for 6 or 24h. The NMDA receptor channel current was recorded with a whole – cell patch – clamp technique，and the decay tau was determined from the receptor channel attenuation. The NMDA receptor subunits（NR1，NR2A and NR2B）were detected by immunoblot assays，and intracellular free Ca^{2+} was detected by laser confocal microscopy.

Results：The discharge times（6h：100.66 ± 36.51min，24h：134.42 ± 86.43min）and tau values（6h：934.0 ± 564.9s，24h：846.6 ± 488.0）of the Mg – free group were significantly increased（$P < 0.05$）compared to the controlgroup. All of the groups had similar levels of NR1 expression. NR2A and NR2B expression was significantly decreased in the Mg – free group and significantly increased most in the MK801 group，which was followed by the KX group（$P < 0.01$）. The free Ca^{2+} concentrations in the control group were lower than those in the MK – 801 and KXgroups，the concentrations of which were significantly lower than those in the Mg – free group and which decreased with time.

Conclusion：Kangxian capsules played its antiepileptic and neuroprotective roles via multiple targets and the underlying mechanisms included acceleration of the attenuation time course of NMDA receptor channels，alterations in the expression of NMDA receptor subunits，and reductions in the concentration of intraneuronal Ca^{2+}.

摘自：Xian – QingRen，RongMa，Chang – QuanYang，etc. Kangxian capsules：Effects on convulsive injuries，N – methyl – D – aspartate（NMDA）receptor subunit expression，and free Ca^{2+} concentration in a rat hippocampal neuron epileptic discharge model [J]. Seizure，2016，40：27 – 32.

一百零八、马融从肾论治月经性癫痫临证经验

本文介绍马融教授治疗月经性癫痫的经验。月经性癫痫患者临床表现为发病年久，屡发不止，多于行经前后、经间期发作，发作时以头晕昏仆、神识不清、四肢抖动为主，伴有记忆力、理解力下降，平素腰膝酸软、四肢发凉，脉沉迟。基于本病的临床症状，根据肾 – 骨 – 髓 – 脑、肾 – 天癸 – 冲任 – 胞宫中医理论以及小儿"肾常虚"的生理特点，提出月经性癫痫属虚痫，病变部位在肾，常涉及心肝。病机关键在于肾精亏虚，肾气不足，阴阳转化不利，风痰涌动，内扰神明，外闭经络发为癫痫，其中以肾精亏虚为致痫之本，肾阴阳转化不利为致痫之诱因。治以补肾调周，息风止痉，周期性采用益肾填精类方剂化裁。

①行经期：重阳转阴，以活血调经、息风止痉为法，选用五味调经汤化裁，方中丹参、赤芍活血化瘀为君。五灵脂、益母草化瘀止痛，调经排血；更以香附、郁金疏肝解郁，理气调经，共为臣药。天麻、全蝎、石菖蒲、胆南星涤痰开窍，息风止痉；艾叶、茯苓、泽兰温经排浊；川断补肾调经共为佐药。②经后期：以滋阴补肾、息风止痉为法，选用六味地黄丸化裁，方中重用熟地黄滋阴补肾，填精益髓，为君药。山茱萸补养肝肾，并能涩精，取肝肾同源之意，山药补益脾阴，亦能固肾，共为臣药。天麻、全蝎、石菖蒲、胆南星涤痰开窍，息风止痉；泽泻利湿而泄肾浊，并能减熟地黄之滋腻，茯苓淡渗脾湿，并助山药之健运，与泽泻共泻肾浊，助真阴得复其位，牡丹皮清泄虚热，并制山茱萸之温涩，均为佐药。③经间期：重阴转阳，以阴中求阳，调理气血，息风止痉为法，选用归芍地黄汤化裁，方中当归、白芍，乃血药也，调理气血为君药。枸杞子、女贞子滋肾养阴；川断、菟丝子、鹿角片温补肾阳，共为臣药。天麻、全蝎、石菖蒲、胆南星涤痰开窍，息风止痉；当归、赤芍、五灵脂、红花活血调经，促进重阴转阳的顺利转化，共为佐药。④经前期：以

温补肾阳、息风止痉为法，选用金匮肾气丸化裁，方中附子大辛大热，为温阳诸药之首；肉桂辛甘而热，乃温通阳气之要药，两者合用，补肾阳之虚，助肾气之复，调补冲任共为君药。熟地黄滋阴补肾；配伍山茱萸、山药补肝脾而益精血，共为臣药。再以泽泻、茯苓、牡丹皮利水渗湿、调血分之滞，天麻、全蝎、石菖蒲、胆南星涤痰开窍、息风止痉为佐。

摘自：陈海鹏，马融. 马融从肾论治月经性癫痫临证经验 [J]. 中华中医药杂志，2017，32（9）：4026 – 4028.

一百零九、"三辨"模式治癫痫病

笔者提出临床诊疗小儿癫痫要使用"三辨"诊疗模式，即辨病、辨证、辨体，三者缺一不可。

1. 辨病

①中医痫病与西医癫痫病的内涵不同，前者是后者的一个类型，因此利用现代医学手段明确癫痫诊断，可以将未涵盖在中医痫病内的发作类型按照痫证辨治，疗效较好。②明确癫痫病的难易程度，既不要因为难治性癫痫病而丧失信心，也不要遇到良性癫痫病而过分自信。

2. 辨证

①核心病机为痰伏脑络、气机逆乱、窍闭风动，其中痰伏脑络为其病理基础，气机逆乱是启动因素（发热、惊恐、食积等是诱发因素），蒙蔽清窍（神昏）、横窜经络（抽搐）为其主要临床表现。其病位虽在心、肝，但与肺、脾、肾三脏亦相关。以豁痰开窍、降逆息风为治疗大法。②细化辨证方法。惊痫辨先天之惊、后天之惊；痰痫辨痰阻心络、痰火上扰、痰阻气滞；风痫辨热盛动风、肝风内动；瘀血痫辨瘀血阻窍、气滞血瘀；虚痫辨脾虚痰盛、脾肾两虚、肝肾阴虚。③强调按照癫痫病临床分期进行动态辨证，切忌一方统治本病，也要避免一方长期应用，要遵循证变法变药变原则，防止中药耐药。

3. 辨体

分实热质、湿热质，尤其适用于小儿难治性癫痫病，对中西药治疗均不敏感。

该类患儿可通过改善偏颇体质，调节阴阳平衡，使药物作用得到更好的发挥。

摘自：马融.“三辨”模式治癫痫病［J］. 中医儿科杂志，2017，13（4）：10 - 12.

一百一十、马融教授治疗儿童失神癫痫临证经验介绍

马融教授认为儿童失神癫痫病机主要有二，一为脾虚痰伏、痰气上逆、蒙蔽清窍而致痫证，治以健脾豁痰、开窍醒神法，方选《证治准绳》中的涤痰汤化裁。脾虚易生痰湿，湿多阻滞气机，气郁而化热，出现湿热兼夹证时，可合用三仁汤。二是少阳枢机不利、阴阳之气不相顺接而发为痫证，治以和解枢机，调和阴阳，方选《伤寒论》中柴胡加桂枝龙骨牡蛎汤化裁。

马融教授认为儿童失神癫痫虽不伴有明显的肢体抽搐表现，亦需配伍平肝息风药物如天麻、钩藤等，此类药物对中枢神经系统产生一定的镇静、抗惊厥作用，对中枢神经递质的含量与活性亦具有一定的调节作用。配伍虫类药如全蝎、蜈蚣、地龙、僵蚕可入络搜风化痰，其功效、药力非草木药所能替代，具有良好的减轻及控制发作的效果，根据证候均可在辨证处方中加用。

摘自：王晨，张喜莲，戎萍，等. 马融教授治疗儿童失神癫痫临证经验介绍［J］. 中医儿科杂志，2017，13（1）：14 - 16.

一百一十一、温阳豁痰息风法治疗早发性癫痫性脑病1例

本例患儿是类细胞周期蛋白依赖性蛋白激酶5 基因（CDKL5）变异导致的癫痫发作，属于早发性癫痫性脑病的范畴。本病抗癫痫药物控制不佳，并且具有精神运动发育落后等表现。根据患儿的病理性体质以及症状体征辨证为脾肾阳虚，温煦乏力，痰浊日久不化之阴痫。治以温阳豁痰，息风止痉，应用自拟方随症加减，方中附子为大辛大热之品，可通行十二经络，温五脏之阳；细辛搜剔，辅助附子温散深入少阴之寒邪，共温肾阳，为君药；鹿茸为血肉有情之品，味甘、咸，生精补髓，养血益阳，石菖蒲辛温芳香，豁痰理气，开窍宁神，两药合用，填精益髓，豁痰开窍；全蝎、僵蚕息风止痉，化痰通络；远志安神定志，半夏燥湿化痰，陈皮理气健

脾；茯苓健脾补中，配合石菖蒲健脾顺气，涤痰开窍；党参甘平，补中益气，辅助附子温补脾阳以化痰；甘草甘平，调和诸药，并可健脾化痰，佐制附子、全蝎、半夏的毒性。诸药合用，共奏温阳豁痰、息风止痉之效，以达标本兼施之旨。治疗本例患儿，临床短期疗效显著。

摘自：马融，朴香．温阳豁痰熄风法治疗早发性癫痫性脑病 1 例［J］．中医杂志，2017，58（8）：719 - 720.

一百一十二、马融运用"诱因辨证"论治小儿癫痫经验

马融教授认为小儿癫痫反复发作与诱发因素密切相关，并提出了"诱因辨证"的诊疗思想。

1. 诱发因素

外感六淫、饮食不节、七情失调、劳倦过度 4 个方面。

2. 诱因特点

复合性、叠加性、相对特异性特点。

3. 诱因与病因

密切相关，甚至部分重合，但不完全相同。

4. 诱因与患儿体质密切相关

患儿体质决定了癫痫发作的诱因，而癫痫发作的诱因可反应出患儿体质。

5. 辨证论治

①单一诱因致病：外感六淫须辨风热与湿热，风热诱因可选银翘散加减，湿热诱因可选三仁汤加减；饮食不节须辨脾胃积热与脾胃气虚，脾胃积热选方凉膈散加减，脾胃气虚选方涤痰汤加减；七情失调尤重惊恐神乱，方选柴胡桂枝龙骨牡蛎汤加减；劳倦过度须辨脾气虚与心血虚，方选百合麦冬汤加减。②多诱因相须为病，可合方或选用针对两个或多个诱因的处方进行治疗。

摘自：陈海鹏，马融，张喜莲，等．马融运用"诱因辨证"论治小儿癫痫经验［J］．中华中医药杂志，2017，32（4）：1587 - 1589.

一百一十三、从"少火生气法"论治儿童脑性瘫痪合并癫痫

本文介绍了马融教授治疗脑性瘫痪合并癫痫的经验。根据小儿"肾常虚"的生理特点、肾－精－气－水的密切相关性，提出脑性瘫痪合并癫痫属虚痫，病位在肾，常涉及心肝，病机关键在于肾精不足、肾气不充、髓海空虚、痰浊留着、蒙蔽清窍、外闭经络，运用"少火生气"治则，使用补肾助阳、豁痰开窍、息风止痉治法，方用河车八味丸化裁。方中紫河车、鹿茸补肾填精，少量附子意不在补火，而在微微生火，茯苓、泽泻通调水道，石菖蒲、全蝎豁痰开窍、息风止痉以治标。大便干燥者，加用芦荟；口干、唇红者，加用生石膏、寒水石、滑石。

摘自：陈海鹏，马融，张喜莲，等．从"少火生气法"论治儿童脑性瘫痪合并癫痫 [J]．山东中医杂志，2017，36（2）：145－147．

一百一十四、马融三焦分治热痫的临证经验总结

痫病是一种反复发作性神志异常的病证。本文将马融教授治疗热痫的临证经验进行总结，提出"三焦分治"热痫的治疗思想，认为其成因为外感热邪、积而化热、火热内生，病理因素以热邪为主，兼夹风、湿、痰邪，病位在上焦之肺、中焦之脾胃及大肠、下焦之肝肾，其病机为热盛，炼痰，生风，治疗原则为清热、豁痰、息风，分别选用银翘散、凉膈散、葛根芩连汤、风引汤化裁。

摘自：闫海虹，马融，张喜莲，等．马融三焦分治热痫的临证经验总结 [J]．中华中医药杂志，2017，32（8）：3523－3525．

一百一十五、中药复方熄风胶囊对难治性癫痫大鼠多药耐药基因MDR1 mRNA 表达的影响

目的：探讨中药复方熄风胶囊对氯化锂－匹罗卡品致难治性癫痫模型大鼠脑组织 MDR1 mRNA 表达的影响。

方法：用氯化锂－匹罗卡品建立难治性癫痫大鼠模型。将造模成功的大鼠随机分为 7 组：模型对照组（模型组）、熄风胶囊低剂量组（熄低组）、熄风胶囊中剂量组（熄中组）、熄风胶囊高剂量组（熄高组）、卡马西平治疗组（CBZ 组）、熄风胶囊中剂量＋卡马西平组（熄卡组）、熄风胶囊中剂量＋1/2 卡马西平组（熄卡低组）；并设立正常对照组（空白组），每组大鼠 12 只。熄低、中、高组分别予熄风胶囊 0.33g，0.66g，0.99g 浓缩剂 2mL；CBZ 组予 CBZ 20mg/kg；熄卡、熄卡低组分别予熄风胶囊 0.66g 和 CBZ 20mg/kg，CBZ 10mg/kg；模型组和空白组分别予生理盐水 2mL。每天上午灌胃一次，共持续 60 天。给药结束后，检测各组大鼠脑组织 MDR1 mRNA 的表达。

结果：与空白组比较，其余各组的 MDR1 mRNA 基因表达均上调（$P < 0.05$）；与模型组比较，熄中组、熄卡低组、熄卡组和 CBZ 组的 MDR1 mRNA 表达均下降（$P < 0.05$）；与 CBZ 组相比，熄卡低组和熄卡组的 MDR1 mRNA 基因表达均明显降低（$P < 0.05$）。

结论：熄中组、熄卡低组、熄卡组、CBZ 组对 MDR1 mRNA 表达有抑制作用，且熄卡低组和熄卡组对 MDR1 mRNA 表达的抑制作用比单用卡马西平作用更明显。

摘自：陈会，李新民，路岩莉，等.中药复方熄风胶囊对难治性癫痫大鼠多药耐药基因 MDR1mRNA 表达的影响［J］.环球中医药，2017，10（7）：792－796.

一百一十六、中药复方对难治性癫痫大鼠多药耐药 P－糖蛋白表达的影响

目的：探讨中药复方熄风胶囊对锂－匹罗卡品致难治性癫痫模型大鼠多药耐药蛋白 P－糖蛋白（P－gp）表达的影响。

方法：建立氯化锂－匹罗卡品癫痫大鼠模型，痫性发作达到Ⅳ级及以上，解除痫性发作后状态良好的大鼠为合格的模型。将造模成功的大鼠随机分为 7 组：模型对照组（模型组）、熄风胶囊低剂量治疗组（熄低组）、熄风胶囊中剂量治疗组（熄中组）、熄风胶囊高剂量治疗组（熄高组）、卡马西平治疗组（CBZ 组）、熄风胶囊中剂量＋卡马西平治疗组（熄卡组）、熄风胶囊中剂量＋1/2 卡马西平治疗组（熄卡

低组）；并设立正常对照组（空白组）。熄低、中、高组分别予熄风胶囊 0.33g，0.66g，0.99g，浓缩剂 2mL；CBZ 组予 CBZ20mg/kg；熄卡、熄卡低组分别予熄风胶囊 0.66g，0.33g 浓缩剂 2mL 和 CBZ20mg/kg；模型组和空白组分别予生理盐水 2mL。每天上午灌胃一次，共持续 60 天。给药结束后使用 Western – blot 法检测各组大鼠 P – gp 蛋白的表达。

结果：与空白组比较，模型组 P – gp 的表达高于空白组（$P < 0.05$），各治疗组 P – gp 的表达均低于空白组（$P < 0.05$）；与模型组比较，各治疗组 P – gp 的表达均低于模型组（$P < 0.05$）；与 CBZ 组比较，熄低组、熄卡低组 P – gp 的表达均低于 CBZ 组（$P < 0.05$）；中药组各组之间均没有显著差异（$P > 0.05$）；熄卡低组 P – gp 的表达低于熄卡组（$P < 0.05$）。

结论：熄风胶囊对癫痫大鼠脑组织 P – gp 的表达有显著抑制作用，与剂量无相关性；与 CBZ 联合治疗，对 IE 大鼠脑组织 P – gp 表达均有显著抑制作用，效果优于单纯 CBZ 组。

摘自：房艳艳，李新民，陈会，等. 中药复方对难治性癫痫大鼠多药耐药 P – 糖蛋白表达的影响 [J]. 四川中医，2017，35（6）：45 – 49.

一百一十七、马融教授治疗两例失神癫痫患儿疗效优劣的分析

马融教授认为失神发作虽不离痰气逆乱，痰蒙清窍，然其病因复杂，机制不明，再经西药治疗未控制或用药不当进一步损伤人体阴阳正气，阴阳失衡，失去自和的能力，则失神反复发作不愈。因此，无论痰气逆乱，肝脾失调均不离乎阴阳。因此调理阴阳气机，维持其动态的均势即为治疗的关键。

马融教授在本病的辨证上强调，首当辨清病情之轻重。一是病情持续时间之长短，一般持续时间长则病重，短则病轻；二是发作间隔时间之久暂，即间隔时间久则病轻，短暂则病重。其次，辨证候之虚实，痫证之风痰闭阻，痰火扰神等证属实，而心脾两虚，肝肾阴虚等证属虚。癫痫虽属慢性病，然而发作时间短暂，在治疗上无须分发作期以攻邪为主，间歇期以补虚为主，而是只要显露虚象，即可并用补益法。

文中两例患儿，例 1 治疗效果好，发作易于控制，原因分析如下：①一般情况良好，无围产期异常史，影像学未见异常；②病情较轻，发作次数少，发作持续时间短；③AEDs 初始治疗效果好；④药证相合，患者偏实痫，使用银翘散、达原饮等方剂效果好；⑤体质改善明显。所以病情易于控制。例 2 治疗效果较差，发作难以控制，原因分析如下：①一般情况欠佳，患儿母亲先兆流产史；②病情较重，发作频繁，发作持续时间长；③AEDs 初始治疗效果差；④中医角度：药证不是特别相符，患儿偏虚痫，补虚治本之力不足；患儿为肾虚体质，邪之所凑，其气必虚，中枢神经系统稳定性极差，故无明显刺激即可引起不同程度的发作，而明显的刺激会大大加重癫痫的发作次数及程度；⑤体质无明显改善；⑥存在易发展为药物难治性癫痫的危险因素：初始抗癫痫药物治疗效果差；在癫痫诊断和治疗前存在频繁发作。⑦药物使用遇"瓶颈"：处于一个平台期，可能目前中西药物及剂量难以冲破此平衡。因此，发作难以控制。

摘自：范家应，马融. 马融教授治疗两例失神癫痫患儿疗效优劣的分析 [J]. 世界最新医学信息文摘，2018，18（30）：139-141.

一百一十八、茸菖胶囊对无镁癫痫细胞模型海马神经元形态及存活状态的影响

目的：观察以益肾填精法为主的茸菖胶囊对无镁诱导的癫痫细胞模型海马神经元形态及存活状态的影响，探讨其对损伤神经元的保护作用及机制。

方法：原代培养新生 SD 大鼠海马神经元，建立无镁诱导的癫痫细胞模型，随机分为正常组（正常细胞外液）、模型组（无镁细胞外液）、对照组（无镁 + 3 - 甲基腺嘌呤）和 5%、10%、20% 茸菖胶囊组（无镁 + 不同浓度茸菖胶囊），采用倒置相差显微镜观察各组神经元形态学变化及凋亡情况，用 MTT 法检测海马神经元活性及海马神经元损伤程度。

结果：①形态学变化：各时间点不同浓度茸菖胶囊组细胞较模型组海马神经元形态损伤减轻，胞体较完整，突起较清楚，存活细胞量多。②海马神经元活性：与正常组比较，模型组海马神经元细胞活力显著降低，差异有统计学意义（$P <$

0.05）；与模型组比较，5%、10%、20%茸菖胶囊组显著提高无镁诱导的海马神经元的细胞活力，差异有统计学意义（$P<0.05$）。③海马神经元损伤程度：与模型组比较，5%、10%、20%茸菖胶囊组可显著减少无镁诱导所致的海马神经元内乳酸脱氢酶释放量，差异有统计学意义（$P<0.05$），并具有浓度依赖性；与正常组比较，模型组海马神经元乳酸脱氢酶释放量显著升高，差异有统计学意义（$P<0.05$）；5%、10%、20%茸菖胶囊组海马神经元内乳酸脱氢酶释放量随其浓度升高而逐渐降低。

结论：①茸菖胶囊能降低无镁诱导的癫痫细胞模型海马神经元乳酸脱氢酶释放量，维持细胞膜的完整性及线粒体功能，提高细胞活力并降低海马神经元凋亡率，起到保护海马神经元的作用。②茸菖胶囊提高对无镁诱导癫痫细胞模型神经元的活性，抑制海马神经元的凋亡，其神经保护作用可能与调控神经元自噬有关。

摘自：戎萍，赵伟，张喜莲，等．茸菖胶囊对无镁癫痫细胞模型海马神经元形态及存活状态的影响［J］．中国中西医结合儿科学，2018，10（1）：1-5+93．

一百一十九、熄风胶囊对难治性癫痫大鼠海马 I 型钠通道 α 亚基蛋白及 mRNA 表达的影响

目的：探讨熄风胶囊对氯化锂-匹罗卡品致难治性癫痫模型大鼠 I 型钠通道 α 亚基蛋白及 mRNA 表达的影响。

方法：建立氯化锂-匹罗卡品癫痫大鼠模型，按照 Racine 评分法，痫性发作达到Ⅳ级及以上，持续时间超过 30 分钟，解除痫性发作后状态良好的大鼠为合格的模型。造模前随机选取 13 只大鼠，作为正常对照组（空白组），其余造模大鼠随机分为 7 组：模型对照组（模型组）、熄风胶囊低剂量组（熄低组）、熄风胶囊中剂量组（熄中组）、熄风胶囊高剂量组（熄高组）、卡马西平治疗组（CBZ 组）、熄风胶囊中剂量+卡马西平组（熄卡组）、熄风胶囊中剂量+1/2 卡马西平组（熄卡低组）。熄低、中、高组分别予熄风胶囊 0.33g，0.66g，0.99g，浓缩剂 2mL；CBZ 组予 CBZ 20mg/kg；熄卡、熄卡低组分别予熄风胶囊 0.66g 和 CBZ 20mg/kg，CBZ 10mg/kg；模型组和空白组分别予生理盐水 2mL。每天上午灌胃 1 次，共持续 60 天。给药结束

后断头取双层海马体提取 RNA，使用 RT – PCR 检测各组大鼠 I 型钠通道 α 亚基蛋白及 mRNA 的表达。

结果：①免疫组化染色法示：与空白组比较，模型组 SCN1A 的表达高于空白组（$P < 0.05$）；与模型组比较，各组治疗 SCN1A 的表达均低于模型组（$P < 0.05$）；与 CBZ 组相比，熄卡组 SCN1A 的表达均低于 CBZ 组（$P < 0.05$）。②Western – blot 示：与空白组比较，模型组 SCN1A 的表达高于空白组（$P < 0.05$）；与模型组比较，各治疗组 SCN1A 的表达均低于模型组（$P < 0.05$）；与 CBZ 组比较，熄卡低组 SCN1A 的表达低于 CBZ 组（$P < 0.05$）。③RT – PCR 示：熄高组、熄中组、熄低组、熄卡组对 SCN1AmRNA 表达有抑制作用，而卡马组、熄卡低组对 SCN1A mRNA 表达有促进作用。

结论：免疫组化、Western – blot、RT – PCR 结果显示：与正常大鼠相比，IE 大鼠海马 SCN1A 在蛋白与 mRNA 两个层面均表达上调。熄风胶囊可能通过抑制癫痫大鼠海马 I 型钠通道 α 亚基蛋白及基因的表达抑制钠电流，从而降低癫痫反复自发性发作的可能。

摘自：房艳艳，李新民，路岩莉，等. 熄风胶囊对难治性癫痫大鼠海马 I 型钠通道 α 亚基蛋白及 mRNA 表达的影响 [J]. 西部中医药，2018，31（4）：14 – 19.

一百二十、基于益肾填精法的茸菖胶囊对无镁诱导癫痫模型自噬相关蛋白影响的研究

目的：探讨中药茸菖胶囊抗癫痫和神经保护作用的自噬调控机制，为临床应用提供实验依据。

方法：①取 30 只健康家兔，用茸菖胶囊按生药 3.64g/（kg·d）灌胃 3 天，于末次给药 1 小时后取脑脊液。②取新生 SD 大鼠海马体接种于 L – 多聚赖氨酸包被好的培养皿中，参照 Sombati 等人的癫痫模型制备方法将体外培养至第 9 天时用无镁 HBSS 替代含镁正常培养基，温箱中孵育 3 小时，建立并鉴定癫痫细胞模型。③将无镁诱导的新生 SD 大鼠海马神经元放电模型分为模型组、3 – 甲基腺嘌呤（3 – MA）组、5% 茸菖胶囊组、10% 茸菖胶囊组、20% 茸菖胶囊组，另设正常组，分别将原维

持液更换为含镁 HBSS、无镁细胞外液、无镁细胞外液中加入 3 – MA（5mmol/L）、无镁外液中加入 5% 茸菖胶囊、10% 茸菖胶囊、20% 茸菖胶囊脑脊液，培养 3 小时后更换为 Neurobasal 培养液 6 小时、12 小时、24 小时、72 小时后，采用蛋白免疫印迹（Westernblot）法检测自噬活性相关蛋白 Beclin – 1、B 细胞淋巴瘤 – 2（Bcl – 2）的表达。

结果：①Beclin – 1 蛋白：4 个时间点模型组较正常组无显著变化（$P > 0.05$），6 小时 20% 茸菖胶囊组及 72 小时 5% 茸菖胶囊组较同时点模型组显著升高（$P < 0.05$）。②Bcl – 2 蛋白：6 小时模型组较正常组显著降低（$P < 0.05$）；12 小时、24 小时 20% 茸菖胶囊组，72 小时 5%、10% 及 20% 茸菖胶囊组较模型组显著增强（$P < 0.05$ 或 $P < 0.01$），20% 茸菖胶囊组较 5% 及 10% 茸菖胶囊组增强（$P < 0.05$）。

结论：基于益肾填精法的茸菖胶囊对无镁诱导的癫痫模型神经元抗癫痫及神经元保护作用的机制可能与影响 Beclin – 1 蛋白的表达干预自噬过程，促进 Bcl – 2 蛋白的表达抑制细胞自噬有关。

摘自：戎萍，彭博，张喜莲，等. 基于益肾填精法的茸菖胶囊对无镁诱导癫痫模型自噬相关蛋白影响的研究［J］. 天津中医药，2018，35（7）：531 –534.

一百二十一、熄风胶囊对匹罗卡品 IE 大鼠血液及脑细胞外液卡马西平药物浓度影响的实验研究

目的：通过观察熄风胶囊对氯化锂 – 匹罗卡品造模后的癫痫大鼠血液和脑细胞外液卡马西平药物浓度的影响，来判断其是否能够增加血脑屏障的通透性。

方法：应用氯化锂 – 匹罗卡品诱导难治性癫痫大鼠模型，将造模成功的癫痫大鼠随机分为 7 组：卡马西平组、熄风胶囊加卡马西平组（熄卡组）、熄风胶囊加卡马西平 1/2 剂量组（熄卡低组）、熄风胶囊高剂量组（熄高组）、熄风胶囊中剂量组（熄中组）、熄风胶囊低剂量组（熄低组）、模型对照组（模型组），同时设立空白对照组（空白组），共 8 组，每组 12 只。卡马西平组卡马西平 20mg/kg；熄低组熄风胶囊 0.33g 浓缩剂 2mL；熄中组熄风胶囊 0.66g 浓缩剂 2mL；熄高组熄风胶囊 0.99g 浓缩剂 2mL；熄卡组熄风胶囊 0.66g 浓缩剂 2mL 和 CBZ 20mg/kg；熄卡低组

熄风胶囊 0.66g 浓缩剂 2mL 和 CBZ10mg/kg；模型组生理盐水 2mL；空白组生理盐水 2mL。每天上午灌胃 1 次，共持续 2 个月。灌胃治疗 2 个月后，从卡马西平组、熄卡组、熄卡低组中各取 6 只大鼠，采用影像监控系统对所有实验大鼠全程监控并观察各组大鼠反复自发性发作，采用脑微透析技术联合高效液相色谱法按不同时间点取样并检测大鼠血液及脑细胞外液的卡马西平的药物浓度。

结果：①与卡马西平组相比，熄卡组中卡马西平的血药浓度在各个时间点略有升高，但无统计学意义；熄卡组中卡马西平的脑药浓度在各时间点同样有所升高（在 30 ~ 90 分钟，$P < 0.05$）。②与熄卡组相比，熄卡低组的卡马西平的血药及脑药浓度在各个时间点虽均降低，但高于熄卡组中卡马西平浓度的一半（在 15 ~ 90 分钟，$P < 0.05$）。③卡马西平浓度的脑血比：卡马西平组 0.055 : 1；熄卡组 0.072 : 1；熄卡低组 0.073 : 1。

结论：熄风胶囊可能会升高卡马西平在脑细胞外液及血液中的药物浓度，增强血脑屏障的透过作用；对于低剂量的卡马西平可能更加敏感，能够降低卡马西平用量，从而减少其副作用及不良反应。

摘自：吴超，李新民，张喜莲，等. 熄风胶囊对匹罗卡品 IE 大鼠血液及脑细胞外液卡马西平药物浓度影响的实验研究 [J]. 中医药学报，2018，46（1）：48 - 53.

一百二十二、马融应用虫类药治疗小儿癫痫经验总结

马融教授认为，癫痫病机主要为本虚标实、气机逆乱。其发病与风、痰关系最为密切，认为治痫必须豁痰与息风并举。而虫类药具有较强的祛风、息风、破血行血之效，风（痰）邪致病经久不愈者，唯虫类药能达病所。因此，在治疗此类顽疾时，马融教授善于运用虫类药物，经验颇富，收效显著。其用药思想有：①息风定惊、搜风通络：虫类药灵动性猛、力强，具有搜风通络、平肝息风、止痉定痫之功效。以抽搐症状为主，多加用全蝎、蜈蚣、僵蚕等药，其原理是取"虫蚁迅速飞走之灵"。②活血化瘀、行气通经止痛：虫类药多具有较强的通行血脉、促进气血运行、消除瘀滞的作用，在辨证选方的基础上，多配以水蛭、桃仁、红花、牛膝等。

摘自：魏娟，刘璇，张喜莲，等. 马融应用虫类药治疗小儿癫痫经验总结 [J].

中华中医药杂志，2018，33（4）：1383－1385.

一百二十三、马融从小儿体质论治癫痫经验

本文介绍马融教授从小儿体质论治癫痫的经验。癫痫患儿反复发作，发作期从其发作诱因对其治疗，发作间歇期患儿无明显异常，可通过患儿体质进行辨证，改善和纠正偏颇体质，消除疾病发生的内在机制，预防和控制癫痫发作。

马教授将小儿体质归纳为湿热质、痰湿质、实热质、气郁质、瘀血质与不足质，临证强调"辨病－辨证－辨质"的诊疗思路。对湿热质、痰湿质癫痫患儿多以三仁汤、甘露消毒丹、涤痰汤等加减治疗，对实热质患儿常用银翘散、凉膈散、风引汤、导赤散等加减治疗，对气郁质患儿则多以柴桂龙牡汤合柴胡疏肝散加减治疗，对瘀血质患儿以血府逐瘀汤合逍遥散加减治疗，对不足质患儿则以玉屏风散、六君子汤、百合汤等加减治疗，均获效颇佳。

摘自：周显一，沈明月，张喜莲. 马融从小儿体质论治癫痫经验［J］. 湖南中医杂志，2018，34（5）：47－49.

一百二十四、马融运用疏风解热法治疗儿童神经系统疾病验案2则

疏风解热法治疗癫痫案：对于本例患儿而言，初诊时患儿为无热发作，舌苔脉象等体质指征也并没有明显的偏倚因素，从传统思维上认为"无痰不作痫"，而风与痰又密切相关，相互影响，相互为害，风痰阻络，上蒙心窍导致神昏、抽搐，所以采用豁痰息风之法，但收效并未达到理想效果，因此需转换思路。考虑到患儿过往每以外感高热诱发强直阵挛，之后才由发热惊厥转化为无热发作，直至确诊为癫痫，加之二诊时患儿出现低热、咳嗽、苔黄、脉浮、咽红等外感征象，皆属风热犯表之征，符合病理因素中"热"的范畴，究其病因盖因小儿反复感受风热之邪，炼液灼津为痰，风热之邪与痰邪胶着，风痰上犯，内蒙心窍，外闭经络而致痫发作，故改方银翘散以疏散风热，息风止痉，加全蝎、天麻、石菖蒲等息风化痰开窍药物，

直接切断外风连接内风的通路，从源头上杜绝癫痫发作的风险，后患儿发作次数逐渐减少直至不发作，病情平稳。

摘自：陈贝贝，吴海娇. 马融运用疏风解热法治疗儿童神经系统疾病验案 2 则 [J]. 湖南中医杂志，2018，34（4）：105 – 107.

一百二十五、中药复方对无镁诱导培养的发育期大鼠海马神经元细胞活力及其凋亡的影响

目的： 探讨中药复方对惊厥性海马神经元细胞活力及其凋亡的影响。

方法： 提取大耳白家兔脑脊液，参照 Sombati 方法提取培养无镁诱导的海马神经元放电模型分为对照组、无镁组、MK801 组（仅用于细胞凋亡试验部分）、抗痫组、茸菖组、熄风组。细胞活力试验将正常组、无镁组、抗痫组、茸菖组、熄风组分别将原维持培养液更换为 5%、10% 及 15% 三个浓度含镁 HBSS、无镁细胞外液、无镁细胞外液中加入含抗痫胶囊、茸菖胶囊及熄风胶囊脑脊液；细胞凋亡试验将对照组、无镁组、MK801 组（仅用于细胞凋亡试验部分）、抗痫组、茸菖组、熄风组分别将原维持培养液更换为含镁 HBSS、无镁细胞外液、无镁细胞外液中加入 MK801、含抗痫胶囊、茸菖胶囊及熄风胶囊脑脊液，培养 3 小时后恢复原液继续培养。给予相应处理后 6 小时、24 小时、72 小时，比较海马神经元的细胞 LDH 浓度及其凋亡率。

结果： ①处理 6 小时、24 小时、72 小时后，3 个不同浓度 3 个时间点无镁组 LDH 值与正常组相比均无统计学差异；处理 6 小时后 15% 抗痫组、15% 熄风组 LDH 值较无镁组明显降低，统计学分析均有显著性差异（$P < 0.05$）；处理 24 小时后 15% 抗痫组、15% 茸菖组、15% 熄风组 LDH 值较无镁组明显降低，统计学分析均有显著性差异（$P < 0.05$）；处理 72 小时后 10% 抗痫组 LDH 值较无镁组降低，统计学分析有显著性差异（$P < 0.05$）。②处理 6 小时、24 小时、72 小时后，无镁组细胞凋亡率明显高于对照组，统计学分析具有显著性差异（$P < 0.05$）；药物干预组中 MK801 在三个时点的细胞凋亡率均明显下降，均具有统计学差异（$P < 0.05$）；中药复方组的细胞凋亡率与无镁组相比均有不同程度的降低，但仅茸菖组在 72 小时与无

镁组相比有统计学差异（$P < 0.05$）；中药复方组在其他时点的细胞凋亡率与无镁组相比无统计学差异。

结论：中药复方对惊厥性海马神经元的细胞活力具有一定的增强作用，可逆转无镁处理引起的细胞凋亡，具有保护神经细胞的作用。

摘自：戎萍，马融，任献青，等. 中药复方对无镁诱导培养的发育期大鼠海马神经元细胞活力及其凋亡的影响［J］. 辽宁中医杂志，2018，45（8）：1764 - 1767.

一百二十六、氯化锂 - 匹罗卡品致痫大鼠海马电压门控性 I 型钠通道的变化

目的：研究氯化锂 - 匹罗卡品癫痫模型大鼠海马 I 型电压门控性钠通道 α 亚基蛋白（Nav1.1）及其钠通道功能的变化。

方法：健康雄性 SD 大鼠 40 只，随机分为 2 组，空白组 18 只，其余 22 只用氯化锂 - 匹罗卡品建立癫痫大鼠模型。造模后 20 只点燃成功的大鼠按照随机数字表随机选取 18 只作为模型组。模型组和空白组大鼠分别每天上午灌胃 9g/L 盐水 2mL，每日 1 次。共持续 60 天。采用免疫组织化学染色法（IHC）检测实验大鼠海马 Nav1.1 的表达；采用全细胞膜片钳技术检测钠通道功能（电流 - 电压曲线、激活曲线、失活曲线及失活后恢复曲线）的变化。

结果：①成功复制氯化锂 - 匹罗卡品大鼠模型，观察到实验大鼠行为学 3 期（急性期、潜伏期和慢性期）的表现，而空白组未见发作。②IHC 结果：致痫大鼠海马 CA1 区和 DG 区神经元结构基本正常，且 Nav1.1 的表达变化不明显。在 CA3 区，神经元变性、坏死明显，Nav1.1 在神经元变性、坏死部位染色变浅，甚至消失；在变性、坏死神经元周围的正常组织中染色增强，与空白组比较，模型组大鼠 Nav1.1 的表达增高，差异有统计学意义（$P < 0.05$）。③全细胞膜片钳技术记录钠电流结果：与空白组比较，模型组的钠电流密度明显增加（$P < 0.05$）、激活曲线阈值下降（$P < 0.05$）、失活曲线阈值上升（$P < 0.05$）、失活后恢复时间缩短（$P < 0.05$），差异均有统计学意义。

结论：反复癫痫发作可以导致 Nav1.1 代偿性表达增多，钠通道电流密度明显增

高，而激活曲线阈值下降、失活曲线阈值上升、失活后恢复时间缩短，最终引起大鼠神经元兴奋性增高，更易引起癫痫发作。

摘自：路岩莉，房艳艳，李新民，等. 氯化锂 - 匹罗卡品致痫大鼠海马电压门控性 Ⅰ 型钠通道的变化［J］. 中华实用儿科临床杂志，2018，33（24）：1869 - 1872.

一百二十七、中西医结合治疗月经性癫痫1例

患者于月经初潮后首次出现癫痫发作，多于排卵前出现全面强直 - 阵挛发作，属于排卵期月经性癫痫。结合患者的发作特点、症状、体征，辨证属肾精不足，风痰闭阻证，治以益肾填精，豁痰息风。患者既往服用拉莫三嗪、丙戊酸钠疗效欠佳，添加中药治疗后发作得到控制。

马融教授基于肾 - 骨 - 髓 - 脑、肾 - 天癸 - 冲任 - 胞宫的中医理论，结合现代医学对月经性癫痫的认识，提出本病病机关键在于肾精亏虚，肾气不足，阴阳转化不利，风痰涌动，内扰神明，外闭经络发为癫痫，治以补肾调周，息风止痉，周期性采用益肾填精类方剂化裁。本案为典型的月经性癫痫患者，患者于月经来潮后出现癫痫发作，发作仅见月经期和排卵期，绝大多数发作在排卵前出现。该患者多于排卵期出现癫痫发作，有头晕先兆，发作时突然昏仆，四肢强直抽搐，口角流涎，发作后时有恶心，平素双膝酸软，舌淡，苔白，脉沉，四诊合参，辨证为肾精不足，风痰闭阻证，予涤痰汤加减，加紫河车、肉苁蓉。方中石菖蒲、胆南星、陈皮、天麻、半夏、枳壳、青礞石顺气豁痰，天麻平肝息风，川芎活血祛风，使"血行风自灭"，党参、茯苓健脾益气，铁落花、磁石加强平肝息风，全蝎、蜈蚣药灵性猛，性善走窜，能加强搜风通络、化痰止痉之功，菟丝子、紫河车补肾固精，调理冲任，甘草调和诸药，共奏温肾补精、豁痰息风之功。方中紫河车内含孕酮，而肉苁蓉能促进卵巢孕激素分泌，可能有助于平衡本例患者的雌孕激素比值，从而增强抗癫痫作用。患儿既往服用拉莫三嗪、丙戊酸钠效果欠佳，添加中药后起到协同增效作用，发作得以控制。

摘自：郭婷，张喜莲，戎萍，等. 中西医结合治疗月经性癫痫 1 例［J］. 天津

中医药，2019，36（3）：264-265.

一百二十八、中药复方熄风胶囊对氯化锂-匹罗卡品致痫大鼠海马电压门控性Ⅰ型钠通道 α 亚基蛋白表达的影响

目的： 研究中药复方熄风胶囊对氯化锂-匹罗卡品致痫大鼠海马电压门控性Ⅰ型钠通道 α 亚基蛋白（Nav1.1）表达的影响。

方法： 将45只大鼠随机分成两组，空白组6只，其余39只用于癫痫模型的建立。腹腔注射氯化锂（127mg/kg），18小时后腹腔注射硫酸阿托品（1mg/kg）以减少外周胆碱能作用，30分钟后腹腔注射匹罗卡品（浓度1%，首次20mg/kg，30分钟后10mg/kg），大鼠出现癫痫持续状态（SE）1小时后，再给予腹腔注射地西泮（10mg/kg）解除抽搐，如痫性发作不能缓解，可重复注射地西泮1~2次，直到痫性发作被解除。35只造模成功的大鼠随机选择24只，按每组6只随机分成4组：模型对照组（模型组）、熄风胶囊低剂量治疗组（熄低组）、熄风胶囊中剂量治疗组（熄中组）、熄风胶囊高剂量治疗组（熄高组）。熄低组、熄中组和熄高组大鼠，分别每天上午灌服熄风胶囊0.33g、0.66g和0.99g浓缩剂，每次2mL；模型组和空白组大鼠分别每天上午灌胃生理盐水1次，每次2mL。共持续60天。分别通过免疫组织化学染色法检测实验大鼠海马Nav1.1的表达。

结果： 观察Nav1.1蛋白在IE大鼠海马的表达，发现致痫大鼠海马CA1区和DG区神经元结构基本正常，且Nav1.1变化不明显，在CA3区，模型组致痫大鼠神经元变性、坏死明显，Nav1.1在神经元变性、坏死部位染色变浅，甚至消失，在变性、坏死神经元周围的正常组织中染色增强。其中，模型组可见CA3区神经元退变、坏死，Nav1.1在神经元退变、坏死部位染色变浅，甚至消失，而在熄风胶囊治疗组中，随剂量增大，退变、消失的神经元减少，同时棕褐色区域减少程度减低，均与剂量成正相关，但在变性、坏死的神经元周围的正常组织中染色增强不明显，而且从定量分析来看，模型组Nav1.1的表达量增多，而各熄风胶囊治疗组却增加不明显。

结论： 熄风胶囊可能通过保护海马神经元，调节IE大鼠海马神经元Nav1.1的

表达，推测其可通过对钠通道的抑制作用以降低神经元细胞膜兴奋性而发挥抗癫痫作用。

摘自：路岩莉，房艳艳，李新民，等．中药复方熄风胶囊对氯化锂－匹罗卡品致痫大鼠海马电压门控性Ⅰ型钠通道α亚基蛋白表达的影响［J］．天津中医药，2019，36（3）：275－278．

一百二十九、马融治疗儿童癫痫共患抽动障碍验案1则

癫痫是一种以具有持久性致痫倾向为特征的脑部疾病，该病非单一的疾病实体，而是一种具有不同病因基础、临床表现各异但以反复癫痫发作为共同特征的慢性脑部疾病状态。抽动障碍是一种起病于儿童时期，以抽动为主要表现的神经性精神疾病，可分为运动性抽动和发声性抽动。临床表现为不自主、无目的、快速、刻板的肌肉收缩。抽动障碍是癫痫患儿常见的共患病，马融教授从两种疾病共同病位肝脾入手进行辨证治疗。

本案治疗方向以癫痫为主，抽动为次，从中焦论治，调理肝脾为要，予天麻钩藤汤加减，方中用木瓜、伸筋草以舒筋活络；加菊花、龙骨、牡蛎以平肝潜阳，酸枣仁滋阴安神，远志祛痰开窍，全蝎息风止痉等，后期随现症又增减清热、疏肝之药，用银翘散加减。该方出自《温病条辨》，主治风热表证、麻疹初起。其方中薄荷、牛蒡子、金银花、连翘以疏风清热，可阻内外之风相引之机；枳壳、桔梗促气机升降有序，痰郁得开；石菖蒲、全蝎同入肝经，功可豁痰开窍，息风止痉，药证相符，且随现症及四时变化加减出入，故获良效。

摘自：杨栋，马融．马融治疗儿童癫痫共患抽动障碍验案1则［J］．湖南中医杂志，2019，35（5）：99－100．

一百三十、女性癫痫患者青春期发作频率变化及其影响因素研究

目的：探讨女性癫痫患者青春期是否加重、加重比例，发作加重的影响因素。

方法：采用回顾性研究方法，共筛选符合纳入排除标准女性癫痫患者101例，

将其分为加重组和无加重组，收集其一般资料、发作情况资料、药物使用资料、发作控制评价资料。

结果：发作频率无增加者占 83.17%（84/101），发作频率增加者占 16.83%（17/101），其中 69.31%（70/101）患者进入青春期无发作。无加重组疗后脑电图、发作类型、总体用药与加重组比较，差异有统计学意义（$P < 0.05$）。Logistic 回归分析结果显示：疗后脑电图、发作类型、总体用药成为发作频率是否加重的影响因素进入方程。

结论：多数女性癫痫患者进入青春期发作无加重，其中多数患者无发作；青春期女性癫痫患者疗后脑电图异常者、局灶性发作者可能更易出现发作加重；中西药联合者易表现为发作加重。

摘自：陈海鹏，马融. 女性癫痫患者青春期发作频率变化及其影响因素研究[J]. 中国中西医结合儿科学，2019，11（3）：198-201.

一百三十一、儿童癫痫"撤停药方案"的临床研究

目的：探讨儿童癫痫中医药的"撤停药方案"，以期为临床提供参考。

目前，全球活动性癫痫患儿已超过 1000 万。大部分患者癫痫发作是可控制的，60%~70% 的患者经 2~5 年的药物治疗可停药观察。但癫痫患儿在停药后仍有较高的临床复发率，复发率 15%~30%。因此，癫痫发作控制一段时间后，如何根据癫痫患儿的不同情况进行撤停药，并防止复发成为一个难题。特别是使用中药、中西药联合治疗儿童癫痫后如何撤减、停用抗癫痫药物临床报道非常少见。

撤停药方案：癫痫停止发作 3 年以上，脑电图正常者，开始撤停药。①单用中成药者 3~6 个月撤停；②服用中药汤剂者，先停用汤剂改为中成药，3~6 个月撤停；③服用抗癫痫西药（AEDs）+中药汤剂者，先减停 AEDs，继用中药汤剂 3 个月左右改为中成药，3~6 个月撤停；④服用 2 种以上 AEDs 者，按照先服用先撤药的原则，一次撤停一种 AEDs，在 AEDs 完全撤停后，继续口服中药汤剂 3 个月左右，再以中成药接续治疗，中成药治疗 3~6 个月撤停。

方法：回顾性收集 1994 年 1 月至 2017 年 8 月间就诊于天津中医药大学第一附

属医院儿童脑病专科门诊符合撤停药方案的患儿 80 例，其中男 48 例，女 32 例。按照"撤停药方案"实施。

结果：80 例患儿复发者 9 例，占 11.25%。其中服用中药复发者占 5%（2/41），中西药联合应用复发者占 18%（7/39），服用中药者的复发率明显低于服用中西药者。复发患者中 3 例在停药后 12 个月内复发，复发比率为 33%；1 例在停药 24 个月内复发，复发比率为 11%；3 例在停药 36 个月内复发，复发比率为 33%；2 例在停药 36 个月以上复发，复发比率为 22%。由此可见，停药 3 年后的复发比率明显低于停药后 3 年内的复发比率。

结论：在撤停药时要综合考虑患儿病因及发作类型、对治疗的反应，仔细评估撤停药后复发的风险，并要与年长患儿及监护人充分沟通撤停药与继续服药的风险/效益比，使之能顺利停药，尽量减少复发。

摘自：马融，范家应. 儿童癫痫"撤停药方案"的临床研究［J］. 中国中西医结合儿科学，2019，11（3）：185–187.

一百三十二、中医儿科学立体化教学模式在小儿癫痫教学中的应用

中医儿科学立体化教学模式，是为了适应新形势对中医儿科学复合型人才需求所进行的教学改革。以小儿癫痫为例，结合疾病的特点，充分发挥学科临床、科研优势，利用现代技术，优化教学资源，改革教学形式，丰富教学手段，激发了学生学习兴趣，提高了自主学习能力、临床实践能力及创新意识。注重课程之间的立体化联系；注重理论知识与临床实例、科研成果的有机联系；注重教学手段及教学形式的立体化。通过中医儿科学立体化教学模式在小儿癫痫教学的实践，证实了该教学模式可有效地提高学生的自主学习能力、临证思辨能力、临床实践能力及科研创新意识，提高学生综合素质，值得进一步推广应用。

摘自：张喜莲，马融. 中医儿科学立体化教学模式在小儿癫痫教学中的应用［J］. 中国中西医结合儿科学，2019，11（3）：192–194.

一百三十三、马融教授创用疏风止痉方治疗小儿难治性癫痫验案

采用传统"豁痰息风"法治疗部分小儿难治性癫痫，往往疗效欠佳。马融教授在治疗癫痫患儿的过程中发现，因小儿易感受外邪，而风为百病之长，故易受风邪侵袭。风性主动，善行而数变，风为阳邪，易袭阳位。风邪上扰易致双目上视或斜视，眨眼，口角歪斜，四肢强直抽搐，角弓反张等症状，其中以头面部表现为甚；风邪夹热侵袭小儿，易出现发热、咳嗽、咯痰、鼻塞、喷嚏、黄涕、咽干、咽红等外感症状；外邪入里化热易出现烦躁易怒、失眠、便干、尿黄等症状；风热郁于体内生痰，痰蒙清窍，易出现意识不清或丧失等神昏症状。因此，马教授每遇因反复发热诱发癫痫或平素易外感风热等，考虑由外风扰动致风热痰痫证的癫痫患儿时，突破了传统的"豁痰息风"法，首创疏风止痉方，通过其"疏风止痉，清热通络"之效，控制患儿癫痫发作。该方由银翘散化裁而来，取银翘散疏散风热、辛凉轻宣、开通经络之功；加入金果榄清热解毒利咽；全蝎息风通络止痉，其疏散风热之功可使风热痰邪有所出路，宣通经络之功可助药直达病所，助其疏风止痉、清热通络之效。临床上对证使用，疗效较好。

摘自：马茗晗，戎萍，张喜莲，等. 马融教授创用疏风止痉方治疗小儿难治性癫痫验案 [J]. 辽宁中医药大学学报，2019，21（8）：76 – 79.

一百三十四、基于益肾填精法的茸菖胶囊对海马神经元自噬 LC3 mRNA 及 Cathepsin B mRNA 蛋白表达水平的实验研究

目的： 探讨中药茸菖胶囊抗癫痫和神经保护作用的自噬调控机制，为临床应用提供实验依据。

方法： 将无镁诱导的新生 SD 大鼠海马神经元放电模型随机分为模型组、5% 茸菖胶囊组、10% 茸菖胶囊组、20% 茸菖胶囊组、3 – 甲基腺嘌呤（3 – MA）组，另设正常组，分别加入含 5%、10%、20% 茸菖脑脊液和含 5mmol/L 3 – MA 的无镁 HBSS 处理的维持培养液，后吸去培养基，除正常组外均加入无镁液培养，37℃、

5%CO_2温箱孵育 3 小时后，建立癫痫细胞模型，之后换为 Neurobasal 培养液继续培养 6 小时、12 小时、24 小时、72 小时后，用 Trizol 法提取细胞总 RNA。电泳及紫外分光光度法检测总 RNA 纯度及完整性，采用 RT－PCR 法检测自噬活性相关蛋白 LC3 mRNA 及 Cathepsin B mRNA 的表达。

结果：①在无镁诱导后 6 小时、12 小时、24 小时三个时间点的 5%、10%、20%茸菖胶囊组 LC3 mRNA 表达水平较模型组降低（$P < 0.01$ 或 $P < 0.05$），72 小时各浓度茸菖胶囊组 LC3 mRNA 表达水平不稳定。②在无镁诱导后 6 小时 20%茸菖胶囊组 Cathepsin B mRNA 表达水平较模型组降低（$P < 0.01$）；12 小时、24 小时 5%、10%、20%茸菖胶囊组表达水平较模型组降低（$P < 0.01$ 或 $P < 0.05$）；72 小时各浓度茸菖胶囊组 LC3 mRNA 表达水平不稳定。

结论：茸菖胶囊对神经元保护作用的机制可能与影响 LC3 mRNA 及 Cathepsin B mRNA 蛋白的表达干预自噬过程有关。

摘自：张雪荣，张喜莲，赵伟，等. 基于益肾填精法的茸菖胶囊对海马神经元自噬 LC3 mRNA 及 Cathepsin B mRNA 蛋白表达水平的实验研究［J］. 时珍国医国药，2019，30（7）：1613－1614.

一百三十五、马融教授对小儿癫痫外治法的探讨与见解

马融教授致力于小儿癫痫病研究数十年，他认为不论传统医学还是现代医学，都可以在口服药物之外，找到其他行之有效的治疗方法，既能减少西药对癫痫患者产生的一系列副作用，又能适用于不同需求的癫痫患者群。

中医治疗小儿癫痫的外治法，古籍中记载的有搐鼻法、洗浴法、涂囟法、膏摩法、针刺、灸法等，随着科技水平发展，增加了电针、穴位埋线法、耳穴经皮电刺激、音乐疗法等方法，极大地丰富了中医外治法。现代医学治疗小儿癫痫，除药物治疗外，还有迷走神经刺激疗法、生酮饮食疗法及开颅手术。

这些治疗方法都以治愈或减轻癫痫患者症状，改善并提高患者生活质量为宗旨。现代医学中被认可的三种治疗既有其适应的人群，也有其治疗的禁忌和弊端；而传统医学是在近千年的发展过程中，经过无数先人的实践总结出来的经验，只是因当

时所在条件有限，在整理和临床研究上有所欠缺，一些有效的治疗还有待进一步研究、拓展，要依靠现代先进的技术进一步的探求其根源和挖掘，这也是目前比较艰难而重要的一个研究方向。

摘自：甘璐，马融. 马融教授对小儿癫痫外治法的探讨与见解 [J]. 中国中西医结合儿科学，2019，11（4）：287–290.

一百三十六、疏风止痉方对耐药癫痫大鼠发作行为及 NF‑κB 通路影响

目的： 基于 NF‑κB 通路探讨疏风止痉方对耐药性癫痫大鼠的发作机制。

方法： 健康幼龄 SD 大鼠 100 只，随机选取 10 只作为正常组大鼠，其余 90 只用于匹罗卡品点燃癫痫模型，将点燃成功的癫痫模型大鼠通过 2 周卡马西平、2 周丙戊酸钠预处理后仍有癫痫发作的大鼠作为耐药性癫痫模型。将耐药性癫痫模型大鼠随机分 5 组，分别予卡马西平（CBZ）、特异性抑制剂（PDTC）、卡马西平联合疏风止痉方低剂量、卡马西平联合疏风止痉方中剂量、卡马西平联合疏风止痉方高剂量灌胃治疗 28 天。正常对照组生理盐水按 10mg/kg，CBZ 组卡马西平按 15mg/kg，PDTC 组先后予 NF‑κB 特异性抑制吡咯烷二硫代氨基甲酸盐（PDTC）75mg/kg，卡马西平 15mg/kg，疏卡低组先后予低剂量疏风止痉方按生药含量 2g/mL 配置成溶液 10mL/kg，卡马西平 15mg/kg，疏卡中组先后予中剂量疏风止痉方按生药含量 4g/mL 配置成溶液 10mL/kg，卡马西平 15mg/kg，疏卡高组先后予高剂量疏风止痉方按生药含量 6g/mL 配置成溶液 10mL/kg，卡马西平 15 mg/kg。各组大鼠均每天灌胃 2 次，连续 28 天。观察大鼠癫痫发作情况，免疫组化法检测及免疫印记蛋白（Westernblot）法检测核转录因子 κB（NF‑κB）、P 糖蛋白（P‑gp）及 NF‑κB 信号通路上下游细胞因子的表达。

结果： 正常组大鼠未见发作，海马 NF‑κB、P‑gp 及相关炎性因子表达最低。与正常组比较，CBZ 组、PDTC 组、疏卡联合组发作次数减少（$P<0.01$），各实验组 NF‑κB、P‑gp 及相关炎性因子表达增强（$P<0.05$）。与 CBZ 组比较，PDTC 组、疏卡高组发作次数明显减少（$P<0.01$），疏卡高组发作级别降低（$P<0.05$），

发作时间无差异（$P > 0.05$），NF－κB、P－gp 及相关炎性因子表达降低（$P <$ 0.01），PDTC 组在降低 NF－κB 方面更有优势。与 PDTC 组比较，疏卡高组发作次数减少（$P < 0.05$），发作级别降低（$P < 0.05$），NF－κB、P－gp 表达增强（$P <$ 0.01），相关炎性因子表达降低（$P < 0.05$），CBZ 组发作次数增多、发作级别升高（$P < 0.05$），NF－κB、P－gp 表达增强（$P < 0.01$），相关炎性因子表达无差异（$P > 0.05$）。

结论：疏风止痉方可以减少耐药性癫痫模型大鼠发作次数、减轻发作级别，对发作持续时间无影响，其机制可能与疏风止痉方抑制相关炎性因子的表达，下调 NF－κB、P－gp 水平有关。

摘自：闫融，张喜莲，戎萍，等. 疏风止痉方对耐药癫痫大鼠发作行为及 NF－κB 通路影响 [J]. 辽宁中医药大学学报，2019，21（10）：47－51＋225.

一百三十七、马融从脾胃论治小儿癫痫验案1则

马融教授善于运用钱乙的脏腑论治思想辨证论治小儿癫痫，本例病案是其从脾胃进行论治。

马融教授认为本病为本虚标实之证，本虚即先天禀赋不足、后天脾胃失调，标实即临床所表现的肝风痰热之症状。因此，治疗既要注意豁痰息风，又要考虑调和脾胃，做到标本兼顾。此案中，患儿初诊辨证为胆郁痰扰证，治宜和解少阳，镇惊安神，方用柴桂龙牡汤加减。方中柴胡、桂枝、黄芩和里解外，龙骨、牡蛎、煅磁石、全蝎、僵蚕平肝息风止痉，党参、白芍、砂仁、干姜健脾和胃降逆，甘草调和诸药，共达和解清热、镇惊安神之功。二诊患儿纳少，寐安，盗汗，偶鼻塞，小便调、大便溏，3~4 次/天，色绿，考虑患儿系因表证未解、邪热入里所致，治以清泄里热，解肌散邪，方用葛根芩连汤加减。方中葛根既能解表退热，又能升脾胃清阳之气而治下利，黄连、黄芩清热燥湿，厚肠止利，甘草调和诸药，共奏清泄里热，解肌散邪之效。三诊时患儿偶有腹胀，查腹部彩超示胃肠积气。纳少，寐欠安、易惊醒，小便调，大便量少，味重，1 次/天。马教授认为，患儿属湿滞脾胃、脾胃不和之证，治以燥湿运脾、行气和胃，方用平胃散加减。方中苍术燥湿健脾，厚朴芳

香苦燥，以行气除满化湿，与苍术相伍，行气以除湿，燥湿以运脾，陈皮理气和胃，燥湿健脾，加入白术配合苍术，守而不走，一散一补，强化补脾效果，茯苓味甘淡，性平，可健脾利水渗湿，清半夏和胃降逆；全蝎祛风止痉，甘草调和诸药，共奏燥湿健脾、理气和胃、祛风止痉之功。

摘自：谷少红，郦涵，闫融，等. 马融从脾胃论治小儿癫痫验案 1 则［J］. 湖南中医杂志，2019，35（9）：96 - 97.

一百三十八、基于脑肠轴理论探讨中医从肝脾论治癫痫研究进展

癫痫是一种常见的神经系统疾病，现普遍认为谷氨酸和 γ - 氨基丁酸递质系统的失衡是癫痫发生和发展的主要病理生理学机制，但也有越来越多的研究开始关注其他机制如脑 - 肠轴在癫痫发病的作用。在中医理论体系中，癫痫的病机核心在于痰气逆乱，临床常从肝脾论治。文章通过结合现代医学脑肠轴理论与癫痫等相关研究，以探讨中医从肝脾论治癫痫与脑肠轴理论的异曲同工之处。

癫痫的病机关键为痰气逆乱，在中医理论体系中，肝气疏泄调畅是保障脾胃和神志功能正常的前提，肝经之循行上至巅顶，下至胃肠，是脑肠沟通必不可少的通道，同时，脾为生痰之源，脾胃运化不利，可生痰浊蒙蔽神窍，发而为病，若邪结胃肠，还可直接导致神志逆乱。因此，中医治疗癫痫常从肝脾论治。同时，许多实验研究证实了从肝脾论治法对脑肠交互通路有所影响，在一定程度上证实了中医药调补肝脾法与现代医学脑肠轴理论的相关性。

摘自：施茜馨，马融，张喜莲，等. 基于脑肠轴理论探讨中医从肝脾论治癫痫研究进展［J］. 中华中医药杂志，2019，34（10）：4761 - 4764.

一百三十九、熄风胶囊对匹罗卡品致痫大鼠电压门控性钠通道功能的影响

目的： 研究中药复方熄风胶囊对氯化锂 - 匹罗卡品致痫大鼠海马神经细胞电压

门控性钠通道（VGSC）功能的影响。

方法： 将 60 只大鼠随机分成两大组，空白组 10 只，其余 50 只建立氯化锂 – 匹罗卡品致痫大鼠模型。将模型大鼠随机分为模型组、熄风胶囊低剂量治疗组（熄低组）、熄风胶囊中剂量治疗组（熄中组）和熄风胶囊高剂量治疗组（熄高组）。熄低组、熄中组和熄高组大鼠分别每天上午灌胃不同剂量熄风胶囊浓缩剂 2mL 1 次；模型组和空白组大鼠，分别每天上午灌胃生理盐水 2mL 1 次，共持续 60 天。通过全细胞膜片钳检测海马神经细胞 VGSC 功能的变化。

结果： ①成功复制氯化锂 – 匹罗卡品大鼠模型。与模型组比较，熄高组、熄中组和熄低组发作次数均低于模型组（$P < 0.01$），而熄风胶囊治疗组中，随剂量增加发作次数逐渐减少，其中熄高组和熄低组比较差异有统计学意义（$P < 0.05$）。②全细胞膜片钳记录钠电流结果：与空白组比较，各组的钠电流密度明显增加、激活曲线阈值下降、失活曲线阈值上升、失活后恢复时间缩短，差异有统计学意义（$P < 0.01$）；与模型组相比较，各熄风胶囊治疗组的钠电流密度下降、激活曲线阈值上升、失活曲线阈值下降、失活后恢复时间延长，差异有统计学意义（$P < 0.01$）；各治疗组间比较，从电流 – 电压曲线可见，熄高组和熄中组相比有随剂量增加而电流下降趋势，但无统计学意义（$P > 0.05$），而熄高组、熄中组分别与熄低组比较有显著性差异（$P < 0.01$）；激活曲线和失活可见各中药治疗组之间，随剂量升高电流有下降趋势，提示治疗后激活和失活阈值有上升趋势，但各治疗组间无统计学意义（$P > 0.05$）；失活后恢复曲线可见总体上随剂量升高恢复时间有延长趋势，但各治疗组间无统计学意义（$P > 0.05$）。

结论： 熄风胶囊通过减少 VGSC 电流，增强 VGSC 失活，抑制失活后的恢复，延长恢复时间来达到降低 VGSC 异常活化的作用，从而降低癫痫反复自发性发作，这可能是其作用机制之一。

摘自：路岩莉，房艳艳，李新民，等. 熄风胶囊对匹罗卡品致痫大鼠电压门控性钠通道功能的影响［J］. 天津中医药，2019，36（10）：1001 – 1005.

一百四十、温肾助阳法治疗儿童难治性癫痫的若干思考

儿童难治性癫痫多表现为两大特点：一为顽痰留滞经脉不易剔除则癫痫发作反

复不已，二是顽痰阻于清窍多伴有神痴呆傻。其根本原因在于久病及肾，肾阳衰疲，气化失司，顽痰内伏。多由于小儿先天禀赋不足、元气不充、癫痫久发频发等原因戕害了儿童的生生之气，日久伤阳，肾阳衰疲则炉中无火，无法鼓动全身阳气的气化功能障碍，则痰液留着而形成顽痰，祛而复生，胶结不化。其治疗关键在于温肾助阳，豁痰定痫。要重视温肾助阳药物在儿童难治性癫痫治疗中的作用研究。

摘自：陈汉江，马融. 温肾助阳法治疗儿童难治性癫痫的若干思考 [J]. 中华中医药杂志，2019，34（11）：5175-5177.

一百四十一、疏风止痉方对耐药性癫痫大鼠脑组织 NF-κBp65表达的影响及脑脊液卡马西平浓度影响

目的： 通过观察疏风止痉方对耐药性癫痫大鼠脑组织 NF-κBp65 表达的影响及脑脊液卡马西平药物浓度的影响，探讨中药复方治疗难治性癫痫的作用机制。

方法： 应用氯化锂-匹罗卡品点燃癫痫大鼠模型，将成功点燃的癫痫模型大鼠先经过14天丙戊酸钠预处理，筛选出每周发作次数大于10次的大鼠，作为耐丙戊酸钠癫痫大鼠。再将耐丙戊酸钠癫痫大鼠经过14天卡马西平预处理，筛选出每周发作次数大于10次的癫痫大鼠，作为耐药性癫痫模型大鼠。将未造模大鼠定为正常对照组，将造模大鼠随机分为耐药模型组、阳性对照组、疏风止痉方低剂量组、疏风止痉方中剂量组、疏风止痉方高剂量组，总共6组，每组10只。①正常对照组：生理盐水按1次10mL/kg，灌胃，每天2次。②耐药模型组：卡马西平按1次15mg/kg，灌胃，每天2次。③阳性对照组：先后予 NF-κB 特异性抑制吡咯烷二硫代氨基甲酸盐（PDTC）1次75mg/kg、卡马西平1次15mg/kg，灌胃，两种药物间隔30分钟，每天2次。④疏风止痉方低剂量组：先后予低剂量疏风止痉方按生药含量2g/mL配置成溶液1次10mL/kg、卡马西平1次15mg/kg，灌胃，两种药物间隔30分钟，每天2次。⑤疏风止痉方中剂量组：先后予中剂量疏风止痉方按生药含量4g/mL配置成溶液1次10mL/kg、卡马西平1次15mg/kg，灌胃，两种药物间隔30分钟，每天2次。⑥疏风止痉方高剂量组：先后予高剂量疏风止痉方按生药含量6g/mL配置成溶液1次10mL/kg、卡马西平1次15mg/kg，灌胃，两种药物间隔30

分钟，每天 2 次。灌胃治疗 28 天后，采用免疫组化法和 Westernblot 法检测海马 NF－κBp65 的分布表达，微透析技术联合高效液相色谱法采取并检测大鼠脑脊液的卡马西平浓度。

结果： 除正常对照组外的其他各组脑脊液卡马西平浓度均高于耐药模型组，与阳性对照组比较差异有统计学意义（$P < 0.01$）；与阳性对照组比较，疏风止痉方各剂量组脑脊液卡马西平浓度虽均降低，但与疏风止痉方高剂量组比较无统计学差异（$P > 0.05$）；疏风止痉方各组随着中药剂量的增加，脑脊液中卡马西平浓度呈递增趋势，但 3 组之间无统计学差异（$P > 0.05$）。

结论： 中药复方疏风止痉方联合卡马西平，通过调节耐药性癫痫大鼠脑内 NF－κBp65 炎症信号通路，抑制 P－gp 的过度表达，从而能够提高耐药性癫痫大鼠脑脊液中卡马西平的药物浓度，而且随着中药剂量的增加卡马西平浓度呈递增的趋势。

摘自：戎萍，闫融，马茗晗，等. 疏风止痉方对耐药性癫痫大鼠脑组织 NF－κBp65 表达的影响及脑脊液卡马西平浓度影响 ［J］. 天津中医药，2019，36（11）：1116－1120.

一百四十二、茸菖胶囊预处理对致痫大鼠抗惊厥行为的影响

目的： 通过茸菖胶囊预处理干预戊四唑诱导癫痫大鼠抗惊厥行为的影响。

方法： 将 SD 大鼠随机分正常组、模型组、丙戊酸钠组、茸菖胶囊组。模型组在腹腔注射前给予生理盐水灌胃，丙戊酸钠组和茸菖胶囊组亦在腹腔注射前给予预治疗量灌胃，随后进行 PTZ 腹腔注射。模型组、丙戊酸钠组、茸菖胶囊组均采用 PTZ 慢性点燃动物模型，1 日 1 次，注射后 30 分钟内观察大鼠行为学变化，连续 28 天。正常组腹腔注射等剂量生理盐水。随后对各组体重、惊厥行为学、惊厥潜伏期、使用 Morris 水迷宫实验法对空间学习记忆能力等进行统计学分析。

结果： ①惊厥潜伏期比较：预处理结束后，茸菖胶囊组、丙戊酸钠组惊厥潜伏期均要长于模型组（$P < 0.05$）。②逃避潜伏期的比较：随着训练时间延长，各组逃避潜伏期变化情况不一，到训练第 4 天，模型组、丙戊酸钠组逃避潜伏期较正常组和茸菖胶囊组明显延长（$P < 0.05$）。③跨越平台次数的比较：茸菖胶囊组跨越平台

数均明显高于正常组、模型组、丙戊酸钠组（$P < 0.05$）。

结论：通过预处理给药的方法，可以明显提高致痫大鼠惊厥潜伏期，减轻发作程度，并能提高致痫大鼠认知功能，但影响致痫大鼠体重轻微变化。

摘自：朴香，王伟，陈汉江，等. 菖蒲胶囊预处理对致痫大鼠抗惊厥行为的影响［J］. 时珍国医国药，2019，30（9）：2084-2086.

一百四十三、小儿癫痫"痰伏脑络，气逆风动"病机论

首次提出"痰伏脑络，气逆风动"为小儿癫痫的核心病机。①痰伏脑络为癫痫的病理基础：痰邪的生成或因脾气虚弱，运化失常，水聚为痰；或因肾气不足，肾阳虚损，致气化失常，温煦失职，水泛为痰。②气机逆乱为其发作的始动因素：发热、疲劳、精神刺激、饮食不当等诱因触动伏痰，致气机逆乱，痰随气逆，阻滞脏腑气机升降之路，蒙蔽清窍，阻滞经络，发为癫痫。③窍蒙风动为其发作的主要症状：临床表现可概括为"窍蒙""风动"两大类主要症状。"窍蒙"主要为痰气逆乱，上蒙清窍，神明失司，故出现"突然仆倒，昏不识人"等表现；"风动"为痰气逆乱，阻滞经络，筋脉失养，引动肝风，故出现"两目上视，肢体抽搐，惊掣啼叫"等表现。④豁痰开窍，顺气息风为其基本治法：因癫痫病机关键为痰气逆乱，窍蒙风动，因此顺气、豁痰、息风为本病的基本治法。气逆痰扰则痫作，气顺痰静则痫止，故顺气宜为先；气机调顺，痰邪自有出路，痰消风平则痫自止。

摘自：马融，张喜莲. 小儿癫痫"痰伏脑络，气逆风动"病机论［J］. 中医杂志，2020，61（1）：79-81.

一百四十四、马融从肾论治月经性癫痫验案

月经性癫痫与月经周期相关，其迁延性和反复性严重影响女性癫痫患儿的生活和学习。马融教授根据月经性癫痫与月经周期的关系及儿童"肾常虚"生理特点，结合"肾-骨-髓-脑"理论，辨病与辨证相结合，提出从肾论治月经性癫痫的学术思想。其认为本病病机关键为肾精亏虚、风痰上扰，临床治以豁痰息风、补肾调

周法，方选自拟涤痰汤加减治疗，取得良好临床疗效。

本案癫痫发作特点为月经期间发作，表现为意识丧失、双目上视、口唇发绀、喉间痰鸣、口角流涎、全身僵直伴抽搐，舌红，苔白腻，脉弦细滑，证属肾精亏虚，风痰上扰。经行时血海、肾精亏虚，肾气不足，则阴阳转化不利，风痰涌动，内扰神明则意识丧失、喉间痰鸣；外闭经络则全身僵直抽搐。治宜涤痰息风，补肾调周。方中重用熟地黄填肾精、补肾阴，为君药；山药补脾肾且固肾，山萸肉补肝肾且涩精，共为臣药；茯苓、泽泻利湿，泄肾浊，助山药之健运；清半夏、石菖蒲、胆南星、天麻、全蝎、枳壳涤痰开窍，息风止痉；铁落花、煅青礞石、煅磁石镇肝息风；当归补血和血，调经止痛，川芎为血中气药，可行气活血，下行可达血海，具有补血调经功效，二者均为血药，与党参联用可达补中益气、补血调血调经之效；甘草调和诸药。诸药合用，共奏涤痰息风、补肾调周之功。

摘自：李孟权，张喜莲，马融. 马融从肾论治月经性癫痫验案 [J]. 中国中医药信息杂志，2020，27（3）：124 – 125.

一百四十五、茸菖胶囊预处理对致痫大鼠血脑屏障超微结构及 claudin – 5 蛋白的影响

目的：观察茸菖胶囊预处理对癫痫大鼠血脑屏障（BBB）超微结构及 claudin – 5 蛋白的影响。

方法：将 60 只 SD 大鼠随机分为正常组、模型组、西药组、中低组、中中组和中高组 6 组，每组 10 只。采用 PTZ 慢性点燃动物模型，茸菖胶囊预处理即采用造模同时分别予以各组相应的中西药药液预处理干预，预处理剂量分别为治疗量的 1/2，2 次/日，连续 28 天。预处理后各组均予相应治疗量继续治疗 28 天。电镜观察各组大鼠海马 BBB 超微结构，伊文思蓝（EB）法观察海马 BBB 通透性及免疫组化法测定 claudin – 5 表达。

结果：电镜下中药各组大鼠海马 BBB 超微结构损伤程度均低于模型组，中药各组和西药组海马 EB 浓度均低于模型组（$P < 0.05$）；中药各组大鼠海马 EB 浓度表达与西药组比较，差异无统计学意义（$P > 0.05$）；中药各组和西药组大鼠海马 claudin－5 表达均低于模型组（$P < 0.05$），中低组大鼠海马 claudin－5 表达低于西药组（$P < 0.05$），中中组和中高组与西药组比较，差异无统计学意义（$P > 0.05$）。推测从而达到改善癫痫大鼠认知功能的作用。

结论：通过茸莒胶囊预处给药的方法，可能通过降低 claudin－5 蛋白表达修复海马 BBB 超微结构，改善海马记忆功能。

摘自：工伟，刘向亮，陈汉江，等. 茸莒胶囊预处理对致痫大鼠血脑屏障超微结构及 claudin－5 蛋白的影响［J］. 辽宁中医杂志，2020，47（6）：195－199

附 1

相关课题及获奖项目

一、科研课题

（一）国家级课题

[1] 国家自然科学基金面上项目。基于 BDNF/ERK 信号通路研究中药复方改善幼年大鼠癫痫后认知障碍的突触可塑性机制。（编号：30973772）。经费：35 万。研究时间：2010.1～2012.12。负责人：马融。

[2] 国家自然科学基金青年基金项目。填精充髓、豁痰息风法调控癫痫后神经发生改善认知障碍的分子机制研究。（编号：81001539）。经费：20 万。研究时间：2011.1～2013.12。负责人：杨常泉。

[3] 国家自然科学基金项目。中药复方对发育期大鼠惊厥性脑损伤神经保护作用的分子机制研究。（编号：81173301）。经费：60 万。研究时间：2012.1～2014.12，负责人：马融。

[4] 国家自然科学基金面上项目。益肾填精对发育期大鼠惊厥性脑损伤神经保护作用的自噬调控机制研究。（编号：81373691）。经费：70 万。研究时间：2014.1～2017.12。负责人：马融。

[5] 国家自然科学基金面上项目。基于多药转运体及钠通道的中药复方干预难治性癫痫大鼠耐药机制的研究。（编号：81373690）。经费：73 万。研究时间：2014.1～2017.12。负责人：李新民。

［6］国家自然科学基金面上项目。基于 DHEA 抗 NMDA 受体活化途径研究茸菖胶囊对雌激素诱导月经性癫痫的干预机制。（编号：81574018）。经费：59 万。研究时间：2016. 1 ~ 2019. 12。负责人：马融。

［7］国家自然科学基金青年基金项目。基于 NF – κB 炎症信号通路探讨疏风止痉方逆转耐药性癫痫大鼠的机制。（编号：81503612）。经费：18 万。研究时间：2016. 1 ~ 2018. 12。负责人：戎萍。

［8］国家自然科学基金青年基金项目。基于"治未病"思想以益肾填精法防治癫痫大鼠认知障碍机制研究。（编号：81603659）。经费：18 万。研究时间：2017. 1 ~ 2019. 12。已结题。申请人：王伟。

［9］国家自然科学基金面上项目。基于斑马鱼模型探讨熄风胶囊治疗癫痫的时 – 量 – 效 – 毒关系。（编号：81674022）。经费：57 万。研究时间：2017. 1 ~ 2020. 12。负责人：戎萍。

［10］国家自然科学基金青年基金项目。基于"惊风三发便为痫"理论探讨加味银翘散调控 HMGB1 防治癫痫发生的免疫调节机制研究。（编号：81904251）。经费：20 万。研究时间：2020. 1 ~ 2022. 12。在研。申请人：陈汉江。

（二）省部级课题

［1］天津市科技发展计划重点项目。抗痫增智颗粒治疗小儿癫痫伴智力低下的研究。（编号：043113711）。经费：40 万。研究时间：2004 ~ 2007。负责人：马融。

［2］天津市自然科学基金重点项目。茸菖胶囊改善癫痫模型大鼠认知功能的分子机制研究。（编号：10JCZDJC20600）。经费：20 万。研究时间：2010. 4 ~ 2013. 3。负责人：马融。

［3］高等学校博士学科点专项科研基金。茸菖胶囊调控癫痫后神经发生改善认知障碍的分子机制研究。（编号：2010121011003）。经费：8 万。研究时间：2011. 1 ~ 2013. 12. 负责人：马融。

［4］天津市社会发展计划应用基础研究面上项目。熄风胶囊对癫痫大鼠海马损伤及多药耐药蛋白的影响。（编号：08JCYDJC10900）。经费：10 万。研究时间：2008. 4 ~ 2010. 9. 负责人：李新民。

[5] 天津市高等学校科技发展基金重点项目。熄风胶囊对癫痫大鼠反复自发性发作及海马损伤的影响。（编号：2006ZD03）。经费：10 万。研究时间：2006.11 ~ 2009.10。负责人：李新民。

[6] 天津市自然科学基金面上项目。茸菖胶囊调控癫痫后神经发生改善认知障碍的分子机制。（编号：11JCYBJC12300）。经费：10 万。研究时间：2011.4 ~ 2014.3。负责人：杨常泉。

[7] 国家中医药管理局中医药标准化项目。小儿癫痫中医诊疗指南（修订）（编号：SATCM－2015－BZ012）。经费：25 万。研究时间：2014.12 ~ 2016.7。已结题。负责人：马融。

[8] 国家中医药管理局中医药标准化项目。小儿癫痫中医诊疗指南。（编号：ZYYS－2009［0004］－13）。经费：3 万。研究时间：2009.9 ~ 2010.10。负责人：马融。

[9] 天津市高等学校科技发展基金计划项目。基于海马钠通道探讨中药治疗难治性癫痫机制研究。（编号：201202024）。经费：4 万。研究时间：2014.1 ~ 2016.10。负责人：路岩莉。

[10] 吴阶平医学基金。抗痫增智颗粒治疗小儿癫痫强直－阵挛性发作伴智力低下的研究。（编号：043113711）。经费：3 万。研究时间：2004.8 ~ 2006.8。负责人：马融。

[11] 吴阶平医学基金。益肾填精法对小儿癫痫强直－阵挛性发作伴智力低下的研究。经费：4 万。研究时间：2004 ~ 2007。负责人：马融。

[12] 吴阶平医学基金。熄风胶囊对癫痫患儿卡马西平血药浓度影响的研究。（编号：320.6750.10068）。经费：3 万。研究时间：2010.8 ~ 2013.8。负责人：李新民。

（三）局级课题

[1] 天津市中医药管理局中医、中西医结合科研专项课题。基于"甘淡养阴"法的百合麦冬汤在儿童癫痫中的临床应用研究，经费：2 万。研究时间：2013.10 ~ 2015.09。负责人：张喜莲。

[2] 天津市中医药管理局中医、中西医结合科研专项课题。熄风胶囊协同卡马

西平治疗难治性癫痫大鼠的实验研究，经费：2万。研究时间：2013.10～2015.09。负责人：戎萍。

二、科研获奖项目

[1]"益肾填精法"治疗小儿脑病的研究。

2011年度天津市科技进步奖公益类一等（编号：2011JB－1－005－R1）。

完成人：马融、李新民、张喜莲、魏小维、杨常泉、李亚平、刘璇、施畅人、戎萍、于建春、晋文蔓、董承超。

[2]益肾填精法治疗小儿癫痫伴认知障碍的研究。

2015年度中国中医药研究促进会科技进步一等奖（KJ2015－1－02－13）。

完成人：马融、李新民、张喜莲、戎萍、施畅人、杨常泉、王伟、晋文蔓、魏小维、于建春、董承超、唐温。

[3]熄风胶囊治疗小儿癫痫强直－阵挛性发作的临床与实验研究。

2004年天津市科技进步二等奖（编号：2003JB－2－047－R1）。

完成人：马融、李新民、魏小维、张喜莲、杨常泉、熊杰、孙希焕、刘玉珍。

[4]茸菖胶囊抗痫益智作用及其神经生化机制的研究。

2010年度中华中医药学会科学技术二等奖（编号：201002－23 LC－43－R－01）。

完成人：马融、李新民、杨常泉、张喜莲、施畅人、于建春、戎萍、姚凤莉、刘薇薇、刘玉珍。

[5]抗痫胶囊对癫痫小鼠海马一氧化氮合酶及DNA、RNA的影响。

2002年获中国人民武装警察部队科技进步二等奖（编号：2001－2－14－2）。

完成人：熊杰、马融、李新民、李积盛、杨常泉。

[6]儿童癫痫证候规律及中药干预的神经生化机制。

2006年2月获天津市科学技术进步三等奖（编号：2005JB－3－073－R1）。

完成人：马融、李新民、张德芹、姚凤莉、杨常泉、魏小维、田淑霞、张喜莲。

[7]抗痫增智颗粒治疗小儿癫痫伴智力低下的研究。

2009 年度天津市科学技术进步三等奖（编号：2009JB – 3 – 061 – R1）。

完成人：马融、李新民、杨常泉、张喜莲、施畅人、于建春、吴上彬、姚凤莉。

[8] 熄风胶囊治疗小儿癫痫强直 – 阵挛性发作的临床与实验研究。

2004 年获中华中医药学会 2003 年度科技进步三等奖（编号：200303 LC – 018 – 43）。

完成人：马融、李新民、魏小维、张喜莲、杨常泉、熊杰、孙希焕、刘玉珍。

[9] 小儿抗痫胶囊治疗儿童癫痫及其神经生化机制的研究。

2006 年 12 月获中国中西医结合学会科学技术三等奖（编号：20060322L01）。

完成人：马融、李新民、李少川、杨常泉、姚凤莉、魏小维、田淑霞、张喜莲、李向农、胡思源、张德芹。

[10] 小儿抗痫胶囊治疗小儿癫痫的临床及实验研究。

1996 年获天津市科委三等奖（95C – 3 – 114 – 3）。

完成人：李少川、陈宝义、马融、李新民、王琦、胡思源、李向农、向阳、邱静宇、马秀华、孙希焕。

附 2

小儿癫痫中医诊疗指南

《中医儿科常见病诊疗指南·癫痫》（2010）

ZYYXH/T265－2010

癫 痫

1 范围

本指南提出了癫痫的诊断、辨证、治疗建议。

本指南适用于 18 周岁以下人群癫痫的诊断和治疗。

2 术语和定义

下列术语和定义适用于本指南。

癫痫 epilepsy

癫痫是以突然仆倒，昏不识人，口吐涎沫，两目上视，肢体抽搐，惊掣啼叫，喉中发出异声，片刻即醒，醒后如常人为特征，具有反复发作特点的一种疾病。

3 诊断

3.1 临床表现[1]

发作前可有头晕、胸闷、惊恐尖叫、恶心、腹部不适、心神不宁、幻听或幻视等不同发作前兆，以起病急骤、时间短暂、可自行缓解、醒后如常人、反复发作为特点，发作后可有朦胧、嗜睡、Todds 麻痹、头痛，或恢复正常等不同表现，部分患儿表现为局部抽搐、无意识障碍，或仅有腹部不适等症。反复发作可造成患儿不同程度的认知、心理、社会功能障碍。

3.2 既往史和家族史

可有围产期脑损伤病史，少数可有热性惊厥史、外伤史、中枢神经系统感染、肿瘤和手术病史、中毒史等。家族中可有热性惊厥、癫痫、遗传代谢性疾病史等。

3.3 诱因

部分癫痫发作可有明显的诱因，如：发热、过度换气、睡眠不足、情感波动、饥饿或过饱，以及视觉刺激、听觉刺激、前庭刺激、触觉或本体觉刺激等。

3.4 实验室及特殊检查[2]

脑电图：普通脑电图、动态脑电图、视频脑电图。出现棘波、尖波、棘－慢复合波者，有助于本病诊断。

颅脑影像学检查：电子计算机 X 线体层扫描（CT）、磁共振成像技术（MRI）、单光子发射性 CT（SPDCT）及正电子发射性 CT（PDT）。当临床表现提示为局灶性发作或局灶－继发全面性发作的患儿，经检查可能发现肿瘤、畸形等颅内病灶。

3.5 需与癫痫鉴别的病种[2]

睡眠障碍，抽动秽语综合征，屏气发作，晕厥，癔病，遗传代谢性疾病等。

4 辨证

4.1 惊痫证

起病前常有惊吓史，发作时惊叫、吐舌、急啼、惊惕不安、神志恍惚、面色时红时白、四肢抽搐、神昏，平素胆小易惊、精神恐惧或烦躁易怒、寐中不安，舌淡红，舌苔白，脉弦或脉乍大乍小，指纹青。

4.2 痰痫证

发作时瞪目直视，喉中痰鸣，痰涎壅盛，四肢抽搐或局部抽动，或抽搐不甚明显，意识丧失、神志恍惚、失神，或可头痛、腹痛、肢体疼痛，平素面色少华，口黏多痰，胸闷呕恶，可伴有智力低下，舌淡红，苔白腻，脉滑。

4.3　风痫证

常由外感发热起病，以反复发作为特点，发作时突然仆倒，两目上视或斜视，牙关紧闭，口吐白沫，口唇及面部色青，颈项强直，全身强直或阵挛或四肢抽搐，神志不清，舌淡红，苔白腻，脉弦滑。

4.4　瘀血痫证

既往产伤病史和（或）脑外伤病史和（或）颅脑感染史，发作时头部晕眩，单侧或四肢抽搐，抽搐部位固定，或肢体麻木，或头部刺痛，痛有定处。年长女孩的发作往往与月经周期有关，行经前易发作，平素易见胸胁少腹胀满。舌紫暗或有瘀点，苔少，脉涩，指纹沉滞。

4.5　脾虚痰盛证

表现为发作次数频繁，反复发作，抽搐无力，平素面色无华，时作头晕，神疲乏力，胸脘痞闷，泛恶易呕，咯吐痰涎，食欲欠佳，大便稀薄，舌淡，苔腻，脉细软，指纹淡红。

4.6　脾肾两虚证

以发病年久，屡发不止为特点，发作时多以瘛疭抖动为主要表现，平素时有头晕，腰膝酸软，四肢不温，睡眠不宁，神疲乏力，少气懒言，体质较差，可伴有智力发育迟滞，大便稀薄，舌淡或淡红，苔白，脉沉细无力，指纹淡红。

5　治疗

5.1　治疗原则

癫痫的治疗，宜分标本虚实，实证以治标为主，着重豁痰顺气，息风定痫；虚证以治本为重，宜健脾化痰，柔肝缓急；癫痫持续状态可用中西药配合抢救。对于反复发作，单纯中药治疗效果欠佳者，可配合针灸等方法综合治疗。

本病治疗时间较长，一般认为在临床症状消失后，仍应服药 2～3 年，如遇青春期则再延长 1～2 年，方可逐渐停药，切忌骤停抗癫痫药物。癫痫发作基本控制后，可将抗癫痫中药汤剂改为丸剂、散剂或糖浆剂，服用较为方便，易于长期用药。

5.2 分证论治

5.2.1 惊痫证（推荐级别：D）

治法：镇惊安神定惊。

主方：镇惊丸（《证治准绳》）加减。

常用药：茯神、麦冬、朱砂、远志、菖蒲、酸枣仁、人工牛黄、胡黄连、珍珠、胆南星、钩藤、天竺黄、水牛角、甘草。

加减：发作频繁者，加蜈蚣、全蝎、僵蚕、白芍；夜间哭闹者，加煅磁石、琥珀；头痛者，加菊花、石决明。

注意：朱砂用量需慎重，一般每日0.5g研末冲服为宜，服药时间应控制在1个月以内。

5.2.2 痰痫证（推荐级别：D）

治法：豁痰开窍顺气。

主方：涤痰汤（《严氏易简归一方》）加减。

常用药：胆南星、半夏（制）、枳实、茯苓、橘红、菖蒲、人参、竹茹、甘草。

加减：点头、发作频繁者，加天竺黄、琥珀、莲子心；头痛者，加菊花、苦丁茶；腹痛者，加白芍、甘草、延胡索、川楝子；呕吐者，加赭石、竹茹。

5.2.3 风痫证（推荐级别：D）

治法：平肝息风止痉。

主方：定痫丸（《医学心悟》）加减。

常用药：天麻、浙贝母、胆南星、半夏（制）、陈皮、茯苓、茯神、丹参、麦冬、菖蒲、远志、全蝎、僵蚕、琥珀、朱砂。

加减：高热者，加石膏、连翘、黄芩；大便秘结者，加大黄、芒硝、芦荟；烦躁不安者，加胡黄连、淡竹叶。

5.2.4 瘀血痫证（推荐级别：D）

治法：活血化瘀通窍。

主方：通窍活血汤（《医林改错》）加减。

常用药：赤芍、川芎、桃仁、郁金、大枣、红花、老葱、生姜、麝香。

加减：头痛剧烈、皮肤枯燥色紫者，加三七、阿胶、丹参、五灵脂；大便秘结者，加火麻仁、芦荟。

5.2.5　脾虚痰盛证（推荐级别：D）

治法：健脾化痰。

主方：六君子汤（《世医得效方》）加减。

常用药：人参、炙甘草、茯苓、白术、陈皮、半夏（制）。

加减：大便稀薄者，加山药、白扁豆、广藿香；纳食少者，加焦六神曲、焦山楂、焦麦芽、砂仁、鸡内金。

5.2.6　脾肾两虚证（推荐级别：D）

治法：补益脾肾。

主方：河车八味丸（《幼幼集成》）加减。

常用药：紫河车、地黄、牡丹皮、泽泻、鹿角、茯苓、山药、附子、桂枝、五味子、麦冬。

加减：抽搐频繁者，加鳖甲、白芍；智力迟钝者，加益智仁、菖蒲；大便稀薄者，加白扁豆、炮姜。

5.3　中成药

医痫丸：成人剂量：口服，每服 3g，每日 2~3 次，小儿酌减。用于诸痫时发，二目上窜，口吐涎沫，抽搐昏迷。（推荐级别：D）[1]

镇痫片：成人剂量：口服，每服 4 片，每日 3 次，饭前服用。儿童酌减或遵医嘱。用于癫狂心乱，痰迷心窍，神志昏迷，四肢抽搐，口角流涎。（推荐级别：D）[3]

琥珀抱龙丸：每丸重 1.8g。开水化服，每服 1 丸，每日 2 次；婴儿每次 1/3 丸化服。用于发热抽搐，烦躁不安，痰喘气急，惊痫不安。（推荐级别：D）[4]

5.4　针灸疗法

体针：人中、太冲，针刺，泻法；百会、风池、内关，针刺，平补平泻；足三里，针刺，补法。留针 30 分钟，每 10 分钟行针 1 次。每天针刺 1 次，8 日为 1 个疗程，休息 2 日后可进行第 2 个疗程。瘀血痫加刺三阴交；痰痫配丰隆；惊痫加刺神门；癫痫昼发者加刺申脉，夜发者加刺照海。（推荐级别：D）[5]

耳针：胃、皮质下、神门、枕、心，每次选用 3~5 穴，留针 20~30 分钟，间歇捻针，或埋针 3~7 日。（推荐级别：D）[1]

5.5 埋线疗法

常用穴：大椎、腰奇、鸠尾，备用穴：翳风，每次选用2～3穴，埋入医用羊肠线，隔20日1次，常用穴和备用穴轮换使用。（推荐级别：D)[1]

参考文献

[1] 汪受传. 普通高等教育"十一五"国家级规划教材·新世纪（第二版）全国高等中医院校规划教材·中医儿科学［M］. 北京：中国中医药出版社，2007：148－153

[2] 胡亚美，江载芳. 诸福棠实用儿科学（下册）［M］.7版. 北京：人民卫生出版社，2002：1850－1864

[3] 罗笑容. 专科专病中医临床诊治丛书·儿科专病中医临床诊治［M］. 北京：人民卫生出版社，2000：556.

[4] 吴柱中. 古今中医儿科病辨治精要［M］. 北京：人民军医出版社，2007：95.

[5] 马融，张喜莲，刘玉珍，等. 针刺加熄风胶囊治疗小儿癫痫强直－阵挛性发作的临床观察［J］. 中医杂志，2001，42（5）：276－278.

《中医儿科常见病诊疗指南·小儿癫痫》（修订）
（2016）

1 范围

本指南提出了小儿癫痫的定义、诊断、辨证、治疗、预防和调护建议。

本指南适用于18周岁以下人群癫痫的诊断和治疗。

本指南适用于中医科、儿科、神经内科等相关临床医师使用。

2 术语和定义

下列术语和定义适用于本指南。

2.1 小儿癫痫 epilepsy in children

癫痫是以突然仆倒，昏不识人，口吐涎沫，两目上视，肢体抽搐，惊掣啼叫，喉中发出异声，片刻即醒，醒后如常人为特征，具有反复发作性特点的一种疾病。本病主要指西医学癫痫强直－阵挛性发作。

本病还有"痫证""痫病""痫疾""羊癫风"等名称表述。

3 诊断

3.1 既往史和家族史[1-5]

患儿既往可有宫内窘迫、早产难产、产伤、缺氧窒息等围产期脑损伤病史，新生儿惊厥史，热性惊厥史，中枢神经系统感染，脑肿瘤和脑外伤，颅内出血，精神运动发育迟滞，中毒史，神经皮肤综合征，遗传代谢病等病史。

家族中可有癫痫、热性惊厥、偏头痛、睡眠障碍、遗传代谢性疾病等病史。

3.2 临床表现[4,5]

临床表现为卒然仆倒、不省人事、两目上视、牙关紧闭、口唇紫绀、口吐涎沫、喉中痰鸣、惊掣啼叫、项背强直、角弓反张、四肢抽搐、二便失禁等，具有突发突止、时间短暂、自行缓解、醒后如常人、反复发作的特点。若一次发作持续时间超过 30 分钟，或多次发作时间超过 30 分钟，这期间意识不恢复者，为癫痫持续状态。

发作前可有头晕、胸闷、惊恐尖叫、恶心、腹部不适、心神不宁、幻听或幻视等先兆，也可无发作前兆；发作后可有朦胧、嗜睡、短暂瘫痪、头痛，或恢复正常等不同表现。部分患儿发作有明显的诱因，常见的如：发热、感染、精神高度紧张（如玩电子游戏）、疲劳、睡眠不足、过度换气、情感波动、饥饿或过饱，以及视听觉刺激、预防接种等。

患儿常伴不同程度的心理、行为、精神、认知等功能障碍，影响生活质量。

3.3　辅助检查[1-6]

脑电图：尤其长程视频脑电监测或 24 小时动态脑电图中出现棘波、尖波、棘慢波、尖慢波及多棘慢波等痫性放电对诊断具有重要价值，脑电图正常亦不能除外本病，必须结合临床是否有癫痫发作予以诊断。

神经影像学检查：电子计算机 X 线体层扫描（CT）、磁共振成像技术（MRI）可发现脑结构异常，协助明确病因。单光子发射断层扫描和正电子发射断层扫描（PET）有利于病灶的定位。

其他：血生化、脑脊液检查、遗传代谢病筛查等有助于鉴别诊断或寻找病因。

3.4　需与癫痫鉴别的病种[2-5]

偏头痛，屏气发作，晕厥，睡眠障碍，癔病，抽动障碍，舞蹈病，习惯性阴部摩擦等。

4　辨证

4.1　惊痫证[4,5]

起病前常有惊吓史；发作时惊叫、吐舌、急啼，惊惕不安，神志恍惚，面色时红时白，四肢抽搐，神昏；平素胆小易惊、精神恐惧或烦躁易怒，寐中不安。舌淡红，苔白，脉弦或脉乍大乍小，或指纹青。

4.2　痰痫证[4,5]

发作时瞪目直视，喉中痰鸣，痰涎壅盛，四肢抽搐；平素面色少华，口粘多痰，胸闷呕恶，可伴有智力低下、神识呆滞。舌淡红，苔白腻，脉滑或指纹紫滞。

4.3　风痫证[4,5]

多由外感发热引起；发作时突然仆倒，两目上视或斜视，牙关紧闭，口吐白沫，口唇及面部色青，颈项强直，全身强直或四肢抽搐，意识不清。舌红，苔白，脉弦或弦滑，或指纹浮。

4.4　瘀痫证[4,5]

既往产伤史、脑外伤史或颅脑感染史；发作时间有周期性，发作时头目晕眩，神识不清，单侧肢体或四肢抽搐，抽搐部位、形式固定，或肢体麻木，或头部刺痛、痛有定处。舌紫暗或有瘀点，苔少，脉涩或指纹沉滞。

4.5　虚痫证[4,7]

以肾精亏虚证多见。常表现为发病年久，屡发不止；发作时多以瘛疭抖动为主要表现，年长女孩发作往往与月经周期有关，月经逾期不行、行经前易发作；平素体质较差，面色无泽，时有头晕、神疲乏力，少气懒言，腰膝酸软，四肢不温，睡眠不宁，反应低下；可伴智力发育迟滞。舌淡或淡红，苔白，脉沉细无力或指纹淡红。

偏脾气虚弱者，多面色无华，神疲乏力，少气懒言，纳呆便溏，舌淡，苔腻，脉细弱或指纹淡红；偏肝肾阴虚者，多神思恍惚，面色晦暗，头晕目眩，两目干涩，健忘失眠，腰膝酸软，大便干燥，舌红少苔或少津，脉细或指纹紫滞。

5 治疗

5.1　治疗原则

癫痫的治疗，宜分标本虚实，实证以治标为主，着重豁痰、息风、顺气、定痫或镇惊、活血；虚证重在治本，以益肾填精为主，亦可辨证使用健脾益气或滋补肝肾。对于反复发作，单纯中药治疗效果欠佳者可配合使用西药、针灸等综合疗法；伴认知损害者，应注重抗痫与益智并举；合并严重精神或心理疾病者，可请相应专科协助诊治；若药物治疗无效且符合外科手术指征者可行手术治疗。

本病治疗时间较长，一般认为临床症状消失后仍应服药2～3年，如遇青春期则再延长1～2年，方可逐渐停药，切忌漏服、骤停及骤减抗痫药物，以免癫痫反复或加重。癫痫发作基本控制后，可将抗痫中药汤剂改为颗粒剂、膏方等剂型，便于服用及减停。本病治疗药物中部分矿物药、动物药为毒性药物，需按照《中华人民共和国药典》的有关规定谨慎应用。

5.2 分证论治

5.2.1 惊痫证

治法：镇惊安神。

主方：镇惊丸（《证治准绳》）加减。（推荐级别：D)[4,5]

常用药：茯神、麦冬、朱砂（另冲服）、远志、石菖蒲、酸枣仁、胡黄连、珍珠母（先煎）、胆南星、钩藤（后下）、天竺黄、水牛角（先煎）、甘草。

加减：发作频繁者，加蜈蚣、全蝎、僵蚕、白芍；夜间哭闹者，加煅磁石（先煎）、琥珀粉（冲服）；头痛者，加菊花、石决明（先煎）、川芎。

5.2.2 痰痫证

治法：豁痰开窍。

主方：涤痰汤（《奇效良方》）加减。（推荐级别：D)[4,5,8]

常用药：石菖蒲、胆南星、法半夏、党参、茯苓、橘红、枳实、竹茹、甘草。

加减：点头、发作频繁者，加天竺黄、琥珀粉（冲服）、莲子心；头痛者，加菊花、苦丁茶；腹痛者，加白芍、延胡索、川楝子；呕吐者，加赭石（先煎）。

若痰火扰神，证见发作抽搐有力，意识丧失，伴急躁易怒、心烦失眠、目赤口苦、便秘溲黄、舌红苔黄或黄腻、脉滑数者，可用礞石滚痰丸加减。（推荐级别：D)[3,9]

5.2.3 风痫证

治法：息风止痉。

主方：定痫丸（《医学心悟》）加减。（推荐级别：C)[4,5,10]

常用药：天麻、浙贝母、胆南星、法半夏、陈皮、茯苓、丹参、麦冬、石菖蒲、远志、全蝎、僵蚕、琥珀粉（冲服）、朱砂（冲服）。

加减：高热者，加石膏（先煎）、连翘、黄芩；大便秘结者，加大黄（后下）、芒硝（溶服）、芦荟；烦躁不安者，加胡黄连、淡竹叶；感受风寒而发病者，加防风、羌活。

5.2.4 瘀痫证

治法：活血化瘀。

主方：通窍活血汤（《医林改错》）加减。（推荐级别：C)[4,5,11]

常用药：赤芍、川芎、桃仁、大枣、红花、老葱、生姜、麝香（冲服）。

加减： 头痛剧烈、皮肤枯燥色紫者，加阿胶（烊化兑服）、丹参、五灵脂；大便秘结者，加火麻仁、芦荟。若气滞血瘀者，宜疏肝理气、活血通络，可予柴胡疏肝散化裁。

5.2.5 虚痫证

治法： 益肾填精。

主方： 河车八味丸（《幼幼集成》）加减。（推荐级别：D)[4]

常用药： 紫河车（研末吞服）、熟地黄、牡丹皮、泽泻、鹿茸（研末冲服）、茯苓、山药、熟附子（先煎、久煎）、桂枝、五味子、麦冬。

加减： 抽搐频繁者，加鳖甲（先煎）、白芍；智力迟钝者，加益智、石菖蒲；大便稀薄者，加白扁豆、炮姜。

若偏脾气虚弱者，以健脾益气为主，可予六君子汤化裁（推荐级别：D)[4]；偏肝肾阴虚者，以滋补肝肾为主，常予六味地黄丸或大定风珠加减。（推荐级别：D)[3]

5.3 中成药治疗

医痫丸（白矾、半夏、僵蚕、全蝎、生白附子、胆南星、乌梢蛇、蜈蚣、雄黄、朱砂、猪牙皂）：每50粒3g。成人用量：每服3g，每日2~3次。建议儿童用法用量：每服<3岁1.0g，每日2次；3~6岁1.5g，每日2次；>6岁2g，<6岁捣碎、温开水浸化服用，每日3次。适用于风痫证、惊痫证、痰痫证等，诸痫时发，两目上窜，口吐涎沫，抽搐昏迷。（推荐级别：D)[3-5]

镇痫片（胆南星、茯苓、甘草、郁金、红参、莲子心、麦冬、牛黄、石菖蒲、酸枣仁、远志、珍珠母、朱砂）：每盒24片。成人用量：每服4片，每日3次，饭前服用。建议儿童用法用量：每服<3岁1片、3~6岁2片、>6岁3片，<6岁捣碎、温开水浸化服用，每日3次。适用于痰痫证、惊痫证，症见癫狂心乱，痰迷心窍，神志昏迷，四肢抽搐，口角流涎。（推荐级别：D)[5]

琥珀抱龙丸（胆南星、茯苓、甘草、红参、琥珀、山药、檀香、天竺黄、枳壳、枳实、朱砂）：每丸1.8g。每服1丸，每日2次；婴儿每服0.6丸。<6岁捣碎、温开水浸化服用，适用于惊痫证、风痫证、痰痫证，症见发热抽搐，烦躁不安，痰喘气急，惊痫不安。（推荐级别：D)[4,5,12]

礞石滚痰丸（煅青礞石、沉香、黄芩、熟大黄）：每瓶6g。每服1~2瓶，<6

岁捣碎、温开水浸化服用,每日1次。适用于痰痫证、惊痫证、风痫证,因痰火扰心致癫狂惊悸,或喘咳痰稠,大便秘结。(推荐级别:D)[3]

小儿抗痫胶囊(太子参、茯苓、天麻、石菖蒲、川芎、胆南星):每粒0.5g。每服3~6岁5粒、6+~13岁8粒,<6岁倾出胶囊内药粉、温开水化服,每日3次。适用于脾虚风痰闭阻之虚痫证,发作时症见四肢抽搐、口吐涎沫、两目上窜、甚至昏仆。(推荐级别:D)[13]

羊痫疯癫丸(清半夏、厚朴、天竺黄、羌活、郁金、橘红、天南星、天麻、香附、延胡索、细辛、枳壳、三棱、青皮、降香、芥子、沉香、莪术、乌药、防风、羚羊角):每100粒6g。成人每服3g,每日2次。儿童用法用量:每服4~10岁1g、10+~15岁1.5g,<6岁捣碎、温开水浸化服用,每日2次。适用于痰痫证、风痫证,痰热内闭,忽然昏倒,口角流涎,手足抽动。(推荐级别:D)[4]

5.4 针刺疗法

主穴:人中、太冲、百会、风池、内关、足三里。人中、太冲用泻法;百会、风池、内关用平补平泻法;足三里用补法。留针30分钟,每10分钟行针1次。每日针刺1次,8日为1个疗程,休息2日后可进行第2疗程。

配穴:惊痫证加刺神门;痰痫证配丰隆;风痫证加风府、风门;瘀痫证加刺三阴交。痫证昼发者加刺申脉;夜发者加刺照海。癫痫持续状态选内关、人中、涌泉,用强刺激法。可配合电针治疗。(推荐级别:C)[3,5,10,14]

5.5 埋线疗法

取穴:大椎、腰奇、翳风、丰隆、三阴交。

方法:无菌操作下,将羊肠线埋植在穴位的皮下组织(要注意检查肠线是否漏在皮肤外面,以便及时处理),针孔覆盖消毒棉球,用胶布固定。1个月后可以在原穴上继续埋植,3个月为1个疗程。(推荐级别:C)[10]

5.6 耳针疗法

取穴:胃、皮质下、神门、枕、心。

方法:每次选用3~5穴,留针20~30分钟,间歇捻针,或埋针3~7日;也可用王不留行按压刺激治疗。(推荐级别:D)[4,5]

5.7 艾灸疗法

取穴:大椎、肾俞、足三里、丰隆、间使、腰奇。

方法：每次选用 1~2 个穴位，采用化脓灸法，隔 30 日灸治 1 次，4 次 1 个疗程。以上各穴可交替使用。(推荐级别：D)[3]

6　预防和调护（推荐级别：D)[4,5]

6.1　孕期保持心情舒畅、避免精神刺激；防受惊恐，避免跌仆或撞击腹部；定期进行产检，避免感染疾病、营养缺乏、特殊药物等因素对胎儿的不良影响。

6.2　对能引起智力低下、癫痫的遗传代谢病进行产前诊断，必要时终止妊娠。

6.3　避免产伤、分娩窒息、颅内感染、颅脑外伤、颅内出血等不良因素。

6.4　避免高热、情志刺激、饥饱无度、声光刺激、长时间玩电子游戏等诱发因素。

6.5　不宜吃兴奋性食物如巧克力、茶等，忌食牛羊肉、无鳞鱼及生冷油腻等。

6.6　嘱患儿勿单独到水边、火边、空中等危险地带玩耍，或持用刀剪锐器，以免发生意外。

6.7　发现前驱症状，迅速让其平卧，并清除周围带损伤性的物品。抽搐时，切勿强力制止，以免扭伤筋骨或造成骨折；使患儿保持侧卧位，解开颈部衣扣，用纱布包裹压舌板放在上下牙齿之间，以免咬伤舌头或发生窒息；及时清除呼吸道异物，保持呼吸道通畅。抽搐后，患儿常疲乏昏睡，应保证休息，避免噪音。

6.8　平时注重与患儿以多种方式沟通，满足其感情需要，唤起与疾病斗争的信心。

参考文献

[1] Engel J, Jr. ILAE Commission Report: Proposal for diagnostic scheme for people with epileptic seizure and with epilepsy. Epilepsia [J], 2001, 42 (6): 1-8.

[2] 江载芳，申昆玲，沈颖. 诸福棠实用儿科学 [M]. 8 版. 北京：人民卫生出版社，2015：1980-1986.

[3] 中国抗癫痫协会. 临床诊疗指南·癫痫病分册 [M]. 北京：人民卫生出版社，2015：21-118.

[4] 马融. 全国中医药行业高等教育"十三五"规划教材·中医儿科学[M]. 4版. 北京: 中国中医药出版社, 2016: 158-163.

[5] 马融. 中医临床诊疗指南释义·儿科疾病分册 [M]. 北京: 中国中医药出版社, 2015: 96-104.

[6] 白庆峰, 刘菲. 24h 动态脑电图在小儿癫痫与非癫痫性疾病中的诊断价值 [J]. 中国实用神经疾病杂志, 2014, 17 (17): 40-41.

[7] 庞增园, 于征淼, 吴智兵, 等. 中西医结合综合方案治疗癫痫的临床观察 [J]. 湖南中医药大学学报, 2011, 31 (4): 42-44. (证据分级: Ⅱ; 改良 Jadad 量表评分: 3 分)

[8] 杨少军. 中西医结合治疗癫痫全面强直-阵挛发作 65 例疗效观察 [J]. 河北中医, 2014, 36 (4): 561-562. (证据分级: Ⅲ; MINORS 条目评价: 15 分)

[9] 莫滚, 李洪. 中西医结合治疗痫病 60 例 [J]. 江西中医药, 2000, 31 (4): 47. (证据分级: Ⅲ; MINORS 条目评价: 15 分)

[10] 洪丽妃. 针刺结合定痫丸治疗小儿癫痫的临床研究 [D]. 广州: 广州中医药大学, 2007. (证据分级: Ⅱ; 改良 Jadad 量表评分: 3 分)

[11] 李舒健. 中西医结合治疗脑外伤术后继发癫痫 36 例 [J]. 山东中医杂志, 2013, 32 (10): 739-740. (证据分级: Ⅱ; 改良 Jadad 量表评分: 3 分)

[12] 吴柱中. 古今中医儿科病辨治精要 [M]. 北京: 人民军医出版社, 2007: 95.

[13] 马融, 李少川, 李新民, 等. 小儿抗痫胶囊治疗小儿癫痫 930 例临床观察 [J]. 中医杂志, 2002, 43 (4): 279-280. (证据分级: Ⅲ; MINORS 条目评价: 17 分)

[14] 马融, 张喜莲, 刘玉珍, 等. 针刺加熄风胶囊治疗小儿癫痫强直-阵挛性发作的临床观察 [J]. 中医杂志, 2001, 42 (5): 276-278. (证据分级: Ⅲ; MINORS 条目评价: 14 分)